译美文

罪与罚

Преступление и наказание

〔俄〕陀思妥耶夫斯基 著

耿济之 译

天津出版传媒集团

天津人民出版社

图书在版编目(CIP)数据

　　罪与罚 / (俄罗斯) 陀思妥耶夫斯基著 ; 耿济之译
. -- 天津 : 天津人民出版社, 2019.1
　　(译美文)
　　ISBN 978-7-201-14274-6

　　Ⅰ.①罪… Ⅱ.①陀… ②耿… Ⅲ.①长篇小说–俄
罗斯–近代 Ⅳ.①I512.44

　　中国版本图书馆 CIP 数据核字(2018)第 266341 号

罪与罚

ZUI YU FA

出　　版	天津人民出版社
出 版 人	刘　庆
地　　址	天津市和平区西康路 35 号康岳大厦
邮政编码	300051
邮购电话	(022)23332469
网　　址	http://www.tjrmcbs.com
电子信箱	tjrmcbs@126.com

策划编辑　霍小青
责任编辑　范　园
装帧设计　汤　磊

印　　刷	三河市华润印刷有限公司
经　　销	新华书店
开　　本	880 毫米×1230 毫米　1/32
印　　张	18.75
插　　页	1
字　　数	450 千字
版次印次	2019 年 1 月第 1 版　2019 年 1 月第 1 次印刷
定　　价	60.00 元

目 录

第一卷

第一章

七月初一个酷热的晚上，有一位住在 S 城的年轻人，从他租来的房间里出来，懒洋洋地一直向着 K 桥的方向走去，看上去好像正在思考着什么。

他在下楼时，很敏捷地避开了女房东的视线。他所住的房间是在一座五层高楼的屋顶下面，这间房与其说是住人的，倒不如说很像一个衣柜。那个每天供给他食宿和仆人的女房东住在他的下一层楼，他每次出去时，必须经过她的厨房，厨房的门总是开着的。他每次经过这里时，心里总会有一种不快的、惧怕的情绪使他不好意思地皱起眉头。因为他欠着女房东的房租，所以有点儿害怕见到她！

这倒不是因为他自卑和下贱的缘故。不知从什么时候开始，他就变得烦躁不安起来，似乎犯了疑心病。他不仅害怕看见女房东，就是朋友或者其他人他都怕看见。显然他是被穷困压得透不过气来，但是最近关于他自己的窘迫已经不再成为他的负担，对于社会上一些重要的事情也很漠然了；他一切想实现的愿望早就消失殆尽了。实际上，他一点儿也不害怕女房东，不管她怎样蓄意跟他作对。只是在下楼时，与其被拦在楼梯上被迫去听她那婆婆妈妈的、毫无意义的废话，以及被她纠缠着索要房租费，而自己又无法去应付，不得不想方设法来搪塞、道歉、说谎，倒不如像一只猫般的跳下楼梯，溜了出去。

可是这天晚上，他走出街坊时，却明显地感到十分恐惧。

"我想去做那样一件事，却被这些无聊的小事所牵制了，"他想着，脸上露出一副奇怪的笑脸。"唔……对啦，人可以掌握一切，可是如果胆子太小，就什么事也做不成……这是一句名言。我真想知道，世人最怕的是些什么。他们最害怕的是迈出第一步，讲出自己的新见解……但我因为只会不停地说，因此一点事儿都不曾干。也许我什么都不能干，所以我才不停地说空话吧。最近一个月内，我在自己的屋子里一连躺了好几天，想着一些……简直是想入非非。我为什么现在要向那边去？那件事我能做吗？事情很重要吗？一点也不。这不过是异想天开，和自己开玩笑罢了；儿戏，不错，就是一个儿戏。"

街道上格外热：既没有一点风，又极其嚣杂。那些粉屑灰尘、棚架、瓦块，老是环绕着他，加上那彼得堡的臭气熏蒸，在炎热的夏天，都市中人，关于这种臭气，都是很受惯了的——这一切的一切都足以使这个已经怠倦之极的年轻人的神经上加倍地受着苦痛。那些小酒店在这边星罗棋布着，各处蒸发出来的难耐的臭气，以及他时刻碰见的醉汉（虽然这是个工作日），这幅使人们难耐的酸苦的图画便构成了。这个年轻人顷刻间在和善的颜面上便深深地露出一种厌烦的神色。于此附带地说明一句，这位年轻人生得十分俊秀，他超过一般人的平均高度，风格挺拔，骨肉也匀称，而且还拥有着美丽的、漆黑的瞳子，以及棕黄色的美发！他渐渐地走进了沉思的境界，确切地说，他已神游物外了；他虽是踱着慢步，可是对于旁边的东西无意观赏，而且也没有去观察的必要。他有时会不知不觉地自语着——同方才所讲的那些自白的一类的言语。这时，他就感觉到他的理想时常矛盾极了，他身体瘦弱得很，而且有几天他还挨着饿呢！

至于衣服，不用说是很褴褛的了，套上他那样的破衣在街道上走，谁都会脸红的。但在这城市的那一区域，任你怎样简陋的衣服穿在身上谁也不会觉得有什么。大概是和柴草市集接近吧，有些不三不四的买卖人，和狡猾的市侩，还有工人们，往往在彼得堡中心的街头巷尾团团地集合着，形形色色，各类奇怪的人物全有，你看了准会觉得愕然。在这年轻人的内心，却有着如此多的怨恨和轻蔑，所以尽管他有时也像年轻人一样害怕人家议论，但他在大街上却毫不在乎自己的破衣。当然，有时碰见熟人或者老同学，那又是另一回事了——是的，不论何时，他都不愿碰见他们……然而，就在这时，有一个酒鬼不知道什么缘故、坐在一辆由一匹高头大马拉着的大车上、被拉到什么地方去，当他一路坐车前去时，突然对年轻人叫喊着："喂，朋友，你这个戴德国帽的！"他竭力地叫喊，并用手指着他——这个年轻人木然地站着，颤抖地握牢了自己的帽子。这是从齐默曼帽店买来的高圆帽，可是已陈旧不堪，而且污染、褪色、歪歪扭扭，简直不像一顶帽子。但他倒并不觉得是羞耻，不过是给另一种和畏惧相似的情绪所抓牢而已。

"是的，"他在错乱中自语着，"我早知道它是不堪入目的了！嗯，这样不起眼的东西，微不足道的小细节，是可以破坏整个儿的策略的。呀，我的呢帽使人太注目了……它真是一桩可恼、可笑的……穿着破的衣服自然应该搭着一只小帽，不管怎样陈旧的小帽，只要不是这个怪物。谁要是戴这种帽子，谁便很快就会被人发现，让人给牢牢记住……原因就在这儿，人家牢记着，就给他们一些记号了。做这种事情的人该尽量地去减少旁人的注视……这种小细节，倒是事关全局的。唔，事情虽如此不值得计较，可常会破坏了一切事情呢……"

他不必走许多路，心里也就明白他离开自己所住的房子有多远：估计是七百三十步。有一次，他在梦境中已经数得很正确了。关于这些梦境，他并不怎么相信，完全是以子之矛攻子之盾，玩弄自己罢了。现在过了一个月后，他对它们便有点不同，他在自言自语中虽常讥讽着自己的懦弱和寡断，可是他已经不由自主地习惯了把这种"荒唐的"梦境当成一件正在实施的事情，尽管他对自己能否办得到没有自信。现在他企图着去实施他的策略，因此越往前走，心里就越是忐忑不安起来。

他怀着一颗沉郁的心和一种神经的颤动,走近了一座高大的房子——一边朝着运河,一边是对着街坊。它是租赁给各种劳动者的——裁缝、小铁匠、厨娘、形形色色的德国人、自食其力的妇女、小官吏等等。这所房子中的两个庭院和两扇大门,平时总是不断地有人往来。这位年轻人悄悄走过右边的门,走上楼去,很幸运地没有碰到一个人!那条后楼梯阴暗而且狭窄,但他却知道该怎么走,好像对他来说已经是一条熟道了。他喜欢这样的情景:因为在如此幽暗的地方,可不必提心吊胆地害怕着什么。

"如果我现在就这么害怕,那么等到我真的去干那件事的时候,又该怎么办呢?"他走到四层楼时,不由得自言自语起来。这时,他的去路被几个正在搬东西的搬运工给挡住了。他知道这层楼是一个衙门里干公事的德国书记员和他的家眷住的。现在那个德国人正在搬家呢,因此这四层楼除了那老太婆外别无他人了。"总之,这是一桩美事呢!"他一边想着,一边按下老太婆楼房的门铃。接着发出一阵细涩的铃声,这门铃好像是用锡做成的。这种小巧的楼房里,差不多都装着这样的门铃。他已经忘了那铃儿的声音是什么样子了,不过那特别的铃声却使他想起了什么事情似的,并且将这事情明晰地呈现出来……他不由得哆嗦了一下,这时他的神经简直脆弱到了极点。过了一会儿,那门开了一丝缝隙:那女主人带着明显的疑虑,由门隙里窥察她的客人,除了黑暗中闪出她的小眼珠外,什么也没有。但她看见了在楼梯头有好多的人,便大着胆,把门打开了。这年轻人便迈过门坎,走进那黑暗的过道,这条过道是和后面的一间小厨房隔开的。那老太婆默默地站在他面前,疑惑地打量着他。这是一个年过花甲、瘦削如柴的老太婆,有着一双锐利而凶狠的眼睛以及一个尖削的扁鼻头。她那无光的、花白的头发抹了一层油,并没有什么包着。穿着一袭细长的、活似鸡皮一样的打着结的一种呢绒裙,她好像不觉得热,在肩膀上披着一条黄色而破旧的披肩。她不断地咳嗽着,呻吟着。这时,那怀疑的目光又从她的眼中射出,可能是那年轻人这个时候带着一种异样的表情在看她吧!

"拉斯柯尼科夫,是一个大学生,一个月前我曾来过这儿呢。"他俯屈着腰,表示谦敬地轻声说着。

"我记得很清楚,你到过这边,先生。"老太婆毫不含糊地答着,仍旧用她的眼睛灼灼地看着他的脸部。

"现在……我是为着那事第二次跑来了。"拉斯柯尼科夫又说道,他对于老太婆的怀疑似乎感觉迷糊了。

"也许她常是那个样儿的,不过平时我没有仔细留心呢!"他疑惑不解地想着。

那老太婆站着,若有所思般的,立刻向一边走去,一边指着房门口,让客人在前面走,说道:

"进去吧,先生。"

年轻人走进了房间,此时黄昏的阳光溜进屋内,墙壁上糊的黄色壁纸显得分外明亮,窗口布置着凤尾草、挂着薄纱窗帘。

"那时候,太阳可能也是如此明亮吧!"这想法偶然从拉斯柯尼科夫的心中滑过,他东张西看地观察房中的一切陈设和位置。房中并无长物。一切用具都很陈旧,且是黄檗制成的,只有一条硕大的靠背沙发、一张椭圆的桌子放在前面,两扇窗户中间摆列着一张有镜子的梳妆台,也有几条椅子靠着墙壁放着,几张不值钱的、带着黄色的图画,上面画的是日耳曼姑娘手上提着鸟。此外,在墙角有一盏放在一个小圣母像前点着的长明灯。一切简单而雅洁,地板用具也擦得很亮。一切都在闪闪发光。

"想必是丽莎维塔收拾的吧。"他想着。在这儿一点儿看不出脏乱呢!

"凶恶的老寡妇的房子常常这么干净。"拉斯柯尼科夫想着。他又把好奇的眼光投进那另一小房的门帘上,在那间小房中放着老太婆的卧床和有抽斗的桌柜,以前他未曾向那边看过。这两房间是相连的。

"你有什么事情呀?"老太婆走到房内厉声问着,和以前一样地站在他前面,看着他的面孔。

"我有点东西拿到这儿来当呢。"他从衣袋里取出一个老旧而平滑的银表,表的下面雕着一个小圆球:链条是钢制的。

"你上回的当物已到期了,上月满期的。"

"我会付给您另外一个月的利金的,宽限几天吧!"

"先生,到底是要宽限,还是要把你的东西卖掉,是由我来决定的!"

"这只表您愿给我什么价呢,阿廖娜·伊万诺夫娜?"

"你把这种破东西拿来,能值些什么?那回你的戒指我付你两个卢布已经很吃亏,人家一个半卢布就可以在珠宝店里买得一个好的了。"

"请给我四个卢布好吧,我要赎回去的,这只表是我父亲留给我的。不久我会弄到一点儿钱呢。"

"要是你愿意,一个半卢布,而且要先扣利息。"

"一个半卢布吗?"年轻人不由得喊了一声。

"还给你吧!"——老太婆将表还给他。他异常懊恼地接着,立刻想要出去,可是他又控制着自己,因为他想到并没有什么地方可以当的,而且他还有另外一个目的呀!

"给我钱吧。"他愤愤地说着。

于是老太婆在衣袋里摸摸钥匙,然后离开房间,门帘启处,转瞬已不见人了。他孤零零地在房中待着,静悄悄地思索着。这时,静得能够听见她在里面开那有抽斗的橱柜的声音。

"应该是个抽斗,"他想着,"是的,她把钥匙放在右手的一个衣袋中。连在铁链上的……其中有一个钥匙,比其他的大三倍,深陷的凹齿:那不会是开抽斗的大柜的钥匙吧! ……我想肯定另外有大的橱柜或保险柜吧! ……这倒可以详加推究呢。保险箱往往用那类的钥匙的……然而她太藐视人了!"

老太婆重又进来了。

"这样吧,先生:一个卢布每月需十个戈比的利息,那我必须先从一个半卢布中扣下这个月的十五个戈比。我以前曾借给你两个卢布,现在一同结算,你欠我二十个戈比。合计是三十五个戈比。那么你这只表我只能给你一个卢布零十五个戈比了,这些拿去吧! "

"什么? 现在只有一个卢布零十五个戈比吗?"

"是的。"

年轻人不再与她辩论,只得忍气吞声拿了钱,看了看她,不慌不忙地走出,似乎还有什么事情等着干,他自己也茫然了。

"过几天我也许拿别的东西给你,阿廖娜·伊万诺夫娜太太——一种银制的值钱的东西——一个烟匣子,等我从朋友那里拿回来,就给您送过来……"慌乱中他又沉默下来了。

"那将来再说吧,先生。"

"再见——你常是独自一人在这儿吗,你的妹妹不和你一起住么?"他走到走廊上的时候,突然地问着她。

"我妹妹和你有什么关系呢,先生?"

"哦,没有什么的,我不过顺便问问。你太过虑了……再见,阿廖娜·伊万诺夫娜太太。"

拉斯柯尼科夫茫然若有所失地走了出来。当他下楼时,手足竟不知所措，甚至木然地发了好几次呆，好像受到什么念头刺伤了似的。他走到街道上时，不禁喊着："喂，上帝呀，这是怎么地难堪！我难道真的会，真的会……不是，决不，胡说！"他刚愎地接连说着，"那样残酷的事儿怎么会跑进我的脑筋来？我心内能容下这样龌龊的事情？不错，整整的一月我全在……超出一切地污秽、狼狈、可恨、可恼……"他的错乱的情绪是无法表现的了。在他到老太婆那边去的时候，心里就感到重重的压迫和痛苦，以及剧烈的憎厌。有时造成如此固定的方式，他自己也不知道怎样去避免苦难。他东歪西倒地沿着街道走去，走到了第一条街道时，他才恢复了固有的意识。抬头一看，自己已经在一家酒店门口了，进入这酒店要走过一段台阶，从旁路走到了地下室。这时恰有两个酒鬼从里面出来，一路嬉闹着，相扶着，走上了台阶。拉斯柯尼科夫不假思索，立刻便从台阶走去。以前他从未进过酒店，但现在他感觉头昏，且被一种炽热的欲望所纠缠。他觉得自己之所以神思恍惚，完全是饥饿的原因，他渴望着来这么几杯冷啤酒。他在污秽而黑暗的一角里找到了油腻的小桌边坐下，喝了几杯啤酒，才觉得舒服许多，头脑也清醒多了。

"一切的事情都没有意义呀！"他兴奋地说着，"没什么可恼的事儿！只是身体的偶尔紊乱。一杯啤酒、几块面包——立刻便可恢复原状，心神自然清明，意志自然安稳！唔，这点芥子大的事，又怎么能扰乱我的心呢！"

他不管旁人怎样的鄙夷议论，因为他此时在精神上是很舒畅的，他似乎放下了千斤重担。他温和地向四面看着屋内的人们。此时，他又觉着前面有一个暧昧的征兆，方才这快活的心绪，不免是有点变态呢。

酒店里这时顾客很少。除了他在台阶上看见的两个醉汉外，还有一伙人，其中五六个男人以及一个提着手摇琴的姑娘，也就在那时离座了。因此，这屋内更加显出静寂而空虚。此刻留在酒店里，只有一个像是工匠的人，已经喝得半醉了，对着一瓶酒发呆；一位是他的同行，高个儿的躯体，雪白的胡须，套上一件短上衣——他已经有十分醉了，躺在长椅上酣睡着，可是他在睡梦中，好几次弹着手指、双腿箕踞，上部身体常常抽动，而且还唱着那些低级趣味的俚歌，如下面一类的：

> "他的妻他爱上了穷年累月，
>
> 他的妻他——他爱上了——穷年累月。"

有时突然又变换了：

> "随着众人行列向前进，
>
> 他会遇见他的知己人。"

他的快乐，就没有人敢去扰乱。他的同行，无声息地只是怀着一些藐视和怀疑，对他甚至抱着敌视的态度。这时酒店中还有一个人物，看上去仿佛是一个失业的衙门书记员——他独自坐着，时时喝着瓶中的酒，对旁边的一切人只是冷眼旁观，看起来好像也有点郁郁的样子。

第二章

拉斯柯尼科夫是离群独处的一个人,他的这个倾向,近来似乎更明显了。不过近来他的内心忽然有一种需要与人共享生活的渴望。似乎是一种新的种子在他的内心埋下了,他觉得有结交朋友的必要。整整的一个月为了不中意和忧愁的交迫,他是异常地颓唐了。他很想休息,希望有一段时间的兴奋,不论处境怎样、四周环绕的污秽,他也愿意待在酒店中逍遥。

酒店的老板在另外一间房里,他却时常要到客厅来走走,他的漂亮的涂油的皮靴,系着赭色的倒垂的带子,这在他身上显得极为显眼。他披上了长礼服,并套上一件非常油秽的黑背袄,也没有领带;他脸部看上去像抹了一层油似的。掌柜旁有几个年轻的小招待在招呼着客人。柜台上安放着许多切碎的酱瓜、几块黑面包、几碟气味难闻的小鱼块,旁边酒精的气息又很浓重,所以在这样环境中坐上五分钟,简直闷得难耐,早就使人醺醺然了。

在未和那些客人打招呼之前,第一桩我们便可以看见许多陌生同志的不期而遇。离拉斯柯尼科夫座位很近的,就是那个像是失业的书记员,他在拉斯柯尼科夫的心目中就是这样的印象。这年轻人时时回忆着这个印象,并且视为一种征兆。他时常看看书记员,无疑的,是因为那书记员也常常注意他,并且有和他攀谈的意思。对于店内的任何人,包括酒店老板在内,这位书记员似乎和他们太熟稔的缘故,对他们似乎有不屑相交而露出的一种傲慢的轻侮模样,显然因为他比他们在身价和知识上都高了一些,同他们谈话简直对他无益。他大约已经是过了五十岁的人，头发稀疏而斑白了，中等的身材，长得很健壮。他的脸颊因好酒的缘故时常发肿，发出黄而带青的颜色；眼皮肿着，锐敏的红着的两眼，从细眼缝中射出光辉，在这里面藏有一种奇怪的光焰，好像是浓厚的情感——或者还藏有思想和智慧，但是另外却还有着一丝有些像狂人的光彩。他穿的是一件破旧不堪的黑外套，只有一个纽扣是存在的，就是他所扣的那一个，皱巴巴的衬衣前面，染着些斑点，由于他的帆布背心的凸出而看得更清楚。他同别的书记员一样，没有一点胡须，但显然好久没刮脸了，他的下巴看上去活像一把黑色的扫帚。他有可钦敬之处，在举止上也酷似一个官员。他经常乱搔着头皮，有时把头伏在两手掌中，垂头丧气地把不大干净的肘臂搁在油腻的桌边。他注视着拉斯柯尼科夫，最后高声说着：

"先生，你能和我做一番谈话吗？你的外貌虽不怎么可敬，但我看你是个受过教育的人，不是喝闷酒的。在我脑筋清楚时，我是重视教育的一个人，而且我也是一个有官职的名誉顾问呢。我名叫马美拉多夫，请教先生，你在哪儿得意呢？"

"不，我在念书呢。"年轻人答着。他觉得面前这位谈论家，如此开门见山地和他攀谈，着实有点惊奇。

虽然他方才正有着求友的冀望，但当真的有人来和他谈话时，他又立刻感到如此亲昵他的陌生人，会习惯地产生一种讨厌的情绪。

"那是一个读书人了，也许从前是一个学生吧？"书记员高声地问着，"这正给我猜着了！我是个善于观面色的人呢！哈哈！"他手指着自己的前额。"你是个学生，在文化机关！……请你原谅。……"他说完站起来，颤抖地，举起酒壶和玻璃杯，在年轻人旁边一骨碌坐下了。显然他已经醉了，但说话并不艰涩，只不过有时前后不对地拖长着字句罢了。他那么贪婪地抓着拉斯柯尼科夫，似乎几个月没有和人家说过话似的。"先生！"他谦恭地说道，"贫非罪，这是一句至理名言。可是贪酒也不是一种美德呢。然而求乞，先生，求乞倒是罪呢！贫困中，你仍可保持着你永久高尚的灵魂，但求乞时——不行——没一个好的。凡是求乞者并不是被人用棍杖驱出人类的社会，乃是被人们的扫帚扫出去的，如此地受人侮辱到极点，这是活该的，因为在求乞时，自己愿意去受侮辱呀。因此我到小酒店来了，先生，在一个月前，列别加尼科夫先生他打我的妻子，我绝不介意，因我的妻子和我是两码事呀！你懂了吗？请原谅我毫无目的的好奇心，恕我问你一句：你从前在涅瓦河上的草船上宿过夜没有？"

"不，我没有宿过夜。"拉斯柯尼科夫答道，"你问这话是什么意思呢？"

"我刚从一只草船上来呢，我宿在那儿这是第五夜了……"他把酒杯倒得满满的，然后一口气喝完，柴草在他的头发衣服上的确还黏着一点。大概他在前五天内并没解衣也没洗脸过。他两只黑指甲的手十分污秽而且红肿。

他的讲话虽无精彩，却唤起了店内所有人的注意。柜台旁的那两个招待也笑了。酒店老板为了要听这"活宝"的谈话，也就在他附近地方坐了，打着几个哈欠，却是庄重的。这更显得马美拉多夫在这边是个老顾客，因为他经常和酒店里各种陌生人谈话，养成了夸夸其谈的坏习惯。这是许多酒鬼当然的习性，尤其那些被家中的妻子管得非常严紧的本分男人。所以在和同志一块饮酒时，他们极力要证明自己的见识，而且还要赢得一班人的敬重呢。

"活宝！"酒店老板带嘲讽地说着，"你如果是有事情的人，为什么还不去办公呢？怎么不去尽你的职？"

"怎么我不去尽职？先生。"马美拉多夫接着说，只是向着拉斯柯尼科夫这边说，仿佛是他问那句话似的，"为什么我不去尽职？我一想到自己是个不中用的懒鬼,我的心不难过吗? 一月前,列别加尼科夫先生亲手搂我妻子的时候,我正醉卧着,我不难过吗? 原谅点,朋友,你曾做过这种事……唔……无望地向人借贷没有?"

"做过的。但怎样叫'无望'呢?"

"'无望'的意思,是当你早知道借贷是不会成功的时候。譬如说罢,你是早就明白这个人——这个最受人钦敬、足以成为模范的绅士,但他无论怎样都不借给你,我问你,他有什么理由要给你呢? 他知道,我是借而不还的。因为怜惜吗? 与现代思潮同进的列别加尼科夫先生,他说明科学自身近来是不许有怜惜的,英格兰现在就是这样,那边有的是政治经济学。我且问你一下,为什么他应该把钱给我呢? 可是我虽知道他不借给我,我却仍往他那里钻,但……"

"那你为什么还要去?"拉斯柯尼科夫插言道。

"哦,当一个人没有办法、毫无去处的时候,那么他就得找个地方去。因为人有时必须找个地方去钻呀! 我的小女儿,当她拿着那张黄花照(妓女执照)出去时,我便也得走……因我的小女她有一张黄花照"他插入了这几句,并露出一种忸怩的神情看着年轻人,"这没多大关系,先生,这没多大关系呀!"他又匆忙地说下去,并露出十分镇静的情绪,那时柜台旁的两个小招待,甚至酒店老板也都笑了起来——"这不打紧,我决不会被他们的讥讽和侮辱所惑乱的;这事的秘密既已被大家知晓,那么一切的事都已公开了。我稍有自卑,却不是感到受了侮辱,承认了。去它的吧! 去它的吧!'你看这个人!'恕我吧,年轻人,你……不,更准确地说你能不能,或者敢不敢说我是一头猪?"

年轻人没说什么。

"哦,"这位辩说家看见屋内笑声沉静了,又复开着话匣子,但稍稍增加了他的严肃态度,"哦,去它的吧,我就算一头猪,但我的小女倒是一个体面的太太呢! 我虽不很像样,但我的妻子卡捷琳娜·伊万诺夫娜,却是一个有知识的人,而且还是一个军官的女儿呢。我即使是一个流氓,她倒是一个有好心肠的女人呢,有情感,有知识的。不过……唔,只要她能对我好好的!先生呀!你不知人们至少须有人好好待他才对!但是卡捷琳娜·伊万诺夫娜,她虽宽宏,却很自私……这,我虽知道,当她抓我头发时,是由于爱怜才那样的——我不忌讳说,她抓我的头发,年轻人!"四面又起了一阵笑声,于是他又严肃起来了。"是的,上帝,如果她有一回……不,不!这是徒然的!说是多余的!不仅一回,她是不同情我了,不过……我的命运生就如此,天付给我一个贱坯!"

"真不错呢!"酒店老板欠着身插嘴。马美拉多夫于是以手敲桌子。

"我的命运生就如此!你知道吧,先生,你知道吧,她的袜子被我卖掉拿去喝酒了!不是鞋子——这很有礼的,是她的袜子,她的袜子我卖掉喝酒啦!她的恩戈拉羊毛披肩我也卖掉去喝酒啦,这是人家送给她的,当然是她的所有,不是我的了;我俩合住一间很冷的房屋,这年冬季她着了凉,而且还咯血啦。我有三个小儿子,卡捷琳娜·伊万诺夫娜一天到晚操劳着,清洗、刷碗、擦地,总是如此,她自幼就要搞清洁的。但她胸部欠佳,似有肺病的现象,这点我很清楚的。我酒喝得越起劲,越是这样觉着。因此我也乐得去狂喝了。我得在酒中找同情和慰藉呀……我贪酒,我也就更受苦了!"他说着便埋首桌上,好像不堪回首似的。

"年轻人,"他又起来了,仍往下说着,"我从你的面相观察,似乎看出你的情绪不宁。你来时便注意到这点了,因此,我才来跟你谈谈。我的一生既向你说了,并不是为供给旁人做讥笑的资料,他们早已知道些了,我要找一个有情感有知识的朋友。那么,我的妻子既然进过贵族女子高级学校,出校时,她也曾在名流官绅面前跳过围巾舞。她还得了个金牌和一张名誉奖状呢。那金牌吗？……已经卖了——卖了，唔……那名誉奖状还留在她的衣箱内,前些时,她曾拿给女房东看过。她虽和女房东不很和睦,但她却愿将过去的快乐和荣誉告诉人家。我不会也不必苛求她,她所留下的唯一东西,聊以忆起往事罢了,其他的所有早已不存踪影了。哦,哦,她沉毅、自矜,看上去是有着志气的。她会擦地板,只吃黑面包,但决不受人家的奚落。因此,列别加尼科夫那次对她施暴,她就看得很重,所以受一顿打后,她便高卧着,因为太伤了她的心了,她从未挨过打骂呀。我娶她时,她是寡妇,有三个孩子。她和第一个男人感情很深——他是个军队长官,所以脱离她父亲跟他远走了。她很爱他的男人,但他迷恋赌博,欠了一堆债,不久就死了。他以前经常打她,她也还过手——这点我可有证明的,但现在她还拖着眼泪鼻涕常说他好,这虽在回忆中,我也快乐呢! 她以为自己是已经快乐过的……他死了,遗下三个小孩子,在一个很远的地方,那时我正在那儿,她被遗弃在绝望的贫困中,我虽见过许多盛衰兴亡的事,但我不能形容她的困苦。亲戚不理她,因她太骄矜了……先生,那时我是个独身者,前妻只留下一个十四岁的女孩。我不忍看她那样地受苦,便向她求婚了。你想她如此困难,又是受过教育的、出身高贵的女人,她竟同意和我结婚了。哭着、叹着、扳手,她竟嫁给我,实在是因为她穷得没办法了!你懂吗,先生,须知无路可走时,那是怎么一件事,不,你还没有明白呢……差不多一年多了,我负责任地说,老实说,我不曾和它接触过了。"他手指着酒壶,"我有的是情感,但我不能给她开心,后来我的饭碗丢了,不是因为自己有过失,实在由于裁员,于是我便和它握手了! ……一年半前,流浪困苦,不消说,我们看见在这个大都市,有许多的纪念物来装饰。我就在这儿找到一份职业,但不久我又失业了。你知道? 这回却是我自己的过失了,我把工作给弄丢了:我的弱点暴露出来了……我们现在住在阿玛莉娅·费奥多罗夫娜·莉佩韦泽家的一个房间，我们靠什么度日，用什么付房租，我不好说了。除了我俩外，还有许多人同住着。污秽紊乱……唔……我前妻子所生的女儿年纪大了，我的女儿小时在家时，受后娘的虐待情形，我不必说了。因为卡捷琳娜·伊万诺夫娜她虽豁达，性格却刚强，容易发怒……是的。不必再说吧！不必说，索尼娅没受教育是当然了。四年前，我也自己教过她地理和历史，但我对于那些功课也不很懂呢，而且也没有可用的课本，我们的书是怎样的呢……唔，现在已经找不到了，所以不久教她读书的工作便停了。记得是在波斯国王居鲁士那一课停的。她渐渐长大，也读了好些小说，最近她读着从列别加尼科夫那里借来的一本书，很感兴趣，是路易斯的《生理学》——你看过吗？——她有时会从那书里选一两段转述给我们呢：她所学的知识就是这点儿。如此我可以再向你说，先生，我将问你一句：你觉得一个忠厚的姑娘，通过努力的工作可以得到报酬吗？如果她是忠厚的而没有其他技能的，她一天难得有十五个戈比，而且还得忙个不停！此外，伊万诺维奇·克洛普什托克公爵——你知道他吗？——到现在他尚没把她替他打的那件衬衣的工钱给她呢，而且对她很无礼，脚踢、口骂，声称衬衣打得不好。小孩子还要饿肚……卡捷琳娜·伊万诺夫娜往来踱着，弯着手，颊部发红，那种病总是如此的。'你住在这边，'她说着，'你要吃要喝，舒服得很，但不来做一点事情吗？'她自己有许多东西吃喝，小孩子却已经三天没有尝到一块面包皮了！我在床上躺着……唔，这没有什么关系！我醉躺着，我听见女儿索尼娅说话——她是个温柔的人，声音婉转……头发美丽，苍白的瘦削的脸颊，她说道：'卡捷琳娜·伊万诺夫娜，我真的要去干那些事不成？'有一个品行不好的妇人达丽娅·弗兰措夫娜，巡警很熟的，她有几次要从女房东那边找她。'为什么不去干？'卡捷琳娜·伊万诺夫娜讥诮地说着，'你是多值钱的宝贝呢？'但不必责备她，不必责备她，先生，她说话的时候，情形已经不很好，她被病魔和一帮饥饿孩子的哭声惹急了；这些话比其他什么还刺她的心呢……因为卡捷琳娜·伊万诺夫娜的品性就这样，当小孩哭了，即使是因为饿，她也要去打他们的。六点钟时，我见了索尼娅起来了，她包着头巾，披上肩巾，走出了房，大约九点钟时候，她才回来。她一直走到卡捷琳娜·伊万诺夫娜面前，一语不发把三十个卢布放在她前面的桌边。并且连看也没看她一眼，她只拿着我们的大的碧绿色的缎布肩巾，裹着她的头部，脸朝着墙壁躺着；她的小小的肩和身体只是在颤抖……我还是和先前一样在那边卧着。我见了，年轻人，我看见了卡捷琳娜·伊万诺夫娜一声不响地走到索尼娅的床面前；她跪着吻着索尼娅的腿不起来；她俩拥抱着熟睡了……一块睡，一块睡……是的……我自己……仍然神志模糊地躺着呀。"

马美拉多夫突然停住，他的声音好像干涩了。他匆匆把酒杯倒满，喝了下去，润润喉咙。

"从此以后，先生，"他停了一会儿，才往下继续说，"从此以后，因为一件不幸的遭逢且由于恶人的告状——在这一切事中大多是由达丽娅·弗兰措夫娜做的，她说受了虐待——从此以后，我的女儿索尼娅便被迫领了一张黄执照，自此她便和我们分离了。因我们的房东太太阿玛莉娅·费奥多罗夫娜·莉佩韦泽不高兴听见那种事——她先前虽曾帮助达丽娅·弗兰措夫娜，列别加尼科夫他也是的……哦……他和卡捷琳娜·伊万诺夫娜之间的一切纠纷，都是为着索尼娅呀。以前，他要和索尼娅接近，后来忽然又看不起她了。他说：'一个像我这样受过高尚教育的人，怎么能和那种女子同住在同一个房里？'卡捷琳娜·伊万诺夫娜替她辩解……事情就是这样发生的。现在夜间索尼娅回到我们这边来了，她安慰卡捷琳娜·伊万诺夫娜，并极力援助她一些钱……她在裁缝卡佩瑙莫夫家租了一间房，卡佩瑙莫夫是一个跛足，牙齿生得极不整齐，他的家人多是如此的。他的妻子也是龅牙的。他们全住在一间房里，但是索尼娅她自己有一房间，和他们隔开……唔……是的……都是贫穷的，都是笨嘴拙舌的……我早晨起身，穿上破衣，对天默祷，要到伊万·阿凡纳谢维奇老爷那边去。伊万·阿凡纳谢维奇老爷，你知道他不？不很知道吧？他是忠于上帝的一个人，他是神……主的面前的油烛；正如油烛在融化呢！……他听我讲的故事，眼已惺忪了。'马美拉多夫，你已经让我失望过一回……我再宽许你一回吧'——这是他讲的。'牢记着，'他说，'现在你走吧。'我吻着他脚上的泥——实际上，我并没有吻，只是内心如此，因为他不会让我那样呀，他是政客，也是一个有政治的头脑的人。我回家后，当我说我已重新供职，且有薪水拿时，哎哟，一切均呈活跃了！……"

马美拉多夫在极度的兴奋中又戛然停了。此时一群酗酒者从街上跑进来，并传来手摇琴和小孩子唱《哈孟雷德》①的声音，在店门口都能听见。屋内充满了嘈杂。酒店老板和招待忙着照顾新客。马美拉多夫却不关心这些，仍在说他的话。他已身软力弱了，但他越醉越爱说话。想起他新近在工作上的成功，他是另一个人了，而且真的满面红光。拉斯柯尼科夫听得很出神。

"那是五个星期前吧，先生。是的……卡捷琳娜·伊万诺夫娜和索尼娅一听见这事，以为我是上了天堂似的。从前总是如此：她当我是个畜生，一天到晚除了诟骂之外就没什么了。现在她们小心之至，叫小孩子不许闹：'你的爸爸谢苗·扎哈雷奇在公署做事累了，他在睡觉呢！'我去做事前，她们倒咖啡给我，并为我弄来奶酪！她们开始给我好的奶酪，你明白么？她们怎样弄到一套便宜的衣服——十一个卢布，五十个戈比，我不知道。靴子、棉织衬衣——最讲究的，一套礼

---

①《哈孟雷德》：即《哈姆雷特》。

服，她们把一切都变做最时尚的，用了十一个半卢布。前一天早上我从公署回来，我看见卡捷琳娜·伊万诺夫娜做了两道菜——鲜汤和红萝卜炒咸肉——我们从未吃到过。她衣服很少……但她却把自己打扮得花枝招展，像赴人家宴会似的；她没什么衣饰可装扮的，只是把头发弄得很光滑，戴上一个搞卫生时戴的领巾，一副袖套，就只有这些，她显得不同了，她非常年轻、美丽。我的小女索尼娅现在只援助一些钱，她说：'我不能常来看望你们。晚上以后也许行，因那时没人看见。'你听到么？你听到么？饭后我睡了好久，你以为怎样？我的妻子在一周之前，还和我们的房东太太争吵过，但不久她又请房东太太进来喝咖啡了。她们一块儿坐着，密谈着约有数小时。'谢苗·扎哈雷奇现在又有职业了，领着一份薪俸，'她说着，'他自己到老爷那里，老爷亲自来见他，别的客人全等着，并握着谢苗·扎哈雷奇的手，一同到他的书房。'你听到吗，你听到吗？'自然见，'他说，'谢苗·扎哈雷奇，我记着你过去的劳绩，'他说着，'而且不论你有什么不良的嗜好，只要你现在答应了，因为没有你来帮我们，事情就不成样子了。'你听到吗，你听到吗？'就这样，'他说着，'我现在相信你的话，你是一个忠诚的人。'我对你说，那些话，都是她编造的，并不仅是由于好夸，还为着矜夸呀；她自己也不相信，她以此求得一点高兴，她是这样的啊！我不必如此说她，不，我一点儿也不说她！……六天前，我们第一个月领的钱——共二十三个卢布四十个戈比——给她的时候，她叫我为小宝贝：'小宝贝，'她说，'我的小宝贝。'在无外人的时候，你懂吗？你，你不要以为我不会做一个丈夫，你能吗？……哦，她扭着我的脸说：'我的小宝贝。'"

马美拉多夫突然不说了，他要笑，忽然他的下巴痉挛起来了。他勉强压制着。这酒店，这人的落拓的行径，在柴草船上度过了五个夜晚，以及酒壶，对于妻小的疼爱，他的听众惑乱了。拉斯柯尼科夫留心倾听，只不过露着一点儿不愉快。他似乎有点儿忧虑，走过来了。

"先生！"马美拉多夫恢复原状说着，"唔，先生，这一切对于你也许都只是一件笑料吧，像别人一个样子，也许我拿我的家庭生活琐屑，打扰了你吧，不过我觉得这于我却不是一件可笑的事情……我的一生中最可纪念那一天，那天晚上，我很快地在梦想中过去了，梦想着一切事儿怎样处理，我怎样修饰小孩的手，怎样叫她休息，我将怎样把我女儿从火坑中拯救出来，使她回到家庭来……还有……不，我可以原谅的，先生。唔，先生（马美拉多夫突然抬头看了一阵，注视着四周），唔，就在那梦后的第二天，就是在五天以前，晚上，我好像贼骨头似的，用敏捷的手法从卡捷琳娜·伊万诺夫娜那里把她箱子的钥匙偷来，我们一月薪水所用剩下的全拿出来，多少钱我已忘记，现在来看罢，大家都来吧，我离家第五天了，她们在那边寻找啦，而且我的工作丢了，我的礼服放在埃及桥上的一家酒店。我把它换成我现在的这件衣服了……一切事情就此告终！"

马美拉多夫的手拍着自己的前额，闭眼咬牙，他的手肘靠在桌上，一分钟之后，他的脸忽然变色了，而且露出一种虚伪的夸张，对着拉斯柯尼科夫看，并大声笑说：

"今早我去看过索尼娅，我向她要点酒解解瘾！嗨，嗨，嗨！"

"那你说她给你酒喝了吗？"来客中有一位大笑地喊着。

"这半瓶酒是用她的钱买得来的，"马美拉多夫声明着，他只向拉斯柯尼科夫讲。"我的女儿给我三十个戈比，我看见这是她最后所有的钱了……她不说什么，只是朝着我……的确没有说话，但她那方面……她们为男人而痛心地哭了，但她们却不怎么责备他们，她们并不责备他们呀！那更令人伤心，她们不责备，那更是难过，是三十个戈比，或者她现在要这钱用呢？你以为如何，我的先生？因为此刻她必须修饰她的外貌呀。要漂亮，那特别地讲究就得花钱，你知道吗？

你明白的? 还有发油、裙子——用绸缎做的裙子;还要鞋子——极讲究的花鞋,这些她一定少不得的。你知道的,先生,须知那漂亮是怎么一件事? 但是我是她的父亲,我把那三十个戈比拿到这儿来喝酒了,我一文没有了,而且我已经把酒喝完了,你想,谁会加以怜悯如我这般的家伙呢? 你是否也如此,先生? 对我说吧,先生,你是否也如此? 嗨,嗨,嗨! ”

他举手把酒壶倒一下,但已经没有一滴酒了。

“你为何要受人怜悯? ”酒店老板又来插入说道。

接着便是狂欢的呼声、詈骂。狂欢和咒骂是起自四座的听众,有的并没有听进他的说话,只是看着这被撤职书记员的举动而发笑的。

“怜悯! 我要受人怜悯吗? ”马美拉多夫突然大声说着,他伸着手臂站着,好像他早就等着那句问话了。

“我为什么要受怜悯呢,你说? 对啦! 这是没有什么理由的! 我应当受罚,钉在十字架上,何必受人怜悯! 青天老爷你把我钉死吧,可怜我! 不然我要自己去动手,因为我不是寻欢作乐,而是赚得眼泪和痛……你以为——你这酷酒者——你这瓶酒是甜的吗? 实际上我所寻求的是痛苦,泪痕和痛苦,我找到啦,我喝着啦;但是他将可怜我们,他对于一切人都有怜悯,他明了一切人和事,他是唯一的救星,他也是青天老爷。那天他来了, 必会开口问道:‘谁给她那狠心的害肺病的后娘,为别人的小孩而牺牲自己,那女儿现在何处,谁怜悯这污浊的醉汉——她的不近人情的父亲——不为他的蛮横所惊,那女儿现在何处? ’他必说着,‘跟我来! 我已经饶恕你一回了……我饶恕你一回……你的罪很多,却被饶恕了,因为你可爱得很……’他要饶恕我的索尼娅,他要饶恕,我知道……就是此刻当我和她在一起时,我在心中也觉得! 他要审判,而且饶恕一切好人和坏人、聪明者和良善者……他把他们都审判完时,他要带我们去呢。‘你们上来吧,’他将说，'来，你们这班酒鬼；来，你们这班不中用的人；来，你们不识羞的孩童。'我们要随着上去，站在他面前并不觉得羞耻。他将向我们说：'你们是猪仔，畜生似的，带着畜生的标记。你们一齐来！'聪明和识者要说：'主父啊，你为什么要收容这批人？'他要说：'就是为此我要收容他们，聪明者，也因此我才收容他们，有知识的人啊，他们中没有一个人相信他自己是值得受这般殊遇的。'他要我们伸出手来，我们要跪在他前面……我们哭泣……我们明白一切，此时我们要明白！……弄得明白，就是卡捷琳娜·伊万诺夫娜……她也明白了……主父啊，希望你的天国快快到来！"他力竭，声嘶，倒在凳子上，谁也不理，已经忘记他的所处而坠进深奥的沉思中了。他的话起了一阵感化，四周沉默着；不多时又听见狂笑和诅詈。

"这是他的高见！"

"他是胡说八道！"

"还是个官儿！"

等等说法，纷纷而起。

"我们该回去了，先生，"马美拉多夫突然说着，抬起头向拉斯柯尼科夫说着，"我们一同回去吧……柯舍尔公寓，从院子进去。我往卡捷琳娜·伊万诺夫娜那里去——我当受罚。"

拉斯柯尼科夫早就想走了，他也有意要扶持着他回去。马美拉多夫身体摇摇晃晃，颓然地依在年轻人的身上。他们要得走一公里路呀。当他们即将到家时，那醉汉就更加惊惶不宁了。

"此刻不是怕卡捷琳娜·伊万诺夫娜呢，"他在心绪烦扰中低声说道，"我不怕她来抓头发。头发有什么要紧呢，这就是我说的哪！若是她真要来抓它倒好呢，那我倒不怕的……我最怕的，是她的眼睛……是的，她的眼睛……她脸上的潮红也足够使我恐惧……她的急促的呼吸。也……你觉得患那种病的人怎样呼吸……当他们兴奋时吗？

再有，我怕小孩子的哭闹……倘使索尼娅没有拿食物给他们……我不知道事情会怎样！我不知道！拳打脚踢我可不怕……你知道，先生，这样打我，我一点儿也不痛，而且是一种快乐呢。让她打我，来安慰我的心胸……那样倒好些呢……前面就是我的家，柯舍尔公寓，一个木匠的房子……他是德国人，生活还过得去。进去吧！"

他们从院子进去，走上四层楼。上去时候，楼梯上很暗。时间已经是十一点钟了，虽然在彼得堡夏天是不会有黑夜的，可是在楼梯上面已经是黑暗得不辨方向了。

在那最上面有一扇不完整的小门半张着。房子并不好看，只有一丈见方，点着一支蜡烛，整座房屋在入口处便都可以看得清楚：狼藉不堪，破衣乱摊，尤其是孩子们的衣服。最里面挂着一块破布，后面就是卧床了。房里其他的东西很少，只有两张椅子、一张沙发，上面披着美国式的地毯，有几处破洞；前面放着用旧木头做的桌子，漆已褪了，也没摆什么。桌上只放着一个铁烛盘，蜡烛已烧完。这家人自己占了一间，但不是一间房的分隔，只有一条走廊而已。再往前走，就是阿玛莉娅·费奥多罗夫娜的住房，这套住房被分隔成几间，里面人声喧杂，仿佛有人在那里赌博狂喝似的，时时冲出一些不堪入耳之言。

拉斯柯尼科夫一下子就认出卡捷琳娜·伊万诺夫娜。她是一位高而瘦、显得很文雅的妇女，神色极颓丧，浓褐色的头发却很美丽，脸颊晕上一种肺病的赭色。她在房中往来走，两手插在腰部；嘴唇焦渴，呼吸短促，不时地喘息。她的眼睛发出强度的光彩，贪婪地注视着四周。她那肺病的兴奋的脸，加上那蜡烛光最后的闪动，给人一种不愉快的印象。拉斯柯尼科夫看她大约有三十岁，这对于马美拉多夫来说，实在是不般配……她似乎在幻想，所以没有看到他们进来。屋内闷得很，并没有打开窗；楼梯上发出一股臭气，楼梯门也没闭上；纸烟的雾气由内室里吹出来，她咳嗽着，可是不曾带上门。那最小的六岁小孩睡着,盘踞在地毯上边,头搁在沙发上。那大一岁的小男孩在屋角哭着,或许他刚受了一顿打吧。他旁边站着九岁的瘦削女孩,一件破旧的衬衣和一件旧的羊毛披肩,套在身上,身材和衣服似不相宜,衣架太小了。她的手臂,骨瘦如柴,抱着她的小弟弟,抚慰着,向他低声哄着,为的是使他不再啜泣。同时她的大黑眼,配上她消瘦的脸,看上去更大了,惊惶地看着母亲的脸。马美拉多夫没有进去,已经跪在门口,拉斯柯尼科夫站在他的前面。当妇人觉着有一个生人站在前面时,便从幻想中回过神来,不觉讶然一惊,不知他来有何贵干。她还以为他是到隔壁房间去的,因为去隔壁的房间必须经过她这里。她就坦然了,刚要向外边走去,把门带上,却发现自己的男人在门口跪着,便疯狂地发出一阵喊声。

"啊!"她喊道,"你回来了!罪犯!恶魔!……钱放在何处?衣袋里放着什么,拿给我!你的衣服都变样了!你自己的衣服哪里去了?钱放在何处?说呀!"

她动手搜了。马美拉多夫顺从地抬起双手给她搜索。她一无所得。

"钱放在何处?"她喊着,"天呀,他都喝光了?橱内只有十一个银卢布。"她忿忿然地抓住他的头发,一直拖到房中。马美拉多夫像温顺的绵羊似的跪爬着,由她处分。

"对于我来说,这是一种安慰!并不伤害我,是真实的安——慰,先——生!"他喊着,他前后左右俯仰着,有一次头几乎撞着地上。这时地毯上熟睡的小孩惊醒过来,开始哭泣了。房角的男孩惊呆了,并且开始颤抖着哭泣,在这混乱中,他像得了一阵急病似的跑到他妹妹跟前。那最大的女孩呢,颤抖得如同一些树叶。

"他一定喝完了!他一定喝完了!"可怜的女人破口骂着,"他衣服也当了!唉,他们没吃呀,没吃呀!"她用手指着小孩子们。"可恶的,不要脸的家伙,生活也不顾了。"突然地,她去抓牢拉斯柯尼科夫,"你俩从酒店来,你们是一块儿喝酒取乐吗?你诱他喝酒!快给我滚出去!"

年轻人不发一言地急忙退出。那些好管闲事的人在外面看着。鄙陋的狂笑的脸,口里含着烟管,带着小帽的头,全在门口露脸了。后面还可以看见穿着衬衣、瘦矮得极难看的看热闹者,有几个还手拿着赌具呢。当马美拉多夫被拖着头发里喊出什么一种安慰的话的时候,他们都觉得好笑,他们几乎要冲进屋里来了。此时,他们听见一种尖利的叫喊声,这是从阿玛莉娅·费奥多罗夫娜的口中喊出来的,她从他们中间挤出来,以极粗陋侮辱人的话指桑骂槐,说她明天就得搬出去住。拉斯柯尼科夫走出去了,他把手插入衣袋,把在酒店中用卢布兑来的铜币拿出来,悄悄地把它们放在窗口。他下楼时,忽然改变了主意,想重新跑上去。

"我干出了什么傻事了,"他想着,"他们有索尼娅……我自己正需要钱用呢。"但是想再取回是不能的了,而且不管怎样他也不愿去取回了,他把手一挥,坚决地回去了。"索尼娅还要买化妆品呢,"当他在街上走时,他想着,而且放纵地大笑着,"这种漂亮是要花钱的……唔……也许索尼娅自己也要破产了,因为她干的那一行是很不容易,好像是追赶野兽……挖掘藏金……都是冒险,明天他们把我的钱用完了,那以后就没有一块面包皮吃了。索尼娅,祝你永远好运!他们好像在开发矿山!他们想以此为利呢!是的,他们想以此为利呢!他们为你哭,为你笑,人类对于一切事都能看得开呀!"

他陷入了沉思之中。

"如果我做错了将会怎样呢?"他呆了一会儿,突然自语着,"如果人并不是真的那么卑鄙,我指的是各色的人类,也就是说,全人类——其他的一切都是偏见,简直是人为的恐惧,毫无障碍,那么一切都是理所当然了。"

第三章

　　他夜来不能成眠,第二天醒来已经很迟了,但睡眠并没有使他的精神好转。他醒过来后,性情暴躁,肝火很旺,好丧气地、憎恶地看着房间的一切。这是一间橱式的屋子,约有四五尺长,有一种受贫穷侵击的外貌,污秽的黄纸由墙上掉落,而且楼板又很低,一个身材比较高的人在里面就要感到压抑,时时觉得他的头有碰着屋顶的危险。家具和房间倒很相称:三张不牢的旧椅,房间的角落有一张桌子,放着几本书和笔记本;上面堆积着尘垢,显得长久没有被动过了。一张笨重的沙发,几乎占了整个屋子一半的地方;先前似乎铺过彩花布,现在已经破败,这算是拉斯柯尼科夫的床。他平常就在那上面睡的,也不必脱衣,没有被子,外面包着旧制服就算被子了;头搁在了一个很小的枕头上,枕头下面塞着脏的和干净的衬衣。此外,沙发前还有一张小桌。

　　没看到比这更潦倒、更脏乱的了,但这和拉斯柯尼科夫现在的处境却很相称。他完全脱离了社会,和缩在自己贝壳里的蚌没有两样,甚至于看见他那服侍的仆妇进来,有时也会使他的神经受刺痛而痉挛着的。他的精神完全堕入了疯狂者们的一种偏激的情况之中。他的女房东已经两周没有送饭来了,他在家虽然没有饭吃,仍没有去找她商量。厨子兼唯一的仆人娜斯塔霞,对于这位房客的脾气倒不见得如何不合,她只有一个星期打扫他的房间一次,她那天到房内把他惊醒了。

　　"起来吧,现在为什么还如此贪睡!"她向他叫着,"已经过了九点钟了,茶我已带来了。你要喝吗?我想你觉得很饿了吧?"

拉斯柯尼科夫睁着眼,惊醒了一看,是娜斯塔霞。

"是从女房东那儿来的吗?"他慢慢地问,带着一副病态的脸,在沙发上坐着。

"从女房东那儿来,对的!"

她把那满装着淡而无味的陈茶的茶壶放在他前面,茶壶附近有两块糖放着。

"娜斯塔霞,这点你拿去,"他边说,边在衣袋内摸索(他穿着衣服睡的),拿出许多铜币,"给我买一块面包,再给我弄点香肠来,拣最便宜的,到咸肉店去买。"

"面包我就给你带来好了,不过你要喝点菜汤代替香肠吗?那汤真好呢,还是昨天弄的。昨天给你留着的,你回来太迟了。那汤真好呢。"

他开始喝着那汤时,娜斯塔霞就在旁边沙发上坐下了,不觉谈起话来了。她是乡下的村女,是一个十分爱讲话的女子呀。

"普拉斯科维娅·巴甫洛夫娜想到警察局去告发你。"她说着。

他皱一皱眉毛。

"到警察局去!她要干吗?"

"因为你不付她房钱,你又不立即搬走。我想她一定是为这个的。"

"蠢货,这真是讨厌的事,"他咕噜着,磨着牙,"不,那与我目前……太不巧了。她的确是一个傻瓜。"他大声地说:"今天我要去和她谈谈。"

"她是蠢货,是的,和我一模一样的。但你聪明,为什么你老是不来这儿动动手,你的聪明有什么用?前些时你常出去,你说是照顾小孩。但是为什么,你现在一点事儿也不做呢?"

"我在这儿做……"拉斯柯尼科夫愤愤地说着。

"你做什么呢？"

"自然是做事……"

"做什么事？"

"我在考虑。"他停了一会儿，才肃然地答道。

娜斯塔霞吃吃地笑了。她总是这样的，有时有什么事使她开心的时候，她更笑得前俯后仰了，一边颤抖着，她觉得太过度了方才停了。

"你靠你的思想得了多少钱了？"她最后慢吞吞地问道：

"出去教书的人不能没有皮鞋的。我对于教书也很讨厌。"

"不要和你的肚子开玩笑吧！"

"教书的钱他们付得极少，一点点钱有什么用呢？"他很不高兴地答着，这好像是答复他自己的内心的话。

"你思考一刻就可以得到很多钱吗？"

他有点古怪地看着她。

"是的，我想赚笔大钱。"他停了停，才决然地答着。

"不要如此发呆，把我弄吓了，你要不要拿面包来呢？"

"随便你。"

"哦，我忘了！你昨天出门时，有一封你的信。"

"信？给我的！不知是谁寄的？"

"不知道。我把自己的三个戈比给邮差了。你把钱还给我吧！"

"把信拿来给我再说，上帝呀，快去拿来。"拉斯柯尼科夫很高兴地喊道，"天哪！"

不到一分钟，信取给他了。这是他母亲寄给他的，从 P 省寄出的。当他取到手时，脸都变青了，因为他长久没接到一封信了，另外一种感情忽然又钻进他的心胸。

"娜斯塔霞，请你出去好吗？这三个戈比你拿去，但是你，快点出去！"

信在他手掌中发抖，他不愿当着她的面拆开看，而是想一个人静静地看。娜斯塔霞出去时，他匆促地在信封上吻了吻；仔细地察看信封上的住址人名，那是从前教过他念书写字的母亲的工细斜行的笔迹，他还记得清清楚楚。他呆呆看着，永远好像是怕什么似的。最后，他才把它拆了：这是一封很厚重的信，两张信稿纸，写满着工细的字。

"我可爱的罗佳①，我没有用信和你谈话已经有两个月了，这使我很难过，我老是在夜间醒来，想着这事。但我想你决不会为此而对我不满。我是怎样地疼爱你；你是我们——杜尼娅和我——唯一的亲人，你就是我们所有的一切啊，我们唯一的愿望，也就是我们唯一的柱石了。当我听到你很穷困、几月以前便弃了大学、你又丢了教员和别的工作时，我是怎样地伤心难过啊！我如何地从每年一百二十个卢布的恤金中来培植你？四个月前，我寄给你十五个卢布，那是我用扣除恤金的办法从商人阿凡纳西·伊万诺维奇·瓦赫鲁申那里借来的。他是个好心肠人，也是你爸爸的好友。但既然把领恤金的权利交给他，我就必须等到把债偿还清，这件事已经如愿以偿，所以这段时间一直没有寄钱给你。现在，谢天谢地，我能再寄给你一些钱，事实上我们此刻的命运也足以自慰，这就是我要告诉你的第一件事。你知道，亲爱的罗佳，你妹妹六周以前和我住在一起，我们将不会分离的。感谢上帝，她的苦痛已经过去了，但我要告诉你一切，你好知道一切事儿是怎样发生的，以及我们之

---

① 罗佳：拉斯柯尼科夫的昵称。

所以没有马上告诉你这些事情的原因。两个月之前，你在信中说你的妹妹杜尼娅在斯维里加洛夫那里受着种种痛苦的时候，当你写了那些，并要我把这事详细答复你时——那时我能写些什么呢？如果我把全部事情写信给你，我敢说，你会要把一切事儿全抛开，即使步行你也要回到我们这里来，我知道你的品格情感，你决不会让你妹妹受痛苦的。我实在没办法，我能怎么样呢？况且，当时我并不全知道那些实情。因为杜尼娅在他家做家庭女教师时，预领了一百个卢布，言明是由她每月的薪金内扣除，因此债务未清是不能够辞职的。这笔款子她大概为了要寄给你六十个卢布才支取的，你那时需要钱又那么急，那笔钱是上年我们这儿寄给你的。我们那时骗你，说这钱是由杜尼娅平日积蓄起来的，事实可并不是如此呀，现在我已经将这事都对你说了，感谢上帝，事情忽然出现转机了，而且你可以知道杜尼娅怎样地疼你，她是有这样一副心肠呢。不错，斯维里加洛夫以前待她很不好，在吃饭时往往对她冷嘲热讽……现在我不想再去说那些伤心的事，免得你再烦恼，因为一切都已经过去了。总的来说，尽管斯维里加洛夫先生的妻子玛尔法·彼特罗夫娜和家中其余人对她都很和善，杜尼娅那时总觉得很难受，尤其是在斯维里加洛夫重新犯了他在军队里的坏脾气，为酒精所控制的时候。你想结果会如何呢？你决不会相信，这酒鬼便开始对杜尼娅不怀好意，只是在表面上用粗暴和轻蔑把这些给掩盖起来。大概因为他是一家的主人，他的狂妄的希望终究不好意思表现出来，这即使他和杜尼娅怄气。而他也希望用无礼和嘲弄的行为，不让人知道他的想法。但是后来他竟不能自制，不怕羞地向杜尼娅求婚，并允诺给她各种礼物，而且，要抛弃家业，和她到他的另一份田产那边去住，甚至于到国外去都可以。你能想到她所经历的吗？实时辞职是不能的，不只为着债务关系，而且也为了不丢玛尔法·彼特罗夫娜的面子，因此就惹起他妻子的怀疑——杜尼娅于是便成了他们家庭吵闹的主因了。并且这于杜尼娅也有不利的地方。还有其他原因，使杜尼娅在六个星期以前，不能立即离开那可怕的人家。你知道杜尼娅是很聪明的，她意志也很强。杜尼娅能忍受苦痛，即使在最困难中，她也有毅力维持她的勇敢。她因为怕给我烦恼——我们虽不断地通信，但关于这事她不向我提一句。事情竟非常出乎意料。玛尔法·彼特罗夫娜偶然听说她男人在园中向杜尼娅恳求，便把情形误解了，把罪名推在她身上，于是一幕可怕的戏剧立刻在园内上演：玛尔法·彼特罗夫娜竟至于打杜尼娅，她只有哭嚷，于是玛尔法·彼特罗夫娜立即把杜尼娅用一辆大车连带着行李送回我这里来，他们把她所有的物件、衬衣和被褥，胡乱地塞进车中，没有好好地叠，而且又下着雨，被羞辱的杜尼娅不得不和一个乡人同坐蓬车，走了七八公里路进城来。现在你只要想一下，就理解两个月前我之所以接到你的信而没有回信给你了。我还能写什么吗？我在危困中，不愿把实情告诉你，为的是怕你恼怒，而且你知道了又能怎样呢？你也许只有把自己给损了，那样杜尼娅也会更伤心；而且当我的心极其凄苦时，我何能以琐事来写满信呢。一个多月里，城内充满着这丑事的流言，杜尼娅和我甚至于无面目再进教堂，为的是轻藐的脸色、诽语，甚至大声地嚷说使我俩难堪。我们的朋友都回避着我俩，在街道上甚至没人向我们打招呼，而且我知道有些店伙们想当面羞辱我们，并用污漆涂我们的墙壁，因此房东要我们搬家。这一切都是玛尔法·彼特罗夫娜干的，她设法毁坏杜尼娅的一生，使每家都咒骂她。玛尔法·彼特罗夫娜是无人不认识的，她常常进城，她爱说话，也喜谈她的家事，而且十分爱向人埋怨自己的丈夫，所以在短时内，她不但把杜尼娅的故事传播于城中，甚至播及各地，这更使我难过。但是杜尼娅比我能容忍，你如果看见她如何容忍，必将设法安慰我们啊！她是一个小天女！然而上帝佑我，我们的苦痛完了——斯维里加洛夫先生恢复了理智，后悔了，或者对杜尼娅怜惜，他将针对杜尼娅的莫须有的不可靠的证据，拿到玛尔法·彼特罗夫娜面前，那是一些信件，杜尼娅在斯维里加洛夫未曾在园内遇见他前，被迫写给他的。这信在她离开后尚在斯维里加洛夫先生手里，那是她拒绝他恳求做个人解说和秘密相会的信。在那信中她很愤怒，发着很大的脾气，责备他对于玛尔法·彼特罗夫娜行为的粗鄙；提醒他，使他知道他是一家之长；并忠告他，使一个十分不幸的没有任何防备的女子受苦、遭难，对他是怎样地卑陋。真的，亲爱的罗佳，那封信写得那么振振有辞，我读了，呜咽着，甚至今天我还会为之掉泪。而且，仆人的证明也足以还清杜尼娅的名誉：他们所见所闻比斯维里加洛夫自己来得多——事实上的确如此。因此玛尔法·彼特罗夫娜异常吃惊，终于'又悲痛欲绝了'，如她自己向我们所说，她完全相信杜尼娅冤枉。第二天，星期日，她亲自到大礼拜堂去，向圣母跪着流泪并在祈祷，求上帝再审判罪，使她的责任得以解除，于是她又从大教堂到我们这儿来，把整个事实说清，并伤心地哭了，她忏悔了，她拥抱着杜尼娅，求她饶恕。在那天上午，她又跑到城内各处，流着泪，洗刷杜尼娅的冤屈，并称赞她的感情和品德的贞洁。甚至，她把杜尼娅给斯维里加洛夫的信翻给人看，读给人听，并且让他们传抄。她如此奔走了几天，在全城坐着车，一一地告诉着。因此有些人家早就在期待着她来，谁都知道在什么时候，玛尔法·彼特罗夫娜要在什么地方读信。每回她在读信时，人们都聚集着，甚至有些人不厌其烦、一听再听呢！我看，这一切动作中有些是不必要的，但玛尔法·彼特罗夫娜的品性如此。她在恢复杜尼娅的名誉上这点看，总算成功的，这事的全部罪名，是一种不能灭掉的羞耻，全放在她男人的身上，他是唯一的受责备的人了，我很替他惋惜，这实在是一种报应呀。杜尼娅呢，当即被几家人聘请她教课，但她拒绝了。不多时，人们都十分地钦敬她。对于这些变化，可说是我们整个命运的转折，有极大的功劳。你要知道，亲爱的罗佳，已经有一个人向杜尼娅求婚，她已答应嫁他。所以我就立刻把这事的前后都对你说，虽然没和你商量便决定，我想你决不会见怪我和你的妹妹的，因为这事不能等待直到接得你回话的时候才决定。而且你不在这儿，也不能辨认一切真相的。事情就是如此的。他已经得了功名，彼特·彼特罗维奇·卢仁是他的名字，而且和玛尔法·彼特罗夫娜也是远亲，她在这桩婚姻上面很是卖力。起初是由她介绍他和我们认识的。他曾和我们一同喝咖啡，在第二天便给我们一封信，信中很谦敬地恳求，并请立刻给他一个决定的佳音。他是一个事情很多的人，急于要到彼得堡去，时间对他是非常珍贵的。当然，那时我们很惊奇，因为这事来得太快，而且出乎意料之外。他家很富有，人也很可靠，他在公署中有两份工作，已置有产业。是的，他已四十五岁上下了，但他还有一种惹人喜爱的风格，女人看了还会爱上的，并且他是个很可钦敬的男人，不过他似乎有点乖僻和自傲的个性。也许我们第一次看到他印象是那样吧。记着，我的罗佳，当他到彼得堡（不久就要去）去的时候，如果你在第一次看见他时，即使有些不顺眼的地方，你切不要很快的、严厉地评论他，我是深知你的脾气的。我可以相信，他在你心中将会发生一个好的印象，我先告诉你这个。而且，一个人为了要明白他人，评量一定要仔细，如此才可避免主观和谬误的思想，因为这些以后是很不容易消除的。从各方面看来，彼特·彼特罗维奇·卢仁是一个很可尊重的人。他第一次来访，就对我们说，他是一个不事虚浮的人，还有如他自己所说，他有着许多高尚的信仰，而且他是最讨厌一切成见太深的人，他说着，他似乎有点自负，喜欢人家捧他，但这已不算是毛病了。他讲的我懂得的不多，杜尼娅她向我解说，他虽说不上是怎样受过教育的人，但很有才干，性情似乎也很好。你知道你妹妹的品性吧，罗佳。我知道她是刚毅的、明世故的、能忍耐的、豁达的女儿，她内心还藏着一副热烈的好心肠呢。当然，双方都谈不上有什么爱情，不过杜尼娅是一个聪明的姑娘，具有天使似的好心肠，她会使她的丈夫感到幸福，这是她引为己责的。当然，我们也承认事情做得太匆促了。其实，他是一个极仔细的人，他要为自己的幸福着想，杜尼娅和他一块儿生活着是更幸福了。说到性情上、习惯上的几种缺点，甚至有些意见不合——这是最快乐的婚姻也避免不了的——杜尼娅说，这无须担心，她自己会掌握的，并说只要他们将来的关系是真诚的、公平的，她就是忍受许多痛苦也愿意。打个譬喻，他起初使我很不安，觉得他有点冒昧，但那是因为他是一个心直口快的人，这也不必多虑。又如，杜尼娅答应后，第二次见面时，谈话中，他说在未和杜尼娅认识前，他早就决意要讨一个能干、体面而没有嫁妆的女子，最好经受过贫困的，因为，他说：一个男人不应当受他的妻子的恩赐，应让妻子敬重自己丈夫为她的恩人。他这番话，说得比我客气动听，我遗漏了他许多言语，这不过是大意吧。而且，这并不是故意说的，乃是在谈得起劲时溜出来的，他说后也曾替自己校正，把话换过方向，但我稍稍觉得他有点失礼，我后来这样对杜尼娅说着的。杜尼娅却说：'语言不能代表行为。'这话倒是不错。杜尼娅在未下决定之前，一夜不曾睡过，整夜在房中来回地走，最后她跪在圣母前面，热心地祈祷着，第二天早晨她才说她已决定了。

"我已经说过，彼特·彼特罗维奇·卢仁就要到彼得堡去，他有许多事情要做，他想创办一家律师事务所。他以前曾经帮办过民事和商业诉讼，不久之前他负责的一件要案胜诉了。他务须去彼得堡，他在法院尚有一件要案需要处理。我的罗佳，他对你将有很多的帮助。不论哪方面，杜尼娅和我说，从此你可以安稳地从事你的职业，那可说你的将来已经有了保障。啊，希望这事早早成功呀！如果成功了，那就太好了，这真是上帝给的幸福。杜尼娅只是幻想着这事。我们已经稍稍向彼特·彼特罗维奇·卢仁露过关于这事情的话。他答复是很谨慎的。他说，他这儿既然不能没有书记员，与其把薪水给外人，不如给自己的亲戚，但这个亲戚一定要称职（你怎么会不称职呢？），不过他又觉得你在大学里念书，可能没有时间在他那里办事，有点疑虑。这事暂且慢说吧，现在杜尼娅对一切都不再预计。前几天她发狂似的做了一个计划，希望你能正式成为彼特·彼特罗维奇·卢仁的法律事务所中的一员呢！这事非常适合，因你是一个读法学的呀。我们也极其愿意，罗佳，所有她的打算和期望，必有十分把握，而能成为事实。彼特·彼特罗维奇虽推诿——此刻他还不认识你。杜尼娅也相信，她会在以后和丈夫好好相处，而获得一切。自然我们也不再向彼特·彼特罗维奇·卢仁多谈这些，尤其关于你的事。他是一个不尚虚荣的人，对这事不见有怎样地关心吧！这些在他看来也许当是一桩赘瘤。杜尼娅和我始终不曾向他露出一句我们的大野心——叫他资助你在大学的一切费用;我们并没有说及这事,事后会实行的,无疑地他自会去做的,因为以你的才能,在他事务所里成为他的要员,而受他的帮忙并不是怎样了不得,而是靠你的才能获得的薪俸。杜尼娅就想如此做,我也很赞同。此外还为着别种原因,没有说出我们的希望,那是因为我想使你在第一次见他时,以同等的地位相待呢。当杜尼娅高兴地对他说到你的时候,他说,没有亲自观察一个人,是很难评量的,他希望和你见面,认识你之后再确切地答复。你知道吧,我的罗佳,我想也许因为某种原因(这与彼特·彼特罗维奇·卢仁无关,只是我自己个人的),在他俩行过婚礼后,我不想住在他那边,自己另住。我想他必会十分诚恳请我和我的女儿共住,而且他现在如果未提过这话,那么,事情大约已经如此地安排了。我可不答应。我的阅历和见识告诉我,女婿和岳母同住不会有好结果的,我不愿触犯人家,我自己只要能有吃有用,并有像你俩这样的儿女,就什么都满足了。如果允许的话,我想搬到你的处所附近,我的罗佳,我有一个最好的消息放在后头呢! 你明白,我的孩子,在短时间内我们或者就可实行,近三年的别离之后,我们又可以同叙一室了! 杜尼娅和我要往彼得堡去,这已经确切地决定了。什么时候虽未定,但总很近了,也许就在一星期内。不久之后,彼特·彼特罗维奇·卢仁将使我们知道的。为了他自己的便利起见,他想早点举行婚礼,若是可能的,就在圣母禁食节前几天;若是太早,来不及布置,那就在节后举行也可。我是怎样地高兴和你会见,杜尼娅她也很想见你,有一次她笑说,就只为那事,她也愿早点和彼特·彼特罗维奇·卢仁结婚。她真怪可爱的! 她不再写信给你,只叫我代为致意。她不再去写了,因为在几行字中也说不了什么事,只是搅乱了她。虽然我们很快就可见面,但我将在几天之内或者会寄钱给你呢。现在大家都说杜尼娅要嫁彼特·彼特罗维奇·卢仁了,我的信用也忽然好起来了,我知道阿凡纳西·伊万诺维奇他将相信我,并且能把借款增至七十五个卢布,如果这样我将寄给你二十五个或三十个卢布。我情愿再多寄点给你,但我尚须顾到我们的川资呀!虽然彼特·彼特罗维奇·卢仁愿供给一部分川资,换言之,他担负运寄我们的衣箱和包裹(可由他的熟人去办)。我们到彼得堡时必须花许多钱,所以我们不能不预备点钱,至少能应付几天。但我们一切都计算过,我们知道这段路程不会花许多钱的。从家里到铁路去不过九十俄里,我们已经和一个熟悉的车夫说好,一切都安排好了,杜尼娅和我可以很舒服地乘着三等车。因此我又不想寄给你二十五个而要寄给你三十个卢布。好了,我已经写满了两张纸了,不必再写了;我们的整个事情,已经大体说了,现在,我的罗佳,我祝福你,直到和你的母亲相见。爱你的妹妹杜尼娅吧,罗佳;爱她就像她爱你一样,你要知道她爱你是远胜爱她自己呀。她是一个天上仙女,罗佳,你是我们的宝贝——我们唯一的希望,唯一的安慰者。但愿你快乐,我们也快乐。你还默念你的祷告,罗佳,且信仰我们的创造者和我们的救世主的仁爱吗?我所担心的,就是怕你被现在所流行的打倒宗教风气所侵袭,不要如此,我替你祈求。牢记着,亲爱的儿子,你在幼小时,你父亲还在时,那时你是怎样在我的膝上喜欢念你的祷告的,那时我们是怎样地幸福啊。就此再会!我紧紧地、永久地,拥抱你,吻着你。

——至死都爱你的
普莉赫丽娅·拉斯柯尼科娃"

当拉斯柯尼科夫开始看这信的时候,他的面庞就被眼泪所浸湿;

等他看完时，脸色是苍白的、颤动的、酸苦的、愤慨的以及恶意的微笑，都呈露在脸上和嘴唇上。他的头倚着脱线的污枕边而凝思着，他的心剧烈地跳动着，他的头脑是在混乱中。最后他才感到在这像一个箱橱式栗色的小房中，局促不安而且闷得慌。他的视线和思想开始神游起来，于是他便抓起帽子出去了，这回他不再害怕遇见无论谁，所有的惧怕都消失了。他沿着热夫奇街道，朝着瓦西利耶夫岛走去，匆匆得像忙着什么事儿似的，口里念着什么，甚至使旁人大为惊异。大家都当他是喝醉了。

第四章

　　母亲的信刺伤了他的心，就是读到其中重要的事时，他也感觉着不安静呢。其重要的解决方法在他的心中已经决定，毫不犹疑地决定了："只要我一息尚存，这种婚姻绝对不许，卢仁他不行！"

　　"事情异常地明显"他带着一点鸱鹦笑地低语着，好像预祝他将来的胜利似的，"不能，母亲，不能，杜尼娅，你们不要来骗我！她们说什么歉疚，说什么没有问我，说什么没有我就决定！哼！她们自以为现在大事已定，不能不办。哼！且看着吧！什么？彼特·彼特罗维奇·卢仁是忙人，婚礼要赶快举行，要乘快车。你能，杜尼娅，这一切我全明了，我全知道你，我也明白你整夜不睡，是想的什么，以及你在母亲卧房中的圣母面前默祷的是什么。走上髑髅地①是多么痛苦啊！……唔……你们最后已经决定：杜尼娅，你决定嫁一个精明的、有产业的人（已经有产业这是何等引人羡慕）、一个在公署中兼差的人，他有着高尚而能干的智识，如母亲所写的，而且他似乎仁慈，如杜尼娅所说的。那似乎可以克服一切了！就是那个杜尼娅，也为那个'似乎'而下嫁给他了！好得很！好得很！"

　　"……我很想知道母亲为什么写信给我说起'高尚而能干的现代人'呢？是否是一句形容话，还是有意使我去赞美卢仁呢？她们太圆滑了！我更想知道：那一整天和从那次会面以后，他们彼此已经相知到什么程度？用言语表出，还是两人自己心中明白，不必说出来呢？也许是

————————

　　①髑髅地：耶稣于髑髅地被钉死在十字架上。

有点儿那样吧，从母亲的信中，也许是如此：他使她感到不安，觉得他有点失态，而且母亲坦白地将这观察对杜尼娅说。她定要恼了，'很恢气地答她'。我想，事情既已经十分明白，也不必问什么话，而且事情，已经默认，无须研究，谁能不恢气呢？她为什么写信跟我说着：'爱杜尼娅，罗佳，她爱你远胜爱她自己？'她为儿子而牺牲女儿，难道良心上不感到刺痛？'你是我们唯一的安慰者，你就是我们的宝贝。'母亲啊！"

他的酸楚愈想愈难过，如果那时他巧遇着卢仁，他会把他杀死的。

"唔……对的，那是对的，"他脑子继续着旋转又想到，"'要深知一个人，需得长时间的慎重。'不错的，但关于卢仁，那是没有什么错的，他是'一个精明而且似乎仁慈的人'，那就算已经知人情了，是的，为她们运送包裹和皮箱！那么从此以后，必然地就是一个仁慈的人了，但他的新娘和新岳母却要坐一辆粗陋的农人的小车子（我，我是坐过这种车）。不碍事！不过九十俄里，以后她们就可'很舒适地乘着三等车'走一千俄里！可也不差点儿！俭约是可以的，但你自己怎样，卢仁？她是你的新娘呀……你要知道，她母亲用她的恤金抵押、借钱做盘费。当然，这也是一种交易，为着大家有利而立的合同，股份相同、开支分担——正如俗话说：吃饭在一起，烟款各自理。办事者还占了她们的好处。铺盖比她们的盘费花得少，而且也许一文不费运去。怎么她们一点儿都看不出来，也许还是她们不去考察？她们快活，快活！况且以为这只是第一回的花朵，真正的果实就要结下了，这并不由于吝啬、卑鄙，而在于整个儿的行径。结婚以后的行径也将是如此，这是先给你一尝味儿。母亲也真是的，她为何要如此花费呢？她到了彼得堡的时候有没有钱了呢？三个银卢布或两张钞票，她所说的……那老姑姑……唔！她以后在彼得堡依什么为活？她已经有了她的预计，她在结婚以后，甚至于前几个月，她就不能和杜尼娅一起住。那财主当然对于那件事已经露出几句话，虽然母亲加以否认，她说：'我会拒绝。'那她靠谁呢? 她靠着一百二十个卢布恤金，偿还阿凡纳西·伊万诺维奇以后所剩下的钱吗? 她要是织羊毛披肩并刺绣袖，她的老眼不是坏了吗? 织披肩的全部收入，一年也不能在她的一百二十个卢布上再加上二十个卢布，这是我知道的。可见，她唯一的希望是放在卢仁的豁达上面了：'他会奉送来的，他将叫我接受。'别妄想了! 席勒笔下那些好心人总是这样：他们总是用孔雀羽毛把人打扮得十分漂亮，直到最后一刻，他们总是只往好的方面，而不往坏的方面去想；虽然他们也预感到坏的一面，但是无论如何事先对自己不说真话；单单是这么想一想，就使他们感到厌恶；他们挥着双手逃避真理，直到最后一刻，直到那个被他们打扮得十分漂亮的人亲自欺骗了他们。真想知道，卢仁先生有没有勋章：我敢打赌，他的钮扣眼里有一枚安娜勋章，他在跟包工头和商人们一道吃饭的时候，他都戴着它，大概在他举行婚礼的时候也会戴上的! 不过，叫他见鬼去吧! ……"

"嗯……母亲我倒不怪她，希望上帝给她幸福，杜尼娅怎么能够呢? 杜尼娅，可爱的人儿啊，似乎我不知道你，我最后看见你的时候，你将近双十年华：那就知道。母亲信上说：'杜尼娅能容忍苦痛。'我很明白，两年半前我就明白了，过去的两年半我都在想着这桩事——'杜尼娅能容忍苦痛'那事。如果她能容忍斯维里加洛夫和其余的一切，她确能忍受许多苦痛。母亲和她自己现在以为她能够容忍卢仁了，哼! 什么从困苦中出来的妻子。一切都靠男人的恩赐，这种妻子最好——他在第一次见面时便有这种怪论了。即使从他'口里滑出来'，他虽是一个机智的人(但或许那不是无意说的话，而是他预先把自己意思先说了)，但是杜尼娅，杜尼娅呢?当然，她明白他，但她将要和他一起住。什么? 她只能靠面包和水度日，她不会失去她的灵魂，她不愿用她的贵重的自由当做货色去交易；就是拿什列斯威格和荷尔斯敦①来交换她也不愿,何况卢仁的臭钱。我以前看杜尼娅,并不是那样的人……她现在也仍是那样的! 是的,斯维里加洛夫一家人是苦口良药,那是不能否认的吧! 为着二百个卢布在外省做一个家庭女教师,消去自己的生活,真是一件苦差事,我知道,如果为着她一己之利益,她倒情愿做一个殖民地的奴隶,或是随着德国主人的一个拉脱维亚人,也不愿让跟自己永远毫无关系的人所约束,以毁侮她的人格和道德。如果卢仁是个财神,或是一只巨大的金刚石,她也不会答应去做他的姨太太。那么地究竟为什么答应了呢? 其中的奥秘在哪里呢? 这个谜底怎么解开呢? 这是明显的:如果为着她自己,为着安乐,她绝不会出卖肉体拯救她的生命,她之所以如此,是为了别人! 为着她所最爱的、所崇拜的一个人,她将牺牲自己! 那一切为的如此:为她的哥哥,为她的母亲,她将牺牲自己,出卖所有的一切! 在这状况之中,我们'如果是真的话,那就克制着人类的道德的情感',甚至自由、和平、天良,以及一切都带到市场去出售。如果我的亲爱的人们可以获得幸福,我的生活不必理会了! 而且,我们会变为讲良心的人,我们会学做耶稣教徒的样子。有一时期我们或者会安慰自己,我们会使自己信仰,依照一个好的目的去做,这是人们当为的。我们就是那样,像太阳一样地光亮。拉斯柯尼科夫就是这件事的中心人物,不是别人。唔,她会担保他的前途,给他在大学里念完书,使他在事务所内成为一个同事,使他将来安稳,或者以后可以变为一个富翁,发大财,受人敬仰,甚至可以成为一个名人! 但我的母亲呢? 罗佳,我的罗佳,她的大的儿子! 为着这样一个儿子,难道不愿牺牲这样一个女儿吗? 亲爱的,你太偏心啊,怎可以为着他,而追踪赶上索尼娅的命运? 索尼娅,世界如果存在,你就是永久的先驱者。你

----

① 什列斯威格和荷尔斯敦:两个州的名称。

44

们两个是否估量过你们的牺牲？那是当然吗？你们能够容忍吗？有什么用处呢？其中有深意吗？让我对你说，杜尼娅，杜尼娅的一生并不比和卢仁过活更坏。母亲写信说：'说不上爱情的话。'假若连敬重也没有又怎么办呢？如果这点都没有，遗弃、藐视、憎嫌，又如何呢？那么你也将要顾全你的面子，是不是？你明白那讲究是怎么一回事？你知道卢仁的讲究与杜尼娅的正是一样？或且更不行、更卑恶、更下贱，因为依你的情形说，杜尼娅，那是为的奢华而实行的买卖，但在杜尼娅，那是饥饿的问题。杜尼娅，那讲究是必须得付出代价的，如果以后你不能容忍，你后悔，又怎样？那只有伤心、悲哀、苦恼、哭泣，在别人面前隐藏眼泪，因为你不像玛尔法·彼特罗夫娜。那时你母亲又将如何呢？就说现在，她已经不安、烦恼了，当她一切看得通彻时，那她更将如何？我呢？是的，你看我是什么人？我不必要你的牺牲，杜尼娅，母亲啊！我不能，只要我一息尚存，就不能，就不能！我誓要反对！"

他突然沉思在无知觉的状态中。

"绝对不能吗？但你怎么去阻止那事呢？你有什么权柄？你以什么条件答应她们，她们能给你这权利吗？你整个的未来，必须等你读完你的书，得到一个职业时候吗？不错，一切一切我们已经听见过了，但现在呢？现在要做点事儿了，那你明了吗？你现在做什吗？你不是靠着她们度日？她们以一百二十个卢布的恤金举债养活你。她们从斯维里加洛夫们那里借钱。你如何去帮助她们脱离斯维里加洛夫，脱离阿凡纳西·伊万诺维奇·瓦赫鲁申呢？他是未来的富豪琼斯，她们的生活由他布置。再过十年？十年后母亲将因织披肩瞎眼了，也许因为哭泣。她会因饥饿瘦得不成样子；妹妹呢？你想十年中她会变成怎么样呢？在那十年中她会遇着什么事故？此刻你能预料吗？"

他为此而苦恼，并折磨自己。然而这些问题并非骤然而来的新问题，它们都是旧有的熟悉的痛楚。自从它们第一次来袭击而且扯着他的心以后，到现在已经很久了。他现在的痛苦就是由前一次开端的；这痛苦渐渐成长，而成熟了，集中了，直到成为一种可怖的、疯狂的和奇异问题之形式，伤害着他的心神，固执地待要解决。这回他的母亲的信好像晴天一声雷地打在他头上。他现在必须忍耐地受罪了，未解决的问题来烦恼自己，他必须干点儿事，须待立刻做，这是很显明的。总之，他必须决定这件事……

"或许把人生，完全丢开了！"他在疯狂中，忽然喊着，"卑贱地忍受现实的命运，最后一次，并且将一切烦闷加进自己的生命中，而放弃一切的活动、人生以及爱情的要求！"

"你懂了么，先生，当你无路可走的时候，你懂得那是怎么一回事吗？"马美拉多夫的事情又来到他的脑中，"因为人人必须有个去处呀！"

他突然吓了一跳，另外一种思想，昨天所有的，现在又回到他的脑中了。他对于这再现的思想并不怎样惊奇，因为他早知道，早先感觉到，那思想一定要复现的，他正在等待着，并且，那不只是昨天所想的。一个月以前，也可说在昨天，那思想还是一个真实的幻想，但是现在……现在看来毫不像幻想，是一种新的威胁，且是生疏的形状，他自己忽然觉得了……他觉得脑中受了一阵棒打，在他的眼前有一阵昏黑。

他急忙地四下一看，像在找寻什么。他正寻一个座儿，他沿着康士路走去。大约走了一百步远，便有个座位。他很快地走到那里，但在路上他遇见一件偶然的小事，他的注意给吸引住了。他看见有一个女子在前面约二十步远走着，起初，对于她，不过像挡住去路的一种物体罢了。他前面的这个女子，初看异常奇怪，他的注意完全集中在她的身上，起初是好像勉强地而且随意地，后来便渐渐地专心起来。他觉得有一种突然的欲求，要探访这女人究竟是干什么的。她看上去像是一个很年轻的姑娘，她匆忙地走着，不戴帽，也没有带伞和手套,臂膀左右摇摆着,很觉可笑。她穿着一件长的飘洒的绸衣服,穿得很不整齐,也没有扣钩,衬衣的上部裂开了,而且紧靠着腰部地方,有一大块破开了。一条小围巾披在她的赤裸的颈上,但很不整齐。这女子摇晃地走着,不久就引起了拉斯柯尼科夫的特别留心。他赶忙走到那女子的旁边,但他走到时,却坐在座位的另一角;她的头倚在椅背上,合着眼,看上去像很疲倦了。他靠近去看着她,觉得她已经完全喝醉酒了。看上去委实是奇怪而可怕。他以为这一定是自己的错觉。他看她像是一个很年轻的、拥有一头秀发和漂亮脸蛋的女子——她大约十五六岁,生着好看的小脸庞,红红的有点发肿。这女子好像已经完全失去了知觉;她将两条腿交叉着,而且高高地翘起来,这显然不是在大街上的模样。

拉斯柯尼科夫虽没有坐着,但他也不忍立刻就离开她,他迷惑地站在她对面。这条树木荫蔽的大路往来的人很少,此刻正是两点钟的时候,正在闷热,路上是极其寂静的。可是在路的那一头,约有十多步远的地方,一个绅士模样的人在道边站着,他明显地也想走近那女子,他大概也在远处见了她而跟来的,但是看见拉斯柯尼科夫在前面很碍眼。他愤愤地看过来,虽然他想避开他的怒视,他不耐烦地趁着一个机会,直到那讨厌的衣服褴褛的人走开为止。他的观察是很准的。那绅士是一个矮而胖的人,有三十岁左右,穿得很好,面色鲜润,嘴唇红红的,还有点胡须。拉斯柯尼科夫似乎有点忿忿然了:他就想用一个法子来嘲弄一下那个纨绔者。他便离开女子这边而向着那绅士走去。

"喂!斯维里加洛夫!你站在那里干吗?"他边喊着边握着拳头,一边带着笑,一边恶狠狠地说着。

"你想怎样?"那绅士眉毛一皱,傲然地严厉地反问着。

"快给我走,就是这样。"

"你是个什么东西,竟敢这样?"

他举起他的拐杖来了。拉斯柯尼科夫没有想到那壮健的绅士有什么功夫,便不假思索地一拳直向他挥去。忽然有人从后面把他拦住了,是一个警察,站在他们中间。

"住手吧,先生,不能在这街道上殴打。为的什么?你叫什么?"他厉声地问着拉斯柯尼科夫,并注视着他的褴褛的衣服。

拉斯柯尼科夫呆呆地看着他。他具有一个爽直的、精明的、勇敢的脸,嘴唇旁边长着胡须。

"我正要来叫你呢!"拉斯柯尼科夫握住他的手臂喊着,"我是个大学生,拉斯柯尼科夫……那你可以明白吧!"他又指着那个绅士说:"过来,我有事情请教你。"

他拉着警察的手臂,带他到那边座位去。

"你看吧,她已经醉得这般样子,她刚从这边来。虽不能说她是何等人,却不像是个正派的人。她大概在什么地方被诱灌了酒,受骗了……第一次……你懂吗?想是他们把她驱逐到外边来的。你看她的衣服被扯破得像什么样子;她的衣服是被别人给穿上的,决非自己动手穿的,而且是被一个男人的手给穿上的,这很容易就看得出。现在你看那边:我没有存心要去和他交手的那个纨绔者,我刚才遇见的,他也看到她在路上走,正在她醉得人事不知时,他急急地想侮辱她,在她这样尴尬的情况中,想把她带到什么地方去呢……确有其事,相信我吧,我没有看错。我亲眼见他在诱惑她,盯梢着她,但是我却暗暗阻止他,他还希望我走开呀。现在他走开些了,故意含着纸烟站在那边……我们现在怎样使她平安地回家而不至于落入匪人的手掌中呢?"

瞬刻间警察已经明白一切了——那壮健的绅士是很明白的。警察他看了看这女人,仔细地更接近地看着她,他的面孔发出怜惜的表情。

"呀,好不可怜!"他摇摇头说着,"她真是什么也不懂的小妮子!看得出来,她被诱骗了。听我讲,小姑娘,"他对着她说道,"你家住在何处?"那小女子张开了惺忪的倦眼,呆呆地注视着他摆动着的手臂。

"这是,"拉斯柯尼科夫边说着,边在衣袋里抓到二十个戈比,"这你拿去叫车子,叫车夫把她送到她的住所。这是打听她的住所的好法子呢!"

"小姑娘,小姑娘!"警察拿着钱叫道,"我去喊部车子,我来把你送回去。我送你到什么处所呢?你家在哪里?"

"离我远点!不许缠着我。"那女子咕哝着,又摇摇手。

"怎么,怎么?吓煞人了!这不像样呀,小姑娘,那是不好看的呀!"他惊讶地摇摇头,充满了怜悯,而且有点怫然了。

"这很是为难,"警察向拉斯柯尼科夫说着,他说话时迅速地睨视着他。在他看来,这也是一个了不得的人:他自己衣裳不整,却慷慨地把钱与她!

"你早就遇见她的吗?"警察问他。

"她在我前面走着,摇摇晃晃的,就在这边,在大路上。她刚才来到这座位,就躺在上面了。"

"唉,龌龊的事情白天也做得出来,上帝!如同那样烂漫天真的女子,竟喝醉了!受了骗诱,这是无疑的事情。而且她的衣服又怎么会扯开呢……唉,没道德的事情和人现在出现了!她想必不是上流人家的,大约是小家碧玉……这类人现在很多。你看她的外表很年轻的,似是一位姑娘。"他又弯下腰地看着。

"外貌看上去像姑娘般靓雅。"也许她故意假装文雅娴静。

"事情是这样,"拉斯柯尼科夫决然道,"如果她不落到这个恶棍的手中!为什么他应当对她加以非礼!他的目的是什么,那是很显著的。哼!那流氓,他还站着不动呢!"

拉斯柯尼科夫大声指着他喊。绅士看见他又说些什么,怒气不禁涌上来,但又不好发作,只好克制着自己,只露出一点儿藐视的神情。他缓慢地走开了几步,又停着不动了。

"我们总要设法使她不至于落入他的陷阱,"警察审慎地说着,"只要她说声我们把车送到什么地方,但实际上……小姑娘,哦,小姑娘!"他又弯下腰去看她。

她突然睁大了眼睛看着他,好像真觉得有什么事情发生似的,从座位上站起,向来时的方向走动。"可恶的臭男人,他们不让着我!"她说着,并挥动着手,快快地走着,和先前一样摇晃。那纨绔者还跟随着她,不过隔离得远点,眼光却仍看着她这边。

"不用担心,我不会让他为非作歹的。"警察坚决地说,也起身去跟随他们。

"唉,没有道德的事情和人物现在都出现了!"他又不禁叹气地说着。

在这一瞬间,似乎有一种东西窜进了拉斯柯尼科夫的身上,陡然一阵异样的感情在他心里埋伏了。

"喂,看这边。"他在警察后头喊着。

警察回过脸来。

"随他们去吧,这与你有什么相干?随她去吧,随他去寻快活吧。"手指着那纨绔者,"这与你有什么相干?"

警察不知如何是好,瞪着眼睛凝视着他。拉斯柯尼科夫不觉笑了起来。

"喂!"警察叫着,做出一种藐视的姿势,然后随着那纨绔者和那女子后面走去,他当拉斯柯尼科夫是一个神经病者或甚且更坏的一种人呢!

"他把我的二十个戈比带走了,"只剩下拉斯柯尼科夫独自一人时，他懊恼地低声自语着，"哦，由他去从那个纨绔者再弄一点钱，不管他和那个女子怎么样，事情就此告个段落罢。我为什么要去麻烦呢？要我救助吗？我有什么可以救助的？随他们弄得一场糊涂罢——那于我有什么呢？我为什么要给他二十个戈比呢？那钱是我的吗？"

他感到十分苦闷，这些呓语也不放在心上。他坐在寂静的椅子上。他的思绪杂乱地乱转……他觉得要将心思放在什么事情上都很难。他想忘掉一切，好重新来开始新的动向……

"可怜的小姑娘！"他看着她坐过的那个空椅子，说着，"她将醒过来，一定会哭呢，然后她的母亲……或许打她一顿，一顿重重的责打，也许把她逐出家……即使她不被逐出，达丽娅·弗兰措夫娜之流也会听到风声，于是又把那女子诱往各处去。然后，又到医院去（那些有体面的母亲，女儿却暗中走错了门路，总是这样下场的），因此……酒精……菜馆……医院，两三年之中——一个蠢货，只有十八九岁，她的一生就告终……我没见过那种事情吗？她们怎么变成那样？她们都是如此糟蹋着自己的。那有什么关系呢？他们说，那是当然的。他们并告诉着，说每年中百分之几要……像那个样……自甘堕落的，那么，其余的人们可以仍旧是洁净的，无所冲突的。百分之多少！他们说的怎样漂亮呀，他们是算得如此准确，如此使人放心……你只要说声'百分之多少'，便不必再操心了。如果我们说什么其他的话……也许我们要感觉得不愉快……然而，如果杜尼娅就是这百分之几中的一个，那怎样呢！若不是这样，而是另外一个百分之几，又怎样？"

"现在我要往哪里去呢？"他突然自问着，"真怪，我出来是为的什么的？我一看了信，就出来的……我是预备到瓦西利耶夫岛去的，往拉祖米欣那边去的。就是这事……此刻我记着了。但是，做什么呢？为什么要到拉祖米欣去呢？真有点儿怪。"

他自己觉得很奇怪。拉祖米欣是他在大学时的一个旧同窗。拉斯柯尼科夫在大学念书时，几乎没有什么朋友，那是很特别的——他远离着他们，谁也不去理，谁要是来看他，他也不喜欢，因此，同学便都和他隔绝了。他不参加任何集会、游玩或闲谈。他有一点受人敬仰的，便是很热心地不怕劳苦地去工作，但也没有人和他来往。他虽很穷困，却有一种骄傲与矜持的气质，好像他严守着什么界限似的。有几个同学以为是轻视他们，全不把他们看在眼里，似乎他是高人一等，无论在知识和信仰上，他都比他们高，似乎他们的信仰和学识都不如他。

他和拉祖米欣却好得很，也许因为他俩较随意些，并且在一起谈话多些吧。事实上并不是如此。因为拉祖米欣是一个很忠厚且坦白的少年，而且脾气很好，当然在这好脾气中，往往藏着深沉与严肃。他的较合得来的同学都看得清这点，都爱他。他十分有识见，虽有时他会呆气大发。他有着引人注目的外表——高而瘦的身体，一头黑发，脸永远是不整洁的。他有时会很闹，他以威力闻名全校。有一天晚上，他出去和一群朋友玩闹，一拳把那魁梧的警察打倒在地。他的酒量也是惊人的，但他也能够节制着不喝。他有时横行得太厉害，有时也能坐得住的。拉祖米欣他还有一点可注意的：就是没有什么挫折使他沮丧过，似乎没什么逆境能把他难倒。什么地方他都能住得来，也能忍受极端的饥寒。他十分穷困，全靠自己工作挣钱养活自己。他也知道挣钱的方法。有一个冬天他没有生过火炉，他常说他是喜欢如此，并说人在寒冷中更易入睡。现在他也失学了，但那只是一时的，他会努力工作，等挣了钱仍可进去求学。拉斯柯尼科夫已经有四个月没去看他了，连拉祖米欣的住所他也不知道。大约在两月前，他们在街上碰头，但拉斯柯尼科夫却避开他，走得更远些，免得被他看见。拉祖米欣虽然已经看见他，但他也从旁边走了过去，因为他也不愿去打扰他。

第五章

"不错,我近来很想到拉祖米欣家去找点儿事做做,叫他为我找点儿功课教教或别的事情……"拉斯柯尼科夫想着,"可是现在他于我有什么帮助呢? 如果他给我弄到一个教职,如果他将他最后的一些钱和我一起花(如果他有一点儿钱的话),叫我可以买双靴子,我可以弄得更像样些,足以教书……唔,那又怎样呢? 我所赚来的几个钱对我有什么用处呢? 此刻已经不是我所需要的了。我真奇怪,为何要到拉祖米欣那里去……"

他现在感到为什么要到拉祖米欣那边去这事,困扰他有些不安宁。他对于这些平凡的事情,老是要去寻求麻烦的。

"我能单单靠着一个拉祖米欣就能把事情弄好, 得到一个去处吗?"他在紊乱中自问道。

他沉思地抚着额角,真怪,经过多时的思考,突的,一种奇怪的思想忽然地在他的脑中发出。

"哦……到拉祖米欣那儿去,"他忽然安闲地说着,像得到了最后的决定。"当然,我要到拉祖米欣家去,不过……现在不行。在那事的第二天,在那事结束了,一切事情重新开始的时候……我得到他那儿去……"

他真实地感到自己在想着什么了。

"在那事情以后,"他忽从椅上下来,喊着,"但是那事真的要发生吗? 能够真的发生吗?"他离开椅子,他几乎要立刻走开了,他想回家去,但是回家的意念忽然使他十分地厌憎:这一切正是在那个地方,在他那个可怖的食物橱内酝酿成熟的，而且已经成就一个多月了。他无聊地向前走着。

他的神经战栗着成为一种热病，天气虽热，他却觉得发抖，觉得寒冷。他带着一种内心的祈望，不自觉地去注视着前面的一切东西，好像在找什么使他的注意力分散似的，但他没有如愿，仍不住地陷入俯首深思中。当他突地又抬头四望时，马上把自己刚才所想的什么，以至他自己要往哪里走，也忘掉了。他如此一直走过瓦西利耶夫岛，到了小涅瓦河，跨过桥，走向小岛那边。经过那围绕着他、使他感到压抑的大厦和城市的灰沙后，那清鲜和碧绿，使他的疲倦的眼睛为之一亮。这儿没有酒店，也没有闷人的尘埃和臭味。但不久，这新的爽快的感触又变成病态的刺激了。他有时朝着一所立在浓荫丛中的避暑的华厦，兀立着不动，他在墙外向里看，他看见那边走廊和晒台上的穿得讲究的女子，和在园中玩耍的小孩。那鲜花尤其使他注意，他看那花比什么都更久；他也望见高敞的马车，和骑在马上的男女，他贪婪地注视他们，但在他们还没有离去的时候，他已经把他们忘掉了。一回，他站着，数他的钱：他还有三十个戈比。"给警察拿去二十个，为那封信给娜斯塔霞三个，那么我前天定是给了马美拉多夫四十七个或五十个了。"不知为什么他会想着那钱，但不久他又忘记自己从衣袋里握了一把钱是为着什么的。在经过一家酒店的时候，他才想起，觉得有点饿了……他走进酒店，用过一杯啤酒和一个肉饺。他离开时已经把这些吃掉。他好久没喝啤酒了，他虽只喝了一杯，但立刻在身上发生了一点热力。他两腿觉得迟重，很想睡觉。他转向家去，但是他到了彼特罗夫岛的时候，已经疲困得站着了，他就向矮木丛中走去，躺在青草地上，立刻沉睡着了。

在一种脑筋亏衰之中，梦幻时常觉得实在、活跃，而且十分像现实，有时会造出奇异的形象。但环境与假象是如此逼真，如此精致，如此意外,与现实的一切是如此的一致。至于做梦的人,即使是普希金或者屠格涅夫那样的艺术家,也决不能在醒着的情境中想象出来的。这病态的幻梦将长久地留在记忆中,在疲劳和错觉的脑海,产生一种有力的映象。

拉斯柯尼科夫做了一个可怕的梦。他梦见自己在童年的时候,在他诞生的小城市中。他大概有七岁大,在一个放假的晚上和他父亲同往乡下。那是一个阴暗的天气,在他所记得的那乡间——真的,他梦中所想起来的乡间,比他在记忆中所想起的来得活泼。那小城筑在像手一样坦荡的平原上,甚至于连一株杨柳也不见;只在远处,有一些矮木,成为无垠的边际的一个斑点。在最末端的市立花园过去不远有一家酒店,一家大菜馆,他和他的父亲从旁走过时,那酒店让他总会产生着一种讨厌的,或不安的情绪。那边总挤满群众,喊叫喧闹,狂笑和詈骂,刺耳地歌唱,而且时常吵架。喝得醉了的和容貌可怖的人全在酒店内混着。他遇见时,常会发昏而躲在他父亲身边。近酒店的那街已经变成一条灰色的路了,那灰尘永远是黑黝黝的。那是一条弯弯的路,再过去一百多步,向右转着便是墓地了。那公墓中央有一座石头造的礼拜堂,上边是绿色的圆穹,一年中他常往那边两三次,和他父母去诵经,为他的已故的祖母祷祝,他从未看见过祖母一面。这当儿,他们常是用手帕掩着一个白色碟子,上面放着一些糕团、散布着葡萄干,成为一个十字形。他很喜欢这个教堂,陈旧的未饰金的圣像以及摇头的老牧师等。在那用石碑为记号的祖母墓旁,就是他的一个弟弟的墓,他生下只有六个月便死去了。他只是听人说及他的小弟弟,他自己并不知道,他每次来到墓地时,便恭敬地在自己身上画十字,并屈着身子去吻那小小的墓。此刻他正梦见他和父亲一同走过酒店前往墓地去。他牵着父亲的手,带着畏惧看着酒店。一些特别的景象使他注意着:那儿似乎在做一种什么喜事,有着许多人，华贵的城市人、村中女子和她们的男人以及形形色色各样的卑下的人，都在唱着闹着，而且大多有点喝醉了似的。酒店门口有一辆车，一辆笨重的载货车。那是用马曳拖的，上面堆着酒坛或别的重物。他很喜欢那些曳重车的马匹，长的毛，粗的腿，匀称的步子，不费力地拖着那像大山的东西走，仿佛很容易似的。但是现在，说来真怪，在那样的一辆重车前面，看见一匹瘦小的褐色的牲畜——是农家的一匹小马。他看见那小马在木料或柴草的重载之下，竭尽所有的力气拖着，尤其当车轮陷入泥潭或沙砾中的时候。那车夫便残酷地鞭打着，甚且打它的鼻眼，他非常地怜悯，几乎要放声哭了，他母亲在这时常把他从窗口边抱过来。忽然一阵喊声、唱叹和胡琴的喧声，那些喝醉了的乡下人从酒店里走出，红的绿的衬衣和上衣，披在身上。

"走进去呀，走进去呀！"一个年轻的粗颈的农夫，涨红的脸，像红葡萄，他大声喊着，"我为你们送上去，进去呀！"

但是人群中立刻发出一阵笑声与欢呼。

"这样的一匹小马能把我们都带上！"

"怎么啦，米柯尔卡，你竟让这样一匹小驹拖这样一辆重车！"

"朋友，这匹马已经有二十来岁了！"

"进去吧，我要把你们都装上。"米柯尔卡先跳上去，拉着马缰，在前面笔直地站着，口里喊道。"枣红色的马儿刚才被马特韦赶走了，"他在车上呼着，"这匹小畜，它使我不舒服呀！朋友，我真想把它宰了，它老是会吃不会跑路。进来吧！我对你们说，我要叫它快走！它得快走呀！"他拿起鞭子，兴致勃勃地准备抽那匹瘦马。

"快上来！快上来！"大家笑着了，"没听见吗，它得奔走了！"

"真的奔驰！十年前它一次也没有飞跑过呢！"

"它要慢条斯理地走呢！"

"不必操心，朋友，你们都拿一条鞭，准备吧！"

　　"不错！鞭打它！"

　　他们喊着跳上了米柯尔卡的车，戏玩着，笑语着。有六个人进去了，还觉得有空位。于是又拉进一位臃肿的、面色红红的女人。她穿着红色棉衣，围着尖头的珠花包头巾，穿着厚皮鞋，她一边剥着硬壳栗子，一边大笑着。围绕着的群众也在狂笑，这是真的，怎能叫他们不笑呢？那可怜的小马要拉着他们和一切重载奔驰！车中两个年轻男子正弄马鞭替米柯尔卡效劳。随着"跑呀"一声大喊，小马竭力向前拖，但不能飞跑了，不能再向前走；两腿挣扎着，气喘着，躲着那像冰块一样落在它身上的三条鞭子的抽击。在场的观众，全哈哈地大笑了，那米柯尔卡更是怒气冲天，更残忍地抽打着那马，好像这样它就会飞奔似的。

　　"朋友，让我也上来。"看客中有一个年轻人也来了兴趣地喊着。

　　"上来吧，全上来吧！"米柯尔卡说着，"它要把你们都拉去。否则我要打死它！"他怒不可遏地鞭打着那匹马。

　　"爸爸，爸爸！"他喊着，"爸爸，他们做什么的？爸爸，他们打那可怜的马匹！"

　　"快跑过来，快跑过来！"父亲说着，"他们喝醉了，他们在玩儿呢。我们走吧，不要看它！"他拉着他，但他的手被拉开，吓得呆住了，跑到马车前面。那可怜的畜生的状况很坏。它气喘喘地站着，然后又竭力拖，几乎跌倒了。

　　"打死它，"米柯尔卡喊着，"在这样情景下，我要结果了它！"

　　"你做得好，你这个强盗，你是否是一个基督徒？"观众中有一个老年人跑过来喊道。

　　"谁看过像这样的事？如此可怜的小马要拉这样重的一辆车！"另外一个人插口说。

"这样你要把它弄死的！"第三个人喊着。

"不必费心！这是我的东西，我要怎样就怎样了。上来吧，你们再上来！上来，你们都上来！我要叫它飞奔疾走！……"

于是立刻又笑喧哄闹着，一切全笼罩住了。那匹被打得没法的马，无力地飞踢着，那老年人也不禁失笑了。你看这样一匹可怜的小畜生也想踢人吗？

观众中的两个儿童，拿起棍子，也跑到马前挥打它的肋骨。

"看准脸打，看准眼睛，看准眼睛！"米柯尔卡喊着。

"来，唱一支歌，朋友！"车中有一个人喊着，于是车中大家加入唱一支闹极的歌，带铃的小鼓、口笛全响了。那女人却仍剥着栗子笑着……拉斯柯尼科夫跑到小马前面，见它被看准了眼睛打去，正打着眼睛！他哭了，他觉得喉头哽咽着，泪水泉涌。其中有一个人一鞭打在他脸上，他也没有觉得。他搓着手，呼号着，直奔向那有白胡须白头发的老人面前去，那老人也以为该打地摇着头。一个女子拉住他的手，想把他拖开，但是他挥开，又跑到小马面前去。它几乎只有最后一口气息了，但它还是无力地踢着。

"我来给你踢吧！"米柯尔卡凶狠地喊着。他丢下了马鞭，从车子下拿起一根长的粗棍子，双手紧握着一头，用力地打在小马身上。

"他要把它打死了！"四周的人喊着，"他要把它打死了！"

"这是我的东西呀！"米柯尔卡喊着，他又将棍子挥了下去，于是发出了一阵深沉的闷呼。

"打它，打它！你为什么又放下了？"众人齐声喊道。

米柯尔卡第二次挥着棍子，恰恰打在那可怜的小马的背骨上。它向后坐下去，但仍用尽全力向前倾，向前拉，先拉这边，又拉那边，想把车拉着。然而六条马鞭从四面抽打着，木棍又舞起来，第三次打在它身上，接着又来第四次，沉重地对准它打去。米柯尔卡恨不得一下子把它打死。

"它倒是一匹打不死的马呢！"观众中有人喊道。

"它就要跌了，朋友，它不久就要完了。"其中有一个叹着说着。

"再给它一斧子！不就完结了？"第三个人又喊着。

"我做给你们大家看，走远些。"米柯尔卡发疯地呼喊。他抛下木棍，从车里拿起一把尖头铁锄。"看那！"他喊着，用全力对那匹可怜小马的要害打去，小马颤动着，往后退，想挣扎，但是铁锄又挥在它背上，它便僵直地倒在地上了。

"把它结果了！"米柯尔卡喊着，他慌张着跳下车。几个年轻人，脸色喝红了，看见什么就拿什么——马鞭、棍、叉，向将死的小马赶去。米柯尔卡在一旁又用尖头铁锄乱打着。小马拉长了头，呼了一口气，便死了。

"你把它剥了卖肉。"其中有人指点着。

"它为什么不早点儿拉着飞跑呢？"

"这是我的财产呀！"米柯尔卡喊道，眼睛涨得出血，手中挥着铁锄。他站着，好像因为没有东西给他再打而可惜。

"简直是丧尽天良，可见你不是一个教徒。"人群里有人在喊。

但那可怜的少年吓昏了，呼号着排开人群走到褐色小马面前，抚着它的流血的头，吻着它的头、眼、嘴唇……他怒得暴跳着，伸出他的拳头直向着米柯尔卡。这时候，站在他后面的父亲，一把将他抱住，走出人群。

"跑过来，来！我们快回去！"父亲向他说。

"爸爸！他们为什么……打死……那可怜的马呢！"他呜咽，他的声音断续着，说的话在跳动的喉管中变为呼号地发出来。

"他们喝醉了……他们太残忍啊……这不是我们的事！"他的父亲说。他抱着父亲，但觉得喉头塞着了，喉头哽住了。他要呼口气，喊叫——但他已经惊醒了。

他醒过来后，气喘喘的，他的头发满是湿汗，惊恐地坐起来。

"谢谢上帝，那幸而是一个梦呢！"他说着，就在一棵树边坐下，呼吸着空气。"但这是什么一回事？要害大病吗？做这样一个可怖的梦！"

他觉得疲倦极了，心中充满着黑暗和扰乱。他将臂膀放在膝盖上，将头倚着手。

"天呀，"他喊着，"那可能吗，那可以吗，我拿了一柄斧，砍着她的头，把她的脑劈开……我打坏锁，偷盗着、抖战着、躲藏着，身上全溅着血……拿着斧子……天呀，那可能吗？"

他说完这话时，全身像一片树叶似的颤抖着。

"但我为什么老是那样呢？"他继续说着，又坐了起来，好像非常奇怪似的。"我相信我决不会使自己做那件事，那么我现在为什么要自寻烦恼呢？昨天，昨天当我去干那种……尝试时，我完全觉得要做那事，我是不会了……那么我为什么又要想着它呢？我为什么还犹豫不决呢？我昨天从楼上下来时，我说那是下贱的，可憎恶的，可卑鄙的……一想起那事我就不愉快，使我充满着恐怖呢。"

"不行，那事我不能干，那事我不能干！即使所有一切都没有缺失，在上个月，我得到的一点结论，如太阳一般明白、学理一般真实……上帝！我不能干那事，这是不用说了！我不能干那事，我不能干那件事！那么为什么我还要？……"

他惊奇地站起来，往四下看着，好像看见自己站在这边才会惊讶似的，便向着桥那边走去。他脸色苍白，眼睛冒火，四肢乏力，但他好像突然呼吸得较从容了。他觉得他已经把那可怕的重负卸去了，那重负曾如此长时期地压迫着他，现在他的灵魂中忽然感到安慰与轻松。"天啊！"他祈求着，"把我的方向指点给我——我抛弃那可恶的……梦幻。"

他越过桥,平静地凝视着小涅瓦河,注视着那隐藏在天空中的发光着的太阳。他虽无力,尚不觉得疲倦。这好像一个脓疮,在他的心里滋长了一月,忽然出脓了似的。解脱了,解脱了!他现在总算除去了那邪气、魔法、魔力,而重新自由了!

后来,当他想起这事,想起这几天一秒一分、一点一滴所遇的一切事,他固执地牢记住一种情景,那情景本身并不怎样奇特的,但在以后看来却是他命运的转机。他将不能够明白,不能够解释,为什么自己累了。他回家时,应该走最近最便利的路,但他为什么偏要走自己没有走过的柴草市场呢?那显然是不必要的弯路。他曾有十几次,回家时总不很留意他所经过的是什么路,那是的确的。但是为什么(他只管自问着),为什么如此一个重要的、如此一个能决定一切的、而同时又是如此一个十分巧合的相遇,在柴草市场(他没有事要往那儿去)发生了?这恰好发生在他一生的那一时刻、那一分钟,当他的心情和境遇处在那样一种状态中时——那种遇合在他的整个命运中能够发生极严重的、最能决定一切的影响。好像那种遇合故意暗藏在他背后。

他从柴草市场经过时,已经有九点钟了。在做小本经营的摊主和货车边,在货贩与店铺里,所有的人都在预备关门,或收拾货物,像买客一样,都要回家去了。那些流痞小窃和卖水果的,都挤在柴草市场和小饭店周围那污臭的场地里。拉斯柯尼科夫在街上毫无目的地走着,非常欢喜这个地方和附近的小巷。他的破衣在这边不会受人家轻蔑的注目,在这边人们可以披着一切服装走路,不会惹人怪的。在一条小巷的转角,有一个小贩和他的妻子摆了两张桌子,摊着毛线、丝线、手巾等。他们也想回家了,但是还在和一个新到这儿的朋友谈话而延搁着。这朋友就是丽莎维塔·伊万诺夫娜——大家所称为丽莎维塔便是,她就是那个典当店主阿廖娜·伊万诺夫娜的妹妹,也就是拉斯柯尼科夫在前一天到她那儿去当过表,并且做过一次试探的那个老太太的妹妹……他早已知道丽莎维塔的一切,她也有点儿认识他。她是一个大约三十五六岁的独身处女,高大、温顺、服从,很像"白痴"①。她完全是她姐姐的一个仆役,小心谨慎地做事,她姐姐叫她不停地工作,而且还经常挨打挨骂。她手中拿着一个包袱,犹豫不决地站在那小贩夫妇面前,虔诚地听着。他们特别欢喜地谈着什么事儿。拉斯柯尼科夫看见她时,被一种奇异的感触所克制,好像极其惊讶似的,虽然这样相遇并没什么可惊的。

"你要自己打定主意,丽莎维塔·伊万诺夫娜。"那货贩大声说着,"明天约七点钟到这边来,他们也要来的。"

"明天吗?"丽莎维塔慢腾腾地像在恩索地说着,似乎不能肯定的样子。

"是的,你怕阿廖娜·伊万诺夫娜吧!"货贩的妻子——块头矮小而活泼的妇女——快嘴说道,"我看你呀,好像是一个小孩。况且她并不是你的亲姐姐——不过是一个异母的姐姐吧,她也管得太多了!"

"但这回你可不要和阿廖娜·伊万诺夫娜提一个字,"她的男人插口道,"这是我的劝告,不要影响到我们这边。对你是有利的,以后你姐姐也可以知道这一点。"

"我一定要来吗?"

"明天大约七点钟的时候,他们也在这边。你要为自己决定呀。"

"我们要喝你一杯茶的呢!"他的妻子接着说。

"哦,我来好了!"丽莎维塔答着,但还在思考,慢慢地她开始走了。

拉斯柯尼科夫这时走到那边,却没有再听到什么。他悄悄走过,

---

①指丽莎维塔像《白痴》一书的主人公梅什金公爵一样善良纯朴。

想要把一切听得清楚。他最初很是惊异，后来又是一阵不安，一阵战抖从他的背骨滑下。他该明白，他当然特别地想知道一切——第二天七点左右，那老太婆的妹妹也是她唯一的伴侣——丽莎维塔不在家中，所以那时，那老太婆便只有自己一个人了。

这时，他离自己的住所只有很短的路了。他像一个被判了死刑犯似的走进屋去。他什么也不想，也不能想，但他忽然觉得他再没有意志的自由了，一切事情都在忽然地不可动摇地决定了。

不错，如果他必须长期地等待一个适当的机会，他必不能指望着比现在这个更可靠的、一个使自己的计划成功实施的机会了。不论怎样，要更明确，更少冒险，无须经过困难的询问与调查，且预先真切地明白第二天某个时候，整个生命被人欺负的老太婆，将独自一人在家，那是很不易的。

第六章

　　后来，拉斯柯尼科夫查出那小贩夫妻俩邀请丽莎维塔的原因了。说起来真是不紧要的事，没有一点儿特别之处。有一家人，到城市来，因为穷困，要想卖掉家里的衣服和什物，全是女人用的。因那些器物在市场不值多少钱，他们想找个媒介，便想到了丽莎维塔。她担任这事，自然十分可靠，因为她很诚实，价钱总是说一不二的。她也不多讲话，且如我们所说，她是十分温顺、胆怯的。

　　但拉斯柯尼科夫近来变得很迷信。迷信的痕迹老是在他心中存在，几乎是不能断绝的。在这一切事中，他后来永远会视为好像有什么神奇的东西，有什么特别的力量和巧遇同时发生之事降临了似的。去年冬天，他认识的一个叫做波柯列夫的大学生，动身到哈尔科夫去，谈话中不觉把典当店主阿廖娜·伊万诺夫娜的住处对他说了，好像他将要去当什么东西。他很长时间没有往她那里去了，因为他还有功课，马虎地过下去。六周以前，他就想到那个住址了。他有两件东西可当：一件是他父亲的旧银表，另一件是一块小金戒指，上面有三颗红宝石，那是他妹妹在和他分别时给他的。他决定拿戒指去当。当他找到那老太婆时，他虽不很知道她有什么特别之处，但在第一次见面时，便对她产生一种十分的憎恶感。他从她那边得到了两个卢布，回去时跨进一个不大的酒店。他要了杯茶，坐下来沉思时，一个奇怪的主意，像蛋中的小鸡般在他的脑筋中啄着，使他十分地注意。

　　就在他的身边，在另外一桌，坐着一个大学生，他并不认识，也从未见过面,还有一个年轻军官和他在一起。他们打了好久的台球,才来喝茶。忽然他听到那大学生向军官说起典当主阿廖娜·伊万诺夫娜,并把她的住址告诉他。这事在拉斯柯尼科夫看来很奇怪:他刚刚由她那边回来,在这边就听见她的名字。这当然是一件无意的事,但他不能除去一个极特别的印象,这儿有一个人好像显然替他在讲话似的,那大学生把关于阿廖娜·伊万诺夫娜的种种事情,对他的朋友说着。

"她是第一等的人物!"他说着,"你永远可以从她那里拿钱,她如犹太人那样富有,她一次能给你五千个卢布,可是一个卢布的当物她也会收下。我的好些同学都和她有交易。可见她是个可怕的贪婪的女魔头……"

他开始叙述她是怎样地毒狠、多疑,怎样地即使你的利息只迟付一天,当物便被没收了;她怎样地只给当物四分之一的价钱,但每月她要扣五分甚至七分的利钱,等等。那大学生往下叙说着,并说她有一个妹妹叫丽莎维塔,那矮胖而卑陋的老太婆经常打她,把她当一个小孩看待,虽说丽莎维塔长的有六尺多高。

"真是个少有的人物!"大学生笑喊着。

他们在谈论丽莎维塔。那大学生特别喜欢说她,经常大笑着,军官带着很大的兴趣听着,并请他叫丽莎维塔去给自己补缀一点破物。拉斯柯尼科夫全听清楚了,知道了关于她的一切。丽莎维塔比那女人小些,是她同父异母的妹妹。她有三十五岁左右,不分日夜地替她姐姐工作,也做洗衣、做饭等事。她缝补的工作多得如同一个打零工的女仆,她干活所得的工钱全归她姐姐。未经她姐姐允准,无论什么工作她都不敢接。那老太婆已经把她的遗嘱弄好,丽莎维塔也明白,这个遗嘱中,自己是一分钱都得不到,除了家庭用具如椅子等外什么都没有;所有的钱都赠与 N 省的一所修道院,她好永久受人家的祈祷。丽莎维塔比她姐姐差一些,没有结婚,而且生得很丑,长得奇高,那双长脚看上去好像向外拐似的。她常是套着破皮鞋,但她身上却很干净。那大学生觉得最惊奇、最有趣的,就是丽莎维塔经常怀孕……

"你不是说她生得很难看吗?"军官问着。

"是的,她的皮肤确很黑,而且好像一个兵士乔装似的,但一点儿也不觉得丑。她有一副温柔的面孔和眼睛,温柔得很。因此有许多人都被她迷住了。她是如此温柔、平和的人,甘心忍受任何事,并情愿做任何事情。而且她的微笑真的很动人。"

"只有你自己发现她的迷人吧!"军官笑着说。

"实在因为她的奇怪。不,我告诉你一事。我能够杀了那罪恶的老太婆,拿着她的钱走路,我对你担保,我决不会有一点儿良心上的忏悔呢!"那大学生热切地叙说着,军官又是笑。这时拉斯柯尼科夫却发抖了。这是怎样地可怕呢!

"你听着,我想问你一个大问题,"那大学生兴奋地说着,"自然我是说的笑话,但你试着闭上眼想一想:一方面是愚劣的、漠然的、无价值的、狠毒的、有病的、可恶的老太婆,不仅没用而已,而且常做着可恶的事,她毫不知道她为什么生存,而且无论怎样,她一两天内会死的。你懂了吗?你懂了吗?"

"是的,是的,我懂得!"军官答着,注意地看着他的兴奋的朋友。

"哦,那么你听呀。从另一方面看呢,有为的年轻人的生命因无靠山和援助而被遗弃,这是很多的,各方面多如是!那老太婆将断送在修道院里的钱,可以成就一切功德,可以帮助很多人!使各种各样的人,都得以走上正轨;许多家庭都能由贫困中、落拓中、罪恶中、从性病医院中援救出来——全花的她的钱。杀了她,拿了她的金钱,为人类服务,为全体造福。你觉得怎样,一切的功德不能把一个小小的罪恶掩盖吗?丢一条命,一切的人都可从坏途中得救。一人升天,众生得活——这是简单的真理,并且,在生死之路上说,那有疾的、愚蠢的、暴戾的老太婆的生命有什么稀罕？不过是一只蚂蚁，一个小虫的生命罢了，也许更不如呢，因为那老太婆还会害人。她还会侵蚀人家的生命：前天她还狠狠地咬着丽莎维塔的手指，那手指几乎被咬裂了。

"这样的话，她不配再生存了，"军官说道，"但在事实上讲，这又是自然的。"

"哦，老哥，但我们必得矫正而且引导自然，如果不这样，我们将沉没于偏见的海洋深处了。如果不这样，那世上的伟人将一个也不会产生了。他们讲责任、讲天良——我并不要说什么反对负责和天良的话——但我们应怎样解释它们，这是要点。等等，我有一件事还要问你呢。你听！"

"哦，你等一等，我有一件事要问你呀！你听！"

"好的！"

"你说得太远了，但请你告诉我，你自己会愿意把那老太婆杀死吗？"

"当然不能的！我只是仗义执言吧……那可不关我的事……"

"但我想，如果你不愿干那事，那就没有什么正义可言了……我们再来玩一玩吧！"

拉斯柯尼科夫兴奋极了。当然，那多是平常的年轻人稚气的谈话和想头，正如以前所听见的各种形式各种题材一样，但为什么他自己脑中正怀着这……这同样的意思时，他恰巧听见这同样的谈论和意见呢？为什么他正想着从老太婆那里带出来的念头的时候，他便又谈起她来，这种同时发生的巧事在他看来真怪。酒店中的这次普通的话与他以后的行径大有关系，好像其中真有什么天定的事儿，什么导引的暗示似的……

他从柴草市场回来后，就倒卧在沙发上，整整一个钟头没有动过。天已经黑了，但他没有灯烛，他也不想点火。他也不能想起他在那时是否想着什么事儿。最后他才想着他先前的热病与战栗,并且很安慰地发现自己尚能卧在沙发上。不多时浓重的睡意便来到他身上,把他压制了。

他睡的时间十分长,也没有梦。第二天早上十点钟,娜斯塔霞走进他的房间,把他从沉睡中唤醒。她拿着茶和面包来。那茶叶是已经泡过的,并用她自己的壶子。

"上帝,他怎么睡成这样!"她有点愤然地喊着,"他老是这么沉睡着。"

他勉强坐起来,觉得头有点痛,便站起来,走了几步,然后又倒在沙发上边。

"又要去睡!"娜斯塔霞喊着,"你害病了吗?"

他一句话也不说。

"你喝点茶好吗?"

"等会儿再喝。"他勉强答着,又合起眼,身朝着墙。

娜斯塔霞在旁边站着。

"也许他真的病了!"她说罢就出去了。过了两点钟时,她又捧着汤进来。他仍和先前一样卧着不动,茶也没有喝。娜斯塔霞有点儿不高兴了,恼怒地把他喊醒。

"你为什么老是像一根木头似的不动?"她讨厌地喊道。

他起来了,又再坐下,一语不发地看着地板。

"你真的病了?"娜斯塔霞问道,但仍得不到回音。"你不如外边去散散步吧,"她停了一会儿又问道,"你要不要吃点儿?"

"等会儿再吃,"他有气无力地回答,"你可以回去了。"

他挥挥手叫她走出房去。

她稍停了一下,露着怜悯的眼神出去了。

几分钟后,他睁开眼睛,看了看茶和汤,然后便拿块面包,举起汤匙吃了起来。

　　他只吃了一点儿便不想吃了，好像不愿意吃似的。他的头疼稍稍好了点。不久,他又躺在沙发上,现在他不能入睡了,他只是躺着不动,脸靠在枕头边。他为白日梦——那奇异的空想所纠缠:有一个时时出现的幻想,他想象他在非洲、埃及、在什么一种沙洲上。大队的旅客休止着,骆驼平和地躺着;棕榈树圆环般地在四周生长着;那些人都在进食他却在旁边一个流着的泉水喝水。那水异常清凉,那是碧绿的、冰冷的,在那闪耀着如同金子似的彩石与泥沙中潺潺地流着……忽然他听到一阵钟声。他惊醒着,抬头向窗外看,天色已经很晚了,他忽然跳起来,马上就醒过来了,好像有人把他从沙发上拖下似的。他踮着脚悄悄地走到门口,悄悄地开着门,在楼梯上静静地聆听。他的心跳得很厉害。但楼梯上寂静无声,人们像已经都酣睡了似的……他从前一天一直睡到现在,且一点儿事没有做过,也一点儿没有想做,在他看来觉得有点儿奇怪……这时,也许钟声已经敲了六下。接着他就恍惚迷离的,又是一阵十分兴奋,仿佛疯狂似的急迫。但想要做的并不很多。他集中头脑思索一件事情,他的心不住地在跳动,因此呼吸也很不易了。第一,他须打一个绳结,缝在他的外衣上。他在枕头下翻找,从那些放在底下的衬衣中找出一件破旧而污秽的汗衣。他从破衣扯下一条布来,约有两寸宽,十六寸长。他把这块布折成两层,卸下他那宽而厚的夏季外衣(他只有这一套,用坚固的棉布制成的),把破布条的两头紧缝在左袖笼下外衣里面。他做这些时,手颤抖着,但他终于成功了,当他把外衣披上了身时,一点也显不出破绽。针线先前早已经布置好了,用一张硬纸托着放在桌上。至于绳结呢,那是他一个巧思的发现:这绳结是放斧子用的。手里执着斧头跑在大街上,那是万不可能的。如果藏在外衣中,那他还是用手托着,也容易引人注目。此刻他如此做,只要把斧头柄插在绳结中,就稳妥地挂在里面的腿边了。把手插在外衣口袋里，他可以一路执着斧头柄，因此就不会摆动；而且因外衣很笨，实际上就是一个大衣袋，外面也看不见那放在衣袋的手拿着什么呢，这绳结也是他在两周前想出来的。

他把这工作做好后，便用手插入沙发下面的一个空隙处，在左边摸索，把当物取了出来，那是他早已经预备好了，放在那边的。这当物是一块烟盒般大的、很光滑的木头——在一家木匠店铺的空庭中闲逛时把它捡拾的。后来他就在木块上镶着一块薄而光滑的洋铁皮，那也是在街道上同时捡拾的。铁皮稍小一点，他把它安放在木片上面，用线绑得很紧，再小心翼翼地裹在洁白的厚纸里，然后把这包裹层层包起来，因此很难解得开。这是为了要使那老太婆解绳结的时候，多耽搁一会儿，好叫他多得一刻的时间。那铁片加上去是较重的，为的使那老太婆不至于立刻便猜着那"当物"是木做的。这一切的物件他早就藏在沙发底下了。他才拿出当物来，忽然听见有人在庭中喊叫。

"早已经过了六点了。"

"早已经过了！天啊！"

他走到前门，站着一听，抓起便帽，小心地、悄悄地如同一只猫般地跨下那十多步楼梯。因他有一桩要事要做——到厨房去偷斧头。这事非用斧子来干不可，这他早已想过。他原有一把小尖刀，但他不能靠着小刀，它太没有力量了，因此最后决定用利斧。顺便再讲一点，在这件事上，他所采取的最后的一切决定，有一个要点，有一个关键的因素；这个念头愈是可以决定一切，即立刻就变得愈恐怖，且愈发可笑。无论他内心的矛盾和所有痛苦有多深，他也是从来没有一刻信任自己所进行的企图的。

的确，如果一切事情都曾能考虑得无微不至，最后决定依旧没有什么不定的事存在，那好像他就要把这一切丢了，以为这是可笑的、古怪的、不可能的事了。至于偷斧头那小事，更不用费心思，因这是更容易的事情。娜斯塔霞经常不在家，尤其晚上，她到邻家或店铺去，总是把门虚掩着。就为这事情，女房东责骂她已经不止一次了。机会既到了，他便静悄悄地跨进厨房，去偷斧头，过一点钟(事情做完后)，再把它放回原处好了。但这些就费脑子了。如果他迟延一点钟把它放回原处，但娜斯塔霞回来了，就在那个地方。他必得要避过去，等她再出去时再放回。然而，如果她看见斧头不在，大喊着找寻——便会起疑心，至少要起了猜疑。

但这就是小事情，他用不着多想，说实在的，他也没时间多想。他竭力把琐事抛开，一直到他能相信那事时为止。比如讲，他不信自己有时会停止思索，立刻就往那边去……即使他上次的尝试(就为的观察那地方最后一回的目的而去见那老太婆的)，也不过是一种尝试，离真实的事还远得很呢，好像一个人说："你来，我们来碰它一碰——为什么像梦一般地想着呢!"——他便立刻失败了，跑出来咒骂自己并发起疯狂的举动。同时，在道德这方面的问题，他的分析也似是完满的；他的真假的见解，如同刀锋般地锐利。他在心目中简直无法反驳。但最后一点他有些不相信自己了，顽固地小心地从各方面去找解释，混乱得有如有人强拖他到那方面去似的。

以前——的确已经很久了——他想着某个问题：为何所有犯罪都隐匿得那样不行，那么容易被查出来？为什么所有的犯人都留下那样明显的马脚呢？他渐渐得到许多各种新奇的论点，他以为要因是在于隐匿是不可能的。几乎每个犯罪者都在那最需要谨慎的时候，而有一种极小的忽略，意志与推理难免有点儿欠缺。他觉着这种理智的蒙昧和意志的不强，有如疾病般地乘隙而入、而深入，正在犯罪前达到高峰。在犯罪时，和在犯罪后，再经过相当时间(各人情形不同），同样继续着，于是这病又一样样地消灭了。这种病能否会犯罪，是否有特别性质，这问题他总不能够解决。

当他得到这些结论时，他按他自己的例说，是不会有这种病态反应的，他以为在他实行这事时，他的理智和意志，依然存在的，为着唯一的理由，就是他的计谋"并非罪过……"要让他得到一个最后的结论，所用的方法，可以不必说，我们已经说得太远了……我们可再提一句，实际上这件事，物质上的困难，在他的心中只占了一半。"一个人只要他的意志与理智能够应付艰难，当他把事情之隐微处都熟悉了时，一切困难便都克制……"但这种预备从未开始做过。他的最后的决定是他所最不信服的，当钟声敲响七下时，一切都不同地显现出来，好像并不怎样出乎意外似的。

在他还没离开楼梯前，有一件小事情扰乱了他的计划。他走到女房东的厨房时候，那门依然开着，他悄悄地往里看，看见娜斯塔霞不在的时候，女房东是否在呢？若是也不在，再看她自己那房门是否闭着，那么他进去拿斧头时，可以没有顾忌。但当他忽然发现娜斯塔霞正在厨房里，而且在那里工作着，从篮子里取出衬衣，正在缝纫，他大吃了一惊。她也看见了他，便停止了工作，转身向着他，他把眼睛移开，好像没有看见她似的走过去。但事情是完了，他没有斧头！他遭到了可怕的打击。

"我以为她，"从走道门过去时，他默忖着，"我以为她在那时一定不会在家呢！何以，何以，何以我会那样确定地猜想呢？"

他被难倒了，甚且被屈服了。他在忿忿中嘲弄自己……一种郁结的怒气在心里面沸腾起来。

他在走道门边站着思虑着，然后假装到街上去散步，觉得很不舒服。于是又回到自己房里，却觉得更不舒服了。"而且这样好的一个机会竟会永远消失了！"他低声说着，无精打采地在走道门边待着，那门对面的黑暗小屋，门也开着。他忽然一惊。离他几步之远，在那小屋中，看见一种东西在长凳下边发着光亮，引起他的注目……他四下一望，不见有人，便悄悄走近那小屋，走进去两步，轻轻地叫着守门的："是的，果然没有在家！可能在庭院中，因为门还开着的。"他跑到斧头那儿去——那是一柄斧，从凳子下把它取出，它是放在两块木头中央的。他于是就把它紧缚在活结中，两手放进衣袋，走出房门。幸而没有人看见！"人到困穷时，鬼也会相助的！"他带着胜利的冷笑自慰着。这个好机会提起他精神的兴奋。

他悄悄地走着，使人们不致猜疑，即使他们看见，他也尽力地减去一切惹人的行止。但他忽然又想起他的帽子："上帝，我前天有钱时，为什么不买顶便帽呢！"他不禁自怨自艾起来。

他斜睨着一家店铺，看见墙壁上的钟已经是七点一刻了。他得赶快，而且同时要走一些弯路，以便绕道走到那住所……

当他以前偶尔想起这一切时，好像有点儿担忧。但他现在却并不害怕，一点儿也不。他的心思乱转着，但瞬间即逝。当他走过尤苏波夫花园时，他却想起要建造一个大喷泉，并想着使那些广场的空气变得新鲜起来。他以为如果夏日花园能扩充到马尔斯广场，甚至把它跟米海洛夫花园连接起来，那定是更好了，于城内人民是很有利的。于是他思考起这个问题：在所有的大城市里，人们为什么特别喜欢在那些没有花园、没有喷池的地方居住，那些地方不都是污秽、臭气和各种垃圾吗？接着他走过柴草市场的事也涌现着，不久他才回到现实中来。"那多么无聊！"他想着，"不如不去想的好！"

"如果在路上碰着去领处决的人的一切东西的人。"这想法在他心中好像电光似的闪过，他立即除去这种念头……现在，他的目的地已经在面前了：这边是住宅，那边是大门。忽然听见那边钟响了一下。"怎么！已经七点半了吗？不，那钟一定走快了些！"

他很侥幸，一切都很顺利。那时候，一切于他都很方便：一辆堆柴车子正从门口进去，当他过走道门时，那车子完全把他遮着了，车子还没有全部进入院子前，他便从右边闪进里面去了。在车子去的地方，他听见许多喊叫与喧吵，但是没人注意他，没人碰见他。这广大的庭院有着许多窗户，都是开着的，但他并没有抬头仰望。往老太婆房去的楼梯就在旁边，大门右首。他渐渐上了楼梯……

他吸了口气，用手抚着他那忐忑不安的心，摸一摸斧头，轻轻地谨慎地走上楼梯。每走一步倾听一下。楼梯上也很寂然，所有的门都闭了，一个人影也没有。在第一层楼上有一家门张开着，许多工匠在里面工作，但他们也并不注意他。他站着不动，想了一下，然后又向前走着。"他们若是不在这边，自然更好了，但……那还有二层楼啦。"

这是第四层楼了，那边是门，这边是对面空着的住房。老太婆房底下的屋子也没人住，门口的会客名片不存在了——住客都搬走了！……他呼出一口气。这时一些念头浮泛着："我回去好吗？"但他没有回答，他在老太婆房门边谛听，沉寂无声。于是他又在楼梯上倾听，久久地、注意地听……于是又往四下看望一下，伸直着腰，又摸摸他活结上的斧头。"我不很仓皇吧？"他疑心着，"我心绪不很紊乱吗？她老是猜疑……我再等一刻……等到我的心不跳时，岂不更可靠？"

但是他的心不停地跳着，好像与他为难似的，跳得越来越凶。他再也按捺不住了，渐渐地去伸手按铃。过了一刻，他又重按了一下，而且按得更重。

没有响动。再按下去也是徒然，而且也不妥当。老太婆想是不在家，但她猜疑心重是无疑的。他知道她的脾气的……他把耳朵移近到门口。并非他的感觉特别强，实在那声音很清晰。无论如何，他已经听见就在这门口里面，像有人在摸索和裙子的响动声。似有人紧靠着门锁前立着，如他在外边一样的，那人也秘密地在里面谛听；好像也把她的耳朵靠近门口……他故意动了一动，咕噜着些什么，好使自己并不是鬼祟的模样。于是他第三次按下门铃，也不慌也不忙地等着。后来，他想起那件事，那瞬息在他的心中清晰地呈现着，永远显露着。他不懂他为何那么诡计多端，他的头脑在那时似乎是蒙蔽着，而且也感觉不到自己的身体的存在……过了好久，他才听见门闩开了。

第七章

门仍如上次一样,透了一个窟窿,一双锐敏而多疑的眼睛在黑暗中射在他身上。拉斯柯尼科夫有点慌张,差点铸成了大错!

老太婆似乎也感到惊慌,他也不去想她看见他后,会怀疑他要把她除去,就去握牢门扇,阻止老太婆再去把门关上。这样,她就没有把门向后拖,但她也没有把门放松些,因此他险些被她连门一起拉拽到楼梯上来了。因她是站在门口的,走。她慌张地后退着,要想说什么,瞪着他。不给他通过去,他便一直向她面前但又一字也说不出,只是睁着眼睛。

"晚上好,阿廖娜·伊万诺夫娜妈妈,"他开口说,他想很平静地说,但是不能,他的声音期期艾艾地打着战抖,"我到来……我拿来点物件……但我们进去吧……到亮光前……"

他离开她,不待允许就一直走进去。老太婆跟随在后面,但说不出什么。

"天呀!干什么? 你是什么人? 要干吗? "

"什么,阿廖娜·伊万诺夫娜妈妈,你认得……拉斯柯尼科夫……这边,我把前天说过的当物拿来了……"他把当物取了出来。

老太婆看了一会儿当物,但立刻注视着这不速之客的眼睛。她灼灼地、狠狠地、不信任地看着他,足足有一分钟。他猜想她眼中有种类似冷漠的神色,好像她已经猜透了什么似的。他昏乱地几乎惊慌起来,如果她再像现在那样不开口,只是灼灼地注视着他,那么他就要拔腿跑开了。

"有什么好看的？你已经不认识我了吗？"他带着随意的语气说着，"你要就收去，不要我就到别处去的，我没时间呢。"

他并不想说这些话，但已经脱口而出了。老太婆恢复了一切状态，客人的截然的声音显然除去了她的疑心。"这是什么，先生，立刻就要……这是什么东西？"她指着当物问着。

"一个银烟盒，我上次跟你说过的，你明了。"

她伸出手来接。

"哎呀，你的脸色多么苍白呀……为什么你的手在发抖？你刚洗过澡吗，还是发生了什么别的事情了？"

"热病呀，"他猝然地答着，"没有东西吃……脸色还能好看吗？"他艰难地补充着，又觉得没有了力气。但他的话像是实在的，老太婆便把当物接过来。

"这是什么东西？"她重又问着了，专心地仔细地观察拉斯柯尼科夫手里的当物。

"一件物件……烟匣子……银做的……你看吧。"

"这不像是银的……用什么包裹着的！"

因要把包线打开，她对着窗户、对着亮光（她的窗户全关闭，不怕闷的），这时她离开他有好久，背脊朝着他立着。他于是解开外衣内的活结，想把利斧头取出，但还没有全把它拿出，只在外衣里面用右手抓着，他的手臂已经软得没有力量了，他觉得他的手已十分麻木了，他怕他的斧头在手里掉下来……突然的，他晕眩过去。

"那你为什么把它如此紧紧地绑着呢？"老太婆不耐烦地喊着，向他这边走来。

机会来了，他不能放过。他立刻将斧头拿了出来，紧紧地握着，毫不费力、机械地，把斧头背举到她的头上。这好像并不是他自己的力量，他刚一斧打去，他的力气又恢复了。

老太婆是照常不戴帽的。她的稀白的头发杂着一两条灰色的线条子，抹着厚油，打成一条豚尾，用一把破骨梳结着，梳子掉在头颈上。因为她矮胖，那斧正打中她的脑门。她无力地呼喊，忽然扭做一团跌到地板上，抚捧着头。她的另一只手还紧紧地拿着当物呢。于是他又用斧头背在她头上打了几下。顿时血流如注，身子只是往后扭动。他退后了数步，屈着腰看她的脸：呀！她是死了。眼睛突出，眉头与脸颊都在抽动。

他把斧头丢了，只是在她的衣袋中搜索（避开泉涌的血），这衣袋就是她放那钥匙的右衣袋。他毫不费力地，既不慌张，也不昏眩，只是手儿不住地抖。他始终特别当心，设法使自己不沾染上血……他立刻把钥匙取了出来，那些钥匙是和别的在钢圈上连成一把的，他取出立刻跑进卧室。这是一间很小的房，有着许多个神龛。在那边墙脚放着一张床，上面铺着一条缝得精细的绸被，整洁之至。第三面墙，有一个有抽屉的大橱。他刚把钥匙对准了插进大柜去，听见钥匙碰着的响声，他发了一阵剧烈的战栗。突然又想要放弃一切而逃跑。但这个想法只有一刹那，要回去也已经迟了。他冷笑着，心中突然有一个可怕的念头浮现了。他忽然遐想着，那老太婆未必是死了，也许还会苏醒过来的。于是他把钥匙丢在柜上，又跑回尸体前，提起斧头，又狠狠地对准了老太婆，但他并没有打下来。无疑的，她已经死了。他俯着身再仔细地查看她，看见她脑袋裂了，并且一边深深地凹陷下去。他想用手指去摸一摸，但缩了回来——不用摸，已经显然看出了。旁边流了一大摊血液。忽然他在她颈上看出有一条绳子，他用力拉，因小绳很紧，没有断，而且染着许多血了。他极力拉着它，好像有一种东西把它钩住了，不能立即出来，在匆遽中他举起斧头想砍断绳子，但又不敢下手，因此手和斧头都沾上了血，过了好久，总算把绳子弄断，把钥匙拿了下来，幸而没有使斧头触着身体。他没有弄错——

这是一个钱袋。绳子上有两个十字架，一个是柏木做的，一个是铜的，此外还有一个银线织的神像和一个小小的、很脏的羊皮钱袋，紧连着钢圈。钱袋满满地。拉斯柯尼科夫立刻把它塞进自己的衣袋里，将十字架丢到老太婆的身上，再带着斧子跑到卧室去。

他慌张得很，又拿钥匙去试着开。但是不行，钥匙不配锁眼。这不是因为手颤，是他太固执了，他看见钥匙不配，就该放弃了才是。忽然他想起那深凹齿口的大钥匙，绝不能像属于有抽屉的大柜的（上次他来时那物件打动了他的心），而是开保险箱用的，而且也许一切珍物全藏在那保险箱也难说。他离开抽屉的大柜，立刻在床架下摸索，他知道老太婆常把箱子放在她们的床下的。不错，床下有一个很大的箱，大约有一码之长，弓形的盖，包着漆皮，钉着钢丝。那凹口的钥匙就配合上了，他把箱子打开了。在一块白布的下面，是一件灰鼠皮的红花绸缎外套；下面是一件绸衣，再下是一个披巾，看上去好像除了衣服外，下面没有别的东西了。他于是就在红花缎上擦着他的染血的手。"那是红花的，那可以不致引人注目。"这念头由他的内心发出，突然，他又惊醒了。"上帝，我难道疯了不成？"他惊恐地想道。

当他正在摸索衣服，一只金表从皮衣里滑了出来。他立刻把所有的衣服完全翻找一遍。在衣服中寻得各种金制的物件——大概都是典押之物，未赎或待赎的——手镯、钗环、耳环、戒指，等等。有些放在盒里，有些放在报纸中，十分仔细地包着放在一起，都用丝线紧绑着。他立刻把自己的裤子和外衣口袋塞了个满，把盒子等物都丢了，他没有时间去拿这些……

这时，他突然听见老太婆倒着的房中有脚步的声音。他立刻像死一般鹄立着。但是，一切都是静静的，这显然是他的幻想了。不久，他又好像听见一阵断续的哭声，似有人在那边呻吟着的。但一切仍是寂然。他在箱旁边看着，盘膝而坐，不声不响地待着。忽然，他跳了起来,拿着斧头,就跑到卧室去。

房中站着的,正是丽莎维塔,她手里拿着一个包裹,呆呆地凝注着她那被害的姐姐的尸体,面色苍白得像一张纸,吓得有气无力地想喊。一见他由卧房跑进来,浑身更无力颤抖着,好像一片风中的叶子,她的面孔也抽搐着,举着手,张开嘴,却呼号不出。她慢慢地离开他,而向后退到屋子一角,只是死盯着他,仍然喊不出声,好像无从呼号似的。他拿着利斧随她奔去。她的嘴抽搐着,如同婴孩受惊的样子,只是注视着那吓人的东西,要呼号而不能呼出嘴。可怜的丽莎维塔,竟那样完全被他吓昏了,因斧头已经靠近她的脸上,她连以手抗拒的自然防御的能力也丧失了,她竟不敢举手。她只是伸出左手,并非掩着自己的头脸,只是无力地向前伸出,好像叫他快走似的。那斧头的锋口砍在她的脑袋上了,立即把头部全劈破了。她立刻颓然地倒下。拉斯柯尼科夫自己也昏过去了,抓起她的包裹,又丢下,一直跑到门口去。

畏惧渐渐地加甚,尤其在第二次无意的凶杀之后。他极力想快快地从这地方逃走。如果在那当儿,他能更实际地观察、推想,如果他能直觉到他当时所面临的形势、所有的艰困,那绝望、那畏惧、那可笑,他终于彻底明白,要脱离那个地方,走回家,则还要去制服许多窒碍,还须犯许多罪,如果真是那样,他便要把一切放下,要去自首了,这并非是恐惧,实在是由于他所干的事太可怕,太讨厌了。憎恶的情绪特别在他胸中沸腾,一刻一刻地加深。他现在不想再到柜橱那边,也不再进屋子里去,拿任何贵重的物件了。

但一种渺茫,甚至梦幻渐渐地捉住了他,时而茫然如有所失,时而把重要的事丢了,而急于执着小事做。他茫然地往厨房一瞥,看见长凳上有一只盛了半桶水的水桶,他想去洗手和斧头。他的两只手染着血迹。他把斧头沉浸在水中,拿着窗台上破盘内的一块肥皂,在水桶里洗手。手洗净了,又洗斧头、斧口,并花了长时间(约有数分钟)去洗斧柄,有血染的地方用肥皂去洗,并用挂在厨房绳上的麻布把斧头擦干了,他站在窗前,长久地注视着斧头。那上面血痕没有了,只是木柄还是湿的。他仍把斧头吊在衣服的绳结里。在厨房里的黯淡的灯光下,他看了看自己的外衣、裤子和鞋子。从外面看,好像只有鞋子上有些污点。他于是把布浸湿擦着鞋子。但他对这些并没有细察看。他站在房中无神地思考着,沉重的痛苦从他的内心发出来——他想自己是疯狂了,那时不好推究,不能自持,而且他也许该做点比现在所做的完全不同的事件。"天啊!"他呼叹着,"我非逃跑不可,逃跑!"他于是就跑到门口。但是等待这里的,是一种他前所未有的恐怖感。

他呆呆地站着,看着,简直不敢相信自己的眼睛:那从楼梯进来的外门,不久以前他在那里等着并且按铃的门,并没有关上,开得很大。那时并没有下锁,也没有闩门! 老太婆在他进来后没有把门关上,也许当作一种预防的出路吧。但是,天呀! 他后来看见丽莎维塔了,他怎么能够,他怎能够想不起她一定有法子进来的呢? 她断不能从墙头穿进来呀!

他走到门前去,把门闩掩上了。

"但是又做错了! 我一定要逃开呀,逃开……"

他把门闩又开了,打开门,在楼梯上查看着动静。

他听了好久。似在远处,或者在大门边,有着两种喧嚷着的声音,在对骂着。"他们做什么呀?"他耐心地等待着。好久之后,一切都寂静了,好像突然停下似的——他们被劝开了。他想冲出去,但在下一层楼上,忽然有一道门呀然地开了,似有人下楼,口里嚷着:"怎么一回事,他们吵得这样闹!"他又关上门等待着。最后一切都寂静了,没有一点儿声响,他才向楼梯跨了一步,他又听见一种新的脚步声了。

那脚步似乎很远,在楼梯顶端。他记得非常真切、清楚,他猜想那一定是什么人到第四层楼那老太婆的房内。是什么原因呢? 那响声特别得明显？那脚步是沉重而平整的，不是匆忙的。一会儿他已经过第一层楼了，一会儿见他更上一层了，那响声愈来愈响。他还能听见他的深沉的呼吸。一会儿他已经到了第三层了。到这边来了！这在他看来好像他要强硬如石头了。如同一个梦，人在梦里被人追逐，将要追上，将要被害，他又呆立在那儿，甚至于连两只手也不能动了。

最后当那声音上了第四层楼时，他忽然惊着，他竟敏捷地溜回到屋里去，把房门关上了。于是他本能地拿着钩子，悄悄地把它挂在门闩上。把这件事做了后，他便在门边静听着。那位不速之客似已经跟着到门前了。他们现在彼此只隔着一扇门地相对站着听着，如同之前自己和老太婆一样。

那个未见面的客人喘着气。"这肯定是一个胖子！"拉斯柯尼科夫手中紧握着利斧想着。这实在好像做了一个梦。那客人按门铃了。

那铃儿响了起来，拉斯柯尼科夫好像觉得有什么东西在房中移动似的。他认真地听着好久。外边又在按铃了，而且急促地敲着门。拉斯柯尼科夫瞿然地瞪着那门的撼动，在极度的恐怖中，那门每分钟都有被推进来的可能，他那么猛烈地摇撼着。他的头开始晕起来。"我站不住脚了！"这想法从他脑中闪过。这时，外面那位开口说话了，他立刻又瞿然地复原了。

"究竟是怎么回事？她们睡熟了或是被暗杀了？喂——怎么啦！"他用一种迟疑的声音喊道。"喂，阿廖娜·伊万诺夫娜老妈妈！丽莎维塔·伊万诺夫娜，哦，我的美人！开门呀！嗨，真讨厌！她们睡死了或是怎么样？"

他终于发怒了，又用全力拉了十几次铃。他的确是一个有权威的，而且是一个熟人。

霎时间，在楼梯上隐隐地听见有慌忙的脚步声。另外有一个人走近了。拉斯柯尼科夫起初是不曾听见的。

"你不是说过没有人在家吗，"新来的人兴匆匆地喊着，向那个在拉铃的第一个客人说着，"晚上好，柯赫。"

"听他的声音，他一定还很年轻。"拉斯柯尼科夫想着。

"谁知道呢？我几乎把铃儿都按断了。"柯赫答道，"你怎么认识我的呀？"

"什么！前天在加姆布里努斯那里打球，我不是把你打败了三次吗？"

"哦！"

"那么她们全出去了吗？奇怪！真是岂有此理。老太婆会到哪里去呢？我是有事情来的。"

"不错，我来也有事情。"

"哦，那怎么办呢？回去吧，我想。唉——唉，我希望弄一点钱呀！"年轻人喊道。

"当然，我们总要结算一下了，但她何故要在这个时候呢？那老妈妈自己定这个时候要我来的。这于我很不方便呀。她这鬼东西到哪里去呢？我真不懂，这个老不死的，她的腿长年不好，坐在这里，现在她忽然出去，却不回来了！"

"我们去问问看门的好不好？"

"什么？"

"我们问她到哪里去了，什么时候才回来。"

"唔……得了吧……我们问是可以问……不过你要知道她从来都不去那里的。"

于是他又尽量拉着门铃。

"好了吧。没有法子，我们只有先走了。"

"等一等！"年轻人忽然喊着，"你注意到了吗？当你拉门的时候，那门是怎样的情形？"

"唔？"

"那看上去并没有下锁,是用钩闩挂上的! 你听见那钩闩的响声么？"

"唔？"

"怎么,你不懂吗？那就说明里面有一个人。若是她们都出门了,那她们便要在外面锁的,而不从里面把钩闩套上。这,你听见钩子的响声吗？ 在里面把钩闩套上,她们一定在家的,你懂吗。她们一定在里面的了!"

"唔!这样看来,她们一定在家了!"柯赫愕然地喊道,"那么,她们在里面做什么呢？"他更加剧烈地摇着门。

"且等一等!"年轻人又喊着,"不要敲了!一定出了什么事了……你这边拉门,而她们还不开! 可见她们不是都病了,就是……"

"什么？"

"我对你说。我们且去叫门房来,叫他把她们唤醒好了。"

"不错。"

"你知道我是学的法律的! 这显而易见,显——见——里面出了什么事了!"年轻人又兴奋地喊着,并直往楼下跑。

柯赫留在上边,仍是按铃,接着响了一声,好像思考似的四下一望,又轻轻地把门摇了一摇,无疑的,那是钩闩套着的。他屈着身,喘着气,从锁眼孔内窥看:但是钥匙在里面眼孔里,什么也看不见。

拉斯柯尼科夫紧握着斧头, 站在里面。他已经在不知所措的癫狂中了,并准备在他们进来的时候,就和他们拼命。当他们叩门谈话的时候,他有几次想立刻把这事做了。当他们开不进门时,他很想辱骂他们,嘲弄他们一番!"只愿他们早早走啊!"这就是他唯一的心愿。

"那个鬼东西去做什么事? ……"过了很长时间——却不见有人来。柯赫有点儿不安了。

"喂，在干什么？"他不耐烦地喊道，丢下了看门的职责，自己也下去，匆忙的，沉重的步履声在楼梯上渐渐地消逝了。

"上帝！我该怎么办呢？"

拉斯柯尼科夫把门钩取下，开着门——听不见声音。他立刻地，一点儿也不迟疑，便走出来了，把门好好地关上，一直跑下楼去。

他下了三步楼梯，忽然听见下面传来很大的喧闹声——他能跑到哪里去呢？何处可以藏身呢？他正想回到那屋去。

"喂，那里！把那贼匪拿住呀！"

其中有一个从下层楼直冲上来并且嚷着，在楼梯上竭力大声地呼喊着。

"米季卡！米季卡！米季卡！米季卡！米季卡！真是活见鬼！"

喧嚷号叫一阵后，最后从庭中传来声音，一切仍寂静着。但此时正有几个人大声商谈，而且急忙地开始走上楼来了。他们约有三四个人。他辨清了那个年轻人的响亮的话声。"哦！他们！"

他真的绝望了，如果直接去和他们相遇，"不管怎么样吧！"但他们拦住他呢——不是一切都完了？若是他们给他过去——还不是一样？他们是认识他的。他们走近了，和他只相隔一个楼梯的距离——忽然，救星到了！离他右边很近的地方，有一所空房，门大开着的，就是二层楼上的房子，工匠们在这边工作，好像给他逃难似的，这时他们刚刚都跑开了。一定就是他们，刚才嚷着跑下去的。地板正在刷漆，屋中放着一只桶和一个破钵，散置着油漆和刷子。于是他便从开着的门跑进去，藏在墙后。刚刚躲好，他们已经到了楼梯顶，转身继续上第四层楼去了。他稍等一等，便拔着脚出来，向楼下跑去。

楼梯上既不见人，屋门口也没有。他非常快地从门口走出，然后向左转直奔大街去了。

他知道，那时他们正在那屋里，他们看见门开了，十分惊奇，因为方才门还是插着的,他们现在看见尸体横陈着,一定会猜想而且觉得凶手刚才在那里,现在竟不知踪影,从他们旁边溜过、逃跑了。他们一定要猜想当他们上楼时,他定在那空房内的。同时他也不敢把步履走快了,虽然他并没走多远。"他应当跑过什么巷,在一条不知叫什么的大街上等着吗! 不能,没有希望! 他该把斧头丢掉吗? 他该叫一辆车回去吗? 不,不行,绝对不行! "

最后他走到转弯的地方,等转过弯来,已经很疲乏了。在这边他已经放心些了,他知道在这里危险会少些,因为有一伙人,他在里面好像一粒泥沙似的,不觉得有什么。但是他所遭受的一切,已经很神疲力弱,几乎不能走动了。他的额头上汗如雨下,颈脖完全湿了。"他像是个酗酒的! "当他走到运河岸上时,有人这样喊道。

现在他头脑昏暗,愈走愈不是路了。不过当他走到运河岸上来,却发慌了,因为那边没什么人,是容易引人注意的,他便想转身走回去。虽然他快要倒下了,但他还是绕了个弯,从另外一条小路绕回家。

当他进了家门口时,他尚没有自觉着;在走上了楼梯之后,他才想起了斧头。他现在还有一件很重要的事要做,必须把斧头放回原处,但他已经无力想这些了,他不想物归故处了,随便抛在谁家的庭院里,那也许更好。他真的一切都很侥幸,屋子的门虽关着,却没有下锁,那么看门人在家,似乎已经是确定的了。但他仍昏昏然地直往门房走去,把门打开了。如果看门人问他"做什么事儿",他也许要把斧头递给他呢。幸而看门人也不在家,他就将斧头摆还长凳下去,且和先前一样把它用木头夹在旁边。当他跑回房里去时,一个人也没有碰见。女房东的门也在关着。他到房里,就倒在沙发上了——他并不想睡,但一直神思恍惚。这时,如果有人走进他的房间,他一定会跳起来喊叫的。零零碎碎的念头充满了他的脑中,他也捉摸不到任何一个思想,也不能集中到任何一点上去……

第二卷

第一章

　　他躺卧着很长时间,有时似醒非醒的,他看看时间已经是深夜了,但他总是不想起来。不久,他看天已经渐渐发亮了。他仰躺着,为方才的昏乱而迷茫着。这时,大街上传来尖厉而绝望地喊叫声,这种奇怪的哭喊声,每夜两点钟后在窗下都可听见的。现在这声音把他弄醒了。

　　"哦!醉汉从酒店里出来了,"他想,"过了两点了。"他于是一骨碌跳起来,像有人把他从沙发上拖起似的。

　　"什么! 两点又过了! "

　　他坐在沙发上——一刹那间,他又想起一切事情了。

　　在最初的一刹那,他以为自己要疯了。他浑身颤抖,这颤抖是在睡觉时发的热病而起的。此刻,他忽然抖得非常厉害,他的牙齿咯咯地响着,四肢也在抖。他开着门倾听着,屋内一切都在睡眠中。他惊异地看着自己和房中的一切,对于自己在晚上怎样进来而不敲门、不脱衣地卧在沙发上,并把便帽戴着,全然忘了。现在便帽掉在枕头边的地板上,这些他觉得有点惊异。

　　"如果有人进来看到这样情形,他不要想我是喝醉了,但是……"

　　他走到窗前一看,天已经十分发白了,他把自己从头到脚所有的衣服,很快地打量一番,看看有没有痕迹,但不能如此一看就算完事,他冷得发抖,只好把一切衣服解下,再仔细地看一看。他把一切衣服内外都翻开检查,再三反复地检视着。

　　除了有一小处看见有几滴干血沾在他裤子的边缘外,什么痕迹也没有,他于是拿来一把剪刀,立刻把裤边剪去了。如此便什么痕迹也没有了。

他忽然又想,他从老太婆箱里拿出来的钱袋和别的东西还在衣袋里!当他查看衣服时候,竟没有把它取出来藏好,甚至连想都没有想过它们。现在想起来了,他立刻去把它们捡出来,放在桌上。当他极力把一切东西都取出,并把衣袋反复翻转,看没有东西了才停止,他把那一堆东西移到墙脚去。把纸片和破布都丢在地上,然后把一切东西都放进纸下的那个洞中:"它们进去了!钱袋和其他都看不见了!"他高兴地想着,又呆呆地看着,看那洞特别地高高凸出,他又恐怖地发抖。"天啊!"他怀疑地低语道,"这算怎么一回事?算是藏放好了吗?就那样算了吗?"

他没有想到有饰物要藏,他一直只想钱,所以没有一个藏放的地方。

"现在,我有什么开心?"他想,"藏东西是这样的吗?我真的没有理智了!"

他疲乏地又在沙发上躺着,发着一阵难受的战栗,不由自主地从身边的椅子上取出他的冬季旧制服(这衣服虽已经破烂,但还比较暖和),盖在身上,于是又沉入恍惚迷离状态中了。他全失去知觉了。

不到五分钟,他又跳了起来,立刻又在一阵狂乱中去寻找他的衣服。

"怎么事情没做完,又去睡啦?啊!我还没有把袖子下的活结取掉!我忘记了,把那件事情忘记了!那是一个证据呀!"

他连忙把活结弄掉,匆匆地把它裂成碎片,然后把这些碎布片丢在枕头边的衬衣里。

"无论如何,破衬衣的布片不能有疑点的,我想不会,我想不会,无论如何!"站在房子当中,他反复着说,又烦恼地集中精神注视着他的四周,以确信什么事情他都没有遗忘。他觉得他的精神——甚至记忆力、最简单的记忆力都失掉了,这是一种最难耐的痛苦呀!

"这一定还没有降临!这点决不是对我的惩罚吧?来了!"

他从裤边割下的破布,确实丢在房子当中的地板上,不论谁进来都看得见!

"这是怎么一回事!"他又发昏迷乱了似的喊着。

于是他脑中来了一个奇怪的想法,他以为所有的衣服或许全有血迹,他没有注意到,因为他的观察力已经没有了……他的神志蒙蔽了……忽然他又想起钱袋上也有血!"唔!那么衣袋上也有血了,因为我把湿钱袋放在我的衣袋中的!"

于是他又把口袋翻了出来,真的——衣袋里子上有痕迹,有血污!

"可能我还没有丧失理智,我还有些理性和记忆,自己还能猜想出来的。"他想着叹了一口聊以自慰的气,"那只是热病在作祟,片刻的昏乱而已。"于是他把左边的整个裤袋扯割了。这时太阳照在他的脚上和鞋上。鞋上边的袜子,他以为也许有痕迹!他把鞋子脱了:"真的确有痕迹!袜子浸着血了。"他想一定是不小心曾经踩到血泊上了……"现在怎么办呢?这些破布和裤袋,我该把它放到哪里去?"

他把它们紧握在手中,呆立在房子中。

"丢到火炉中吗?那他们先要去搜查火炉的。把它们给烧了?那又用什么烧呢?火柴一根也没有。不,不如拿出去,扔在外面。是的,还是扔了好。"他反复说道,又在沙发上躺下,"要快,就在这时候,不可再耽误了!……"

但他的头却倚在枕头上。他又打着寒战,拉着上衣盖着。

在很长的时间里,他的大脑里曾经产生过"要快,就在这时,抛到外边去,把那些东西全扔了,看不见,就没有关系了,要快,要快"的想法,他几次想从沙发上起来,但他不能够。

这时,一阵急促的敲门声,又把他弄醒了。

"开门呀,你是死是活呢?还老是这么睡着!"娜斯塔霞喊着,并用拳头敲着门,"他一天到晚像猪一样地打鼾! 他简直是一条畜生。我对你说开门。已经过了十点了。"

"也许他不在家吧!"一个男人的声音。

"哼! 这是看门人的声音……有什么事儿?"

他从沙发上坐起来,心跳动得都痛起来了。

"那是谁把他的门关上呢?"娜斯塔霞不信地说,"他把自己门闩在里面呢! 好像他有什么东西可以偷似的! 开门呀,蠢货,醒醒呀!"

"他们究竟有什么事? 看门人来做什么? 一切被发现了吗? 是抗拒还是开门呢? 不管了……"

他屈着身体向前,把门打开了。

他的房间小得不需要离开床就能开得着门。前面是站着看门人和娜斯塔霞。

娜斯塔霞用惊奇的样子凝视着他。他以不屑的、狠狠的眼光斜看着看门人,看门人不作声,拿出一张叠成对折,而且封上火漆的灰纸。

"公署送来的一份公文!"他把纸递给他的时候,这样说着。

"什么公署送来的?"

"当然警察局来的传票,传你到局里去。"

"为什么到警察局?……"

"我怎么知道? 叫你,你就得去呀。"

那人注视着他,并往屋里溜了一下,就转身出去了。

"他确是患病了!"娜斯塔霞说着,眼睛一眨不眨地看着他。看门人回过头来看了他一会儿。"他昨天就害着热病了!"她继续说着。

拉斯柯尼科夫没有答话,手里拿着公文,并不想拆开。"你不要起来好了，"娜斯塔霞见他的脚垂下沙发，很可怜似的说道，"身体不好，那就不要去好了，何必着急。你手里拿的什么呀？"

他看一看，发现自己右手拿着破布条、袜子和口袋破布。可见他拿在手中睡着了。他曾想过这事，他记得他在热病中曾醒过来，曾把这些东西紧握在手里，后来又睡着了。

"看，他拿着破布睡觉，好像握着一件宝贝似的……"

娜斯塔霞哈哈大笑起来。

他立刻把它们塞进大衣去，并定眼注意看着她。那时虽不想着一切，但他觉得对于就要被捕的人，谁也不想做出什么行动的。"但……警察呢？"

"你且喝点茶去吧！好不？我给你拿过来，那里还留有一点。"

"不必……我就要去了，我立刻就去了。"他说着，就站起身来。

"你万不能走动！"

"我这就去。"

"不管你了。"

她和看门人出去了。

他立刻跑到光亮处察看着袜子和破布。

"有污斑，不是很惹眼，全盖上了灰尘，给擦了，已经褪色了。如果不注意，是不会辨出什么东西的。娜斯塔霞站在那边想不出的，谢天谢地！"他又打了一阵冷战，把公文的封口弄掉了打开看，他看了又看，这才明白了。这是警察分局送来的一个平常传票，让他在那天九点半到分局办公室去。

"这一桩案子是什么时候发生的？我和警察从来没有交涉！为什么正好在今天呢？"他在苦闷迷乱中想道，"天呀，但愿没有什么事就好了！"

他跪在地上祈求，又不觉大笑——并不是笑祈求，而是觉得他自己好笑。

他慌忙地抓着衣服，自语着："如果我如此完了，那我就完了，我不以为意！把袜子套上吧？"他忽然怀疑着，"袜子要更弄得脏些，那斑痕就被掩盖了。"

他刚把袜子穿上，又匆匆地把它脱了，但一想自己再没有别的袜子了，只好把它穿上——他又自笑起来了。

"这些都是长期形成的习惯，都是相对的，这一切不过是形式而已！"他这样想着，浑身颤抖，心头浮起了这样的念头："算了，我穿上去好了！"

但他大笑后便是失望了。

"不，这怎么能行呢……"他想着，脚在发颤。"可怕得很！"他低语道。他的头因害热病而昏眩。"这是一个计策！他们把我诱到那边，用各种手段来套我的。"当他走到楼梯上去的时候，这样想着——"最讨厌的是我神经昏聩了……那样我会乱说出什么蠢话来的……"

他在楼梯上又想起了那些放在墙洞里的东西，"无疑的，要在我出门的时候他们来搜查一番。"他突然想回来，但又为那股轻傲的气势（即使可以如此说吧）所劫持，他手一摆，立即往前走了。"算了，把这事完结了吧！"

那几天简直没下过一滴雨，所以街上热得难受。灰尘满目，瓦块乱堆，肉铺和酒馆又发出各种臭味，熏蒸熬人，到处排列着芬兰小贩和破损的马车。日光直射着过来，把他的眼炙得非常难受，觉得头晕——一个发热病的人，在火似的日光底下出门，是容易这样的。

当他走到大街转弯的时候，在一阵颤抖的回忆中，他望了大街一眼……并望着那所住宅……立刻把眼光转开去了。

"如果他们来问我，我就告诉他们吧！"当他走进警察局的时候，心里想道。

警察分局离他家大概有四分之一俄里的路程。那是最近才搬过来的,在一座新式房屋的四楼的一套房间里。他曾到警察局旧的办公地址去过,只是待了短短的一刻钟,不过那是很久以前的事了。他走进门口的时候,看见右边的楼梯,有一个仆役手里拿着一簿子上来。"那一定是个看门的;那么,办公室一定在这边了。"他以为也许就是这边,便又回头了。也不向任何人打听。

"我走进去跪倒,把一切事都招供了……"当他走回四楼时这样想着。

楼梯又陡又狭,还有一些污水泼在上面,湿滑得很。那住客的厨房对着楼梯几乎整天开着门。一股异味和闷热透出来。在楼梯上下着拿着册子的看门人、兵士们,以及各色各样的男女。办公处的门也开着。仆人们在里面侍候着。那里热死人,还有一股糅漆与柏油混合的令人难熬的气味发出来。

过了一会儿,他往前走到另一间房去。所有的房间多是狭小的,低而倾斜。他不耐烦地直往前走,也没有人注视他。在第二间房里,有一两个职员坐在那里抄写东西,他们的穿着只是比他稍微好一点点,样子都很古怪。他走向一个职员。

"有什么事吗?"

他把公文给他看。

"你是一个大学生吗?"那人看了公文后,问道:

"是的,以前是大学生。"

那个职员毫无表情地看着他,看起来心情并不好,眼中显出一种漠然的神色。

"从他这边恐怕得不到什么的,他对于任何事是如此地漠然。"拉斯柯尼科夫想着。

"进去见那书记官吧!"那职员指着远处的房间说道。

他进了那间屋子(按顺序是第四间),屋子很小,里面挤满了人,他们穿的比外边的人要讲究得多。里面有两个女人,一个穿着一套孝服,坐在书记官的对面,正在写着他叫她写的东西;另外一个很胖的女子,脸上有着红疙瘩,穿得华丽之极,胸襟上插着一个像碟子般大的饰物,站在一边等待着。拉斯柯尼科夫把他的公文呈递给书记官。他看一下,然后说道:"等一下!"然后仍然转向那个戴孝的女子。

　　他呼吸得渐渐自然些了。"绝不是那一回事儿!"

　　他开始恢复了自己的信心,并告诫自己要胆大心细。

　　"真笨,盲目的惧怕,会把自己害了呢!唔!……可惜这边空气不好,"他继续说,"闷死人……这边特别叫人迷糊……人的思想也是如此……"

　　但他觉得有一种内在的不安,恐怕自己失去自制;他想抓住一桩什么事情,好把心思贯注在上面,抓住一点儿别的事情,但他一点儿也不能。可是那书记官却引起了他的奇趣,他想由书记官那边观察,从书记官的脸上探出点事情来。

　　他是一个年约二十多岁的年轻人,脸色黝黑而俊俏,年纪似乎比他大一点。他穿得极阔,纨绔儿似的,头发向两边分开,梳得很光滑;他的雪白的手指上戴着一枚戒指,胸口上悬着一条金链。他和在那房里的一个外国人说着几句法国话,说得很流利。

　　"卢伊莎·伊万诺夫娜,你坐着吧!"他顺口对那位穿得华丽的红脸女子说,虽然她身旁有一张椅子,但她好像不敢坐下去似的。

　　"谢谢你!"她回答时,发出一阵绸衣的窸窣声,她慢慢地坐在椅子上。她的飘洒的青色衣服边缘,饰着白色花边,在空中飘动活像一个气球,几乎占满了半间小房。她的身上发出幽馥的香气。但她很觉不安——看见自己占满了半间房子,又发出这样芬芳的香味;虽然她有的是微笑的、傲慢的、而且带着媚态的表情,但还是有些局促不安。

那戴孝的女人办完了案,正要站起来离开,忽然听见一阵喧哗,一个军人极神气地走进来,一边走着,一边摆着肩膀。他把那有帽徽的帽子扔在桌上,兀自坐在摇椅上。那美丽的妇人一见到他,便从座上站起,面露喜色和他行礼,但军官却不理她,弄得她站也不是,坐也不是。他是副督察长,蓄着短而红的胡须,在嘴唇边平均地分着,小小的脸部,除开一种不屑的姿态之外,什么也没有。他带着发怒的眼睛斜看着拉斯柯尼科夫——他的衣服太不像样了,这和他的态度举止简直不搭配。拉斯柯尼科夫也傲然地直看着他,因此更使他冒火了。

"你来干什么的?"他喊着,这个乞丐似的人显然并没有被他的高傲的神气所吓倒,这使他多少有点奇怪!

"我被传了……有公文的……"拉斯柯尼科夫嗫嚅着。

"为着债务,向这位大学生索债!"书记官放下文书,立刻说,

"这儿,"他把一张文件丢给拉斯柯尼科夫,指给他看,"看那个!"

"债?什么债?"拉斯柯尼科夫想道,"然则……那……绝不是那回事情了。"

他高兴得忘形了,他觉得有一种不可形容的快慰。一块石头从他的心头落下了。

"请问先生,叫你在什么时候到这儿来的?"那督察长喊着,不知为什么缘故,好像把他惹恼了。"不是叫你九点钟到吗?现在已经十二点了!"

"文书在一刻钟前才送到我手上呢。"拉斯柯尼科夫不客气地大声答道。他自己也觉得出乎意外地恼了似的,在这里面他似乎得到一种欣慰:"我有热病,到这边来已经够了。"

"不要嚷嚷!"

"我没有嚷呀,我很平静地在说话,你自己嚷呀,我是大学生,不

容人家斥骂的呢。"

副督察长十分愤怒，起初他是口不择言地说话，现在他从座上站起来。

"安静些！这儿是警察局的办公室。不要乱来，先生！"

"你也在这儿呀，"拉斯柯尼科夫喊道，"你不是口吸烟卷又破口喧嚷的吗，你对我们也似乎太失礼了。"

他说完这话，觉得有一阵莫名的快乐。

书记官看着他嗤地一笑，那气恼的副督察长却恼羞成怒了。

"那不关你事！"他不自然地大声答道，"请你写张辩诉书吧。拿给他看，亚历山大·格里戈列维奇，有人控诉你！你欠债不还！哼，确是一位了不起的！"

但是，拉斯柯尼科夫根本听不进去，只是拿着文书，想要找一个辩诉。但他看了一遍又一遍，仍是看不懂。

"这是什么？"他问书记官问道。

"是一张追索债务的诉状。你得还款，并付所有一切讼费等等，或者写一张字据，说明你什么时候还钱，同时答允未还款之前不会离开京城，并不变卖、藏匿你的产业。债主有权拍卖你的财产并根据法律对你提出指控。"

"可是我……并不欠谁的债！"

"那不关我们的事。这是一张一百一十五个卢布的借据，法律证明应当偿还，现在他拿到这里来追索，那是你在九个月以前交给承审员扎尔尼岑的遗孀的，扎尔尼岑的遗孀又转付给七等文官切巴罗夫。现在，该借据已经递交到我处，所以传你来进行答复。"

"她是我的女房东呀！"

"她是你的女房东又怎样？"

书记官露出一种怜悯而殷勤的笑容看着他，却又带着一种冷峭的神气，这好像看着一个初次新来的人的样子——他似乎还要说："哦，现在要怎样呢?"这些负债字据，诉追讼状!现在还值得他关切注意吗?他站着、看着、听着、答着，甚至自己问着，这全是不由自主的一切。他觉得自己胜利了，脱离难关了，这一切思想当时充满着他的整个脑海，一点也不推测将来，不分析，不猜测，不置疑。这正是满心的、直觉的，完全是本能的欢喜。但正在那时，有件事情，办公室里好像要爆裂似的。副督察长还在为着拉斯柯尼科夫的傲慢而震怒，急想恢复他的受伤的威严，便对着那不幸的华丽的女人而发脾气了——她自从他进来后，就露出一种恭敬的微笑凝视着他。

"你这不要脸的妇女，"他突然大声地喊道(那戴孝的妇人已经离开办公室)，"昨晚你在家里做什么?哼?又是不要脸的事，这是全街的耻辱。又是喝酒胡闹。你想进新牢狱吗? 我已经告诉你十次了，说以后我便不客气了! 然而你仍是故态复萌，又是……你……你……"

文书从拉斯柯尼科夫手中掉了，他惊奇地看着那个被辱的奢华的女人，但他马上又看出这是怎么一回事，便又在这件辱骂中找寻解闷。他带着欢乐的表情谛听着，因此想笑，大笑……他的神经几乎兴奋极了。

"伊利亚·彼特罗维奇!"书记官不耐烦地说，但又突然停住不语了，因从他经验上，他知道发脾气的副督察长是不好用温和的言语所能制止的。

至于那奢华的女子呢，开始她只有战战兢兢。但是真奇怪，詈骂的话越多越凶时，她愈显得娇滴可爱，她对于那凶相的副督察长的媚笑也愈甚。她不停地移动着，态度越发恭敬，等着机会辩说。后来，她终于找到了机会。

"我家并没有什么吵闹和斗殴，警长先生!"她忽然胆子大了起来，说话好像豆粒落地似的，俄语说得很不错，稍带着德语的重音，

"我也没有什么丢脸的事。主人喝醉回来，这是我告诉你的一切实情，警长先生，我不能代受责的……我家是很高贵的；警长先生，我也很循规蹈矩；警长先生，我自己也很是讨厌一切的耻辱的事呢！但酣醉回来，又要喝三瓶，他于是一脚去踩他的钢琴了——在一个体面人家，这一点是不应当的，而且他竟把钢琴毁坏了，那真是不该的举动，我就这样说着。他提起一只酒瓶，就乱摔人。于是我去叫了看门的人，卡尔来了，他抓住卡尔，直照他的眼睛打去；他又照样去打亨利埃特，还打了我几巴掌呢。这在一个体面人家是多么地难看啊，警长先生，那时我就呼喊起来了。他把靠运河的窗户推开，在窗边站着，像猪崽子般叫着，真是太丢人了。你想，对着大街窗户，竟发出猪一般的嗥叫……于是，卡尔拖着他的上衣，把他拖过窗户，这是真的，警长先生，卡尔把他的上衣弄破了。于是他嚷着让我们给他十五个卢布赔偿。我就照赔了，警长先生，赔他大衣五个卢布。他是一个粗鲁的客人，会做出这样不要面子的事。'我要把你们讽刺一番，'他说，'我会向各种报纸写文章，把你们都骂个遍。'"

"这么说，他是一个作家？"

"是的，警长先生，他在一个体面人家里是会如此胡闹的啊……"

"好啦！够了！我已经对你说……"

"伊利亚·彼特罗维奇！"书记官别有用意地又叫他一声。

副督察长迅速地瞥了他一眼，书记官微摇着头。

"……那么我对你说，最可尊敬的卢伊莎·伊万诺夫娜，我是最后一次对你说了，"副督察长往下说着，"如果在你的体面人家里再有这类的事情发生，我便把你，拘押到监牢——如同开明社会所讲的——到里面去了。你听清了吗？那么一个作家，一个记者，在一个'体面人家'，因为衣衫扯破而取了人家五个卢布了，对不对？真是一些能干的记者！"

他对拉斯柯尼科夫冷峭地一瞥。"日前在酒店里也有一件失体面的事。一位作家吃了饭,不付钱,'我将写一篇讽刺你的文章。'他说。还有一位作家上周在轮船里向一位公爵的家眷——他的妻子和女儿,说出些不应该的言语。另有一位作家前天被糖果店所逐出。他们就是这样,记者呀,作家呀,大学生呀,掮客呀……呸!去你的吧!过几天我要亲自到你家来看看。你还是仔细点吧!听见没有?"

卢伊莎·伊万诺夫娜连忙殷勤地感谢了,并向四面八方屈膝行礼,这样走到门口。但在门前,她竟撞到一个仪表堂堂的警官身上——他生着一张明朗而爽直的脸,还有浓密的美须。这就是这儿的分局长尼柯吉姆·弗米契。卢伊莎·伊万诺夫娜就向前行个十分恭敬的礼,然后姗姗地走出办公室。

"又是一阵雷霆大发!"尼柯吉姆·弗米契以和蔼的声音向伊利亚·彼特罗维奇说道,"你又火气直冒地发脾气了,我在楼梯上就听见了!"

"唔,那又怎么呢!"伊利亚·彼特罗维奇慢慢地说,摆出官绅的冷冷的神气。他拿着一些案件走到另一张桌子前,装着把姿势摆一摆,说:"这,请你看看:一位作家,或是一大学生的,他欠了债而不还,又不搬出去住,他时常被控诉,他在这儿还要说我在他面前不该吸烟!他自己的行为竟如一个下流人,你看他吧。这就是那位先生,他现在这副模样非常讨人喜欢。"

"贫困并不是罪恶,朋友,但我们知道你的性子像火药一般,你受不了气。我想你有什么事情着恼,因而在这边发着性子。"尼柯吉姆·弗米契温和地对着拉斯柯尼科夫,并继续说着,"这完全是你错了,他是个极好的人,我可以向你证明,他只是好放爆竹,爱放爆竹!他恼怒时,发起火来,他的言语什么都说得出,你不能叫他止住的!事后他是不放在心上的!他倒是一个心地善良者!他在队中绰号叫做爆竹督察员……"

"那么，是什么样的一队人呢！"伊利亚·彼特罗维奇喊道，他虽然恼怒，却已经变成戏笑了。

拉斯柯尼科夫突然起了一个念头，想乘机讲几句使大家中听的话。

"请谅解我，局长！"他忽然向尼柯吉姆·弗米契从容地说道，"请你了解我……如果我的行为不行，我请你恕我。我是一个穷大学生，害着病，而且被贫困给毁了（'给毁了'是他常用的话）。我现在已经辍学，因为我已经不能照顾自己了，但我就要得到钱的……我的母亲和妹妹在 X 省。她们孰要寄钱给我，我将还清债务。我的女房东是一个好心肠的妇人，但因我把教员的工作辞了，四个月不付她钱，她才如此恼急，她甚至于不供给我膳食了……这负债凭据我也莫名其妙。她现在让我按这欠债凭据还她钱。我如何还她呢？请你们想想看！"

"那不关我们的事，你要明白！"书记官说道。

"不错，不错。我也这样想。但允许我说明……"拉斯柯尼科夫又插说道，他又面对着尼柯吉姆·弗米契说话，但极力使伊利亚·彼特罗维奇听得见，虽然他在忙乱地搜寻文书，好像把他给忘了，"允许我说明，我和她同住已经三年了，以前……以前……我为什么不把这事儿先说出来呢，当初我答应娶她的女儿做妻子，那是口头上说的，随口允许的……她是一个少女……当真，我很爱她，但我并不专注在她身上……实在是愚蠢的事情……意思是，我的女房东在那许多天随意地由我赊账，我是过着一种……生活……我太轻率了……"

"谁问你这些个人琐事呢？先生，我们没有多少时间。"伊利亚·彼特罗维奇不快地插口，带着一种讥笑的音调；但是拉斯柯尼科夫热切地把他制止住了，不过他觉得也很难对答。

"但是请恕我，请恕我。让我解释着……一切的事情怎样遇到……

让我说……不过我了解你的意思……那是没用的。但在一年前，那少女患热病死了。我和以前一样住在那里。当我的女房东搬到她现在的住宅来时，她向我说……而且是很知心地……说她十分相信我,她还问我要给她写一纸一百一十五个卢布——我欠她的债——的负债凭据。她说,只要我把那凭据给她,她愿意赊借我,随我要欠多少,并说她一直等到我能还她的时候为止,她决不会,决不会——这些都是她说的——用那一张欠债凭证——然而现在,我把教员的工作给丢了,没有面包吃的时候,她却来控告我。对于这事,我还能说些什么呢？"

"那些有声有色的琐事都不关我们的事,"伊利亚·彼特罗维奇傲然地插言道,"你须得写张证明书,至于你的恋爱和那些悲哀的事情,我们用不到它。"

"你又来了……你太过刻薄了。"尼柯吉姆·弗米契低声说,拉斯柯尼科夫在桌边写起字来。他看上去似乎有点害羞呢。

"写呀！"书记官向拉斯柯尼科夫说着。

"写什么呢？"他高声地问道。

"我说,你写。"

拉斯柯尼科夫想,书记官在他说了之后,待他一定更侮蔑。但是真出乎意外,他忽然觉得他们不论对谁的意见都漠不经心的,这种反感一下子便发生了。如果他略略想一下,他实在会惊讶他在一分钟前还能和他们那样说话,用感情打动他们。那些感情从什么地方来的呢？若是此刻全室不是塞满警长们,乃是他最亲近的一般人,他们恐怕也找不出一句恳切的话来,他的心是如此虚渺啊。关于闷人的苦难的寂寞和淡漠的悒郁的感触,在他的灵魂中变成了意识的形象。使他心中发生这种突然反感的原因,并不是在伊利亚·彼特罗维奇面前感伤的言语的卑鄙,也不是后者克服了他的卑陋。嗯,此刻他自己的卑陋,和这些渺小的虚荣、警长们、德国女子们、负债、警察局,有什么关系呢?如果他那时被判用火焚死,他怕不会惊动,并不会把判决书听进耳朵的。有种新来的、忽然而来的不明白的东西,他刚遇见了。那并不是他所懂的,但是他带着极强的感触,觉得他绝不能再用如他近来倾吐的感伤的言语,或用无论什么言语,向警察局那些人们诉说的;如果他们是他的兄弟姊妹,而不是警长们,那么在生活的任何境遇中,向他们申诉都是不成问题的。他从没有经验过如此种种可怪的感触。最苦恼人的是——这大部分是一种感触,小部分是一种观念,也许他一生所知道的一切感触中最苦恼人的,就是那种直接的感触。

书记官向他说口授这种情况下的一般写法,说他不能还款,允许在将来什么日子还,情愿不离开京城,也不变卖他的产业等等。

"但我看,你不能写,你简直连笔都拿不稳,"书记官说,他带着好奇心看着拉斯柯尼科夫,"你害病了?"

"是的,我头有点儿晕。你再往下说吧!"

"就这样,画了押就好了。"

书记官拿了这张声明书,就招呼别的人去了。

拉斯柯尼科夫还了笔,但并不马上走,却将两臂靠在桌上,用手抱着头。他觉得好像有一根钉,钉进他的脑袋去似的。他忽然起了一个奇怪念头——想立刻起来,走到尼柯吉姆·弗米契面前,把昨天所发生的一切事情全对他说了,再和他一同回到自己的寓所去,把墙洞里的东西取出来给他看——这个念头十分强烈,就想起来去自首。"但我再思考一下,有没有更好的办法?"这意思又从他的心中闪过。"不要如此吧,我还是不要就把这重担抛下吧。"但忽然间他又站着不动,呆着在那儿了。尼柯吉姆·弗米契和伊利亚·彼特罗维奇谈得极投机,有些话传到他的耳朵里来了:

"那不可以的，他们都要开释的。第一件，整个事情相互冲突。如果是他们干的，他们为什么去喊那看门人？这是他们愿意做的吗？也许是当做一种烟幕弹吧？不，这又太狡狯了！并且，大学生佩斯特里雅科夫进去时，在大门前看门人和一个女人都看见的。他和一两个朋友一同走，他们到大门前才分离，他在朋友面前叫看门人指点他路径。那么，果是他有着那种企图的话，他会去问路径吗？至于柯赫呢，他在未到老太婆那里去之前，在楼下银匠家里耽搁了半个钟头，而且他是七点三刻离开的。那你想……"

"但是，对不起，你怎么解释这种冲突呢？他们说他们在敲门时，门已经锁着；但三分钟后，他们和看门人一同上去时，门又已经开着了。"

"因此那凶手一定在里边，把自己锁在里面的；倘若柯赫不是笨东西，而不去找看门人，那他们必把他给抓住了。那凶手一定趁着没人时溜了，不知怎的让他从他们旁边逃跑了。柯赫只是在他自己身上画着十字，说：'如果我在那儿，他必会窜出来，用利斧把我杀了。'他要感谢上帝有眼呢——哈，哈！"

"没人看到凶手吗？"

"有这个可能，因为那住宅是按照诺亚方舟的模式造的。"书记官听后插嘴说着。

"事情很清楚了，十分清楚了。"尼柯吉姆·弗米契热心地反复着说。

"不，不见得很明白。"伊利亚·彼特罗维奇坚决地说。

拉斯柯尼科夫抓起帽子，想向门口走去，但他没有走到门口……

当他恢复神志的时候，他看见自己正坐在椅上，有人在右边扶掖着，同时还有一个人捧着一杯盛着微黄色液水的玻璃杯，尼柯吉姆·弗米契站在他前面，专心地注视着他。他由椅上站起来。

"什么事？你害病吗？"尼柯吉姆·弗米契声色俱厉地问道。

"他画押时，已经连笔都拿不稳了。"书记官说毕，仍回到原位，办他的公事。

"你害病好久了吗？"伊利亚·彼特罗维奇从座位上喊道，他在那里也在浏览着公文。在病人晕去那时，他自然也来看过他，但见他神志复原时，便立刻依旧坐着了。

"从昨天才起……"拉斯柯尼科夫声音极低地回答着。

"你昨天出外过吗？"

"出去的。"

"你病了也出去吗？"

"是的。"

"什么时候出去的？"

"大概在七点钟左右。"

"你到哪里去，可以说吗？"

"沿着街坊走。"

"讲得很清楚。"

拉斯柯尼科夫的面色苍白得如手帕一样，他在伊利亚·彼特罗维奇的注视下，锐利而敏捷地答话时，并没有看他那黑溜溜的有神的眼珠。

"他不能站直了。你还……"尼柯吉姆·弗米契开口说着。

"不要紧。"伊利亚·彼特罗维奇不在乎地答着。

尼柯吉姆·弗米契本想补充几句，但一眼瞥见书记官用很难看的面色看着他，他也就不再说什么了。于是一阵骤然的静默。这有点奇怪。

"那很好！"伊利亚·彼特罗维奇最后说道，"你走吧。"

拉斯柯尼科夫走出去了。他将离开之前在这所听到的那些热心的谈话声——其中尼柯吉姆·弗米契发出的声音最大……走到大街上时,他完全清醒过来了。

"搜查!马上就要来搜查了!"他向自己反复地说着,立刻赶回家,"该死的! 他们起了疑心。"

刚才的恐惧又完全把他给控制了。

第二章

"如果已经被搜查过了,那该怎么办呢? 如果我发现他们在我房间,又该怎么办呢? "

但这就是他的房间,并没有什么人,也没有任何事。没有人向里面偷窥,就是娜斯塔霞也没有到过他房间。但是上帝! 怎么可以把那些东西放在墙洞里呢?

他向墙脚跑去,伸手到纸堆中,把那些东西拿出来,把他衣口袋都塞满了。一总有八样:两个盒子,放着耳环那一类的饰物,他没有多去看;此外是四个小皮匣子;还有一条金链条,仅用报纸包着,还有其他什么东西在报纸中,看上去似是一件饰物……他把它们放进外衣的各个口袋里和他还留存的裤袋里,藏得愈多愈好。他把钱袋拿在手上。然后,他走出房外,把门开着。他走得很匆忙,也很坚决,虽觉得头晕,但他还清楚。他害怕有人来追捕,他怕再过半个钟头,或再过一刻钟,抓捕他的命令就要下了,因此无论怎样,他必须先把一切痕迹隐匿着。在他还有力气、还有判断力时,必须把这一切东西弄好……然则他到哪儿去呢?

"把它们沉没到运河里去,一切痕迹都没有,一切事情便没有了。"这个计划在昨夜他还迷迷糊糊的时候就已经决定,昨晚他有几次想要起来把这事完全办好。但是要把这事弄好,却不是一件容易的工作。他沿着叶卡捷琳娜运河徘徊了半个多钟头,向那水下去的石板看了又看,但他想不出怎样下手:不是木桩排列在石板旁边,妇女们在那上面浣濯衣服,就是船儿在那里停泊,而且岸边塞满了人。还有,他在岸边各处都可以被人看见,引起注意;如果有人故意下去站着,把什么东西丢到河里去,那就要引起疑惑。而且万一盒子不沉下去,而是浮在水面又怎么办?而且它们一定要浮着的。事实上他所看见的人们,都好像在视察着,四面观望着,好像他们除了注视他之外,什么事也不用做似的。"为什么,是不是我的幻想呢?"他想着。

最后,他想还是到涅瓦河去更妥当些。那里没有什么人,他便可以少受人注视,且在各方面都方便得多,一切都隔离得很远。他对自己为何在先前那儿徘徊了半个多钟头,觉得好怪;且在那个不安的地方烦恼、急躁,真是多余的,先前为什么想不起到这边来呢。那半个钟头被他白白浪费掉了,只因那件事是在昏乱而愤怒的时候想起的!他会如此漠然地遗忘,他感觉到了。他该快快地去做。

他朝着 B 大街向涅瓦河走去,但在路上又有一个想法击中了他。"为何要到涅瓦河去呢?跑得更远的什么地方去,再向岛上去,然后把它藏在那些幽暗的地方,放在森林或荆棘丛中,再做个标志,那不更好吗?"他虽觉得自己不能确切地判断,但他觉得这念头是很好的。然而,他不能往那边去。因为他走过 B 大街向空旷地方走去时,在左边看见一条两旁围墙夹着的、通往一个庭院去的过道。右边,一座没有粉刷的四层楼房的墙一直筑到庭院;左边,一个木栅和墙平排着凸进院子里约有二十尺远,他便朝左边走去。这边是一个荒僻的寓居的所在,堆着各种垃圾。在庭院末端,一间矮陋的、污秽的小石屋的一角——好像是什么工厂的一部分,从木栅后面露出来。也许是造马车者或木匠的小屋,从门首起整个地方都给煤炭熏黑了。他想这儿就是丢东西的地方了。他看见院中没有一个人,便走了进去,马上发现靠近大门口有一个水槽——如同那些工人或车夫的庭院中所摆设的;在木栅上边还有用粉笔写着的古代箴言:"这儿绝不许站着。"这真是太好了,因为如此进去便没有形迹可疑了。"在这里我把这些东西抛置在一块儿，然后就走！"

他的手已经放在衣袋边，又不放心地向四面一看，他看到对着外墙，在门口与水槽中间，有一块浑朴的巨石，想有六十多磅之重。墙的那边是大街。他可能听见有过路的人——那儿的行人常是很多的，但从门口看不见他的，只有从大街上进来的人，确是可以遇着的，所以处置非迅速不行。

他面朝着巨石，两只手紧抓住巨石的一头，尽力地把它翻了过来。在石头下有一个深井，他立刻把衣袋里的东西全倒进去了。钱袋放在最上边，然而深井仍没有放得满。于是他又扳着石头，把它扭了回去，和原来一样，只是稍稍高了一些。于是他扒着周围的泥土，然后用脚在石边上踩实，这样就一点也看不出什么了。

然后，他走了出去，仍转身走回到广场。这又是非常可喜的一桩事儿，几乎把他乐坏了，正如在警察局所遇到的一样。"我已经把一切痕迹埋没了？谁会，谁会往那石头底下去翻呢？自然，那巨石是从房屋修建时就放在那边的，以后将仍是那样，而且如果被发现了，谁又会想到是我呢？一切事都过去了！神不知鬼不觉的！"他不禁好笑起来。是的，他记得他自始就在无力气的、神经质的、不出声的大笑中，他从广场走过时，一直也在大笑着呢。但当他走到两天前遇见那个女孩的 K 路时，他的笑声突然停住了。有另一个念头钻进了他的脑中。他忽然觉得，再去经过那个女孩走后、在那上面沉思过的座位，似乎不愿，而且要去遇见他曾给他二十个戈比的有胡须的警察也未免讨厌："鬼东西！"

他走着，胡乱地朝四周看着。他所有的念头现在似乎环绕着这一点了，他觉得只有这一点，现在，现在，他要注意到这点——确是在前两月间是第一回呢。

"让一切都见鬼去吧！"他在一阵不能压制的愤怒中，忽然想着，

"如果它开始了，那就开始了。去它的新生吧！上帝，好愚笨的了……我今天说了些什么谎言呢！我如何自卑地向那个可恶的伊利亚·彼特罗维奇求怜啊！但那确是笨事！我要想它干什么，我向他们求怜！这全不是那回事！这全不是那一回事！"

忽然他止住了：一个新的、出乎意外的、极简单的问题扰乱他，而且一下子把他困倒了。

"如果一切事情都是三思而后行的，而不是莽撞的；如果我真有一个确实坚固的目的，而我也不看那个钱袋一眼，也不知那里有什么（为着我这许多苦恼及三思而后行的这种卑鄙、难堪和下贱的事情），这是怎么一回事呢？而且我要立刻把钱袋和我未见过的东西一同抛到河里去……那又是怎么一回事呢？"

是的，那是如此，那都是如此。然而这个他先前也知道，而且就是那晚上不迟疑未斟酌地决定了的时候，这在他并不是一个新兴的问题，似乎定要如此似的，非如此不可似的……这他都明白，都了然；就是昨天，他屈身对着箱子，把首饰盒由里面拖出时，一定也已经决定了……是的，就是那样的。

"这因我病得很重。"他最后发狠地决定道，"我自寻烦恼，我并不知道自己在做什么……昨天前天和现在，我都在自寻苦恼……我要是好了，我决不会苦闷了……如果我一点儿也不会好又怎样呢？上帝，我是如何讨厌这些呀！"

他不停地向前行去，为那些琐屑的事所困扰，但他不知道如何做，该如何地去尝试做。一种新来的迫人感触渐渐地把他征服了：这是环绕他的一切无限的东西，也可说是生理的反响——一种顽强的、愤慨的仇恨情绪。他遇见的人，他都厌恶——他讨厌看他们的面孔、行动和姿势。如果有人向他讲话，他觉得他会当面唾他脸或打过去的……

他走到了小涅瓦河岸边，在近瓦西利耶夫岛去的石桥前，忽然停下了。"哦，他就住在这儿，就在那所房子里，"他想着，"哦，我不想到拉祖米欣这儿来！总是有那样的事……但是，怪有趣似的；我是特意来这里的，还是无心走到这边来的呢？这不要紧，好在我在前天说过，过那天后会来看他的。唔，那么我须得要去一次的！而且我也不能再走多远了呢。"

　　他走上五楼，去找拉祖米欣。

　　他在家，正在他的楼房上忙着写什么。他把门打开了。他们有将近四个月没见面了。拉祖米欣坐着，穿着一件破睡衣，脚下穿着木鞋，头发没梳，胡子没刮，脸也没洗。他的表情似乎有些惊异。

　　"是你吗？"他说着，细细地打量着他的同学。稍停了些时候，他吹了一声口哨，叫道："老哥，怎么这样困穷了！你比我还穷呢！"他看着拉斯柯尼科夫的破衣说道，"你想你一定累了，坐下吧。"

　　当他躺在美国皮沙发上（这比他家的那个还破），拉祖米欣当即发觉他的客人是患有病的。

　　"你病得很重，你自己知道吗？"他按着他的脉搏。拉斯柯尼科夫把他的手拿开。

　　"没关系，"他说，"是这么回事，我没有书可教了……我想……但是我并不是真的要教书……"

　　"但我想你是糊涂了，你知道吗？"拉祖米欣仔细地看着他。

　　"不见得，我并没有糊涂。"

　　拉斯柯尼科夫从沙发上站了起来。当他刚才上楼到拉祖米欣房来的时候，并没有觉得真的见他的朋友的。现在，一瞬间，他明白了，他所最不愿的事情，便是在那广漠的世界上和人家见面。他的性子就在这里面发作了。他走到拉祖米欣的门口，他气极了。

　　"再会！"他猝然地说着，就向门外走去。

"再等一下,再等一下,你这怪物!"

"我不要!"拉斯柯尼科夫说着,又把他的手甩开。

"那么你这鬼东西来这里做什么呢?你是疯了吗,还是怎么了?你这……你这是侮辱人的!我不能让你这样走。"

"唔,我到你这边来,无非因我知道除了你,他人不能帮助……刚开始时……因你比谁都和蔼——就是说,都聪慧些,判断力很强……然而现在我什么都不想要了。你听清了吗?一点儿什么都不愿要……什么人的帮助……什么人的同情我都不要。我靠我自己……一个人。就算了。听我自己好了。"

"再等一下,你这怪东西!你真的是一个疯汉。你爱如何做,我不管你。我没有功课教,你知道吗?我倒不要紧,但那一个书店老板赫鲁维莫夫——他就换着教书了。就是有五份教书的工作,我都不愿换的呢。他干的是出版事业,当然印行科学教本,销路多广啊!就是那些书名也就可贵。你总说我是一个呆子,但是上帝,我的孩子,还有比我更呆的呢。此刻他故意说有人向他提议,他并没接到了什么提议,那自然是我怂恿着他。这是德文原著的两部分(两张纸)——照我看,都是胡说八道:那书推论'女人是不是人'这个问题。当然,结果肯定是证明了女子是人,赫鲁维莫夫要把这本书印行,算是对于妇女问题的一种贡献。现在我正在翻译,他计划把这两部半扩充到六部,然后拟一个很长的而且动人的书名,出版之后,定价半个卢布。那就不错了!他先付我六个卢布,等翻译完了之后可得十五个卢布,我已经预支了六个卢布了。我们把这书做完后,我们便想开始翻译关于鲸鱼的书本;然后,再从《忏悔录》①第二部中探讨点儿最无趣的琐事,那些是我们决定要译的。有人对赫鲁维莫夫说,说卢梭是一

① 《忏悔录》:法国作家卢梭的代表作。

个拉吉舍夫式的人物。这我并不反对他，随他算了！哦，你愿意翻译《女人是不是人》的第二部吗？如果你愿意，那你把这德文以及纸笔——这些都预备好了，并拿三个卢布去；因我既已经全部预支了六个卢布，就应当给你三个卢布。你把这部译好，你还可得三个卢布。请你不要以为我是帮你忙的，并不是的，你进来时我便想你能够怎样帮我的忙呢。第一，我对于音韵这方面不行；第二，我的德文也很差，因此我的翻译，大部分都是我自己瞎编的。唯一让我自慰的，就是我瞎编之后，文章比原文更好了。不过谁知道呢，也许比原文还差呢。你愿意干吗？"

拉斯柯尼科夫默默地收下了德文书籍和三个卢布，一声不响就走了。拉祖米欣在他的背后讶然地看着。但当拉斯柯尼科夫走到另外一条街的时候，又转身回来，到拉祖米欣房来，把德文书和三个卢布放在台子上，不声不响地又走出了房间。

"这是怎么了呢？你真是疯了，"拉祖米欣有点气急败坏地喊着，"这是一出什么把戏？你几乎把我弄呆了……你为什么要来看我呢，真是见鬼！"

"我不想……翻译了。"拉斯柯尼科夫在楼梯上喃喃地自语。

"那么你要干什么呢？"拉祖米欣在上面喊着。拉斯柯尼科夫仍不发一语地下楼了。

"喂！你住在哪儿？"

没有回响。

"唔，随你去吧，见鬼！"

拉斯柯尼科夫已经走到大街上了。当他走在尼古拉耶夫桥上时，一桩不适意的偶遇的事终使他恢复了神志。一个马车夫对他喊了两三声后，用鞭子在他背上用力抽了一下，因为他几乎跌倒在他的马蹄下了。这一鞭是怎样地使他发怒，他向石栏杆奔去（不知为什么，他要在桥的当中走）。他愤怒似的摩拳擦掌。这时，周围传来了一阵大笑。

"打得好！"

"我想他肯定是一个小偷。"

"故意装醉，一定的，想碾压在车轮下面——你必要给他赔偿了。"

"那就是一个正式的职业，就是那种事。"

但当他站在栏杆旁边，还愤怒地望着向后奔去的马车、抚着背时，他忽然觉到有人把钱塞到他的手中。他一看，是一个戴包巾、穿羊皮鞋的、不是很老的妇人，跟着一个小女孩——想是她的女儿，戴帽并拿着绿色的伞。

"看在耶稣的面上，拿去吧！我的好人！"

他接过来了，她们仍往前走过去。这是一块面值二十戈比的钱币。从他的服装和外表来看，她们以为他是个街头乞丐，也就是值二十戈比。无疑的是因为他受了一鞭子才弄到的，那一鞭子叫她们替他怜惜。

他拿着二十戈比，向前走了十几步，转身面对小涅瓦河，直向宫殿那边望。天上没有一点黑云，河水是蔚蓝的，这在小涅瓦河是少见的。高教堂大概二十多步远的桥上，看见那最华丽的大教堂的圆穹在太阳下闪着光，在寂静的空气中，那穹上面的各种装饰都很清楚地看出来。鞭打的疼痛感消失了，拉斯柯尼科夫把那事儿淡忘了；一个不安而且很明确的思想，现在完全占据他的整个心灵。他站在那里，久久地注视着那远处：这地方对他来说特别熟稔。当他在大学念书时，他有几百回——常在回家时——在这儿站着不动，凝视着那奇丽的壮观，这种壮观在他心里常会引起一种渺茫神奇的情绪，使他感到惊奇。但这壮观的景色散发出一种淡漠：这华美的画图对于他是漠然的，无生气的。他每回对他自己的阴森隐秘的印象发生诧异，但由于不相信自己，也就不去求得解释了。他鲜明地回想着那些纷乱的往事，而且在他看来好像现在回想着这些往事，并非是突然的事。这种感觉，使他觉得奇怪，他会如以前一样站在同一个地方，好像他现在还能跟以前一样思索着同一件事情，对于在这短短时间以前，曾使他发生过趣味的那些同样的思想和画图。他觉得十分地快乐，然而也觉得心痛。所有他的过去的，他的旧思想、旧问题、旧见解、旧印象，那画图，他自己，和一切的一切——所有那一切，现在在他看来，都深沉地埋在地底下，早已经隐匿不见了。他觉得他好像在向上飞，一切东西都从他的鸟瞰中消失了。无意地手臂一动，他才意识到自己手中还有钱币。他伸开手掌，看着钱币，手臂一挥，把它扔到河中去，然后转身回家去了。他在那时好像和一切人、一切事物都断绝了关系似的。

当他到家时，天已经黑了，足见他大约跑了六个小时的路。他怎样和从哪里回的家，他已经不很记得了。他没有脱衣服，就在沙发上卧倒，抖得好像一匹跑了很多路的马在发喘一样，拉着他的大衣盖在身上，立刻就昏睡过去了……

当他被一种动人的呼号惊醒时，天色已经昏暗了。上帝，怎么那样地呼号！如此不自然的声音，这样恸号、切齿、哭泣、毒打和咒詈，他从未听到过。

他决想不到有如此的凶残，如此的可怕。他恐惧地从床上坐起来，脑子几乎弄昏了。但那殴打、哀号和詈骂的声音愈来愈凶。后来更是使他非常的惊骇，他听见女房东的声音。她不断地、匆遽地、不接气地恸哭、喊呼、哀号，他听不清她说些什么，大约是她哀求不要打她了，因为她正在楼梯受着毒打呢，打她的那人的残暴和愤怒的声音，变得可怕到那种程度；但他好像也在说什么，同样急乱地不清地咒骂。拉斯柯尼科夫忽然抖颤起来，因为他听出那是谁的声音了——那是伊利亚·彼特罗维奇的声音呀。伊利亚·彼特罗维奇在这边打女房东！他在用脚踢她,把她的头撞到楼梯上——从声音、哭喊等就可以明白的。这是什么事呀,世界混乱不成？他听见人们一群群地在各层楼各楼梯上奔跑。他听见有人说话、呼喊、敲窗、撞门。"怎么啦,怎么啦,这怎样办才好呢？"他反复地说,他以为自己真正发疯了。但并不是,实在他听得太清晰了！过一刻,他们定要到我这儿来的,"无疑地……这完全是为那事……昨天……上帝呀！"他本想用门闩把门扣上,但他手颤得举不起……而且,也没有用处。恐惧像冰一般钻进他的心,他痛苦,他麻木……但是这一切喧嚣经过约有十分钟后,又渐渐地平息下去了。女房东哭着、呻吟着;伊利亚·彼特罗维奇还发着恫吓和辱骂……但不久他也渐渐不响了。"他会就走了吗？天呀！"他真的走了,而且女房东也在哭泣着走……而且听得她的门也关上了……现在大家正各自散去,一路叫喊着、谈论着,大声地喊嚷,低声地耳语。他们人很多呢！几乎所有住在这一座房子的人都在那边。"但是,上帝,这是怎么回事呢？他为什么,为什么跑到这边来呢？"

　　拉斯柯尼科夫疲倦地卧在沙发上,老是不能入睡。他躺了半个多钟头,受着痛苦,一种无边的、恐惧的、难熬的感触,他先前从未碰到过的。忽然间,一线亮光照进他的房内。娜斯塔霞拿着一支烛、一盆汤走了进来。她细细地看了看他,知道他睡去了,便把蜡烛放在台子上,把她拿来的面包、盐、一个盆子、一个匙羹都摆在上边。

　　"我可说你自从昨天就没吃什么东西。你跑了一天的路,你又在发着热病地颤抖。"

　　"娜斯塔霞……他们为什么殴打女房东呀？"

　　她紧盯着他。

　　"谁打女房东的？"

"不久……半个钟头前,副督察伊利亚·彼特罗维奇在楼梯上……他为何那样凶狠地打她……他为什么到这边来呢?"

娜斯塔霞仔细地看着他,沉默地皱着眉,她观察了好久。他对她的观察的眼光,有点儿不宁,而且发着惊。

"娜斯塔霞,你为什么不开口?"他最后用一种微弱的声音嗫嚅地问着。

"那是血呀!"她极轻地答着,似乎只有她自己听得的。

"血?什么血呀?"他脱口问着,脸色变白了,转身朝着墙壁。

娜斯塔霞还是盯住他看,并不开口。

"没有谁打女房东呀!"她后来用坚决的声音说着。

他看着她,几乎透不过气来了。

"我亲耳听见的……我没有睡……我坐着,"他更颤抖着说,"我聆听很久了。副督察员来了……大家从各屋里跑到楼梯上来。"

"绝没有什么人到这边来。那是血在你的耳朵喊叫。当血液没有流去之时,它就凝结着了,你也就胡思乱想了……你要吃点什么吗?"

他没有答。娜斯塔霞仍恭敬地对着他,注视他。

"给我拿点水喝……娜斯塔霞。"

她下楼去,拿了一瓷罐水上来。他记得只喝了一点点冷水,并蘸点在他的项颈上。接着就又把一切都忘了。

第三章

　　虽然他在病中，可是并不完全丧失知觉。他是在一种热病的情形下，有时昏眩，有时略略神清些。后来，他想起很多事来了。有时，好像有许多人环绕着他，他们想带他到别的处所去，然后和他争论不休；后来，便让他独自在房中；他们都有点怕他，都跑开了，有时从门缝里去看一看他；他们威吓他，一同计划着什么，笑侮、戏弄。他记得娜斯塔霞时常在床边，他还感觉到有另外一个人。这人他似乎很熟悉，不过他想不出他是谁，这使他很恼火，甚至要哭喊。有时他以为已经躺到一个月了；有时，又好像觉得是在一天内的某个时间似的。但是那桩事情——那桩事情他倒没有想起，然而他觉得每分钟他所该记得的什么，又都忘了。他烦恼着，困乏着地想要记起，他哭喊、他懊恼，甚至坠到极难受的恐怖中。他挣扎着想起来跑开，但有人把他拦阻了，他又回复到无力和不省人事的情形中。最后，他又回到完全有意识的状态了。

　　这事发生在上午十点钟左右。在明爽的一天，日光在那时射进，右边墙和靠近门的房角上都被照亮了。娜斯塔霞站在他旁边，还有另外一个人——一个陌生人，他很仔细地看着他。他是一个年轻人，留了一点胡须，穿一件端正的短袄，看上去像是一个仆役。女房东在开着的门口向内偷窥。拉斯柯尼科夫抬起了身子。

　　"他是谁，娜斯塔霞？"他指着那年轻人问着。

　　"看，他醒过来了！"她说。

　　"是的，他已经醒了。"那人应声道。

当他已经恢复了神志，女房东便把门带上，躲了起来。她向来比较腼腆，害怕说话，或谈论什么。她有四十岁年纪了，并不难看，身体很健壮，乌溜的眼睛和黑眉毛，因为肥胖和那懒洋洋的模样，使她显得很和善，就是过于害羞了。

"你……是谁呀？"他向那人问道。但是那时门已经开了，拉祖米欣弯着腰进来，因为他的身材比较高。

"怎么这样小的一间屋子！"他开口喊着，"我总是撞着了头。这叫做楼房吗？你清醒些吧，老兄，是不是？我听巴珊卡①刚刚告诉我的。"

"他方才醒过来。"娜斯塔霞说着。

"方才醒过来！"那人也露出一点微笑，应着。

"你是谁？"拉祖米欣忽然问着他道，"我叫弗拉祖米欣，请你教诲；我并不叫拉祖米欣，像别人所常称的，我是叫弗拉祖米欣，我是一个大学生，体面人；他是我的朋友。你是谁呢？"

"我是从我们那个商人舍洛帕耶夫那边来的管事，到这边来办点儿事。"

"请坐吧。"拉祖米欣自己就在桌旁坐下。"你醒了一些，这是很好的，老兄！"他向着拉斯柯尼科夫说道，"前四天内你几乎没吃没喝。我们一匙一匙地给你喂茶。我请佐西莫夫来看过你两回。你记得佐西莫夫吗？他仔细把你诊看过后，说不算严重——好像有什么邪气混入你脑袋去了。有点神经不清，再加上饮食不足，他说你吃的啤酒和胡萝卜不充足，但是不要紧，就会好的，你就会好的。佐西莫夫是一个上等的医生，他很有名。哦，我不打扰你了。"他又向那人说道："请你说明你来做什么的，你要知道，罗佳，这是他们第二次从办事处送来的了，但上次是另外一个人，我和他谈过一些话。以前来的是谁？"

---

① 巴珊卡：拉斯柯尼科夫的女房东普拉斯科维娅·巴甫洛夫娜的昵称。

"前天吧，我不瞒您说，正是前天。他叫阿列克谢·谢苗诺维奇，是我们那边账房里的人。"

"他比你懂的多了，你说是不是？"

"是的，先生，他比我能干些。"

"好的，你继续说吧。"

"按着令堂的嘱托，因着阿凡纳西·伊万诺维奇（我想你听过他的名字不止一回了吧），从我们办公处汇给你一笔款。"那人向拉斯柯尼科夫说道，"你如果神志清醒，我这三十五个卢布交给你，因为谢苗·扎哈雷奇受着阿凡纳西·伊万诺维奇（他受令堂的嘱托）的吩咐，叫他如此办，和以前的情形一样。你认得他吗，先生？"

"是的，我认得……瓦赫鲁申……"拉斯柯尼科夫做梦似的答着。

"你听见了吗，他认识瓦赫鲁申，"拉祖米欣喊道，"他是在'神志清醒中'！我看你也是一个有眼力的人。唔，听了中听的话总是令人欢喜的。"

"那就是绅士瓦赫鲁申。阿凡纳西·伊万诺维奇受着令堂的嘱咐，她上一次就曾经用同样的方法托他汇过一笔款给你，这次他也没有拒绝，几天前送通知给谢苗·扎哈雷奇，要他给你三十五个卢布，先生，祝你一切都好。"

"那个'祝你一切都好'是你所说的话里面最动听的吧，不过'令堂'说的也不错。那么现在你怎么说呢？他能完全明白吗，嗯？"

"那是可以的。只要他在这张小纸上画个押就行了。"

"他会写他的姓名的。你把簿子带来了吗？"

"是的，簿子在这儿呢。"

"把簿子交给我。这边，罗佳，坐起来吧。我帮着你，拿笔写上'拉斯柯尼科夫'。老兄，现在钱对于我们来说比糖还甜啊！"

"我不要它！"拉斯柯尼科夫把笔放下，说道。

"不要？"

"我不画押。"

"见鬼，不画押怎么行？"

"我不要……那钱。"

"不要那钱！好，老兄，不要胡说，我作证。请你不要苦恼，这是因他又神经错乱了。但那在他是很寻常的……你是有判断力的，我们把他握住，换句话说，就是把住他的手，叫他画押。在这儿。"

"但是我下次还要来的。"

"不必，不必。我们为什么要来扰动你呢？你是一个有才智的人……罗佳，不要为难你的客人了，你看他在等候着。"

"算了，我自己来画！"他说着，便拿笔把他的名字签上了。那个管事把钱拿出来后便走了。

"妙极了！老兄，你觉得饿吗？"

"是的！"拉斯柯尼科夫点点头。

"有什么汤吗？"

"有，是昨天的！"娜斯塔霞答道，她还站在那里。

"里面有蕃茄和小米的，好不好？"

"是的。"

"我都记下了。把汤拿来，再给来点茶水。"

"好的。"

拉斯柯尼科夫非常惊讶，并带着一些痛心的恐怖，看着这些。他决心安静地等着要发生什么事。"我知道我并非人事不知。这是事实，我相信。"他想着。

两分钟后，娜斯塔霞拿着汤来了，说茶就弄好了。此外她还带来两只匙、两个碟、盐、胡椒、芥粉(吃牛肉用的)，等等。饭菜好久不见有这样的丰富了。而且餐布也很清洁。

"娜斯塔霞,如果普拉斯科维娅·巴甫洛夫娜送两瓶啤酒给我们,那我们就去喝完它。"

"唔,你倒是很机灵!"娜斯塔霞咕哝着,然后出去办他所吩咐的事情。

拉斯柯尼科夫仍然用惊异而紧张的目光凝视着一切。这时,拉祖米欣在他旁边的沙发上坐下,拉斯柯尼科夫虽已经能坐起来,但他还像熊一般地笨,把手抱着颈项,而且用右手喂他一匙汤。用口吹着,使汤不至过烫。但汤并不烫。拉斯柯尼科夫嘴馋地喝了一匙,接着再来第二匙。但当拉祖米欣再想喂他时,他却停住了,说他一定要先问问佐西莫夫医生,可不可以多吃些。

娜斯塔霞拿着两瓶啤酒进来。

"你们要喝茶吗?"

"要的。"

"快去,娜斯塔霞,去拿茶来,茶我们无论如何是可以喝的。看,啤酒倒是送来了!"他坐到自己的椅上,把汤和肉捧着吃起来了,好像他已经有三天没吃过东西似的。

"我一定要对你说,罗佳,我每天在这儿像这样吃饭,"他口里塞满着牛肉,咕哝着,"这全由巴珊卡,你亲爱的女房东,她安排的——她喜欢替我办事情,不管什么事情。我虽不要,但也不好拒绝。现在娜斯塔霞送茶来了。她是一个懂事的姑娘。娜斯塔霞,亲爱的,你喝点啤酒吗?"

"不要东拉西扯了!"

"那么,喝一杯茶吧?"

"一杯茶,或许能喝。"

"倒吧,慢点,我自己来倒吧。坐下来。"

他倒了两杯,离开饭桌,坐在沙发上。如先前一样,用左臂托着病人的头部,扶他起来,一匙一匙喂茶给他喝,又时时吹着每匙茶,好像这个次序对于朋友的痊愈很有效似的。拉斯柯尼科夫一声不响,也不坚持什么,他觉得十分康健,不用扶着也能在沙发上坐起,而且不仅可以拿一茶杯或匙羹,甚至也能四面走走了。但为某种奇异的、几乎是一切动物的狡狯,他暂时不用力气,并保持沉默,如果可能的假扮还不能十分运用有效,就要探究到底是为的什么。但他不能控制自己的憎恶心。他喝了数十匙茶后,忽然把头仰起,把匙子推开了,躺在枕头上。现在他拥有真正的、实在的枕头了(套着洁净枕套的绒絮枕头),他也看见而注意到了。

"巴珊卡今天一定要给我们弄些马林果酱,因为要给他弄点马林果茶。"拉祖米欣说着,回到椅子上,又举起汤和啤酒喝了。

"她到什么地方去给你们弄马林果?"娜斯塔霞问着,她伸出五个长手指握住碟子,从一块糖盘上啜着茶。

"她会在店里弄到的,亲爱的。你看,罗佳,在你躺着时,什么事都会发生。当你那样不要脸地忽然溜走,不留地址时,我十分地气恼,决定要把你寻获,罚你一下。当天我就这样。我是怎样四处奔走,探听你的下落呀!你这个住处我忘却了,我从来没有想起过,因为我不知道;至于你住的旧地方呢,我只能记起那是在哈尔拉莫公寓的一个偏僻处。我老是想办法找那个哈尔拉莫的房屋,那时找到的并不是哈尔拉莫公寓,而是布赫公寓。有时人们会如何地把发音都弄错了!这下我真火了,第二天立刻到人事局去查。哈,两分钟后,他们就把你查出来了!你的名字登记在那边呀。"

"我的名字!"

"我以为对的,可是有一位军官柯别列夫,当我在那边的时候,他们却寻不到呢。唔,那有一个很长的故事了。但我刚一到这儿,我立刻就打听清楚你的所有的事情——一切的、一切的,老兄,一切事情我全明白。娜斯塔霞也看见了：我认识了尼柯吉姆·弗米契、伊利亚·彼特罗维奇、看门人、亚历山大·格里戈列维奇、扎梅托夫（警察局里的书记官），最后又认识了巴珊卡，而且并非泛泛之交。娜斯塔霞在这儿知道……"

"你是用甜言蜜语巴结她的！"娜斯塔霞轻声说着，并狡狯地微笑了。

"你为什么不把糖放点在茶里，娜斯塔霞·尼吉福罗夫娃？"

"你这个小鬼！"娜斯塔霞忽然喊着，并格格地笑起来了，"我不是姓尼吉福罗夫娃，而是姓彼特罗娃。"她笑完后，又忽然补充一句。

"我把它抄下来。哦，老兄，我且把这长故事缩短一些吧。我那天本来想到这边来大吵一架的，要把这地方所有一切的恶势力消灭，但那天巴珊卡胜利了。老兄，我并没有想到她是这样……令人喜爱。哈，你以为怎样呢？"

拉斯柯尼科夫没有答话，他仍然只是盯着他，觉得有些奇怪。

"一切都满意，真实，而且面面俱到，让人喜欢！"拉祖米欣并不为他的默然而停止，仍然继续说道。

"啊，看你这坏蛋！"娜斯塔霞又大声喊起来，这番谈话大概使她感到一种说不出的快乐！

"老兄，你以前不好好地下手，真是一件憾事。你应当换个方法接近她。她是一个最了不得的人儿，如果我这话说得对。接下来，我们谈谈她的性情吧……你怎么把事情弄到这步田地，她甚至不给你供饭，而且竟画了那张欠债字据的押。你倒是个疯子，会去画那张欠债字据的押。而且会在她的女儿纳塔莉娅·叶戈罗夫娜还活着的时候，答应了婚姻？……但我看那倒是一桩美事呢，我却是一头笨驴了——宽恕我吧。说到愚蠢，你知道普拉斯科维娅·巴甫洛夫娜并不像你初见时所想象的那样蠢呢？"

"不，"拉斯柯尼科夫有气无力地应着，眼睛向各处看，但觉得还是使这谈话继续下去来得好些。

"难道不是那样吗？"拉祖米欣喊道，从他答话中找到一些喜悦，"但她也并不怎样乖巧，她的性子，性子上倒是一个了不起的人物，我有时非常迷惑，我老实对你说……我想她一定有四十岁了，虽然她自己说的是三十六岁，自然只有随她说。但我必在心理上评断她，只从抽象的观点看，在我们两者间已经有了一种符号，一种代数式或者不是！那我并不明了！唔，那都是瞎说。只因，她看你已经不是一个体面的大学生，你的教员工作和衣服都没有了，而且因为女儿又死了，她不必当你是一个亲戚了，她便忽然担忧起来；你又躲在你的小房中，和她断了一切以往的瓜葛，她便想把你踢出去了。她这个念头早已经怀着，但她只是怜惜那负债凭据。因你自己向她说等你母亲偿还她的。"

"我要说过那样的话，我真卑贱……我母亲几乎不能自保了……我还要说去保留我的巢穴……弄口饭吃。"拉斯柯尼科夫嗓门洪亮地、清晰地喊着。

"是的，你做得很好的。不过最坏的是在这当儿，切巴罗夫出来了，他是一个做事的。巴珊卡本来绝想不到会独立做出什么事情的，她太畏缩了，但是做事人可绝不会畏缩的，开始他就问一句话：'这欠据有什么希望弄回钱呢？'答话是：有的，因他有母亲，她即使自己挨饿，也愿把她的一百二十五个卢布抚恤金来救她的罗佳的；还有一个妹妹，也愿为他而做一些帮助。这是她所渴望的……你为什么惊奇？现在你的事情的全部我全明白了。老兄——当你是巴珊卡的未来的夫婿的时候，你对她那样忠诚，不是白费的，我以朋友的身份，敢跟你讲这话……但我对你说是怎么一回事：一个诚实能干的人是忠厚的，一个办事者却会一边听着一边吃东西。唔，于是她当是付这个切巴罗夫的钱,便把欠债凭执交给他了,他便不假思索地当成正式的索欠了。当我听见这一切的时候,我想去责备他,以表明我的内心,但是那时我正和巴珊卡之间和谐地处着,我只得把这个事丢下,要你去还钱。我为你做保,老兄。你明白吧?我们找切巴罗夫,塞给他十个卢布,由他手里把欠债凭据拿了回来,在这儿我很高兴把它交给你。她现在相信你的话了。这儿,拿去吧,我把它撕破了吧。"

拉祖米欣把字据放在桌上。拉斯柯尼科夫看看他,一语不发的面向着墙。这使拉祖米欣也感到一些刺痛。

"我以为,老兄!"他停一停说道,"我又做了一回呆子了。我想用闲谈来使你解闷,但我只不过是使你气恼而已。"

"在我神志昏乱的时候,原来就是你,我不知道吗?"拉斯柯尼科夫停了一下,并不转过头来问着。

"是的,你于是大发震怒,尤其当我有一天把扎梅托夫带来的时候。"

"扎梅托夫?书记官吗?为的何事?"拉斯柯尼科夫立即转头,盯着拉祖米欣看。

"你是为什么?……你恼着什么?他是想认识你,因我对他谈了许多你的话……除了从他那边,我还能探得这许多事吗?他是一个好人,老兄,好极了……当然,是从他那方面看起来的。现在我们是做朋友了——彼此天天会面啊。我还到这儿来了,你明白。我刚搬来的。我曾有几次和他一同到卢伊莎·伊万诺夫娜那边去。你还记得卢伊莎·伊万诺夫娜吗?"

"我在神志不清时说了什么没有?"

"有的了!那是你精神错乱的缘故。"

"我乱说些什么吗?"

"这有什么好问呢?你乱讲了些什么?大家都爱乱说的……唔,

老兄,现在我不能再多耗时间了。我要去办事。"他从桌旁起来,抓起他的小帽。

"我乱说些过什么?"

"唉,怎么老问呀! 你害怕露出什么秘密吗? 不要自寻苦恼吧,你并没有说一句关于一个伯爵夫人的话。但是你说了许多什么恶狗、耳环、链条、彼特罗夫岛和什么看门人,还有尼柯吉姆·弗米契及副督察伊利亚·彼特罗维奇的话。另外一件东西,对于你来说更有兴趣,就是你的袜子。你一个劲地哀哭道:'还给我袜子。'扎梅托夫在你屋子里到处找寻你的袜子,他用戴戒指的手把你的破布给你。这时你才稍稍安静,此后一天之内你把那些没用的物件握在手里——我们不能从你手里拿去。这些大约都在你的棉被底下的地方。以后你又那么可怜地喊着要你的裤边缘。我们设法去找,可是我们找不出什么东西。现在我们谈正经吧! 这是三十五个卢布:我拿十个,一两小时内再要给你一个账目。同时我也要通知佐西莫夫,他好像早就应当到这边来,因为已经快十二点了。娜斯塔霞,我不在这儿时,你要常进来看看,侍候他要喝点别的什么。我要告诉巴珊卡我自己要点儿什么。再会吧! "

"他叫她巴珊卡! 唔,他实是一个高深莫测的人!"当他出去时,娜斯塔霞咕噜着。于是她推开门,站着听,但又不觉跟着跑下了楼。她很关心地想听他向女东道说些什么。她显然被拉祖米欣所迷惑了。

她一离开房间,那病人就离开床铺,跳下了床,如同疯子一样。他剧烈地抽搐着,心里很着急,好待他们走开,动手做自己的事。但是做些什么呢? 现在,事情好像故意地都避开了。

"上帝,只求你对我讲一桩事吧:他们到现在是否知道那桩事? 如果他们知道,在我卧着的时候,只是佯装着,戏侮我,后来他们又来对我说。那么这事若早就被发现了,他们只是……我现在如何是好呢?

这件事我又忘了,好像与我为难似的,立刻就忘了,一分钟前我还想起的。"

他站在房屋的中间,在可怜的迷糊中向四周痴望;他走到门口前,开着门,谛听着,但这并非他想做的。忽然,他好像想起什么事儿似的,跑到那洞中塞着纸的墙壁去,开始察看着,把手伸入洞中去,摸索着——但这也不是他要做的事。他走到火炉那边去,在死灰里寻找:他的裤边缘和从他衣袋上割去的破布,仍安放那里,正如他放的时候一样。可见是没有人看过了!于是他又想起拉祖米欣刚才说的什么袜子。是的,他放在沙发的棉被下面。但已经蒙上灰尘,扎梅托夫在那上面看不见什么的。

"唉,扎梅托夫!警察局!我为什么被传到警察局去?传票在哪儿?哎呀!我弄混了:这是那时叫我去的。那时我还看着袜子,但是现在……现在我病了。但是扎梅托夫来做什么的?拉祖米欣为什么把他带到这来呢?"他喃喃自语着,又绝望地躺在沙发上,"这有什么意义呢?我还是神志不清?还是这是真实呢?我相信这是真实的……哦,我想起来啦:我必须逃走!要快快逃走。是的,我一定要快逃!是的……但是逃到哪里去呢?我的衣服放在哪里呢?鞋子又不见了!他们把那些东西都拿去了!他们把那些东西都藏起来了!我知道了!哦,这是我的衣服——他们太疏忽了!钱是放在这桌上,谢天谢地!这是欠债凭据……我得拿了钱走开,另租一个住宅。他们找不着的——是的,但是人事局呢?他们会知道的,拉祖米欣也会找得到的。那还是逃跑的好……逃到远处……美洲去,看他们怎么办吧!而且把欠债字据带去……到那里有用处的……我还要拿点别的什么呢?他们以为我是害病!想不到我会高飞远走呢,哈哈哈!我从他们眼睛中看已经看出他们一切都知道了!只要我能够走下楼!但是假如他们在门口站着,有守卫——有巡警。又怎么办呢?

这是什么呀,茶?啊,这里还倒有半瓶啤酒呢,凉的!"

他拿起酒瓶,那瓶还有一杯左右的酒,他一口气喝了,好像把胸中的火气浇熄了似的。但过了一分钟后,酒劲往头上顶了:一阵微弱的愉快的颤抖从背脊骨流下去。他躺下来,用棉被盖着身体。他的不完全地不接连的思想变得更不相连了,不久睡意上来了。他觉着一阵舒服,把头靠着枕头,把那替代破大衣的柔棉被紧紧地裹在身上,轻微地舒了口气,恰到好处的深入酣睡中了。

忽然,他听见有人进来,又惊醒了。他睁开眼睛,看见拉祖米欣在门口站着,徘徊着不想进来。拉斯柯尼科夫立即由沙发上坐起,呆视着他,好像想起了什么事情似的。

"哦,你没有入睡!我在这儿!娜斯塔霞,你把包裹带来!"拉祖米欣向楼梯上喊着,"我现在就向你报账。"

"现在是什么时候了?"拉斯柯尼科夫不安地向四周望着问道。

"是的,你睡了一觉。老兄,已经将天黑了,就快六点了。一你睡了六个多钟头了。"

"上帝!我睡了六个多钟头了吗?"

"怎么不是呢?这对你有好处呀。你急什么?有什么约会,对不对?我们并没离开过,我等你三个钟头了;我上来两次了,你都在酣睡。我去找佐西莫夫两次,但他不在。但不打紧,他就会来的。我现在要去办自己的事。你知道我今天在搬家,和我叔父住在一起。现在我和一个叔父同住了。不要说这些,我们说正经的吧。把包裹拿过来,娜斯塔霞。我们打开它了。你现在觉得如何,老兄?"

"我很好,我没有病咧。拉祖米欣,你在这边很久了吧?"

"我对你说,我已经等了三个钟头。"

"不,我说的是以前。"

"什么意思?"

"你到这边有多久了？"

"我今天上午对你说过了，你又忘记了吗？"

拉斯柯尼科夫沉思起来。上午的事，在他看来好像一场大梦。他自己已经记不清楚，只是探问似的看着拉祖米欣。

"哼！"拉祖米欣说，"他倒忘了。我想当时你神志并不好。现在你因睡觉好些了……真的，你看上去是好些了。这是最主要的！唔，谈正事吧。看这边，老兄。"

他开始解开包裹，这使他很感兴趣。

"相信我，老兄，这是我特别放在心上的事。我们一定要使你弄得像个样。我们从头上说起吧。你见了这顶小帽吗？"他说着，从包中拿出一顶很好、但也不贵的寻常小帽。"给我戴一下看看。"

"以后再试吧，以后吧！"拉斯柯尼科夫推说着，使劲摇着手不要。

"好，罗佳，朋友，不要慌，以后就太迟了。我整夜都不要睡，因为我没有量过，猜度着买的。恰好！"他得意地说着，把帽子放在他的头上，"正好合适！一顶适合的帽子是着装上的头等大事，是一种自我介绍。我的一个朋友托斯佳科夫，他到无论什么公共场所，别人戴着礼帽或便帽的时候，他总是揭掉他的盖儿。大家以为他是出于奴性才那样做，但只是因为他怕露出他那鸡窝似的帽子罢了；他是一个极怕羞的人！你看，娜斯塔霞，这里有两种帽子：这一顶是巴默斯敦（他把拉斯柯尼科夫的破帽子拿来，不知为什么，他叫它为巴默斯敦），这是一个宝物！猜一猜价钱是多少，罗佳，你猜我要花多少钱，娜斯塔霞？"他看拉斯柯尼科夫不出声，便向她说了。

"二十个戈比，我想不能再多了。"娜斯塔霞答道。

"二十个戈比，你倒会说！"他生气地喊着，"现在你要花八十个戈比更多的钱呀！这是因为破了才去卖的。我为什么买？就是因为它破了，明年他们再来换你一顶。是的，如此的！现在我们来看看美国吧，他们在学校里经常如此叫。我跟你说，我很欢喜这条短裤，"他向拉斯柯尼科夫展开一条淡灰羊毛做的轻薄的凉裤，"没有破洞，也没有斑点，十分漂亮的，虽然有一点点坏了，但如果加上一件背心，就顶呱呱了。而且坏了倒是一种改进，比较柔软些，光滑些……你看，罗佳，我想，世界上最需要做的事，就是要随着季节生活。比如在正月时，你不要吃龙须菜，那你就会省下很多钱；这次买东西也是一样呢。现在是夏季了，所以我买了夏天的物件，到了秋天，便需要较暖些的衣服，那你就一定要把这些东西搁置了……原因是为的到那时候，它们如果不会由于你的较高的奢侈标准而被弃置，也要由于它们的不相称而毁掉。好，你猜猜它们的价钱吧! 你说要多少? 两个卢布加二十五个戈比! 且须牢记这个条件：你如把它穿坏了，你还可以再不花钱地弄一条! 在费佳耶夫商店那边，他们就是照这个常例买的；如果你一次买了一件，那你一生就满足了，因你再不愿往那边去的。现在再说鞋子。你以为如何? 你看，是有些破了，但是它们要维持两个月的，因为是外国货，外国皮革。英国公使馆的秘书上星期卖的——他只穿了六天，他因为缺现钱。货价——一个半卢布。真是价廉物美呢! "

"也许不合脚的吧? "娜斯塔霞说着。

"不合脚? 你看! "他把拉斯柯尼科夫很硬的、沾着泥沙的旧破鞋子，从衣袋里拿出来。"我不是空手而去的——它们是照着这个大小尺寸的。我们非常卖力呢。至于你的衬衫呢，你的女房东看过了。这儿，是三套汗衫，麻制的，很时尚……那么，便帽八十个戈比，短裤两个卢布加二十五个戈比——一共三个卢布五个戈比；鞋子每双半个卢布——因为鞋子很讲究，你看——这是四个卢布五十五个戈比；衬衣五个卢布——都一块买的——这共是九个卢布五十五个戈比。四十五个戈比换了钱币。你拿到了没有? 那么，罗佳，给你弄了一套整完全全崭新的服装了，因为你的外衣还可以用，而且很有特色。那是在沙默①服装店那边买衣服时买来的！你的袜子和别的什么，你亲自去购买吧。我们还剩下二十五个卢布。至于巴珊卡以及付房租和饭费，你不必多心。我说过她什么都相信你的。那么现在，老兄，让我来给你来换内衣，我说，你的病将和你的旧汗衫一起脱除了。"

"不用了！我不要换！"拉斯柯尼科夫摇着手叫他走开。他一直很反感地听着拉祖米欣兴致勃勃地向他报告买衣服的事。

"好，老兄，这可不行，叫我白跑一趟了！"拉祖米欣再三地说着，"娜斯塔霞，不要不好意思，过来帮帮忙，就这样！"不管拉斯柯尼科夫愿不愿意，他把他的内衣换上。他倒在枕边，好长时间都不说话。

"我要再穿好久才把它脱去呢！"他想着。"那全是用的什么钱买的呢？"末了他问着，面朝着墙。

"用什么钱吗？当然是你自己的，是仆人从瓦赫鲁申那边拿来的，你母亲寄来的。你也把它忘了吗？"

"我现在想起来了！"拉斯柯尼科夫忧郁地沉思了半晌，然后才说出这么一句。拉祖米欣皱着眉毛，不安地看着他。

那门开了，一个魁梧的人走进来。拉斯柯尼科夫一看，觉得这个人有点眼熟，而且看得也比较顺眼。

"佐西莫夫！你终于来了！"拉祖米欣欢快地喊着。

---

① 沙默：当时彼得堡一个著名的法国裁缝。

第四章

佐西莫夫是一个身躯臃肿的人，没有血色的脸刮得干干净净，头发如麻似的垂直。他戴着一副眼镜，拇指套着一个大戒指。他的年纪是二十七岁。穿着一袭青灰色的、很讲究的便衣，下身穿着夏裤，身上所有的一切都很轻灵、时尚、整齐、清洁；他的内衣是很华贵的，他的表情是沉重的。他那稳重而带着漠然的同时又像潇洒的举止中常遮盖着他的自负，但却仍不时显露着。他所有的朋友都觉得他有点烦人，但又说他的医术还不错。

"今天我到贵宅去两次了，老兄。你看，他已经渐渐恢复神志了！"拉祖米欣喊着。

"我看见了，我看见了；你现在觉得怎样呀！"佐西莫夫向拉斯柯尼科夫说着，仔细地看着他，并在沙发旁边坐下了，他总是先把自己弄得舒适的。

"他的精神还不见好！"拉祖米欣继续说着，"我们方才把他的内衣给换了，他很不高兴。"

"那是当然的事。他不愿意，你们就可以稍缓一下……他的脉息非常好。你的头还觉疼吗？"

"我是好了，我完全好了！"拉斯柯尼科夫执拗而又气愤地说着。他在沙发上坐了起来，以尖利的眼光扫射着大家，但不久又躺在枕边，面朝着墙。佐西莫夫留心地看着他。

"很好了……已经转入正常了！"他慢吞吞地说，"他吃些什么没有？"

他们回答了他的问话，并问他可以吃些什么。

"他什么都可以吃……汤啦、茶啦……当然，千万不要给他吃菌类和黄瓜；最好也不吃肉，此外……但是那也没什么大关系！"拉祖米欣和他呆呆地互相看着，"不必再吃药或别的东西。我明天再来看他。也许今天……但没关系……"

"明天晚上我要带他出去散散步！"拉祖米欣说道，"我们到尤苏波夫花园去，再到'水晶宫'去。"

"明天我不再去打扰他，但我不明白……稍稍活动活动，也许可能……看情况吧。"

"哦，多么不巧！今天我要去庆祝乔迁之喜，离这边只有一点路。不知道他能去吗？他可以在沙发上好好卧着。你总要去的吧？"拉祖米欣向佐西莫夫说着，"不要忘了，你要光临的。"

"好的，不过来得稍迟。你在那边准备些什么？"

"哦，没有什么的——清茶、淡酒、咸鱼。还有一只肉馒头……都是自己的朋友。"

"哪些人？"

"都是这边的邻居，除了我的老叔父外，差不多全是新交，也可说是新的——他昨天才到彼得堡，办他自己的一点儿事。我们在五年只见过一次。"

"他是做什么的？"

"他老是安稳地做邮政分局局长，弄到一点退休费。他已经六十五岁了——没有什么作为了……但我很欢喜他。波尔费利·彼特罗维奇也会来——他是这边的调查部部长……他，你是认识的。"

"他也是你的亲戚吗？"

"很远的远亲。你为什么皱着眉头呢？难道你们吵过一次，你就不愿去了吗？"

"我没有关系!"

"那好极了。唔,此外还有几个大学生,一位教员,一位书记官,一位音乐家,一位军官和扎梅托夫。"

"请你告诉我,你和他,"佐西莫夫向着拉斯柯尼科夫点着头,"和这位扎梅托夫是什么关系呢?"

"啊,你这出奇的绅士!原则!你受原则的支配,好像受弹簧的拘束似的:你不敢独立地改变。只要一个人好就是,这是我所认为唯一的理由。扎梅托夫是一个令人喜悦的人儿。"

"即使他贪污受贿。"

"唔,他受贿!这有什么关系?他果真受贿,我不好去管!"拉祖米欣突然喊道,"我并不赞许他受贿。我只说从某一方面看,他是一个好人!但如果要求全责备的话——那世上还有完人吗?我相信我自己……或者连你也算,简直不值一个烤葱头的钱。"

"那太少了,要是买你的话,我可以给两个吧。"

"可是如果买你的话,我只给一个。不要说玩笑了!扎梅托夫还是一个孩童呢,我能够拉他的头发好好教他,应该把他拉过来,不能把他推开。你拒绝人,是不能叫他改好的,特别是少年。对一个少年,就应特别用心。你们这些上流的好人啊!你们不大清楚。你把别人压在底下,就是害自己……但你如果真想知道,我们的确有些共同的事要做。"

"是什么事?"

"那是关于一个油漆匠的事情……我们要把他由紊乱的情况中拯救出来。不过此刻已经没什么可怕的。事情自然会弄明白的。我们只是加油罢了。"

"油漆匠?"

"怎么?这事情我没对你说吗?难道没说过吗?哦,那时我只对你说了谋害放高利贷老太婆这件事的开头。唔,现在有一个油漆匠被牵连到这案子来了……"

"哦,我以前听到过那桩谋杀案,颇感兴趣……部分是……是因为一个原因……我在报纸上也看到过……"

"丽莎维塔也被暗害了呢!"娜斯塔霞忽然对拉斯柯尼科夫说。她老是站在房门旁谛听。

"丽莎维塔!"拉斯柯尼科夫唧咕着。

"丽莎维塔,她卖旧衣服的。你不认得她吗?她常到这边来。她替你补过一件汗衫。"

拉斯柯尼科夫转身朝着墙,他从污损的黄纸中取出一朵不好看的、褐色条纹的花来,仔细看上面有多少花瓣,花瓣上有多少皱边,有多少纹痕。他觉得自己的手和脚都像被割去了似的麻木。他一点儿也不想动,只是死瞪着那朵花。

"那么,油漆匠怎么了呢?"佐西莫夫用话打断娜斯塔霞的多嘴,显然有点不高兴。她叹着气,不再出声。

"他被控告是谋杀犯!"拉祖米欣热切地说道。

"那有什么确证吗?"

"是的,证据!确证却没有,这是我们都可证明的。这正像起初他们选定那些东西——柯赫和佩斯特里雅科夫——一样。唔!这案子弄得如此地尴尬啊,它使人难过,虽说与自己无关!佩斯特里雅科夫今晚他也许要……喂,罗佳,你已经知道这案子了:那是在你生病之前,当你在警察局听着他们谈起这案子而昏过去的第一天发生的。"

佐西莫夫好奇地看着拉斯柯尼科夫。他仍没有动。

"但,拉祖米欣,我对你很奇怪。你总是喜欢多管闲事的!"佐西莫夫说道。

"也许是的,但我们无论怎样要营救他的!"拉祖米欣手敲着桌子喊着，"最令人烦恼的，不是他们说谎——人可以原谅说谎的——说谎是一件可喜的事情，因为通过它可求得实情——使人可恼的是他们说谎，而且相信他们自己的谎言……我尊重波尔费利·彼特罗维奇，但……起初是什么把他们诱惑了呢？门是上锁着的，然而他们同看门人一同回来时，门已经开了。因此断定柯赫和佩斯特里雅科夫是凶犯——这就是他们的结论。"

"但是你不要生气了，警察只是把他们暂时拘留起来，警察没法不这样做……而且，我见过柯赫这人。他经常从老太婆那边买过期的当物呢。"

"不错，他是个拐子。他还大批收买无用的债票。他是做那些职业的。但他，我们说多了！你知道是什么使我生气的吗？就是他们使人讨厌的腐败和陈规陋习……从这桩案子可以打开一条完全崭新的路。只从心理学的理论上看，就可以明白怎样找那真正罪犯的踪迹。'我们有的事实，'他们说。但事实并不是就是这一切——至少事情的一半，在于你怎样去对待这些事实！"

"那么，你能解释那事实吗？"

"无论如何，人总有感触的，怎能禁人不开口，觉得他也许可以援救，只要……哼！你明白这案子的细节吗？"

"我正等着听那个油漆匠的事情呢。"

"啊，是的！哦，事情经过是这样的。在谋杀后的第三天早晨，此时他们还拘留着柯赫和佩斯特里雅科夫——虽他们已经证明了自己在事发时的一举一动，而且证据是非常明显的——可是，一桩意外的事情发生了。一个叫作杜什金的汉子，他在那住宅的对面开了一家酒店，把一个装着几枚金耳环的首饰盒子送到警察局去，并说了一些荒唐的话。'前天，约八点之后'——请留心时间——'有一个叫尼古拉的油漆匠，他那天已经来见过我，当时又把这盒金耳环和宝玉等给我看,叫我给他两个卢布。我问他从什么地方得来的,他说是在街道上拾来的。我也没再问他什么。'这是杜什金讲的事。'我给他一张纸票。'——是一个卢布——'因为我想他如果不当给我,便要当给别人。结果还是一样——他反正要把它拿来喝酒的,所以那东西在我这边比较好些。你藏得紧,发现得也愈快,如果发生什么事情了,如听见了什么风声,我便把它送给警察。'当然,那全是谎话,一派胡言,因为我认得杜什金这人,他是一个当主,也兼收赃物,他并非为了要把那值三十块卢布的饰物交给警察,而由尼古拉手中获得,他就有点怕。但没有什么关系,我们再说杜什金的故事吧。'我从孩子时就认识这个蛮汉尼古拉,他和我同省同县,都是从扎莱斯克县来的,我们都是梁赞省人。尼古拉虽然不是一个酒鬼,但他很能喝,我知道他在那幢出事的房子里干活,和米特一同忙着刷油漆,米特和他是同乡。他才得到卢布,就去喝了两杯酒,拿着铜钱走了。但那时我没有见米特和他在一起。第二天,我听说有人用利斧谋杀了阿廖娜·伊万诺夫娜和她的妹妹丽莎维塔。我也认识她俩,于是我马上怀疑那耳环有问题,因为我们知道,这被害者是开典当店放债的。我就走到那幢房子去找他们,小心翼翼地查问着。我先问:"尼古拉在这边吗?"米特说他出去玩了;他在天亮时才醉醺醺地回来,在屋里停了十分钟左右,又出去了。米特就没再见他,他一个人把那工作做完。他们干活的地方和谋杀现场是在同一楼梯上,二层楼。当我听到这些话时,我仍一语不发。'——这是杜什金说的。'但我已经探出关于这桩谋杀的事了,回家后我觉得怀疑。今天早上八点,'——这是出事后的第三天,你知道吗?'我看见尼古拉进来了,虽然不太清醒,但也并不怎么醉——他听得懂我所说的话。他在长凳上坐着,一言不发。那时只有一个客人在店内,和一个我的熟人在长凳上睡着了,还有我们的两个伙计。我问他:"你看见米特吗?""没有,我没有看见过。"他说。"你也没到这边来吗？""前天以后就没有来过了。""昨夜你睡在哪里？""在沙滩，住在科洛姆纳。""你的那些耳环什么地方来的？"我问。"我在街道上拾到的。"他说这话时，神色有点异样，他并不向我看。"就在那天晚上的那个时候，同在一个楼梯上，你听见有什么事情没有？"我问。"没有！"他说，"没有听见！"可是他听着的时候，眼睛始终直瞪着，脸色也变得如白粉似的。我把一切事情都告诉了他，他抓着帽子站了起来。我想把他留住，我说："等一下，尼古拉！你不喝一杯再走吗？"我向伙计打个手势，叫他看住门，我从账台后面出来时，他忽然跑出去了，朝着街道向转弯处逃了。从此以后，我就没有遇见他了。我的怀疑总算没错——原来就是他干的好事，这是明摆着的……'"

"我想是的……"佐西莫夫说。

"等一等！听我讲完嘛！当然，他们全在找尼古拉；他们把杜什金拘押起来，检搜他的屋子；米特也被捕了；那些科洛姆纳的人也被搜查了。前天他们在城里的一家酒店中把尼古拉给抓住了。他到了那儿，把项上的银十字架取下来，拿去买酒喝。他们给他了。不多时候，一个女人到牛棚去，从墙隙看见他在马圈附近，用腰绳在屋顶上打了一个活套，然后站在一块木头上把自己的头套进去。那女人狂喊着，人们跑进来了。'你为什么要这样？''把我送，'他说，'送到某某警察局去，我要把一切事情都招供了。'啊，他们就差一个护解的人，把他送到那个警察局——也就是送到这儿来了。他们问他许多话，如多大年纪，'二十二岁'，等等。问他：'你是在什么时候和米特一起干活，在某某时候你遇见谁在楼梯上没有？'答话：'有人走着的，但是我并没有留心他们。''你听见什么声音和喧闹吗？''我们不曾听见什么特别的声响。''尼古拉，你有没有听说在那同一天内，有一个寡妇和她的妹妹被谋杀、被抢了？''那事我一点儿也不知道，我才在前天第一次听见阿凡纳西·伊万诺维奇说的。''你在什么地方发现耳环的？''我在街道上发现的。''那一天你为什么不和米特一起去干活呢？''我喝多酒啦。''你在什么地方喝的酒？''啊,在某某店里。''你为什么从杜什金那里逃跑了？''因为我那时候被吓着了。''你怕什么呢？''怕我被告发。''你如果没有犯法,你怕什么呢？'喂,佐西莫夫,信不信由你,这个问题就是这样提的,就是这么说。我确知道,因为有人真确地向我转述过,你对于这些怎么看？"

"唔,无论怎样,总有证据的。"

"我现在不是讲证据,我是讲的那句问话,讲他们自己的意见。唔,因此他们就再三压迫他说,他供道:'那我并不是在街道上发现的,而是在我和米特一同刷油漆的那层楼房里发现的,''是怎么发现的呢？''米特和我一整天在那里刷油漆,我们正想走,米特拿一个粉刷,涂着我的脸,他跑,我追,我紧紧追着他,喊着,在楼梯下面,我赶到门口时,恰好遇见看门人和几位先生们——是几位先生,我可不记得了。看门人辱骂我,另一个看门人也在骂,这时看门人的妻子出来了,也骂我们;还有一位先生和太太走到门口,他也辱骂我们。我抓住米特的头发,把他拉倒,然后开始打他。米特也抓住我的头发打我。但我们不是真的殴打,是一种玩儿的戏耍。后来,米特挣脱我跑了,跑到街上去,我追着他,但我没有追上,独自回到那屋里:我必须把我的工具收拾好。我开始把器具放在一起,等米特回来。然而在走道上,在门边墙壁角,我踩到了一个匣子。我见它是用纸包着的。我把纸扯去,看见有几个钩,又把钩给扔了,看见匣内是耳环等……'"

"在门后吗？丢在门后吗？在门后吗？"拉斯柯尼科夫突然喊着,用一种恐惧的神情凝视着拉祖米欣——他缓缓地坐在沙发上,用手托着头。

"是的……那又怎么啦？你怎么了？什么事情？"拉祖米欣也从座

位上惊得站起来。

"没有什么!"拉斯柯尼科夫低声答着,又转身朝墙。大家都沉默了一会儿。

"他一定是从梦中醒过来了!"拉祖米欣终于说道,用疑问的眼光看着佐西莫夫。佐西莫夫轻轻地摇了摇头。

"唔,讲下去吧!"佐西莫夫说,"后来怎样了呢?"

"后来怎样了呢? 他一见耳环便把米特和一切器具全丢了,抓起小帽,跑到杜什金那边去,我们知道他从杜什金那边当到了一个卢布。他编造说是在街道上拾得的,就喝酒去了。他常是反复说他关于谋杀的话:'那事我一点儿也不明白,一直到前天才听说。''你为什么到现在才到警察这边来呢?''我吓呆了。''你为何要上吊呢?''出于担心。''担心什么?''担心被控。'唔,这就是全部的经过。现在想,他们从中推断出什么来了呢?"

"有什么推断的呢? 有线索,事实又是如此,你能把你的这个油漆匠救出吗?"

"现在他们一口咬定他是凶手,没有任何的质疑。"

"那是胡闹。你太过分了。但耳环怎么说呢? 你须得承认,如果耳环就在同一天同一时候从老太婆的匣子里到尼古拉的手中,那一定有什么方法到他手中的。这点在这一桩案上就很重要了。"

"怎样会到他手中呢?怎样会到他手中呢?"拉祖米欣喊道,"你是医生,你的责任是研究人,你比别的人有更多的机会研究人的性质,你怎么会在这整个事件中看不出这个人的性格呢? 你看不出在审讯时,他所答的话全是真的实情吗? 耳环正像他对我们所说的那样到他掌中了——他踩着盒子,就把它拾起。"

"好一个实情! 但他不是已经承认他刚一开始是说谎的吗?"

"听我说,注意听我说:看门人、柯赫、佩斯特里雅科夫、另一个看门人和第一个看门人的妻子，以及在看门人屋里坐着的妇人，还有七等文官克柳科夫，当时他刚从马车上跳下来，牵着夫人走进门口，共有八九个证人，证明尼古拉把米特按在地上，伏在他身上打他，同时米特也抓着他的头发，也打他。他们滚在地上，把道路给挡住了。周围的人都在骂他们，那时他们'像孩子般'（那些证人亲口说的）彼此按压着、吼着、打着，带着奇怪的面孔大笑着，你追我赶，同孩子一样，后来他们跑到街道上去了。现在请注意一点：当时楼上的死尸还是暖的，你知道，他们发现时还是暖的！如果是他们两个人杀死的，或者说是尼古拉一人干的，把她们杀害了之后还把箱柜撬开，或者只是抢东西，那么请允许我问你一句：他们当时的心理，比如在大门口的号叫、大笑、跟孩子似的扭打，这和斧头、流血、凶恶的狡诈与抢劫的情形相符合吗？他们刚刚杀了人，还不到十几分钟，尸体还有温度，就把房门开了，知道人们就要往那边去，立刻把赃物扔了，像小孩般往四下乱窜，做着怪状引起行人的注意。而且有十几位证人对这事会发誓作证呢！"

"这当然很怪！是的，这是绝不能的，不过……"

"老兄，没有什么不过。如果在谋杀那天，在同一个时间内，在尼古拉的手中发现耳环这事上，造成有害于他的一件重要的铁证——虽然他解释过，而且已经说明理由了，但还只是一个有争论的根据——我们须得把那些证明他无罪的事实研究一下，尤其是因那些事实是铁似的事实。从我们法律的观点看来。你以为他们要承认，或他们能承认这事实——只靠着心理上的不可能性——不能辩驳，且肯定地把原告的铁证毁了吗？不，他们不会招供的，他们决不的，因他们发现了首饰匣，以及人要上吊，'他如果不犯罪，他决不会那样做的。'问题主要在这里，我激动和愤怒也是为了这个，你应该了解！"

"啊，我看你恼了！等一等。我忘了问你：有什么证据，说那匣子是老太婆那边来的？"

"那已经证实了！"拉祖米欣眉毛一皱，似乎不快地说道，"柯赫认得那个首饰匣子，说出物主的名字，而那人明确无误地证明是他的。"

"那就坏了。现在还有一点。在柯赫和佩斯特里雅科夫刚开始走上楼时，有人看见尼古拉吗？能不能用什么来证明这件事呢？"

"没人看见他！"拉祖米欣恼怒地答着，"那就更坏了，就连柯赫和佩斯特里雅科夫上楼时，也没有人注意他们，不过，的确，他们的证明是不能算可靠的。他们说他们看房门在开着，其中一定有人在工作，但是他们并没十分注意，所以记不清是否真正有人在工作。"

"哼！……那么辩驳的唯一证据就是他们自己闹着玩了。这是一个有力的推测，但是……你自己怎么解释这些事实呢？"

"我怎么解释？有什么要解释的呢？这是很明白的。无论如何我解释的思路是清楚的，首饰匣就是指示出来了。真正的凶犯把那些耳环丢了。柯赫和佩斯特里雅科夫打门时，凶手把自己锁在楼上的房里。柯赫这笨蛋，不留在门外等着；因此凶手蹿出来也往下跑了，因为他别无途径可逃。当尼古拉和米特刚从屋里跑出的时候，凶手就在那屋里躲避过柯赫、佩斯特里雅科夫和看门人。他在看门人和别的人上楼的时候留在那边，等到他们听不见的时候，于是溜下了楼，正在那时，米特和尼古拉跑到街道上去，因此门口一个人也没有；或者被人看见了，但没有人注意、因为那边有许多人出进。他在门后边站着的时候，耳环从他的衣袋里掉了，而且他并没有注意到耳环已经丢了，因为他要想着另外的事情。首饰匣就是一个明显的证据，证明他曾站在那里……这就是我的解释。"

"你太聪明了！不，老兄，你太聪明了，真是聪明到了极点！"

"但是,为什么,为什么?"

"为什么?因为一切都太凑巧了……简直是天衣无缝……太奇怪了。"

"嗯——嗯!"拉祖米欣正在喊叫,这时门开了,一个陌生人跑了进来,屋里的人没有一个认识他的。

第五章

　　这是一位不很年轻的绅士，具有一副刚毅威严的外貌和一副谨慎而乖戾的面孔。他突然在门口停着，带着憎厌而坦然的惊愕向四周看，好像因为自己到什么地方来了似的。他不相信并惊异地观察着拉斯柯尼科夫又矮又窄的"小屋"，好像辱没了他的体面似的。那时，拉斯柯尼科夫也露出同样惊愕的神情注视着对方，他没穿外套，没有刮脸，也没有洗脸，躺在他那又破又脏的沙发上，呆呆地瞪着对方。那个绅士同样谨慎地注视着拉祖米欣那不理发没修脸的古怪样子，拉祖米欣也用质问的神情直瞪着他，也不从座位上起来。一阵不自然的沉默维持了两分钟，终于不出所料，气氛稍有变化。这位绅士也许以某种很明显的理由，想来威胁他们，但在这间"小屋"中，他什么也没有得到，于是他开始变得有些柔和了，虽然看上去有些严肃，却很有礼貌的，而且口齿清晰地开口说话了，他向佐西莫夫说道：

　　"拉斯柯尼科夫，一个大学生，也许以前是一个大学生吗？"

　　佐西莫夫微细地一动，如果拉祖米欣没有先答，他就会去答话的。

　　"他在这沙发上卧着！你有何贵干？"

　　这句普通的"你有何贵干"似乎使这位神气的绅士站不住了。他正想对着拉祖米欣说话，但终于制止自己，又转向佐西莫夫。

　　"这是拉斯柯尼料夫！"佐西莫夫答道，并向他点头，然后伸了一个懒腰，打了一个哈欠。最后，他懒懒地把手放到背心衣袋里，把一个大的带圆壳的金表拿出来，看了看，同样地又缓缓地把它放回去。

拉斯柯尼科夫仰卧着没说话，虽说不很理会，却呆呆地瞪着这位生客。现在他的脸由纸上的奇花转过来，脸色苍白得很，露出一种憔悴的神色，好像刚进行过一场重大的手术，或刚从刑具上放下来似的。但这新客渐渐引起了他的注意、奇怪、猜疑，甚至于受惊。当佐西莫夫说"这是拉斯柯尼科夫"的时候，他立刻跳起来，坐在沙发上，用一种挑战的但无力而颤抖的声音，慢慢地说道：

　　"是的，我就是拉斯柯尼科夫！你有何贵干？"

　　客人细细地注视着他，用缓慢而加重的声音说道：

　　"彼特·彼特罗维奇·卢仁。我相信我的姓名，你并非完全不知道吧？"

　　但拉斯柯尼科夫所期待的，却不是这句话，而是其他的事情，他漠然地、若有所思地看着他，没有回答，好像他是第一次听到彼特·彼特罗维奇·卢仁这个名字似的。

　　"你怎么到现在还没有接到通知呢？"彼特·彼特罗维奇·卢仁有点儿突如其来地问道。

　　拉斯柯尼科夫只是无神地仰卧在枕上，两只手放在头下，凝视着天花板，脸上露出一种惊讶的神情。佐西莫夫和拉祖米欣更觉奇怪地注视着他，最后他露出了局促不安的样子来了。

　　"我以为，我估计！"他嗫嚅着，"不是，在两周前，也许十多天以前，寄来了一封信……"

　　"我问你为什么站在门口呢？"拉祖米欣忽然插嘴道，"你如有什么话，请坐下来讲，娜斯塔霞和你站在那里太挤了。娜斯塔霞，你让开点儿。这边有椅子呀，你进来吧！"

　　他把椅子往桌子后边移，让桌子和他的膝头离开一点儿空处，好让客人走进来，这时不这样是不可能的。客人便立刻踌躇地挤过去，在椅子前坐下，怀疑地看着拉祖米欣。

"不用多疑心吧，"拉祖米欣乘机说着，"罗佳病了五天，神志模糊了三天，此刻他才好点，会吃点东西了。这是来看他的医生，方才诊断过了。我是罗佳的朋友，我先前也是个大学生，我现在是来看望他的。你一点儿也不必怀疑我们，你就说你的事情吧。"

"谢谢你。但我在这边讲话不骚扰病人吗？"彼特·彼特罗维奇问佐西莫夫道。

"没什么！"佐西莫夫说着，"你能使他高兴的。"他又打着一个哈欠。

"他从早晨后，清楚得多了，"拉祖米欣继续说着，他常常看上去是那样的和善，彼特·彼特罗维奇渐觉愉快了，也许是因为这个衣服不整洁的男孩，说他自己是一个大学生的缘故。

"令堂……"卢仁开口说。

"哼！"拉祖米欣从喉咙发出响声。卢仁不安地看着他。

"没事，你说吧！"

卢仁耸肩膀。

"当我还在她们那儿的时候，令堂写了一封信给你。我到了这边已经很久了，故意拖延几天才来看你，为着使你可以完全得到信息了，但是现在，使我惊讶……"

"我明白，我明白！"拉斯柯尼科夫忽然露出不耐烦似的喊道，"那么你是未婚夫了！我明白，就算了！"

这一下使彼特·彼特罗维奇有点气恼了，但他没说什么话。他很想弄明白这究竟是怎么一回事。片刻间，大家都陷入了沉默。

拉斯柯尼科夫在答话的时候，脸稍向着门，忽然用一种好奇的眼光注视他，好像刚才没有用正眼看过他似的，也许有什么新的事物打动了他吧！他从枕上坐起来看他。在彼特·彼特罗维奇的整个外貌上，确实有种特别的地方，好像证明这个不客气的"未婚夫"的称呼给他是不错的。首先，十分显然的，彼特·彼特罗维奇热切地先在京城里把自己一切预备好，装扮一下，等候着他在主婚人——这是天经地义的行为。就是他在外貌上进行打扮，在这情况中，也可加以宽恕的，因为彼特·彼特罗维奇是在做着未婚夫呀。他的衣服全是新做的，都很好，不过太新一点儿，很明显是专为一件事情而做的。那顶新的大礼帽自然也是同样的意义。彼特·彼特罗维奇对它太恭敬了，经常小心地拿在手里。一副真正卢万①式的、细致的灰色手套，也证明了这一点，只要看他从不把它们戴上，而是只拿在手中作装饰这点来看，就可以知道了。这浅淡而新鲜的色彩在彼特·彼特罗维奇的服装上是极其引人注目的。他穿的一件黄褐色的夏季短服，轻洒的薄长裤，一件同样细新的麻布做的背心，一条很薄很好的细葛布做的领巾（上面有些粉红色的条纹），这都十分适合彼特·彼特罗维奇的身份。他的脸很新鲜，而且漂亮，看上去好像不到四十五岁，深色的胡须像两块牛排一样悦目地点缀在两边，在丰满而发光的颊上长着他的头发，带着点斑白，虽已经在理发店烫过了，但并不同卷过发的一样，整张脸像是正在举行婚礼的德国人，使他看上去越发觉得可笑。如果在他的俊美而严峻的面孔上，真有什么碍眼且使人反感的东西，那也是由于其他的原因呢。拉斯柯尼科夫上下打量着卢仁之后，露出了讪笑，仍然倒在枕上，像先前一样注视着天花板。

但是卢仁却毫不介意，好像决意留心这些古怪似的。

"看到你这种情况，很替你感到惋惜，非常的惋惜！"他打破沉默地开口道，"如果我知道你有病，我就该早些来了。但你知道我的事务是怎样的。我在法院里还有一件案件要办，别的想干的事且慢说，你会想得到的。我时刻在等候着你的妈妈和妹妹呀。"

---

① 卢万：法国的一个手套制造商，他制造的手套以时尚著称。

拉斯柯尼科夫转了一侧，好像要说话似的，他的脸色有点愤慨。彼特·彼特罗维奇停了停，等了一会儿，但因为没有下文。他才往下说道：

"……没错，我时刻等候她们的到来，我已经给她们找了一套房子，好叫她们到时住进去。"

"在哪儿？"拉斯柯尼科夫有气无力地问道。

"离这边很近，就在巴卡列夫公寓……"

"那是在沃兹涅先斯克大街！"拉祖米欣打断他的话说，"有两层楼房，是一个叫尤申的商人出租的，我到过那边。"

"是的，房子……"

"一个可恶的地方——污秽、发臭，十分肮脏。那边曾发生过许多事情，那边住着各色各样的人物。我是为着一件不光彩的事才往那边去的。那很便宜，不过……"

"当然，我不能知道那么清楚的，因我来彼得堡还不久呀，"彼特·彼特罗维奇不愉快地答道，"但，那两间房却清楚之极，事实上也只须住上很短的一个时期……我已经另租了一座永久的房子，换言之，是我们将来的房子呢！"他对拉斯柯尼科夫说："我正要把那房屋布置得好好的。同时我自己也很匆促.和我的朋友列别加尼科夫一同住，在马登的住宅中；巴卡列夫公寓，也是他告诉我的……"

"列别加尼科夫？"拉斯柯尼科夫好像想起什么事情似的，慢慢地说着。

"是的，列别加尼科夫，政府里的一个书记员。你认得他吗？"

"是的……不……"拉斯柯尼科夫答道。

"我想，从你的问话上，我猜得出你是认得他的。我曾有一回替他做过保证人……他是一个不错的年轻人，而且有前途，我喜欢和年轻人结交，从他们那边可习得些新知识呢。"卢仁充满希望地看着他们。

"你是什么意思？"拉祖米欣问着。

"我说的是最重要、最严肃的事情，"彼特·彼特罗维奇回答道，好像对于这问话表示欣喜似的。"你看，我已经十年没到彼得堡来了。所有的事物都在改革、理想、新奇中，我在外省就知道，但是要把这一切看得更清楚，那就要亲自到彼得堡来。我的意思是和年轻的人一起，可以观察得多些，学习得多些。我很欣喜……"

"欣喜些什么呢？"

"你这问话是很广泛的。我也许说错了，但我想找较清晰的见解，较多的批评和较多的实际呢……"

"那是真的！"佐西莫夫说道。

"胡说！没有什么实际。"拉祖米欣突然反驳他，"实际是不容易求的：它不会从天上掉下来的。我们差不多几百年都和实际生活相离了。理想倒是促进我们的呢。"他向彼特·彼特罗维奇说道，"为善的心存在着，即使那在一种幼稚的形式中，虽然有大批的强盗，真诚总可以发现的，总之，实际是没有的，是渺茫的。"

"我不赞成你这话，"彼特·彼特岁维奇看上去喜悦似的回答着，"当然，人们常会不循规矩的、做坏事的，但人必须原谅：他这些失误只是证明是主义狂和变相的外态罢了。如果事情做得不多，时间也不长——至于方法我可不能说。如果你想明白的话，我个人的意思以为有些事情已经成功了。新的有价值的理想，新的有价值的作品流行着，去代替我们的旧的如梦似的浪漫派作家。文学是要着一种较成熟些的形式，那些有害的偏见已经根除，成了笑话了……总之，我们永不复返地把自己和过去割断，在我看来，就是一件伟大的事情呢……"

"老生常谈，卖弄！"拉斯柯尼科夫破口而说道。

"什么？"彼特·彼特罗维奇问道，因他没有听清他的话。但没有得到回答。

"这些话都很正确！"佐西莫夫赶紧插嘴说道。

"真的吗？"彼特·彼特罗维奇蔼然地瞥着佐西莫夫，继续说着，"你必得承认，"他向着拉祖米欣说下去，带着一种得意和不顾一切的神气——他几乎加上"年轻人"三个字——"赖着科学和经济的真理的帮助，有了改良，也许和他们此刻所说的，有了进步……"

"老生常谈。"

"不，并非老生常谈！例如说，此刻有人告诉我：'爱你的邻居。'结果如何呢？"彼特·彼特罗维奇快速地往下说，"结果是我把上衣扯成两半，一半给我的邻人，我们两人都半露着身子。正像俄国的一句谚语所说：'如果你同时去追几只兔子，那么你一个也追不到！'可是科学告诉我们：首先要爱你自己一个人，因为世界上的一切都建立在个人利益之上。如果只爱自己，你既可以把自己的事情弄得好，你的上衣也将保持完整。经济学原理又补充说：在社会上，获得成功的私人事业越多，也就是说，完整的外衣越多，社会基础就越巩固，公共事业也就办得越好。因此，唯一地只顾自己富足，也正是为公家富足，而且帮助使我的邻人更好，那不是由于个人的赠与，实际是普遍改进的结果。这意思是明白的，但是不久才传到这边来，受了唯心论和感伤派的阻碍。然而好像要明白这点也只需要一点儿小小的智能……"

"对不起，我只有一点儿小智能。"拉祖米欣肃然地插着说，"我们暂把这话丢开吧。我来讲我的一个目的，但在前三年间，我对这种自慰的话，对于这种滔滔不绝的同样的平凡话，是很讨厌的，天也知道，我甚至听见别人像那样讲都要难过的。你无非是急于要显示你的学问，我并不苛求你，这是很可原谅的。我只是想探听你是哪类人，因为近来许多无定见的都握牢了什么进步的主义，把他们所接触的事情都会牵强地解释他们自己的利益，以致整个主义的精粹都被弄坏。够了,不说了！"

"对不起,先生,"卢仁气愤地、非常严肃地说着,"你的意思是要暗示我也是……"

"啊,可敬的先生……我怎会呢?……好,算了！"拉祖米欣打断他的话,便对着佐西莫夫,继续他们之前的话。

彼特·彼特罗维奇明白他们的意思,他决定在一两分钟内就辞别了。

"我相信我们的观察。"他向拉斯柯尼科夫说道,"在你康复时,你能知道那种情形,就可以变得更亲近些……所以我极力希望你早点儿恢复健康……"

拉斯柯尼科夫动也没有动。彼特·彼特罗维奇从椅子上站了起来。

"肯定是她的一个当客杀死了她！"佐西莫夫肯定地说道。

"这是不用怀疑的！"拉祖米欣答道,"波尔费利·彼特罗维奇没有发表意见,正在调查着所有当东西的人。"

"搜检他们吗?"拉斯柯尼科夫高声问着。

"是的,怎么了?"

"没什么。"

"他怎样查出他们呢?"佐西莫夫间道。

"柯赫说出许多人名,有些名字写在当物包裹上,有些是自己去说的。"

"肯定是一个诡计多端、经验丰富、老奸巨猾的坏蛋,多么大胆,多么果断！"

"恰恰不是那么一回事！"拉祖米欣插口道,"你们都弄错了,我确信他并不是老奸巨猾,也不经验丰富,大概还是他的初犯呢。要说是一件有计划的犯罪,是一个老奸巨猾的犯人,是不许的。假定他没有经验，那么，显然是侥幸作弄他——侥幸什么事都能做的。也许他并没有想到有阻碍！他怎样去下手呢？他拿了值十几个卢布的首饰，塞着衣袋，搜检老太婆的箱柜，破衣服——他们在大柜的最上抽斗内一个匣内，除了纸票外，还弄到一千五百个卢布！他吓得不知所措，以致不知道怎样抢去，他就杀了人。那是他第一次犯罪，我敢说，他能逃走，这全是他的运气，并非是他计划的成功！"

"我想你们是在谈论那件谋杀典当店老太婆的事吧？"彼特·彼特罗维奇向佐西莫夫插嘴说着。他手中拿着礼帽和手套站着，但还没走之前，他很想随便说几句聪明的话。他很想给他们留下一个好的印象，以示好于他们。

"不错，你听过那桩事吗？"

"啊，是的，就在我的邻居。"

"你知道得详细吗？"

"这可不能说了。但这案子上某一点使我感兴趣——这是整个社会问题。不用说在前五年中，下等阶级的犯罪大增；也不用说各处越货杀人的案子；最使我惊奇的，就是上等阶级中的犯罪也是一样的。在某处，听说有一个大学生在路上抢劫邮包呢；在另一个地方，有名誉很好的人造假钞票——莫斯科近来那一类人都被逮了，他们常造假钞票，其中一个首脑便是教世界通史的教授；在国外，我们大使馆的一个秘书被谋杀了……如果这个老太婆，是被上层阶级的某一个人谋害的——因下层中人决不会当金饰的——我们怎样去解释我们社会上的高等人的这种恶劣德行呢？"

"这是因为经济的变动！"佐西莫夫插着说。

"我们怎样去解释呢？"拉祖米欣打断了他的话，"可以这样来解释：正是由于积习太深，太缺乏进取心。"

"这是什么意思呢？"

"你所说的莫斯科教授，别人问他为什么制造假钞，他回答说：'人家都在想捞钱，于是我也去捞钱了。'我记不太清他的原话了，总之是他想不费事地发财！我们过惯了一切平凡不舒服的生活，于是一旦伟大的时候来到，大家便露出自己的真相了。"

"但是道德呢？还有原则呢？"

"你担心这些干什么？"拉斯柯尼科夫忽然出乎意料地插嘴道，"它已经按照你的理论实现了！"

"根据我的理论吗？"

"按照你刚才鼓吹的理论，结果必定是可以杀人的……"

"快别那么想！"卢仁应着。

"不，不是那个。"佐西莫夫辩解道。

拉斯柯尼科夫脸色惨白，上唇抽搐着，费力似的呼吸而卧着。

"凡事都有限止的，"卢仁不顾一切地往下说了，"经济观念并不叫人去谋杀的，我们只要想一下……"

"这是不是对的，"拉斯柯尼科夫忽然又说了，一种愤怒、喜悦、侮辱交织着的颤动的声音，"这是不是对的，你在你的未婚妻子答应后一小时内，对她说……你挺喜爱的……她是一个乞丐……因从贫困中拯救出一个妻子是好些，你可以完全管她、骂她，因为你是她的恩人吗？"

"先生！"卢仁恼羞成怒地说道，"这样曲解我的话！对不起，容我说，你所传出的消息，是没有什么根据的，我……猜谁……总之……这枝暗箭……总之，你的妈妈……她的善良的性格，在我看来，她的性格虽然很优雅，但多少有点虚夸，有点奇异……但我绝想不到她会如此误解这事的……而且真的……真的……"

"我对你说，"拉斯柯尼科夫高声着，把头靠在枕上，眼光灼灼地射在他身上，"我对你说。"

"什么？"卢仁露出一种轻视恼怒的面孔，站在那里等着。这样静默了好久。

"如果你再……提起我母亲……一字……我请你滚蛋吧！"

"你怎么啦？"拉祖米欣惊喊着。

"就是这么一回事吗？"卢仁脸色变灰白了，咬着嘴唇，"我来告诉你，先生，"他仔细地说道，他极力控制着自己，但已经气喘吁吁了，"起初我就看见你对我不欢迎，但我故意留在这边，想弄明白为什么会这样。对于一个亲戚的病人，我可以原谅的，但你……以后绝对不可……"

"我并没生病。"拉斯柯尼科夫喊道。

"那更不行了……"

"滚下去吧！"

卢仁没有说完话，已经在桌椅之间挤过去；拉祖米欣起来让他过去。他谁也不看，就是那向他做手势、叫他让着病人的佐西莫夫，他也不点头，便径自出去了，把他的帽子拿到和他的肩膀一样高，以免门时把它压扁了。他整个身体都表现出他是受了厉害的耻辱。

"你怎么……你怎么能这样？"拉祖米欣说着，乱摇着头。

"听我……你们听我说！"拉斯柯尼科夫发狂似的怒喊着，"你们就紧紧地和我做对吗？我不怕你们，我不论对谁，任何人都不怕！快走开吧！我要一个人，一个人静静地待着！"

"让他一人……"佐西莫夫向拉祖米欣点着头，说道。

"但我们不能就这样离开他！"

"快走吧！"佐西莫夫又固执地说着，他径自出去了。拉祖米欣想了一下，立即跑去叫他。

"不听他会更不行的呢，"佐西莫夫在楼梯上边说，"我们再不要使他发脾气。"

"他究竟怎么啦？"

"只希望能把他往正道上推,那就好了! 刚才他已经好些了……你知道他心里怀着什么,某种的观念使他恼了……我很怕如此,他一定如此!"

"也许是那位绅士彼特·彼特罗维奇的缘故。在谈话上我推想他要娶罗佳的妹妹,罗佳在生病之前接到一封提起这事的信……"

"是的,这家伙! 他会把病人弄得更恼呢。但是你觉察到没有? 他对任何事情都漠不经心,只有一件事使他感兴趣——就是那个谋杀案……"

"对的,对的,"拉祖米欣点头道,"我也注意到了。他对这件事既关心,又害怕。在他生病的那一天,在警察局中,那事给他一个惊吓,他竟昏过去了。"

"今晚把这事对我多讲些,我以后再对你说些话。他使我非常感兴趣! 半个钟头后,我得再去望他……不过,炎症是不会有的……"

"谢谢你! 到时我会在巴珊卡那儿等你,让娜斯塔霞看守着他好了……"

拉斯柯尼科夫一个人的时候, 用一种不耐烦而又苦恼的神情看着娜斯塔霞,但她还是迟迟不走。

"你要喝点茶吗?"她问。

"现在不! 我想睡了,你走吧。"

他转身朝着墙,娜斯塔霞就出去了。

第六章

　　她一走出去，他就起来把门关上了，把拉祖米欣刚才带来的包裹拆开一看，又给包上，然后穿上衣服。他立刻好像十分镇定似的，连一点最近神志不清的情形以及近来突然而来缠绕他的恐怖也没有了。这是第一次的奇怪的突然的镇定。他的行动确实精明，似有一种坚决的意旨在内。"今天就得办，今天就得办！……"他自言自语道。他虽然知道自己仍然很疲弱，但他的精神完全集中，给他以过多的力量和自信。他想今天不再会在大街上颠颠倒倒。他穿好全新的衣服，把桌上二十五个卢布的钱，放到衣袋里。并把拉祖米欣在买衣服时所剩余的零钱也拿着。他悄悄地打开门，走出房间，一直往楼下走，在开着的厨房门那边向内一瞥：娜斯塔霞背着他站在那里吹女房东的火炉。她一点儿也没有觉察到。真的，谁能想到他会出去的呢？一分钟后，他已经在街上了。

　　将近八点钟，太阳落下了。气温还像以前一样闷热，他呼吸着发臭的、污秽的都市空气，他的头觉得发昏；一种异样的神情忽然在他的贪婪的眼中以及瘦削的灰黄的脸上闪露着。他不由自主地走着，他只有一个念头："就是立刻要在今天，使一切都要告个段落了，如果不能，他就不回家，他实在不愿再那样地过下去。"那么，用什么来结束呢？他一点也不明白，他只是把念头追赶着。他知道他所觉察的一切，就是"必有一天"，一切事情须得改变，他坚决并自信着。

　　他又向着柴草市场那边走去。一个头发灰暗的年轻人，手里抱着一架手摇琴在一家小杂货店门口弹着一只悲哀的歌。他旁边伴着一个约十五岁的姑娘,她立在他前面的街道上。她穿着一件短裙、一件外褂,并戴上一顶有赤羽毛的帽子,都很破旧了。她用一种哑涩的动人的声音在唱着,想得到店铺里给她一个铜板呢。拉斯柯尼科夫也是听众中的一个,他便拿出值五个戈比的一个铜币,给那姑娘。她就把悲哀的、高亢的调子停着不唱了,她招着弹琴的人,两人于是又到另外一个店铺去了。

"你喜欢听街头上的音乐吗?"拉斯科纳天向旁边一个懒散的中年人问道。那人惊视着他,不明白他的意思。

"我喜欢听街上合琴的歌唱呢,"拉斯柯尼科夫自说着,他的态度好像离刚才的题目很远似的——"我喜欢在凄冷的、阴湿的秋夜里唱歌——那些夜间一定是很阴冷的——所有的行人那时都呈着苍白的病脸,而且更好的是在冰雪夜下走着,而且要没有风街灯在放着光的时候——你明白我是什么意思吧?……"

"我不明白呀……对不起……"那陌生人答道,他看着拉斯柯尼科夫的态度和问话感到奇怪,走到那一边去了。

拉斯柯尼科夫一直往前行着,走到柴草市场的转角,他认得这是那小贩夫妻俩曾和丽莎维塔谈过话的地方——他们此刻不在这边了。他站着向四周看了看,便对着一个穿小纽衫站在杂货铺门口打哈欠的年轻人问着:

"有一对夫妇在这转角摆过摊吗?"

"各种各样的人都在这边摆摊呢!"年轻人傲慢地瞥着拉斯柯尼科夫一眼说着。

"他叫什么名字?"

"他住下时叫什么名字,就是什么名字了。"

"你也是扎莱斯克人吗?哪一个省呢?"

那年轻人又望望拉斯柯尼科夫:"那不是一个省,先生,是一个县呀。请多多包涵,先生!"

"楼上是不是一家酒店?"

"是的,那是饭店,还有一间台球房,你在那边还可以看见小姐们……哈哈!"

拉斯柯尼科夫从广场走过去。在那转角处挤着一堆人,全是农夫。他挤到最拥挤的地方,看着他们。他有一种想和人谈话的愿望。但是农夫们没有注意他,他们都一堆堆地在闹着。他站了一会儿,又转向右边,向着V街那边去。

以前,他经常走过那条小巷,这条弯曲的小巷从广场通往花园街。最近,每当他感到烦闷时,就很想到这边来走走。

他不假思索地走着,那边有一座大房子,完全是酒店和饭馆;妇女老是进进出出的,光着头,穿着工作衣服。她们到处结队成群,在廊道上,尤其是在下面几层的各种娱乐场门口。下面的一层楼上,发出一阵喧闹声、歌声、琴声、喊声,传到街上来。一群妇女在门口拥挤着:有的坐在石阶上,有的坐在走道上,有的站着讲话。有一个喝醉了的士兵,含着一支烟走到她们面前,辱骂着;他似乎要到什么处所去,但忘记什么处所了。还有两个乞丐争闹着,一个沉醉的人横着倒在路边。拉斯柯尼科夫走进妇女堆中,她们哑涩着声音在谈天,她们不戴帽,穿着布衣和皮鞋;有的是近四十岁了,有的还不过十七八岁呢;她们的眼睛都是绿澄澄的。

他被那酒店里的唱歌声和所有的喧哗以及叫嚷所吸引着……他听见里面有人疯狂地舞动,并听见琴声和唱着放浪的曲调的一种尖厉的假音。他恍惚地、凄然地在听着,并在门口站着,窥探里面走道上的情形。

"哦,我的美丽的士兵,不要随意去打人。"

这颤动歌声冲了出来。拉斯柯尼科夫很想明白她唱的是什么,好像一切都在那上边似的。

"我要不要进去？"他自问着，"他们喝了酒在喧笑，我也去喝点吗？"

"你为什么不进来？"一个女子问着他。她的声音很动听，不像别人那么卑陋，她很年轻——在那一群女人当中看上去很顺眼。

"你生得好标致呢！"他伸了腰看她。

她微笑着，对于这赞美十分喜悦。

"你也很好看呢！"她说。

"他太瘦了点！"另外一个女人低声地说着，"你才从医院出来的吧？"

"她们看上去都好比是师长们的女儿，可惜她们的鼻子都是扁的。"一个喝得烂醉的农夫插着道，他脸上露出一阵鸱鸺笑，穿着一件薄薄的短衣。"她们真是怎样地快乐呀。"

"你走吧！"

"我会走的，宝贝儿！"

他立即到了下面的酒店。拉斯柯尼科夫往前移动着。

"叫我说，先生。"那女子在他后边喊着。

"有什么事？"

她忸怩着。

"我很愿意陪你玩一点钟头，好心肠的先生，但我又觉得难为情呢。给我六个戈比去喝酒吧，年轻人！"

拉斯柯尼科夫抓出来十五个戈比给她。

"啊，真是一个慈悲的先生呢！"

"你叫什么名字？"

"你找杜克丽达好了。"

"唔，那太不像话了，"忽然间人群中有一个女人对杜克丽达摇着头说，"我真不知道，你怎么能向那人要钱的。我呀，我会羞得恨不得钻进地缝里去……"

拉斯柯尼科夫看着说话的人发呆。她是一个三十岁左右的麻脸姑娘，脸上刮满着伤痕，嘴巴红肿着。她在说话和指责别人的时候，神色安详，态度严肃。

"我在哪儿读到过，"拉斯柯尼科夫想着，"我在哪儿读到过，有一个被判死刑的人，他在死前的一个钟头，说过或者想过。如果他不得不生活在一个高耸的悬崖上，在那样狭窄的岩石中，周围是无底的深渊、海洋、永远的黑暗、永远的孤单、永远的狂风暴雨；如果他不得不站在那只有一尺见方的空地上，站立一千年，甚至是永远——这样地活着，也还比现在立刻死去要好得多！只要能活着，活着，活着！不论怎样生活！……这话多么对啊！上帝，多么对啊！人是卑鄙的！"过了一会儿，他又补充了一句："然而，认为你卑鄙的那个人，他本身就是卑鄙的。"

他又走到别的街上了。"哦，水晶宫！拉祖米欣才谈过水晶宫呢。我是要的什么呢？是的，看报……佐西莫夫说他在日报上看见的。"

"你们有报纸吗？"他走进一家整洁宽敞的酒店中问着。这儿有好几间房，不过生意很淡。有几个人在吃茶，在稍远的一间房内，有四个人坐着喝香槟。拉斯柯尼科夫猜想扎梅托夫一定也在其中，但离得太远了，看不清。"如果是他，又怎么样呢？"他想。

"你要啤酒吗？"侍者问着。

"来点茶，把日报给我，前五天的报纸。我会给你钱的。"

"是的，先生，这边是今天的。要不要啤酒？"

旧报和茶送过来了。拉斯柯尼科夫坐下来，寻找着。

"哦，怎样……这都是些零星琐事。楼梯头的事，店主的死于醉酒，火灾……彼得堡区……彼得堡区又是火警……彼得堡区又是火警……哦，这边！"他把所要找的事情寻到了，每字每行在他的眼前呈现着,他看完了,又急切地在以后几天上寻找后文。翻报的时候,他的两手急急地颤抖着。忽然,有人在他旁边坐了下来。他一看,就是书记官扎梅托夫。他的模样和以前一样,手指上套着金戒指,胸襟挂着表链,卷曲的黑发两边分开、抹上发油,穿着讲究的背心、破败的上衣和污秽的衬衣。他心里很高兴,他微笑着。他的黑色的脸因喝了香槟酒发着红色。

"你怎么也在这边?"他惊异地问道,好像他认识罗佳已经很久似的,"昨天拉祖米欣对我说,说你神志不清。真有点怪! 你知道我来看过你吗?"

拉斯柯尼科夫知道他要走近的。便把报纸甩在一边,脸向着扎梅托夫,嘴上露出一丝勉强的笑意。

"我知道你去过,"他答着,"我听说,你在找我的袜子……你知道拉祖米欣对你表示好感吗? 他说你曾和他同到卢伊莎·伊万诺夫娜家去过,你知道,就是那一天,为了她,你对那个炸弹中尉一个劲儿地递眼色,可是他怎么也不懂你的意思——你还记得不? 他怎么会不懂呢——那不是很明白吗? 是不是?"

"他是一个很性急的人!"

"炸弹的那个吗?"

"不是,你的朋友拉祖米欣。"

"扎梅托夫,你已经度着一种适意的生活了,不受拘束地拣最爱的地方去,此刻是谁在给你斟酒呢?"

"我们在……一起喝。……你就说斟酒了!"

"酬劳嘛! 你可以享受一切呀!"拉斯柯尼科夫笑了,"那很好,老弟,"他拍一拍扎梅托夫的肩膀,又说着,"我这样说,并没有什么恶意,'完全是因为要好,闹着玩儿',就如你们为那老太婆案件上所审讯的那个工人,他和米特打架时候所说的一样……"

"你怎么会知道那事的？"

"也许我比你知道得还多呢。"

"这真有点奇怪啊……我想你的病还没有完全康复，还不应当出来走。"

"啊，你觉得我奇怪么？"

"是呀，你在做什么，看日报吧。"

"是的。"

"有许多件火警的新闻。"

"不，我不是看火警新闻。"说到这里，他鬼祟地望着扎梅托夫一眼；他的嘴唇在一种讪笑中合着。"不，我并不是看火警新闻，"他向扎梅托夫瞪着，继续说着，"现在说吧，老弟，你急于要知道我在看什么新闻吗？"

"我一点也不想知道，我只是随便问间。难道不可以吗？你为什么总是……"

"你听着，你是受过教育、学过文学的人，不是吗？"

"我在中学读到六年级呢①！"扎梅托夫自负地说着。

"六年级吗？啊，我的小麻雀！看你头发光得很，又戴戒指——你是一个有派头的绅士呢。哈，好快乐的一个孩子！"拉斯柯尼科夫说到这儿，便当着扎梅托夫的面大笑起来，扎梅托夫气恼得向后退了。

"哼，你怎么这样奇怪呀！"扎梅托夫严肃地重复说着，"我还当你神志不清呢。"

"我神志不清？胡说，我的小麻雀儿！你说我奇怪？你看我什么地方奇怪呢？"

"是的，奇怪。"

---

① 当时的俄国中学是七年制。

"我把我所看见的新闻对你说好不好？他们把日报给我。你觉得疑惑吗？哼？觉得疑惑吗？"

"是的！"

"那你把耳朵竖起来了吗？"

"把我的耳朵竖起来？什么意思？"

"以后再说，此刻，老弟，我对你说…—不，不如说'我自招'……不，那也不好；'我写一张凭证，你拿去。'我证明我在看，我找……"他睁大眼睛又停止了，"我找——而且故意到这边来找——找谋杀那个老太婆典当主的新闻。"他最后慢慢地说，几乎听不见，他的脸放近扎梅托夫的脸。扎梅托夫也不把脸避开地看住他。最让扎梅托夫惊奇的地方就是接着约有一分钟的默然，他俩互相瞪着。

"即使你看那些新闻又如何呢？"他最后喊着，昏乱而且不耐烦似的，"那与我无干！又如何呢？"

"就是那个老太婆呀，"拉斯柯尼科夫用极低的声音继续说着，并不留心扎梅托夫的解说，"你们在警察局谈着的，你记得，当时我昏过去了。哦，现在你清楚吗？"

"你什么意思呀？清楚……什么？"扎梅托夫想着这话呆呆地怔住了。

拉斯柯尼科夫那庄重而热切的脸色忽变了，但他忽又像先前一样神经病般地大笑着，好像有一点不能自制似的。过一刻，他又有感触了，想起了最近不久的一霎时，当他在门后边拿着利斧，门闩抖动，门外的人骂着，摇震着门，他想大声回骂他们，向他们扮鬼脸，戏侮他们，哈哈大笑，哈哈大笑，哈哈大笑！

"你不是疯了，就是……"扎梅托夫开口道，但他又突然不说了，好像被那忽然闪现于他脑中的念头吓住了。

"就是？就是些什么？什么？好，你对我说！"

"没什么，"扎梅托夫恼了似的说道，"是乱说！"

两人都静默着。拉斯柯尼科夫经过忽然大笑之后，又变得忧心忡忡了。他把手臂放在桌上，用手托着头。他似乎把扎梅托夫忘记了，如此静默着好久。

"你为什么不喝茶呢？茶要凉了。"扎梅托夫说着。

"什么！茶吗？哦，是的……"拉斯柯尼科夫啜着茶杯，口里塞着一块面包，又忽然看着扎梅托夫，好像记起什么了，脸上又露出嘲侮的表情。他继续喝着茶。

"近来犯这种罪案的有很多呢，"扎梅托夫说着，"就在前日，我在《莫斯科日报》上看见，有一大批造伪币的在莫斯科被逮捕了。那是一个有组织的机关呢。他们常造伪票呀！"

"哦，那是好久前的事了！在一个月前看见的。"拉斯柯尼科夹镇静地答道。"所以你当他们是罪犯了，是不是？"他微笑地继续说。

"当然他们是罪犯啦。"

"他们？他们是小孩、痴者，不是罪犯！你想，五十个人为着这样的一个目的而组织一伙——什么意思！三个已经够了，那么他们就要彼此信任着，如果一人在酒醉时泄漏了机密，那事情就糟了。呆子！他们让那难以信托的人去兑换钱——这种事情可以交给一个陌生人去尝试！哼，假定这些呆子成功了，每人拿了一百万，他们的后半生又将如何！每人的后半生都赖着旁人！不如就死了好！他们又不知道怎样兑法；那个兑换的人拿着五千个卢布，他的手就抖了。他才数了四千，就心慌意乱要把钱装到衣袋里想跑了。这当然会引起别人的怀疑。全部的计划被一个笨蛋给弄糟了！这该怎么办呢？"

"你说他的手在发抖吗？"扎梅托夫说道，"是的，那是当然的。我想一定会的，有时人就不能忍得住了。"

"那是忍不住吗？"

“什么，那你忍得住吗？不能，我就不能。为着一百个卢布去做那样一件吓人的事情，拿假票到银行，在那边他们当然要查出来的！不能，我就没有做那件事的资格呢。你能吗？”

拉斯柯尼科夫又吓了一跳，冷汗不断地从他的背脊骨流下去。

“我做就不像这样了，”拉斯柯尼科夫开口说道，“我要如此兑换银票：我要把第一千再三地数，每张票都看上一看。我才起始数第二千，我要把那数完了一半，于是又握着一张五十个卢布的票到亮光处，反复地看——看它是不是真的钞票，‘我怕，’我要说的，‘我的一个亲戚前天因为一张假票损失了二十五个卢布，’于是我便要把那整个的故事对他们讲。在我开始数第三千时，‘不怨我，’我要说，‘我想我在那第二千七百时数错了一次，我不十分清楚。’因此我把第三千暂时丢下，回过来数第二千，这样一直数下去。当我数完时，我要由第五千中选出一张，第二千中选出一张，再把它们拿到亮光前，再要求‘请换一换吧，’弄得会计员莫名其妙，他就不知怎样为难我。当做数完出去了，我还要回来，‘不，请恕我，’请他解释明白。如果是我，我便要那样做。”

“哼，你说的是如此奸巧可怕呀！”扎梅托夫大笑着说，“但那不过是瞎说罢了。我敢说，果真的那样时，你就要跑了。我想即使是一个老手，他也不能保证自己不出毛病，我俩自然不用说了。就拿最近邻家的一个例子说——那老太婆在这边被谋害的事来说吧。那凶犯好像是一个了不得的人物，他在光天化日之下冒着很大的危险，被一个奇迹拯救了——但他的手指也发抖。他在抢劫那处时并不算成功，他维持不住。那是很明白的，可由……”

拉斯柯尼科夫好像发怒了似的。

“明白的？那你为什么不把他抓住呢？”他喊着，恶意地讥讪扎梅托夫。

“哦，当然要把他抓住的。”

"谁呢?是你吗?你能把他抓住吗?这是你的一桩艰难的工作!这要看一个人能破费不破费。如果他没钱,忽然要花钱,那他一定就是那个人。所以不论哪种孩子都可以引你走到歧路的。"

"不过事实总是那样的,"扎梅托夫答着,"一个人冒了大不韪,犯了一回恶狠的谋杀案子,于是他立刻就到酒店去喝酒,他们被抓住就在花钱之时,他们并不都像你那样狡猾呢。你是不会到酒店去的!"

拉斯柯尼科夫眉毛一皱,瞪着扎梅托夫。

"你倒很喜欢这个话题,你还想知道我处于那种情景中会怎样办,是不是?"他快速地问着。

"自然有点想。"扎梅托夫不假思索地答着。他的言语举止似乎太显露了一点儿。

"十分想吗?"

"十分想!"

"那好,我就当如此办的,"拉斯柯尼科夫一边说着,一边把脸紧靠着扎梅托夫的脸,注视着他,嗳嚅地说,于是他真的发起抖来了。"我要这样做的,我要抓着钱和首饰,从那边走出来,一直往四边有栅木的广场、人不知鬼不见的林园或那一类的地方。我当先看见一块有一百多磅重的巨石,在造屋时就放在那壁角的。我要把巨石掀起——那下面有一个洞,我就把首饰和钱都藏在那洞里。我再把巨石扳回去,看上去和先前一样,我再把它踏实了,然后走开。过一两年,甚至三年,我都不去理它。唔,丝毫裂痕也没有,他们能搜查得到吗?"

"你真是一个疯子,"扎梅托夫说着,不知为什么,他也低声音说,离开拉斯柯尼科夫,他的眼睛发着亮光,脸色青白得很,上唇抽搐着,颤抖着。拉斯柯尼科夫极力弯下腰去贴近扎梅托夫,一句话也不说地搐动着。这样经过了好久,他虽然知道自己在怎么着,却总无法压制自己。那些吓人的话在他的嘴唇上发颤,有如门闩在门上一样,过一会儿就要爆发了,过一会儿而他要让它爆发了,他要讲出来的。

"如果是我谋害老太婆和丽莎维塔,便会怎样呢?"他忽然说着!他确知是自己所讲的。

扎梅托夫警觉地看着他,脸色变得像白布一般。他露出一种扭曲的笑脸。

"那可能的吗?"他疲乏地说着。拉斯柯尼科夫愤愤地瞪着他。

"是的,我想你是相信那事的,你是相信的呀!"

"一点不信呢,我现在更不信了。"扎梅托夫立刻答道。

"我把小麻雀抓住了!如果你现在更不信了,可见你以前是有些相信的了?"

"全都不是,"扎梅托夫着恼了,喊着,"你是拿这话来吓我的吗?"

"那你是不信的了?当我走出警察局办公室时,你们在背后评论些什么?我昏过去之后,为什么炸弹中尉还要盘问我呢?喂,过来,"他站起来抓起帽子,对侍者喊道,"多少钱?"

"三十个戈比。"侍者跑来答道。

"这是二十个戈比酒钱。你看有多少了?"他颤抖地将拿着钞票的手伸出给扎梅托夫看,"红票和蓝票,二十五个卢布。我从哪里取得的?我的新衣从哪里来的?你知道我一个戈比都没有了。你们大概问过我的女房东了,相信……哦,够了!再会!"

他出去之后,因为一种强烈的神经错乱使他全身颤抖,在这种感触中,有许多难以忍受的痛苦。他还忧郁而且疲倦得很了。他的脸像发烧似的抽动着。不论什么刺激,不论什么动人的感触,立即使他的神气回复过来,但当没有刺激时,他的力气又很快地消失了。

扎梅托夫一个人,坐了好久,深深地思索着。拉斯柯尼科夫不由自主地在他脑中上打转,完全将他牵引了。

"伊利亚·彼特罗维奇是一个痴人。"他肯定地说。

拉斯柯尼科夫还没有离开酒店的大门，便在石阶上遇见拉祖米欣了。他们俩谁也没有看见谁，等快碰到头的时候，才看见了。两人互相打量了一番。拉祖米欣觉得一惊，愤怒的目光在他的眼中凶狠地呈露着。

"你原来在这边呀！"他大声地喊着，"你从床上溜走了！我还在沙发底下去找呢！我们还走到楼顶上去找。为了你我几乎要打娜斯塔霞。你原来在这边。罗佳！你这是什么意思？把经过的实情对我说，你自己说！你听清了吗？"

"因为我对于你们任何人都觉得讨厌，我想单独在一个地方待着。"拉斯柯尼科夫心平气和地答道。

"单独在一个地方？在你不能走路、在你脸如白纸且喘着气的时候，见了鬼！……你在水晶宫做了什么？快快说出来！"

"你管我呢！"拉斯柯尼科夫说后便要离开他走了。这使拉祖米欣大大的没有面子，于是他一手把他的臂膀给抓住。

"管你吗？你敢说管你吗？你当我是什么？我会把你绑起来，捆起来，把你用手臂挟着回去，把你锁起来！"

"听我说，拉祖米欣，"拉斯柯尼科夫轻轻地、显得十分平静地开口说道，"难道你看不出来，我并不愿接受你的恩赐么？你真是一个不懂事的，要给恩赐于一个……一个并不讨好的恩惠，实在令人难受！你为什么要在我开始病时把我救回来？也许我是愿意死的，我今天不是已经老实地告诉你，说你作弄我，说我……憎恶你！你似乎要作弄人！我实话告诉你，那一切都足以使我的病很难治好的，因为那常常触动我的气。你看佐西莫夫方才避开，是为的避免触犯我。你也不必多管我，走吧！真的，你有什么权利可以为难我？你没见到我现在还有一些精力吗？我怎样叫你不要以你的慈悲来逼我？我算不识抬举，我甘于下流，只愿听我自己，走吧，由我自己吧，由我自己吧！"

刚开始时,他还是很和缓地讲,先预备好了他所要讲的难堪的语句,但最后却在一阵狂乱中喘着气把话讲完,如他以前对卢仁的情形一般。

拉祖米欣站着想了一会,便把手放开了。

"哦,那你走吧,"他和平地说道。"不许动,"当拉斯柯尼科夫刚要走时,他气冲冲地喊道,"听我说! 你们都是一些空谈家,以难题来弄人的痴汉! 只要你有一点小困难,你便时时想着,如一只母鸡抱着蛋,即使在这件事上,你们也是邯郸学步! 你们身上根本没有一点独立生活的象征,你们是鲸鱼脑油①灌的,你们血脉中只有脓,而没有血。你们这批人我一个都不信任! 无论如何,所有你这批人的第一件事就不像人做的! 站住!"他看见拉斯柯尼科夫又想走,便更加愤怒地喊着:"听我讲完! 你知道我今天晚上要开一个乔迁宴会,我想他们现在已经到了,我的叔父在那边——我刚才进去——招待客人,如你不是一个呆子、一个平常的呆子、一个十分的呆子;如果你是创作,不是翻译……我想罗佳,我想你是聪明的人,但你是不是一个呆子——如你不是一个呆子,今晚你就得到我家去,而不在街道上蹓躃了! 既然走出门了,那也没法! 我会给你一张愉快的摇椅享用,我房东太太有一张……献给你一杯茶, 陪伴……她允许你可以躺卧在沙发上——不论怎样,你要和我们在一起的……佐西莫夫也去到那边的。你要去吗?"

"不!"

"怎——怎么,"拉祖米欣不耐烦地喊道,"你怎样知道?你不能解答!你一点也不明白……我好几次和人家吵架,但事后又回到他们那边去……人们觉得怕羞,再回到一个人那边!记着,波钦科夫的公寓,

---

① 鲸鱼脑油:从抹香鲸的脑部提炼出来的一种油膏,此处意指拉斯柯尼科夫意志薄弱,毫无主见。

三楼……"

"拉祖米欣老兄，我十分相信你因为仅有的慈悲，情愿让别人打你的吧。"

"打我吗？哪个？我？只要想一想，我就要把他的鼻子扭脱！波钦科夫的公寓，巴布什金的那层楼——四十七号……"

"我才不去呢，拉祖米欣。"拉斯柯尼科夫转身就走了。

"我猜你会去的，"拉祖米欣在他后面喊着，"如果你不去，以后我就不理你了！喂，站住，扎梅托夫在那边吗？"

"是的。"

"你见过他吗？"

"是的。"

"跟他谈过话吗？"

"谈过。"

"谈些什么？可恨，你是不对我说了。波钦科夫的公寓，在巴布什金那层楼房，第四十七号，你记牢吧！"

拉斯柯尼科夫向前走去，转弯到花园街去。拉祖米欣在他后面着，最后把手一甩，走进屋子，但在石阶上又突然停住了。

"可恨，"他仍大声地继续说着，"他说得像很有道理的，但……我是一个呆子！好像疯子说话不精明似的，这是佐西莫夫所害怕的。"他用手指头敲他的额角。"如果……我怎好让他独自走开？他会投水自尽的……哼，好大的失误！我不能呢。"他于是回过头去追拉斯柯尼科夫，但已经看不见他的影子了。他咒骂一声，便快步回到水晶官来问扎梅托夫。

拉斯柯尼科夫直往 X 桥走去，在桥上站着，两只手臂搁在栏杆上，向着远处凝望。告别了拉祖米欣后，他更没力气了，他差不多走不到这儿。他很想在街上坐着，或者躺下。他看看河水，不自在地望着落日最后的夕阳投影在一排房屋的四周,暮色渐渐浓了。他遥望着左岸上的一个远处的楼窗在落日的最后光线中好像火球似的发着光彩,痴痴地看着渐渐幽暗的河水,好像抓住他的注意似的。不久,他的眼睛开始发昏,好像屋子在旋转着,行路人、河岸、车马,都在他的眼中打转。他忽然一吓,也许又一个奇迹救了他,使他不至于立刻昏倒。他觉得有人站在他右边,他一看,却是一个高个的妇女,头上围着包布,脸型很长,而且又黄又瘦,红红的眼深陷着。她直瞪着他,她看不清什么东西、什么人。她忽然右手扶着栏杆,右腿翘过去,再把左腿也举过去,跳到河中去了。她一下子就沉没下去,但是过了一会儿,那淹死的妇女又浮到水面上了,随水浮动着,她的头和脚沉在水里,她的衣服在她的背上膨胀着,好像一个皮球。

"一个妇女淹死了!一个妇女淹死了!"这声音不住地狂喊着。大家跑来了,两边拥挤着许多的人,大家在拉斯柯尼科夫旁边围拢着。

"可怜呀!这是我们的阿芙罗辛纽什卡!"一个女人一把鼻涕一把眼泪地哭喊着,"可怜呀!救救她吧!做好事的人呀,把她捞上岸来呀!"

"叫小船,叫小船!"大家喊道。但用不到船,一个警察从石阶向运河跑下去,将大衣和皮鞋脱在一边,就下水去捞了;她漂着离石阶五六尺远,他右手握住她的衣,左手拿住一条棍棒——这是一个朋友递给他的;那淹死的女人立刻便被拖上岸了。他们把她放在岸边的石板路上。不久,她就苏醒了过来,抬着头坐起了,打着喷嚏,咳呛着,呆呆地用手弄着她的浸湿的衣服,一声也不响。

"她被弄昏了,"那个女人在她旁边哭着,"她被弄昏了。前天她要去上吊,我们把她绳子割断,把她给救了。我刚刚跑到店铺,叫我的小女儿看着她——哪知她又闯祸了!她是我们的邻居,先生,邻居,我们隔壁的,就在那边第二家……"

看热闹的人散去了,警察却仍旧站在那妇人旁边,有人说将她送到警察局……拉斯柯尼科夫觉得讨厌,露出冷淡和无情的眼光注视着。"不,那可恶……水……那太不好了,"他自语着。"没什么用处的,"他继续说着,"等待也是无用的。警察局如何呢?……扎梅托夫为何不在警察局呢? 警察局是十点才开门办公……"他身靠着栏杆,四周望着。

"那很好!"他说着便离开石桥,向警察局走去。他的心很空虚,也不推想,其实连苦闷的心情也过了,他出门时要"把一切结束"的那种念头,现在就连一点影子也没有了。取而代之的,是整个儿的漠然。

"哦,这是一条途径,"他想着,便沿运河岸无神地走着。"无论如何,我要告个段落,因我要……但这是一条途径吗? 反正一样! 有一俄尺大小的地方就行了——哈! 但这又算什么结束呢? 这是结束吗? 我要不要告诉他们呢? 唉……讨厌死人,我是如此疲乏啊! 只想立刻找个地方休息一下! 我所最害羞的是这事是这么可笑! 但我也只好随它了! 什么笨思想都到人的脑袋来了。"

要去警察局,须得一直前去,再向左转个弯。路不远,但他在转弯时忽然停下了,想了一下,又转入旁边一条街,他走了两条不相干的街道,完全没有什么目的,也许为多耽搁些时候吧,他看着地上走着,忽然好像有人在他耳中私语着,他抬起头来,看见他正站在那住宅的门口。自从那天晚上后,他就从没走过这边,也没有走过这附近。一种鬼迷似的怂恿使他往前走去。他走进了那住宅,经过廊道,经右边第一个入口,再从熟悉的楼梯上到四层楼。又狭又陡的楼梯黑暗得很。他在每个楼梯顶立着,好奇似的四下望望:第一个楼梯顶,窗户架子被拿去了。"那时不是这样的。"他想。这边是二层楼,尼柯拉什卡和米季卡①曾在这边工作。"房屋关闭着,门是新漆的,像是要招租了。"

——————————

① 尼柯拉什卡和米季卡:即油漆匠尼古拉和米特,这是他们两人的昵称。

于是又到了第三层、第四层。"这边!"他看见这层楼房门开着,他开始慌乱了。那边有人,听见讲话声,这是出他所料的。他想了一下之后,便上了最后的几步楼梯,走到里面去了。里面有工人正在修理,这好像把他吓住了;他本想一切都是老样子的,而且那尸体也还在地板上呢。然而现在只留着墙壁,没有家具了,这使他觉得很奇怪。他走近窗前,在窗上坐着。有两个工人,都是年轻人,有一个更年轻一些。他们正在用一种花纸在糊墙壁,代替着那污旧的黄纸。拉斯柯尼科夫不知道为什么,对这情形非常地生气。他不愿看着新糊的纸,好像一切都如此地改样了,觉得十分地可惜。工人们工作得长久了,现在他们正在收拾剩下的那些纸,准备回家。他们并没有注意到拉斯柯尼科夫进来了,所以只顾自己谈话。拉斯柯尼科夫拱着手臂谛听着。

"她早晨到我那边去,"年纪大的那个人向年纪轻的那个人说,"很早,穿得很时髦呢。'你为什么如此爱打扮呢?'我问,'从现在起我完全听你的,季特·瓦西列维奇!'就是这样!她就依着最时尚的样子打扮着!"

"时尚的样子是怎样的?"年轻的那个人问道,他似乎承认他是专家。

"时尚的样子就是有许多颜色的图画,每个星期六从外国邮寄到裁缝这边来,指点人们怎样装饰,男的和女的全备。那全是绘画。主人先生们多是穿皮大衣的,太太姑娘们的绒衫呢,那就出乎你所能想到的东西了。"

"什么东西彼得堡没有呢!"年轻的热切地喊着,"除了爸爸和妈妈买不到之外,什么都有!"

"除了他们之外,什么东西都找得到,老弟。"年纪大的干脆地说道。

拉斯柯尼科夫站起来向旁边的一间房走去,那房子曾放过保险柜、床,以及有抽斗的大柜。这房子看来好像很小,里面器具也没有。

纸是老样子,墙壁那边露出圣像的木架曾放在那边。他看了一下,便向窗口走去。年纪大的工人斜睨着他。

"你有何贵干?"他忽然开口问道。

拉斯柯尼科夫没有回答他,走到走廊去拉了数下铃,铃儿仍旧发出那同样的涩声。他回想着那时候所感到的厌恶而可怕的感触,那情形渐渐地浮现出来了。他每按一回铃,就哆嗦一下,同时心里感到莫名的得意。

"哦,你有何贵干?你是谁?"那工人走到他面前问道,拉斯柯尼科夫又走进去了。

"我想租房子,先来看看。"

"夜里不好看房子的,你应该和看门人一起来呀。"

"地板洗擦了,是否再油漆?"拉斯柯尼科夫说道,"没有血迹吗?"

"什么血?"

"什么,老太婆和她的妹妹在这边被谋害了。那边有一大堆血呀!"

"那么你是谁呀?"那工人局促地问道。

"你问我是谁吗?"

"是的。"

"你要知道吗?到警察局去,我对你说。"

那工人惊异地看着他。

"我们要散工了,时间不早了。阿廖什卡,你过来。我们把门锁上。"年纪大的工人说着。

"好,那咱们走吧!"拉斯柯尼科夫漫不经意地说着,先走出来,慢慢跑下了楼去。"喂,看门人!"他在门口喊着。

有好些人在门口站着,看着来来往往的行人;两个看门人,一个村妇,一个穿长衣的和另外几个别的人。拉斯柯尼科夫直走到他们面前。

"你有何贵干？"一个看门人问道。

"你到警察局去过没有？"

"我方才在那边，你有什么事儿？"

"开始办公了吗？"

"是的。"

"副督察员在那边吗？"

"他有时在那边。你有什么事儿？"

拉斯柯尼科夫不答，只是在他们旁边，呆呆地想着。

"他看过房屋了！"年纪大的工人向前走来说着。

"哪一层楼呢？"

"我们工作的那层呀。'你为什么把血洗刷了？'他说。'这边发生过谋杀，'他说，'我来租赁。'他按着铃，就把铃弄坏了。'到警察局去，'他说，'我在那边把一切事对你说。'他不愿意离开似的。"

看门人皱皱眉毛，看着拉斯柯尼科夫，开始迷惑了。

"你是谁呀？"他惊奇地喊道。

"我是拉斯柯尼科夫，以前是大学生，我住在西尔公寓第十四号房，离这边很近，你问看门人，他知道的。"拉斯柯尼科夫懒懒地、呓语般地说出这些话，毫不动情地只是看着渐入昏暗的街上。

"你为什么要到那层楼去呢？"

"看看！"

"有什么好看呢？"

"把他送到警察局吧。"那穿长衣的突然插口说。

拉斯柯尼科夫直看着他的肩膀，仍用懒懒呓语的声音说道：

"你过来。"

"好，扣住他，"那人更强硬地继续说着，"他为何要往那边去，他心里想着什么事呀？哼！"

"他并没有喝醉酒,不知道究竟是怎么着。"那工人讷讷地说道。

"那么你究竟有何事呢?"看门人又大声问,真的发火了,"你为什么留着不想走?"

"那你们怕警察局吗?"拉斯柯尼科夫嘲侮地说着。

"什么好怕的?你为什么留恋着不走?"

"他是一个流氓呀!"村妇喊道。

"何必和他多讲呢?"另一个看门人喊道,他是一个魁梧的大汉,散披着一件衣服,腰上挂着一串钥匙,"滚出去吧!他是一个流氓,一定是的。滚吧!"

他抓着拉斯柯尼科夫的肩膀,把他推到街上去。拉斯柯尼科夫向前一倾,还好,站住了脚。他不声不响地看着边旁的人,然后就独自走开了。

"真是怪物!"那工人说道。

"现在怪物多着呢。"那妇人说道。

"你应把他送到警察局去!"穿长衣的人说。

"还是不理他好,"看门人答道,"一个真的流氓,那正是他所想的,你可相信的,但一次作弄了他,你便永远和他纠缠不清了……我们明白那种人的!"

"我到那边去不去呢?"拉斯柯尼科夫想着,他在十字路口站着,四下望一望,好像等待什么人给他决定一下似的。但四顾悄然,一切都死一般地寂寞……忽然在距离约有几十丈远的街头,在暮色苍茫中,隐约见到一伙人,并传来他们的谈话和喧嚷声。在人群中,停着一辆马车……街心闪耀着一股光亮。"什么事儿?"拉斯柯尼科夫向右走到人群那面去。他好像要握牢一切事物,当他看清楚时,便微微冷笑着,因为他已经决定到警察局去,知道不久这事便完全结束了。

第七章

一辆很好的马车横在街心,车前站着两匹烈性的灰色马;车里却不见有人。车夫从车厢上下来,在车旁站着用手拉着马缰……许多人聚集着,警察在这边站着。有一个人打着一盏灯笼,照照车轮旁边躺着的是什么。大家在谈论着、喧闹着、察看着;车夫被迷乱了,口里只是重复说道:

"运气真坏! 上帝,运气真坏! "

拉斯柯尼科夫极力挤进去,最后终于看见了引起这场骚动的原因了。是一个被马车撞倒了的人,已经失去了知觉,不省人事地躺在地上,流着鲜血;他衣服是旧的,但不像是工人模样;他的脸被撞破了,血直从头脸上流,显然是撞得很重。

"青天大老爷!"车夫哭丧着脸道,"你叫我怎么办呢?如果我把车赶过去,不对他喊,那是我错,现在我是慢慢地行着,并不急忙呀。大家都看见我和别人一样地走着。一个喝醉的人东倒西歪,我们都明白……我见他从街心穿过,颠颠倒倒几乎要跌倒了。我嚷了又嚷,并把马给勒住了,但他已经倒在马蹄之下! 不是他有意为难,就是他醉了……马年纪还小,很易受惊吓。它们惊跳起来,他呼喊着……那使它们更惊窜。事情就是这样发生的! "

"就是这样的。"其中有一个人证实着。

"他真喊过,而且不仅一次。"另一个人也证实道。

"喊了三次,我们听见的。"第三个人喊着。

但车夫并不怎样受惊吓,因为马车是一个有钱的要人所有的缘故,他正在什么区所等候着车呢;警察自然立刻去处置这起事故,为避免扰乱秩序。他们先要做的就是把受伤的人抬到警察局或医院去。也没有人知道他叫什么名字。

这时,拉斯柯尼科夫挤了进去,俯身看了看他。灯笼照着那可怜的脸。他认得他是谁。

"我认得他!我认得他!"他往前面走去,喊着,"这是辞职了的书记官马美拉多夫。他就住在这边,在附近,在柯舍尔公寓……快去找医生来!我出钱,懂吧!"他取出衣袋里的钱,给警察看。他是在一种见义勇为的兴奋中。

知道受伤者的身份后,警察很是高兴。拉斯柯尼科夫把自己的姓名和住址给他,热心得无以复加,他叫警察把失去知觉的马美拉多夫马上抬到他自己家去。

"就在这边,大约走过三栋房子那么远,"他亲切地说,"柯舍尔公寓,一个有钱的德国人的房子。他那时正想回家去,无疑地,他是喝醉了。他原是一个酒鬼呀!他那边有家人,妻子、小孩子,他还有一个大女儿……送到医院去还得等会儿,那栋楼里有个医生的。我出钱,我出钱,他在家里必有人侍候的……她们会立即给他治的。要不还没等送到医院,他就死了……"

他甚至在旁人不注意时,把钱悄悄放在警察的手中。其实。事情是明摆着的,又合理合法的,而且不管怎样,在这里抢救也近一些。于是,他们把受伤者抬着——大家都自动来帮助。

柯舍尔公寓离这儿只有三十步远。拉斯柯尼科夫跟在后面,仔细地扶着马美拉多夫的头,指点着道路。

"这样吧,我们把他的头朝上,抬到楼上去。你们转过来!我出钱,我不会让你们白帮忙的。"他嘟哝着说。

卡捷琳娜·伊万诺夫娜她仍是老样子,遇到闲暇时,便在她的小房间里，从窗口到火炉边，往回地走着，束着手臂，自语着或咳嗽着。现在，她更常和大女儿波琳卡说话，女儿是十岁大的小姑娘，虽懂得不多，却很明白母亲爱她，因此她总是用聪明的眼睛注视着妈妈，尽力露出听得懂的样子来。这时，波琳卡正给小弟脱衣服，那小弟弟一天都不舒服，现在正要上床睡觉，正等着脱内衣，内衣要趁着夜里洗出来的。他在椅上坐着，面孔消沉，腿僵直了——脚合在一起，脚趾朝着外边。

他听了母亲跟姐姐说话，兀自坐着不动，努着嘴，睁着眼，正如一切好孩子们上床睡觉时的情景。还有一个比他还小的女孩，穿着很破的衣服，在门帘前站着等着什么时候轮到她。楼梯下面的门是开的，为使空气流动点，冲散从隔壁透进来的烟草的气味。卡捷琳娜·伊万诺夫娜这可怜的患肺病的妇女不停地在咳着，在那个星期内好像更瘦削了，她脸上的红潮也比以前更红了。

"你不会想到的，波琳卡，"她一边在房中打转，一边说，"在你的外公家里，我们过着怎样幸福的、舒服的生活，这个酒鬼怎样把我和你们都弄到这样败坏的田地啊！外公是一个文职上校，职位比省长只低一级，因此来访他的人都说：'我们把你视为我们的省长，伊万·米海雷奇！'在我……在……"她剧烈地咳嗽着，"啊，真是苦命呀，"她喊着，清了清嗓子，手抚着胸部，"在我……在最后一次参加舞会的时候……在军长家中……别泽梅利内公爵夫人见了我——她在你父亲和我结婚的时候，曾为我求福呢，波琳卡——她即刻问着'那就是在散会时跳围巾舞的美女吗？'——你要把那条缝补好，你要照我所指示你的那样缝补呀，否则明天（她又咳嗽着），那个洞会被他弄得更大了（她费力地、慢吞吞地说）。谢戈利斯科伊公爵是一个侍从官，那时他刚从彼得堡来……他和我跳舞，在第二天就向我求婚；但我很感激地谢了他，对他说我早已经许给他人了——那个人就是你的爸爸呀！波莉娅①,你的外公气得很呢……水准备好了吗？把小衫递给我,还有袜子!莉达,"她对最小的一个说着,"你今晚只好暂时不穿小衫了……把你的袜子拿出来……我好一起洗了。怎么回事呀,这个醉汉不回来了吗？他的内衣总是穿得像一块抹布,穿成如破布,我要都一起洗的,要不再每夜去洗!哎哟!(又咳起来)真的!不知什么事?"她喊时,忽然看见一群人在走道上,向自己房里拥来,并抬着一件看起来很重的货物。"干什么的？他们抬什么来了？真可恼。"

"把他放到哪里呢？"警察向四周一看,然后问着。那时马美拉多夫正神志不清,血流全身,被抬进来了。

"就放在沙发上吧!把他的头好好放在沙发上。"拉斯柯尼科夫指给他看。

"他喝醉了,被马车撞倒了!"有人在走廊上喊。

卡捷琳娜·伊万诺夫娜惊呆了,脸色惨白,只是喘气。小孩子们都吓得面面相觑。小莉达哭号着,跑到波琳卡那边去,牵着她,身体不停地颤抖着。

拉斯柯尼科夫扶马美拉多夫躺下,便跑到卡捷琳娜·伊万诺夫娜面前去。

"看在上帝的分上,好好安静吧,不要惊吓!"他急匆匆地说道,"他在路上走,被一辆马车撞倒了,不要惊动,他会醒过来的。我告诉他们把他送到这里来的……我已经到这里来过,你记得吗？他就会醒过来的。我出钱!"

"他这次总要把命给弄掉了!"卡捷琳娜·伊万诺夫娜叹气着喊道,奔到丈夫前面去。

拉斯柯尼科夫当即看出她并不是一个无见识的女人。她立刻把

---

① 波莉娅:波琳卡的昵称。

一个枕头垫在这不幸者的头下,这谁也没想起;她又脱下他的衣服查看。她张罗着一切,把自己忘了,咬紧着颤抖的嘴唇,从她口中好像就要发出呼号来了。

拉斯柯尼科夫同时差一个人去叫医生。好像医生就在隔壁似的。

"我已经派人去叫医生了,"他向卡捷琳娜·伊万诺夫娜申说着,"千万不要着慌,我出钱。你有没有水?……找一条手帕或手巾,不论什么,赶快……他受伤了,但不是死,你听我……我们且等医生怎么着!"

卡捷琳娜·伊万诺夫娜跑到窗前,在那边的破椅上,有一盆水,本来是准备洗孩子和丈夫的内衣的,这在卡捷琳娜·伊万诺夫娜,一星期至少要在夜间洗两次,因为他家穷得如此,实际上就没有别的内衣可换,但她看不过污秽,宁可夜间让自己劳苦点,用尽自己的力气工作着,好把湿衣服晾干,第二天再穿。她听拉斯柯尼科夫的吩咐,立刻把那盆水拿来,但是慌得几乎要和盆一起栽倒了。而拉斯柯尼科夫已经找到一条手帕,把它浸湿,将马美拉多夫脸上的血洗去了。

卡捷琳娜·伊万诺夫娜在一旁站着,手抚着胸,痛苦地喘着气。实际上,她自己也需要治疗。拉斯柯尼科夫这才意识到,他把受伤者送回家来,大概会贻误救治了。警察也有点局促不安。

"波琳卡,"卡捷琳娜·伊万诺夫娜喊道,"到索尼娅那边去,快。如果她不在,你就对他们说,她的父亲被车给撞伤了,叫她马上到这边来……当她回屋的时候。快去,波琳卡,给你,把头巾戴上去。"

"要拼命跑呀!"坐在椅子上的小孩加入喊叫,他喊过了之后,又像之前一样一言不发,睁着眼,脚往前屈,脚趾朝向外。

这时,房间塞满了人,几乎不能通风似的。警察都回去了,只留下一个,他极力把那些人赶到外边去。可是,莉佩韦泽太太几乎所有的房客都从外面鱼贯地塞进来。开始他们只是站在门口,但后来都挤进房来。卡捷琳娜·伊万诺夫娜被气得要发疯了。

"你们可不可以让他好好地死呀！"她向人群嚷骂着，"这是戏台上给你们看热闹的么？还吸着纸烟！（她又不住咳着）你还戴着帽子……有一个人戴着帽子呀……滚出去！至少你们也应该尊重死人呀！"

她的咳嗽闭塞了她的呼吸——但她的责骂倒有点儿用。他们似乎有点儿怕她。房客们一个个地退回门口，带着一种幸灾乐祸的情绪。这是不可避免的事实，即使是不幸者最亲近的人也是如此，甚至带着最诚恳的同情和怜悯者也免不了有此心情。

不过门外面也有人谈论医院什么的，又有人说不应该在这里无端地打扰别人。

"没有权利死吗？"卡捷琳娜·伊万诺夫娜喊着，愤愤地向门前冲去，要向他们发脾气。但在门口对面碰到了莉佩韦泽太太，那女人一听到这件不幸的事，便跑进来维持秩序——她是极喜吵闹，而且不负责任的一个德国人。

"唉，我的上帝呀！"她喊着，紧握住手，说道，"你的丈夫喝醉了，被马弄伤了！你快把他送到医院去吧！我是房东呀！"

"阿玛莉娅·柳德维戈夫娜①请你想想，你这是什么话呀？"卡捷琳娜·伊万诺夫娜傲然地开口道（她对女房东常是带着傲然的口语，好使她可以"明白她的地位"，就是此刻，她也不放过）。"阿玛莉娅·柳德维戈夫娜……"

"我先前曾对你说过一次，不准你叫我阿玛莉娅·柳德维戈夫娜，

---

① 阿玛莉娅·柳德维戈夫娜：全名应为阿玛莉娅·伊万诺夫娜·莉佩韦泽，但马美拉多夫习惯叫她阿玛莉娅·费奥多罗夫娜，马美拉多娃则习惯叫她阿玛莉娅·柳德维戈夫娜。

我是阿玛莉–伊万呀。”

“你不是阿玛莉–伊万,是阿玛莉娅·柳德维戈夫娜,我不是你的不值钱的谄谀者中的一个,我不像列别加尼科夫先生那样下流无耻地拍你的马屁,此刻他正躲在门边后大笑(的确可以听到有人在门外一边笑一边喊:‘她们又吵起来了!’),所以,我要永远叫你阿玛莉娅·柳德维戈夫娜,虽然我至今不明白你为什么不高兴那名字。你自己想想看,谢苗·扎哈雷奇发生了什么事? 他快要呜呼了。我请你把那扇门立刻带上了,不要让他们进来。让他安静地死去! 不然我先警告你,明天总会明白你的举动的。公爵在我做姑娘时就认得我的,他很记得谢苗·扎哈雷奇, 他是公爵的恩人。每人都知道谢苗·扎哈雷奇有着很多朋友和靠山,他为一种可敬的傲慢,把他们舍弃了,因为他明白自己的可怜的弱处,但是现在(她指着拉斯柯尼科夫),有一位见义勇为的年轻人来帮我们,他有钱,有亲戚,谢苗·扎哈雷奇从小就和他要好。你可以放心去吧,阿玛莉娅·柳德维戈夫娜……”

这些话说得很锋利,而且越说越快,然而一阵咳嗽忽的弄断了卡捷琳娜·伊万诺夫娜那慷慨激昂的话。这时,那个奄奄一息的人恢复了神志,发出了呻吟之声,她于是跑向前去。受伤的人睁开了眼,恍惚迷离地盯着那屈身看着他的拉斯柯尼科夫。他透着深沉的、迟缓的、艰难的口气,血由他的嘴里流出,额角上的汗如雨下着。他不认得拉斯柯尼科夫,有点不安地四下看着。卡捷琳娜·伊万诺夫娜露出悲伤而严肃的表情看着他,眼泪不禁夺眶而出。

“我的上帝呀! 他的整个胸腹都碾坏了,流了许多血!”她无神似的说着。“我们且把他的衣服解开。谢苗·扎哈雷奇,你若不痛的话就翻一下身吧!”她对他说着。

马美拉多夫认得是她。

“请牧师!”他嘶哑地说着。

卡捷琳娜·伊万诺夫娜走向窗口去,头倚着窗槛上面,悲伤地呼喊着。

"啊,苦命的生活啊!"

"请牧师!"沉默了片刻之后,垂死的人又说着。

"他们去请了,"卡捷琳娜·伊万诺夫娜对着他喊着;他听到她的喊叫,不再出声了。他露出悲哀而羞怯的眼色叫她来,她回头来站在他的枕边。他似乎安心了一些,但是不很久。他的眼睛又转向他爱怜的孩子小莉达身上了,她站在墙角抖着,好像发了一阵寒热病似的,她以惊讶的小孩气的眼光注视着爸爸。

"唉——唉!"他不愉快地向她叹着,想要说点什么话。

"你要做什么?"卡捷琳娜·伊万诺夫娜喊着。

"光着脚,光着脚!"他哽噎着,以发着火的眼光指着那赤足的孩子。

"不要说了,"卡捷琳娜·伊万诺夫娜动气地喊着,"你知道她是为什么光着脚的吗?"

"谢谢上帝,医生请来了。"拉斯柯尼科夫欢呼着。

医生走进来了,他是一个衣冠整齐的小老头——德国人——猜疑似的向四面打量着。他走到伤者面前,试诊着脉息,细心抚按他的额角。卡捷琳娜·伊万诺夫娜帮着忙,把他染着血的内衣解开,把受伤者的胸部露了出来。胸部受了重伤,右边的几条肋骨被踩断了。在左边胸口,在心上面,有一大块青黄色的伤痕——被马蹄给踢的,医生眉毛皱了皱。警察对他说,他被撞倒于车轮下,在路边连人带车轮一同滚了三十来步远。

"真奇怪,他已经恢复了神志!"医生不露声色地向斯拉科纳夫低声说着。

"你以为他会怎样了?"他问。

"他不久要完结的。"

"真的没希望了吗？"

"希望太渺茫了！他在转着最后的一口气息了……他头部也伤得很重……嗯……如果你同意的，我好替他放血，不过……那也没有什么用的。再过五分钟或十分钟，他一定要去的。"

"那么就替他放血好了。"

"如果你同意……但我要预先声明，那是一点也没用的。"

这时，又听到一阵脚步声。过道上的人群向两边让开，牧师（斑白而矮小的老头子）走到门口，拿着圣餐供物。这是一个警察在这件事故发生后就去寻他来的。医生和他交换了位置，彼此打了一个眼色。拉斯柯尼科夫叫医生稍稍停一停。他肩一耸停下了。

那些人都向后面退去。忏悔礼不久就做完了。垂死的人也许一点儿不明白，只是发出呓语似的微声。卡捷琳娜·伊万诺夫娜拖住小莉达，又从椅子边把小孩子拉了过来，在墙壁火炉旁边跪下，使孩子都跪在她前面，那小女孩还在发抖；但那小孩子用他的短小光滑的膝盖跪下，有规则地伸着手臂，在自己身上画着正确的十字，屈着身以额角碰着地板，这好像给他十分安慰。卡捷琳娜·伊万诺夫娜紧闭着嘴唇，收住眼泪。她也在祈求，并把男孩的内衣扯直；随便用一条手巾，遮住女孩露着的肩膀——这条手巾是她从旁边的衣服里拿的，她并没有起来，也没有打断祈祷。这时，房门又给爱看热闹的房客给推开了。在走廊上，从各层楼房里来的看热闹的人越聚越多了，但他们总不敢越过门坎一步。一支小烛光照亮了这幕剧戏。

这时，波琳卡在门外人群中挤过。她走进来，因走得太快，气喘汗流，把披巾取了下来，来到妈妈面前，说："她来了，我在街道上遇见她的。"母亲也叫波琳卡在她旁边跪着。

一个年轻的姑娘胆怯地、悄然地从众人中挤了过去，在那空虚、褴褛、充了死伤和绝望的屋内,她的发现倒是奇异的。她也穿着最不值钱的衣服,却按照她那特殊行业的规矩和趣味,为了可耻的目的,把自己打扮得花枝招展。索尼娅在门口骤然站住,昏乱地向四周一望,对于一切事物都不知所措了。她忘记了这个四手货:那件露俗的丝质洋装,在这里看起来很不成体统,裙衣后面还拖着一条早已过时的、使人发笑的、极长的尾巴,而且她的硬布大裙把门口全部都占去了;她的淡色的鞋子,随身携带的花伞和滑稽的圆草帽——并插着眩眼的赤色羽毛。这些在夜晚可说全没有效用。在这滑稽地歪戴着的草帽之下,藏着一个清白的、受惊的脸蛋儿,嘴唇张开,眼睛恐惧地注视着一切。索尼娅是一个十八岁的瘦弱姑娘,生着美丽的头发,有着一双惊人的漂亮的蓝眼睛。她留意地看着床上的牧师。她也是跑得气喘吁吁的。不久,人群中的窃窃私语和一些什么话,透进她的耳朵里去。她俯视着一切,向房中走了一步,仍是紧挨着门站着。

仪式完毕了。卡捷琳娜·伊万诺夫娜又走向到丈夫面前去。牧师向后退,转身向卡捷琳娜·伊万诺夫娜告别时说了许多劝慰的话。

"这些小东西叫我怎么办?"她指着小孩们,严肃而愤愤地插嘴说。

"上帝是慈爱的,向最高者求援啊。"牧师说着。

"唉!他是慈爱的,但对于我们却不见得。"

"那是一件罪恶,一件罪恶,太太!"牧师摇头,说着。

"那不是一件罪恶吗?"卡捷琳娜·伊万诺夫娜指着那将死的人喊着。

"也许那些不经意地闯出这件祸难的人们会答应赔偿你,至少赔偿他所得的工资吧。"

"你不了解呀!"卡捷琳娜·伊万诺夫娜恼恨地摆着手说着,"为什么他们该赔偿我呢?他自己喝醉了,跌在车轮马蹄下!什么工资!他除了给我们以苦恼之外,还有什么呢? 这酒徒把一切所有的都喝光了! 他拿我们去喝酒,他所有的生命和我,都被喝酒所断送了! 谢谢上帝,他快要死了! 可以少一个好吃懒做的人了!"

"将死的人,你得要宽恕他,那是一件罪恶,太太,那种感情是一桩很大的罪恶呀!"

卡捷琳娜·伊万诺夫娜为那将死的人忙着:她递给他水喝,擦着他头上的血和汗,把他枕头弄直,只是偶尔在忙碌中稍稍转过身来跟牧师说几句。现在,她突然像发疯似的走向他前面去。

"唉,神甫! 那是对的,宽恕! 今天,要是他没有被撞倒,他就要醉醺醺地回家,他的唯一的内衣又脏又破,他会沉睡得像一块木头似的,我要给他洗的刷的,一直弄到天亮;洗他的和孩子们的那些破衣服,然后再挂到窗外晾干。等天一亮,我又要去缝啦补啦。我就是如此地度过了我的夜间了……还谈什么宽恕不宽恕呢? 实际上,我早已经宽恕着了!"

又是一阵剧烈的不断的咳嗽使她停止了说话! 她用手帕抿住嘴,手帕上满是痰血,拿给牧师看,另外一只手抚着发痛的胸腹。

牧师点点头,一语不发。

马美拉多夫已经是奄奄一息,他并没把目光离开卡捷琳娜·伊万诺夫娜的脸,她恰好也俯看着他。他好像是要向她说些什么,艰难地拨动唇舌,迷迷糊糊在说,卡捷琳娜·伊万诺夫娜懂得他是在要求她宽恕,便决然地制止了他。

"不要说了! 不必了! 我明白你要讲的话!"病人于是闭了嘴,同时他把乱转的眼睛投射向门口,他看见索尼娅了。

这时,他很是留意到她:她在一个屋角的阴暗处站着。

"那是谁呀?那是谁呀?"他突然用一种粗陋的喘息的声音混乱地说着,恐怖地把他的眼光朝着房门,这时他的大女儿已经在那边立着,病人要想坐起来了。

"躺下吧！躺下吧——躺下！"卡捷琳娜·伊万诺夫娜喊着。

他用了勉强的力量把自己的手臂支持着。他惊奇地目不转睛地看着他的女儿,似乎不认识她似的。他以前从未看见过她穿这样的衣服。突然他认得她是谁了,她在困辱之下,穿了讲究的衣服,觉得害羞过不去,温柔地似乎等待向她那即将死去的父亲说声再会。他的脸色露出非常痛苦的神情。

"索尼娅,我的女儿呀！宽恕啊！"他喊着,他想伸手给她的女儿,但身体失了重心,立刻倒向沙发,脸碰着地板。他们赶去抱他抱了起来,把他安放在沙发上,但他不久就要死了,索尼娅跑过去,轻轻喊了一声,抱着他,他僵直地死在她的怀抱中了。

"他已经得到他所需要的了,"卡捷琳娜·伊万诺夫娜看着自己男人的尸体喊着,"哦,现在如何是好呢？我怎样去埋葬呢！明天我给他们吃些什么呢？"

拉斯柯尼科夫走到卡捷琳娜·伊万诺夫娜的面前来。

"卡捷琳娜·伊万诺夫娜,"他说着,"上周你的男人把他的一生和所处环境都对我说了……相信我吧,他是亲热地、尊敬地说着你的。自那晚之后,我明白了他对于你们都是非常地挚爱,他是非常地敬爱你,卡捷琳娜·伊万诺夫娜,我不必顾及他的不幸的弱处,自那夜起我们就结为知己了……现在许我——做一点事……以酬报我的已经死去友人的旧谊。这二十个卢布,我以为——如果能够对你们有点补益,那……我……总之,我得再来,我一定要再来……也许明天就来……再会！"

他匆匆走出了房门,挤过人群,走到楼梯上。但在群众中忽然碰见尼柯吉姆·弗米契,他听到了这件意外,就跑来指示。他们自从在警察局那边相见后,便没有再见面,但是尼柯吉姆·弗米契一见就认得他。

"啊,就是你?"他问着他。

"他已经死了,"拉斯柯尼科夫答着,"医生和牧师都来过了,一切都照着规矩办了。不要太过于刺激那可怜的妇人,其实她也害着肺病的。如果方便的话得设法劝慰她……你是一个好心肠的人,我明白……"他露出一丝微笑,继续说着,只是看着他的颜面。

"但你的衣上染了血了,"尼柯吉姆·弗米契在亮光下看见拉斯柯尼科夫的腰围上溅上鲜血时,这样说着。

"是的……我染上着好些血了!"拉斯柯尼科夫露出一种异样的神情答着,微笑着点点头,下楼去了。

他一边慢慢地走,一边深思着害热病似的,但他并没感觉到,他全把精神专注在那突然在他胸中唤起的生活和力量交互压制着一切的感触。此种感触和一个被判决死刑,忽然又被赦免了的人的感触一样。他走下了一半的楼梯,被那赶着回家去的牧师追上了。拉斯柯尼科夫让他先下去,和他打了一个默然的招呼。他刚走到最末一级楼梯的时候,忽听见后面有急促的脚步声,这是波琳卡。她赶上了,喊道:"等一下!等一下!"

他回转身来。她站在楼梯末级的上一层,在那里停着,比他所站的位置高一层。从广场那边照过来幽暗的亮光。拉斯柯尼科夫看出这小孩子的瘦削而可爱的小脸,带着伶俐的秀雅的笑容看着他。她带着一个很愿意传递的消息。

他把一双手按在她的肩背上,十分欢喜地看着她。他为什么那样的快乐,他也说不出所以然来。

"谁叫你来的?"

"索尼娅阿姊叫我来的!"小女孩答着,微笑着更是可爱。

"妈妈也叫我来的……当索尼娅阿姊叫我时,妈妈也走来了,并吩咐着，'快点去，波琳卡。'"

"你爱索尼娅姐姐吗？"

"我爱她比爱任何人多些！"波琳卡特别关切地答着，她的笑脸变得更严肃了。

他刚想答话，只见这小女孩的脸向他贴近来，她的整个嘴唇都露出和他接吻。忽然她用那干柴似的手臂紧抱着他，她的头靠着他的肩膀，低声哭着，脸偎着他。

"我替爸爸怜悯呢！"她呆了一会儿说道，她仰起满是泪痕的脸，用手把泪痕抹去，"现在没别的，只是晦气罢了，"她忽然带着特别庄重的神态继续说着，那种态度是小孩子们学"大人"说话时，所采取的一种方式。

"他最疼爱莉达，"她不露一丝笑容地继续说着，活像大人的样子，"他疼爱她，因为她小，而且她有病。他常买东西给她的。但他也教我们念书，教我文规，还教《圣经》。"她庄严地继续说着，"妈妈总不好多说话，但我们知道她喜欢如此，爸爸也知道。妈妈常教我念法文，因为我现在已经到了开始受教育的时候了。"

"你们都明白自己的祈祷词吗？"

"当然，我们是明白的！我们早便明白了。我对自己诵过祈祷词，因为我现在是一个大姑娘了，但是柯利亚和莉达却和妈妈一道高声诵。开始他们复诵，幸福啊马丽亚，此后又背一个祷告词：'主父啊，宽恕而且降福给索尼娅姐姐吧。'再背诵一首祷告词，'天主啊，宽恕而且降福于我们的第二个父亲啊。'因为我们的生父已经死了，这是另外一个父亲，但我们也给那第一个求的呢！"

"波琳卡，我叫作罗佳。请你也时时替我祈求吧。'你的忠仆罗佳'，不多说了。"

"我此后将会为你祈求了。"小女孩热诚地说道，她又微笑着走向他身边，又热烈地抱着他。

拉斯柯尼科夫把自己的名字和住处对她说了，并许诺第二天还会来。小孩子恋恋不舍地和他分别了。当他走到街上，已经十点多钟了。五分钟之后，他又立在桥上那女人跳河的那地方。

"好了吧，"他自语着，"所有的幻想、恐惧和魔影，都该告一个段落了！人生是真切的！此刻我不是还活着了吗？我的身体遂没有和那老太婆一同死去！天堂赐给她呀——现在好了，老太太，给我安安稳稳度日吧！现在让理智和光明……志愿和力量来控制吧……现在我们待着看了，我们要试验我们的力量！"他激动地继续说着，似乎要和什么黑暗的力量挑衅似的，"我不是已经愿意在一俄尺大小的地方活下去了吗？"

"这会儿我的身体十分衰弱，不过……我知道自己的病已经好了。当我出来，我的病就已经没有了。唔，波钦科夫的寓所就在这边。即使不十分近，我也要到拉祖米欣那边去一趟的……咱俩的赌注就让他赢了吧！给他些欢喜——这有什么呢！势力，势力是人类所必需之物，没有它你就什么也不能干，而且势力是要用力量去求得的——这是他们所未深知的。"他高傲而自信地继续说着，步履艰难地走下桥去。骄傲和自信在他内心不住地愈变愈强，每分钟他也会换了一个面目的。怎么会叫他产生出这样的变化呢？他自己也不了解。如一个人拿住了一根稻草，忽然感觉他也"能够生存的，他还会永生的，他的生命并没有和那老太婆同归于尽"。也许他的判断下得过早了一些，但他又怎么会想到这一点呢？

"不过，我已经叫她在默祷时，忆起'你的忠仆罗佳'。"这事突然闪过他的脑海，"唔，那是……在危难的时候。"他继续说着，他自己也觉得孩子气的可笑。他的精神好极了。

他很快地就找到了拉祖米欣：这位新住客在波钦科夫住宅内已

经被人们很熟悉了,看门人当即告诉他的路线。走了一半楼梯,他就听见了一大群人声的喧哗以及高谈阔论的声音。门朝着楼梯开着,他听得见叫喊声和说笑声。拉祖米欣的房很大,一共有十五个人在内。拉斯柯尼科夫在门口立着,那边有女房东的两个佣人正在门帘外忙着弄两个铜火炉、瓶子和碗碟,这都是从女房东的厨房拿上去的。拉斯柯尼科夫叫仆人进去通报拉祖米欣。他快活地走了出来。在第一眼看上去,很明显地看出来,他喝多了,虽然他几乎从来没有喝醉,可是这一次却看得出他有点儿醉了。

"你听,"拉斯柯尼科夫一见他便说道,"我不过跑来对你说,咱俩打赌你赢了,确实谁也不知道他自己会发生什么事。我不能进去了,因为我浑身没有力气了,会马上倒下去的。晚安,我们再会吧!明天你来找我吧。

"这样吧,我送你回家去?你自己都说你浑身无力,你必得……"

"你的贵客们呢?刚才探出头来的那卷发的人是谁?"

"他吗?不知道!大概是我叔父的一个朋友,否则就是一个不速之客……我叫叔父招待他们,他是个很体面的人,现在我可不能把你介绍给他认识。但此刻我不顾他们了!他们不会觉察的,我要吸一点新鲜空气,恰好你来了——再过几分钟,我就要发作了!他们都在胡说八道……你简直无法想象一个人信口开河到什么程度!不过,你怎么能想象得出呢?我们自己不也是说三道四么?随他们吧,不过以后可不许谈这些鸟话!等一等我把佐西莫夫找来。"

佐西莫夫一见拉斯柯尼科夫,就像猫捉老鼠般地抓住他:他对他感到十分的高兴,脸色很快就开朗起来了。

"你该回去躺着了,"他尽力察看病人而高声说道,"夜间你要吃点东西才好。你吃过没有?我早给你弄好了……一服药粉。"

"如果你愿意,两服吧!"拉斯柯尼科夫答着,立刻把药粉吃了。

"你陪他回去吧,这是功德,"佐西莫夫向拉祖米欣说道,"我们且看他明天怎么样,今天他神气很好:下午就有了一个极大的转机,我们且观其后吧……"

"你知道我们走出来时,佐西莫夫向我叽咕着些什么?"他俩一到街上的时候,拉祖米欣说着,"老兄,我原不想把这些事情对你说,因为他们是那样的呆笨。佐西莫夫告诉我,在路上可以对你乱谈着一切,好讨得你的一切,以后叫我把这事对他说,因为他脑中怀着鬼胎,以为你是……疯了或者像是疯了。你自己想一想吧!第一,你比他的头脑清晰得多;第二,你如不是疯了,你一点也不用介怀;第三,那条件,他攻的是外科,但却在脑病上发痴了,他所以对你得出这个结论,是因为你今天和扎梅托夫的谈话。"

"扎梅托夫把一切都对你说了吗?"

"说了,他做得还好。现在我明白这是怎么的用意,扎梅托夫也明白了……唔,事实是,罗佳……要紧在……我有点醉了……但那……不打紧……要紧是,这个意义……你懂了吗?方才在他们的脑中打转……你明白吗?那事没人敢说,因为那意义太荒唐了。尤其当捕着那个漆匠后,那个泡泡便刺破了,永远不见了。但为什么他们都这么笨?当时我给了扎梅托夫一回责打——这是我们私下讲的,老兄,你切不要泄露出去,显出你明白那事儿;我看出来他是一个借题发挥的人,那是在卢伊莎·伊万诺夫娜的家里。但在今天,事情都明白了,那个伊利亚·彼特罗维奇是那事情的主动者!他利用你在警察局昏过去这件事,但是现在他自己不好意思起来,我知道……"

拉斯柯尼科夫入神地听着。拉祖米欣醉意很浓,讲得似乎露骨了些。

"我那时昏过去,完全是因为空气的沉闷和油漆气味的侵入。"拉斯柯尼科夫说道。

"那也不必解释！因为这并非是唯一的焦点：患热病已经有一月——佐西莫夫证明的！但现在那孩子是如何地压服了，你不会置信的！'我一丝也不值他的小指头。'他说。他意思是说你的指头，老兄，他有时会有好的情感，但那教训，今天你在水晶宫给他的那个教训，那对无论何事甚有帮忙了！你起始恐吓了他，又使他相信那讨厌的瞎话为真实了，你知道，他吓得颤抖了！那差不多但以后你忽然一嘲弄他说：'这边，你怎么虚造呢？'这是对的！他现在压服了！灭绝了！那是可说巧妙的，青天可表，是他们应该受的！唉，可恨我不在场！他非常的渴望想见你。波尔费利·彼特罗维奇也想和你认识呢……"

"哦……他也……他们为什么要说我疯了呢？"

"唔，没有。我说的太多了，老兄……打动他们的，你想，只有那个话题能使你关心似的；现在那事为什么让你关心已经算清楚了，明了一切情境……以及那怎样刺激你，混入你的病中……我醉了，老兄，只是，他真可恨，他怀着他什么鬼胎……我对你说，他在脑病上发痴了。但是你不必理他……"

在半分钟之内，他俩都没说什么。

"你听着呀，拉祖米欣，"拉斯柯尼科夫说道，"我想清楚地告诉你：我方才在一个死尸旁边，一个书记员死了……我把我的钱都给她们了……而且，我刚才被一个人吻着了，如果我杀了不论谁的话，那还不是一样……实则我已经看见了另外一个人在那边……插着赤色的羽毛……但我是在这边谈着无聊的话；我很衰弱，快搀着我……我们一直到楼梯前面去……"

"什么事？你有什么事？"拉祖米欣心焦地问着。

"我有点昏，但不很要紧，我异常地悲……如同一个女子般。你看，那是什么呀？看哪！"

"怎么一回事？"

"你没有看见吗?在我的房间有一丝光亮,你没看见吗?在缝隙……"

他们已经走到了末一层楼底了,和女房东的门平列着,事实上他们可以从那下面看见拉斯柯尼科夫的楼顶上有一丝亮光。

"真奇怪! 也许是娜斯塔霞。"拉祖米欣说着。

"在这个时候她从没在我房间里过,我想她早已经入睡了,但是……管它呢! 再会! "

"你这是什么意思? 我俩一同来,自然一同上去的! "

"我们自然是一同上去,但我想在这边握手,并向你说再会。把你的手伸出来吧,再会! "

"你究竟怎么着啦,罗佳? "

"没别的……快去……你做个见证。"

他们上了楼。"到底佐西莫夫说的或许对"这念头打动了拉祖米欣,"唉,我的多嘴把他弄昏了! "他自语着。

当他们走到房门口时,听见房里有声音。

"什么事? "拉祖米欣喊着。

拉斯柯尼科夫先去推门。他把门开着,便站在门口不动,他是着了魔了。

这时,他的母亲和妹妹正在沙发上坐着,等他约有一个半钟头了。为什么他从不曾料到、想到她们呢? 她们出发了,在旅途中,不久就要到,这个音讯在那天才只向他复述说着的。她俩花去一个多钟头在问着娜斯塔霞。她在她俩面前站着,直到这时已经把全部事情都对她俩说了。听到他在今天抱着病而且神志不省地"逃走了"时,她俩几乎吓坏了!"上帝,他将变成什么样儿了?"两人都在啜泣,在悲伤中度过了那一个多钟头。

现在,她们看见拉斯柯尼科夫又回来了,不觉发出一阵喜悦、欢呼的喊声,欢迎他进来。她俩向他跑去。他却僵立着,如同一个死人一样——忽然地来了一种不可名状的感触像雷电般击中了他。他并没有伸手去拥抱她们，他不能呀！她俩把他紧紧地搂在怀中，笑着，吻着，呼叫着。他走近一步，身体摇晃了一下，然后倒在地上，昏了过去。

于是，焦虑恐惧的喊、哀哭声起来了……这时，站在门口的拉祖米欣走到房里了，立刻把病人抱在他那有力气的两臂中，并把他安放在沙发上。

"这不要紧，不要紧！"他向罗佳的母亲和妹妹喊着，"不过是一时的昏过去，没关系！刚才医生已经说他好多了，他已经康复了！水呢？你看，他正苏醒过来，他又会好了！"

他用劲地一把握住了杜尼娅的手臂，几乎把骨头也扭断了；他叫她俯下去看"他已经醒过来了"。母女俩非常感激地看着他，把他当做神仙似的。她们已经听到娜斯塔霞说过了，在罗佳害病之中，这位"精明干练的年轻人"（如同普莉赫丽娅·亚历山大罗夫娜·拉斯柯尼科娃在那天晚上和杜尼娅谈话中所称赞他的），在她们的罗佳生病时对他的一切照顾。

第三卷

第一章

拉斯柯尼科夫起来坐在沙发上了。他有气无力地向拉祖米欣打手势,要打断他向她俩说那些亲热的、不相关的、滔滔不绝的劝慰话。他把她俩的手握着,有几分钟没有说话,呆呆地瞪着她们。他的母亲被这个情景所吓了。他的眼神流露出一种强烈的、痛苦的感情,同时还带着一种近乎疯狂的神情。普莉赫丽娅·拉斯柯尼科娃竟恸哭起来了。

阿芙朵佳·罗曼诺夫娜①面色变灰白,她的手在哥哥的手中颤抖。

"回去吧……跟他一块儿走。"他指着拉祖米欣用一种断断续续的声音说道,"明天见,明天的一切事儿……你们到了很久了吗?"

"晚上才到的,罗佳,"普莉赫丽娅·亚历山大罗夫娜答着,"火车缓慢极了。但是,罗佳,我现在绝不忍离开你的身边了!我要在这边,陪着你度过一夜……"

"不要折磨我了!"他面露愠色地说道。

"我留下来陪他吧,"拉祖米欣喊着,"我一分钟也不会离开他。不管我家里的那些客人了,随他们怎么闹去吧!有我的叔父在那边陪着呢。"

"我,我怎样才能酬答你的盛情!"普莉赫丽娅·亚历山大罗夫娜紧握着拉祖米欣的手说着,但拉斯柯尼科夫又去打断她的说话。

"我受不了了!我受不了了!"他恼怒地又说着了,"不要再折磨我

---

① 阿芙朵佳·罗曼诺夫娜:即拉斯柯尼科夫的妹妹杜尼娅。

啦,好了,去吧……我受不了了!"

"哦,妈妈,我们去在外面待会儿吧,"杜尼娅低声说着,"我们显然使他很痛苦了。"

"我们分开了三年,我还不能多看看他吗?"普莉赫丽娅·亚历山大罗夫娜哭着说。

"等一等,"他又叫她们站着,"你们老是打断我的思路,把我的主意也弄昏乱了……你们遇见过卢仁吗?"

"还没有,罗佳,但他已经知道我们到这边了。罗佳,我们听说彼特·彼特罗维奇是如此有情,今天他曾经来看过你。"杜尼娅懦怯似的继续说道。

"是的……他是如此地有情有义……杜尼娅,不久前我曾对卢仁说,我要把他赶下楼去,叫他滚呢……"

"罗佳,你说些什么!你大概,你不会是要告诉我们……"普莉赫丽娅·亚历山大罗夫娜生气地说着,但她又不说下去了,只是看着杜尼娅。

杜尼娅凝视着她的哥哥,好像在等着他再说些什么。娜斯塔霞已经把大致的情况——根据她所能了解和所能表达的跟她们说过了,并说自从那次吵嘴后,两人都在苦痛的迷惑和不安之中。

"杜尼娅,"拉斯柯尼科夫又继续说了,"我不要那种婚姻,明天你们碰见卢仁时,你得拒绝,我们以后不愿再听见他的名字。"

"天呀!"普莉赫丽娅·亚历山大罗夫娜哭喊着。

"哥哥,你说的是些什么话!"杜尼娅愤愤地开口了,但又立刻压制着,"也许你已经疲倦了,你现在不宜再说话了!"她温柔地改说着。

"你看我神志不清吗?不是的……你为我而嫁给卢仁,但我不要你的这种牺牲。最好在明天以前写一封信去拒绝他……在早晨给我看一遍,一切就算完了!"

"那我可办不到！"受了委屈的姑娘恼怒地喊道，"你有什么权利……"

"杜尼娅，你也着急得不得了，安静点儿吧，明天……你没听见吗……"母亲慌忙插嘴说，"我们让他好好休息吧！"

"他神经失常了！"拉祖米欣酩酊似的喊着，"不是的话，那他怎敢如此呢！明天一切又都过了……今天他确已经把卢仁赶逐了。就是如此。而且卢仁也怄气了……他在这边大发牢骚，想表示着他的学识，但他沮丧地走了……"

"那是真有这事的了？"普莉赫丽娅·亚历山大罗夫娜哭喊着。

"明天见，哥哥，"杜尼娅爱怜地说着，"妈妈，我们去吧……再见，罗佳。"

"你明白吗，我的妹妹，"他在她们后面，又反复申说着，"我并非神志不清，这种婚姻根本——不干净。让我做一个流痞吧，但你千万不要那样……一个已经多了……我虽是一个流痞，但我希望有那样一个妹妹。有我就没有卢仁，有卢仁就没有我，你自己选择吧！现在你去好了……"

"但你已经没有灵魂了！一个暴君！"拉祖米欣大吼着，但拉斯柯尼科夫却不再出声。他躺在沙发上边面朝着墙，早已经有神没气的了。杜尼娅凝视着拉祖米欣，她的乌溜溜的眼睛在发光。她的这种眼色甚至使拉祖米欣打了个寒战。

普莉赫丽娅·亚历山大罗夫娜也站在那儿发呆了。

"我万不能走的，"她失望似的向着拉祖米欣低声说着，"我要在这边暂住着……请你送杜尼娅回去吧。"

"那你将把一切事情都弄僵了，"拉祖米欣急躁地用同样的低声回答她，"不论怎样，你且出来，到楼梯上去吧。娜斯塔霞，你照一照灯！我可以担保地说，"他在楼梯上轻声地说道，"今天下午他几乎动手要打我和医生呢！你知道吗？要打医生呢！幸亏医生肯退让，走开了，没有激怒他。我还在楼下守候着，但他已经穿好衣服溜出去了。如果今晚你再使他发怒，那他又要出走的，也许还要做些自害的举动呢……"

"唉，你在说的什么？"

"而且，也不能让杜尼娅单独住在那个公寓里。试想一下，你们是住在什么地方，那个卢仁那个坏蛋难道不能替你们找个好的住处吗？……不过，你知道的，我有点儿醉了，那酒性使我……出口伤人，请不要见怪……"

"那我要到这边的女房东那儿去，"普莉赫丽娅·亚历山大罗夫娜坚决地说，"我请她替我俩找一个角落，让我们过一夜。我不忍心就这样离开他，我不能！"

这些谈话是在女房东的门前楼梯头上进行的。娜斯塔霞在底下一层楼梯上照着灯，拉祖米欣似乎十分的兴奋。在半个钟头前他送拉斯柯尼科夫回家的时候，他讲得实在太不顾一切了，但他也明白的，自己虽然喝了很多酒，但头脑却是清晰的。现在他是在一种昏沉沉的境界之中，他所喝下的一切都好像在他头顶盘旋，十分的有力。他和两个女人站在一起，握着她俩的手，劝慰她们，用动人而清楚的语句向她们解释，他每说一个字眼儿，好像为了要加重他的语气，他要把她们的手握得更紧，如同一个铁钳子一样。他毫不顾什么礼节地看着杜尼娅。她们有时把自己的手从那骨骼粗大的手中抽出来，但他一点儿没觉得，只是把她们拉得更近。如果她俩这时叫他从楼梯上跳下去，他一定会不假思索，立刻听从她们的命令。普莉赫丽娅·亚历山大罗夫娜虽觉得这个年轻人有点儿异样，握着她的手太紧，但他为着她的罗佳而焦虑，她在这时看他又好像是上天特意来帮助她似的，也就不顾他的这些怪异了。杜尼娅虽也一样的焦急，而且也没有畏缩，但她看到他的眼中闪耀着光辉而不能不觉得奇怪，不能不惊恐。只是由于娜斯塔霞谈到关于她哥哥这个怪异朋友的各种故事，使她对他产生了无限的信任，才让她不想从他身边走开，也不叫她的母亲走开。她也很明白，现在即使想跑开也是不可能的。但，过了十分钟，她便大大地放心了：那是拉祖米欣的特性，无论他的心意怎样，他立刻会露出他的真实的品性来。因此，大家也就可以立即看出他们所要处的是怎样的一个人了。

　　"你不能到女房东那边去呀，这是不可能的！"他喊着，"你如果住在这边，即使你是他的母亲，他也一定要发脾气的，谁也难以预料会发生什么事！你听我说，这样吧，娜斯塔霞留在这儿，看着他，我送你俩回去，你俩不能单独在街上走的，彼得堡是一个不安全的地方……但也不十分要紧！我再自己跑回这边，一刻钟之后，我一定会把他的状况，包括他是否已经睡了，以及其他的消息都传给你们。还有，你听我说，然后我再回家一趟——那边有很多朋友，全喝醉了——我找佐西莫夫一起来——他是给罗佳看病的医生，他也在那边，但他没有喝醉，他从来不会喝醉！我把他拉来见罗佳，然后再邀他到你们那边去，这样你们在一个钟头内就可以有两个消息—— 一个从医生口中得到的消息，你们懂得吗？从医生本人那里得到的，这和从我这里得到的消息就不是一回事！如果势头不对的话，我发誓我会把你们带到这边来的，但如果没什么，那你们就安睡好了。我在这边过夜，在走廊上，他不知道的，我叫佐西莫夫睡在女房东那边，就在下面。想想看，谁对他更有益：是你们呢？还是医生呢？所以，先回去吧！但女房东那儿是不能住的，我是没关系的，但你们不能：她不愿意招待你们，因为她是……她是一个呆子……她要为我而妒忌杜尼娅的，也会妒忌你呢，若是你愿意知道……妒忌杜尼娅是无疑的。她是一个绝对的、十分不可捉摸的人。况且我也是一个呆子……这倒没有什么,你们快来!你们相信我的话吗?唔,你们相不相信我呢?"

"我们就走吧,妈妈,"杜尼娅说着,"我们按他所说的去做吧。他已经援救了罗佳,而且如果医生真的愿意在这边住,那有什么比这更好的呢?"

"你懂,你……你……明白我了,你真是一个安琪儿!"拉祖米欣狂喜地喊着,"我们去吧!娜斯塔霞,快走上楼来,灯点亮些,坐着侍候他,我过一会儿就来的。"

普莉赫丽娅·亚历山大罗夫娜虽然并不十分相信,但她也不好再为难人了。拉祖米欣一只手扶着一个地把她俩扶下楼去。但她总还有点儿不放心,他的话虽然说很诚恳而且温和,但他真的能够按照他所答应的去做吗?看他眼前这模样……

"啊,我明白了,您在想我眼前的这模样!"拉祖米欣猜透她的内心,把她的思路给打断了,他快步地在街道上疾走着,以致她俩不能赶上他,不过这点他并没有留意到。"不值得说的!那是……我醉得如同一个傻子一样,但全然不是;我并非喝酒弄醉的。看见你们后,才把我弄得神魂颠倒的……但不必理我!切不要如此想……我是胡说八道,我配不上你们的……我完全配不上你们的!我把你俩送回家后,我要在这边的井中浇两桶冷水在头上,我就醒过来了……只要你俩明白我是怎样地爱你们就得啦!不要笑,不要恼!你们可以跟任何人怄气,但是不必和我呀!我是他的朋友,那么我也就是你们的朋友。我要……我有一个预感……去年某个时候……但那其实不是一个预感,因为你们好像是从天上下来的。我今晚可能整夜都睡不着……不久前,佐西莫夫曾担心他要发疯了……所以不能惹他生气。"

"你说什么?"做母亲的喊着。

"医生真的说过那话吗?"杜尼娅惊讶地问。

"是的,但实际上并不是这样,完全不是这样。他还给罗佳吃些药，一服药粉，我亲眼见的，于是你们就来了……唉！如果你们明天才到，也许事情就好多了。我们离开他是一桩好事。一小时之内，佐西莫夫会把一切经过对你们说的。他没有喝醉！我也要醒了……是什么使我如此昏沉沉的呢？因为他们太激动，我和他们争辩了，真讨厌！我发誓不再争辩了！他们说得那样的荒唐！我几乎要跟他们动手！我叫我的叔父在那边陪着他们。你们信吗，他们硬要让一个人完全不露个性，而且那正合他们的胃口！不露个性，极力做出违背自己的行动。他们以为这才是最大的进步。如果这些胡说八道是他们自己的创见，那也就罢了，但实际上……"

"听我说……"杜尼娅懦怯地打断他的话，但这只是火上添柴罢了。

"你以为怎样？"拉祖米欣大声喊着，"你想我是因为他们胡说才生气的吗？不是的！那是人在一切生物面前的一种权利。你尝试错误，才能得到真理！因为我是人，所以会有错误！你不犯过十四次错误，甚至一百一十四次错误你绝不会得到真理，那是一件可尊贵的事情；但可怜得很，我们还不会尝试错误呢！谬论，谬论是你自己的事，我为那个要和你交欢的。走在自己选择的路上，即使是错的，也比走在别人为你选择的正确的路上要好些。第一个情形，你是一个人；第二个情形，你并不会比一只鸟儿好些。真理不躲避你，但生活却能受束缚的。这有许多事实证明的。而且我们现在在做着些什么呢？在科学、进化、思想、发明、理想观念、意志、自由主义、判断、经验和一切事情上，我们都仍是在学校的最低一级呢，我们喜欢靠别人的智慧过日子，这真是积习难改呀！对吗？我说得对吗？"拉祖米欣嚷着，并紧捏着两个女人的手臂。

"哦，可惜，我不是很懂。"可怜的普莉赫丽娅·亚历山大罗夫娜答着。

"是的，是的……虽然我并不都赞同。"杜尼娅热切地说着，她立即发出一阵阵尖叫，因为她的手被他捏得生疼。

"是的，你说是的……好，既然这样……你……"他欣喜若狂地喊着，"你是和善、纯洁、理性和……和晶莹剔透的泉源。你的手递给我……我想马上就要跪下来吻你们二位的手……"

于是，他当即在街道上跪了下去，好在那时街上寂静无人。

"别这样，我求你，你要做什么?"普莉赫丽娅·亚历山大罗夫娜慌乱地喊着。

"站起来，站起来!"杜尼娅笑着说道，但她也有点恼了。

"我一定吻着你们的手才起来!是的!是的!我起来，我们再继续往前走!我是一个不幸的呆子，我不配和你，我喝醉了……而且我觉得羞……我配不上爱你，但向你表示敬爱，却并不是怎样荒唐的举止!我在此表示敬爱了……这边就是你的住处，就只为着这事，罗佳把你的未婚夫赶跑了，是应该的……他怎么会!他怎么会把你安放在这样的住所呢?这是藐视你们，你知道他这边收容的是什么人呀?你——是他的未婚妻吗?不是的吧?唔，那，我对你说，你的未婚夫是一个地痞。"

"恕我，拉祖米欣先生，你忘记了……"普莉赫丽娅·亚历山大罗夫娜刚想说下去。

"对的，对的，你是对的，我忘记我了，我为此害羞，"拉祖米欣立即表示歉意，"但是……但你不能因我说真话便恼我!因我说得诚实，也不是为……哦，哦!那未免可耻呢;实非因我……哦!唔，无论怎样我不说因为什么，我不敢……但我们今天看见他来时，觉得他不像我们这类的人。并非因他的头发在整容室鬈曲了，也并非因为他那么急于夸示他的见识，实在是因为他是一个探子、一个投机者，因他是一个吝啬的人、一个滑稽家。这是很显然的。你觉得他聪慧吗?

不，他是一个呆子，一个呆子。他是你的丈夫吗？上帝！你们明白吗，太太们？"他已经走上公寓的楼梯，忽然不进去了，"我的朋友虽都在那边喝醉，可是他们是实在的，我们虽谈了些不正当的话，我也是的，可是我们最后会讲及真理，因为我们是在正轨上，卢仁……"

"呀！我刚才也曾叫他们各种各样的名字，但我对他们是尊敬的……我虽不大尊敬扎梅托夫，但我觉得他很可爱，因他是一条小狗儿，我也爱那头小牛佐西莫夫，因他是一个诚实的人，而且明白他所做的职业。好了，一切都说了，而且也全宽恕了。恕了吗？唔，那么，我们再向前走一程。我知道这条走廊，我到过这边，在这边三号房间曾有过一件耻辱事儿……你们住在这边的什么地方？第几号房间？第八号吗？唔，夜间你们要把门锁好，谁也不许进来。一刻钟之内我会把报告送过来，半个钟头后，我会把佐西莫夫拖来，你们等着吧！再会，我得赶快去了。"

"上帝，杜尼娅，我们会碰到什么事呀？"普莉赫丽娅·亚历山大罗夫娜对着女儿焦虑地、慌张地说着。

"不要自找烦恼呀，妈妈，"杜尼娅说着，把帽子和围巾卸下了，"上帝遣这位绅士来帮我们的忙，他虽是从一个宴会来的，我们全靠着他，我敢向你保证。而且他对于罗佳的一切帮忙……"

"唉，杜尼娅，你知道他会来吗？我怎么会放心离开罗佳呢？……我想我们这次会见的意义有多重大呀！他却愠怒着不愿和我们相见似的……"

她的眼泪不觉夺眶而出了。

"不，肯定不是那样，妈妈。你没觉察着，你总是眼泪鼻涕。他被沉重的病弄得非常困扰了——就是为此呀。"

"唉，那种病怎么会害的，怎么会害的？而且他对你那样说，杜尼娅！"母亲说着，忧虑地看着她，努力猜测她的想法，而且因为杜尼娅替她的哥哥辩说，她已经稍稍感到安慰了，那辩说便是表示她已经原谅他了。"我想明天他对那事的态度会发生改变的。"她继续说着，想去探杜尼娅的想法。

"但我相信，关于此事，他明天仍要如此说的……"杜尼娅决然地答着。她当然不能多说什么，因为这是她所怕提及的。杜尼娅上前去吻着母亲。母亲亲热地围着抱她，没作声。然后，她坐下来，急躁地等待拉祖米欣的来到，怯怯地注视着在房中徘徊地走着、手交叉着、陷入沉思的女儿。这种思索，是杜尼娅的一种习惯。这时候，她的母亲通常是很害怕去扰乱她的心情的。

当然，拉祖米欣在喝醉酒后，突然对杜尼娅燃起了强烈的爱慕之情，这是很可笑的。不过除去这点变态，那么大家总不致说他是荒谬的，如果他们见了杜尼娅的话，尤其当她交叉着两臂往返徘徊、沉思、烦恼的时候是很漂亮的：她个子很高，身材非常匀称，身体健康，而且很自信——那种自信在她的一举一动中都显露出来，但却无损于她举止的娴雅温和；在脸颊上，她和她的哥哥一样，但她可以称为确实的漂亮；她棕色的头发比她哥哥的颜色淡些；在她的黝黑的眼睛中放出一种傲然的光辉，但也不是没有仁爱的情态；她的脸色苍白，是康健的苍白；她的脸发出光彩，充满着新鲜和活力；她的嘴唇小巧之至——红色的下唇，如同下巴一般稍向外翘出，这是她漂亮的面孔上的一点儿欠缺，但这足以使她的脸具有一种超然而近乎自傲的表情。她的脸庄严和思维的成分总比快乐多些，但是活泼的、愉快的、不自制的哄笑也很恰合于她的脸！一个热情的、坦荡的、率真的、忠实的伟男，像拉祖米欣，他就从未见过像她这样的人，而且是在醉酒之后，所以那是很当然的。恰好他是在杜尼娅因手足之爱和遇见哥哥的喜悦使她变得非常漂亮的时候，第一次就看见了她。后来，他看到她因为受了哥哥无礼的、残忍的、无情的话，下巴常愤怒得发抖时,他就再也把持不住了。

不过,拉祖米欣在楼梯上脱口而出的那些醉话,倒是事实。他说,普拉斯科维娅·巴甫洛夫娜(拉斯柯尼科夫那怪异的女房东)会因为他而忌妒普莉赫丽娅·亚历山大罗夫娜,甚至会忌妒杜尼娅,这倒是实话。虽然普莉赫丽娅·亚历山大罗夫娜已经有四十三岁了,但她却风韵犹存,看上去比她的实际年龄要年轻多了——那些能够到老也保持着心情开朗、精神愉悦、心地善良、纯洁而热情的女人,差不多都是这样的。换句话说,保持着这一切,是使自己到老年时仍然不丧失美貌的唯一的法门。她的头发已经在变白而且稀少了,在她眼睛旁边早有了微细的皱纹,她的面颊因忧思与悲哀而往里缩凹了,但总还不失为美丽的面孔。她倒是一个杜尼娅的化身,年纪大二十岁,但没有翘出的下巴,普莉赫丽娅·亚历山大罗夫娜容易受感动,但并不感伤;她怕事,多退让,但也不十分过甚,她会让步,许多甚至和她的意见违忤的事情,她也能够迁就。但是,无论在什么情况下,都不能迫使她逾越诚实、道义和信仰所约束的界限。

拉祖米欣走后过了整整二十分钟,就听到几下轻微而急促的敲门声:他真的来了。

"我没时间,就不进去了,"门一启开,他便开口说着,"他睡得如同一头猪一样,酣沉的、静寂的,上帝可以叫他睡十几小时的。娜斯塔霞在他的房间内,我叫她等我回来的时候才能离开。现在我去把佐西莫夫叫来,他将给你们好消息的,你们就好好安心入睡吧,我想你们是过于疲倦了……"

他说罢就沿着走道跑下去。

"真是一个非常懂事,而且……热诚的年轻人呀!"普莉赫丽娅·亚历山大罗夫娜欢喜地赞美着。

"他好像是一个直爽的人!"杜尼娅真诚地回答,仍在房内徘徊着。

过了一个多钟头，她们又听到走道上的脚步声，接着又有人敲门了。两个女人一直在等候，这一次她们完全相信拉祖米欣的承诺——他真的把佐西莫夫叫来了。佐西莫夫当时就马上离开宴会，到拉斯柯尼科夫那边去了，但他却带着勉强的、十分疑惑的态度来看这两位女子，他不肯相信已经喝醉了的拉祖米欣。不过，他的自尊心马上得到了抚慰，甚至感到受宠若惊。他明白了，人家真的像等候神仙一样，在等着他的到来。他只坐了十分钟，便说服了普莉赫丽娅·亚历山大罗夫娜，使她完全放心了。他说话时，露出非常的同情，但也带点儿年轻医生的在重要话语斟酌上的谨慎和镇静的庄重。他没有旁及其他事情上的谈话，也没有任何想和这两位女子有更进一步交往的意思。他在一进门时，只是瞥了一眼杜尼娅眩耀眼目的美貌，后来便极力不去关心这些只是和普莉赫丽娅·亚历山大罗夫娜谈话。这使他的内心感到非常的欢喜。他说，他想病人这时的状况变得很令人满意。依据他的观察，病人的病症一部分是由前几个月他的恶劣物质的压迫所致，但另一部分是含有道德的因素，"如果可以如此说的话，那么这病就是几种物质和道德的相互关系造成的，也就是焦虑、恐怖、穷困以及其他意念……的混合物了！"佐西莫夫看出杜尼娅似乎很关切地倾听，希望他继续往下讲，他就在这上面把它扩大着去讲了。对于普莉赫丽娅·亚历山大罗夫娜的"像是疯癫"的焦虑，就露出一副泰然自在的、坦然的笑脸，故意夸张地说，病人确是含有某种不变的观念，有点近似于偏狂——他（佐西莫夫）现在正在专门研究这种奇怪的医理——但务须要认清，直到今天病人多是神志不清，而且……而且，当然了，亲人们的到来，会有助于他的康复，解除他的忧愁，有药到病除的作用。说到这里，他又意味深长地加上一句，"只要能够避免一切外来的惊扰。"说罢，他便站起来，庄重而亲切地鞠了一躬，便要告辞。这时，母女俩连声对他说了一些祝福的话，向他表示自己的感激之情，而且杜尼娅还很大方地伸着手和他握别。他走出门去时，对于这次的访问觉得很满意！

"我们明天再说，赶紧睡吧！"拉祖米欣最后说着，便和佐西莫夫一同出来，"明天早上我将尽早地告诉你们。"

"这个杜尼娅，是一个使人心痒的小女子。"佐西莫夫说着，舔了舔嘴唇，这时他俩已经走到街上了。

"使人心痒吗？你说痒人吗？"拉祖米欣狂喊着，去拖佐西莫夫，并抓住他的喉管，"如果你要……你懂得吗？你懂得吗？"他喊着，抓着他的衣领摇晃着他，把他推到墙边，"你听到没有？"

"走开些吧，你这个酒坛！"佐西莫夫甩脱了身子说着，当他让拉祖米欣离开的时候，拉祖米欣死瞪着他，忽然又大笑着。拉祖米欣在不愉快的沉思中看着他。

"对的，我是一个呆子，"他说着，面色幽沉得如狂风暴雨中的黑云，"不过老兄……你也是如此的。"

"不，老兄，我毫不是那么的呆子。我没有梦想什么呆事的。"

他们静悄悄地一路走去，当他们靠近拉斯柯尼科夫住所的时候，拉祖米欣急躁地打破了这沉寂。

"你听，"他说着，"你是一个体面的人，但在你的其他缺点底下，你是一个浪子，我明白你还是一个醒醒的东西。你是一个软神经质的应声虫，又充塞着许多妄想；你吃得胖胖，而且懒怠了，丝毫不能自制——我喊它醒醒，因为它会引人走到醒醒的路上去的。你自己会弄得如此懒惰，我不明白是怎么样；你是一个善良的，而且也是一个热心肠的医生。你——一个医生——睡在绒毡床上，却在夜里起来去诊视病者！再过三四年，你就会不替病人起来了……但也不用去说这些，不是重点……你要在这边女房东的楼房住一晚（我劝她答应是容易），我自己在厨房中睡。这样你们就可以有机会更亲密地互相认识了！但这事却不和你所想一样！一点儿也不是那样的,老兄……"

"但我并没有如此想呢！"

"老兄,你在这边有纯洁、沉静、羞怯以及一种蒙昧的贞操……再加上长吁短叹,像蜡烛一样熔化,不断地熔化！靠着所有的鬼魅的力量,请你把我从她的手中解救出来吧！她实在是太讨人喜欢了……我会报答你的,什么事我都可以干……"

佐西莫夫狂笑着。

"唔,你被她给迷住啦！但你干吗把她让给我呢?"

"请放心,不用很操心的,我对你保证。你只管瞎扯,想说什么都行,只要你在她旁边坐着、讲着都可以,并且你是一个医生,你设法给她医治什么。我发誓你不会懊悔的。她有一台风琴,你知道,我会乱奏一些。我有一首歌曲在那边,是一首纯粹的俄罗斯歌曲:'我淌着悲哀的眼泪'。她喜欢那个纯粹的歌曲——唔,你就从那首歌开始,你是一个地道的音乐家,一个专门的大家,我对你保证,你不会懊悔的哪！"

"但是你给她许过什么承诺没有?画押没有?是否有订婚之约?"

"不,不,绝没有那种事！她也不是那类人……切巴罗夫曾经对她……"

"那就把她甩了吧！"

"不能就这样甩掉呀！"

"你怎么不能呢?"

"唔,我不能。因这里边有一种诱人的原因,老兄。"

"那你为什么要勾引她呢?"

"我没有勾引她,也许是因为我太傻了,所以被她勾引了。她也不管是谁,只要有人常常在她身边坐着、谈着、唱着就够了……我不能说明其中原因,老兄……你的数学很不错,现在正在研究它……

你去教她积分好了;很好的,我不是和你说笑,我和你讲的是真心话,正和她一样。她会围绕着你,和你谈上一年半载。顺便说一下,有一次,我和她谈了很久,一连两天都在谈论普鲁士的贵族院(因为人必须讲些话)——她长吁着而且冒汗!但你切不可去谈爱说情——她会害臊得受不了——只要装装样子,让她看出你不忍离她而去——那就好了。那真是舒服:你何等的快乐,可以看书、写字、坐着、卧着……你还可以趁机偷吻她一下,如果你谨慎的话。"

"但我为什么要她呢!"

"哈,看来我是跟你说不清的!你看,这于你们都合适!我时常在她面前提到你……反正你早晚也要走这一步,那么早一点儿和晚一点儿又有什么差别呢?在这边有毯绒床睡呢,老兄——哈哈!还不止这些呢!在这边还有一种吸引力——在这边有蓝的天、停泊处、波澜不惊的港湾、地球的中心,以及作为世界根本的三条鱼①、煎饼、香味的鱼肉饺、铜火炉、温和的叹息与暖和的肩巾等,还有热炕床睡呢——愉快极了!唔,就好像你已经死去,可是你现在还活着——真是一举两得呀!唔,罢了!老兄,我胡说着什么呢?可以睡觉了!听我说,我有时会在半夜里醒来,好进去看看拉斯柯尼科夫。但不要紧,一切都很好。你切不要自寻烦恼,如果你愿意,也不妨进去看他一次。不过万一发现什么不对,比如神志不清,或是发烧——你就把我唤醒吧。不过,这是不可能的,一定是我多虑了……"

---

① 三条鱼:基督教认为世界是由三条鲸鱼支撑着的。

第二章

　　第二天早上八点钟,拉祖米欣就醒了,显得异常的烦恼。因为这天早上他发现自己遇上许多不曾料想到的麻烦。他从没有想到他醒后会那样的。他想起昨天的一切细节,他知道他曾遇到一个十分出奇的遭逢,他的大脑中有一个映象,不像以前所知的一切东西。同时他很明白地觉得,那在他幻想中燃起的梦,是很难实现的——因此他觉得十分害羞,他于是立即转到那个"可诅咒的昨天"所给他的更现实的焦急和困难。

　　昨天的最可怕的回忆,就是他所表现出来的"卑鄙下流"的那些行为——并非是因为他喝醉,实是因为他想借着那少女的地位,在他的可笑的忌妒中,去侮辱她的未婚夫。自己并不明白他们的关系和一切,对于那个人,他自己知道得又很少,他有什么权利可以那样出言不逊地贬低他呢?谁去问过他的意见呢!像杜尼娅这样一个人,竟会为了金钱而嫁给一个根本配不上她的人,这是可能的吗?那他一定有特别擅长之处。至于住处,他又怎么会知道那住所的性质呢?他给租了一层楼房。呸,这是怎样的卑陋啊,他醉了!这是什么的证明?如此可笑的谩辱人家!酒醉露真情,真话也出口了,就是说,从他的忌妒、粗暴的心里把全部肮脏的东西都吐露出来了!那样的一个梦,会没有任何代价给他拉祖米欣吗?他在那样的姑娘旁边算什么呢?——他,一个胡闹的醉鬼和昨夜乱吹的家伙?"难道可以做这样无耻的、可笑的对比吗?"拉祖米欣一想起这些,便面红耳赤地很不自在。他又忽然想起昨晚在楼梯上如何说女房东会忌妒杜尼娅的话……那真受不了,他把拳头打在厨房炉子上,这重重的一敲,打破了一块瓦,也弄伤了自己的手。

"当然,"一分钟后,他陷入了一种自责的喋喋自语之中,"当然,这些丑事现在是永远不能遮盖和弥补了……所以想也没有用,我必须不声不响地到她们面前去,而且……尽我所能……还是静默好……而且不必求宽恕,什么都不说的好……因为现在都已经弄坏了!"

可是,当他穿起衣服时,他察看自己的服装比平时要仔细。他再没有别的衣服了——如有,当然要穿上了。"如果有,我也决不穿的。"但不管怎么说,像他这样卑污的人,万不能照旧大发牢骚的,因他没权利可以损伤人家的,尤其她们正需要他帮忙的时候。他把衣服刷了又刷。他的衬衣总是不错,上边异常的洁净。

这天早晨他细心地洗脸——他从娜斯塔霞那边弄来肥皂——把头发、项颈,尤其是手臂都洗干净。临到要不要剃一剃那下巴上生着的短硬胡子的问题来时(普拉斯科维娅·巴甫洛夫娜有很好的剃刀,是她死了的男人遗留的),这问题还是被坚决地否定了。"随它去吧,如果她们以为我故意剃光了脸……如何呢?她们一定要这样猜!我无论如何不能剃!"

"而且……最坏的是他这么粗陋、污秽竟如小酒店的伙计一样;而且……即使人家承认他有点正派人的素质……那又有什么可骄傲的呢?人都应当做一个正派的人……然而,仍旧是一样,他也干过些小事情……并不是真的不成,然而……他有时会怀着什么鬼胎,哼……把那一切都给杜尼娅那边了,讨厌!唔,他如此的粗鄙、油污,像小酒店的小伙计一样,他管不了许多!而且还要做得过分一些!"

他正在自言自语的时候,在普拉斯科维娅·巴甫洛夫娜的客厅里过了一夜的佐西莫夫进来了。

他就要回去，得先去看一看病人。拉祖米欣说拉斯柯尼科夫睡得像一头猪似的。佐西莫夫叫他们不必把他喊醒，并说他在大约十一点钟的时候再来诊脉。

"如果他仍还在家，"他继续说着，"讨厌，一个人要是管不住自己的病人，他还会医治他们吗！你知不知道，是他到她们那边去，还是她们到这边来呢？"

"我想她们到这边来的，"拉祖米欣懂得他问话的用意，便说着，"一定的，他们将要谈及他们家庭的事情。我得离开。你是一位医生，更有权利在这边，是不用说的。"

"但我并不是一个赦罪的神父呀，我就要走；我除了看他们之外有好多事要做的呢。"

"有一桩事情现在叫我很恼，"拉祖米欣皱着眉说，"在陪她俩回去的路上，我曾向她说了许多酒醉后的胡话……一切事情……有一桩就是你怕他要……疯了的。"

"这样的话你也会告诉她俩吗？"

"我真冒昧！你要责打我，你便打我好了！你看得那事如此大吗？"

"简直是胡说，我怎会看得如此重大！你，你自己，把我领到这边来的时候，怎样形容他是一个发狂者……而且昨天我们更是愤怒之极，就是你讲的关于漆匠的事导火的；当他也许正为这事而发疯时，那是一些呆笨的讲话！如果我知道有警察局的那回事，知道有个地痞……去欺侮他！哼……我就不会允许谈那些了。这些发狂者老是小题大做……把他们的猜想看做是真实的……我记得，我心中所认为神秘的事，有一半能够弄明白，却是扎梅托夫所讲的故事。是这样的，以前有一个患疑心病者——一个约四十岁的人——把一个八岁的男孩子给杀了，因为他不能容忍他每天在桌凳上边胡作妄为！现在这桩事上边，就因为他的破衣、失态的警长、热病和这种猜疑所造成！这一切都足以在一个被疑心病、被病状闹得几乎疯狂的人身上发生着很凶的作用，成为患病的开始。唔，不要去管那些事吧……喂，那位扎梅托夫倒是一个灵巧的人，但是……昨夜他不该把那些话都讲了出来。他是一个可怕的好饶舌者！"

"他把那些话对谁说了呢？是不是你和我？"

"波尔费利·彼特罗维奇。"

"那有什么要紧？"

"喂，你和她们——他的母亲和妹妹——是否很要好？你对她们说今天更要当心他……"

"她们自己会应付好的！"拉祖米欣快速地答着。

"拉斯柯尼科夫为什么那么讨厌卢仁？他是一个富翁，而且她也喜欢他……而且我想她们身边已经空空如也了吧？嗨？"

"这和你有什么关系？"拉祖米欣恼急地喊着，"她们有没有钱我怎能知道？你自己去问她们，也许你可以得知……"

"唉，你有时真是一个笨蛋！昨夜的酒气还没有过呢……再见！给我谢谢你的普拉斯科维娅·巴甫洛夫娜，昨夜我在她那边耽搁；她自己固守在房中，我从门外说声'日安'，她也没作声；她七点钟就起身了，铜火炉从厨房拿进去给她的，我没有亲眼见到她……"

在九点钟时，拉祖米欣到巴卡列夫住宅的寓所去。两个女子都在焦急地等待着他。她们老早就起来了。他进去时，面孔黑得很，鞠躬礼做得拙劣之至。他觉得有点儿自惭，他有点儿自误会着了：普莉赫丽娅·亚历山大罗夫娜热切地走到他面前来，握着他的双手，像是要接吻。他羞怯地看着杜尼娅，但她傲然的面孔，这时露出了感激和友谊，以及那出乎意外的尊敬的表情（而不是他所预料的讽刺的神情和鄙视），这使他比遭到侮辱还更难受。幸而他找到了一个谈话的题目。

普莉赫丽娅·亚历山大罗夫娜听见罗佳病情已经好转,还没有睡醒,她很欢喜,因为"她有一点事,应得预先谈一谈。"于是便问他吃过早饭没有,请他在这边用餐——她们是在等他一起吃的。杜尼娅按着门铃:一个衣衫不整的佣人跑来,她们叫他去弄点茶来。东西是弄到了,但那么肮脏而且昏乱的样子,叫她俩也觉得过意不去了。拉祖米欣于是又大大贬低这住所,但一想起卢仁,他又不敢多说了,普莉赫丽娅·亚历山大罗夫娜不住地问着这问着那,这使他高兴极了。

　　他说了好久的话,来回答那些问题,但他的话往往被她们的问话弄断,竟至把拉斯柯尼科夫去年一切日常生活中的最重要的事情,也都给讲述出来,并还叙述有关于他病中的一切详情。但有些可以不说的他都删去了,在警察局的那件事以及所得的结果,也在省去之列。她们开心地谛听着他所讲的故事,当他把一切要说完了,而且已经认为使听众感到满足的时候,他却发现她们还以为他没有开始呢。

　　"对我说吧,对我说吧!你想怎样?……请恕我,我没有请教你的名字!"普莉赫丽娅·亚历山大罗夫娜匆忙地插口道。

　　"德米特里·普罗柯费奇①。"

　　"我非常想知道,德米特里·普罗柯费奇……现在他怎么样……一般而言,就是他喜欢的和不喜欢的是些什么?他常是如此好发性子吗?如果你可以告诉我,请就把他的希冀和他的梦想(若是可以这样说的话)告诉我,他现在受了些什么刺激?无论如何,我想……"

　　"唉,妈妈,他怎能立刻答复这些话呢?"杜尼娅说着。

　　"上帝,我完全没有料到,我见到他时,他会这样,德米特里,普罗柯费奇!"

---

　　① 德米特里·普罗柯费奇:拉祖米欣的名字和父名。

"这当然啦，"拉祖米欣答着，"我没有母亲了，但是我的叔父每年来这边，他每次在外貌上几乎认不得我了，虽然他是一个有识见的人；你们分别三年，变化当然很大。我能对你说些什么呢？我认识罗佳近一年半了。他是怪性的、沮丧的、自矜的、傲慢的，而且最近以来——也许以前也是——他很多疑、好空想，他的心地是慈善的、心肠是慈悲的。他不喜欢暴露他的感情，就是干了一件残忍的事情，也不愿敞开心扉。但，有的时候他没有一点儿病状，不过淡漠和冷酷无情；他好像是在轮番扮演着两个角色似的。有时他非常的矜持！他说他很忙，一切事儿都给他阻碍，然而他倒高卧在床上，一点事也不做。他不会侮弄什么，不是因他没有口才，好像他没有时间，去浪费在小事上边似的。他老不爱人家和他说什么。他一天到晚，别人感兴趣的事物他毫无兴趣，他把自己看得很高，这也是无可厚非的。唔，还有呢，我想你们的到来，对他会产生很好的影响吧？"

"只愿上帝相助呀！"普莉赫丽娅·亚历山大罗夫娜听了拉祖米欣诉说罗佳的事情，悲伤之至，不觉哭喊着。

拉祖米欣现在可以大着胆看杜尼娅了。他说话时，经常偷偷地看她，但只是一瞬，又把眼睛转过去了。杜尼娅坐在旁边谛听着，偶尔站起来在房中往来徘徊，两臂叉着，抿着嘴唇，时而问一两句，也没停步。她也具有相似的习惯：不愿听人家说什么的。她穿着一套稀薄灰暗色的外衣，项颈上围着一条雪白明亮的围巾。拉祖米欣因之便察觉出她们的衣着并不十分丰富。杜尼娅如果穿得讲究，像公主一般，他也不觉得怎样受惊，但也许因为她穿得不漂亮，而且看出她遭遇的恶劣，他的心中塞满着难过，他对于自己所讲的话和每种姿势，都抖颤起来，这对于一个不善交际的人，是很不容易忍受的。

"你对我们讲了许多关于我哥哥品性的有趣的话……讲得很实在，我很愉快。我觉得你太宽容他、太挚爱他了，"杜尼娅微笑着说，

"我觉得你的话是不错的,他需要有一个女人去侍候!"她深思后继续说着。

"我并没有说这些,但我想,你的话也是不错的,不过……"

"什么?"

"他没有爱过一个人,也许永久都不会爱的呢!"拉祖米欣坚决似的答着。

"你是否说他没有资格爱呢?"

"杜尼娅,你无论什么事情都和你哥哥像极了,真的,"他自己也不会相信的话竟忽然漏了出来了,但随即又想起他方才说她哥哥的话,他的面孔变得如茶花一般的红,真是局促不安了。杜尼娅看到这情形,不觉好笑起来。

"你们两人都误会罗佳的意思了,"普莉赫丽娅·亚历山大罗夫娜见怪似的说道,"我并不是说我们现在的症结,杜尼娅,卢仁在这封信上所说的话,和我俩所料的事,确系误会。但是,德米特里·普罗柯费奇,你料不到他的性情是怎样的胡思乱想和任性啊!他在十五岁的时候,我便不能够相信他所干的一切事了。我想他现在仍在做别人所不敢做的事情……唔,就如,大前年他是怎样地使我惊吓,给我一个大大的震撼,几乎吓死我,那时他便存心要娶那姑娘——她的名字不知叫什么——是女房东的女儿吗?"

"你听到过那事儿吗?"杜尼娅问道。

"你想……"普莉赫丽娅·亚历山大罗夫娜热切地继续说着,"你想我的泪珠,我的恳求,我的病状,我甚至会因悲哀而死,我们的贫困会使他那时回心转意吗?绝不能,他会毅然决然、不顾一切的。但这也并不是因为他不爱我们!"

"他从来不曾对我说过那事儿的一句话,"拉祖米欣谨慎地回答着,"我从普拉斯科维娅·巴甫洛夫娜那边探听了一点儿,但她却不是一个好空谈的人。我所听见的话当然有点儿古怪的。"

"你听见些什么？"她俩立刻齐声地问着。

"唔，不很特别。我只知道那桩因为那女孩死去而无法实现的婚姻，普拉斯科维娅·巴甫洛夫娜一点儿也不痛惜，你们说那个女子并不好看，我听说也很丑的……而且又是害着病……又有点儿怪。但是她好像也有点儿好的地方。她一定有点儿好的地方，不然怎么会如此不可解……她又没有钱，他也不会注意她这方面的……所以这样的事情真是难以说清，也难以评价的。"

"我相信她是一个好姑娘！"杜尼娅明确地说着。

"上帝恕我，我倒希望她死。但，我不知他们谁叫谁受更多的痛苦。"普莉赫丽娅·亚历山大罗夫娜把话结束着说。接着，她小心翼翼、吞吞吐吐地问起前一天罗佳和卢仁发生争执的事。她说话的时候不断地偷眼看杜尼娅，显然她听了是很不愉快的。这件事分明比任何事情都使她不安，引起她的烦恼，甚至是惊恐。拉祖米欣详细地讲述着那件事，但这次他添上了他自己的论评：他不客气地责备着拉斯柯尼科夫的故意侮辱卢仁的不该，并不因为他有病而加以原谅。

"那是他病了以前设想的！"他继续说着。

"我也是这样想。"普莉赫丽娅·亚历山大罗夫娜露出沮丧的神情回忆着说道。但她听见拉祖米欣那样谨慎地发表自己的意见，并对卢仁也加以敬视，这使她觉得十分惊讶。杜尼娅也为之一惊呢！

"这就是你对于卢仁的评价吗？"杜尼娅不觉问着。

"我对于令爱的未来丈夫不敢有其他的意见，"拉祖米欣直接地、恳切地答道，"我说那些话并非是因为平常的客气，实在是因为……因为杜尼娅应该由她自己的意志去答复他。如果昨晚我说到他时过于失态，那是因为我醉得糊涂……疯了；是的，疯了，发狂了……我简直发昏了……今天早上我还觉得有点儿害羞呢。"

他满脸通红，不再说下去了。杜尼娅的脸也红了，但她仍是沉默着。自从他们谈起卢仁之后，她始终没说一句话。

没有她的容忍，普莉赫丽娅·亚历山大罗夫娜始终是不知怎样做。最后，她犹豫着而且时时斜睨着她的女儿，说她被一件事情给困恼了。

"你看，"她开口说着，"我要对拉祖米欣互相坦露肺腑之言呢，杜尼娅？"

"是的，妈妈。"杜尼娅加重语气地说着。

"就是如此，"她立即开口说着，好像她允许了，便把自己心头上的一块石头落下了似的，"今天早上，我们收到卢仁一封短短的信，他答说我们的通知他已经知道了。他允诺到火车站来接我们，但他并没有来，只是叫一个佣人把这个寓所的地址给我们，给我们带了路。彼特·彼特罗维奇吩咐他转告我们，说他今天早上到我们这儿来。但今天早晨他又没来，却派人送来了一封短短的信。你自己拿去看吧。信中有一处使我十分愤怒……你就可以看见是什么事的……请你对我说出你的真诚的尊见吧，拉祖米欣！你比谁都知道罗佳的品性，也没有人再能像你这样告诉我们呀。我决定对你说，杜尼娅便可以下决心。不过我还有点儿拿不准，究竟如何做，我……我想听听你的高见呀。"

拉祖米欣打开那封短短的信，是前天晚上写的，看到了下面的话：

亲爱的太太，普莉赫丽娅·亚历山大罗夫娜，我恭敬地告诉你，因为一点儿意外的阻碍，我不能到火车站来迎接你们，我遣了一个很合宜的人来处理。而且明天早晨亦恐不能和你们相见，因为被众议院里的事情给缠住了，不能抽身，并且，在你会见令郎、杜尼娅会见哥哥的时候，我也不便打扰。最迟当不出明天晚上八点钟，我想会见到你们，并到你们寓所表示我对你们的敬意，并且附带向您提出一个恳切、也可以说是坚决的要求，就是在我们相见时，罗佳可不必在一起的——我昨天在他病中拜见他的时候，他给我以极其过分的、从未见过的侮辱，而且，因为我想亲自从您那边得到一点儿详细的解说，我很愿意知道您自己的解说。我预先告诉您，如果您不按照我的要求，而竟让我看见了罗佳，我将怅然而返，这您不能怪我。我写了这信是设想罗佳他以前病得很重，但在两点钟后便好了，并走到外面去，因此我就可以拜访你们。我在一个被马车压倒而死掉的醉汉家里亲眼看见，使我更加深信不疑，他以援助葬礼为名，给了那个倒霉醉汉的女儿——一个品行不端、声名狼藉的女子——二十五个卢布，这事使我非常惊讶，因为我知道你们费了很大的苦心才弄到那笔钱。最后，请接受我诚挚的敬意，顺向可敬的杜尼娅表示十分的致意，并请接受我的问候。

你卑下的仆人

卢仁

"现在叫我怎么办呢，拉祖米欣？"普莉赫丽娅·亚历山大罗夫娜几乎哭着说，"我怎样才能叫罗佳不来呢？昨天他那样极力叫我们拒绝卢仁，现在我们却又受嘱不要接待罗佳！如果他知道，他也许故意要来呢……那么事情又将如何呢？"

"看杜尼娅如何来决定这件事吧！"拉祖米欣很自然地答着。

"哎呀！她说……谁知道她说些什么，她也不知道该怎么办！她只说至少最好是，并非最好是，她说罗佳会在八点钟到这边来，他们一定会见面的……我连这封信都不愿给他看。希望你能出个主意，用什么方法可以使他不来……因为他是如此易怒……而且，我完全不了解，是哪个醉汉死了呢？他的女儿又是怎么回事？他又怎么会把自己的最后一点儿钱给了那个姑娘？……这笔钱是……"

"使你受了如此的损失，妈妈，"杜尼娅插着嘴说。

"昨天他是疯了，"拉祖米欣若有所思地说道，"可惜你不知道昨天他在酒店里所做的事情，虽然他做得很聪明……哼！昨天，我和他一块儿回家时，他的确对我说了一个什么死去的醉汉，还有一个什么女儿，可是我一句也没有听明白……不过话又说回来，昨天我自己也……"

"妈妈，最好我们亲自到他那边，您放心，到了那边我们就会知道怎样做了。而且，时候已经不早了——上帝，十点多钟了！"她一边喊着，一边看着一只吊着威尼斯造的表链挂在项上的那只金表，那只金表看上去跟她的服装十分不搭配。"大约是她的未婚夫送她的一件礼物吧！"拉祖米欣想着。

"我们该去了，杜尼娅，我们该去了，"她的母亲忙乱地喊着，"他会以为我们还在为昨天的事而生气呢，我们去得如此晚。我的上帝呀！"

她说着这话的时候，便匆匆地把帽子戴上，套着大衣；杜尼娅也开始穿戴。她的手套，正如拉祖米欣所看出来的，很破旧，而且还有漏洞，然而贫困却给这两位女子一种异样尊崇的神气——那些穿着寒酸而又懂得如何穿戴的人，常有这种特别尊严的外表。拉祖米欣敬重地看着杜尼娅，很高兴能够陪送她。"在牢狱中缝补自己破袜的公主，"他想着，"那时显然看上去像一个公主，甚至比在华丽的宴会与朝会上更显得像公主了。"

"上帝，"普莉赫丽娅·亚历山大罗夫娜喊着，"我简直没有想过我会害怕见我的儿子、我的心肝，罗佳，我的心肝！我怕，拉祖米欣。"她继续说着，羞怯地斜眼看着他。

"不必害怕，妈妈，"杜尼娅吻着她说，"还是相信他好了，相信他吧！"

"哎哟，我信任他，但我一夜都没有睡觉了！"苦恼的妇人大声喊着。

他们走到街上了。

"他明白吧，杜尼娅，今天早晨我稍微睡一下的时候，我梦见了玛尔法·彼特罗夫娜……她全身穿着雪白的……她到我面前来，和我握手，向我点头，但她那严肃的面孔，好像要责备我似的……那是一个好的预兆吗？哎呀，你不明白呢，拉祖米欣，那个玛尔法·彼特罗夫娜死去好久了！"

"我不知道。玛尔法·彼特罗夫娜是什么人？"

"她突然死了，你想……"

"以后再说吧，妈妈，"杜尼娅制止说，"他并不知道玛尔法·彼特罗夫娜是什么人呀。"

"唉，你不知道吗？我以为你知道我们的一切事情。恕我吧，德米特里·普罗柯费奇，我自己也不知道这几天在想些什么。我真要把你看作我们的一个神仙，所以我当你是知道我们一切的人。我把你看作我们的亲戚呢……请你不要生气吧！哎哟，你的右手怎么这样了？你被什么东西弄伤了吗？"

"是的，我撞伤了！"拉祖米欣低声说着，心里高兴极了！

"我有时废话说得太多了，杜尼娅时常怪我……但是，哎哟，他住在一间什么样的房间里啊！他到底睡醒了没有呢？那个妇人，那个女房东，她当它是一个房间吗？你说他不欢喜吐露感情，那我也许要用我的……弱点去恼他了吧？请你告诉我，拉祖米欣，我当怎样去和他说话？你知道我已经弄得头都大了。"

"如果你看他不高兴时，就不要多问他话了；也不要时常问他的身体，他会不高兴的。"

"哦,拉祖米欣,做母亲真不容易了! 这边就是楼梯……倒是一个危险的楼梯啊!"

"妈妈,你脸色很不好看,不要自己伤坏了身体,妈妈。"杜尼娅安慰她说着,然后使了一个眼色,又加了一句,"他看见你当是如何的快活,你却如此苦恼着。"

"等一等吧,我先从门缝看一下,看他醒了没有。"

她俩慢慢地跟着走在前面的拉祖米欣,当她们走到四层楼女房东的门前时,她们看见她的门缝里,有一双锐利的黑眼从里面注视着她们。当她们的眼睛相遇的一刻,那门忽然砰的一声关上了,普莉赫丽娅·亚历山大罗夫娜吓得几乎要喊起来。

第三章

"他的病好了,已经完全好了!"佐西莫夫在他们进去的时候高兴地喊着。

他早到十分钟,仍坐在原地方的沙发上。拉斯柯尼科夫坐在对面的壁角,衣服穿得整整齐齐,头脸都已经梳洗过了,这是他先前所没有的。这时房间里挤满了人,但娜斯塔霞还勉强要随着进来,站着听他们说话。

的确,跟昨天相比,拉斯柯尼科夫的精神已经好多了,只是脸色比较苍白、心不在焉、满脸阴沉。他看上去好像是一个受伤的人,或受过什么严重的肉体痛苦的人。额角皱着,嘴唇合着,他的眼睛也发热病似的。他的话很少,而且也不很自然,好像履行职务似的。他的一举一动显出一种不安的情绪。

他单单需要手臂上的吊带,或手指上的绷带,看上去就好像是一个害恶疮或手臂残伤的模样。当他的母亲和妹妹到来的时候,他那苍白的忧愁的脸色稍稍鲜润了一下,但这不过更显出非常的痛苦,以替换那无限的苦闷罢了。那鲜红的色彩不久就消减了,但是那苦恼的形象还留着。佐西莫夫做出初次挂牌行医的医生所有的热忱,仔细地诊视着病人,看不出病人对于母亲和妹妹的到来有什么欢喜,只觉出一种酸痛的难耐的情绪,要再经受数小时的痛苦。他看罗佳在谈话中每个字,都好像触碰痛处而给以刺激了。但他对于一个像偏执狂——前一天还是破口乱说话的发疯的病人,现在竟能如此克制自己含蓄感情的力量,他觉得奇怪。

"是的,我自己也知道,我几乎可以说是痊愈了,"拉斯柯尼科夫说着,并跟他的母亲和妹妹做甜蜜的接吻,这使普莉赫丽娅·亚历山大罗夫娜立刻笑容满面了。"我说这话已经不是昨天的那个态度了。"他友好地握着拉祖米欣的手,对他补充道。

　　"是的,不错,今天这变化倒使我也觉得异常惊讶呢,"佐西莫夫说着,他们来了使他很高兴,因为他已经有十分钟没和病人谈话了,"如果如此下去,再过几天他就要和以前一样了,换句话说,将和他一个月或两个月……甚至于和三个月以前相同。这病害了很久了……哈?现在,你会自认是你自己的失误吧?"他继续着说,露出试探性的笑容,好像还怕引他发怒似的。

　　"这也许是的!"拉斯柯尼科夫木然地答着。

　　"我将要说,"佐西莫夫热切地继续说着,"你的痊愈,完全要靠你自己。现在大家可以和你谈话了。但你要牢记,必须极力避去那些你病状的初步的、唯一的原因,这是最要紧的:如果那样你就可以完好如初,不然,病将转坏了。这些唯一的病因我不得而知,这些你自己总是知道的。你是一个懂事的人,当然无须我们多说了。我觉得你的精神错乱之初是和你离开大学同时起的。你切不可再游荡过日,所以工作和你面前的一个固定目标,我想会于你很有益的。"

　　"不错,不错;你说得很对……我要立刻回到大学里去:那么一切事儿都上轨道了……"

　　佐西莫夫有一部分原因是想在她们母女俩面前表示好感,所以说出那些规劝的言语。当他看到病人脸上含着的嘲笑时,他也有点儿慌乱了。这情形相持了好久。普莉赫丽娅·亚历山大罗夫娜开始感谢着佐西莫夫,尤其对他昨夜到她们的寓所去这事表示谢意。

　　"什么!他昨夜去看过你们吗?"拉斯柯尼科夫好像吃了一惊似的问道,"那么你俩旅行困顿之后也没好好睡觉了。"

"啊,罗佳,那只有两点钟。杜尼娅和我在家里时从来不会在两点钟以前去睡觉的。"

"我也非常地感谢他,"拉斯柯尼科夫又说下去了,但忽又皱着眉而且看着地下,"把诊金的问题暂搁在一边——恕我提到这事(他脸朝着佐西莫夫)——我真不知我做了什么好事,值得你如此关心注意!我实在不明白……而且……而且……实在,这使我过意不去,因为我不明白。我如此坦白地对你说。"

"不要见怪。"佐西莫夫强颜笑着,"当你是我行医以来第一个病人——唔——我们这些开始行医的人,最爱我们的第一个病人,他们好像是我们的儿子一样,有些几乎钟爱上了。当然我的病人也不是很多。"

"我对他并没说许多话,"拉斯柯尼科夫指着拉祖米欣继续说着,"除了侮辱与讨厌之外,他在我这边简直什么也没得着。"

"你乱说些什么!怎么,今天你是带着伤感的情绪吗?"拉祖米欣说着。

如果是他有了更深刻的了解,他便能看出在罗佳并无一点儿伤感,确实是绝对相反的。但杜尼娅把这点觉察出来了。她心绪不宁地注视着哥哥的面孔。

"至于,母亲,你呢?我没什么话可说了,"他往下说着,好像胸有成竹似的,"不过今天我才弄明白,昨天你在这边,等我回来时,你是怎样的苦恼啊。"

他说完了这话忽然伸出手给妹妹,不发一言地微笑着。在这微笑之下却含着真正的纯洁的感情。杜尼娅把他的手亲热地握住了,表示惊喜感激。在前一天争论之后,这是他第一次跟她讲话。看见这种无言的、和平的气氛,母亲的脸更乐极忘忧了。"不错,我就为着这点称赞他。"拉祖米欣自负地自语着,在椅子上转过身,"他有这样的转变。"

"他这一切弄得多么圆满啊，"母亲自慰地想着，"他有如此宽大的感动啊，他把和他妹妹的一切隔膜很轻松地、周到地解除了——只不过是在这样的时刻伸出他的手，像那样亲切地注视着她……他的眼睛多么灵活啊，他的整个脸庞是多么漂亮啊！……甚至比杜尼娅还好看些。不过，上帝，他的这套衣服——穿得太难看了！……阿凡纳西·伊万诺维奇店里的伙计瓦夏都比他穿得漂亮些！我原可跑向他，抱住……在他的身边哭——但我不敢……哦，亲爱的，他这么古怪！他却说得亲热！但我害怕！什么，我怕什么呢？……"

"啊，罗佳，说起来你不会相信的，"她急于想回答他最后的几句话，这时突然接口道，"昨天杜尼娅和我是怎样的懊恼啊！现在全没有了，过去了，我们非常快乐呢——我告诉你。试想我们从火车站跑到这边来，想拥抱你，但是那个女子——啊，她在这边！早安，娜斯塔霞……她说你正患热病，而且非常严重，在床上躺着，可是刚才却悄悄地离开医生跑了，他们正在街上寻找你。你想我们当时是怎么样的情形啊！我不觉想起中尉波丹契科夫——你父亲的朋友——你记不得他了吧，罗佳——他也在患热病的时候跑出去，竟落到院中的井里去，直到第二天才把他捞出来。当然，我们也许把事情说得过分一些。我们就要去找卢仁，请他帮忙……因为我们是太孤伶了，十分孤伶了！"她悲哀地说，突然又止住，忽然想起要说"我们又高兴了"，但一提起卢仁还觉得有点儿不安似的。

"是的，是的……当然那是很使人着急的……"拉斯柯尼科夫喃喃地答着，但他却有着一种早有计划的不关心的神情，这使杜尼娅疑惑地注视着他。

"我还想讲些什么话呢，"他极力寻思着，"哦，是的。妈妈，杜尼娅，请你们不要以为我今天还不想来看你俩，而等你俩先来看我呀。"

"你说的什么话,罗佳?"普莉赫丽娅·亚历山大罗夫娜喊着,她也很惊讶。

"他是很恳切地回答我们的话吧?"杜尼娅奇异着说,"他是求和了,求恕了,他好像在行礼或诵经似的呢!"

"我刚刚醒过来,想到你们那边去,但因为衣服的缘故给耽搁了;我昨天忘了叫她……娜斯塔霞……把血洗去……我刚刚穿好衣服呢。"

"血!什么血呀?"普莉赫丽娅·亚历山大罗夫娜惊慌地问着。

"哦,没什么的——不要多心吧。那是我昨天神志不清在外边散步时,偶然碰见一个给车撞倒的人……一位书记员……"

"神志不清吗?但你什么事情都记得很明白!"拉祖米欣打断他的话。

"真的,"拉斯柯尼科夫很谨慎地答道,"我还记得一切事情,甚至最微小的事我也记得,但是——我为什么那样做,到什么地方,说了什么话,我现在已经说不清了。"

"这是平常的事儿,"佐西莫夫插嘴道,"行为有时非常的活泼,行踪不定的,然而行为的路向常是错乱的,常借着各方面的病态的印象——这犹如做了一场春梦。"

"也许这些并不是一件坏事,最多不过是一个疯汉。"拉斯柯尼科夫想着。

"什么,健康人的举动也是如此的?"杜尼娅问着,忐忑地看着佐西莫夫。

"你的话也有道理,"佐西莫夫答着,"在那种表示上,我们确也带一点儿像疯子的行动,但有一点不同,就是神经错乱的人是稍稍疯些,我们必须在这儿画一条分界线。平常的人几乎是没有的,这是事实。在众人中——成千上万的人几乎没有一个。"

对于佐西莫夫喜欢在这个话题中无意地漏出"疯子"这个词，大家都有点儿不快。

拉斯柯尼科夫却仍坐着，似乎没去注意似的，只是在思索着，他那苍白色的嘴唇上透出一种奇怪的微笑。他还在思索着什么事儿。

"唔，给车撞坏了的那个醉汉后来怎么样了？我打扰你了！"拉祖米欣骤然问道。

"什么？"拉斯柯尼科夫好像醒过来了，"哦……我帮着把他送回家，我衣服都染上血了。顺便说一说，妈妈，昨天我干了一桩不可宽恕的事。我真的是发疯了。把你所送给我的钱都送出去了……给他的妻子做安葬费用，她现在是一个寡妇，染着肺病，很苦恼的人……三个小孩子，大家都饿着……家里没有什么东西……还有一个女儿……如果你看见他们了，也许你也会转给他们的呢。但我想我没有做那事的能力，尤其我知道你自己正需要钱。援助他人，一定要有能力才好，否则狗儿超过了自己的立场就得要冻饿了。"他大笑地说，"是的吗，不是吗，杜尼娅？"

"不，不很对。"杜尼娅果断地回答。

"呸！你也有你的理想，"他絮叨着，恨恨地转过脸来面对着她，好像讽刺般微笑着。"我本该自己估量……唔，那是值得称赞的，而且也不坏……如果你走到一条界线前，你不跳过去，你会不舒服……但如果你越过了，于你还是要更不舒服的……可是这都是些胡话，"他冲动地继续说着，离题很远了，"我只是说，我求母亲宽恕。"他截然地收束着。

"好了，罗佳，我相信你所做的都不会差的！"他母亲高兴地赞美着。

"将来您就不信任了。"他苦笑一声，回答道。

接着是一阵静默。在这整个谈话中，在沉默、和解与宽恕中，都含着一种压抑的气氛。

"这好像是她们怕得罪我似的。"拉斯柯尼科夫自语着,并斜看着他的母亲和妹妹。普莉赫丽娅·亚历山大罗夫娜确有点畏缩的样子,所以沉默了好久。

"可是她们不在这边时,我似乎异常爱她们呢。"这思想从他的内心驰过。

"你知道吗,罗佳,玛尔法·彼特罗夫娜死了呢。"普莉赫丽娅·亚历山大罗夫娜忽然说出了这句话。

"谁是玛尔法·彼特罗夫娜?"

"哦,可怜——玛尔法·彼特罗夫娜,我前次写信给你时,关于她说了好多呢。"

"哦……不错,我好像记得……那么她死了!哦,真的吗?"他忽然精神一振,好像刚醒过来似的,"她是患什么病死的呢?"

"稍稍想一想,突然的,"普莉赫丽娅·亚历山大罗夫娜被他的询问所鼓舞,匆遽地答着,"就在我给你寄信的那天!你相信吗,那个凶狠的人好像便是她的死因。听说他打她很厉害的。"

"什么,他俩不很和睦吗?"他向着他的妹妹问道。

"一点儿也不是,恰恰相反。他对她总是很忍耐的、体贴的。事实上,那七年的同居生活他总是退让的,有些地方真的太让步了,但忽然间他又好像忍不住了。"

"他既已经忍受了七年,那他为什么还那么凶呢?你好像替他说话吧,杜尼娅?"

"不,不,他是一个凶相的人!我想象不出他的可怕程度!"杜尼娅回答时,皱着眉头,颤抖地坠入沉思了。

"那事儿是在早晨就发生的,"普莉赫丽娅·亚历山大罗夫娜立刻继续说着,"自从打了她之后,她便预备好马,想午饭一吃完便往城里去。她遇到这种情况时，总是坐车到城里去的。她吃得很好呢，听说……"

"在挨了打之后吗？"

"这是她的……癖好。才用完午饭，她便往浴室去，为着可以早点儿出发……你知道，在那边有一个冷水管，她每天在那儿洗浴的，这次她刚一下浴缸里去，忽然就受了风！"

"想必是的。"佐西莫夫说着。

"他打她很严重吗？"

"这没关系的！"杜尼娅插嘴说着。

"唔，妈妈，你为什么老是把这些不要紧的话告诉我们呢？"拉斯柯尼科夫受了刺激地说着，好像又不能忍耐似的。

"啊，亲爱的，我不明白我在讲的什么。"普莉赫丽娅·亚历山大罗夫娜答着。

"什么，你们都怕得罪我吗？"他勉强地笑问着。

"真的，有点儿，"杜尼娅说着，仍然庄重地看着她的哥哥，"妈妈在上楼的时候，害怕得在身上画十字呢！"

他的脸跳动着，好像在抽搐似的。

"唉，你说的什么，杜尼娅！请你不要恼，罗佳……你为什么要讲那话呢，杜尼娅？"普莉赫丽娅·亚历山大罗夫娜呆呆地说道，"我到这儿，一路在火车上，我预想着我们这次见面，我们将怎样聚首畅谈着一切……我是那样高兴，我没有留意行程了，但我在说些什么？我现在高兴了……你不该，杜尼娅……我现在高兴了——仅仅是因为看见你，罗佳……"

"不必说了，妈妈，"他在昏乱中说着，并没有看她，只是握着她的手臂，"我们随意谈些别的事情吧！"

当他说完这话，又忽然地慌乱起来，脸色很苍白。他近来所接触的那吓人的事件又狠狠穿过他的灵魂。这点又忽然变得很清楚而且为他所了解了：他刚刚说了一句骇人的诳话——他现在不能随便欢谈一切——他永远不能向谁畅谈什么事情。这种思索的痛苦竟至如此，他有时差不多不知自己的存在了。他从凳上站起来，不顾一切地向着门口走去。

"你做什么去？"拉祖米欣拉住他的手臂喊道。

他重新坐下，向四周看一看，仍沉默着。他们都莫名其妙地看着他。

"你们为什么都如此沉默呢？"他突然出乎意外似的喊着，"说几句吧！这样干坐着有什么意思呢？来，说吧，我们谈着吧……我们一块儿重逢不应沉默地坐着呀……来，说点儿什么话吧！"

"谢天谢地！我怕像昨天那样的事情又要发生了。"普莉赫丽娅·亚历山大罗夫娜一边说着，一边在身上画着十字。

"什么事儿，罗佳？"杜尼娅疑惑地问道。

"哦，没别的！我想着一点儿事。"他突然大笑地答道。

"唔，你如果能想起一点儿事就好了……我还以为……"佐西莫夫由沙发上站起来说着，"我该告别了，也许我还会再来看你的……如果可能的话……"他鞠了一个躬，便出去了。

"真是一个妙人儿啊！"普莉赫丽娅·亚历山大罗夫娜赞说着。

"不错，妙极了，受着好多教育，足智多谋，"拉斯柯尼科夫说着，他说话变得非常的迅速，是之前所未曾显露过的活泼，"我记不清病前在什么地方遇见过他的……我想在什么地方见过他的……而且这位先生也是一个好人呢。"他向拉祖米欣点头。"你欢喜他吗，杜尼娅？"他问着她，忽然又无故地大笑了。

"很喜欢。"杜尼娅答道。

"喂——你这头猪，"拉祖米欣斥着他，脸不觉通红了，从座位上站起来。普莉赫丽娅·亚历山大罗夫娜微笑着，但拉斯柯尼科夫却又大笑了。

"你往哪儿去呀？"

"我该走了。"

"你不要走了，等一下。佐西莫夫去了，那你千万要留在这儿，不要走。现在是什么时候？十二点了吗？你有着如此好看的一只表啊！杜尼娅，你们为什么都又不开口了？全是我一个人说话。"

"这是玛尔法·彼特罗夫娜送的礼物呢！"杜尼娅答着。

"这是非常昂贵的吧！"普莉赫丽娅·亚历山大罗夫娜添了一句。

"啊！怎么这样大！几乎不像一个女人用的。"

"我喜欢这种的。"杜尼娅说着。

"这么说，这不是她的未婚夫所送的了。"拉祖米欣高兴地自语着。

"我想是卢仁送的礼物。"拉斯柯尼科夫说着。

"不是，他不曾给杜尼娅送过什么礼物呢。"

"哦！妈妈，你记着吗，我也恋爱过而且着急地想娶妻子呀？"他突然说着，看着妈妈，她被他这突如其来的话给弄呆了。

"唔，是的，我的孩子。"普莉赫丽娅·亚历山大罗夫娜和杜尼娅、拉祖米欣大家互相递了个眼色。

"哦，不错，我要告诉你呢，可惜我已经忘记许多了。她是一个有病的女子，"他说着，好像做梦似的，眼睛又向着地下了，"病得很深的，她好施惠穷人，而且想到修道院去。有一次她和我说起这事，她流着泪。是的，我还记得，记得很明白，她是个很丑的小姑娘。我真不知道我怎么会爱上她的——也许是因为她多病的原因。她如果是瘸子或驼背，我还更会爱她呢，"他做梦般地微笑着，"是的，那只是一场春梦。"

"不，这并非仅仅是春梦呀！"杜尼娅振奋地说道。

他只是朝着他的妹妹看，并非不懂她这话的缘故。他又坠入于冥想之中，走到妈妈那边去，吻着她，然后回到原来的位置坐下。

"你现在仍旧爱她吗？"普莉赫丽娅·亚历山大罗夫娜感动地说道。

"她？现在吗？哦……你问她吗？不……现在这一切已经如同隔世……这是很久以前的事了。而且周围的一切，都好像不是在这里发生的……"

他凝神地看着他们。

"现在你们……我好像也在极远的地方看你们似的……但是，谁知道我们忽然会谈起那事！而且问它有什么用呢？"他烦闷地继续说着，咬着手指。又在梦境似的静默中了。

"你住的房间是多么简陋呀，罗佳！就像是一口棺材似的，"普莉赫丽娅·亚历山大罗夫娜突然打破这窒息的沉默，"我想你之所以会变成如此忧悒，一半是由于你的这个房间引起的吧。"

"我的房间，"他懒洋洋地答着，"是的，这房间有点纠葛……我也想着……不过妈妈，你此刻讲的是什么怪话呢！"他奇怪地笑说着。

这次谈话是他们阔别三年后的重新团聚，所以谈话的语调是那样的亲密，实在是非常畅快的。不过还有一件重要的事，无论怎样那天一定要解决的——他醒来时就这么想了。此刻，他高兴地想起了这事，便看作是一个解脱的方法了。

"听我说，杜尼娅，"他庄重地漠然地开口说道，"当然，我要请你原谅我昨天的事，不过我要再三告诉你，我并没放弃我的观点，这是我的责任。你赞同我还是赞同卢仁？就算我是一个坏蛋，你可不能是坏蛋，有一个坏蛋也就够了。如果你和卢仁结婚，我马上就不认你这个妹妹。"

"罗佳，罗佳！你又旧态复萌了，"普莉赫丽娅·亚历山大罗夫娜伤心地喊道，"你为什么自认为无赖呢？我不能忍受这些呀！你又和昨天说同样的话了。"

"哥哥,"杜尼娅决然地回答着,"在这件事情上,你有一个根本的错误,我晚上反复想过,看到了你的这个错误。主要是你总是认为我是为了某人而牺牲自己。其实,完全不是那样的,我只为着我自己而嫁人,因为我自己心里很痛苦呀。但是,如果我的婚姻对于家庭是有利的,我自然很愿意。但也并不是我出嫁的唯一因素呀!"

"她说谎呢,"他想着,怨愤地自咬着手指,"矫情的人啊!她毫不以为她是为的慈善而做那事!太矫情了!哦,好卑陋啊!他们会把爱当做恨似的……哦,我怎么……他们真可恨啊!"

"其实,"杜尼娅接着说,"我嫁给卢仁是有两种害处,而我选取了较轻的。我诚恳地要去做他所希望我做的一切,所以我不会欺骗他……你笑什么呢?"她脸红了,而且还含着愠怒的眼光呢!

"一切吗?"他讥诮似的笑问着。

"在某种范围之内。卢仁求婚的态度足以表现他的需要。当然,他会把自己想得太高了,但我希望他也看重我……你又为什么要大笑呢?"

"你为什么脸红呢?你说谎了吧,妹妹?你一定是在说谎,为的是女性的固执,也为的要反对我……你不该高看卢仁的。我曾和他会谈过了。你是完全为着金钱而把自己出卖了,你是如何地卑陋,但你尚能脸红,我倒欢喜呢。"

"你错了,我并没有说谎,"杜尼娅急躁地喊道,"如果我不相信他会尊重我,我会嫁给他吗?如果我没有自信,我能够尊重他,我会嫁他吗?好在今天我就有使人信从的证据……况且这种婚姻也不是如你所说,是卑陋的!即使你说得不错,即使我真的做了一件卑污的事情,你这样跟我说,在你那方面不是太薄情吗?你为什么没有一点儿男子气呢?这是专断,这是蛮横。如果我害了人的话,那也单是我一个……我没有犯杀人的罪呀！你为什么要那样对我呢！你为什么那样变了脸色？罗佳，亲爱的，究竟是怎么了呢？"

"上帝！你被他搞晕了！"普莉赫丽娅·亚历山大罗夫娜喊着。

"没有，胡说！没有什么。只是有一点昏眩——并不怎么发晕。你的大脑昏乱呢。哼，是的，我讲的什么？哦，是的。今天你怎样使人得到信从的证据，证明你能尊重他，他……尊重你，如你所讲的。你好像说的是今天吧？"

"妈妈，把卢仁的那封信给罗佳看吧。"阿芙朵佳·罗曼诺夫娜说着。

普莉赫丽娅·亚历山大罗夫娜颤抖着双手拿信给他。他很高兴地接过去了，但在读信之前，他忽然对着杜尼娅露出一种愕然的神情。

"这真怪了，"他缓缓地说着，好像给一种新的念头击中了似的，"我干吗如此惊奇呢？这有什么？你喜欢嫁给谁就嫁给谁好了！"

他好像和自己说似的，不过高声地喊，并看着妹妹好些时候，像着了魔似的。他脸上仍露出同样的惊奇的神情，把信打开了，然后仔细地、一行一行地开始看下去，看完了之后，又看了一遍。普莉赫丽娅·亚历山大罗夫娜担心似的呆着，大家都在预想着一种特别的事儿。

"使我诧异的，"他停了一下，把信还给母亲，开口说着，并不是特别向谁说的，"他是一个做事的人，律师，他的谈话显然是虚造的，亏他会写出如此不大方的信来啊！"

他们都惊呆了，期待着某种异样的事情。

"不过，他们写信都是如此的。"拉祖米欣突然加入说。

"你看见过了吗？"

"是的。"

"我们给他看的，罗佳。我们……刚才同他商量的。"普莉赫丽娅·

亚历山大罗夫娜涩涩地说着。

"那正是在法庭上的老调，"拉祖米欣插嘴说道，"到今日法律上的文件都是像那样写的。"

"法律上的？是的，这正是法学上的——官场文体——谈不上文理不通，也谈不上高雅的——官场文体！"

"卢仁并不隐瞒自己没受多少教育，但他是很自负的。"杜尼娅给她哥哥的话气恼了似的说着。

"唔，他如果以此自鸣得意，他有理由，我并不反对这点。你好像着恼了，妹妹，因我对于那封信只不过稍稍加以批评，我并不想拿这些小事来故意使你生气的。我所谓关于语调的一种观察，依事实看，也不无关系呢！有'不能怪我'一句话很显然地加在上面，此外也来了一个威胁，说如果我在场的话，他便即刻离开的。那即刻离开的威胁简直是把你们遗弃的一个下马威啊，如果你们不听他的话，他马上就会遗弃你们，而且是把你们骗到彼得堡以后再遗弃。唔，你们想着有何感触呢？如果卢仁的这些话是他（指着拉祖米欣），或佐西莫夫，或者我们其中的一个人写的，我们会不生气吗？"

"不——不是，"杜尼娅起劲儿地喊着，"我看得非常清楚的，说句老实话，他也许没有写信的能力呢……你考虑得对，哥哥。真的，我想不到……"

"这是用诉讼文体写的，诉讼文体也只能写成这样，写出来的东西也许比他想写的东西还要粗鲁一些。但是，我还是要稍稍地扫一下你的兴，这封信里还有一句话是诽谤我的，而且手段相当卑鄙。我昨晚把钱送给一个寡妇，一个患肺病的妇人，贫困把她弄毁了，我送她钱绝不是'为葬礼起见'，乃是付下葬费的，而不是送给她的女儿——一个"品行不端、声名狼藉"的年轻的姑娘。他似乎太急了，急于诽谤我，使我们中间产生一种隔膜，那又是用法学上的语调写的。

换言之,他的目的太明确、太露骨了,而且热心得过度了。他是一个很聪明的人,通达事理,但仅仅靠聪明是不够的,会显得这人……他对你并不重视。我对你说这话,只是要提醒你,我是诚恳地想让你好……"

杜尼娅没有说什么,她已经下了决心了,她在等着夜晚。

"那么,你打算怎样呢,罗佳?"普莉赫丽娅·亚历山大罗夫娜问着,他的这些有条不紊的新论调使她比刚才更加不安起来。

"打算怎样?"

"你想,卢仁写信叫你今晚不要和我们在一起,而且说着如果你来了他就走。那你……来吗?"

"这事当然不应该由我来决定,而是,第一,应该由您来决定:如果卢仁的这个要求没有使你气恼的话;第二,应该由杜尼娅来决定:如果她也不生气的话。你们觉得怎样好,我就怎样做!"他冷淡地回答着。

"杜尼娅已经决定了,我完全同意她的决定,"普莉赫丽娅·亚历山大罗夫娜立即说着。

"我决定请你,罗佳,求你在这次会面时,一定要到我们那边去,"杜尼娅说着,"你会去吗?"

"我一定去。"

"我也请你在八点钟时到我们那边去,"她向拉祖米欣说道,"妈妈,我也请他加入。"

"唔,你既然已经决定了,非常好,杜尼娅!"普莉赫丽娅·亚历山大罗夫娜继续说着,"非常好,那样我会更觉得放心些了。我不喜欢弄虚作假,倒不如把实话全说出来……至于卢仁会不会生气,那就随他的便吧!"

第四章

这时,门突然开了,一位年轻的姑娘走进房间来,怯懦地向四周打量着。大家都以惊奇的目光看着她。拉斯柯尼科夫初看时并不认得她。这是索尼娅。昨天他第一次见到她,但在那时候、那种情况下,她所穿的那种衣服,和现在却是判若两人。她现在是一个清新可怜的年轻姑娘,非常年轻,像是一个小孩儿;姿态娴雅而文秀,面不修饰,稍露一点惊慌的神情。她穿着一件简朴的家常衣服,戴着一顶古式的旧帽,手里还持有一柄小伞。她一见屋里挤满了人,觉得很惊奇,如一个小孩子般,怕羞之心竟远过于困惑呢!她想立刻退出去了。

"哦……是你呀!"拉斯柯尼科夫惊讶地说着,他也有点迷糊了。此时,他想起了他的妈妈和妹妹由卢仁的信知道一位"品行不端、声名狼藉"的年轻姑娘。他刚刚还辩说卢仁对自己的诽谤,现在那个姑娘真的来了。他还记得,他对"品行不端、声名狼藉"的这种说法并没有提出抗议。这一切都如梦境般地驰过他的脑海。于是他十分注意地看着她,看见这个受辱的人,竟是那般地低声下气。于是他忽然觉得对她有点儿怜悯。当她惧怕地想退出去时,他简直心如刀割。

"我没想到你会到这边来呢,"他匆忙地说着,用眼色示意她不要走,"请坐下,我想你是从卡捷琳娜·伊万诺夫娜那边来的吧。请——不是那边,坐在这边……"

拉祖米欣本来坐在拉斯柯尼科夫这边三张椅子中的一张,紧挨着门,在索尼娅进来的时候,他便起来让她走进来。拉斯柯尼科夫本来想叫她坐在佐西莫夫坐过的沙发上,但他想沙发是他当床用的,坐在这儿未免太亲昵了些,因此他便立刻叫她坐到拉祖米欣的椅子上。

"你坐在这边吧,"他向拉祖米欣说着,叫他坐在沙发上。

索尼娅坐下了,似乎很害怕,浑身颤抖着,畏缩地看着那两位女子。这使得她自己也不明白,自己怎么竟在她们旁边坐着。她想起这些后,又立刻慌张地站了起来,十分困窘地对拉斯柯尼科夫说道:

"我……我……来打扰你一分钟。请恕我,"她嗫嚅地开口了,"我从卡捷琳娜·伊万诺夫娜那边来,她没有别人可指派,卡捷琳娜·伊万诺夫娜叫我请你……参加葬礼……早晨……在米特罗凡涅夫公墓那边……再……到我们那边……到她那边去……给她一点光荣……她叫我请你的……"

索尼娅讷讷地说不下去了。

"我想,可以,大概可以吧,"拉斯柯尼科夫答着。他也站了起来,嗫嚅着,结结巴巴地没有把话讲完。"请先坐吧,"他忽然说着,"我想和你说几句话。你也许有其他事,但请给我两分钟吧!"他于是拖了一张椅子叫她坐下。

索尼娅重新坐下,她又惊讶地看着那两位女子,再次把眼睛低垂着。拉斯柯尼科夫的脸颊也绯红了,他的眼睛发着光彩,身体打了一个哆嗦。

"妈妈,"他坚决地、固执地说道,"这就是索菲娅·谢苗诺夫娜·马美拉多娃,就是我昨天亲眼所见被马踩死的那个不幸的马美拉多夫先生的女儿。马美拉多夫先生昨天被马车撞倒了,我刚才对你说的就是他呀!"

普莉赫丽娅·亚历山大罗夫娜侧目看着索尼娅,眼睛略微皱了一点儿。她不管是否在罗佳的面前,她不能不给自己一点儿身份上的满足。杜尼娅严肃地、全神贯注地注视着那姑娘的脸庞,带着一种困惑的表情打量着她。索尼娅一听见自己被介绍了,便又把眼抬起来,但比刚才更慌乱了。

"我想问问你，"拉斯柯尼科夫猝然地说着，"昨天的事情是如何处置的呢？你们不曾受警察的干涉吧？"

"没有，是的……死的原因，是非常明白的……他们倒没有干涉我们……不过那些房客很恼愤罢了。"

"什么缘故？"

"他们说尸体不该久停着，因为现在天气热了，所以今天他们要把它送到公墓去，抬到教堂去，放过明天。当时卡捷琳娜·伊万诺夫娜执意不听，后来她也看出那是该当的了……"

"那么，就在今天了？"

"她请你给我们光荣，明天光临教堂祭一祭，后再到我家去吃点儿丧饭。"

"她准备丧饭吗？"

"是的……就只这点……你昨天帮忙我们的，她非常的感激。如果没有你，我们的丧事就不知道该怎么办了。"

忽然，她的嘴唇和下巴颤抖着，但她极力控制着，眼睛只是朝地上看。

谈话时，拉斯柯尼科夫注视着她。她生着一副十分瘦削而苍白的小脸，棱角不很匀称，以及一个尖锐的鼻子和下巴。她虽说不上美丽，但她的碧绿的眼睛是充满着光辉，当眼珠转动的时候，在她的表情中，就有着一种温柔和诚实的情感，让人不觉为之心神荡漾。她的脸庞、她的整个风姿，还有另外一个特点：她虽已经十八岁了，看上去却还像一个小女孩呢，这点有时甚至可笑地表现在她的某些动作上。

"但卡捷琳娜·伊万诺夫娜办这桩丧事，仅用去这点儿钱吗？甚至还打算弄点儿丧饭？"拉斯柯尼科夫问着，他固执地研究着这个问题。

"当然，棺木是很简单的……一切都只求朴素。所以不必多花钱的。卡捷琳娜·伊万诺夫娜和我早预算过了，所以余下的可以办丧餐……而且卡捷琳娜·伊万诺夫娜急于想办完这事。你知道人不能……那是给她一个安慰……她是那个样子，你知道的……"

"我知道的，我知道的……当然……你为什么老是看我的房间呢？我妈妈刚才说这儿好像一个棺材呢。"

"昨天你把所有的钱都给我们了。"索尼娅忽然用一种迅速的语调用力地低声答道，然后又俯着头往地下看了。她的嘴唇和下巴又颤抖着。拉斯柯尼科夫所处的可怜的环境早就使她感到震惊，现在这些话自然而然地脱口而出。接着是一阵沉默。不知怎的，杜尼娅的眼中突然有一种光彩，就是普莉赫丽娅·亚历山大罗夫娜也亲切地看着索尼娅了。

"罗佳，"她说着，站了起来，"当然我们要在一起用中饭的。你来，杜尼娅……罗佳，你还是出去散散步吧，然后休息一下，再到我们那边去，要快点……我担心你太累了……"

"是的，是的，我会来的，"他答着，不安地站起来，"但我还有点事儿要做呢。"

"你们，决定在一起用饭吧？"拉祖米欣惊讶地看着拉斯柯尼科夫喊着，"你是什么意思呢？"

"是的，是的，我要来的……无疑的！你稍等一分钟。你不是此刻就不需要他了吧，妈妈？否则也许是我把他从你那边抢过来了？"

"哦，不是，不是。德米特里·普罗柯费奇，你肯惠临和我们一起用饭吗？"

"一起来吧。"杜尼娅接着说。

拉祖米欣鞠了个躬，脸庞露着光彩。一刹那，大家都莫名其妙地害臊起来。

"再会,罗佳。我不愿说再会。再会,娜斯塔霞,啊,我又说再会了。"

普莉赫丽娅·亚历山大罗夫娜也想和索尼娅说些话,但没有说出,便狼狈地走出房间了。

杜尼娅也随着母亲出去,但她向索尼娅行了一个有礼的鞠躬。索尼娅在狼狈中也回了一个受宠若惊的跪膝礼。在她的脸上露出一种荆棘似的不安的神情,好像杜尼娅的行礼与注视使她十分地受不了,而且觉得痛苦似的。

"再会,杜尼娅,"拉斯柯尼科夫在走道上喊着,"握握手吧。"

"什么,我已经伸给你了。你不记得吗?"杜尼娅说着,亲密地粗笨地转身向他。

"没关系,再握一次吧。"他亲密地握着她的手。

杜尼娅微微地笑着,脸红红地把手抽去,很高兴地离开了。

"好,这妙极了,"他走回来,快乐地看着索尼娅,并对她说道,"上帝赐给死者以安宁,生者仍须努力求生。这话不错吧?"

索尼娅看见他的脸色忽然变为欢乐,觉得诧异。他默默地、仔细地看着她。她的已经死去的父亲的全部情况,这时在他的脑海中浮现出来了……

"上帝,杜尼娅,"普莉赫丽娅·亚历山大罗夫娜在她们走到街上的时候便开始说道,"我觉得还是走开舒服呢——更解脱点儿。昨天在火车上我丝毫没有想到我竟会那样高兴的。"

"我再对你说,妈妈,他的病还很重,你看不出吗?也许因为怕我们烦恼而使他不安呢。我们得要忍耐些,而且有些都可加以原谅的。"

"唔,你也不见得会忍耐吧!"普莉赫丽娅·亚历山大罗夫娜热切而妒忌似的接过她的话,"你知道吗,杜尼娅?我此刻看着你俩。你正是他,在神气上比在面目上像得多呢。你俩都多愁、易怒、自傲、豁达……不错,他不会是一个利己者,杜尼娅。嗨,我一想起今晚上的局面,我的心就冷下去了!"

"不要多虑吧,妈妈。该怎么做,就怎么做好了。"

"杜尼娅,稍稍想一想我们处在一种什么样位置吧!如果卢仁违背婚约呢?怎么办?"可怜的普莉赫丽娅·亚历山大罗夫娜多虑地说着。

"他果真那样,他就不值什么了。"杜尼娅尖厉而带轻蔑地答着。

"我们现在走开,做得很对,"普莉赫丽娅·亚历山大罗夫娜匆遽地插着说,"他急于出去办什么事,就让他出去走走,呼吸一点儿新鲜空气吧……他的房里闷得慌……但在这边,人又到哪里去呼吸新鲜的空气呢?就是这边的街上,也好像关闭了的房屋似的。上帝!这是什么一个城市……住在……这儿……他们会把你压毁呢……他们在抬着什么?啊,原来是风琴,我敢说……他们怎样地搬啊……那个姑娘我也很怕……"

"哪个姑娘,妈妈?"

"就是那个索菲娅·谢苗诺夫娜·马美拉多娃,她刚刚在那边。"

"为什么要怕她呢?"

"我有一种预感,杜尼娅。唔,你也许不会相信,在她刚一到来时,就在那一分钟之内,我就预感到她就是烦恼的根源呢……"

"并不是那一回事!"杜尼娅懊恼地喊着,"这是胡说,依你的预感,妈妈!他不过在昨晚才和她认识,而且她进来的时候,他也并不很认识她呢。"

"唔,你可以看着……她使我烦恼;你且看着吧,你看吧!我那样地担忧!她用那样的眼神看着我。当他介绍她时,我在我的椅子上几乎坐不稳了,你看见了吗?这好像是那样的奇怪,但是卢仁写信说她什么,他却引来向我们——向你介绍呢!所以他必定和她有很重要的关系了。"

"管他写什么呢！何况我们也曾给人家谈论过、在信上写过呢。你忘记了吗？我相信她确是个好女子，那些全是胡说呀！"

"但愿如此吧！"

"卢仁是一个卑鄙下流、挑拨是非的家伙。"杜尼娅忽然骂着。

普莉赫丽娅·亚历山大罗夫娜一时也哑口无言了。两人也就陷入了沉默！

"是这样的，我想跟你谈一件事。"拉斯柯尼科夫把拉祖米欣拖到窗前说着。

"那么我就去对卡捷琳娜·伊万诺夫娜说，说你会来的。"索尼娅匆忙说着，便想走了。

"再等等，索菲娅·谢苗诺夫娜。我们没有私事，你不碍我们的。我想再对你说几句话。是这么回事！"但他忽然又对着拉祖米欣说道，"你知道……他叫什么来着……波尔费利·彼特罗维奇？"

"那还用说！他是我亲戚呀。你问这个干吗？"拉祖米欣打趣似的继续说着。

"不是他办理那桩案子吗……你知道那件暗杀吗？……你们昨天谈着的那事呢！"

"是的……怎么了呢？"拉祖米欣睁大了眼睛。

"他正在查问抵押过东西的人，我也有几样东西在那边呢！都是一些零星的、不值钱的小东西：一件是我离开家时，妹妹给我做纪念的戒指；另外一件是我父亲的银表——两样一共只值五六个卢布——但我很珍爱它们呢。现在我该怎么办才好呢？我不愿把那些弄丢了，尤其是那只表。我方才吓了一跳，因为我们说及杜尼娅的表时，我怕我妈妈要看一看我的那只表呀！那是父亲留给我们的唯一的遗物了。如果没有，她会很伤心的呢。你明白女人们心理是怎样的。该怎么办呢？你对我说吧。我本该去通知警察局的，但自己到波尔费利·彼特罗维奇那边去不是更好吗？你觉得怎样？这件事必须尽快办，你想想看吧，在吃饭之前妈妈肯定会问起的。"

"不必到警察局去，直接到波尔费利·彼特罗维奇那边好了，"拉祖米欣兴致很高地喊着，"唔，我是非常的高兴呢。我们就去吧。只有几步路，我们会找到他的。"

"好极了，我们就去吧。"

"而且他会十分愉快地和你结交哩。我平时常向他提到你的，昨天尚在谈你呢，让我们去吧。这么说，你是认识那老太婆了？那就是了！一切都会弄得好好的……哦，对了，索菲娅·伊万诺夫娜……"

"索菲娅·谢苗诺夫娜，"拉斯柯尼科夫改正着，"索菲娅·谢苗诺夫娜，这是我的朋友拉祖米欣，他是个好人。"

"你们是否现在就走……"索尼娅说着，她一点儿也不敢看拉祖米欣，因此倒更窘了。

"让我们走吧，"拉斯柯尼科夫坚决说道，"我今天会到你那边去，索菲娅·谢苗诺夫娜。不过，请你告诉我，你住在哪儿？"

他也不是慌乱，而是似乎很忙，并且尽量避免与她的目光相遇。索尼娅将自己的住址交给他，这时，她的脸绯红了。他们一同出去了。

"你不用锁门吗？"拉祖米欣随他到了楼梯问着。

"不用，"拉斯柯尼科夫答道，"我这两年老想买一把锁，但不用锁的人是很快乐的。"他一边说着，一边对索尼娅笑着。他们立在门口不动。

"你往右边去吗，索菲娅·谢苗诺夫娜？顺便问你一下，你怎么找到我的？"他继续说道，好像要告诉她另一件不相干的事情。他曾想看看她那双温柔、晶莹的眼睛，可是不知道怎么了，总是看不成。

"你昨天不是把住址告诉过波琳卡吗？"

"波琳卡？哦，是的，就是那个小女孩。她是你的妹妹吗？我把住址给她了吗？"

"难道你忘了？"

"不，我记着的。"

"我常听我父亲说到你……但我不知道你的名字，而且父亲也不知道……现在因为知道了你的名字，所以今天我来时便问：'拉斯柯尼科夫先生住在那儿？'我不知道你也只有一间房……再会吧，我要回去告诉卡捷琳娜·伊万诺夫娜。"

她非常愉快地离开了，低着头匆匆走去，迅速地跑出了他们的视力之外，走了二十步向右转弯，就只是她一个人了，于是她加快地走着，四周的人和物一点儿也不顾，只是在想着、忆着、忖着每句话，各种琐碎之事。她一向对什么事情都没有如此关心过。一个完全而新的世界恍惚迷离地摆在她的前面。她忽然想着拉斯柯尼科夫也许在当天，上午，或者即刻就要到她那边去的。

"但最好不是今天，千万不要是今天！"她揪心地自语着，好像一个受吓了的孩子在求谁似的，"怜悯啊！到我那边去……到那个房子去……他会看见……啊，主呀！"

她在那时一点儿也没有想到有一个陌生的绅士在她后面跟着看着呢。他从门口起就在跟着她了。在她和拉祖米欣、拉斯柯尼科夫站在道旁的时候，这位绅士正打那边过，当他听见索尼娅的那句"我问拉斯柯尼科夫先生住在哪儿"的时候，他就惊着了。他立即注意着转过脸去看他们，尤其是看拉斯柯尼科夫，此时索尼娅正向他讲话呢；于是他往后看，看着那住宅。这些都是在他经过的一瞬间的事。他于是不露声色，故意缓慢地向前走，好像等什么似的。他在等索尼娅，他见他们分别了，索尼娅回家去了。

"家？在哪儿？我在什么地方似乎看见过那个脸儿，"他想着，"我得探出个究竟来！"

走到拐角的时候，他就穿过马路，走到对面，回头一看，见索尼娅从后边来了，什么也没留心。她走到拐角的时候，恰好也转到这条街上来了，他便尾随着她。走了约五十步远，他又走过来，跟在她后面，保持五步的距离。

他大概有五十岁，高个儿，很肥壮，两肩高耸着的，好像有点驼腰似的。他穿着华丽的时尚衣服，看上去好像是一个有点儿身份的绅士。他手上拿着一根讲究的拐杖，走一步在道上敲一下；他的手上戴着一双干净的手套。他生着一张宽宽的脸庞，颧骨很高，脸色光润，在彼得堡是常见的。他的淡黄色的头发很浓厚，稍稍夹几根白发；他的浓薄适称的胡子的颜色，比头发浓些。眼睛是碧蓝色的，显出一种专注的、沉思的神情；嘴唇是绯红的。由此可见，他是一个善于保养的人，从这些外貌看上去，比他的年纪轻得多呢！

当索尼娅走到运河岸边，街道上就只有他们两个人了。他看出她是在想着什么事的样子。索尼娅到了她自己的住宅时，就从门口转身进去；他还随着她，好像吃了一惊似的。走进院子之后，她折入右边拐角，向通往她家的楼梯走去。"咦！"那位陌生的绅士低语着，竟跟着她上楼。这时，索尼娅才开始注意到他。她走到第三层楼，便顺着廊道走，在九号门口按下门铃。门上有粉笔写着的"裁缝匠卡佩瑙莫夫"。"咦！"这陌生者又低语着，他对于这碰巧的事觉得奇怪。他拉了拉紧挨着的八号房间的门铃，两扇门相距有五六步的样子。

"原来你住在卡佩瑙莫夫家呀，"他说着，并对索尼娅笑，"昨天他替我做了一件背袄呢。我就住在你的隔壁——列斯莉赫太太家里。真是太巧了！"

索尼娅留神地看着他。

"我们可说是邻居了，"他得意似的说着，"我在前天才进城来的。好，再见。"

索尼娅并没有回答，门开后便躲进去了。不知道为什么，她觉得如此的害羞和不宁。

在到波尔费利·彼特罗维奇家去的路上，拉祖米欣感到异常的高兴。

"妙极了，老兄，"他反复地说了数遍，"我真快活！我真快活！"

"快活些什么呢？"拉斯柯尼科夫自语着。

"我想不到你也会在那老太婆家里当物的。而且……那是什么时候的？换言之，你在当物之后，有多少时日了？"

"他是如此地道的一个傻瓜啊！"拉斯柯尼科夫想。

"什么时候呢？"拉斯柯尼科夫开始回忆，"就在两三天以前吧，但我现在也没有去赎呢，"他似乎有点儿对于那些当物牵肠挂肚地说着，"要知道，我的手里又只剩下一个银卢布了……在昨晚那阵讨厌的神志不清之后。"

他在说话时，老是强调自己神志不清。

"是的，是的，"拉祖米欣赶紧表示同意，也不知他同意什么，"那么，就是因为你……受刺激了……你知道吗……你在神志不清时，常常提到什么戒指链子呢！是的，是的……那是清楚的，现在都算清楚了。"

"原来如此，这种想法在他们中间已经散布开了！这个人将替我去上十字架，我很高兴，终于明白了我为什么在神志不清时提起戒指！这种想法准在他们的脑子里生了根，这是何等的固执啊！"拉斯柯尼科夫这样想着。

"我们能遇见他吗？"他突然地问着。

"会遇到的，会遇到的，"拉祖米欣立即答着，"他是一个妙人儿，你且看吧，老兄。他很迂拙，就是说，他是一个举止温雅的人，但是我说迂拙是别有意义的。他是一个无所不知的人，真的是这样，但他有自己擅长的领域……他不轻易相信别人，比较多疑，而且喜欢讽刺……他喜欢骗人，或者不如说他喜欢捉弄人。他使用的是偏重于事实的老办法……他熟悉自己的本职工作……自始至终……去年他把一件谋杀的案件弄得十分明白了，那件案子连警察都抓不到一点儿线索。他十分、十分急于想和你认识咧。"

"他干吗那样着急？"

"哦，并非实在的……你以为，因为你害病了，我偶然提及过你……所以，当他听见你……你是一个学法学的大学生，却不能完成你的学业时，他说：'很可惜呢！'所以我敢说……由各种事情的混合，不单是那；昨天扎梅托夫……你明白的，罗佳，昨天我喝醉时，在回家的路上我对你说了许多混账话……老兄，我恐怕你把那话夸大了呢！"

"什么？他们当我是一个疯汉吗？也许他们是不错。"他露出一种不自然的笑脸说着。

"是的，是的……就是，呸，不是……但我所讲的一切（而且还有别的事）都是混账话，酒醉的胡说。"

"但你为什么又去告罪呢？我最讨厌的就是这个！"拉斯柯尼科夫虚张地十分恼怒地喊着。可是，有一部分是假装的。

"我知道，我知道，我了解。相信我，我了解。说那些话我是不好意思的呢。"

"如果你不好意思，那么你不要说那话好了。"

两人都静默着。拉祖米欣简直高兴极了，拉斯柯尼科夫厌恶地感觉到这一点。拉祖米欣刚才所说的关于波尔费利·彼特罗维奇的事情，也使他忐忑不安。

"我对于他也一定要扯着厚脸呢！"他这样想着，心里怦怦直跳，面色也变苍白了，"而且要做得不露痕迹。但是最不露痕迹的事情，就是什么都不做。仔细地什么事情都不做！不对，太仔细则露出迹象……哦，唔，我们且待结果怎样吧……我们待着吧……去呢，还是不去呢？飞蛾只是向着亮处飞。我的心怦怦地跳着，这就有点儿糟啦！"

"就在这所黑墙住宅里。"拉祖米欣说着。

"最重要的事情是波尔费利知道我昨天在那老妖婆的家里……而且问起血迹的事？我应该一进去，就立刻把这件事弄清楚，从他的脸上观察出来，否则……就算完蛋，也要弄清楚！"

"我说，仁兄，"他忽然对拉祖米欣说着，露出一点机警的笑，"我今天看出你高兴得奇怪。不是如此吗？"

"高兴？不见得吧！"拉祖米欣紧张地回答。

"是的，仁兄，我对你保证，那可以觉察出的。你坐椅子的姿势简直不像样极了，你坐在那边上，老是坐不稳似的。你常常会无故地跳起来。有时候你恼着，有时候看你的脸又好像是一块糖果。你的脸也红着呢，尤其是在你被邀请吃饭的时候，你的脸红极了。"

"丝毫没有那回事，你乱说！这是什么意思？"

"但你为什么指东话西，像一个小学生似的？活见鬼，你又脸红了。"

"你真是一只猪啊！"

"但你为什么害臊？罗密欧，今天我要找个合适的机会把这件事告诉她们。哈——哈——哈，让我妈开心开心……也让另外一个人笑笑……"

"听我说，听我说，听我说，这可是一件严肃的事……你要说出去，那就糟啦，真是见鬼！"拉祖米欣完全语无伦次，转喜为怒了，"你要对她们说些什么？好，老兄……呸，你真是一只猪啊！"

"你好比一朵夏天的蔷薇花呢！你知道，这个比方对你是多么贴切呀：一位两俄尺十俄寸高的罗密欧！你今天把脸洗得那么干净，连指甲也修剪了，是不是，嗯？这样的事以前有过吗？上帝做证，你还抹了油，搽了雪花膏！把头低下来！"

"猪！"

拉斯柯尼科夫不禁笑得前仰后合。如此狂笑着，他们走进波尔费利·彼特罗维奇的那层楼了。这是拉斯柯尼科夫的目的地：在他们将进去时，里面也可以听得他们的笑声；在廊道边上，他们仍在狂笑着。

"在这边不许多说，否则我要……把你脑门敲破呢！"拉祖米欣提着拉斯柯尼科夫的肩头，气势汹汹地耳语着。

第五章

拉斯柯尼科夫走进去了。他进去时好像忍不住要笑了出来似的。拉祖米欣在他后边摇摇摆摆地进去,又拙又笨,又害羞,面孔红红的,像芍药花,一种异常沮丧和恶狠的相貌全露出了。他的面孔和整个身段委实令人发笑,拉斯柯尼科夫忍不住要大笑,真不为无礼呢。拉斯柯尼科夫不待介绍,便向波尔费利·彼特罗维奇行了个礼,波尔费利·彼特罗维奇站在屋中注视着他们。拉斯柯尼科夫伸出手臂去握手,极力忍住嬉笑,把自己简单地介绍了。但他才做出严肃的态度,低声讲话时,又偶然地瞥了拉祖米欣一下,他忍俊不禁了:他的未发的大笑好像就要立刻发出来似的,但他却极力控制着,拉祖米欣对这"自然发生的"嬉笑所激起的凶狠相,更使这幕表演显出真切而自然的嬉戏了。拉祖米欣又好像故意加强了这种气氛。

"笨家伙!你个魔鬼!"他愤愤地骂着,拳头立刻击在一张小圆桌上边,桌上的一只空茶杯,立刻弹起来,摔碎了。

"啊,你们为什么把桌子弄断,先生?须知这是国库的损失呢。"波尔费利喜笑颜开地喊道。

拉斯柯尼科夫仍是笑个不停,握着波尔费利·彼特罗维奇的手,但也不想做得太过分了,应该适可而止。拉祖米欣呢,因为打翻了桌子,摔破茶杯,弄得手足无措了,只是困惑地呆视着破玻璃片,把身子转向窗口,站在那边向外边看,背对着他们,一副恼愤得很的面孔,也不理什么。波尔费利·彼特罗维奇笑得不能自止,但也不得不去解围了。扎梅托夫在屋角坐着,但在客人进来时他便起来了,带着笑脸地等候着。不过他看了这出戏也不免惊异,而且有些怀疑似的,并有些困惑地看着拉斯柯尼科夫。但是,扎梅托夫的意外在场,使得拉斯柯尼科夫感到扫兴。

"那我要思量一下,"他忖着,"请恕我,"他开口说着,做出烦扰的样子,"拉斯柯尼科夫。"

"什么话,我很高兴见到你……你们是何等愉快地进来的啊……为什么,他连早安也不说一声吗?"波尔费利·彼特罗维奇对拉祖米欣点点头。

"我真不懂他为什么如此和我作对。在我们来的时候,我只说他像罗密欧……而且证实的。也许就是为此吧!"

"猪!"拉祖米欣喊道,并不回过头来。

"我想对那句话如此发怒,当然有很重大的理由呢。"波尔费利·彼特罗维奇笑着道。

"哦,你这个多智的讼师!……都不是好东西!"拉祖米欣破口骂着,自己也不觉好笑起来,他脸色更缓和地走近波尔费利·彼特罗维奇,一场风波好像又平静了似的。"好了吧!我们都是笨货。讲正经的吧。这是我朋友拉斯柯尼科夫,起初他听说你很想和他认识,现在他有一点儿小事要拜托你。喂!扎梅托夫,你如何来的?你们从前会见过的吗?你们老早就熟悉吗?"

"什么意思呢?"拉斯柯尼科夫不安地想着。

扎梅托夫似乎有点儿慌,但也可能没有。

"什么,昨天在你那边我们会见的。"他淡淡在说着。

"那么我不用多事了。上周他老是要把他介绍给你认识呢。波尔费利·彼特罗维奇和你可算有心结识了。你的纸烟呢?"

波尔费利·彼特罗维奇穿了一套睡衣(非常清洁的),穿着拖鞋。他大约有三十五岁,又矮又胖,脸修得光光的,头发剪得很短,一个硕大的圆头,后脑特别凸出。他的和气的、胖胖的、有点扁鼻的脸,稍带有微黄有病的颜色,但却带着一种滑稽而大方的表情。他的眼珠在那些白色的、闪光的睫毛底下,发出湿淋的、呆滞的目光。那双眼睛的表情和他那有点儿女人气的整个身形很不相称,使人觉得这个人比刚开始见面时要严肃得多。

波尔费利·彼特罗维奇一听到他的客人有一点儿小事要嘱托他,便请他在沙发上坐了,自己坐在那一边,等着他说明何事。他那样仔细而过于认真的注视,使人有点儿难堪和不安,尤其是一个生客,所讲的事情又不很重要,不值得那样的郑重其事。拉斯柯尼科夫以简洁适切的语句,正确明了地说明来意,他对于自己觉得很满意,他可以看看波尔费利·彼特罗维奇的一切。波尔费利·彼特罗维奇的眼睛老是看着他。拉祖米欣坐在桌子的对面,热切地注意听着,不时打量他俩的面孔,这显得他是非常关心似的。

"笨货。"拉斯柯尼科夫自己骂起了自己。

"你当然得通报警察了。"波尔费利·彼特罗维奇以诚恳的态度答着,"说你知道了这件意外——谋杀事——请求通知办理此案的律师,那些东西是你的,你想赎回……也许……但他们会写信告诉你的。"

"此事要点就是在这儿,"拉斯柯尼科夫尽量假装痴聋,"我不是很有钱……就连这点儿小钱也非我力量所及的……你明白的。我想此刻只说明那些东西是我的,我有钱时候再……"

"那不要紧,"波尔费利·彼特罗维奇听了他关于金钱上的说明,漠然地说着,"但是如果愿意如此,那你可以写信给我说有人通告你这事,你要求那些是你的财产……"

"写在平常的纸上吗?"拉斯柯尼科夫问着,他不觉又注意到经济这方面。

"哦,极平常的,"波尔费利·彼特罗维奇带着一点儿讥剌似的看着他,眼睛眯缝着,好像向他瞥眼呢。但这也许是拉斯柯尼科夫的多心,因为那只是一下就过去的事。确有那事,拉斯柯尼科夫敢说他对他瞥眼的,谁又管得许多呢。

"他知道。"如电光一般又从他的心胸驰过。

"请恕我拿这小事打扰你,"他继续说下去,不知所措了,"那点儿货物只值五个卢布,但我因为是别人送我的缘故,特别看重它们,而且我得要承认,当我听说,我惊呆了……"

"我向佐西莫夫说到波尔费利·彼特罗维奇在查询每个当东西的人时,你那样着急,就是为此啊!"拉祖米欣关心地插嘴说着。

这实在使人受不了,拉斯柯尼科夫眼睛中不觉发出一股怨愤地怒目侧看着他,但又立刻地使自己镇静了。

"你是在讥笑我吗,仁兄?"罗佳向他问着,故意做出多疑的易觉性,"我想你看我真的像对于这些废物焦虑得可笑吧?但你切不要以为我是自私吝啬,这两件东西在我的心目中绝不是如此的。我方才对你说,那银表虽不很好,但它是我父亲留给我们的一件遗物。你可以笑我,但我的母亲在这边呢,"他忽然转脸向着波尔费利·彼特罗维奇,"如果她知道,"他又匆匆地向着拉祖米欣,提高嗓门儿,"表没有了,她会十分伤心的!你须知女人都是这样的!"

"绝对不然!我就毫没有那种想头!"拉祖米欣艰涩地喊着。

"这不错吗?这自然吗?我小题大做吗?"拉斯柯尼科夫颤声自语着,"我为什么要说女人呢?"

"哦,你和你妈妈在一起吗?"波尔费利·彼特罗维奇问着。

"是的。"

"她是什么时候来的呢?"

"昨晚。"

波尔费利·彼特罗维奇没出声，像在回想似的。

"你的东西决不会没有，"他冷静而温和地往下说着，"我在这边等你好久了。"

好像这是一件不值一提的事似的，他把烟灰盒小心地交给拉祖米欣，因为他正鲁莽地把烟灰乱弹在地毯上呢。拉斯柯尼科夫颤抖着，但波尔费利·彼特罗维奇连看也没看他，他只是担心拉祖米欣的烟灰。

"怎么，等他吗？怎么，你是否知道他有当物在那边？"拉祖米欣喊道。

波尔费利·彼特罗维奇于是对拉斯柯尼科夫说。

"你的当物——戒指和表——都扎在一起，外边用铅笔明白地写着你的名字，有你自己写的典押的日期……"

"你真是细心啊！"拉斯柯尼科夫不自然地笑着，极想正视着他的脸，但是不能，忽又继续说着，"我猜想那边有很多的当物……因我要把它们都一一记住非常困难……但你倒把那一切都弄得如此清楚。而且……而且……"

"愚蠢！无用！"他想着，"我为什么加上那一句呢？"

"我们知道所有典当的人，就只有你一个人没有去认领。"波尔费利·彼特罗维奇有点讽刺地答着。

"我病没有好。"

"我听说过！真的，我听说你对于什么都很痛苦。我看你的脸色还没有好。"

"我并不全是苍白……不，我完全康复了。"拉斯柯尼科夫直截着恼似的说着，他的语气已经改变了。他的怒气往上蹿升，不能控制。"我要在愤怒中把自己的秘密泄露了。"这念头又在他心中闪过，"它们为什么老是给我添麻烦呢？"

"没有完全好!"拉祖米欣把他握住了,"除此还有什么,直到昨天他还没有知觉,神志不清,你相信吧,波尔费利·彼特罗维奇,我们一疏忽,他穿上衣服(尽管他一点儿也站不住)就不见了,到什么场所去尽情酗酒,直到夜深,还是神志糊涂,这些你会更懂信吗?"

"真的神志不清吗?不见得吧!"波尔费利·彼特罗维奇像女人似的摆着头。

"胡说!您别相信,反正您也不相信了,"拉斯柯尼科夫气得忘记嘴巴了。但波尔费利·彼特罗维奇也并不要懂得那些怪话。

"那么如果你神志很清,你又怎么会溜出去呢?"拉祖米欣又热切地说,"你出去干什么的?有什么目的?而且为什么鬼鬼祟祟地?你做那事时,你神志清楚吗?现在一切危险都没有了,我可以大胆地说了。"

"昨天我对于他们真是憎恶极了。"拉斯柯尼科夫露出不恭的笑容,忽然对波尔费利·彼特罗维奇说着,"我离开他们,想到他们找不到我的地方去,我带着很多的钱。扎梅托夫在那边见了。我说,扎梅托夫,昨天我是否神志清楚:请你替我们判断一下吧。"

这会儿,他真想把扎梅托夫给掐死,他实在太讨厌扎梅托夫的眼神和沉默了。

"我想你说得很不错,而且妙极了,不过你太易于发怒了。"扎梅托夫淡淡地说着。

"而且尼柯吉姆·弗米契今天也对我说,"波尔费利·彼特罗维奇插嘴说道,"他昨晚在一个被马车撞倒的人家那里看见你的。"

"是,"拉祖米欣说着,"那时你不是发疯吗?你把你的仅有的钱都给了那寡妇作为葬款。如果你愿意帮助她,给她十五个或二十个已经够了,至少自己要留三个卢布,但你却把那二十五个卢布全都给了人家。"

"昨天我那样的慷慨，也许因为我在什么地方发掘一个金藏呢，你一点儿不觉得吗？……扎梅托夫他知道我发掘了一个金藏吧！请恕我用这些小事打扰了你半个钟头的时间了，"他朝着波尔费利·彼特罗维奇，嘴唇颤抖地说着，"我们给你添麻烦了，可不是吗？"

"哦，不，全然不是，全然不是！看着您，听着您说话，是很有趣儿的……我非常高兴你会到这边来。"

"但请你弄点儿茶给我们吧，我的嗓子太干了！"拉祖米欣喊着。

"奇思妙想！我们也许跟你一同去。你不愿意……喝茶之前有什么更必要的话要说吗？"

"你快去吧！"

波尔费利·彼特罗维奇出去吩咐拿茶了。

拉斯柯尼科夫的头脑在急剧地转着，他十分地苦闷着。

"最坏的是他们毫不虚伪，他们不讲礼貌。你如果一点儿不认识我，你又怎么呢，你和尼柯吉姆·弗米契去讲我吗？他们真像是一群狗，尾随着我的影子，这事他们也不掩饰。他们简直是侮辱我呢！"他十分气恼。"好，坦白地来和我为难吧，不必像猫儿哭老鼠般来作弄我。那简直是无礼的，波尔费利·彼特罗维奇，我也许会不答应的，我会起来，用整个的实情抓破你的羞脸，你才知道我鄙视你到怎样的程度！"他几乎气得发昏了，"那么，即使那只是我的瞎想又怎么了呢？如果是我弄错了，不能忍耐，恼了，我的假面具揭去了，又怎么样呢？也许那都是不经意的。所有他们的习惯用语都是通常应用的，但是它们也有些意义……那一切都可说，但是有些意思。他为什么胡说'给她'呢？扎梅托夫为什么会说我说得巧滑呢？他们说话为什么用那种语气呢？是的，那语气……拉祖米欣坐在这边，他为什么没有眼睛呢？那个呆笨的蠢物老是有眼无珠的！又愤慨了！方才波尔费利·彼特罗维奇对我眨眼吗？当然这是瞎说，他眨什么眼呢？他们无非要弄乱我的神经，否则便是戏侮我了！这不全是幻想，就是……他们知道吗？扎梅托夫他也粗乱呢……扎梅托夫是粗莽吗？扎梅托夫的心变节了。我早知道他会变心的！他在这边是不受拘束的，但我却是第一次莅临呢。波尔费利·彼特罗维奇并不把他看做客人。脊背朝着他坐着。他们如盗贼一样地要好，无非是为着我！毫无疑义地，我们没来之前，他们就在谈我了。他们明白那房子吗?希望他们快点儿呀！当我说我离开要另租房子，他却一字不提……我之所以把关于房子的话趁机说出来，以后也许是有益的……是的，人事不清……哈——哈——哈！昨夜他全知道！他却没有知道我妈妈的来到！那老恶巫用铅笔写上了日期！哼，见鬼了，你不会弄住我的！没有事实证明……那全是瞎想！你捏造事实呢！就是那房子也不是事实，而神志不清，我明白向他们说些什么话……他们知道那房子吗？不弄清楚我是不会离开的。我来做什么呀？但现在我的狂怒也许是一件事实！蠢货，我是如此的易怒啊！也许那不错，侮弄一个病人……他在试探我呢。他将牢牢地拿住我。我为什么事来的呢？"

一切的想法如电光般从他的内心闪过。

波尔费利·彼特罗维奇立刻回来了。他似乎更加快乐了。

"昨天你的宴会，老兄，给我的头……我给忘了。"他向拉祖米欣大笑着，用异样的语气说着。

"这感到有趣吗？昨天我在最有趣的时刻离开你们呢。谁得胜了？"

"哦，当然，没有人胜利。他们谈及永远的问题，飘荡到空间去了。"

"只要一想，罗佳，昨天我们谈及什么上去了？有没有谈到罪恶的东西？我曾对你说，我们已经谈得讨厌了。"

"这有什么可怪的?这是极平常的社会问题呀！"拉斯柯尼科夫心

不在焉地答着。

"那问题并不很平常的。"波尔费利·彼特罗维奇说着。

"不很平常,那倒是真的,"拉祖米欣立刻热切地赞同着说,"你先听听,罗佳,并且把你的意见对我们说说,我要听听呢!我曾极力地反对他们,而要你来帮我。我告诉他们,说你就会来了……那是用社会主义者的观念开始的。你明白他们的观念是对于社会组织的变态的一种反响,不含别的意义,不含别的意义;其他的解脱是不能成立的……"

"你错了。"波尔费利·彼特罗维奇喊着,他精神兴奋地看着拉祖米欣的时候,不停地笑着,这使他更加兴致十足了。

"什么都不成立,"拉祖米欣恳切地把他的话打断了,继续说,"我并没有弄错,我会把他们的书籍给你看。在他们看来一切事情都是受'环境的支配',其他都属非是。这是他们的口头禅!他们说,如果社会组织上了轨道,一切犯罪就无从立足了,因为没有什么可反对了,而人与人之间全变为正直无私了。人性是不足介意,要被摒弃,不承认它的存在的!他们不承认以历史上的方法来推进人类,最后会变成一个正轨的社会,但他们信仰一种由数学的头脑所发生的一切社会制度,会立刻组织所有的人类,而即刻正直无罪,较任何的方法都迅速!就是因为他们自始不赞成历史,'除了丑恶和愚蠢而外什么也没有',他们把它都看成了愚蠢!就是因为他们那样不赞成人生的方法,他们不需要一个活灵魂。活灵魂要求生命,灵魂会不听从机械的规则,灵魂是疑惑的对象,灵魂是退步的!但他们所需要的,虽然朽枯,而且是可用橡皮制成的,至少是死的、无意识的,是屈辱的,而且不会反抗!结果他们便要把一切事物都弄成机械和刻板了!公寓是有了,但你的人性对于公寓是欠缺的——它需要生命,它没完成它的生活,到公墓去却也太早了!你不能以理论丢开人性。理论假定三种可能性,但是可能性无可数了! 切去这不计其数,把它全缩成安全问题,这是最容易的解决问题的方法! 这是伟大的事业,你切不要妄想! 人生的全部秘密都在几页印刷纸上呢! "

"现在他的野马跑远了,该结束了!把他拿住呀!"波尔费利·彼特罗维奇笑着说。"你能臆想吗?"他朝着拉斯柯尼科夫说,"五六个人昨夜像那样的大发议论,在一个房里,用打击为开始,不,老兄,你错了,许多犯罪是由于环境的原因,我可以向你证明。"

"哦,不错的,不过请你告诉我:一个四十岁的大人虐待一个十岁的小孩子,这也是环境叫他那样做的吗? "

"唔,严格说起来,是如此,"波尔费利·彼特罗维奇严肃地说道,"那类犯罪的性质很可能是受环境的影响的。"

拉祖米欣将要发狂了。

"哦,如果愿意,"他大怒说着,"我敢对你说,你有白色的眼睫毛,无非是因为伊万大帝钟楼有三十五俄丈高,我会明白地、精确地、渐进地,甚至带着自由主义色彩向你证明这一点,我立刻证明给你看! 你敢跟我打赌吗? "

"可以! 让我们恭听吧,听他将怎样证实呀! "

"他老是大言欺人,可恶极了,"拉祖米欣跳着站起,做着手势喊着,"和你谈话有什么益处! 你总是那样别有用心的。你还不明白,罗佳,昨天你在他们那边,真是玩弄他们呀。他昨天讲的话,他们高兴呢! 他能一直维持两个礼拜。去年他说他要到修道院去,他苦挨了两个月。不久他忽然又想起说他要娶亲了,说他把一切婚礼用的东西都准备好了。他真的在做新郎衣呢! 我们都向他恭喜。可是结果并没有新娘,什么也看不到,那都是地道的空想。"

"哦,你弄错了!我先有了新衣服呢!其实是新衣使我想起哄你一下的。"

"你原来是一个善于伪装的人吗？"拉斯柯尼科夫不顾一切地问着。

"你不这样想吗，嗯？过一会儿，我也会哄你的。哈——哈——哈！不，我会把实在的东西对你说的。关于犯罪、环境、小孩儿，那些问题，因此我便想起你的那篇当时使我产生兴趣的大作——《犯罪论》……或那一类的题目，我可不清楚了，两个月以前我在《周期评论》上看到的。"

"我的文字？在《周期评论》上吗？"拉斯柯尼科夫愕然地问着，"大约在六个月以前，我脱离开大学时，我确写过一篇评论书报文章，但我是投到《每周评论》的。"

"但却是在《周期评论》上发表出来的。"

"因为《每周评论》停刊了，所以那时没有发表出来呢。"

"是的，但是当它停刊时，《每周评论》就和《周期评论》合而为一了，所以你的大作就在两个月前的《周期评论》上刊登了。你不知道吗？"

拉斯柯尼科夫真的不知道。

"啊，你可以向他们要那篇文章的稿费呀！你真是个怪人怪事呢！你过着那种孤零的独居生活，你毫不知道那些与己有关的事情。这是实在的事，我可对你担保呢！"

"妙极了，罗佳！我自己真的不知道！"拉祖米欣喊着，"我今天要到图书馆去，找那一期。两个月以前的，什么日子？这没有多大关系，我会找着的。"

"你怎么知道那篇论文是我写的呢？我只署着简写的姓名呢！"

"我在以前无意之间看到的。因为那位编者，我熟悉的……我十分感兴趣。"

"我分析一个犯罪者在犯罪前后的心理差异。"

"是的,你还极力辩明,凡罪犯总是与病同时而来的。十分,十分新奇的,但是……叫我感兴趣的倒不是你的大作的那部分,却是文章未了的一个结论,只可惜那结果只是提示着,尚未明晰地写完。如果你记得那上边有一个提示,说有种人,他们可以……这就是说,并不是十分能够,但他们有极端权利去毁坏道德和犯罪,法律并非为他们而设的。"

拉斯柯尼科夫把他的意见故意夸大地解释着,他微笑了。

"什么?什么意思?有权利犯罪吗?不仅是由于环境的影响吗?"拉祖米欣惊讶地问着。

"不,并不仅仅因为如此,"波尔费利·彼特罗维奇答着,"在那篇论文里,把所有的人分成'平常的'和'特别的'两种。平常的人要顺着生活,无犯法主权,因为——你不明白吗——他们是平凡的。至于特别的人,就不然了,无法无天,即因为他们是超常的缘故。这是你的高见,如果我没有弄错的话,对吗?"

"怎么回事?不可能,我不会这样说的!"拉祖米欣困惑地低语着。

拉斯柯尼科夫又微笑着。他一下就明白了问题的所在,以及他们想把他推到哪里去。他记得自己写的那篇文章。他决定接受这个挑战!

"那只有一点是我的论点,"他说得简要又谦虚,"可是我承认,你说得差不多是正确的,也许十分正确呢……(他很高兴承认这点)唯一的差别是:我根本不坚持说非常的人是爱破坏道德的,如你所讲。实则,我怀疑这个正论能不能成立呢。我只提示说一个'非常的'人有权利……这不是一种官样的权利,是一种自己良心上决定超过……某种障碍物的里面的权利,而且那也只是实现他的理想时必须这样做的时候(这种理想有时也许足以拯救全人类)。你说我的文字不正确,我可以使它明白。也许就希望我这点吧,我确认如果开普勒①和牛顿的发现，除非牺牲甚多的人，而不能使尽人知之，那么牛顿就有权利——在责任上也必要的……除去许多人，为了使他的发现为人类全体所知之故。但并非就是说牛顿有权利可以杀人、在街坊盗窃呀！我还记得，我在我的论文上说所有……唔，人类的制法者和领袖，例如莱喀古士②、梭伦③、穆罕默德、拿破仑，等等，就全是罪人，就因为他们立一个新法，就犯了古代立法，那是从祖宗传下来、人民视为神圣的，即使他们流血也不会停止，如是那种流血——对他们的主义有效果的话。事实上，人类中的这许多先贤和领袖的大半都犯有屠戮罪，这是可留意的。总之，我确以为一切的大人物或稍微异于常人的人，这就是说能够讲句新话的人，从他们的性格上一定都是罪人——多少是的，否则，他们必不能超出常轨；如果常轨非他们所忍受的，我想，他们的确也不应当忍受。你看我在那些话中并没有什么特别新奇之处。如此类文字，以前早就有人说过和谈过的了。至于我将人们分成平常与特别的，那未免有些独断，但我并未坚持确实数目呀。我只相信我的主要意见，人类是一种自然法则，约可分成两种，次等的（平常的）就是仅足滋生同类的材料，以及有天赋才能立新异之说的人们。当然，其中还可更细地分类，但这两种人的显著之点分得都很好。第一种人，大约是性情迁腐而守法的人，他们在统治下生活，而且他们被统治——我想，被人统治即是他们的本分，因为他们乐于做顺民；第二种人都犯法，他们全都是破坏者，或心存破坏。此类人们的罪，当然有连带关系而且是多变动的，他们大约是花样翻新，对于现在力求破坏，为着改善之故。但是，如果这种人，为了

----

① 开普勒：德国著名的天文学家和物理学家。
② 莱喀古士：古代斯巴达政治家。
③ 梭伦：古代雅典的立法者。

实现他的思想,被迫去跨过一具死尸,或由血泊中走过,我确以为他在良心上,允许自己涉过血泊——不过得看他的思想的范围而定。我只在此种意义上,说到他们犯罪的权利而已。但亦不必过分焦心:人民差不多都不会承认此种权利的,他们会被刑罚,或被绞死,如此去做就很正当地完成他们保守的职业了。但同样的,人民在下一代便把这些罪人安置在神座上,崇拜他们了。第一种人永远是当今的人,第二种人永远是未来的人。第一种人保存这世界,繁殖着人民;第二种人便推动这世界,使它向它的目标而去。每个阶级皆有同等的生存权。事实上,也都和我有相同的权利,永远的战争万岁——当然,直到我们建成新耶路撒冷为止。"

"这样的话,你是相信新耶路撒冷的喽?"

"是的,"拉斯柯尼科夫肯定地答着。在他说这话以及在他方才大发牢骚的时候,他的眼睛只是注视在地毡上的一个点。

"你……你信仰上帝吗?请恕我的好奇心。"

"是的,"拉斯柯尼科夫答着,并抬起眼睛看着波尔费利·彼特罗维奇,"你……你相信拉撒路①死而复生吗?"

"我……我相信的。你为什么问这个呢?"

"你真的相信吗?"

"真的。"

"你不要如此说……我由好奇心而问的,恕我。但是,我们还是返回原来问题吧:他们并非永远被判刑的。有的,恰恰相反呢……"

"他们活着时胜利吗?哦,对的,有些在此生就达到了,然后……"

"他们就去判决他人吗?"

---

① 拉撒路:是一位讨饭的穷人,死后被天使带去,受到亚伯拉罕的安慰。见于《圣经·新约》。

"如果应当的话，实在，他们大概是如此的。你的问话非常恰当呢！"

"谢谢你！但请对我说：你如何分别特别人和平常人呢？他们坠地时就有标志吗？我觉得应该更精当、更明白。原恕一个真正的守法的公民之自然的焦虑，比如说，他们不能用一种特别的服装吗？他们不能戴着什么或用什么方法印了火印吗？你知道如果发生乱事了，这种人中的一位以为他是属于哪一类的，去'消除一切障碍'，像你所愿意的说的，那么……"

"哦，那是常有的！那话比上回的还要恰当呢！"

"谢谢你……"

"别客气。但请留意，那谬误只会起于第一种人，换言之，在平常人之中。他们有许多人，不管自己是趋向于听命——因为好事的缘故，他们中间有许多人喜欢以进步的人士、'破坏者'自居，把他自己推进'新运动'之中，而且是非常真诚的。同时真正新的人们常常不为他们所注目，或甚且被辱为有爬行倾向的反动派。但是我并不说这边有什么大的危险，你用不着烦扰，因为他们决不怎样过甚的。当然，他们有时让他们的幻想和他们一起走了，会得到一顿毒打的，而且把他们的地位授给他们，如此就好了，实际上，这也是不必要的，因为他们打自己，他们是非常说天良的；有些人互相做这种职务，有的人以自己的手打自己……他们将以各种显明的悔恨行动，露着美丽的劝人的效力，欺哄自己。事实上你用不着烦扰的……这是一个自然法则呀！"

"唔，因此你使我的心更加解放了，但是还有一桩事使我烦恼。请对我说，这许多特别人，有杀他人之权利的有很多吗？当然，我愿意匍匐在他们前面，但是你要承认，如果他们有很多人的话，这是可惊的，嗯？"

"哦,那你也不用烦恼,"拉斯柯尼科夫用同样的语气往下说着,"有新思想并有一点能力说新话的人,是非常的少了,事实上更是如此。只有一桩事情是明白的,人类的一切等级和分类的外貌,一定是循着某种自然的法则。当然,这法则现在我们仍不明白,但我相信是会存在的,而且总有一天被人所察觉的。大多数的人类都是原料,靠着某种大的努力,靠着某种鬼祟的方法,靠着各种配合,仅只为着最后或要由一千人中弄出一个有一点点独立性的人而存在着。也许一万个人中只有一个有些独立性,十万个人中只有一个有更大的独立性的人呢。有天才者是百万中的一个,伟大的天才们——人类的冠冕——也许在万万人中出现一个在世上呢。事实上,我还并未到那蒸馏器里看过,这一切都是在那里面举行的。但确有,而一定有一种决定的原则,这难说是一件突然的事的吧。"

"什么,他俩在说笑话吗?"拉祖米欣忍不住地喊道,"你们坐在那边,互相取笑着。你是严肃的吗,罗佳?"

拉斯柯尼科夫抬起那苍白的、悲哀的脸庞,没有说什么,波尔费利·彼特罗维奇的坦白的、不屈的、神经质的、粗俗的讥讽和着那娴静的、伤心的脸儿,在拉祖米欣看上去觉得有点儿奇怪。

"唔,老兄,如果你真的认真……当然,你说那并不新奇,早已经听过和说过的东西,你是不错的;但在这些话中真正独创的,只属于你自己的,使我恐惧的,是你以良心之名承认流血,而且——显得那样的狂热……我觉得这就是你的大作中的焦点。但是那种依良心承认流血,我看来……是比官样的、法律上的承认流血还更可怕……"

"是的,那更可怕。"波尔费利·彼特罗维奇同意地说。

"不,你多多少少过于夸大了!这里有错误之处,我得拜读一下。你可不能那样想的……我要把文章拜读一下。"

"那些都在文外之言,那边只有一个提示呢。"拉斯柯尼科夫说着。

"是的,是的。"波尔费利·彼特罗维奇坐不下去了,"你对于犯罪的看法,现在我已经很明白了,但……恕我的粗鲁,你看,你把我对于两种人混杂的焦念消除了, 但尚有各种事实上的可能性使我难安! 如果有个人,有个年轻人,以为他是莱喀古士或者穆罕默德——当然,是未来的——当他要把一切障碍除去……他目前有着某种伟大的事业,而且需要金钱去做……他必须去弄钱……你清楚了吗? "

扎梅托夫在他的屋角那边哈哈大笑起来,拉斯柯尼科夫连看也不看他一眼。

"我得承认,"他平静地说着,"此种情形会遇见的。自夸的、愚蠢的人尤其容易跌到那个泥途中去;尤其是年轻人。"

"是的,你看。那怎么办呢? "

"什么怎么办?"拉斯柯尼科夫微笑着答道,"那倒不是我的错误。就是如此,而且将永久是如此的。他方才说(他向拉祖米欣点点头),我承认流血。社会给监狱、谴贬、罪人调查者、罪奴等等,保护得太周密了。不用去忧虑的。你们只要把贼捉牢就好了。"

"如果我们真把他捉住了,又如何呢? "

"那么他就得到他应该得到的了。"

"你真是与理论相合的,但他的天良怎么样呢? "

"你为什么注意那些呢? "

"由于同情观念呀! "

"如果他有天良,要是认识到错误,他一定会痛苦的。这就是对他的惩罚——苦役之外的惩罚。"

"不过真正的天才,"拉祖米欣皱着额角问着,"那些有杀人权利的人呢? 他们亦应当受一点儿罪吗? "

"为什么要说应当这个字眼儿呢? 这不是允许或禁阻的事情。如果他替他的牺牲者可怜,他就得罹罪。受苦与受罚对于大智慧和好心肠是永远无法避免的。我想,真正伟大的人在世上一定具有大的伤怜的。"他梦一般地继续说着,并不是讲话的语气了。

他仰着看,热切地看着所有的人,微笑着,拿起他的帽子。和他初来时的神色比较,他是过于安闲了。大家都站着了。

"唔,假如你高兴,骂我也好,生气也罢,"波尔费利·彼特罗维奇又说了,"但我不能自持。请允许我问你一个极小的问题, 便是一个极小的意思。我要说出了,免得以后忘记……"

"好吧,把你极小的意思对我说吧。"拉斯柯尼科夫站着等待,惊惶而严厉地立在他前面。

"唔,你看……我真不懂怎样讲得合适……这是一个心理上方面……你写你那篇大作的时候,你决不能控制的,嘿嘿!你想……一个'特别的'人,讲出你所说的一句新话……不是如此吗?"

"极可能的。"拉斯柯尼科夫傲然地回答着。

"如果这样,如果碰到世上的艰难痛苦或为着对于人类的服务,你能叫自己越过障碍物吗? ……例如,劫盗伤人之类。"

他又眨着左眼,和以前一样不声不响地大笑着。

"如果我做了,我决不会对你说的。"拉斯柯尼科夫轻蔑而傲慢地回答着。

"不,我只因为你的大作而感兴趣,从文学的观点上看的……"

"呸,这是怎样的无礼呀! "拉斯柯尼科夫露出厌恶的神情自语着。

"允许我讲吧,"他冷淡地答着,"我并不把自己当做一个穆罕默德或拿破仑,也不是那一类的任何人,我绝不是他们中的一个,我就不能对你讲我怎样做。"

"哦,好,现在在俄国,大家都当自己是拿破仑吗? "波尔费利·彼特罗维奇带着惊讶而不拘礼节地说道。

各种特别的见解，从每个人谈话声中自行显露出来了。

"也许就是未来的拿破仑中的一个，上礼拜把阿廖娜·伊万诺夫娜给消灭了的吧？"扎梅托夫在屋角突然插嘴说着。

拉斯柯尼科夫不讲话，但是锐利地看着波尔费利·彼特罗维奇。拉祖米欣忧愁似的皱着额角。他好像看出一些事情了。他懊恼地向四周望了望。约有一分钟的沉默。拉斯柯尼科夫动身想要走了。

"你准备走了吗？"波尔费利·彼特罗维奇和颜悦色地说着，他异常谦逊地伸出手来，"我十分，十分高兴和你结识。至于你的嘱托呢，不必费心，你依我所说的去写好了，最好是你亲自到我那边来，在这一两天之内……明天，十一点钟的时候，我必在那边。我们好把一切都做了，我们可以再谈谈呢，你是最后的一个了，你也许会告诉我们一些话的。"他带着最和蔼的姿态继续说着。

"你要借此来把我当做证人盘问吗？"拉斯柯尼科夫锐利地问着。

"哦，什么？那在近来是不用的，你听错我的话了。我不会失去一个良机的，你看……我要和所有当物的人都谈谈呢……我从其中有些人中弄些证据，你是最后的一个了……是的，顺便说说。"他好像忽然高兴似地喊着，"我刚刚记起，我想起什么事儿？"他转脸朝着拉祖米欣，"你说那个尼古拉把我弄烦厌了……当然，我知道，我知道得很清楚，"他又向拉斯柯尼科夫道，"那个人是冤枉的，但这事怎么办呢？我们只有再麻烦德米特里·普罗柯费奇了……这是症结之处：当时上楼的时候……请问，现在是七点多了吗，是不是？"

"是的，"拉斯柯尼科夫答着，他说这话时有点不快之色，深觉他不必多说的。

"那么当你在七八点钟之间上楼时，你未曾看见第二层楼上那门开着的房子中——你记得吗——有两个或一个工人吗？他们在那里刷漆，你有没有注意他们呢？这于他们十分，十分地要紧。"

"油漆工吗？没有，我未曾看见他们，"拉斯柯尼科夫缓慢地答着，好像在搜索他的记忆似的，同时他的每根神经都紧张了，急昏似的去猜那诡计在哪儿，愈快愈好。而且不能忽视任何事情，"不，我未曾看见他们，我也没有注意到像那个样的房开着……但是第四层楼上(他现在克服了那诡计而且得胜了)，我现在尚记得有人从阿廖娜·伊万诺夫娜对面的房里搬物……我记得……我记得很明白的。有的看门人移着一张沙发，他们把我拥挤到墙边，但是油漆匠们……不，我记不得那边有漆匠，我不相信有什么房子的门是开着，丝毫没有的。"

"这是什么意思？"拉祖米欣忽然喊着，好像清醒过来了似的，"什么，漆匠做工是在暗杀那天，那么他在那边是三天前了吧？你问些什么？"

"唉！我搞乱了！"波尔费利·彼特罗维奇敲着自己的脑袋，"见鬼！这事把我的脑袋给弄乱了！"他向着拉斯柯尼科夫说着，"能够查出有没有人在七八点之间看见他们在那房中，是一件非常关键的事情，所以我想到你也许可以告诉我们的……我非常昏乱了。"

"那你就得更加谨慎些了。"拉祖米欣不客气地说着。

最后的几个字是在走廊上讲出的。波尔费利·彼特罗维奇非常谦恭地看着他们走到门外。

他们走到了街上，沮丧而愠怒，他们走了好多路也没开口说话。拉斯柯尼科夫深叹了一口闷气。

第六章

　　"我不相信,我怎么会相信呢!"拉祖米欣一再说着,他迷糊不安地驳斥着拉斯柯尼科夫说的话。

　　他们将到巴卡列夫的公寓了, 普莉赫丽娅·亚历山大罗夫娜和杜尼娅等他们已经很多时候了。拉祖米欣在路上常常站着,兴奋而迷糊地讨论着,因为他们公然谈那件事,还是第一回呢!

　　"那,你就不要相信好了!"拉斯柯尼科夫带着漫不经心的笑答着,"你总是当面呆的,我却细细地想着每句话呢。"

　　"你好疑惑,就因你详细推敲他们的话吧……哼……不错,波尔费利·彼特罗维奇的话有点儿怪,这我知道,而那贱货扎梅托夫更是可怪了——你说得不错,于他有何关系——但是何故如此呢?"

　　"从昨晚起他就心思大变了呢。"

　　"不然! 如果他们有那种糊涂的思想,他们就得尽量掩饰,严守他们的秘密,以后再捉住了你……但那只是疏忽和莽撞而已。"

　　"如果他们找到了事实——换言之,是真实的——至少是有了一些疑点,那他们就得要尽量严守他们的诡计,好多弄些(不过他们早该去搜查的)。但他们一点儿也找不到事实,那不过是捕风捉影,多是渺茫的。至多是一个不实的观念呀!因此他们尽量来试探我, 也许他因没有事实而焦恼地随口露出的——否则就是他的一种计划……他倒像是一个有智谋的人儿。也许他假装知道来恐吓我呢!他们是有自己的一种心理的,仁弟。但要去解说这些太麻烦了。不谈了吧!"

278

"太侮辱人了，但……现在我们既已经坦白说了(我真愉快我们能坦率地说了)，我早就看到他们有这个意思了。这自然只是一种暗示—— 一种讽刺——但这一种讽刺为什么来呢？他们怎会敢呢？有什么凭据呢？我是如何地愤怒呀。你想！仅仅因为一个苦恼的大学生，给贫困和忧虑病所缠，未害严重的糊涂的病(当心这个)之前，多疑、自恃、骄傲，他六个月中没有和人说过话，穿着破烂的衣服，而要面朝着几个卑陋的警察的面，忍受他们的侮辱！而那意外的债票——切巴罗夫交上的债据——塞在他的眼前，臭不可闻的油漆，列氏三十度的高温，闷热的空气，一大堆人，再加上谈论他前一天去找过的一个人被谋杀，那一切的一切，都是在他饿着肚子的时候碰到的——他不生病真是天知道。但那些就是他们所说的事实了。这是怎样可恼！如果在你看来，罗佳，我就觉得他们好笑，也许还要当面扯破他们的脸呢！我还要向各方面去找人出口气，如此我才把这事情告一段落。可恶极了！不要沮丧，打起精神来。真可耻！"

"他这话说得真好。"拉斯柯尼科夫这样想着。

"他们真是可恶极了，明天还要询问证人呢。"他悲伤地说着，"我定要和他们解说不成？实际上我已经觉得烦恼极了，我昨天在酒店歇脚和扎梅托夫谈谈……"

"真可恨！我要到波尔费利·彼特罗维奇那边去，我要像家人一样把那事情探个明白：他得让我明白所有那事的一切！至于扎梅托夫呢……"

"他总算想到了！"拉斯柯尼科夫想着。

"等等！"拉祖米欣喊了一声，又抓住他的肩膀，"得了！你弄错了，我已经看出来了，你弄错了！你说关于那两个工人的问题是一个圈套吗？你好好想想：如果你干了那事，你会说看见他们在漆房子……和工人们吗？恰恰相反，你没有看见。即使看见了，谁会承认对自己不利的事呢？"

"如果我干了那件事，我将说我是看见工人和房子的。"拉斯柯尼科夫很不自然地答着。

"但你为何说这些对自己不利的话呢？"

"唯有无智识的人，或丝毫没有经验的新手，在审问时才会不承认一切事情。如果一个人稍微有点头脑和经验，他倒会把那些不可避免的一切事实全招认了；不过，他会给这些事实找出另外的一些理由，加进一种特别的、意料不到的特点，从而赋予这些事实以截然不同的意义，使它们得出不同的解释。波尔费利·彼特罗维奇会预计我将要如此回答，说我看见他们了，表示一种真实的态度，然后再加以解释。"

"但他会对你说，工人们必不会在两天前就在那边，那么你在谋杀那天八点钟在那边是确定的了。如此不是给他一点罅隙而把你套住了吗？"

"是的，这是他所凭借的，当我无暇思索，立刻做一些无疑的答复，因此便会忘记工人不能在两天前在那边的了。"

"但你怎能忘记了呢？"

"这真是容易之极。聪慧者就在这种蠢事上最易被人抓牢。一个人愈机敏，他就不加猜疑，他就会于一件简单的事上越易被抓牢的。一个人愈狡猾，他就越坚信他不会在一桩不值得注意的小事上被人抓住把柄。正是用一件最普通的事情去使一个最狡猾的人上当。波尔费利·彼特罗维奇完全不像你所料的那样愚蠢……"

"如果真是这样，那他就是一个恶徒了！"

拉斯柯尼科夫忍不住笑了。但他立即为自己奇怪的坦白和热心的解释所惊讶了，虽然他此刻所说时老是露出沮丧的厌恶，明显地由于有一个缘故。

"有几点还挺合我的口味哩！"他自慰着。但同时他忽然立即不安起来，好像一个意外的惊人的念头浮现于他的心目中了。他的忐忑不安渐渐地加升。他们已经到了巴卡列夫房子的门口了。

"你一个人进去好了！"拉斯柯尼科夫忽然说着，"我就来。"

"你到哪儿？我们才到这边，怎么又……"

"没什么……半个钟头后我就来的。请你对她们说声。"

"你要怎么说，我要和你一同去。"

"你也来烦我了！"他喊着，睁着绝望的恼怒的大眼，拉祖米欣只好放手了。他在石阶上，沮丧地看着拉斯柯尼科夫向他所住的那条巷子的方向大步地走去。末了，他咬了咬牙，攥紧拳头，发誓要在那天去找波尔费利·彼特罗维奇，像柠檬似的逼着他把话全说出来，然后他上楼去安慰因他们长久不来而心里急得要命的普莉赫丽娅·亚历山大罗夫娜。

拉斯柯尼科夫到家时，满头是汗，并气喘喘地呼吸着。他立即上楼，走进他的没下锁的房间，并把门闩放上。他在慌忙的恐怖中冲向墙角去，把手伸向那个用纸遮住的洞中，他摸索了好久，始终没找到什么，于是站起来，匆忙地呼了口气。当他正来到巴卡列夫住宅的石阶时，他忽然幻想到会有一条链子、一个饰钮，或一张纸（上面有那老太婆写着的当物的纸张），掉下来了，落在什么破洞里，忽然被人发现了，变为意外的不利于他的铁证。

他心不在焉地站着，一种奇怪的、侮辱的，似无意义的微笑在嘴唇上边浮露着。他于是抓起便帽，又悄悄地走出房门。他的脑筋十分慌乱，做梦般地溜出了房门。

"这就是他呀！"一个人高声喊着。

他仰起头来。

看门人在他的房门口站着，向一个矮胖的人指着他，那个人看上去好像一个工人模样，穿着一件长的袄子和一件背心，远看时很像一个女人。他驼着背,头上戴着的肮脏便帽向前搭着。他脸上的皱纹很多,看他大约有五十多岁了;他的小眼睛朦肿得看不出来,但却凶相外露。

"干什么的?"拉斯柯尼科夫向看门人问着。

那个陌生人不声不响地、悄悄地偷看着他,似乎注意而审慎地看着他,然后缓慢地转身,出了大门,走到街上去了。

"干什么的?"拉斯柯尼科夫大喊着。

"是的,他问这边有没有一个大学生住着,说起你的名字,并询问你和谁同住。你来了,我就告诉他,他就走了。真是莫名其妙呢。"

看门人似乎也很困惑,但他惊奇了一下,就回到他的房里去了。

拉斯柯尼科夫立即跑去追赶那个生人,看见他仍是缓步前行,沿着街坊那一边走,眼注视着地下,似乎在默忖似的。罗佳追上他了,和他平行走着,看着他的脸。那生人也立刻看着他,但又把目光移开。他们如此并行了一分钟,不说一句话。

"你向看门人……探听我吗?"拉斯柯尼科夫终于开口了,但是用很安闲的神情看着他。

那人既不答话,连看都不看他一眼。他们仍是静默着了。

"你干吗……要来寻我……为什么又不说一句话呢……到底是什么意思?"

拉斯柯尼科夫的话声时断时续的,好像把这话故意说得响亮些似的。

那人这回却把眼抬起了,用阴森森、恶狠狠的目光向拉斯柯尼科夫看了一眼。

"杀人犯!"他突然用一种低沉的,但是十分清楚的声音说道。

拉斯柯尼科夫仍是在他旁边走着。他的双脚骤然地瘫软下去了,一阵寒战突然由他背脊传下来,他的心好像停止了跳动,接着又像脱了钩似的突然跳动起来。他们就这样沉默地并行着约有一百多步。

那人始终没有看他。

"你究竟是什么意思……什么……谁是杀人犯呢?"拉斯柯尼科夫用几乎听不见的声音低问着。

"你就是一个杀人犯。"那人缓慢地、加重语气地回答,露出一种胜利的、狰狞的笑脸,直看着拉斯柯尼科夫那惊惶的脸色和眼睛。

他们走到了交叉路,那人头也不回地转向左边。拉斯柯尼科夫立在他后面直瞪着。他看见那人走了五十步远的地方后,转过身来,看他仍在那边站着——拉斯柯尼科夫虽看不真切,但他料想他必又露出那同样冷酷的、得意的和狰狞的笑容呢!

拉斯柯尼科夫双脚蹒跚着,膝盖颤抖着,慢慢地回到自己的小楼去,觉得全身在颤抖。他把便帽扔在桌上,他兀自站着不动,然后疲乏似的倒在沙发上,痛苦地、细弱地呻吟,躺了约有半个小时。

他什么也没有想。只有一些片断的、没有秩序的、不连贯的影像在他的脑中现出——他在年轻时所看见的或所遇见的人们(这些人他从不会想起的)的脸庞,V地教堂的钟楼,酒店里的台球桌和玩儿台球的士兵们,地下室的烟店的烟气,一家酒店的房间,一条非常暗淡的楼梯,全给秽水浸湿了,满布着蛋壳,以及礼拜天的钟声从远方传了过来……一个个的影像接连着,像旋风般地旋转不已。他想努力去抓住不放,但它们却倏忽地消失了。他心中只感到一种压抑,但那并不全叫人烦恼,有时也能叫人舒服……他的身上依旧微微地发冷,可是就连这一点,也是一种类似舒适的感觉。

他听见拉祖米欣急促的脚步声,立刻合上眼睛,佯装睡着了。拉祖米欣开了门,在门边站了一会儿,踌躇似的,又悄悄地走进房中,轻轻地来到沙发前。拉斯柯尼科夫只听见娜斯塔霞叽咕着:

"不要去扰乱他!让他睡去好了,稍迟点儿再叫他吃中饭吧!"

"好的。"拉祖米欣答道。他俩轻轻地退出，把门带上。过了半个小时，拉斯柯尼科夫睁开了眼睛，仰卧着，两只手放在后脑下面。

"他是什么人？那个好像从地下走上来的人是谁呀？他在那边看见了什么？他分明全看见了，那他站在哪里？在哪里看见的？他怎么此刻才从地下跳上来？这是能够的吗……"拉斯柯尼科夫继续说着，他又颤抖着，"尼古拉在门后面发现的首饰匣——那够的吗？一条路径吗？你弄错了一点儿，就可以造起一座证据的金字塔！一只蝇子飞过而看见了！这是能够的吗？"他忽然又厌倦了，觉得自己的身体变得软弱极了。"我本该明白的，"他苦笑着想道。"我明白自己，明白我将怎么，我怎么会提起利斧去杀人呢，我本该先明白……但我以前实在清楚的！"他绝望地自语着。他常常对于某种问题而发痴。

"不，那种人并不像我这样的。那些为所欲为的领袖在进攻土伦，在巴黎进行大屠杀，把一支军队忘在埃及，在远征莫斯科时消耗了五十余万人，最后在维尔诺说了一句双关语便溜之大吉①。在他死后，人们还给他建了祭坛——由此可见，他可以为所欲为。不，这种人好像不是肉做的，而是铜铁打的！"

一个骤然而来的念头使他不觉大笑起来。

"拿破仑、金字塔、滑铁卢，以及一个卑贱的瘦骨嶙峋的老太婆、一个榻下放着红色柜的典当主——把这两件事扯到一起，哪怕波尔费利·彼特罗维奇也未必能领会其中的奥妙！他们哪儿能领会得了呢？那他们没有这种悟性。他们会说：'拿破仑怎么会往一个老太婆的床底下爬呢！'唉，废物！"

他觉得自己似乎正好发狂：他陷入了一种发热病的兴奋情绪中了。

---

① 指拿破仑彻底失败后，在维尔诺（即立陶宛首都维尔纽斯）说了一句语意双关的话："从伟大到可笑只有一步之差，且留后人评说。"

"那老太婆简直是胡扯，"他兴奋地、没有条理地想着，"那老太婆也许是错误也说不定，但她不完全是顶重要的！那老太婆单单是一种病症……我想快快跨过去。我不是去杀人，是杀主义！我杀了主义，但我不会跨过去，我在这边站着呢……我只会杀人。而且我甚且那个也不会的……主义？那个呆子拉祖米欣为什么要痛斥社会主义者呢？他们是勤恳的经纪人，他们在为'人的福音'而奋斗。不，我的生命不过一回，我永不会再有；我不渴望'人的福音'的到来，我只要生存，否则宁可不活了。我要顾着我母亲的饥肠，但把我的卢布塞进衣袋内，同时我期待着'人的福音'。我把我的小石子丢入'人的福音'中，如此我的心便得安慰了，哈——哈！你为什么不看见我？我只活着一回，我想……唉，我是一只干净的虱子，其他的全不对，"他又继续说着，大笑自己像一只虱子，"不错，我实在是一只虱子，"他连说着，握着这观念，老盯着它，玩弄它，带着复仇的愉快，"第一，因为我能推证我是一只虱子；第二，因过去一个月，我打扰了慈悲的上帝，求它证明，我干那桩事，并不为自己的肉身打算，是怀着另一个冠冕堂皇的目的——哈哈；第三，因为我要努力合理地把它做了，细写着，推想着，筹划着。我由一切虱子中选出一只最无用的，要从她那边抓取我第一步所需的钱，不多，也不少（其他的都可按照她的遗嘱送给一个修道院，哈哈），而且那分明看我是一只虱子呢！"他咬牙切齿地说着，"也许因我比我所害的一只虱子更卑贱、可憎，而且我先明白，杀她后我将说为我自己的。有什么事情可和那种恐吓相模拟呢！卑贱！下流！我明白那个手提军刀、骑在马上的'先知'所说的话了，他说：安拉下命令，'颤抖'的畜生也必须服从！①'先知'是不错的，他横街排列的炮

---

　　① "先知"，指的是穆罕默德，安拉则是伊斯兰教的真主。"'颤抖'的畜生也必须服从！"则引自普希金的诗作《仿古兰经》。

兵,攻打那冤枉的人和犯罪者,总之,他是不错的,你们该听命的!'颤抖'的畜生,不要存有欲求,那不是为你们的!……我要永久不、不宽恕那个老太婆啊!"

他头上的汗把头发淋湿了,打着哆嗦,口干舌燥,两只眼睛直愣愣地盯着天花板。

"妈妈,妹妹——我从前是怎样地爱她们的啊!我现在为什么恨她们呢?对的,我只对她们有一种生理上的憎恶,我受不了她们接近我……我不能忍受呀!我记得,不久前,我走到妈妈的跟前,吻了她,拥抱她……心里却在想,如果她知道了……那我就对她说吗?那是我正想做的……哼,她也和我一样吧,"他继续说着,想念着,真如癫狂了似的。"我现在是怎样可恨那老太婆啊!她如果活了过来,我会再次把她给杀了呢!可怜的丽莎维塔啊!她进来做什么呢……不过也奇怪,为什么我一点儿都没有想到她呢,我好像并没有杀她似的!丽莎维塔、索尼娅,可怜的、温柔的姑娘,有着柔媚的秋波。可爱的姑娘们!她们怎么不哭泣呢?她们怎么不悲哀呢?她们献出了一切……她们的秋波既温柔又平静……索尼娅,索尼娅,温柔的索尼娅啊!"

他的意识丧失了,他觉得有点儿奇怪,不记得自己怎么会走到街上去的。夜晚了,暮色渐浓,一轮明月光明地照耀着;但一切充满着沉沉的死气,并有一种石灰泥土和臭水的气息。街上有往来成群的人,做工的人和办公的都回家去;有的人出来散步。拉斯柯尼科夫一直走,悲哀而忧虑。他知道自己出来是有目的的,须把事儿立刻办好,但他又忘了。他忽然站住,他看见前面有一个人站着,对他招呼着。他穿过街口走到他那边,但那人又低垂着头转身走了,好像没有向他打过招呼似的。"他真的向我招过手了没有呢?"拉斯柯尼科夫觉得很奇怪,于是极力去追他。当他快接近那人时,他终于认出那人来,不由得吓了一跳:这就是那个驼着背、穿着长短袄的人。拉斯柯尼科夫尾随着他，心怦怦地跳着；他们打了一个转弯，那人仍没有回过头来。"他知道我跟着他吗？"拉斯柯尼科夫想着。那人跑进一座大厦的门里。拉斯柯尼科夫立即走到门前，向里探望，看他是否回过头来向他打招呼。那人在里面果然回过头了，又好像向他招招手。拉斯柯尼科夫当即跟了进去，但那人又没有了。应该是上楼梯了。拉斯柯尼科夫仍走过去追他。他好像听见楼梯以上有节奏的脚步声。他对那楼梯好像很熟悉。他走到一层楼的窗前，月儿由窗外射进一股阴森森的神秘的光亮；他再到了第二屋楼上。啊！这就是漆工们工作过的那楼房呀……他怎么不认得了？那个人的脚步声没有了。"那他一定是站住了，也许是躲在某个角落呢！"他再走上三层楼，他还要上去吗？一种可怕的沉寂，但他仍向上走去。他的步履声恐吓他。怎么如此黑暗呢！那人必定躲在什么地方了。哦！楼房的门开着，他徘徊着，但终于走了进去。走廊上十分的黑暗，而且空虚，一切东西好像都没有了似的。他踮着足尖，悄悄走进有月光的厢房。那边一切如常，椅子，镜子，淡黄的沙发，还有镜架。一束大而圆的、紫铜色的月光向窗口里窥视。"不错，是月光使它死寂，使它神秘呀！"拉斯柯尼科夫想着，他站在那里等待着，好久好久，月光愈沉默，他的心也跳得愈快，直到痛了为止。一切仍是寂然。忽然，他听见一声尖厉的破裂声，如裂帛一样，一切又归寂静。一只蝇儿飞了，打在玻璃窗上，呜呜地悲伤着。这时，他在屋角看见窗口小食柜中央，有一只像挂钟一样的东西，挂在墙上。"那挂钟怎么在这边了？"他想，"以前不在这边的呀……"他轻轻地走上前去，觉得有人躲在那儿。他把钟小心地移动，就看见那老太婆坐在屋角椅子上，腰躬得很，他看不出她的脸部，但无疑的是她。他在她那边站着。"她怕我呢，"他想。他悄悄地把活结上的斧头拿来，又一下地打中她的脑门儿，但很奇怪，她却一动不动，好像是木块做的。他吓呆了，走近前去想看得更清楚一些，可是她把头垂下去了。于是，他干脆把身子弯到地板上，从下往上去看她的脸，一看之下，他顿时怔呆了：那老太婆坐在那里发笑，无声地大笑着，一点儿声音也听不见。他立刻又想到那屋的门里面有着窃窃私语和大笑声。这时，他简直发狂了，他使出全身的力气，向老太婆的头上打下去，可是他每打一下，卧室里的私语和大笑声也更大，那老太婆快乐得几乎颤抖了。他拔腿就跑，但走廊上站满了人，各屋的门也开着，梯顶上和梯口上以及下面各处，全都是人，簇簇的人头，都在看，但都挤弄在一起，静静地期待着。他的心收紧了，两脚立在那儿，不能动弹。他大声地呼喊，忽然惊醒过来。

他深吸一口长气——但是那梦境还依稀留在面前，他的房门开了，一个未曾见过的生人在门口专注地着看他。

拉斯柯尼科夫没有把眼睁开，立即又合上。仰躺着不动了。

"仍在做梦不成？"他觉得奇怪，微微地睁开眼睛一看：那生人仍站在原处看他。

他走进房来，小心翼翼地把身后的门带上，走到椅子前，看着拉斯柯尼科夫。兀自坐在沙发旁的椅子上，把礼帽放在地板上，手靠着手杖，用手支着下巴。他想永久地等着，这是很明白的。拉斯柯尼科夫偷偷地看他，是一个已经上了年纪的人了，长着一把很多很美的而稍白的须髯。

十几分钟过去了。天色仍是亮晶晶的，但不久就渐渐昏暗了。房中充满着寂静，也没有一点儿声音由楼梯上传来。只有一个蝇子向玻璃窗呜呜地扑过去。终于不能再忍耐了，拉斯柯尼科夫于是忽然起来，走到沙发上坐下了。

"好吧，请你告诉我，你有什么事？"

"我知道你不曾睡着，只是佯睡罢了。"那生人奇异地答着，自在地笑着。"请许我自己介绍一下吧，我就是阿尔卡季·伊万诺维奇·斯维里加洛夫……"

第四卷

第一章

“这还会是在做梦吗?”拉斯柯尼科夫又想着。他疑惑而谨慎地看着这位不速之客。

“斯维里加洛夫?别胡说!怎么可能呢!”他终于在困惑中大声说了出来。

这位客人对于这种喊声似乎一点儿都不觉得奇怪。

“我来这边有两个原因:第一,我要亲自和你认识,因我已经听到一些有趣的谄媚你的话;第二,在一桩有关你妹妹杜尼娅终身的事情上,希望你不会拒绝帮助我。因为你如果不来帮我,她将不许我亲近她的,因为她对我有成见,但你能帮忙,我想……”

“你弄错了。”拉斯柯尼科夫插说。

“她们昨天才到的吧,我可以问你吗?”

拉斯柯尼科夫没有回答。

“是昨天,我明白。因我自己就在头一天到这边的。哦,让我对你说,罗佳,我并不要表白自己的不是,但请你告诉我,我在这事上犯了什么大罪呢?请您客观、公正地评价一下!”

拉斯柯尼科夫仍沉默不语。

“我在家庭中虐待一个可怜的姑娘,‘用我的卑陋的求婚侮辱她’——是这样的吗?我把话先挑明了吧!但是,请你稍稍设身处地想一想,我同是一个人……总之,我可以受人所惑而误入情网——这并非由我们的意志所能控制的,于是一切事情都可以用极平常的方法解决了。事情是:我是一个怪物,还是一个牺牲者?如果我是牺牲者，又如何呢？我要求她和我私奔到美国或瑞士，我对她是抱着最深切的敬重的，为促进我俩相互的幸福的！你明白理性是情感的奴隶，也许我自己会受到更大的伤害呢！"

"那倒不是关键，"拉斯柯尼科夫厌憎地说道，"我们不想和你有任何来往，不管你怎么说，与我们绝对没有任何关系。我的门在那边，你出去！"

斯维里加洛夫突然哈哈大笑起来。

"但你……我还是不能骗你，"他一边说一边直率地大笑着，"我想骗你，但你立刻就言归正题了！"

"但你仍在设法骗我呢！"

"这有什么要紧？这有什么要紧？"斯维里加洛夫直率地笑喊着，"这是法国人所谓的坦白无私呀，而且是很不厉害的欺骗……可是仍被你打断了我的话。总之，我再说一次：如没有那花园中发生的事儿，根本就没有什么不愉快的。玛尔法·彼特罗夫娜……"

"据说，你把玛尔法·彼特罗夫娜也带死了？"拉斯柯尼科夫不客气地打断他的话。

"哦，原来那事你也听说过？当然，你一定是听见了……不过你的事情，我真不知怎样说好，虽然我的良心并无不安，不要以为我对那事有什么惧怕。一切都循规蹈矩、有理路的。医生诊断为中风，因为在一次饱餐和吃了一瓶酒之后就去沐浴的原因，真的不能认为是别种原因的。但我要对你说我自己近来的想象，尤其在坐车到那边的路上时：我有没有在精神上刺激了她，或者类似的其他原因，从而促成这件……不幸的事情呢？可是我得出的结论是：这完全不可能。"

拉斯柯尼科夫不禁大笑起来了。

"我想你对那件事情是自寻烦恼！"

"但你又何故大笑呢？只要你想一下，我只用小鞭敲了她两下——一点儿伤痕也没有……请你不要认为我是一个恬不知耻的人；我很知道我是怎样的卑鄙，但我也明白，玛尔法·彼特罗夫娜对于我的亲热，也很欢喜——如果可以这样说的。关于你妹妹的事，已经被她讲得老掉牙了。因为玛尔法·彼特罗夫娜临死前三天无法外出，她已经没有必要到城里去了。而且，她的那封信，大家也早就听厌了——你听说过她念那封信的事吗？这时候，忽然有两鞭子好像从天上掉下来似的抽在她身上！她立即嘱咐把马车拉出……我且不说女人有时候觉得受侮辱是非常愉快的，尽管她们在表面上也装出愤怒的样子。人们都有这种情况，一般来说，人类真的很喜欢自辱，你留心过吗？尤其是女人，更是喜欢这样。甚至可以说，那是她们唯一的消遣呢！"

拉斯柯尼科夫几次想出去，把这个谈话结束了，但因有种好奇心和谨慎的缘故，使他耽搁了一会儿。

"你喜欢吵架吗？"他无意地问着。

"不，很不喜欢，"斯维里加洛夫淡淡地答道。"玛尔法·彼特罗夫娜根本就不会和我吵架。我们很平和地过着，她是爱我的。我们结合了七年，我只用鞭子打过她两次不能说三次，有一次性质不像的。第一次，是在婚后两个月，在我们到了乡间之后；第二次就是我们所讲的这次了。你想我是那样的一个怪物，那样的一个反动派，那样的一个农奴主吗？哈哈！顺便说一说，你还记得没有，罗佳？数年前，在那言论自由之时，一个贵族（我忘了他的名字了），到处受人侮辱，报纸上骂他，因他乘火车时鞭打了一个德国妇人。就在那些时候，所有的人和所有的报刊都对他群起而攻之，你还记得吗？好像那一年，还有公开宣读《埃及之夜》这件事，你还记得吗？黑暗之眼，你明白！啊，我们的青春黄金时代，逃到哪里去了呢？唔，至于鞭打德国人的那位朋友，我对他的行为也并不认可，更谈不上同情。但我要说，为什么有如此叫人讨厌的'德国人'呢？我想没有一个聪明人会完全为自己的行为打保票。那时没有人用那种观点来研究这个问题，但那倒是真实的观点，我可向你保证。"

斯维里加洛夫说完了，又吃吃地大笑起来。拉斯柯尼科夫看明白了，这是一位有坚强意志，而且能将自己隐藏起来的人。

"我猜你有好久没和人讲过话了吧？"他问着。

"几乎没有和人谈话过。你是否也以为我是这类人而觉得奇怪呢？"

"不，我不过奇怪你是太适合的一个人了。"

"是因为我对于你粗莽的问话并不恼吗？是的吧？但为什么恼呢？因为你问我，我才答的。"他十分坦白地回答着。"我差不多对于什么都不会产生兴趣，"他做梦般地往下说着，"尤其是现在，我什么事也不高兴做的……不过你可自由地猜度我是带着一种愿望来和你亲近的，尤其因为我对你说我有事想见你妹妹。但我公开地承认，我已经很烦了。尤其过去的这三天，我所以愿意来见你……你不必恼，罗佳，不过你自己好像很奇怪似的。你要如何说就如何说，但你也有点儿不是，就是现在，又——我想，并不是指当时，而是现在，泛泛地说……唔，唔，我不，我不，你不要恼，你知道我不是如你所说的那样一只熊呀！"

拉斯柯尼科夫阴沉地看着他。

"也许你一点儿都不像一只熊，"他说着，"我肯定你是一个很好的人，至少明白当时的行为。"

"我对于别人的意见都不很留意，"斯维里加洛夫粗野地、同时露出傲慢的神气答着，"所以有时候，粗陋对我们的习惯，就好像是一套自由的外套，为什么不粗陋呢……尤其是人对于那方面有着个性的癖好时？"他继续说着，又吃吃地笑着。

"不过，听说你在这边有些朋友。你倒是并非'举目无亲'的人。那么，在这种情况下，如果你没有某种目的，为什么要找我呢？"

　　"是的，我在这边有朋友。"斯维里加洛夫承认了这一点，但对于关键的问题却避而不答。"我已经遇见过几位了。在前三天乱跑着，我遇见他们，或他们遇见我，那是平常的事。我的衣服不错，不像一个穷光蛋；农奴解放与我没关系；我的财产大概包含着林木和田地，收入还不错；但……我并不要去访他们，我早厌恶了。我到这边的三天，没有去拜访过一位……如此的一个城市！它是怎么拼凑而成的？请你告诉我！这是一座包含着各类的官员和学生的城市。是的，八年前我在这边瞎混的时候，好多我没有留心……我现在最欢喜的是解剖学，真的！"

　　"解剖学吗？"

　　"但这些游艺场、杜索饭店①、庙会，或许还有别的进步，真的，可以——唔，即使没有我们，这些也会继续存在的，"他所答非所问地讲下去，"而且，谁愿去做一个赌纸牌的骗子呢？"

　　"什么，你做过赌纸牌的骗子吗？"

　　"自然，我们有一些朋友，上等阶级的人，八年以前，我们混得很安稳。全是有知识的，什么诗人呀，有财产的人呀。而且在我们俄国社会上，最好的道德行为，都是在被责打过的那些人中发现的，你留意过那些吗？我在乡里堕落了。但我是为负债而坐牢的，因为一个从涅仁来的低贱的希腊人。玛尔法·彼特罗夫娜就跑出去和他还价，终以三万卢布(我欠他七万)把我赎了出来。我们就此以合法的婚姻结合了，她像一个珍宝似的把我带到乡村。她大我五岁，很疼爱我。我有七年未曾离开过她。但是请注意：她拿着三万银卢布的

---

　　① 杜索饭店：当时彼得堡一家著名的饭店。

借据,并以此来威逼我——只要我稍有反抗,立刻就会被抓起来坐牢! 她准会干出来! 这一点她是不会放松的! 在女人眼里,这一切都是相得益彰的。"

"如果不为那事,你便离开她吗? "

"我不知怎样说才好。倒不是那张凭据束绑了我,我也没有到别处去的念头。玛尔法·彼特罗夫娜见我闷了烦了,便叫我到国外去散散心,我以前也到过国外,在国外总有点儿不舒适。不知什么原因,但一看到太阳升起、那不勒斯海湾、那大海——你看着它们,便会使你难过。最可恨的是令人感到一种无名的忧伤,不,还是在家里舒服。在这边可以宽恕自己而苛责别人。我本来打算到北极去探险的,因为我的酒量太差,而且也厌恶喝酒,所以留下来的也就只有杯中物了。我试过了都不差一点儿的。但,我想,听说柏格明天要在尤苏波夫花圈那儿乘气球上去,也收费欢迎乘客的。这是真的吗? "

"你愿意上去吗? "

"我……不,不,"斯维里加洛夫嗫嚅道,好像当真在思索什么似的。

"他是什么的意思? 是出于诚心的吗? "拉斯柯尼科夫奇怪地心想。

"不,那凭据束绑不了我,"斯维里加洛夫一边想着一边往下说道。"那是出于我自愿的,不想离开乡村,而且在一年前,玛尔法·彼特罗夫娜在我的赐名日那天就把那凭据交还我了,而且还送我一大笔钱作为赠礼。她有一批大产业,你知道的吧? '你想我如何地信任你,斯维里加洛夫'——这是她常说的。不信她那种话吗? 但你知道我将财产处置得很好吗? 四周邻居全知道我。我也订购书报来读的。玛尔法·彼特罗夫娜当初很赞成,但以后她担心我太过于用功、太累了。"

"你好像很想念玛尔法·彼特罗夫娜吧? "

"没有她的时候吗? 也许吧。真的,也许是这样的! 对了,你相信鬼魂吗? "

"哪种鬼魂？"

"就是平常的鬼魂。"

"你相信吗？"

"也信，也不相信，为了讨你高兴……就是说，并不是不信！"

"那你见过他们吗？"

斯维里加洛夫异常奇怪地看着他。

"玛尔法·彼特罗夫娜常来和我相会，"他把嘴一歪，露出一种古怪的笑容说着。

"她怎么来跟你相会的呢？"

"她来过三次。我第一次看见她，是在下葬的那天，葬后的一个钟头时，那是我离家到这边来的前一天的事；第二次是在前天破晓时，在路上，在小维舍拉车站上；第三次是两点钟前在所住的房间里。我是一个人住的。"

"你是醒着的吗？"

"很清醒，我常是醒着的。她来和我说了许多话，就从门口出去了——她总是经常从门口出去。我甚至能听见她出门的声音。"

"这类事情我不一定会相信。"拉斯柯尼科夫忽然说着。

同时他也因说这话而惊奇，好像很高兴。

"什么！你也如此想吗？"斯维里加洛夫惊奇地问着，"你真的如此想吗？我没说过我们彼此间常有这类事情的吗？"

"你不会如此讲！"拉斯柯尼科夫一本正经面带激动地喊着。

"我不会吗？"

"是的！"

"我还以为我说过了。当我进来时，看见你合眼假装睡着时，我立刻自说道：'这边就是那个人。'"

"'那个人'是什么意思？你说的是什么？"拉斯柯尼科夫喊起来了。

"什么意思？我自己也不明白……"斯维里加洛夫自在地说着，他自己好像也迷糊了似的。

他们沉默了一分钟之久，互相瞪着对方。

"一派胡言！"拉斯柯尼科夫急躁地喊着，"她到你面前来说了些什么话呢？"

"她？你信吗，她说些最无聊的小事——人也真奇怪——正是这点使我愤怒了。第一次她来时（我累坏了，你明白：丧事、葬礼，然后进餐。最后我一个人孤单地在我的书房里。我抽着纸烟，沉思起来），她走到门口，说：'阿尔卡季·斯维里加洛夫，你今天如此忙碌，你忘了给餐厅里的那只钟上发条了。'在这七年里，我确实每周都给那只挂钟上发条，我如果忘了，她会提醒我的。第二天，我在到这边来的路上、破晓时在车站上，困倦地睡去了。眼睛一半闭着。当我把眼睛睁开一看时，忽然看见玛尔法·彼特罗夫娜在我身边坐着，她手里拿着一副扑克，说，'阿尔卡季·斯维里加洛夫，你这次出门，我给你算个命好吗？'她是一个算命的专家呢！哦，我不能宽恕我自己，所以我没有叫她帮我算。我大吃一惊，跑开了，这时恰好铃也响了。今天，我从一家小饭馆吃了一顿不好的点心，肚子觉得有点儿难过；正坐着抽烟，忽然又看见玛尔法·彼特罗夫娜了。她进来时穿得十分讲究，一件淡绿色的绸衣，挂着长长的裙带，说：'你好，阿尔卡季·斯维里加洛夫，你喜欢我的衣服吗？这样的工艺，安尼斯卡是做不出来的！'——安尼斯卡是乡中的一个裁缝，在莫斯科做过婢女，是一个美丽的姑娘。她站在我面前转来转去。我细细地打量她所穿的衣服，看着她的脸庞。然后对她说：'玛尔法·彼特罗夫娜，你为这点儿小事来打扰我，我很见外呢！'她说：'啊，上帝，我惊动你一下都不行吗？'我就逗趣地说：'我想娶妻子呢，玛尔法·彼特罗夫娜。''阿尔卡季·斯维里加洛夫，你总是如此，你还不会下葬你的妻子同时，便要找一个配偶了？这于你不是好听的呢。即使你找到了好的配偶，我还是可以告诉你，不管是她，还是你自己，都不会幸福的。到头来，只不过会成为人们的笑柄罢了！'她说完就出去了，她的衣裙还窸窸窣窣地响着。这很有点儿意思！哈哈！"

"你别胡说了！"拉斯柯尼科夫插嘴说着。

"我从不说谎的。"斯维里加洛夫若有所思地答着，毫不觉得那插话的突兀。

"在这之前，你从来没有看到过鬼吗？"

"嗯……不，我是看见过的，但只有一次，那是六年前的事了。我的仆人菲利卡，他死后，刚刚把他给埋了，我就忘记了这件事，于是喊道：'菲利卡，我的烟管呢？'他便来到我的吸烟室，往碗柜那边去了。因为在他死前的一天我们吵闹过，我坐着不说话，心想：'他必是来报复我了！'于是我问：'你怎么袒胸露臀地到这儿来？赶紧滚蛋吧，你这无赖！'他就出去了，之后就没有再来了。当时，我没有对玛尔法·彼特罗夫娜说及此事。我想替他超度灵魂，但我又觉得很难为情呢！"

"你该去让医生给看一下了。"

"即使你不对我说，我也明白自己有病，虽然我不知道到底是什么病；我相信我比你强健五倍呢！我不是问你是否相信闹鬼这件事，是问你有没有鬼存在这回事呢？"

"不，我不信的！"拉斯柯尼科夫十分愤怒地喊着。

"人们通常是怎么看的呢？"斯维里加洛夫喃喃地说着，好像对自己说似的，向着那边垂着头，"他们说：'你有病了，所以你满脑子都是胡思乱想。'但这话并不十分合理。我相信人在有病的时候，才会看见鬼，并不是说鬼本身是不存在的。"

"绝没有那回事。"拉斯柯尼科夫愤慨地说着。

"你不相信有这回事吗？"斯维里加洛夫打量他，并说着，"但你对于这个理由怎么说呢(请多多指教)：见鬼——好像是别的世界的残余，是别的世界的始基。一个健康的人，当然不会看见鬼，因为他是这个世界上的一个人，为顾全秩序起见，他必须在这一生中活着。但当人病倒的时候，人们的有机体失了常态时，便觉得会有另外一个领域了；病得愈凶，他和那个世界便越发接近，这人死去的时候，他就到那个世界去了。我早就想到这件事。如果你相信有来世的话，那你就会相信这个的。"

"我不相信来世。"拉斯柯尼科夫说着。

斯维里加洛夫只是若有所思地坐着。

"如果那边只有蜘蛛一类的东西，那怎么办呢？"他忽然又说着。

"他真是一个疯子啊。"拉斯柯尼科夫想着。

"我们觉得来世是渺茫的，不可理解的，广大无限的东西，但是，它为什么如此的广漠呢？你看，如果来世就是一间小房，如同乡下的浴室，阴暗之至，满屋角全是蜘蛛：来世如果就是如此，那怎么办呢？我常以为来世不过如此吧。"

"你就不会再想一些符合情理的事吗？"拉斯柯尼科夫露出苦痛的神情喊着。

"什么合理的？我们怎会说呢，也许那就是合理的也未可知，我确实就是如此想的呀！"斯维里加洛夫答着，露出无所谓的笑脸。

这奇怪的话叫拉斯柯尼科夫打了一个寒战，斯维里加洛夫仰着看他。又哈哈笑着了。

"你想想看，"他喊着，"半个钟头前，我们从未见过面，而且彼此好像是仇人；在我们之间有一事未做完；我们把它扔了而谈起鬼话来了！那我们不是半斤八两吗？"

"请不要见怪，"拉斯柯尼科夫极其烦躁地说，"请你把来意明说了吧……而且……我正忙得很，没有多余的时间消耗了。我就要出门了。"

"好吧！你的妹妹杜尼娅要和卢仁先生结婚了吗？"

"你能不能不提我妹妹的事情？我不明白你怎敢在我面前提起她的名儿，如果你是斯维里加洛夫的话。"

"什么，我到这边来就是为了她呀，我怎么不提呢？"

"那你快说吧！"

"我相信你如果遇见卢仁先生（他是我前妻的亲戚）半个钟头，或者曾听说了关于他的一切，那你一定有你的意见的。他不配和杜尼娅结合。我想杜尼娅也许是为……为了家庭的原因而慷慨地冒昧地自甘牺牲。从你所说的一切，我相信能将这婚姻解除而无损于事，那你会很愉快的。现在我亲自来见你之后，对于这件事我已经深信不疑了。"

"这一些全是很确实的……请原谅，你所说的，简直是无耻！"拉斯柯尼科夫说着。

"你是以为我要达到这目的吧。不要多心，罗佳，我如果为着我个人的利益而忙着，我就不会这样说了。我不是很傻的。关于这件事，我愿意坦白地告诉你一个心理上的奇怪现象：方才我替杜尼娅的爱情进行辩解时，我会说，我愿做一个牺牲品。唔，让我告诉你吧，我现在已经没有恋爱的心情了，一点儿也没有了，我自己也觉得奇怪。我好像觉着有一种东西……"

"这是游手好闲和淫荡好色所造成的吧！"拉斯柯尼科夫打断他的话。

"的确，我是一个游手好闲和淫荡好色的人，不过你的妹妹有那么多的优点，使我也不能不受到她的影响。但是，那完全是胡说，我现在自己也看出来了。"

"你不是早就看出来了吗？"

"我以前觉得是这样，但在前天我才十分相信，也就是在我到彼得堡时。不过,话又说回来,在莫斯科时,我还妄想把杜尼娅弄到手,从卢仁那边把她抢过来呢!"

"请你快点儿说,你来找我的目的吧。我现在着急要出去了……"

"很好。我到这边是一种……旅行,就得把一切先处置一下:我把孩子交托给一个姑母,她们替我都弄好,不必再由我去操心了。我将要成为一位严父呢!我什么都不带,只取了一年以前玛尔法·彼特罗夫娜所给我的一件东西。这就够我用的了。不要怪,我要说到正题了。在旅行(也许会实现)前,我很想先把卢仁先生的那件事了结了。并非我对他恨之入骨,实在因为他,我才和玛尔法·彼特罗夫娜吵闹——当我知道这桩婚事是她捣的鬼时。我想此刻借着你的关系去见一见杜尼娅,你如果愿意,我就当面向她解释:第一,她跟着卢仁,将除了祸患之外,什么也得不到;第二,请她宽恕不久以前发生的一切不愉快的事,请她允许我赠送她一万卢布,从而促使她跟卢仁先生分手。我相信,这种决裂,她是会答应的。"

"你真是发疯了!"拉斯柯尼科夫喊着,与其说他生气,不如说他是惊讶,"你竟敢说这些话!"

"我明知你要惊讶的,但是,第一,虽说我不是很有钱,但这一万卢布却并不觉得怎么,我绝对不在乎。如果杜尼娅不愿收受,我会用各种方法把它花掉的;第二,我的内心是完全愉快的,我如此地为她效劳,并没有别的野心。你也许不相信,但是日后你和杜尼娅会明白的。原因是因为我实在很尊敬你的妹妹,而我们之间所发生的一些不愉快的事,也使我十分的懊悔,所以我要——不是赔偿,也不是为她的那个不快,只是要做些有利于她的事情,以表明我并不是好为非作歹,假如我的效劳有一点点私心,我就不会如此公然来了;而且我也只给她一万。其实在五个星期前,我还提出给她更多的钱呢。此外,我可能很快,很快就跟另一位姑娘结婚了,凭着这一点,那些怀疑我对于杜尼娅有任何企图的想法便不攻自破了。总之,她嫁给卢仁,也同样地拿钱,只是从另外一个人处拿罢了。不要见怪,罗佳,你冷静地想一下吧。"

斯维里加洛夫说时,态度非常的冷静而安闲。

"我请你不必多说了,"拉斯柯尼科夫说着,"无论怎样,这总是很难做到的。"

"并不这样。如果真是这样的话,那么在这个世界上,按照那些无聊的习俗,人与人之间就只能干坏事,而没有权利干一点点的好事了。这太无理了。比如我死了,在遗嘱上留赠那款子给你的妹妹,那时她也会拒绝吗?"

"她当然会拒绝的。"

"哦,她应该不会。话又说回来,即使她拒绝也不要紧,只是在紧急的时候,一万卢布还是有点儿用处的。不管怎样,我请求你把我的话给杜尼娅转告一下。"

"不,我不能。"

"罗佳,你如果不愿意,我就只能自己想办法去见她,麻烦她了。"

"如果我对她说了,你就不会去看她了吧?"

"我也不知道。我总想再见她一次呢!"

"不要存有这个妄想了吧。"

"我很惭愧。你不了解我,否则我们会变成更好的朋友呢!"

"你想我们会成为朋友吗?"

"怎么不可以呢?"斯维里加洛夫微笑着,拿着帽子站了起来,"我并不是故意要来打扰你。而且我也没想到这边来……但今天早晨你的脸色把我吓坏了呢。"

"今天早上你在什么地方看见我了?"拉斯柯尼科夫不安地问着。

"我不期而遇见你的……我还以为你有什么事找我……但不要

怪我并不拜访人家。我和那些赌徒也处得很好,我从来没有惹得斯维别公爵讨厌过我——他是我的远亲,一个很有声望的人物。我可以在普里鲁科夫夫人的纪念册上写一些评论拉斐尔画的圣母像的文字,七年中我从来没有离开过玛尔法·彼特罗夫娜身旁。以前我经常住在干草市场上的维亚泽姆公寓里,我也许还会和柏格乘着一个气球上天呢!"

"哦,是的。你就要动身去旅行吗?"

"什么旅行呢?"

"什么,那所谓的'旅行',是你亲自讲的。"

"旅行吗?哦,是的。我说过的。唔,它是一个浮泛的问题……但愿你问的是什么话吧,"他继续说着,突煞发出高亢的、匆促的大笑,"也许我要娶亲去,取消了旅行也难说呢。他们在替我说亲事呢。"

"在这边吗?"

"是的。"

"你哪里来的时间做这事呢?"

"但我渴望见杜尼娅一次,我诚恳地请求。唔,再会。哦,是的,我忘了一件事了。请对你的妹妹说,罗佳,玛尔法·彼特罗夫娜的遗嘱上写着,赠给你的妹妹三千卢布。是确有这回事。玛尔法·彼特罗夫娜在她死前的一个礼拜就做了的,而且在我面前做的。杜尼娅在最近数星期内就可以收到这款子呢!"

"你说的是真的吗?"

"是的,对她说吧。唔,我是你的侍从,我就住在离你不远的地方呀!"

斯维里加洛夫走出去时,在门口正好和拉祖米欣撞了个满怀。

第二章

　　时间已经快到八点钟了。两个年轻人正往巴卡列夫公寓赶去，他们想在卢仁之前赶到那里。

　　"那是谁？"他们到了大街上的时候，拉祖米欣便开口问道。

　　"那是斯维里加洛夫，那个富翁，我妹妹在他家做家庭女教师的时候，受到他的侮辱。他向她求爱，并纠缠她，我妹妹于是离开了他们，但那是被他的老婆玛尔法·彼特罗夫娜赶出来的。玛尔法·彼特罗夫娜后来又求杜尼娅宽恕她，但她恰在那时忽然死了。今天早上我们谈的就是她。我不明白为什么，我总是怕那个家伙。他把妻子的丧事料理完了之后，就赶到这边来了。他真古怪，想要做一点事情……我们一定要坚决保护杜尼娅，使她和他彻底脱离关系……这就是我要对你说的话，你懂了吧？"

　　"什么保护她！他会加害杜尼娅吗？罗佳，请你说，你刚才向我说的话……我们得，我们得保护她。他现在在哪儿呢！"

　　"我也不清楚！"

　　"那你为什么不问个明白？不过无论如何，我会找到他的。"

　　"你看见他了吗？"拉斯柯尼科夫沉默了一会儿之后问道。

　　"是的，我很留意他了，我很留意他了。"

　　"你真的看见他了吗？你看清楚了吗？"拉斯柯尼科夫大声地问着。

　　"是的，我十分记得的，在大庭广众中我也会认出他。我对别人的脸面有着特别的记忆呢！"

　　接着，他们又沉默了一会儿。

"哼! ……那不会错的,"拉斯柯尼科夫轻声说着,"你明白吗,我梦想……我兀自想着出神呢!"

"你到底是什么意思呢? 我不懂。"

"唔,你们全说,"拉斯柯尼科夫抿着嘴,微笑着继续说下去,"说我疯了。我方才想也许我真的疯了,但只见了一个幻影罢了。"

"你到底是什么意思? "

"没什么,谁能告诉我呢? 也许我真的疯了,也许这几天所遇到的一切事情,都可以说只是想象吧。"

"唉,罗佳,你又纠缠不清了……他说起些什么,他为什么来的? "

拉斯柯尼科夫没再说什么,拉祖米欣继续思索着。

"我现在把我的事情对你说吧,"他说着,"我来找过你,当时你睡去了。后来,我们吃了饭,然后我再到波尔费利·彼特罗维奇那边去,扎梅托夫还在那边呢。我想说了,但没有用处。我不会说得恰到好处,他们好像听不懂,也不能懂,但一点儿也不难为情。我拖波尔费利·彼特罗维奇到窗口,和他谈话,但仍没有用处。他向那边看,我向这边看。最后我拿起拳头向他的丑脸做手势,并对他说,我会以表亲的身份,敲他的脑袋。他只是看着我,我骂着他走开了。事情就是这样,真愚蠢。对于扎梅托夫,我什么也不说。我想我自己弄错了,但当我下楼时,却来了一个奇想:我们干吗要操这份心呢? 当然,如果你有什么危险或别的事情,那是另当别论。但你又为什么要放在心上呢? 你毫不用注意他们的。所以不必理睬他们,以后我们得好好嘲弄他们一番,如果我是你,我还会故弄玄虚,让他们上当。他们以后会羞得无地自容呢! 随他们吧! 我们以后可以揍他们,但我们现在不妨一笑置之! "

"真的。"拉斯柯尼科夫答着。"但明天你将怎么说呢? "他自语道。真奇怪,他对拉祖米欣知道时将作何感想,毫不感到奇怪。当拉斯柯尼科夫想到这点时,他便看着他。拉祖米欣说波尔费利·彼特罗维奇对他不感兴趣的话,于是你一句,我一句,话就多了。

在走道上他们遇见了卢仁,他确在八点钟到了,恰恰找着那门牌,于是他们三人默不作声地一同进去了。那两个年轻人先走进去,而卢仁出于礼貌,在门口耽搁了一下,把大衣脱了。普莉赫丽娅·亚历山大罗夫娜便在门口迎接着他,杜尼娅则去迎接哥哥。

卢仁走了进去,先向两位女士恭敬地行了个礼,虽然他是极其道貌岸然,但他毕竟有点惶惑了,普莉赫丽娅·亚历山大罗夫娜似乎也有同样的感觉了,于是先叫他们围着圆桌坐下,一个铜火炉正在那上边燃着。杜尼娅和卢仁坐在桌子相对的两边。拉祖米欣和拉斯柯尼科夫朝着普莉赫丽娅·亚历山大罗夫娜坐下,拉祖米欣在卢仁旁边,拉斯柯尼科夫则坐在妹妹旁边。

这样沉默了一会儿。卢仁轻轻地拿出一条芬芳的细花手巾,擦着鼻子,露出一种宽怀者觉得自己被侮辱时,立意要找一番解说的态度。在走廊上,他曾想到仍旧穿上外衣跑了,好给这两个女人一个极有力的教训,让她们感到情况的严重。但他不能那样干,而且他一向不喜欢不明真相,他立刻想要一番解说,如果他的要求得不到满足,那么其中必定会有原因,所以还是事先弄明白比较好。他总有时间去惩罚她们,到那时有的是时间,何况她们已经在他的手掌之中了呢!

"我想,你们这次旅行,一路平安吧?"他照例寒暄地对着普莉赫丽娅·亚历山大罗夫娜说着。

"哦,谢谢上帝,彼特·彼特罗维奇。"

"我深感安慰。杜尼娅也没有累着吧?"

"我年轻力壮,一点儿也累不着,但妈妈却极其劳顿了呢。"杜尼娅说着。

"那倒是真的,我们国家的铁路总是如此的长,所谓的'老大俄罗斯',恰如他们所喊的,倒是一个广漠的国家……我早就想来了。但昨天还是不能抽身来看你们。我想我过来,绝不会有什么妨碍吧?"

"哦,不,彼特·彼特罗维奇,昨天我们狼狈极了。"普莉赫丽娅·亚历山大罗夫娜急忙用一种异样的腔调声明,"如果上帝不差派德米特里·普罗柯费奇来帮我们,我们恐怕要无所适从呢。他在这边呀——德米特里·普罗柯费奇·拉祖米欣!"她继续说着,把他介绍给卢仁。

"昨天我们欢会过……"卢仁说着,斜睨了拉祖米欣一眼,然后皱着眉头沉默着。

彼特·彼特罗维奇就是那一种人:在外表上,好像十分恭敬,很有礼貌,但他们在什么事情上一碰到阻碍,便立即手足无措,而且多变成绵软而少温雅的气质了。接着大家仍是静默。拉斯柯尼科夫忍着不说一句话,杜尼娅也不想使这次谈话匆匆开场,拉祖米欣是没有话可说。这样一来,又叫普莉赫丽娅·亚历山大罗夫娜焦急了。

"玛尔法·彼特罗夫娜死了,你知道吗?"她借着这个话题,想把谈话引动起来。

"我确实听说过的。我早就得到音讯了。我来这边,也是要使你们知道此事——斯维里加洛夫在他的妻子安葬之后,就立即动身到彼得堡来了。这样,我就有了相当确据了。"

"到彼得堡来?到此地吗?"杜尼娅变色地问着,脸朝着母亲。

"是真的,从他离开之迅速和离开前的一切情形来看,无疑的是有计划的。"

"上帝!在这边他也不给杜尼娅一点儿安静吗?"普莉赫丽娅·亚历山大罗夫娜喊着。

"我想除非你们情愿和他来往,否则你和杜尼娅是用不着困恼的。

308

我正在注意、探访他的住址呢！"

"哦,彼特·彼特罗维奇,你使我多么的惊慌呀。"普莉赫丽娅·亚历山大罗夫娜接着说,"我只见过他两次,但我觉得他很可怕,很可怕! 我确信了,他就是玛尔法·彼特罗夫娜的死因吧!"

"关于这件事,很难确定。我有着精当的叙述呢。我并不辩论这点:他可以不顾道德而使事情加快地进行;至于那个人的品行和性格,我和你有同样的见解。我不知道他现在是不是仍然很好,以及玛尔法·彼特罗夫娜确实遗留给他什么,在很短时间内我会明白的。但不用说,如他仍有点财产,在彼得堡这边,他会立即旧态复萌的。他是最坏的,是一个最坏人的标本呢。那个极不幸的、倾情于他且在八年前替他还款的玛尔法·彼特罗夫娜,在其他方面也帮助过他,这事大可相信。由于她的奔走和牺牲,一桩刑事案件才在刚提起诉讼的时候就被压下去。这是一桩凶残的、可以说是离奇的谋杀案。因为这桩案子,他极有可能被判流放到西伯利亚去,但最后不了了之了。他就是那种人,如果你愿意知道的话。"

"上帝!"普莉赫丽娅·亚历山大罗夫娜喊着。拉斯柯尼科夫认真地听着。

"关于这事,你说有许多证据。是真的吗?"杜尼娅庄重地、严肃地问道。

"我不过转述玛尔法·彼特罗夫娜私下对我说的话。我将说,以法律的观点看来,那件案子很难彻底弄清呢。这边以前住着(我想现在仍住着)一个名叫列斯莉赫的外国女人,她是个放小额高利贷的女人,此外还做点儿其他的买卖,斯维里加洛夫和她有着很密切的关系。她有一个亲属,和她住在一起,是一个堂侄女,一个聋哑的十五岁姑娘——也许不到十四岁。列斯莉赫经常虐待她,一举一动,无不数落她的,打她非常残酷。有一天,这姑娘在楼顶上上吊死了。法庭上判决是自杀的。照着平常手续，这事情算终结了，但事后据说这孩子……被斯维里加洛夫残忍地强奸过的。是否真实，没有确证，这是一个生性淫荡的德国女人传出来的，因为她的名声不好，所以她的话也是不可信的；再加上玛尔法·彼特罗夫娜的金钱和势力的关系，没人敢真正向警察报案，这当然是属于谣言了。但这倒是一个重要的故事。杜尼娅，你在他们家时，一定也听过关于仆人菲利普的故事吧?六年前，在农奴制废止之前，他因受虐而死了。"

"我听说过，恰恰相反，这个菲利普是自己用绳吊死的。"

"没错，的确是自杀的!但是，迫使他自杀，或者说，促使他想到自杀这个念头的，完全是斯维里加洛夫先生的虐待和迫害的缘故呢! "

"那我倒不明白，"杜尼娅冷冷地答着，"我只听到，说菲利普是一种害疑心病的人，一种家庭哲学家，仆人们时常这样说：'他读书读傻了。'并说他自杀的原因，有一部分是由于受不了别人的嘲弄，并不是斯维里加洛夫虐打他的缘故。我在那边时，他对待仆人们都还算好的，他们也很忠爱他，虽然他们曾经因为菲利普的死而怨恨过他。"

"我明白了，杜尼娅，你一下子又替他辩护了。"卢仁一边说着，一边露出笑脸，"无疑的，他是一个诡诈的人，对于女人，他尤其善于逢迎，关于这点，那死得可怜的玛尔法·彼特罗夫娜就是一个可怕的例子。他不难再演他的老把戏的，所以我唯一的目的，就是通过我的忠告，使你和你母亲稍稍有点益处。我自己呢，我相信，他将会又要负债累累的。玛尔法·彼特罗夫娜只想到小孩子的一切保护，却一点儿没有把任何可靠的财物交给他的意思，如果她留一点儿下来，那也只是一些简单的衣食罢了，那小小的遗物，对于他那种奢侈惯了的人来说，是一年也不够用的。"

"卢仁，我只要求你，"杜尼娅说着，"不要再说斯维里加洛夫先生了。这使我烦恼呀。"

"他刚才还去看过我呢。"拉斯柯尼科夫说着,这是他进门后第一次开口。

全屋子的人都惊讶地把脸朝向他,那个卢仁也被惊呆了。

"在一个半小时以前,我睡着的时候,他进来了,他把我弄醒,替自己做了介绍呢。"拉斯柯尼科夫继续说着,"他很振奋,而且安闲,极力想和我成为好朋友。杜尼娅,他急于要和你见上一面呢,他还让我从旁帮助他。他告诉我,让我转告你。他说玛尔法·彼特罗夫娜在未死前一周,她在遗嘱上说给你三千卢布,杜尼娅,而且说你不久就可以接到这笔钱了呢。"

"谢谢上帝!"普莉赫丽娅·亚历山大罗夫娜喊着,并在身上画着十字,"你给她的灵魂祈求呀,杜尼娅!"

"这是一桩事实呀!"卢仁脱口而说。

"快对我们说吧,还有别的什么话?"杜尼娅催着拉斯柯尼科夫继续往下说。

"他还说,他并不怎么有钱,田地等都给他的小孩子继承了,现在有一个姑母保护着他们;他又说他住的地方离我们很近,但在什么地方,不得而知,我也没问他……"

"但他要向杜尼娅说什么意见呢?"普莉赫丽娅·亚历山大罗夫娜惊问着,"他对你说了吗?"

"说了。"

"说的什么呢?"

"我再对你说吧。"

拉斯柯尼科夫勒住不说下去了,却把目光移到茶上去了。

卢仁看着手表。

"我得遵守一个业务上的信约,我先告辞了,免得有碍你们。"他说罢，便带着一些不平之气，站了起来。

"不要这么快就走，彼特·彼特罗维奇，"杜尼娅说着，"你本来打算在这里过一晚的，而且你也在信上说，你要跟妈妈谈一些事情！"

"是这样，杜尼娅，"卢仁恳切地答着，又重新坐下，但那顶帽子还是拿在手上，"我是有这个意思，想跟你和可敬的令堂谈一谈。但你的哥哥既不能在此坦白地说斯维里加洛夫先生的什么意见，那我也何必在此公开地……在他人前面……说极重要的事情呢。并且，我的最要紧和最热切的要求，你们也置之不理了……"

卢仁做出一种愤慨的神色，看上去十分庄严，而后沉默了。

"你的要求，叫我哥不要在我们会见时过来，我们之所以没有照办，完全是我一个人的主张呀。"杜尼娅说着，"你信上说，你被我哥给轻辱了，这点是要即刻解说的，你们就此也当解释误会。如果罗佳真的轻蔑地侮辱了你，那么他应该，而且就在此刻向你赔礼道歉呢！"

卢仁顿然咆哮起来了。

"这当然是一种侮辱，杜尼娅，但你的好意没法儿叫我释怀的。凡事都有一定的界限，超越了这限度就有危险了。因为一旦超过了这个限度，就没有回头的余地了。"

"彼特·彼特罗维奇，那倒非我所欲言呢，"杜尼娅不耐烦似的打断了他的话说，"你要知道，我们的未来，就在于现在能不能把这个误会解释清楚，而且尽可能快地和解。我第一句话就很明白地告诉你，我对这件事情无法采取其他的态度，如果你多少尊重我的话，那么不管这事情怎样难堪，也必须在今天把它给解决。我再说一次，如果我哥哥真的应该受到苛责，他是会向你道歉并求你的宽恕的。"

"杜尼娅，你提出这样的问题真让我觉得奇怪！"卢仁更恼怒地说着，"我尊崇你，爱慕你，且这我都可办得到，但与此同时我也非常不喜欢你家庭中的某个人。虽然我觉得娶了你会很幸福，但我不能承认……也无法承担我不同意的义务呀。"

"唉，不要这般的大发性子吧，卢仁，"杜尼娅以感情去打断他的话，"我一直认为，而且觉得你是一个能干的、豁达的人。我已经和你订过婚，已经给你一个大的允准了，这件事你托付我，而且信任我，我会公判得很正直的。我会自做公判者，对于我哥和你，同样感到意外。收到你的信后，我叫他今天参加我们的会见，我并没有说及我想要做的事。你得知道，你们如果不和，我只得在你们之间挑选一个——也许是你，也许是他。这个问题在他这方面和在你这方面都是一样的。我不愿选错，也不应该选错。为了你，我就得跟哥哥翻脸；为了哥哥，我就得和你翻脸。我现在就想知道，也一定能够知道，他是不是我的哥哥；至于你呢，就看你是不是真的爱我，是不是尊敬我，是不是我的丈夫了。"

"杜尼娅，"卢仁傲慢地说道，"你的话对于我来说，其意义真是非同小可，我将说，就我和你的关系而言，你的话可以说是令人非常的难堪。且不说你那种令人不快的、奇怪的对比：你意把我和一个粗鲁的后生相提并论，这已经让我觉得奇怪和厌烦了，而且你还承认了破坏我俩的婚约。你说'也许是你，也许是他'，由此可见，我在你眼中是怎样的低下啊……为我们的关系和……名分的缘由，我有责问之权！"

"你说什么！"杜尼娅满脸通红地喊道，"我把你看做我一生中最珍贵的一切——造成我的全部生活——而你还说我太看不起你而发怒！"

这时，拉斯柯尼科夫讽刺般地微笑着。拉祖米欣有点儿局促不安，但卢仁毫不退让，恰恰相反，她说一句，他就愈恼怒，他好像很喜欢这场争论。

"对于你终身的未来的伴侣，对于你丈夫的爱，必须重于你对哥哥的爱呀，"他有理似的说着，"总之，你不能把我和他相提并论……我虽很郑重说过，我不愿在令兄面前公开地说，但现在必须要请令堂关于那与我尊严有碍之点，得给我一个当然的解说。您的孩子，"他把脸转向普莉赫丽娅·亚历山大罗夫娜，"昨天当着拉祖米欣先生（也许……我想就是的吧？ 恕我，我忘了你的姓了，他向拉祖米欣谦恭行礼）的面侮辱我，因他误解我在一个私人谈话中、喝咖啡时，向你所表白之意，我说以夫妇立场而论，跟一个出身贫困的姑娘结婚，确实比跟一个出身富贵的姑娘结婚要好些，其实是说在品性上要温和些呀。但您的儿子却故意把我的意思曲解了，说我存心不好，而且，就我所知而言，是根据你和他的往返函札呀！普莉赫丽娅·亚历山大罗夫娜，如果用一个另外的结论叫我释疑，且因此使我更加坚信，那我将心满意足了。请告诉我，您在寄给罗佳的信中，用什么语气重复着我的话吧！"

"我记不得了。"普莉赫丽娅·亚历山大罗夫娜嗫嚅着，"我根据我所懂得的意思转述的。我不明白罗佳是如何对你转述的，他或许夸大了也未可知。"

"除非您怂恿他，否则他是不会夸大的吧！"

"彼特·彼特罗维奇，"普莉赫丽娅·亚历山大罗夫娜严肃地说着，"我们可以告诉你，杜尼娅和我丝毫没有把你的话看作是恶意的，这是事实呀！"

"妈妈，说得是。"杜尼娅赞同地说。

"如此又是我的不是了。"卢仁自责地说着。

"唔，卢仁，你只是苛责罗佳，但现在你倒编了关于他的诳话。"普莉赫丽娅·亚历山大罗夫娜鼓着勇气继续说着。

"我编了什么诳话呢？ 我不记得了。"

"你信上写的，"拉斯柯尼科夫锐利地说着，并没有把脸对着卢仁，"你说昨天我给钱的不是被撞死的那人的寡妇（确实是给她的），而是送给他的女儿（除了昨天见过她一面，我从未见过她）。你说这些，无非要使我和家庭间起了风波吧！。而且因此，你加给你所素昧平生的一个好女子一种恶劣的宣传。这全是卑污的诽语。"

"对不起，先生，"卢仁面现忿色地说着，"我之所以在信上说起你的品性和举止，都是回答你妹妹和母亲所问的，我怎样遇到你和你对我有什么印象。至于你所提示我的信上所说，请你指点一句诳言出来：你丝毫没有把你的钱丢掉，在那个家庭中没有品行不端的人，尽管那是一个倒霉的家庭。"

"依我看，你以及你所有的品行，连你所毁谤的那个不幸姑娘的一个小指头也比不上呢。"

"如此，你得让你的母亲和妹妹跟她结拜吗？"

"我就如此做了。如果你愿意的话，今天我要叫她和母亲及杜尼娅坐在一块儿呢！"

"罗佳！"普莉赫丽娅·亚历山大罗夫娜喊着。

杜尼娅脸红了，拉祖米欣皱着眉毛。而卢仁则露出傲慢的、讥讽的微笑。

"你自己看到了，杜尼娅，"他说着，"这事能够调解吗？现在我希望这件事已经永远结束和讲清楚了。我就此告辞，这样我就可不至妨碍你们家庭的天伦之乐和秘密事的商讨了。"他从椅子上起身抓起帽子，"但在走之前，我有个不情之请，以后我可以免去了这样的会合（如果可以这样说的话）和调停了。关于此事，我特别要求您，尊敬的普莉赫丽娅·亚历山大罗夫娜，尤其是因为我那封信是写给你的，而不是写给别的人。"

普莉赫丽娅·亚历山大罗夫娜有些恼怒了。

"彼特·彼特罗维奇，你好像把我们完全置于你的支配之下了。杜尼娅已经向你说明了原因,她的用意是好的。而您给我写的信,就像是圣旨似的。我们应把你的一切要求都当做圣旨吗?没有这样的事吧!现在你应该对我们特别客气和体谅,因为我们舍弃了一切,到你这边来投靠,只因我们信赖你,因此无论怎样,我们已经在你的掌握之中了。"

"那也不尽然,普莉赫丽娅·亚历山大罗夫娜,尤其在目前,玛尔法·彼特罗夫娜的遗产问题来了,由你所说的语气看来,好像是正中您的下怀了吧!"他带着讥刺地说着。

"由此话而看,可以确实猜测你是有所恃着我们的无援了。"杜尼娅愤怒地说道。

"但是现在无论怎样,我不能赖那个了,而且我极不愿妨碍你们讨论斯维里加洛夫的秘密意见,那是他嘱托哥哥的,而且我看那对你有很大的或很愉快的意义呢。"

"上帝呀!"普莉赫丽娅·亚历山大罗夫娜喊着。

拉祖米欣有点儿坐不住了。

"你现在不难为情吗,妹妹?"拉斯柯尼科夫问着。

"我害羞呢,罗佳,"杜尼娅说,"彼特·彼特罗维奇,你走吧!"她脸对着他,脸色气得发白了。

卢仁万万没有料到结局竟然是这样。他过于相信自己,过于相信自己的权势、相信他的牺牲品的孤立无援了。甚至到了这个时候,他还是不愿意相信会有这样的结局。他的脸色也变灰白了,嘴唇颤抖着。

"杜尼娅,我现在如果就此告别,退出这门,那么,你可以想到的,我是永久不再回来了。请你好好想一想。我的话是说一不二的。"

"真是无耻之极啊!"杜尼娅喊着,从座位上跳了起来,"我根本就不希望你再回来!"

"怎么!就这样了吗?"卢仁喊着,直到此刻,他仍有点儿不能相信这样的结局,现在已经全然出乎他的所料了。"那么就这样吧!但你要知道,杜尼娅,我会提出抗议的。"

"你还有什么资格跟她这样说话?"普莉赫丽娅·亚历山大罗夫娜大发脾气地干涉说,"你能抗议什么呢?你有什么权利?我要把杜尼娅托付于你这种人吗?'走吧,快离开这里吧!我们错就错在不该干这样一件错事,尤其是我……"

"但是,普莉赫丽娅·亚历山大罗夫娜,"卢仁疯狂似的咆哮起来,"您曾经用您的诺言把我拴住,现在你食言了……此外……此外,我还为这件事付出了一笔开支……"

这最后的一句抱怨,充分显示了卢仁所特有的性格。那因着气愤而脸色发青的拉斯柯尼科夫,这时倒不觉忽然笑了。但是,普莉赫丽娅·亚历山大罗夫娜却怒不可遏。

"开支?开什么支呀?你是指的我们的皮箱吗?但那是驾车人无缘无故给你拿来的。可怜啊,我们约束你了!你想的些什么,彼特·彼特罗维奇,是你约束我们,把我们的手足都束绑住了,还说是我们约束你啊!"

"好了,妈妈,请不必多说了,"杜尼娅恳求地说着,"彼特·彼特罗维奇,你走好吧!"

"我是要走的,但我最后还有一句话,"他说着,几乎不能控制自己了,"你的妈妈好像全忘记了,在城中关于你名誉的谣言到处传遍之后,我决意娶你为妻子。为了你,我甚至不顾自己的名声,极力恢复你的面子。我本可以要求一个适当的报答,甚至要求您的感激……可是我的眼睛到现在才睁开了。我自己看出来了,我这样不顾一切舆论而做出的决定实在是太轻率了……"

"这家伙难道有两个脑袋吗?"拉祖米欣喊着跳了起来,摆开准备收拾他的架势。

"你真是一个龌龊的狠毒的人！"杜尼娅骂着。

"别说话！也不要乱动！"拉斯柯尼科夫拦阻拉祖米欣喊着，然后走到卢仁面前。"请马上离开这儿吧！"他轻轻地、一字一顿地说，"别废话，否则……"

卢仁凝视了他一刻，脸色煞白，气呼呼地转身出去了，心中怀着无比的仇恨，不用说，这很是少见，很少有谁会像他对拉斯柯尼科夫那样，对一个人有着一种刻骨的仇恨。他，全是他，一切都归责于他。当他下楼时，他还以为事情有挽回的余地，甚至是从那两位女士来看，甚至是"非常"有可能挽回的。

第三章

　　他怎么也不明白，事情为什么会弄到如此地步。可以说，他做梦也想不到，那两个贫贱无援的女人，竟然从他的手中溜了，这使他恼怒极了。而他的虚荣和自负，更是使他难以面对这样的结局。卢仁是由贫贱而亨通的，自然易流于矜夸、自以为是、目空一切、甚至在独自一人、对镜自照时，还自鸣得意呢！但他所最钟爱和最珍视的，仍然是他的苦心孤诣、费尽心思所敛积的金钱：钱使得他在面对那些高于他的一切时，能够找到心理的平衡。

　　当他悲伤地提醒杜尼娅，说他不顾一切诽谤中伤，决心娶她的时候，他是非常真诚的，现在她如此的背信弃义，使他更觉得怒不可遏了。不过他向杜尼娅求婚时，他明知所传谣言之无根。连玛尔法·彼特罗夫娜本人也到处驳斥，而且全城的亲友和市民也根本不相信有这回事，并热烈地替杜尼娅辩斥。这一切他会明白，也无须否认的，可是他要把杜尼娅降为与他平等的地位，以表示他的英豪气概，乃是自视甚高。他向杜尼娅说及此事，即微露所怀与钦佩的个人的私情，好叫旁人也更钦敬。他为了示好于人，去听那些阿谀奉承的话，以如此恩人的感情自居，去访会拉斯柯尼科夫。现在他下楼了，他觉得自己受到了极大的侮辱，因为自己的慷慨仗义没有被人所承认。

　　他是不能缺少杜尼娅的，放弃她，对他来说，是一件不可思议的事。他梦想着结婚的快乐已经有多年，但他耐心地期待着，多赚些钱。在他私心深处，他钟爱着、默念着一个姑娘的影子，这姑娘娴静贞淑、稍穷、年轻貌美，门户对、教育好、爱怕羞，她多受苦难，在他面前非常谦恭,她一直以他是她的救主,崇拜他、钦敬他,此外再没有别人。他在工作之余,静坐休息的时候,围绕着这个诱人而愉快的主题,在想象中创造了多少场面、多少甜蜜的插曲啊!如今,眼看多年的梦已经快要实现了,杜尼娅的美丽和见识深印在他的心中,她的孤苦无依更使他无比的动心。她甚至还稍许超过了他的梦想:这是一个自爱、有品格、有德慧的姑娘,学问行为都比他高(他也觉得),这个人将对他的英豪气概而一生感恩,在他面前,她会感到无限的自卑;而他呢,他将拥有无上权力,行使无限的完全的统治……在这不久之前,经过长期的考虑和期待之后,他终于决定把自己的事务进行一次彻底的变更,进入更广阔的活动范围,并随着这种变更,逐渐爬上社会的高层,这是他多年来梦寐以求、垂涎欲滴的梦想……也就是说,他决心要在彼得堡一试身手。他明白女人在很多场合是极有用处的。一个淑贤聪慧而且受到良好教育的女子,将可以使他更快地成功,干出一番动人的大事业,发出光耀。可是,所有的这些妄想,现在灰飞烟灭了。这突如其来的决裂,好像是一句不入耳的戏言、一件不近情的事情,对于他来说,就如同晴天的一个霹雳。他不过稍微耍点儿威风,只说了一些嬉言,还有很多话没来得及说,当然有些话可能说得过头了,没想到结果却是如此的严重。当然,他对于杜尼娅所有的爱,在梦中已经完全统治她了——可是忽然间……不!明天,就在明天,这一切必须恢复过来,弥补裂痕,挽回局面,但前提是必须消灭这个狂妄自大、乳臭未干的小子,他是这事的祸根。他怀着痛苦的感觉,不禁又想起了拉祖米欣……但他很快就放心了,心想:"这小子怎么可能跟我平起平坐呢?"他真正畏惧的,是斯维里加洛夫……无论如何,他还有很多地方需要当心……

"不,是我,最不对的是我,当然要受责备!"杜尼娅抱吻着母亲说道,"他的金钱把我诱惑了,但我可以发誓,哥哥,我真的想不到他是如此龌龊的一个人。如果我早看透他了，就没有什么能够诱惑我了！不要全责备我呀，哥哥！"

"上帝把我们拯救了！上帝把我们拯救了！"普莉赫丽娅·亚历山大罗夫娜喃喃地说着，但这是一种下意识的咕哝，好像她也不知道发生了什么似的。

他们都放下心了，过了五分钟后，他们便大笑起来。不过，杜尼娅偶尔想起刚才发生的事时，脸色还会变白，皱着额角。普莉赫丽娅·亚历山大罗夫娜也万万没有想到，她会觉得高兴——她在那天早上尚以为和卢仁决裂是一场危险的灾难。但是拉祖米欣却是喜出望外，他虽不敢怎样表示他的高兴，但显见他是兴奋极了，好像从心上卸下了重担似的。现在他可以把自己的生命奉献给她们，侍候她们了……现在会有什么事情发生呢？他不敢多想，而且也不能让他的幻想奔跑呢。拉斯柯尼科夫仍坐在原地方不动，充满阴郁和冷漠。他虽是极力赞成和卢仁决裂，但他现在好像毫不注意刚才所发生的事情。杜尼娅还当他和自己生气呢，普莉赫丽娅·亚历山大罗夫娜怯怯地看着他。

"斯维里加洛夫，他对你说些什么？"杜尼娅走到他跟前问道。

"是呀，是呀！"普莉赫丽娅·亚历山大罗夫娜喊道。

拉斯柯尼科夫仰着头。

"他要给你一万个卢布，他还愿意在我面前见你一次呢。"

"怎么平白无故地要看她！"普莉赫丽娅·亚历山大罗夫娜喊着，"他怎能赠给她钱呢！"

拉斯柯尼科夫于是(冷淡地)转述了他和斯维里加洛夫的谈话，把那段见鬼的话删了，一切没必要的谈话他也省去了。

"你怎样回答他的呢？"杜尼娅问。

"开始我说我不会代他把这事转述给你。于是他说他可以不用我帮忙，直接找你。他坚决地说，他对你的钟情乃是过去的事，现在他对你已经无所谓、淡漠了。但他不愿你和卢仁结合……他的谈话毫没条理的。"

"你对他怎么看呢？罗佳？你觉得他这人怎么样？"

"那我一点也不了解他。他要赠给你一万，但他又说他没有钱的。他说他要到别的地方去，但十分钟后他又忘记自己的话了。他说他要娶亲了，而且已经看中了一个姑娘……当然他是有目的的，还是一个不良的目的呢。但是如果他有什么计划加害你，我想他不会这样傻的，这真费解……当然，你该把那钱拒绝的。总之，我觉得他很费解……也可说他是疯了呢！但那也可以假装的，我看得也许错了。玛尔法·彼特罗夫娜的去世，好像给他一个极大的打击呢！"

"愿上帝给她灵魂安静吧，"普莉赫丽娅·亚历山大罗夫娜说着，"我会永久、永久地替她祈求！如果没有这三千个卢布，杜尼娅，我们怎么活下去呢！这好像是天上掉下来的呢！罗佳，今天早上我们袋里只剩下三个卢布了，杜尼娅和我正想把她的表拿去典当，免得向那人借款，在他说帮助的时候。"

杜尼娅对于斯维里加洛夫的赠与，好像很奇怪，这一点在她的脑海中深印着。所以，她只是呆呆地站着，默忖着什么。

"他会有什么可怕的计划呢？"她低声地自语着，身体不觉要颤抖。

拉斯柯尼科夫也觉得这不近情的恐怖了。

"我得常去看看他吧。"他对杜尼娅说着。

"我们得留心他！我会把他找到的！"拉祖米欣大声喊着，"我一定找到他！罗佳已经对我说：'要保护我的妹妹。'杜尼娅，你也允许我这样做吗？"

杜尼娅微笑着，伸出了手，但忧虑的神情没有从她的脸上消失。普莉赫丽娅·亚历山大罗夫娜微微地看着她，但那三千个卢布使她放心了！

过了一刻钟，他们又开始兴奋地谈话了。拉斯柯尼科夫虽不说话，但也注意地听了片刻，拉祖米欣则是滔滔不绝地说着。

"什么缘故，你们就要走吗？"他气势很盛，不住地说着，"你们住在一个小城市中做些什么呢！你们最好都在这边同住，而且你们也都需要帮忙——真的，你们都需要，相信我吧。有一个时间，不论怎样……我对你老实说，我们想做一种稳妥的经营。你跟我合伙吧！我要对你详说一切——全部的计划！在什么事情未发生之前，这些都在今晨产生于我的脑海中……我对你们说是怎么回事。我有一位叔父，我要介绍给你们——他是一个最易打交道而且是最可敬的老人。我这个叔父有一千卢布的资产，但他只用他的养老金度日，不动用那笔款子。这几年他老是要我向他借用这钱，只要六厘息金就可以。我很明白的，他就是想帮我忙。去年我用不着，但今年他来找我时，我准备要向他借。再从你们三千中贷一千给我，我们就可以开设了。但是我们如此合伙经营，要做什么呢？"

拉祖米欣于是开始说出他的计划，他说市场上的书店和出版家一点儿都不明白他们在做的什么，因此他们平时都不是正式的出版家，所以他们都不善于经营，然而像样的出版物是可以弄回本钱的，而且还能赚钱，有时还赚得很多呢！拉祖米欣也打算经营出版事业，当一名真正的出版家呢！近几年，他都在出版社里做工作，他懂得三个国家的语言，六天前，他虽然对拉斯柯尼科夫说他自己的德文"太差"，无非是劝诱他替自己翻译一半儿，并给他一半稿费。当时他扯了一个谎，拉斯柯尼科夫也明白他是在说谎。

"怎么，为什么我们有了生活要具——我们的钱——的时候，要把当前的机会让它溜了呢！"拉祖米欣热切地喊着，"当然，工作是很多的，但我们都得做，你，杜尼娅，我，罗佳……有种书籍近来很可弄到一些利息呢！这个关键是在我们要明白需要什么翻译，而我们同时要翻译、印行、去学。我有经验应该还可以到这里来。近两年来，我几乎在各出版家中往来忙着，他们经营的一些，现在我全懂得了。我们为什么要把到嘴的面包放过呢？我知道有那么两三本书——我至今保守着秘密——只要我出个主意，把它们翻译出来再出版，每本就得付给我一百个卢布。其中有一本，即使给我五百个卢布，我也不愿给别人出版的。你们觉得怎样？如果我去对一个出版家说，他一定是犹豫不决的——他们都是呆子！至于经营方面，印刷、纸张、销售等等，我懂得很多，你们可以交给我来做，我们先以小场面开始，然后慢慢发展着，无论怎样，我们可以弄得生活费的，然后捞回我们的资本。"

杜尼娅的眼睛发着光亮。

"你所说的都不错，拉祖米欣！"她说着。

"当然，关于这方面我不敢说什么，"普莉赫丽娅·亚历山大罗夫娜插嘴说着，"这也许是一个好的想头，但又给上帝知道了。这是新鲜的玩意儿。当然，我们在这边至少还有一些时间。"她看着罗佳的脸色。

"你有什么意见呢，哥哥？"杜尼娅说着。

"我觉得他想出了一个美好的计划，"他答着，"要做一个出版家，自然那是太速成了，我们印出五六本书是没有问题，而且一定会成功的。我有一本书，想来销路一定很好的，至于他能够专在管理方面，那更是绰绰有余了。他懂得这个……但是我们可以慢慢来，先详细计划一下……"

"好极了！"拉祖米欣喊着，"那么，留心，在这公寓里有一幢房子，同属一个人的。这是一幢异样的房子，分着的，不和其他的寓所互通的，也有用具，租金不贵，也不便宜，三间房。如果你们租了开办出版是很好的。明天我去给你们当手表，把钱还给你们，一切事情都可以着手办了。你们可以三个一起住,罗佳也可以和你们一块了。罗佳你到哪儿去?"

"什么,罗佳,你要走了吗?"普莉赫丽娅·亚历山大罗夫娜惊讶地问着。

"你现在就走吗?"拉祖米欣喊着。

杜尼娅用惊讶的目光疑惑地瞪着哥哥。他抓起了便帽,想要离开他们了。

"你们说话的口气倒好像是在给我下葬或者是诀别似的。"他古怪地说着,很想笑,但又抿着嘴。"但这谁又能预料到呢,也许今天就是我们最后一次相见呢……"这本是他在思想着的事,但话到嘴边又大声溜出来了。

"你究竟是怎么的?"他的母亲喊着。

"你要到哪儿去呢,罗佳?"杜尼娅惊讶地问着。

"哦,没什么,我有点儿要紧的事……"他含糊其辞地答着,好像对于要说的话拿不定主意似的。但是,他那苍白的脸上却露出一种坚定的表情。

"我的意思是说……当我到这边来时……我是想对你说,妈妈和你,杜尼娅,我们最好分开一段时间。我感到不快,不宁静……我再来,我自己会来的……如果可能。我永远想着你们,也爱你们的……让我,让我走吧。我在以前早就如此打算了……我早已打定主意了。不管我的遭遇如何,我总是回到毁灭的,我只要一个人走。干脆忘了我吧,那样会更安好些。不必访探我。如果有可能,我自己自然会来的,或者……我会派人来找你们。也许一切都和从前一样,但此刻如果你们疼爱我,便让我走好了……不然我会恨你们的……再会!"

"天呀!"普莉赫丽娅·亚历山大罗夫娜喊着。

他的妈妈、妹妹和拉祖米欣都已经吓得面面相觑了。

"罗佳,罗佳,和我们在一起!让我们和以前一样好吧!"他的苦恼的母亲哀恳着。

他缓慢地转动身子,向着房门走去。杜尼娅追着他。

"哥哥,你是这样对待妈妈的吗?"她低声问着,眼睛含着愤怒的火焰。

"没关系,我就要回来的……我就要回来的。"他喃喃地低语着,好像自己也不知说些什么,他立刻走出房门了。

"真是无情的没有良心的人!"杜尼娅喊着。

"他是疯了,并不是没良心呀。他是疯癫了!你没看见吗?关于这点,你是太粗心了!"拉祖米欣向她的耳中低说着,并紧握着她的手臂。"我马上就会回来的。"他向那位受了惊吓的母亲说着,走出房门。

拉斯柯尼科夫在走廊的一头等待着他。

"我知道你要追出来的,"他说着,"快回到她们身边去吧——和她们一块儿……明天永远和她们一块儿……我……我也许会来的……如果可以的话!"

他并没有和他握手,就走出去了。

"那么,你要到哪里去呢?做什么呀,你这是怎么回事?你怎么又发作了呢?"拉祖米欣茫然不知所措地说着。

拉斯柯尼科夫又站住了。

"最后一句话:今后不管什么事情,都不要来问我。我没有什么可以对你说的。也不必来看我。我也许会到这边来的……快离开我吧,不过不要离开她俩。听懂我的话吗?"

当时,楼道里十分昏暗,他们站在路灯下,长时间地默然相对着。拉斯柯尼科夫凝聚着燃烧般的目光,好像随着每一刹那越来越锐利,直射入他的心窝,射入他的意识。拉祖米欣将永远不会忘记这瞬间的事,他忽然惊着了,好像有一种奇怪的感觉闪过他们之间……

一种什么想法，像是一种暗示似的一掠而过。忽然，双方都懂了……拉祖米欣脸色骤然变白了。

"现在你懂了吗？"拉斯柯尼科夫说着，他的面部痛苦地抽搐着。"回到她俩那边去吧！"他忽然喊着，然后急转过身，向屋外走去了。

这儿暂且不说拉祖米欣怎样回到她俩身边去，如何劝慰她俩，他怎样肯定说罗佳病中得充分休息，还说罗佳一定会回来，每天都会回来，他的脑子已经非常、非常的昏乱了，他不能再受到刺激，他——拉祖米欣——将看护他，要叫一位医生，最好的医生诊视他……总之，从那天晚上开始，拉祖米欣就成为她们的儿子和哥哥了！

第四章

　　拉斯柯尼科夫一直沿着运河索尼娅所住的地方走去。这是一座浅灰色的三层旧楼。他先找到了看门人,再由看门人那边问到裁缝卡佩瑙莫夫的住处。他在庭院转角循着阴暗的楼梯门,走上那对着庭院环绕的二层楼的走道。当他在黑暗中摸索、茫然不知卡佩瑙莫夫的家门在哪边的时候,离他只有三步远的地方,恰好有一扇门开着,他便不觉把那门推开了。

　　"谁呀?"一个女人的声音匆匆地问着。

　　"是我……来看你的!"拉斯柯尼科夫答着,便顺着那窄小的入口进去了。

　　一枝铜烛盏上放着蜡烛,放在一张破椅上边。

　　"啊!原来是你呀!我的上帝!"索尼娅轻轻地喊着,站着不动了。

　　"这边是你的房间吗?"拉斯柯尼科夫没有看她就进去了。

　　过了一会儿,索尼娅也执着烛台进来,把烛台放了,然后在他面前站着,非常的迷惑,完全为他的突然光临而惊呆了。她那苍白的脸色忽然堆起了红霞,快乐之泪盈于眼眶……她忸怩不安,似害羞又似快乐……拉斯柯尼科夫转过身子,在桌边的一张椅上坐下。他匆匆地扫视了一下这个房间。

　　这是一个很宽大的,但又极低矮的房间,是卡佩瑙莫夫裁缝店出租的,左边的墙上有一扇关着的门,这是通往卡佩瑙莫夫房间的。在右边墙上,也有一扇关着的门,而且下锁了。同是一整套房,却隔成为两个房间。索尼娅的房间,看上去好像是一间马厩,一个十分不方正的四

328

方形的一间,外表看上去似觉奇怪,那开着三个窗户的墙正对着运河,斜倾下去,所以这房有一个房角形成很锐的角度,如果没有亮光,很难看清里面的东西。另一个房角又大得出奇。在这样大的房间里简直看不见什么家具,在右首摆着一张床,没有帐子;在床旁边,靠近门口,有一把椅子。一张铺着绿台布的简陋的松木桌,也对着这边墙放着,靠近通着隔壁套房的门口;桌旁有两把残破的椅子。在对面的墙近尖角处有一张简朴而有抽屉的小木柜,看上去好像很久没用了。此外,就没有什么东西了。黄黄的、涂污的糊在破旧墙上的纸,在房角里也都污黑了。冬天是很潮湿的。在这边充满着贫穷的色彩。

索尼娅静静地看着这位客人,这客人不住地上下左右地打量着她的房间,因此把她吓得直颤抖,她好像站在审判官和命运的判断者的前面似的。

"我来晚了,是不是?……现在已经十一点了。"他仍不抬眼地问着。

"是的,"索尼娅喃喃地答着,"唔!是的,现在是,"她立刻继续说着,好像她的全部出路就在这里似的,"我房东夫人家的钟方才敲……我亲耳听见的……"

"这是我最后一次到你这边来了,"拉斯柯尼科夫凄然地说着,其实这是他初次到这边呢,"也许我不能再见到你了……"

"你就要……离开这里吗?"

"我不知道……明天……"

"那么你明天不再到卡捷琳娜·伊万诺夫娜那边去了吗?"索尼娅的声音有些颤抖了。

"我不知道。明天早上才会知道……没有关系:我来这里跟你说一句话……"

他仰着忧思的眼睛看她,忽然觉得自己是坐着的,而她却直僵僵地在他面前站着呢!

"你怎么站着呢？坐下吧。"他换了温柔多情的声音说着。她坐下了。他慈善地、悯怜似地朝着她看。

"你怎么这样瘦呀！你的手臂怎么如此苍白，好像死人的手一样呢。"他握着她的手臂。索尼娅柔弱地微笑着。

"我常是如此的。"她说。

"你在家里住时也是如此吗？"

"是的。"

"当然，你是。"他冒昧地继续说着，他的脸色、语调又突然换了。他又向各处打量着。

"这房间是从卡佩瑙莫夫家租来的吗？"

"是的……"

"他们住在隔壁，走过那扇门就是吗？"

"是的……他们另外有一间房也像这样的。"

"都是相毗连的吗？"

"是的。"

"要是我住在你这里，晚上我一定会害怕的。"他阴郁地说着。

"他们都是很友好，而且很慈爱的。"索尼娅茫然地答着，"这边的用具、所有的东西……全是他们借给我用的，他们很慈爱，小孩子们也时常过来玩的。"

"他们都是患口吃的吧？"

"是的……他口吃而拐着脚，他的太太也如此……她倒不十分口吃，只是口舌说不明白。她是一位很憨厚的女人。他从前是地主的家奴，有七个小孩子……只有年纪最大的一个是口吃的，其余的不过是有些病罢了……说话并不结巴……你在什么地方听说过他们吗？"她有点惊讶似的补充了一句。

"你的爸爸跟我说的。他把你的一切都对我说了……还告诉我，你怎样在早上六点钟出去,九点钟回来,卡捷琳娜·伊万诺夫娜怎样跪在你床边,等等,他都跟我说过。"

索尼娅惊呆了。

"我好像在今天看见过他呢。"她吞吞吐吐地低声说着。

"谁呀?"

"我父亲,大约在十点钟时,我在街上走,在转弯那边,他好像在我前面走着。正像是他呢。我那时正想到卡捷琳娜·伊万诺夫娜那儿去呢!……"

"你在街上走的吗?"

"是的。"索尼娅忽然又低声说着,并低下头去。

"我想卡捷琳娜·伊万诺夫娜经常打你的吧?"

"不,不是的,你说什么呀?不是的!"索尼娅茫然无主地看着他。

"那,你爱她了?"

"爱她吗?当然呀!"索尼娅露出凄婉而沉重的语气说着,她交叉着手臂,"唉,你不……只要你知道就好了!要知道她完全像个孩子……她没有一点理智了……因为悲伤的。她本是十分聪明……十分豁达大度的……十分和善啊!唉,你不知道,你不知道呀!"

索尼娅好像十分伤心地说这话似的,苦恼地极力地扳着自己的手臂。她那苍白的脸又涨得通红,她的眼波中似有一种痛苦的情绪。显然,她的内心受到极大的触动,她极想说话,想替什么辩解,使事情可以明白些……一种贪得无厌的同情(如果可以如此说的话)展现在她的脸上。

"打我吗?你怎么说?上帝呀,打我吗?如果她真打我,那又如何呢?你以为会怎样?这你毫不明白……她是这样可怜……唉,怎样的可怜啊!并且害病……她一切都渴望正义,她是洁白的。她有如此的信仰,随处都会有正义的,她期望着……你如果要给她痛苦,她也不会超出底线的。她自己看不出来,这一切是不可能的,人间不可能有正义,因此她很生气。如同一个小孩子,如同一个小孩子一样。她是和善的呀!"

"那你以后该怎么办呢?"

索尼娅疑惑地看了看他。

"要知道,他们都得靠你来养活了。没错,以前也是靠你……你父亲也经常到你这里来拿钱去喝酒。唔,现在又该怎么办呢?"

"我不知道。"索尼娅凄然地说道。

"他们打算继续住在这边吗?"

"我不知道……他们欠着房钱,但我听说,女房东今天就要把他们赶出来,卡捷琳娜·伊万诺夫娜说她也不愿再住一分钟了。"

"这是为什么呢?她怎么会有那么大的胆量?她想指望你吗?"

"哦,不,不要那样说……我们是一家人,我们要在一起生活。"索尼娅又给扰乱了,而且有点恼,好像一只金丝鸟或别的什么小鸟要动气了似的。"而且叫她如何做呢?她,她如何做呢?"她热切而兴奋地突然说,"她今天怎样地哭呀!她的理智没有了,你看不出来吗?她有时像个小孩,想把明天丧饭和其他一切都要预备好……于是她又是拉扯、吐血、悲哭,忽然之间她又绝望似的把头向墙壁撞去。但不久她又心安了。她把所有的一切期望都寄托在你的身上:她说你此刻要帮她忙,她要向别人借点钱,和我一同回到她的故乡,替家乡的姑娘们办一个寄宿小学校,让我去管理,我们去另辟一个美丽的新园地。她吻我,拥抱我,抚慰我,她对于她的理想竟有着如此的信心,如此地坚信!谁能辩驳她呢?她一天到晚洗浣、清刷、补缀。她只有用一双没有力气的手把浣濯盆拉到房里去,躺在床上,叹着气。今天早上,我们到店里去给波琳卡和莉达买鞋子,她们穿的已经破得不像样了。但我们所预算的钱已经超出了,因她要漂亮的鞋子。所以她选那样昂贵的小鞋,因为钱不够了,她在店伙计面前放声哭了……看看她真是令人伤心啊……"

"唔,听了你的这番话,我才明白你为什么……过这种生活了。"拉斯柯尼科夫露出一副悲酸的苦脸说着。

"你不替他们怜惜吗?你不加以怜惜吗?"索尼娅又嚷了起来,"我明白,你把自己仅存的一点儿钱都给她了,尽管你仍然什么也没有看见,如果你看见了一切事儿,哦!主啊!我是时常、时常惹她流泪呢!在上礼拜就有过那么一次!是的,我!只在他死前的一个礼拜。我当时做得太残忍了!而且我老是做那种事呢!我一想起那些事情,我便一天到晚难过呀!"

索尼娅说话时,还是很痛苦,只是一个劲地交叉着手。

"你残忍吗?"

"是的,我——我。我去看过他们。"她哭泣着继续说,"父亲说:'我有点头痛,读些故事给我听听,索尼娅,读给我听听,这边有一本书呀。'他这本书,是从安德列·谢苗诺维奇·列别加尼科夫那边得到的,那个人就住在这附近,经常弄到这种有趣的书。但是我说:'我该走啦。'因为我不想读,而且我来的主要目的,是拿几条领带给卡捷琳娜·伊万诺夫娜看看的。那个做小买卖的丽莎维塔·伊万诺夫娜卖给我这些领带和袖套,物美价廉,而且崭新的,还刺着花的呢。卡捷琳娜·伊万诺夫娜十分喜欢,她戴上了,然后在镜子前照了照,很喜欢的。'把这些送给我吧,索尼娅,'她说,'请送给我好了。'她说了'请'字,可见她太想要这些东西了!可是,她戴上这些有什么用呢?这只能叫她回想着以往的幸福罢了。她在镜里照来照去,顾影自怜,她没有什么衣服,什么东西也没有,好几年没有了!她从不向别人要求什么;她很高傲,她愿意舍弃一切不顾。但她却要这些,她如此地珍爱它们,但是我又不舍得送给她。'你拿去有什么用处呢?卡捷琳娜·伊万诺夫娜？'我问着。我向她说了这话,本不该的!她就丢过来一副难看的面孔。她对我的拒绝是这么伤心,看上去真是很可怜……可是她并不是为领带而伤心,实在是为我的拒绝呀,我明白地看出了。唉,只愿我把那句话全收回来,改说一下呀,唉,只愿我……可是,这于你又有什么关系呢!"

"你认识那个做小买卖的丽莎维塔·伊万诺夫娜吗？"

"是的……你也认得她吗？"索尼娅惊奇地问着。

"卡捷琳娜·伊万诺夫娜染着肺病,急性肺病,不久她就要死了。"拉斯柯尼科夫停了一下说着。并没有回答她的问话。

"哦,不,不,不!"索尼娅不由得抓住他的双手,好像哀求他,不要让她死去似的。

"她死了倒好了。"

"不,不好,不好,一点也不好!"索尼娅在悲惊中不觉重复地说着。

"那孩子怎么办呢?除了让他们住在你这里之外,你还能把他们送到哪里去呢？"

"哦,我不知道。"索尼娅双手抱着头,几乎绝望地喊叫起来。

其实,这个想法在以前就已经不时在她的脑中盘旋,这是很显然的,此刻他不过又再次惊动她一下罢了。

"而且,如果就在目前,卡捷琳娜·伊万诺夫娜还活着的时候,害病了,送到医院去,那又会发生什么事呢？"他漠然地问着。

"你怎么说这话呢？那是不可能的!"

索尼娅的脸被可怕的恐惧吓得变了形。

"不可能?"拉斯柯尼科夫冷笑了一下,接着说,"你没有去参加过保险吧?那时他们该怎么办呢?他们会流落在街头、巷尾,她要咳嗽、叩求、对着墙撞头,如她今天所做的那样,孩子们会哭喊……而后她倒了下来,送到警察局,送到医院,然后死去,孩子们……"

"哦,不……上帝决不会如此昏聩的!"索尼娅郁闷已极,终于说出了这话。她静听着,哀求似的看着他,在默然无语的祈求中紧揑着双手,好像一切都赖着他似的。

拉斯柯尼科夫站起来了,在房中开始走动着。过了一会儿,索尼娅垂头丧气地立着,心里烦恼极了。

"你不能攒点钱吗?留点儿钱以备不时之需?"他忽然在她的面前停下来,问了这话。

"不行的。"索尼娅低声答着。

"当然不行。你去试过吗?"他讥诮似的继续说着。

"是的,试过了。"

"没有做得! 自然不能,不必多问的。"

他在房中又往回地踱着。又过了一会儿。

"你不是每天都能赚到钱吧?"

索尼娅狼狈极了,她的脸又涨得通红。

"不。"她痛苦地、艰难地低语着。

"波琳卡大概也要走你这条路的。"他忽然说着。

"不,不! 那不会,不!"索尼娅悲痛欲绝地大声喊着,好像有人用刀子突然刺伤了她的心,"上帝……上帝是绝不容许有如此可怕的事情发生的!"

"可是上帝容许别人呀!"

"不,不! 上帝会保护她的,上帝啊!"她疯了似的反复说着。

"但,也许没有上帝呢?"拉斯柯尼科夫怀着恶意似的回答着,看了看她,然后笑了起来。

索尼娅脸色忽然变了, 一阵抽搐。她用一种无法形容的责备眼光望了他一眼,她很想说些什么,但无法说出来,只有悲酸的、伤心的叹息,只是用双手捂住脸。

"你说卡捷琳娜·伊万诺夫娜的理智没有了，你自己才没有理智呢。"他默然好久，才说了这句话。

已经过去五分钟了。他仍是一语不发地在房中徘徊着，也不看她。末了，他走近她，他的眼睛闪出火光似的，把双手按在她的肩膀上，直朝着她的含泪的脸儿看。他的目光是锐利的、热烈的、动人的，他的嘴唇紧闭着。突然间，他一骨碌跪在地下，狂吻着她的脚儿。索尼娅吓得急忙向后退，像躲开一个疯子似的。他看上去真像一个疯子呢。

"你怎么啦，你这是怎么啦？"她吞吐着说，脸色都吓白了，一阵突然的刺痛袭击了她的心胸。

他当即站了起来。

"我不是向你行礼呀，我是向一切受苦的人类行致敬礼呢。"他热切地说着，然后走到窗口那边去了。"听我说，"过了一会儿，他继续说着，"我方才对一个高傲的人说他不值你的一个小手指呢……并且说，我要叫我的妹妹坐在你的旁边，使我妹妹也沾点光呢！"

"怎么，你怎么能说这种话呢！在她的面前吗？"索尼娅惊问着，"和我同坐？什么沾光！我是……不体面的人……你怎么能说那些话呢！"

"我说那话，并不是因为你的不体面和你的罪过，而是为了你所受的深重苦难。不过，你也是一个大大的罪人呢，是确实的，"他严肃地继续说着，"你最不应该的罪过，是你无故地把自己糟蹋了，出卖了。这不令人心痛吗？这不令人心痛吗？你很厌恶这种污秽的生活，同时你也明白（你只消睁开你的眼儿），你过这种生活根本帮助不了任何人，也拯救不了任何人。最后，你告诉我，"他发狂似的往下说着，"这羞辱和卑劣怎么好和其他、相异的、高尚的情感，在你一身中兼有呢？你去投水自尽，了此残生，也许还高贵些，甚至高贵千倍呢！"

"但他们又怎么办呢？"索尼娅软弱地问着，用痛苦的目光注视着他，但却不是因他的建议而吃惊。

拉斯柯尼科夫好奇地看着她,并从她的脸上看出了一切。可见,她自己早已有了那种想法了,也许有好几次了,她在绝望中往往渴欲找出一个结果来,所以这个时候,她对于他的建议一点也不觉得惊奇了。她也没有觉得他的话有多么残忍(他的责备的含意以及她的异样羞耻的神情,她当然也觉察出,他也是很明白的)。但他十分清楚,她一想到自己可耻的、不光彩的身份时,就痛苦到极点,简直痛不欲生,而且已经苦恼了很久。他想,到现在为止,究竟是什么阻止了她打算结束自己生命的决心呢?现在他才明白,那些可怜的、年幼的孤儿和那个不幸的、半疯的、害着痨病的、往墙上撞头的卡捷琳娜·伊万诺夫娜,这些对于索尼娅来说,是具有何等重大的意义啊!

　　但是,以她的品格和所受的教育而言,无论怎样,她决不愿就这样过下去的,他也很清楚这一点。然而,他仍然不明白的是:她既不愿去跳河自杀,怎么会这样长久处在这种环境中而不发疯呢?他也明白索尼娅有着特别的苦衷,她的不幸,既不是独一无二,也不是绝无仅有。但正因为特别——她所受的教育的熏陶,她以前的生活,人们却以为在那种处境下,还是早点儿死去的好。是什么一直使她支撑着呢——不至于是堕落吧?这一切卑污狼藉,只不过在表面上玷污了她,并没有一点儿渗进她的内心。他明白的,她在他面前时,他已经深深地透视她了……

　　"她现在只有三条路可走,"他想着,"运河,疯人病院,以及……末了,陷落于邪径之中,自己毁损理智,把心变成死石头而已。"

　　最后这个妄念是最叫人受不了的,但他是个怀疑派,因为年轻、多疑、残忍,所以他很相信最后的结局很可能是这样。

　　"但那又真的可能吗?"他问自己,"一个像她这样在精神上依旧贞洁的人儿,难道最后竟会有意识地被拖进龌龊和罪恶的火坑里去吗?难道这个过程已经开始了吗?直到现在,她之所以还能忍受,难道是因为罪恶已经不再使她感到那么可憎了吗?不,不!这绝不可能的!"他同索尼娅方才一样地喊着。"不,使她到现在不投河的原因,是由于罪恶和孩子们的缘故……可是如果她不疯癫……谁又能说她不疯癫呢? 她神志清楚吗? 难道一个人能够像她这样说话吗? 难道一个有正常思维的人能够像她这样谈论问题吗?难道一个能够坐在毁灭的边沿上,当有人告诉她那样很危险的时候,她仍然置之不理、充耳不闻吗?她在等待什么奇迹吗? 无疑是这样的。这并不算是疯癫的表现吗? "

他固执地抱着这种想法不放。跟其他的任何解释相比,他倒更喜欢这种解释。他开始更加专注地凝视着她。

"索尼娅,你经常向上帝祈祷吗?"他问着。

索尼娅不说什么,他在她身旁等着回答。

"如果没有上帝我又怎么办呢?"她飞快地低声说着,两眼灼灼地侧视着他,紧捏着他的手臂。

"啊,那就是如此了啊!"他想着。

"上帝帮助你些什么了吗?"他探究地问。

索尼娅似乎不能马上回答,沉静了一刻。她的柔软的胸脯激动地一起一伏。

"别说了! 不要多问! 不关你的事……"她忽然喊着,严厉地愤怒地盯着他。

"是的,是的。"他对自己反复地说着。

"他做了一切事情呢!"她又俯下头去,迅速地小声说着。

"这是一条出路! 也是解脱,"他说着,以一种新的、热烈的好奇心,奇怪的、又像病态的感情,仔细地打量着她。他看着那苍白而瘦削的、不规则并带着角形的小脸庞,那两只多情的碧绿眼睛(那眼睛灼灼地发着火光,并发出严厉的力量),那愤怒颤抖的躯体——在他看上去愈觉得奇怪。"她是一个宗教狂!"他自言自语着。

那有抽屉的木橱上放着一本书。他在屋里踱来踱去的时候，每次走过那里时，都注意到这本书。现在，他把它拿起来，看了看，是以俄文译的《新约》全书。外面是皮装的，已经很破旧了。

"这本书是你从哪儿得来的？"他在房的那边向她问着。

她仍站在原地，离桌子有四五尺远。

"是别人带来给我的。"她好像不高兴似的答着，也没有看他。

"谁带来的？"

"丽莎维塔，我向她要求的。"

"丽莎维塔，怪了！"他想着。

索尼娅的一言一动，在他看来，觉得一分钟比一分钟怪异，他把书带到烛下，翻着书页。

"关于拉撒路复活的那一段在哪儿？帮我找一下，索尼娅。"

她悄悄斜睨他一下。

"不是那边……是在第四篇福音那里。"她正色地低声说着，也不看他。

"你替我找出来念给我听吧。"他说着，坐下，把手臂放在桌上，把头支住，脸色阴郁地注视一旁，准备聆听。

"再过两三周后，她就要进疯人病院了，我如果不再变厉害，他们也会欢迎我进去。"他茫然地自语着。

索尼娅不高兴听着拉斯柯尼科夫的要求，但她缓缓地移近到桌边，并拿走了书。

"你没有念过吗？"她在桌旁抬眼问他。

她的话渐渐地变正色了。

"好多年了……我只在小学时候念过。"

"你没有在教堂里听说过吗？"

"我……没有。你常去的吗？"

"不——不。"索尼娅低语着。

拉斯柯尼科夫笑了。

"我知道……明天你不参加你父亲的葬礼了？"

"我去的。上礼拜我也到教堂去过……我去做一个安魂祷告。"

"替谁做的祷告？"

"给丽莎维塔。她被人给砍杀了。"

他的神经骤然紧张起来，头也发昏了。

"你们和丽莎维塔都是朋友吗？"

"是的……她很好……常到这边来……但不经常……她不能……我们时常，一起读《圣经》，并……谈话。她要见上帝了。"

最后一句话在他听来很觉奇怪。这边又有了新鲜的事了。和丽莎维塔在阴间相见，而且是她俩——宗教里的狂人。

"我立刻要变成一个宗教上的狂人了！这是有遗传性的呀！"

"你念吧！"他突然烦躁地叫道。

索尼娅的心跳着，犹豫不决，几乎不敢念给他听。他着恼地看着这个"可怜的疯人"。

"为什么？你不是不信吗？……"她温柔地低声说，有点喘气。

"念！我要你念呀，"他固执地说，"你不是经常念给丽莎维塔听吗？"

索尼娅摊开了书，找到了要读的地方。她的手臂颤着，发不出声音。她几次想念，结果还是一个字也念不出来。

"有一个害病的人，叫做拉撒路，住在伯大尼……"她只得勉强地念了，但是念到第三句时，她的声音忽然像一条太紧的弦一下子弄断了。她只感到呼吸困难，胸口沉闷。

拉斯柯尼科夫虽然有点看出索尼娅为什么不能继续念给他听，但他却更执意地要她如此做。他很清楚，把她自己的一切都暴露了，使她感到多么痛苦。他知道这些感情实在是她的秘密珍宝，她保藏也许好几年了，也许从小孩时起，当她和一个可怜的父亲和一个脑癫的后母一起，和忍饥受骂的孩子们一同生活的时候。但他同时也明白了，而且实在明白，虽然她充满了恐惧，生活也多有苦难，但她却有着想读而且向他读，使他可以听的这种使人怜爱的愿望，她想此刻念，不管怎样！……他从她眼睛里看出了这点，他在她的热烈的情绪中也能看出。她极力压制自己，忍住喉内的抽搐，继续念着《约翰福音》第十一章。她一直念到第十九节：

"许多犹太人去慰问马太和马利亚，替她们的兄弟安抚她们。

"马太见耶稣来到，即去接他；马利亚仍坐在家中。

"马太对耶稣说：主父啊，你如果早在这边的话，我的兄弟是不会死的。

"就是此刻，我也明白，你不论如何对上帝求什么，上帝必赠赐给你的……"

她念到这儿，又怕羞似的呆住了，好像她的声音又颤抖着而且断绝了。

"耶稣说，你的兄弟要复活的。

"马太说，我明白在最后一天复活的时候，他当复活。

"耶稣对她说，复活之权在我，生命之权也由我：相信我者，虽死必活。

"凡活着相信我的人，必永久不死。你相信这话吗？

"马太说……"

（索尼娅呼吸了一口长气，便不断地念着，好像在宣传什么似的。）

"主父啊，是的，我相信你是基督——上帝的儿子，就是那要降临到世界的。"

她停了一下，看了他一眼，但又克制着，继续往下念。拉斯柯尼科夫的手臂放在桌边，坐着不动，他的眼睛移到别处去了。她也念到第三十二节了。

"马利亚到了耶稣那边，看见他，便伏在他足下说，主父啊，你如早在这边，我兄弟必不会死的。

"耶稣见她哭了，看见与她同来的犹太人也在哭，心里很悲伤，又很忧虑。就说着，你们把他寄放在哪里呢？她们答着：请主自己去看。

"耶稣哭起来。

"犹太人便说，你看他疼爱这人是这样的恳挚啊！

"其中也有人说，他既然能治好瞎子，怎么就不能叫这人不死呢？"

拉斯柯尼科夫带着兴奋的感情朝着她看。他明白了，他预想她是害着确实的身体上的热病而颤抖着。她将念到那个最大奇迹的故事时，她的感情觉得非常痛快的。她的声音如铃儿一般响着，她的胜利与高兴使她更加起劲地念。一行行字在她的眼前驰过，但她心里却懂得内中的意义，念到末了一首诗："他既然能治好瞎子……"她的声音低了下去，用激昂而热情的声调表达了对那些瞎眼、不信神的犹太人的怀疑、责备和非难，马上他们就要像遭到雷击似的跪倒在他脚下，叹息着信了……"他，他——也瞎了眼的，不信神的。他也要去听，他也要信的，是的，是的！立刻，现在！"她这样妄想着，由于喜悦的期待而浑身颤抖起来。

"耶稣心中又悲叹，走到墓前。那墓是一个穴，一块石头堆在上边。

"耶稣说，你们把石头移去了。那死人的姐姐马太对他说，主父啊，他现在必已经腐臭了：因为他死去已经有四天了。"

她把那个"四"字念得特别重。

"耶稣说，我不是对你说过，你如信，必会看见上帝的光荣吗？

"她们把石头移开了。耶稣仰望着天说，主父啊，我谢你，因你已经听我了。

"我也明白你常听我的，但我说这话，是为旁边立着的人们，叫他们相信是你叫我来的。

　　"说完这话，便大声叫着，拉撒路出来呀。

　　"那死人真的出来了。"

　　（她高声地念，快乐得颤抖，好像她亲眼看见似的。）

　　"手足都包着布。脸上包着面巾。耶稣对他们说，解开来，叫他离去。

　　"许多来看马利亚的犹太人，见了耶稣所做的事儿，都来信他了。"

　　她念不下去了，将书一丢，立即从椅上站起来了。

　　"关于拉撒路复活的事情都在这儿了，"她正色地低说着，转了一个身立着，不再看他。她仍害热病似的颤抖。蜡烛在旧烛台上闪着光，在这阴暗的房间，幽昧地照着这凶犯和娼妓，他们两人是如此奇怪地凑到一起，读着这本神圣的书。如此过了五六分钟。

　　"我要说一桩事情。"拉斯柯尼科夫不快地高声说道。他走向索尼娅面前。她默然地望了他一眼。他的脸色十分正经，露出一种强烈的决心。

　　"我今天离开我的家庭了，"他说着，"我不再去看母亲和妹妹了。因为我已经和她们断绝关系了。"

　　"为什么？"索尼娅惊问着。她和他的母亲妹妹见过一面，对她们的印象很深，只是对她们不太了解。当她听到他跟她们断绝关系的消息时，几乎感到一种恐怖。

　　"我现在只有你一个人了，"他继续说着，"我们且一起离去吧……我到你这边，我们都是受人痛骂的，我们还是一起离去吧！"

　　他的眼睛发着火光。"好像疯了似的。"索尼娅想着。

　　"到什么地方去呢？"她惊问着，不禁向后退着。

　　"我如何知道呢？我只知道这是共同的道路，别的毫无所知了。这是我俩共同的目标呀！"

她一点儿也听不懂地看着他。她只知道,他很不幸,非常地不幸。

"如果你对她们说,她们没人懂得,但我是明白的。因为我不能没有你,所以我才到这边来呀。"

"我听不懂你的话呢。"索尼娅低声说着。

"等会儿你会懂的。你不是做了同样的事情吗?你也罹罪了……你毁了你自己,毁了一条生命……你自己的生命(这反正一样)!你原可以过一种心安理得的生活,但你却在柴草市场中了此一生……你将不能忍受啊!如果你老是一个人活着,你会像我一样发疯了。你已经有点像疯子了。我们志同道合,还是一起走吧!我们离去吧!"

"为什么呢?究竟为的什么呢?"索尼娅被这奇怪的话弄糊涂了。

"为什么?因为你决不能这样下去,就为了这个!你必须正经地看事情,不能和小孩一样哭喊着,说什么'上帝不容许呀'之类的话。你明天如果真的被抬进医院,你想会遇着什么事情呢?她是疯了,又害着肺病,她离死已经将近了,可是那些孩子呢?你以为波琳卡不会弄坏吗?你没看见街头求乞的童丐吗?在这些做母亲的和在那样的环境中,孩子们决不会好好的,六七岁时就不行了,去做小偷。但是要明白,孩子是基督的化身:'他们的国度是天国呀。'他叮嘱我们要看重他们,爱护他们,他们是未来的人类……"

"那怎么做呢,那怎么做呢?"索尼娅反复说着,她发疯似的哭着,扳着自己的手臂。

"怎么做吗?破坏总是要破坏的,一拳就足够了,便是如此,自己再去受难吧。真的,你不懂吗?你等一会儿就懂的……自由和权力,尤其是权力!支配一切发抖的畜生和芸芸众生的权力……这就是目的!记住这点!这是我给你的临别赠言。也许这是我最后一次对你说话了。如果明天我不来,你会听到一切的,你以后就该记住这些话呢。在未来的某个时候,总有一天你会懂得这些话的意思的。如果明天我还来的话,我会对你说丽莎维塔是谁杀害的……再见吧!"

索尼娅惊吓得浑身打哆嗦。

"什么,你知道是谁把她杀了吗?"她浑身打哆嗦,惊异地看着他问。

"我知道,我会对你说……你,就只你一人。我不是到你这边来求宽恕,只是要对你说了。我老早就选中你来听闻这件事,你父亲说你、丽莎维塔未死的时候,我就如此打算了。再见,不必握手了。明天见!"

索尼娅看他像一个疯人,他出去了。但她自己也像一个发疯的人,她自己也觉得,她的头昏乱极了。

"天呀,他怎么知道谁把丽莎维塔给杀了呢?这吓人的话是什么意思呢?"但同时那个念头一点儿没有进入她的脑海,"唔,他离亲弃妹,他真是一个可怜虫……为什么呢?发生了什么吗?他心里怀什么鬼胎呢?他对她说的什么?他吻着她的足,且说……说(他说的很明白的)他不能没有她……和善的上帝啊!"

索尼娅神志恍惚,整晚都没有睡好。她不时暴跳着,悲哭,扳扭自己的手臂,渐渐地又沉入于害热病似的睡眠中,梦见波琳卡、卡捷琳娜·伊万诺夫娜和丽莎维塔念《圣经》以及他……他脸面苍白,眼睛发红……吻着她的足,痛哭。

右手门那边的一间房,是索尼娅的房间和列斯莉赫的屋子隔开的,那间房是空着。有一出租的通告贴在靠运河的窗上。这间房,索尼娅早就认为那是一间没有人住的空屋子。但在这段时间里,斯维里加洛夫先生却躲在那空房的门口站着,偷听他们说话,始终没有离开过。拉斯柯尼科夫走出去时,他还站着,但不久,又走到这空房隔壁——他自己的房间去,移了一张椅子,轻轻地搬到通往索尼娅房间的那扇门的旁边。他觉得他们两人的谈话很有趣,很值得注意,他听了非常感兴趣,竟至于搬了椅子,以便今后,或者明天,不再如此受罪地站着整整一个钟头,而能够舒服地坐着,使自己一饱耳福。

第五章

　　第二天上午十一点，拉斯柯尼科夫走进刑事审查庭去，把姓名递进给波尔费利·彼特罗维奇。他等了好久——至少有十分钟，才得以传见。他以为他们立刻就要把他抓住了，但他站在会客室中时，那些与他毫无瓜葛的人，川流不息地在他面前往来。在隔壁那看上去像办公室的一间房中，几个书记员坐在那里忙着抄写，他们似乎不知道拉斯柯尼科夫是谁、什么样的人。他忐忑而疑惑地往四面看着，看有没有卫队和什么诡秘的警察在窥视他，以防他逃走。但他看了半天，还是没有发觉有什么异常。他只看见那些一心贯注于不相干的小事上的书记员们的面孔，以及其他的人们，没有一个人与他有什么关系。他可以任意走动。这种信心在他的心中更坚强了：如果昨天那个行踪诡秘的人，那个突然出来的幻影，看见了一切，他们恐怕就不许他如此从容悠闲地等着了。他们一定要在十一点钟才见面吗？也许那人没有把他的事通报上去，否则……就是他一点不知道，一点没有看见，因此可以证明昨天所遇到的一切事，只是一个幻影，是被他病中的幻想所骗了。这种猜测日前就在他的惊恐和绝望之中，极度地变得强有力。现在他细想一下，忽然觉得自己在颤抖——而且他也感到愤怒，想着就要和那可憎的波尔费利·彼特罗维奇会面，便吓得发抖了。他所害怕的就是再次碰见他：他恨他，无限地恨他，他甚至害怕自己的这种憎恨会暴露了自己。但他的愤怒是如此的强烈，居然使他立刻停止了颤抖。他想以淡漠和傲慢的态度直接走进去，极力保持沉默，尽量多看多听，而且这一次要把自己的慌张情绪尽力压下去。这时,他被唤去面见波尔费利·彼特罗维奇了。

他看到只有波尔费利·彼特罗维奇一人在办公室。这是一间大小适中的办公室,前面放着一张沙发,有一张大的写字台,上面盖着一张台布;一个文件橱,还有一张书架摆在屋角,和两只椅子——都是官府的家具,都是用光滑的黄色木料造的。在稍远的墙边有一扇关闭的门,门过去想还有其他的房间。拉斯柯尼科夫进去后,波尔费利·彼特罗维奇立刻把门关上,屋里只有他们两个人了。波尔费利·彼特罗维奇以恳挚的、和善的态度在会他的客人。过了几分钟后,拉斯柯尼科夫便看出他的心中有点不安的情景,好像有什么意外或什么秘密的事被察觉了。

"唔,我的好朋友! 你来啦……到我们的地盘上来啦……"波尔费利·彼特罗维奇说着,伸出两只手,"好,坐吧,老兄……也许你不愿人家叫你'好朋友'和'老兄'吧——请你不要以为这是太亲昵了……坐在这边的沙发上吧? "

拉斯柯尼科夫坐下后,目不转睛地注视着他。

他伸出两只手,但他一只也没有递过来——又缩回过去了,这使他十分怀疑。他俩互相看着,但当四只眼睛相遇时,他们又闪电般转向一边了。

"我把这张申请书给你带来了……关于那块表的事……申请书在这边。你看,这样写可以吗? 要否再抄一遍呢? "

"什么? 申请书? 是的,是的,你别着急,这样写就可以了。"波尔费利·彼特罗维奇说完这话,就接了申请书看着,"是的,是这样,不再需要别的了。"他肯定而快速地说着,把纸放在桌边。

过了一会儿,当他谈到其他的事情时,他把申请书拿过来,放在自己的办公桌上。

"昨天你好像说过……你想直接地……问我关于那个被杀的女

人一切的事吧？"拉斯柯尼科夫说着。"我为什么说是'好像'呢？"他自语着。"我为什么又要为那'好像'而不安呢？"他又自语着。

他忽然感觉到，他和波尔费利·彼特罗维奇只是刚刚接触，和他只说了几句话，彼此只看了几眼，他忽然又觉得十分不安，而且觉得这是十分危险呢。他的神经随即紧张起来，情绪也越来越焦躁："糟了，糟了！我又说得太多了。"

"是的，是的，是的！不要着急，不要着急。"波尔费利·彼特罗维奇缓缓地说，在桌旁来回地走，也没有什么目的，好像向窗口、文件柜和办公桌冲去似的，一下又避开拉斯柯尼科夫那多疑的眼光，一下又站住，直直地看着他。

他的圆胖的小身体看上去很滑稽，很像一个皮球，滚来滚去的。

"我们时间还长呢。你抽烟吗？你带烟了没有？这边，请抽一根吧！"他边说边递一支烟给他的客人，"要知道，我在这边和你会面，但我自己的办公室是在那边，就在隔墙的后面……是官房。不过我现在暂时住在私人的房子里，那里要稍加修理一下，现在快修完了……官房……嗯……你知道办公室是最重要的，对吧？你觉得怎样？"

"是的，是最重要的。"拉斯柯尼科夫答着，好像讽刺地看着他。

"是最重要的，是最重要的，"波尔费利·彼特罗维奇重说着，好像他正在想着什么事情似的，"是的，最重要的事情！"他要喊破了口，忽然地注意着拉斯柯尼科夫，在他两步远之处突然站住不动了。

刚才他屡次三番地重复着同一句蠢话，说什么官房是最好的东西，现在他又用一种严肃的、沉思的、神秘的眼光注视着他的访客，相形之下，就前者的庸俗而言，显得非常不调和。

但是，这种态度却愈加激起拉斯柯尼科夫的性子，他再也忍不住了，所以不禁报以一种讥讽的而且不忌讳的挑衅。

"请对我说，"他忽然问着，傲慢地看着他，而且对自己的傲慢感到一种舒适，"我想这是一种法律上的规矩，法律上的方法——所有调查的讼师都是的——从毫不相干的事开始，以细微的事情，或是将一个毫无关系的话题，趁着对方没有防备，然后驳斥对方；或者不如说使对方精力涣散，然后突然用一个生死攸关的问题，给他一个猝不及防的袭击。是不是这样？这样的方法，岂不是迄今为止在一切规章和训示中都提到过的一个神圣不可侵犯的法则吗？"

　　"是的，是的……那么，我之所以提到官房，就是为了把你这个……是不是？"波尔费利·彼特罗维奇说这话时，眼睛眯缝着，脸上掠过一丝快乐的狡诈的表情。他额角上的皱纹不见了，眼睛缩小了，脸庞宽大了，忽然又发出一种故意拉长的笑声，全身颤抖着，直看着拉斯柯尼科夫的脸。拉斯柯尼科夫也只得勉强笑了笑，波尔费利·彼特罗维奇见他笑了，便更狂笑着，脸都涨红了，这时拉斯柯尼科夫的厌恶心压住了一切，不再笑了，皱着眉，怒视着波尔费利·彼特罗维奇。在波尔费利长久地、似乎故意拉长地笑着时，拉斯柯尼科夫一直目不转睛地注意着他。然而，双方显然都不够谨慎：波尔费利·彼特罗维奇好像在当面嘲笑他的客人，而在意客人的讨厌似的。这种情形在拉斯柯尼科夫看上去是很重要的：他看出来了，波尔费利·彼特罗维奇刚才毫不介意，相反，他——拉斯柯尼科夫——却已经落入了人家的圈套；这一定有什么他不知道的东西、或者他不明白的目的；也许一切都已经准备就绪，现在随时都会摊牌，给他一个当头棒喝……

　　他于是开门见山地提出问题，从座位上站起来，拿起帽子。

　　"波尔费利·彼特罗维奇，"他毅然决然地开口道，而且带着相当强烈的焦躁，"昨天你表示希望要我到你这边，你要查询（他极注重'查询'两字）。现在我来了，你如果有什么需要问的，那就快点吧，如果没有，我要走了。我没有多少时间了……我还要参加那被马踩死的那个官吏的葬礼,那个人,你……也知道,"他继续说着,显出气恼的样子,"总之,这些我都讨厌,你听见了没有? 我早就烦了……我害病,可以说有一部分就是因为这个原因。"他又觉得自己说什么害病之类的话,这时显得很不恰当,便喊道,"总之,请你要么问我,要么让我走……快点。如果你一定要问我,那就必须按手续办! 否则我是不答应的;所以再会吧,因为现在咱俩没什么事可干了。"

"天呀! 你这是什么意思? 我要问你什么呢?"波尔费利·彼特罗维奇止住笑声,正色地说道。"请不要庸人自扰吧,"他又来回地走动了,并叫拉斯柯尼科夫坐下来,"不用着急,不用着急,那全是小事啊。哦,不,你能来看我,我很高兴……我是把你当嘉宾来招待的。至于我放肆地大笑,很对不起,罗佳。罗佳是你的名字吗? 那是我的神经发作呀! 你的好玩的言语使我这样呀! 我对你说,我笑得像一个皮球了,一次笑半个钟头呢……我常担心会突然中风呢。请坐下吧。请坐,否则我要当你生气了……"

拉斯柯尼科夫没说什么,他只是听着,看着他,皱着眉头。他坐下了,但手上仍拿着帽子。

"亲爱的罗佳,我的老弟,我要对你说一桩我自己的事呢,"波尔费利·彼特罗维奇继续说着;在房中来回走动,以躲开客人地注视,"你看,我是一个光棍汉,一个不要紧的人,不擅交际;并且,我的希望一点儿也没有,我是完了,我精疲力竭了,而且……你看到了么,罗佳? 在我们彼得堡的社会中,如有两个聪明的人相遇,他们虽不很亲密,但彼此互相敬视,像你和我,他们要花许多时间才能找到共同的话题——他们如哑巴似的,相顾无言地坐着,未免有点蠢吧。人是都有谈话的题材的,例如体面的仕女们……体面社会的人们总有谈话的题材的,假如我们这种中层阶级的人,这就是说有思想的人,总是沉默寡言的。这是什么缘故呢? 也许是因为没有共同的兴趣,也许我们太实在了,不愿意互相欺骗,不知道是不是这样。你觉得呢?把帽子放下吧,这样拿着帽子,好像是你就要走似的,使我不开心……我是很高兴……"

拉斯柯尼科夫把帽子放下了,但仍然严肃地绷着脸,默然地听着波尔费利·彼特罗维奇的漫无边际的絮叨。"难道他真的想用他的胡言乱语来分散我的注意力吗?"他这样想着。

"我不能请你喝咖啡了,因为地方不对;但为什么不能跟一个朋友坐在一起,说上五分钟的话呢?"波尔费利·彼特罗维奇仍然不停地:絮叨着,"而且你明白这些公事……我老在屋里走来走去,请别见怪,对不起,老弟,我最害怕的就是你的见怪,但我又必须活动活动身体。我因为总是坐着,所以很愿意起来走动……我整天坐着真是痛苦……我经常想去加入一个运动团体,听说各类的公务员,甚至于众议院的顾问,经常在那边高兴地滑冰;是的,现代科学……是的,是的……但是由于我在这边的事务,问询和所有一切的例行公事……方才你说过问询……老实说,这种问询,有时候问询者比被问询者还难受得多……你方才说过的话非常幽默,而且也很贴切呢(拉斯柯尼科夫并未说过这话),把人弄得糊里糊涂,昏头搭脑!颠三倒四的老是那一套,跟打鼓一样!现在正在改革,我们也要更换一下名称了!嘿嘿嘿!至于我们法律上的方法,如你所说的那种幽默的话,我十分赞同。受审讯的犯人,无论怎样粗笨的人都明白,他们先由题外的问话开始,然后趁他不备(如同你所说的样子),然后猝不及防地给他当头一棒,用斧背,嘿嘿嘿,你的恰当的形容,嘿嘿嘿……我说到官房的时候,您当真以为我要……嘿嘿,你真是个好讽刺的专家。好了,我不再说了!唔,顺便说一句:是的,慢慢地来!你方才说到问询的手续,你知道吧,但手续有什么功用呢?有许多手续简直是胡扯的。有时候,友好地谈一谈反而有用得多。手续是一定要有的,这个你尽管放心好了。请问,手续实际上是什么呢? 一个审讯官,不可能每做一件事都按手续来,受到手续的约束。审讯官的工作,并不是刻板的,而是一种自由的艺术呢,嘿嘿嘿!"

说到这里,波尔费利·彼特罗维奇停了一下。刚才他一口气说了这么多,一会儿废话连篇,一会儿又忽然说出几句像谜一样、让人费解的话,接着又是语无伦次。他简直是在屋子里来回奔跑,胖胖的小腿越跑越快,眼睛看着地面,右手放在背后,左手做着手势,那些手势跟他所说的话非常不一致。拉斯柯尼科夫忽然注意到,当他在屋里跑来跑去的时候,有两次在门口停了一下,好像在听什么。

"他在等什么呢?"他想。

"你刚才所说的非常对,"波尔费利·彼特罗维奇忘形似的说着,十分忠实地看着拉斯柯尼科夫(这使他一惊,马上提防起来),"你那么幽默地取笑我们的法律手续,的确很对,嘿嘿! 这些费尽心思弄成的心理学上的方法,有的是好笑之至,有的是没用处的,如果太刻板了的。是的……我又说到手续了。唔,如果我承认,再深刻地说,如果在我经办的什么案件中,我猜什么人是罪犯……当然,你是读法律的,罗佳,没错吧?"

"是的,我以前是学法律的……"

"唔,这个可以作为你将来应用的案例——不过,请不要认为我是在班门弄斧,因为你发表了一篇很好的关于犯罪的论文,我才来请你教诲! 不是这样的,我不过是把它当做一个事实,提供一个案例罢了——比如,如果我把这个人或者那个人当做罪犯,试想一下,我为什么要过早地打草惊蛇,说出一些对自己办案不利的话呢! 一桩案子,譬如,我可以立刻抓住一个人,但是有的罪犯性质不同,为什么不让他在城里闲逛几天呢? 嘿嘿嘿! 但我看你还是不很明白,我就来举一个明晰的例子吧。如果我立刻把他关到牢狱里了,那么我也许已经因此而给了他所谓精神上的支持,嘿嘿嘿! 你觉得好笑吗?"

拉斯柯尼科夫一点儿也没有笑。他只是闭紧嘴唇地坐着,用炽热的目光紧盯着波尔费利·彼特罗维奇的眼睛。

"然而,这是事实,尤其对某些人,人是可以极其不同的。你说证据,唔,证据也可以有的。但,你要知道,证据大部分介于两可之间。我是一个审讯官,而且是一个无关紧要的人,我自己知道的。我希望审讯的结果能够像数学一样精确,希望能够得到像二加二等于四一样的罪证。也就是很清楚的铁证! 可是,我若把他很快地拘禁起来——那么即使我坚信他就是那个罪犯——也许我已经剥夺了自己进一步获得证据的方法呢! 为什么呢? 因为我把他的地位给确定了,也就是说,我在心理上使他明确了,使他心安理得了,这样他就会离开我的掌心,缩回到他的壳里去了。据说,阿尔玛战役刚刚结束时,在塞瓦斯托波尔,一些聪明的人害怕敌人马上前来袭击,立刻攻取塞瓦斯托波尔,但当看见敌人采取大包围时,他们又欢喜了,因为这样一来,至少可以延长两个月。你又在笑我吗,你不相信我吗? 当然,你的话也是对的。对的,对的。我同意你的意见,这都是个别的情况,咱们所谈论的情况也是个别的。但你要注意这点,亲爱的罗佳,平常的案件,就是说适用于一切程序和法规,以及这些程序和法规所援引并且写在书里的案例,是根本不存在的,因为每一个案件,比方说一种犯罪行为,一旦在现实中发生以后,就会马上变成一个完全个别的案例,有时甚至与以前所发生的案件毫无相似之处。有时候还会碰到一些非常可笑的案子。如果我把某一个罪犯撇下不管:既不去逮捕他,也不惊动他,却必须让他时时刻刻都知道、或者时时刻刻都在怀疑,我已经了解了他的一切底细,而且在日夜监视着他,警惕地看着他,让他处在没完没了的猜疑和恐怖之中,那么他一定会失魂落魄地前来自首,也许还会干出点儿什么有意思的事情来,如果二加二等于四那样的真确——那才真是好玩儿呢。这对于头脑简单的人，可以如此应用，但对于像我们这样一类人，一个受过教育的闻见很广的人，就大大不然了。老弟，所以要弄清楚一个人在哪方面受过教育，是一件很要紧的事情。此外，还有神经，还有神经呢，你忘掉它了！他们都是病态的、不健全的、容易激动的……所以，他们多么容易发脾气啊！我老实告诉你，这在有时候简直像一座矿场！随他，随他怎样走动好了！我知道我会抓住他的，他总逃不出我的手！他会逃到哪里去呢？嘿嘿，外国？一个波兰人可以逃往外国①，但他是逃不了的，何况有我在监视，并采取了相应的措施呢！他也许将逃到乡村去？但你明白，那边住着农民，真实的、粗笨的俄罗斯的农民，而受过现代教育的人，他宁愿被监禁，也不愿和我们的那些农民生活在一起。嘿嘿，但这全是表面的胡说，并非只因为那样，他就没有去路，他在心理上逃不脱呀！嘿嘿，怎么说呢！如果他有地方可逃，但有一种自然法律他是逃不了的。你见过飞蛾扑火吗？他就是那样绕着我盘旋，盘旋。他觉得自由不可爱了，他会开始思索，他会把自己拘束着，他会自寻烦恼而死了！而且，他会给我以确实的证据——我只要给他相当长的时间……他会时刻围着我盘旋，愈来愈近，于是乎——扑地一声，他直飞进我的口里来了，我会把他吞了，那会是很好玩儿的，嘿，嘿嘿，你不相信吗？"

拉斯柯尼科夫没有出声，只是面色灰白地坐着不动，并露出紧张的神情注视着波尔费利·彼特罗维奇的脸。

"这是个好教训呢。"他全身冰冷，想着，"这比猫玩儿老鼠，可谓是有过之而无不及，他绝不是毫无用处地显示自己的力量……他向我暗示：他在这方面要聪明得多……这准有别的目的，什么目的呢？

---

① 1863 年至 1864 年，沙皇军队镇压波兰人起义，于是大批波兰人逃亡国外。

喂,老兄,那全是胡说,你佯装着,来恐吓我!你没有拿到证据,我所遇见的人也没有真实的存在。你无非想把我弄昏乱,先把我鼓舞着,再来毁灭我。你弄错了,你是不会成功的,但为什么要给我一个提示呢?他是靠着我的昏乱的大脑吗?不,朋友,你弄错了,即使你设好了诡计,你也不会成功……且看他为我准备了些什么呢!"

他于是振作精神,准备好去迎接那场他所不知道的可怕灾难。有时他想立刻扑到波尔费利·彼特罗维奇的身上,把他当场掐死。从他进来的时候起,他就担心自己会动怒。他感到自己口干舌燥,心在噗噗地跳着。但他仍等到机会到来时才开口。他站在他的地位,他觉得,这是很妥当的方法,因为他不说话,便可以沉默激起敌人的愤怒,这样,说不定可以使他信口说出不该说的话来,这是他唯一的希望。

"不,我想你不相信我,我觉得我和你开了一个无伤大雅的玩笑,"波尔费利·彼特罗维奇又说着,他愈说愈兴奋,不时露出微笑,又在屋里走动了,"当然,你说得也对。上帝给我一个榜样,只能在他人心目里引起可笑的意义:一个小丑角,但我且对你说,而且复述一遍——请恕一个老头子,亲爱的罗佳,你仍是一个很年轻的人,你的青春才刚刚开始呢,如一般的年轻人一样,你把人类的智慧看得高于一切。戏谑的机智和理性的抽象论据诱惑着你,那很像从前奥地利的高等军事会议,就我对军事上所能下的判断来说:他们在自己的办公室里纸上谈兵,打败了拿破仑,并且把他俘虏了,这都是用最机智的方式估计和规划出来的,可是再一看,马克将军却率领全军投降了①。嘿嘿嘿!我明白,我明白,罗佳,你在笑我,像我这样的一个文官,居然从军事史上挑选案例!但是,有什么办法呢?这是我的弱点,我喜欢军事,并且非常喜欢研究一切的战争史……我把我的正

---

① 1805 年 7 月 20 日,马克将军率领的奥地利军队在乌尔姆向拿破仑投降。

业给耽误了。真的，我应该在军界里，那才是我的个性。我不能做一个拿破仑，但我会做一个少尉的呢，嘿嘿嘿！唔，我要把整个的事实对你说了，亲爱的朋友，我现在就把这个所谓的个别案例的详细案由都告诉你：老兄，事实和一个人的禀性是一个很重要的东西，嘿，他们有时会把最深谋远虑的计划给打乱了！唉，我——听我这个老头子说吧——我是真正地说，罗佳（当波尔费利·彼特罗维奇说这话时，年纪还不到三十五岁呢，但他却以老头子自居，连说话也改变了，他真的像老头子了），并且，我是坦白的人……我是不是一个坦白的人？你说呢？我想是的，我何必把这些事对你说呢，又不想要一点儿酬劳，嘿嘿！唔，再说吧，依我的意见，机敏是一种骗人的东西，是自然的一种装饰、生活的安慰，它能玩儿出什么样的勾当呢？因此，有时一个苦恼的调查的讼师要明白他在那儿是很难的，尤其当他给自己的梦想所迷惑之时，因为他到底也是一个人。但这可怜的角色被罪犯的性情所援救了，他真晦气！但年轻人被自己的机敏弄错了，'当他们跑过一切障碍物时'（如你昨天用幽默的方式来形容他们那样），他们不去想那些了。他会欺骗——这人就是，他就是一个特殊的案件，这不露姓名的人，他很会撒谎，而且撒得非常的巧妙；这样一来，你当他会旗开得胜，而且可以享受他的机智的果实了，但是，当最有趣、最精彩的时候，他便要昏过去了。当然可能是病的，也许屋里有时候很闷，那毕竟说不过去嘛！他毕竟引起了我们的想法！他撒谎撒得再好不过了，可是他没有预想到自己的习性、因此把他的秘密泄露了！其他的时候，他的戏谑的机敏会使他超越轨道，和怀疑他的人打趣，他会变得脸色灰白，好像故意骗人的，但那灰白的脸色太过自然了，太像真的了，他又给我们一个证明！虽然他的初次欺骗能够得逞，但是被骗的人当天夜里马上会明白过来，如果此人精明能干，不易上当的话，他每走一步都是这样的！为什么呢？因为他要抢在头里，瞎管闲事,到处乱闯,不要他的时候他会前进,应该沉默的时候他反而滔滔不绝地说个没完,而且所讲的都是明讽暗喻,嘿嘿!他会自己跑来问,你为什么不早把我抓住呢,嘿嘿嘿!你知道,那在最有智慧的人中——心理学家、文学家都会发生的。天性是一面镜子,是洞察一切的镜子!一个都逃不过去……你的脸色为什么如此灰白呢,罗佳?这屋里太闷了吧?我把窗户打开好不好?"

"唔,请你不要麻烦了,"拉斯柯尼科夫喊着,忽然又大笑起来,"请你别麻烦了吧。"

波尔费利·彼特罗维奇看着他,稍停,也忽然大笑起来。拉斯柯尼科夫从沙发上站起来,立刻止住他的神经病似的大笑。

"波尔费利·彼特罗维奇,"他大声地说着,他的双脚在颤抖,好像站不稳了,"我终于弄明白了,你真的怀疑我谋杀那个老太婆和她的妹妹丽莎维塔吗?就我的立场来说,我告诉你吧,这一切我早就厌烦了。如果你有权正式拘捕我、告发我,那你就拘捕我、告发我好了。我不许别人当面嘲笑我、折磨我……"

他的嘴唇突然发颤,两眼放着疯狂的光,他不能控制自己,一直压抑着的声音也响亮起来了!

"我不许!"他用手敲着桌子喊着,"听我说清了吗,波尔费利·彼特罗维奇?我不允许啊!"

"天呀!你这是什么意思?"波尔费利·彼特罗维奇喊着,他是惊呆了,"罗佳,亲爱的朋友,你究竟是怎么了呀?"

"我不允许!"拉斯柯尼科夫又喊着。

"不要大声喊,朋友!他们听见会进来的。那时我们会对他们说些什么话呢?"波尔费利·彼特罗维奇受惊似的低声说着,他的脸紧靠着拉斯柯尼科夫的脸。

"我不允许,我不允许。"拉斯柯尼科夫无意识地重复说着,但他也突然放低了声音。

波尔费利·彼特罗维奇急忙转过身,去开了窗子。

"透点儿新鲜空气!你该喝点儿开水,亲爱的朋友。你害病了!"他到门外去叫人拿开水,但他在房角落看见一个水罐。"来喝一点儿吧,"他低声说着,拿着茶杯走到他面前,"这对你会有效的。"

波尔费利·彼特罗维奇的惊讶与表情做得极其自然,所以拉斯柯尼科夫不再说别的了,并带着惊奇的心情看着他。但他也没有喝开水。

"罗佳,亲爱的朋友,你把自己弄得发癫了,我老实说吧,唉,唉!你来喝一口水吧。"

他硬叫他拿住水杯。拉斯柯尼科夫勉强把水杯放到嘴唇边,但又厌憎地把它仍放到桌上。

"是的,你害了一点儿小毛病了!你会旧病复发呢,老弟!"波尔费利·彼特罗维奇诚实而又同情地说着,但他的神情依旧显得有点儿紧张。

"天啊,你怎么这样不保重自己的身体呢?德米特里·普罗柯费奇昨天在这边,他来看我——我明白,我明白,我有一种爱挖苦人的坏脾气,可是人们把它当成了什么呢?……上帝呀,昨天你来后,他也来了。我们一起吃饭,他不停地说着,我只好无奈地随他了,他是从你那边来的吗?你最好还是请坐下吧,坐下吧!"

"不,不是从我那来的,但我知道他到你这边来,当然也知道他为什么来的。"拉斯柯尼科夫答道。

"你知道的吗?"

"我知道的,那又怎么样呢?"

"是,罗佳,我比你知道得多,我对于一切事情都清楚。我知道你在晚上天黑以后去租房子,你怎样去按铃,而且探听那血,因此工人和看门人都被弄得莫名其妙。是的，我了解你当时的想法……但我敢说，如果这样下去，你会发疯的，你将会昏过去！你由于受到种种委屈，先是命运多舛，后来又受到警察分局长的侮辱，你的肚子装满牢骚，因此你由此事联想到其他事了，所以你到处乱撞，强迫所有的人把话说出来，并且将这一切都告一个段落，因为你对这一切疑心与愚蠢早就烦透了。是不是这样呢？我猜到你的心情了吧，对不对？这样下去，你不但会把自己弄得昏乱，而且使拉祖米欣也跟着昏乱了：在这种情形之中，他是过于忠厚了，这你也是明白的。你害病，别人是好的，你的病是传染给他的……等你神志清楚时，我会对你说这件事……但你最好请坐下，请休息一下，你看上去疲乏了，请坐下吧。"

拉斯柯尼科夫坐了下来，不颤抖了，但全身发热。他十分惊愕地、神情紧张地听着波尔费利·彼特罗维奇的话。但是，波尔费利的话，他一句也不信，虽然他觉得自己有一种想相信这些话的奇怪倾向。波尔费利·彼特罗维奇谈到租房的事，大大出乎他的预料之外，这使他大吃一惊，把他完全吓昏了。"怎么关于那房屋的事他也知道，"他突然想着，"而且他还亲口告诉我呢？"

"是的，在这边诉讼事上有一桩案件，一桩心理病态的案件，可以说十分相像呢，"波尔费利·彼特罗维奇很快地往下说着，"有一个人前来自首，说是杀人犯，而他的供词又说得头头是道：他造成了一连串的错觉，说出事实，陈述了情况，把所有的人都弄糊涂了，为的什么呢？因为他完全无意地与一件谋杀案在某种程度上有牵连，但只是在某种程度上，等到他知道他给了杀人凶手们一个推卸罪责的机会以后，他就陷入了沮丧中了，他开始胡思乱想，最后完全发了疯，并认定自己就是杀人犯。但是，最高法院后来在审理此案时，终于把这个案件审理清楚，把那个可怜的家伙给释放了，并且安排人给予他照料。应该感谢最高法院！哎呀，如果就这样下去，你会怎样呢？亲爱的朋友,如果你打算这样刺激你的神经,夜间去按铃,去探听血迹,这样你非急死不可! 我在处理案件的过程中,研究了这些病态的心理。一个人有时受了迷惑,会想到跳窗或跳楼呢! 这正和按铃是一样的道理……这都是害病呀,罗佳! 你太不重视你的病了。你该去请一位有经验的医生给诊视,那个胖子怎么能看得好呢? 你真是太疏忽了! 我想你在做这些事时,肯定是神志不清的!"

这时,拉斯柯尼科夫突然觉得身边的所有东西都开始旋转起来。

"他仍在骗我吗,他仍在骗我吗?"这个念头在他心中一闪而过,"他不能的,他不能的!"他很快就排除了这个想法,他事先就感到这种想法一定会使他勃然大怒,气得发疯的。

"我当时并不是神志不清,那都是我清醒的时候做的!"他喊着,他想竭尽全力看穿波尔费利·彼特罗维奇的把戏,"我是清醒的,清醒的,你听见了吗?"

"是的,我听得清楚了。你说昨天神志很清醒,你十分注意这点! 我懂得你说的话! 唉! ……听我说,罗佳,亲爱的朋友。如果你真的是犯了罪,或者牵入这件可恶的案件中,请问,你会坚持说你做这一切时并不是神志不清,而是完全清醒的吗? 你能够这样特别强调,特别坚持吗——请问,这可能的吗? 我想不见得吧。你良心如果还存在,你该说你确是神志不清。对不对?"

这个问话中,含有一种狡猾的口气。当波尔费利·彼特罗维奇在他面前弯下腰时,拉斯柯尼科夫在沙发上一直往后退,直到退到沙发的边上,充满迷惑地、默默地打量着他。

"还有拉祖米欣,问题是,昨天他是主动来谈的,还是你让他来的呢? 你本来应该说,是他主动来的,而把你让他来的原因给隐瞒掉。但是你并没有隐瞒! 相反,你还强调是你让他来的。"

拉斯柯尼科夫从来没有这样强调过,这时,一阵寒战掠过他的脊背。

"你一直在撒谎，"他慢吞吞地、有气无力地说，把嘴唇歪成一个病态的笑容，"你又想向我表明，你知道我的全部把戏，你事先就已经知道我会怎么回答。"他说着，而且觉得他并不十分斟酌他的每句话，"你想恐吓我……不然，你就是在嘲笑我……"

他在说这句话时，仍注视着波尔费利·彼特罗维奇，他的眼光中充满了非常仇恨似的火焰。

"你一直在撒谎！"他喊道，"你要知道，一个罪犯对付审问的最好办法，就是尽可能不隐瞒那些不应该隐瞒的事。我不相信你的话啊！"

"你是一个何等狡狯的人呀！"波尔费利·彼特罗维奇吃吃地笑着说，"我简直对付不了你，老弟，你只是专注在一桩事上。你是不信我了吗？但你仍然信我的，只要你相信了一部分，我就会叫你信了全部，因为我真心的喜欢你，真心希望你好呀。"

拉斯柯尼科夫的嘴唇又哆嗦起来。

"是的，我确实希望你好，"波尔费利·彼特罗维奇抚着他的手臂，友好地说，"你一定要当心你的病呀。你的母亲和妹妹此刻又都在这边，你一定要替她们着想。你务必好好安慰她们，但你除了惊吓她们之外，没有别的事了……"

"这和你有什么关系？你怎么知道的？你何必如此关心？可见你在监视我，而且让我知道这一点吧？"

"老弟！这一切都是你亲口告诉我的！你没有注意到，你在激动的时候，把什么都告诉我了，也告别了别人。昨天我从拉祖米欣那里也听到了许多有趣的细节呢。不，刚才你打断了我的话，但我一定要对你说，虽然你非常聪明，你的疑心却叫你丧失了观察事情的能力。譬如说到按铃那事吧。我——一个审讯官——居然把它毫无保留地泄露给你了！难道你从中什么也看不出来吗？要是我对你有半点儿怀疑,我会那样做吗?不,你得先除去你的多疑心,不要以为我知道那件事,要分散你的脑力,突然被你一棒打倒(这是你说的),说着:'在十点或十一点钟的时候,你在被害的女人房里做些什么,先生,请问你,你为何去按铃,你为什么要去探听那血迹?而且你为什么要和看门人同你一起到警察局去,到中尉那边去呢?'如果我对你有点儿怀疑,我就该那样做了。我该用一种正式的形式来搜你的证据,搜检你的住处,也许就要逮捕你了……由此可证明我对于你丝毫没有疑心,因为我并不会做那事呀。但你总是疑神疑鬼的,所以丧失了辨别事物的能力,什么也看不出来!"

拉斯柯尼科夫大吃一惊,浑身打了一个哆嗦,波尔费利·彼特罗维奇十分清楚地把这些变化看在眼里。

"你一直在撒谎,"他喊道,"我虽不明白你的目的是什么,但你是在撒谎。你不久前说的,就跟现在说的不一样,我不会弄错!"

"我在撒谎吗?"波尔费利·彼特罗维奇反复地说着,似乎恼羞成怒了,但他仍是露出和善的讥刺的表情,他好像丝毫不在乎拉斯柯尼科夫对他的攻击似的,"我在撒谎……但我方才是怎样对待你的呢(我是一个审问官呀)?我亲自提醒你,暗示你为自己辩护的办法,亲自向你提供了心理上的一切理由,什么病啦、神志不清啦、损毁啦、沮丧啦,以及局长啦,还有其他的东西,对不对?唉!不过这些所有心理上的辩护方法也不十分有用,因为这些既可以这样解释,也可以那样解释:'有病、神志不清、错觉、幻想,以及疯了。'这些都不错,但是,老弟,为什么你在病中,或者神志不清时,就会被那些错误的妄想所纠缠,而不给别的什么所纠缠呢?也可以有其他的呀,对不对?嘿嘿嘿!"

拉斯柯尼科夫不屑而又鄙夷地瞪着他。

"总之,"他站了起来,固执而大声地说着,这声势使波尔费利·彼特罗维奇不觉向后退了几步，"总之，我想知道，你是否承认，我没有丝毫可疑之处？你说啊，波尔费利·彼特罗维奇，要快告诉我，要快！"

"哎呀，烦死了，你真是烦死我了！"波尔费利·彼特罗维奇喊着，脸上露出非常和善而狡猾的、毫不慌张的神气，"你为什么要知道呢，你为什么要明白那些？既然人家不会来惊动你，你为什么还像孩子一样嚷嚷：'把火给我，把火柴给我！'你为什么这样不安静呢？你为什么硬要自己撞到我们这里来呢？这是什么缘故？嘿嘿嘿！"

"我再说一次，"拉斯柯尼科夫声色俱厉地喊道，"我不能再忍受了……"

"不能忍受什么？半信半疑吗？"波尔费利·彼特罗维奇插嘴说着。

"不要嘲弄我了！我不能承受的！我对你说，我不承受。我不能，我不，你听我说了吗，听我说了吗？"他一边喊一边又用手敲着桌子。

"轻点儿吧！轻点儿吧！他们会窃听去了！我再三警告你呀，要留心你自己呀。我不是跟你说着玩儿呀。"波尔费利·彼特罗维奇耳语着，但这次他脸上之前的那种和善与惊恐不见了。此刻他是坚决的、严肃的，深皱着眉头，把所有的神秘莫测和含糊其辞一扫而光。但这只有一下子。拉斯柯尼科夫惊慌了，又突然狂怒起来了，但很奇怪，他虽然大怒，但又好像服从命令，把声音放得低了。

"我不能听凭别人来折磨我，"他低声说，又愤愤地好像看出自己服从命令的无奈，这使他又发怒了，"逮捕我吧，搜查我吧，但请你按正式的手续办理，不必和我戏弄！不要如此这般！"

"不要在手续上自扰了！"波尔费利·彼特罗维奇露出诡谲的笑容说着，好像很开心地欣赏着拉斯柯尼科夫，"我是以朋友的资格来请你到这边来看我的呀。"

"我不能承受你的友爱，我不需要！你听见了吗？这边，我要拿帽子走了，如果你要逮捕我，现在就执行，怎么样？"

他抓起帽子，便向门口走去。

"你不要看我的一点儿叫人惊奇的东西吗？"波尔费利·彼特罗维奇冷笑着，又在门口拖住了他的手臂，停住了。

他似乎更加顽皮，更加温柔了，这使得拉斯柯尼科夫更疯狂了。

"什么叫人惊奇的东西？"他站住问道，惊讶地看着波尔费利·彼特罗维奇。

"我的一点儿叫人惊奇的东西，在那门后那边坐着呀，嘿嘿嘿（他指着那扇上锁的门）！我把他锁住了，好叫他逃不脱。"

"什么？在哪儿？什么？……"

拉斯柯尼科夫走到门前，想要把门推开，但门被锁住了。

"门锁住了，钥匙在这边呢！"

他从口袋里取出一串钥匙。

"你又撒谎呀！"拉斯柯尼科夫忍无可忍地咆哮起来，"你又撒谎呀，你这坏家伙！"说着他立刻向波尔费利·彼特罗维奇扑了过去。波尔费利退到门口，但一点儿也不惊慌。

"我全明白了！你在撒谎，在嘲弄我，好叫我把自己的一切秘密泄露了……"

"怎么，你可不可以把你的秘密多透露些呢，亲爱的罗佳？你是在疯狂的热情中了。莫要大喊，我去叫书记员们来吧。"

"你撒谎！你叫书记员们来！你知道我害病，故意使我发疯，叫我把自己的秘密泄露了，这是你的目的。随你捏造事实吧！这一切我全明白。你没有铁证，你只有无用的疑惑，像扎梅托夫一样！你明白我的习性，你要叫我发作，然后用你的牧师和指证人①把我击倒……你是在等待他们吗？哼！你等待些什么呢？他们在那边，你就把他们叫

---

① 证人，是指搜查时在一旁作证的人。

出来吗？"

"为什么要指证人，老兄？他们会以为有什么事情了！这样的话，还不如像你所说的依手续办理呢！你不明白这种事啊，亲爱的朋友……而且手续是难免的，你知道的。"波尔费利·彼特罗维奇喃喃地说着，一边仔细倾听着门外的动静。

这时，突然从另一个房间的门外，隐约传来一阵喧哗。

"啊，他们来了，"拉斯柯尼科夫喊着，"你叫他们来的呀！你等待他们！唔，快把他们叫出来吧——你的审判员、证人，叫他们来吧……我准备好了！"

但是，在这一瞬间，突然发生了一件奇怪的事，这件事完全出乎意料之外，不管是拉斯柯尼科夫还是波尔费利·彼特罗维奇，都未曾预料到他们会面临着这样一个结果。

第六章

事后，每当拉斯柯尼科夫回想起这一刻时，他的脑海里便浮现出下面的情形：

门外的喧嚷声渐渐大了，那门忽然开了一些。

"怎么回事？"波尔费利·彼特罗维奇惊喊着，"我不是已经嘱咐……"

好久没有回声，但很显然的，门外有好几个人，而且他们好像在推着什么人呢。

"到底怎么回事？"波尔费利·彼特罗维奇不安地重复说着。

"囚犯尼古拉已经带来了。"有人回答。

"现在不用，先带回去，等会儿……把他带到这里来干什么？真是胡闹！"波尔费利·彼特罗维奇走向门前斥责着。

"但是他……"又是那个人的声音说着，但又突然止住了。

大约过了两秒钟，忽然有一个人把另一个人猛地一推，紧接着便有一个人仓皇地走进波尔费利的办公室来。

乍一看，这人的样子十分奇怪。他两眼发直，看着前面，但又好像什么也没有看见似的。他眼中似有一种坚毅的光焰，脸上也带着一种苍白的死色，好像上了断头台似的。他那没有血色的嘴唇紧闭着。

他的穿着像一个工人模样，身段不高不矮，很年轻，显得瘦削，头发剪得很短，脸上几乎没有肌肉。推他的那个人，接着也进来了，一把抓住他的肩膀——他是一个狱卒，但尼古拉把他的手臂推开了。

几个喜欢看热闹的人挤在门口，有的人还想挤进来。

上述的这一切,几乎是在同一时间发生的。

"带下去,等传他来的时候再……谁叫你这么快地把他带进来的?"波尔费利·彼特罗维奇显然恼了,好像他被弄糊涂了。

但是,尼古拉突然跪在地上了。

"怎么回事?"波尔费利·彼特罗维奇惊问着。

"我犯罪了!那是我的罪呀!我是凶犯啊!"尼古拉懒洋洋地说着,喘着气,但声音却很大。

沉默了一下,大家都呆若木鸡;那狱卒也不知所措,退到门前,站着不动了。

"怎么回事?"波尔费利·彼特罗维奇回过神后喊着。

"我……是凶犯呀!"尼古拉停了停,重复地说着。

"什么……你……什么……你杀了谁?"波尔费利·彼特罗维奇被弄糊涂了。

尼古拉沉默了一下。

"阿廖娜·伊万诺夫娜和她的妹妹丽莎维塔·伊万诺夫娜,我……杀了……用利斧杀的,我头昏了。"他断断续续地说完,又沉默了。

他依然跪在地上。波尔费利·彼特罗维奇呆了一下,若有所思,不久又来了精神,把那些看热闹的人赶出去,然后把门关上。转过身来看一下拉斯柯尼科夫。他站在屋角,惊讶地注视着尼古拉,并走到他前面,但忽然又站住了,从尼古拉那边看着拉斯柯尼科夫,又看着尼古拉,好像他对尼古拉有什么过不去的地方。

"你太着急了,"他发怒似的对他喊着。"我还没有问你什么……你怎么说,你把她们害了呢?"

"我是凶犯……我给你凭据呀。"尼古拉继续说着。

"唔!你用什么把她们杀害的?"

"一柄利斧,我事先准备好的。"

"唔,瞎忙!只有你一个人吗?"

尼古拉没听懂这句话。

"是你一个人干这件事吗?"

"是的,就我一个人。米季卡没有罪,他跟这件事没有关系的。"

"我没问米季卡呀,唔!你们当时是怎样跑下楼的呢?看门人不是碰到你们俩了吗?"

"无非叫他们不猜疑……我追赶米季卡。"尼古拉很快地回答,好像早就准备好这么回答了。

"我知道!"波尔费利·彼特罗维奇不耐烦地喊着。"他不像说他自己的故事呢。"他好像自语着,忽然又把眼光放在拉斯柯尼科夫的身上。

他对尼古拉太注意了,却把拉斯柯尼科夫忘了。现在他忽然醒悟过来,甚至显得有些困窘。

"亲爱的罗佳,原谅我吧!"他跑到他前面,"这样不成,你走吧……你留在这里是没什么用的……我会……你看,这是多么意外的事啊……再见吧!"

他牵着他的手臂,把他带到门口。

"我想这是出乎你的预料之外吧?"拉斯柯尼科夫说道。他对这个情形虽没有十分明白,但已经恢复了常态。

"这事你也没有料到吧,老兄? 你的手怎么又发颤呀!嘿嘿!"

"你也在颤抖呢,波尔费利·彼特罗维奇!"

"是的,我在发颤,这出乎我的预料。"

他们已经走到门口了,波尔费利·彼特罗维奇急欲让拉斯柯尼科夫离去。

"还有,你说的一点儿使人惊讶的东西,你不给我看看吗?"拉斯柯尼科夫讥讽地说着。

他在说话的同时,牙齿也在打架呢。"嘿嘿!你这人真喜欢讽刺!

好,再会吧!"

"我想,我们可以说再会了!"

"听上帝的安排吧。"波尔费利·彼特罗维奇低语着,露出一丝勉强的微笑。

拉斯柯尼科夫从办公室走出去的时候,发现有好多人在看着他。在过道里,他看到了那幢房子的两个看门人,那晚就是他叫他们到警察局去的。他们站在那边等着。他刚走到楼梯口,又听见背后波尔费利·彼特罗维奇的喊声。他转身一看,见他追来,并气喘喘的。

"还有一句话,罗佳,别的一切,只能听从上帝的安排,不过手续要办,有几点我将要问你的……这样我们还得再见面,是不是?"

波尔费利·彼特罗维奇微笑地站在他面前。

"是不是?"他又重复说着。

他好像还想说什么的,但又说不出了。

"你得原谅我,波尔费利·彼特罗维奇,就是方才的事情……我发着性子了。"拉斯柯尼科夫说着,他好像恢复了常态,很想表现出一点儿冷静的态度来。

"不必多想,不必多想,"波尔费利·彼特罗维奇高兴地答着,"我也……有一种不良的习气,这我也承认的!但我们会再见的。如果这是上帝的意思,我们会经常相见的。"

"而且咱俩会进一步了解对方的,是不是?"拉斯柯尼科夫接口说着。

"是的,咱俩会更要好的。"波尔费利·彼特罗维奇赞成地说着,专注地看着拉斯柯尼科夫,"现在,你要去参加一个诞生纪念会吗?"

"参加一个葬礼。"

"哦,对了,是葬礼!请多多保重身体,把病养好吧。"

"我不知该怎样祝福你才好。"拉斯柯尼科夫说罢,便下楼了,但仍回头看他,"我愿祝贺你成功,但你的职业是怎样一个好笑的职业呀。"

"有什么好笑呢?"波尔费利·彼特罗维奇刚要走,但他又站住,竖起了耳朵,希望听到回答。

"难道不是吗?你得在心理上按着你的法子去纠缠和折磨那个可怜的尼古拉,一直到他招认为止啊!你准是不分昼夜地证明他是凶犯,现在他招认了,你又要进一步拷问他,你会说:'你胡扯,你不是凶犯!你不是的!你在撒谎呀!'你得承认,这是一桩好笑的事情呀!"

"嘿嘿!那么你已经注意到,我方才对尼古拉说,他没有说着他自己的故事吗?"

"我怎么能不注意呢!"

"嘿嘿!你真机灵。你什么都注意到了,你真是一个幽默家,老是看到好笑的一面……嘿嘿!据说,在文学家里,果戈理在这方面最有才能,是吗?"

"是的,果戈理。"

"是的,果戈理。我愿意再见到你。"

"我也是。"

拉斯柯尼科夫直接回家去了。他已经被弄得头脑昏乱,到家后立刻躺在沙发上,躺了好久,并竭力把自己的思想理出一个头绪来。他没有去想尼古拉的事。但他觉得,在尼古拉的供词中,有很多让人费解的地方,他现在无论如何也弄不明白。然而,尼古拉的供词倒是事实。这事实的结果他一下子就看清楚了,这种冤屈最终还是要发现的,到那时候他们又要来收拾他了。不过,至少在这之前他是自由的,他一定要想出一个办法来,因为危险离他已经很近了。

但是,危险到什么程度呢?情况已经开始明朗起来了。他一想起最近和波尔费利·彼特罗维奇吵嘴的情形,又不禁吓得发抖。当然,他尚不明白波尔费利·彼特罗维奇的目的是什么，他也看不出他的一切计策。不过他已经有一部分显露出来了，再没人比拉斯柯尼科夫更了解波尔费利·彼特罗维奇对他的"掌控"是怎样的可怕了。再过一会儿，他也许要毫无保留地、全部地暴露了自己，波尔费利·彼特罗维奇明白他的神经质的习性，而且一眼就把他看穿了，他虽在玩儿着一个冒险的把戏，但他一定会胜利的。毫无疑问，拉斯柯尼科夫早就言行失当，只是事实还没有显露，实际证据也没被发现罢了。但他对这个情形看明白了吗？没有什么错了吗？波尔费利·彼特罗维奇会达到什么目的呢？他今天是不是真的给他准备了什么呢？如果是真的，那究竟是什么呢？他是否真在等待着什么？如果没有尼古拉突然的出现，他们会怎样分手呢？

波尔费利·彼特罗维奇差不多向他摊牌了——当然，他玩儿一个把戏——如果他袖口里确实有什么东西（拉斯柯尼科夫想着），他肯定会露出来的。"那叫人惊讶的东西"是些什么呢？是一句闲话吗？那有什么意义呢？那能像事实和证据那样隐藏着吗？他昨天的客人吗？他怎么了？今天他在什么地方呢？如果波尔费利·彼特罗维奇真有什么证据的话，那跟他肯定是有关系了……

他继续躺在沙发上，用手掌捧脸，仍是微微地颤抖着。最后，他站起来，拿起帽子，呆了一会儿，就向门口走去了。

他有一种感觉，他觉得今天至少可以说是脱离危险了。他似乎感到一点儿高兴。他要立刻到卡捷琳娜·伊万诺夫娜那边去。虽然参加丧礼已经迟了，但吃丧饭还是赶得上的，而且在那边还可以立刻遇见索尼娅呢。

他站着，想了一下，一种尴尬的笑容在他嘴唇上露了出来。

"今日！今日！"他重复地自语着，"是的，今日！无疑的……"

但当他正要开门时，门忽然自己开了。他吃了一惊，向后退去，门渐渐地开大了,前面忽然露出一个人——就是昨天从地上冒出来的那位客人。

那人在门口不声不响地看着拉斯柯尼科夫,向房内走进一步。他和昨天一模一样:同样的外貌,同样的打扮,只不过脸色有点改变了:显出闷闷不乐的样子。他站了一会儿,深深地叹了口气。要是他这个时候用一只手托着脸庞,把头歪到一边,那么他的模样肯定像个十足的女人了。

"有什么事吗?"拉斯柯尼科夫吓得面无人色,呆呆地问道。

那人仍是沉默了一会儿,忽然深深地弯下腰,几乎是一下子俯伏在地,头和手触着地面了。

"你在做什么呀?"拉斯柯尼科夫喊着。

"我犯了罪了。"那人和善地、缓慢地答着。

"你犯了什么罪?"

"因为恶劣的思想。"

接着,他们彼此对视着。

"我当时烦恼极了。当你来时,也许你酒醉了,叫看门人到警察局去,而且探询血迹。他们让你走了,当你酒醉时,我却恼着,甚至恼得夜不安枕。记着这个地址,我们昨天到这边来了,探问你……"

"谁来了?"拉斯柯尼科夫插嘴说着,他随即思索起来。

"是我呀,让你受委屈了。"

"那么你是从那幢房子来的吧?"

"我和他们一同站在门口……你忘了吗?我们在那屋里做了好几年的买卖了。我们是做皮革的工匠,是做小手工艺的,我们把活儿带回家去做……我苦恼极了……"

这时,拉斯柯尼科夫又想起了前天在大门口发生的全部情形:那边除了看门人之外,还有好些人,也有妇女呢。他还记得有人说把他直接送到警察局去！他记不清说那话的人的外貌了，就是现在，他也想不起来了，但他记得，他曾经转过头去，对他说了什么……

看来，昨天那场虚惊的原因就是这样。最可怕的念头是：因为如此一个寻常的情形，他却差不多失败了，把自己给毁了。可见这个人除了说他探询房屋和血迹之外，并没有说什么。波尔费利·彼特罗维奇也是如此，除了那种神志不清之外，他什么也没有掌握。所以，如果没有更多的事实暴露出来（也不可能再暴露，绝不可能），那么……那么他们又拿他有什么办法呢？即使逮捕了他，他们又怎么给他定罪呢？可见，波尔费利·彼特罗维奇只是在方才听见那房屋的事，在此之前他并不知道！

"是你告诉波尔费利·彼特罗维奇……说我到那边去的吗？"他忽然喊道。

"什么波尔费利·彼特罗维奇？"

"就是那个审讯官呀！"

"是的。看门人没有到那边去，只是我自己去了。"

"今天吗？"

"我比你早到那边两分钟。我全听见了，听见他怎样折磨你了，我都听见了。"

"你在哪儿？听见什么？什么时候？"

"就在隔壁的房间。我一直就坐在那儿的。"

"啊？这么说你就是那个意料不到的事了？但怎会有那事呢？我不相信！"

"我一看，觉得看门人不听我的，不肯去，"那人开始说，"他们说，因为时间太晚了，我们那时不去，也许他恼了。我甚至愁得夜不安枕呢，我就自己询问着。昨天探听出来向那边走，我今天就去了。我第一次去时，他不在那边；再过一个钟头，他又不能会我。第三次去时，他们才把我引了进去。我把事情的经过都跟他说了，没有添加，也没有删减，他在房中咆哮着，抚胸大骂：'你们这帮坏蛋是什么意思？如果我知道，我会把他给抓了！'于是他跑了出去，唤了什么人，在屋角里和他说话，他又转过来对我大骂。对我说了许多话，我把自己所知道的都跟他说了，我对他说你昨天不敢对我说什么，还说你根本不认识我。他又匆忙地来回跑动，时常叹气捶胸，满屋子乱跑；你来了之后，他便叫我到隔壁的房间去，'在那边等一下，'他说，'不管听见我说什么，你都要安静点儿。'在那边，他给我一张坐椅，把我锁在屋内。'也许，'他说，'我会来唤你的。'当他们把尼古拉带来时，你走了之后，他才让我出来。'我会再叫你来的，我还有话要问你。'他这样对我说着。"

"你在那边的时候，他问尼古拉没有？"

"他把你送走之后，接着也把我放走了，然后开始审问尼古拉！"

那人站着，又突然躬下身，把手指触到地板上。

"请您宽恕我，宽恕我的坏念头和诽谤。"

"上帝会宽恕你的。"拉斯柯尼科夫答着。

他说话的时候，那人又俯下身去，可是没有碰着地，他缓慢地退出房去了。

"一切都很难预料，现在一切都很难预料。"拉斯柯尼科夫反复说着，然后十分自信地出去了。

"现在，我们还要再较量一番。"他走下楼梯时，露出一脸狰狞的笑意。他的笑是对着他自己的——他对自己曾经的"怯弱"又羞愧又轻蔑。

第五卷

第一章

　　在跟杜尼娅和她母亲普莉赫丽娅·亚历山大罗夫娜的那次会谈之后，对于彼特·彼特罗维奇来说，那是相当不幸的。第二天早晨，这件事便使彼特·彼特罗维奇清醒过来了。尽管这是一个不愉快的事实，但他也不得不承认，这已经是一个无法挽回的既定事实了。昨天，他还以为这是一件荒唐可笑的事，甚至在事情发生之后，他还不相信结局会是这个样子。而他那受了伤害的自尊心，就像一条毒蛇一样，整夜都在咬着他的心。早上一起床，他就立刻去照了照镜子，他十分担心经过这一夜的折腾之后，他已经害了黄疸病。然而，此刻他的身体好像毫无损害，而且还因为看到自己近来洁白肥胖的面容而感到安慰呢。他深信他会在其他地方找到一个妻子，甚至还会更漂亮呢。但一想起他目前的处境，他不觉转过脸，吐了一口唾沫，这就引起了和他同住的少年朋友安德列·谢苗诺维奇·列别加尼科夫一种讥刺的微笑。而这一点也被卢仁觉察到了，他于是立刻牢牢记在心中。最近，他对他已经积累了不少怨恨。他想到本不该把昨天的事情对安德列·谢苗诺维奇说，不禁气上加气。这在他的品性上，是由于冲动和易激怒，所犯的第二个错误……而且，那天早晨，不高兴的事纷至沓来。他发现他在高等法院的一件讼案上，也有败诉的可能。而使他特别恼火的是那个房东。因为他快要结婚了，所以租了一间屋子，并且自己掏钱把它给装修了一番。房东是一个德国的富商，他不愿把刚订好的合同解约，他定要收取全数的租金，虽然卢仁把房子修理好了交还他。那些家具店也是如此，他们死活都不肯退回卢仁提前所交的定金，那些家具虽然买了，但还没有搬回住所。

"我总不能特地为了家具而结婚吧？"卢仁咬牙切齿地想着，同时他大脑中又闪过一个大胆的希望："难道这一切真的不能挽回了吗？真的全部落空了吗？能不能再去碰碰运气？"一想起杜尼娅，他便觉得心如刀割。此时，他忍受着极大的苦恼，如果仅仅凭着诅咒就可以让拉斯柯尼科夫死去的话，他会毫不犹豫地把他的诅咒说出来的。

"此外，我为何不给她们钱呢？这也是我自己的不好！"当他垂头叹气地回到列别加尼科夫的房里去时，他想着，"我为什么像那一个犹太人呢！这是错在吝啬呀！我意是想着使她们囊中空空，叫她们可以依靠我，如同她们的天神一样，可是现在瞧她们……哈！如果我在她们身上花去千百卢布，到克诺普公司或者英国公司替她们置办嫁奁和礼物，买一些玩具、皮箱、饰物、衣料，以及其他那些没用的东西，我的前途也许会好些，而且……稳固。她们就不好如此轻易地和我解除婚约了！她们就是那种人，觉得万一她们翻脸了，必得返还钱财和礼物的，如此就不易办到了！她们的良心也会鞭策她们呢：我们怎样可以把一个自始至终豁达大度的人舍去了呢？……唉！铸成一个大错了。"彼特·彼特罗维奇又开始咬牙切齿，骂自己是傻瓜——当然只是在心里骂。

得出这个结论之后，他回家时比他出去的时候更加恼怒和烦躁。当他经过卡捷琳娜·伊万诺夫娜家，看见那里正在弄丧饭时，又引起了他的好奇心。他昨天也听说过，并猜想自己也是在被邀请之列，但他只想着他自己的烦恼，没有去注意它。莉佩韦泽太太在卡捷琳娜·伊万诺夫娜前往墓地去时，忙着布置桌椅，卢仁向她探询，得知这次丧饭办得很隆重，几乎所有的房客都被邀请着了，有的人至今还不知道这个死人的面容，甚至连安德列·谢苗诺维奇也被在邀请之列呢，尽管他之前曾经和卡捷琳娜·伊万诺夫娜吵闹过。至于他——彼特·彼特罗维奇当然也被邀请，而且主人还热烈地期待着他的到来呢，因为他是所有房客中最重要的一个。阿玛莉娅·费奥多罗夫娜自己也被邀请了，所以她现在忙进忙出地张罗着，并以此为快乐，而且她虽然穿着一身丧服，但那是全新的绸料，穿得十分讲究，并为此而感到自豪。所有的这些消息，使彼特·彼特罗维奇产生了一个想法，因此他走进了自己的屋子，也就是走进安德列·谢苗诺维奇·列别加尼科夫的屋子，带着沉思。最关键的问题是：据说，在被邀请的人中，还有拉斯柯尼科夫！

安德列·谢苗诺维奇·列别加尼科夫整个早上都待在家里。彼特·彼特罗维奇与这位先生建立起了一种奇怪的、但也许是自然的关系。彼特·彼特罗维奇自从和他同住的那天开始，就有点儿轻蔑他，恨他，但又好像有些畏忌他似的。他到彼得堡后，之所以和他同住，并非仅仅是为了省几个钱，虽然也可以说这是一个主要原因。他还在外省的时候，他就听说安德列·谢苗诺维奇——这个受过他监护的人，是最进步的青年进步党人之一，在那许多有趣的集团中，还起着十分重要的作用。这使彼特·彼特罗维奇觉得比较惊诧。这些颇有权势的、无所不知的、轻视各种人并揭露一切人的小团体，早就引起他一种特别的、但又说不清的恐惧感。当然，他在外省的时候，对于这类小团体的情况，不可能有一个全面的了解，甚至连大概的了解也没有。他也和其他人一样，听说过彼得堡有某些进步党、虚无党，等等，而且他也和众人一样，把这些名称的意义夸大、歪曲到可笑的地步。在以前的许多年中，他最怕的就是被人揭露，这也是他一想到把自己的事业转到彼得堡来就未免不安的原因。他怕这种事，如同婴孩儿有时受惊一样。前几年，他刚开始创业的时候，便碰见两桩事情：在这案子中，省里的那些要人、他的贵人们，都被不客气地揭露了。有一件事的结局是那个被攻击的人身败名裂，另一次的结局也差一点儿就没法收场，惹出了极大的麻烦。因此，彼特·彼特罗维奇一到彼得堡时，就立刻把情况摸清楚，而且准备在必要的时候主动出击，想办法博得"我们后辈"的好感，以免将来弄出什么不好收拾的乱子来。而在这方面，他基本上全靠安德列·谢苗诺维奇的帮助。当然，他未去拜见拉斯柯尼科夫之前，就已经学到几句时髦的口语了。

　　但是，没过多久，他就看清了安德列·谢苗诺维奇并不是什么了不起的人，而是一个非常庸俗和头脑简单的小人物。然而，这丝毫没有使彼特·彼特罗维奇放心或壮胆。即使他知道一切的进步党全是像他一样的蠢货，也仍然无法除去他的不安。老实说，安德列·谢苗诺维奇用来游说他的一套学说、思想和体系，都与他毫无关系，他也没有任何的兴趣。他有他的目标——他只要立刻探听出这边有着什么事。比如，这许多人有什么权势？在哪方面要防着他们？他们要揭露他的哪些事情？哪些是他们此刻真正攻击的目标？如果他们真有权势，他应该怎么迁就他们？这些事是否很着急？能否依靠他们弄点儿好处？等等。总而言之，有几百个问题需要解决。

　　这个安德列·谢苗诺维奇是一个贫血而瘦弱的小个子，在某处当一个书记。他长着一头奇怪的淡黄色的头发，还有使他引以为豪的一把肉饼样的络腮胡子。此外，他的眼睛也有毛病；他的心肠很软，但很自信，有时候甚至十分倨傲——这和他的矮小的身躯极其不称，看上去怪有趣的。他是阿玛莉娅·费奥多罗夫娜最钦敬的房客之一，因为他不喝酒，而且按时交房租，从不拖欠。然而，尽管有这些良好的品质，但安德列·谢苗诺维奇仍然是个头脑简单的人。他出于一时热情，倾心于进步事业和"我们年轻人"。他是那些无数形形色色的笨蛋、半死不活的弱智、而且刚愎自用的、未经教养的纨绔公子中的一个，他们相信最流行的思想，然后立刻使它粗俗化，并且对他们虔诚信奉的一切，在转眼间就进行无情的讽刺。

安德列·谢苗诺维奇虽然心地善良,但他对他的同住者、以前的监护人彼特·彼特罗维奇也开始讨厌起来了。而这种情况是双方在无意之中形成的,也是同时感觉到的。安德列·谢苗诺维奇虽然头脑简单,但他还是渐渐地觉察出彼特·彼特罗维奇在骗他,暗中轻视他,而且还察出"他不是正当的人"。他曾经想向他讲述傅立叶学说和达尔文的理论,但彼特·彼特罗维奇近来听他说话时,总是心不在焉,甚至无礼地讥刺着,这当然是由于他猜想安德列·谢苗诺维奇不仅仅是一个庸懦者,并且还是一个撒谎者,并猜想他在他的集团中也不是什么重要的角色,只不过是道听途说、拾人牙慧罢了。不仅如此,他连对自己所宣传东西也没有弄得很明白,因为他实在太昏庸了。而这样的人,又怎么能够去揭露别人呢?

顺便指出的是,在这一个半星期内,特别是在刚开始的时候,彼特·彼特罗维奇欣然接受了安德列·谢苗诺维奇对他的奇怪的赞扬,比如,当安德列·谢苗诺维奇赞扬他准备资助创建一个新的"公社",或自动废除给出生的婴儿施洗礼、取教名,或如果杜尼娅在婚后一个月会有一个情人,不进行揭露等话时,他却也不置可否,没有提出异议。因为彼特·彼特罗维奇听到别人对自己的任何赞扬,当别人把这一类的品德加在他身上时,他也照例不反对,而是一概听之任之。

那天早上,彼特·彼特罗维奇去换些五分公债票,正坐在桌旁细数那一堆堆的票子。安德列·谢苗诺维奇可说从未有过什么钱,他在房里走来走去,假装很冷漠地、甚至藐视地看着那些银行票。彼特·彼特罗维奇绝不相信安德列·谢苗诺维奇能真的做到见钱而眼不开;而安德列·谢苗诺维奇也痛苦地想,也许彼特·彼特罗维奇当真对他抱有这种看法,而且也许高兴有这样的机会来撩拨和逗弄一下他的少年朋友,把一叠叠钞票摆在他的面前,提醒他,他自己是多么的渺小,以及他们两人之间存在着很大的差距。

虽然他——安德列·谢苗诺维奇——详述着他的嗜好的话题，就是创设一个新异的"公社"，彼特·彼特罗维奇对他也很漠然，而且被激恼了。在算盘珠的响声中，彼特·彼特罗维奇所发出的简短的反驳和评语，流露出他十分明显和有意无礼的讥刺。但是，"心地善良"的安德列·谢苗诺维奇，却以为彼特·彼特罗维奇只是心情不好，而原因是由于他昨天和杜尼娅闹翻所致，因此他希望尽快谈谈这个话题：对于这个问题，他有一些进步的、有宣传价值的话要说，这多少可以安慰一下他这位高贵的朋友，而且"毫无疑问"，这对于他今后的进步会带来好处。

"这个……这个寡妇在家中办的什么丧餐？"彼特·彼特罗维奇在安德列·谢苗诺维奇说得得意的时候，忽然打断他的话问道。

"什么，你不知道吗？昨晚我对你说我对于这样的礼仪作何感想，听说她也邀请了你。你昨天同她说话……"

"我绝想不到，那个又穷又傻的娘儿们，会把她从另一个傻瓜——拉斯柯尼科夫——那儿弄来的钱，全部用在这个丧餐上。刚才我经过那边时，不禁吃了一惊，因为她准备了很多东西，还有酒……还请了几个人帮忙。鬼才知道这是怎么回事呢！"彼特·彼特罗维奇继续说着，他好像有什么用意来说这些话，"什么？你说我也被邀请了吗？是什么时候？我不记得了。但我不会去的。我为什么要去呢？我昨天只是随意和她说了几句话，说她也许能够以一个官厅书记的孤苦可怜的寡妇资格，弄到一年的抚恤金。我想她就是为此而邀请我的，对不对？嘿嘿嘿！"

"我也不想去呢！"安德列·谢苗诺维奇说着。

"可不是吗？你还亲手打过她，当然不好意思去了，嘿嘿！"

"谁打的呢？打谁呀？"安德列·谢苗诺维奇突然惊慌起来，急得脸都红了。

"怎么,你不记得了? 就在一个月之前,你打了卡捷琳娜·伊万诺夫娜。昨天我听说是这样的……那你的信念就是这样的呀……连妇女问题都处理不好! 嘿嘿!"彼特·彼特罗维奇似乎安慰一下,又回去打着算盘珠。

"那都是胡说和诽谤!"列别加尼科夫喊着,他一直害怕别人提起这事,"根本不是那回事,完全不是。你弄错了,那是造谣。我当时只是自卫罢了。她先向我扑过来,用手指甲抓我,把我的胡子都拔掉了……我觉得,每个人都有自卫的权利,同时我也绝对不许谁对我使用暴力的,因为那是一种暴虐的行为呀。我该如何辩解呢? 我不过把她推了过去而已。"

"嘿嘿嘿!"彼特·彼特罗维奇充满恶意地笑着。

"你常是如此,因你自己恼了……但那全是胡说,而且那和妇女问题,一点儿也没关系! 你不知道,真的,我经常想,如果女子在各方面都同男人平等,那么就是在能力上,在那上面也该平等的。当然,我想,这类问题就不该继续发生,因为不该有殴打的事,而且在未来的社会中,争斗是不能想的……并且想,在打斗上求平等也不免是怪事。我并不是怎么愚笨……但,当然,斗殴是不免的……以后就没有了,但现在是有……可恨之至! 你把人都弄糊涂了! 我不去吃那个丧餐,并不是因为有那件不愉快的事。我不去只是因为按原则办事,因为我不愿意参加办丧餐这种可恶的风俗,就是这样! 当然,去也无妨,不过是为了嘲笑它……可惜神父们不去。要是神父去的话,我一定会去。"

"那么你是要去赴他人的宴会,而且对人家的款待不屑一顾,甚至对于邀请您的人也同样如此。是不是这样呢?"

"完全不是这样,而是抗议。我会抱着一个好的目标去的。我可以间接有助于提高觉悟和进行宣传。为提高人们的觉悟而努力——

这是人类的义务,甚至越尖锐越好。我可以先播下了一粒种子,一个信仰的……而且那粒种子可长出些东西的。我怎么会侮辱她们?她们开始也许会恼,但过后她们便会看到,我为她们做了一件事。你知道,捷列别娃(她在这社团里)受人责骂,因为她离开家庭,而且……贡献……自己时,她写信给父母说,她不愿生活在偏见中,她要自由结婚,人们认为她对自己的父母太狠心了,应该理解他们、可怜他们,把信写得委婉些。我想,那也是胡说,何必委婉,恰恰相反,应该提出抗议。瓦连茨和她的丈夫结婚已经七年了,她舍弃了她的两个儿子,她在信上直接对她的丈夫说:'我确切地认为,我和你在一起是不会快乐的。你欺骗我,你瞒着不告诉我,存在着另一种借助于公社的社会制度。这是我近来才从一位拥有伟大人格魅力的人那里知道的,我把我整个地交给他了,并和他共同创造了一个公社。我对你实话实说吧,因为我觉得欺骗你是很可耻的。随你怎么办吧!反正你别再指望我会回到你的身边了,已经太晚了。我愿祝你幸福!这类信就是这样写的!"

"你所说的那个捷列别娃,就是你那次说的,跟人同居过三次的那个女人吗?"

"不,其实她只和别人同居了两次,但即使是四五次又如何呢?这都是小事!如果我对我父母的双亡感到过惋惜,那就是此刻!我常想,如果我的父母还在,我会对他们提出多么严重的抗议呀!我要特意做出一些事情……我得指导他们!恐吓他们!我会让他们大吃一惊的!可惜的是,我现在没有一个亲人了!"

"让他们大吃一惊!嘿嘿!很好,你想怎样做就怎样做吧,"彼特·彼特罗维奇插嘴说道,"但你对我说一说:你认得死者的那个女儿,那个弱不禁风的小东西吗?大家谈论她的话是否可靠呢?"

"这有什么呢?我想(我个人认为),这是一个极其正常的女人。为什么不是呢？我是说，应该有所区别。在现在的社会里，这还不是完全正常的，因为是被迫的，但在未来的社会，将会是正常的了，因为那将是随意的了。就是以此刻来说，她也是很对的：她受苦难，可以说是她的一种财富，她的资本呢，她当然可以自由处置的。不过在未来的社会，就不需要这样的资本了，但她的才能却另有一种意义：正常的而且适合她的环境。至于索菲娅·谢苗诺夫娜本人，我觉得她的行动是对现有社会组织的有效的反抗，我为此钦敬她；我看到她时，就觉得很高兴！"

"但我听说，是你把她从这儿的公寓里给赶出去的！"

安德列·谢苗诺维奇听了这话，不禁勃然大怒。

"这又是一个诽语了！"他喊着，"绝对没有这回事！这都是卡捷琳娜·伊万诺夫娜所造的谣，因为她什么都不懂！我从来就没有巴结过索菲娅·谢苗诺夫娜！我不过是指点她，很坦白无私地叫她起来去反抗……我无非叫她反抗而已，不过索菲娅·谢苗诺夫娜本来已经不愿在这边住了！"

"你是否叫她入你的公社呢？"

"你总是开这样的玩笑，而且又玩儿得不很恰当。听我说吧。在一个公社中根本没有这样一类人。要办公社，就不该有这样的人物存在。公社中如有这样的人物，她的本质便会改变了。在这边是愚蠢的，在那边是聪明的；在这里，就当前的环境来看，是不自然的，但在那个公社中就会变得很自然了。一切都取决于人处在什么样的情况下和在怎样的环境中。环境决定一切，而人本身是毫无办法的。到今天为止，我仍和索菲娅·谢苗诺夫娜的关系还很好，这就足以证明她从来也没有把我当作敌人，也没有把我当作欺负过她的人。是的，我现在正打算把她吸收到公社里来，只不过这公社将建立在截然不同的基础之上。你笑什么呢？我们很想在比之前更广泛的基础上，创办一个我们自己的公社，一个特别的公社。我们的信念又前进了一步。我们否定和遗弃的东西将更多！目前，我仍继续启发索菲娅·谢苗诺夫娜。她有一个非常好、非常好的品性呢！"

"你想利用她这个非常好的品性吗？嘿嘿！"

"不，不！哦，不！正好相反。"

"哦，相反！嘿嘿！真是一桩奇事了！"

"我为什么要伪装呢？我自己也觉得惊奇。她和我在一起，事实上是如何的羞涩、单纯、安静，而且贞洁，让我可望而不可即呢！"

"当然，你是在指导她了……嘿嘿！向她证明，这样的羞涩全是胡扯的吗？"

"完全不是，完全不是！你怎么这样粗陋愚昧呢——恕我说这样的话——你弄错了指示这字眼了！上帝，你太浅薄了！我们为妇女的自由，正在努力，你的脑中却存着这种观念……我们且不谈贞洁和女性的羞涩问题，因为这些事物本身就没有什么用处，而且也是一种偏见，我十分相信她对我的贞洁，因为那是她自己决定的。当然，假如她对我说，说她要我，那我当然会很快乐的，因为我是十分爱她的，但就事实上来说，我对她非常循规蹈矩，而且十分敬重她的品行……我就是为此渴望地等待着呀！"

"你赠她什么礼物最好呢？我敢说，你从来没有想过这事的。"

"我不是已经对你说了吗？你怎么还是什么也不懂呢？当然，她的处境不好，但那倒是另外的问题。毫不相干的！你无非是看不起她。因为你看到一件自认为很卑鄙的事之后，你就不愿对一个人采取人道主义的观点了。你还不知道她是一个什么样的人呢！让我感到惋惜的是，她近来把书本完全丢下了，也不再向我借书了，这是很可惜的。以前我常借书给她看。她虽有反对一切的毅力和决心——她已经表示过一回——但她缺乏恒心和独立性，也可以说，她不能独立自主,否定得太少,以致还不能完全摆脱某些偏见和愚昧的观念,这也是很可惜的。但是,有的事情她看得很清楚,例如吻手这一类事,即男人吻女人的手臂,就是对女人的一种侮蔑,表示男人不把她们当做同样的人看待。对于这个问题,我们曾经辩论过一番,我马上就把这件事讲给她听了。对于法国工人联合会的事情,她也是很爱听的。现在,我正在向她说明,在未来的社会里,一个人可以随便进入别人的房间这个问题。"

"请问这又是怎么一回事呢?"

"最近我们辩论过这样一个问题:公社社员有没有权利在任何时候进入别的社员的房间,不论是男社员的房间还是女社员的房间……最后我们断定有这个权利!"

"如果是在一个不方便的时间呢,嘿嘿!"

安德列·谢苗诺维奇可真生气了。

"你老是想那些毫无意义的问题!"他讨厌地喊着,"啊!我真是太蠢了,我说公社的组织,为什么老早就提及个人私事的问题呢,像你这种人老是喜欢挑剔别人,在没有了解真相前,就把它闹笑话了,并且还以此为做人的标准呢!哼!我常说,一个人在对于组织没有十分的信仰之前,就不许他亲近那种问题。请对我说,哪怕在污秽的水沟里,你看见了什么可羞的东西呢?我倒要头一个去把什么污秽水沟都弄洁净了,随你叫我弄哪一个都可以。这也不是什么自我牺牲的问题,这不过是一项工作,一项高尚的、可尊重的、对社会有益的活动,它抵得上其他任何一项活动,而且比那什么拉斐尔和普希金的艺术品要好得多,因这是切实有用的呀。"

"啊,更可尊重的,更可尊重的,嘿嘿!"

"'更可尊重'——含有什么意义?我不明白这样一种用来形容人类活动的说法。'更可尊重''更高尚'——这些形容词都是胡说八道和荒谬的,是我所反对的带有偏见的陈词滥调。凡是对人类有用的事情都是可尊重的。我只懂得'有用'这两个字!你想笑就随便笑吧,反正这是事实!"

彼特·彼特罗维奇觉得好笑。他已经把钱数好,并且藏好了。但不知道为什么,还有许多票子仍摆在桌子上。那"污秽水沟问题"尽管俗不可耐,但已经成为他们辩论的中心,以及他们决裂的导火线了。最可笑的是,那愚蠢的安德列·谢苗诺维奇还真生气了,而彼特·彼特罗维奇却很高兴,而且他故意使他的这位少年朋友恼火,这种情形确是可笑呢!

"你这样纠缠不清,故意气人,想是因为昨天倒霉时留下的后遗症吧!"列别加尼科夫讥讽地说着。一般来说,尽管他一直主张"独立自主",而且提出"抗议"精神,但他并不是真的想和彼特·彼特罗维奇过不去,他对他还是保持着以前习以为常的尊敬态度,并以这个态度和他相处着。

"你最好告诉我!"彼特·彼特罗维奇有点儿自傲而又不快地打断他的话,"你可以……或者不如说,你和那个姑娘搞得很好,那你可以请她到这边来一会儿吗?我想她们应该已经从墓地回家了……我听到脚步声了……我倒想见见那个年轻的姑娘呢。"

"为什么?"安德列·谢苗诺维奇惊奇地问着。

"哦,因为我今明两天就要离开这边了,我要对她说……但,见面时你可以在旁边的。其实,你在旁边会更好,因为我不知道你会胡思乱想什么呢。"

"我绝对不会多想的,如果你有什么话要对她说,唤她到这边来是很容易的。我马上就去,你放心,我不会妨碍你们的。"

过了五分钟,列别加尼科夫果真和索尼娅一起进来了。她进来时,感到十分惊讶,而且总是怯生生的。她一向很胆怯,十分害怕见生人和跟生人认识。而现在这种情形,使她更害怕了……彼特·彼特罗维奇"谦恭而有礼貌"地接待她,但又带着一点儿快乐亲昵的神情,他以为,一个像他那样可尊敬的要人,对待一个这样年轻、这样有趣的人,采取这种态度是很合乎礼节的。他急忙"鼓励"了她一番,然后让她坐在自己对面的桌子旁边。索尼娅坐了下来,向四周看了看——看着安德列·谢苗诺维奇,看着桌上的钱票,然后又看着彼特·彼特罗维奇,之后她的眼睛再也没有离过他,好像钉在他身上似的。列别加尼科夫正向门口走去。彼特·彼特罗维奇对索尼娅做着手势,叫她好好坐下,而且叫列别加尼科夫也站着。

"拉斯柯尼科夫在那边吗? 他也来了吗? "他低声地问着。

"拉斯柯尼科夫?是的,在那儿。你有什么事?对,他在那边了。我看见他刚进去……怎么啦? "

"唔,我希望你仍留在这里,和我们在一起,不要扔下我,让我独自和这位……年轻的姑娘在一块儿。我只和她说几句话,可是天知道他们是怎么想的呢。我不愿意让拉斯柯尼科夫在那边传播什么……你懂我的意思么? "

"啊,我懂,我懂的!"列别加尼科夫忽然醒悟过来了,"是的,你是的……当然,我个人认为,你未免多虑了,不过……你还是有权这样做。好吧,我留下来。但站在窗口这儿,不妨碍你们……我觉得你有权这样做……"

彼特·彼特罗维奇回到沙发跟前,在索尼娅的对面坐下,仔细地看着她,做出一种十分庄严的、而且正经的表情,好像说:"你也不要误会呀,小姐。"索尼娅被弄得不知所措了。

"索菲娅·谢苗诺夫娜·马美拉多娃,请你向令堂替我求恕……好不好? 卡捷琳娜·伊万诺夫娜是你的母亲吗? "彼特·彼特罗维奇非常庄重,但又和蔼地说着。可以看出来,他的态度十分友好。

"是的,是的,她是我继母!"索尼娅匆忙地、怯生生地回答着。

"那就请你替我向她说声对不起,好吗?我实在另有事情,虽然令堂好意邀请我,但实在不能赴宴……也就是说,我不能去吃丧餐了!"

"好的……我就对她说……我就去。"

索尼娅说罢就从椅子上站起来,准备要走。

"先等等,我话还没有说完呢!"彼特·彼特罗维奇叫住了她,看着她那简单的思想和不懂规矩的样子,不由得微微一笑,"你太不了解我了,亲爱的索尼娅,你也不想一想,我会为了这点儿无关紧要的小事,就亲自麻烦你吗?我是有其他的事呀!"

索尼娅又匆忙坐下了。她又一下子看到那些放在桌上的灰红色的钞票,但她很快就把目光移开,继续看着彼特·彼特罗维奇。她以为看着别人的钱是很难为情的。她看着彼特·彼特罗维奇左手上的金架眼镜和他中指上戴着的那只镶有黄宝石、又粗又大,而且非常漂亮的金戒指。但她又忽然把视线从他的身上移开,不知道看哪儿才好。最后,她只好直愣愣地瞅着彼特·彼特罗维奇的脸。他于是很庄严地沉默了片刻后,继续说着:

"我昨天偶尔和可怜的卡捷琳娜·伊万诺夫娜谈了几句话,从这几句话中,我便明白她是有点儿……可以说是'反常'吧。"

"是的……反常的……"索尼娅急忙表示同意。

"或者说得更明白些,她是病了。"

"是的,说得更明白些……是的,她是病了。"

"是呀!所以,出于人道,也……可以说是出于同情心吧,我很愿意援助她,因我看出了她的困苦的境遇了。我想这受贫困束绑的一家,现在是全靠你了吧?"

"请问,"索尼娅站了起来,"你昨天对她说过什么可以弄的一些抚恤金的话吗?她对我说,你会去帮她弄的。是真的吗?"

"不是的，这实在是一桩可笑的事！我只是跟她说，一个因公死去的公务员的遗孀，可得到一时的帮助——只要她有体面……但你的已故的父亲并没任满，而且最近又不在做事。事实上，真的有希望的话，那也是很少的，因此就没有申请补助的资格，还离得很远呢！……而她已经在想望着抚恤金了，嘿嘿嘿……真是一位敢于妄想的太太！"

"是的，是的。因为她，心肠很好，很容易受骗，她是以她的良心去相信一切事情的，而且……而且……而且她就是这样……是的，你得原谅她才是！"索尼娅说着，站起身来就想走出去。

"你还没有听完我要说的话呢。"

"没有，我没有听完！"索尼娅说着。

"那你还是请坐吧。"

她狼狈之极，第三次坐下了。

"因为她的遭遇和她可怜的一堆小孩子，我愿意对她进行我力所能及的帮忙，也就是说在我的能力范围之内尽力而为。例如大家替她备一本绢簿，或一种彩券一类的东西，在困苦之时，朋友或其他行善的人常常弄的。我要跟你说的就是这事。这是办得到的！"

"是的，是的……上帝将酬报你的好意！"索尼娅又结结巴巴地说着，一边目不转睛地看着彼特·彼特罗维奇。

"这是可以办得到的，不过……我们以后再说吧。我们可以在今天晚上详细讨论一下，把基础先弄好了。七点钟左右，你再到我这边来。我愿意安德列·谢苗诺维奇也将帮我们的忙。但有一件事，我得先告诉你、提醒你——正是为了这个缘故，索菲娅·谢苗诺夫娜，我才敢麻烦你，叫你跑到这边来。我的意见是，钱是不能给卡捷琳娜·伊万诺夫娜过手的，因为那样会很危险。今天的丧餐就是一例呢！她一点儿也不管明天有没有面包屑，和……唔，鞋子啦，或者其他日用品，但她今天还买了最好的啤酒，我相信，甚至还买了马德拉酒等上等酒和……和咖啡呢。我经过门口时看见的。他们明天会没有一块面包皮，那又要靠你了。这是荒谬可笑的。所以我想，既然募捐，也不应该让那个可怜的寡妇知道有这笔钱，只有你……比方说，一个人知道。你说，我说得对不对？"

"我不明白……也只是今天才这样……以前从来没有过。她这样地要装体面，举行悼念，纪念他……而且她也很明白的……正像你所想的，我将十分，十分……他们也会……上帝也将酬答……就是孤儿寡母也……"

她没有说完，眼泪就淌下了。

"那就这样，好的，你记住吧。现在为了解你的燃眉之急，请收下我这点微款吧，算我个人的。我希望对于这件事毫不提及我的名字。这边……我自己也乱得很，我只能拿这……"

彼特·彼特罗维奇谨慎地把一张十卢布的钱票递给索尼娅。索尼娅把钱接了过来，满脸通红，然后站起身，说了几句连她自己也听不清的话，就急忙告辞了。彼特·彼特罗维奇庄严地把她送到门口。她又高兴又苦痛地走出了那间屋子，异常慌乱地回到卡捷琳娜·伊万诺夫娜那儿。

在这个时间里，安德列·谢苗诺维奇一直站在窗口，偶尔在房中走着，始终不去打断他们俩的谈话，当索尼娅走后，他才走到彼特·彼特罗维奇这边，庄严地伸出手臂。

"你俩刚才的谈话，我全听见了，也看见了！"他说着，他尤其强调最后的两个字，"这很高尚，这是仁慈的表现！你不想让她感恩，我看见了！虽然在原则上，我不赞成个人的恩赐，因为那样不仅无济于事，甚至还会助纣为虐呢，不过我看你的言行举止，我却非常高兴呢——是的，是的，我很高兴。"

"哎呀,这都是小事了!"彼特·彼特罗维奇喃喃地说着,有些不安地看着安德列·谢苗诺维奇。

"不,这不是小事!一个像你这样的人,由于昨天那件倒霉的事,受到了侮辱,心里很不痛快,在这种情况下,居然还能够想到别人的不幸——这样的人,即使他犯了一个社会性的错误,他也是值得尊敬的。我实在看不出你呀!彼特·彼特罗维奇,尤其是依你的那些看法……哦,你的看法对你是怎样的一种阻碍呢!例如,你昨天的倒霉就叫你怎样痛苦啊!"忠实的安德列·谢苗诺维奇喊着,他觉得自己又对彼特·彼特罗维奇产生了一种强烈的好感,"你要这个婚姻,要这个合法的婚姻干什么呢?我亲爱的、高贵的彼特·彼特罗维奇?你为什么这样固执呢?哦,如果你要责打我,我很愿意,非常愿意。这事没有办成,你还是自在的,你仍能替人类干点儿事业。你看,我已经把我的肺腑之言都说出来了!"

"因为我不愿像你们那样自由地同居,那样会给自己戴上绿帽子,而且又要抚养别人的孩子,所以我才需要合法的婚姻呀!"彼特·彼特罗维奇只得直白地回答。他的心中好像有什么事情给占满了。

"孩子?你说孩子?"安德列·谢苗诺维奇如一匹战马听见动员令似的号叫着,"我认为孩子是任何社会最重要的问题,但孩子问题还有另外一种理解的办法。有的绝不愿养孩子,一提到孩子就得想起组织家庭了。我们过一会儿再说孩子吧,现在且说绿帽子的问题,不瞒你说,我觉得在这方面我还是门外汉。这是一个下流的、军队式的、普希金的用语,未来字典内是找不到的。真的,那有什么意义呢!胡说罢了。在一个非法结婚中会有受骗的,那不过是一个法定结婚的当然结果,可以说是对它的纠正,是一种抗议。所以从这个意义上来看,那倒不是蔑辱……如果我合法结婚了,我倒是非常欢喜戴上你所说的那顶可恶的绿帽子呢。我将对我的新娘说:'亲爱的,到现在我是爱你的,现在我很尊重你,因为你善于提出抗议！'你在笑我吗？这只是因为你还没有除去可恨的偏见。我现在知道,为什么合法的婚姻一旦受骗,就会使人感到不愉快了。不过,这只是贬低了双方的可耻事实造成的可耻结果。在自由同居的情况下,戴绿帽子是公开的,所以绿帽子也就不存在了,绿帽子成了一件不可思议的事,甚至也就失去了绿帽子这个名词。相反,当你的妻子认为你不可能反对她的幸福,而且你十分开明,不会为了她的新丈夫而对她采取报复手段,那她就只会向你证明,她是多么地尊敬你。有时候,我会有这样的妄想——要是我嫁了人。换言之,如果我要娶亲(不管是自由同居,还是合法结婚,反正都一样),我很可能会给我的妻子亲自物色一个情人,如果她没有替自己寻到一个的话。'亲爱的,'我会对她说,'我爱你,但我更希望你尊重我,就这样！'我这样说对不对？对不对？"

彼特·彼特罗维奇听了这话,吃吃地笑了,但并没有感到特别的兴趣,他甚至好像是没有听见呢！因为他确实在想其他的事情,这一点就连安德列·谢苗诺维奇也终于发现了。彼特·彼特罗维奇好像兴奋似的直搓手。而这一切,安德列·谢苗诺维奇都是过后才明白过来,以后才想起来的。

第二章

　　卡捷琳娜·伊万诺夫娜在那样纷乱的思绪中怎么会想到要办这个没有任何意义的丧餐呢？这是很难让人理解的。为了下葬马美拉多夫，拉斯柯尼科夫给了她的二十个卢布，她几乎花了十个卢布用在丧餐上。也许卡捷琳娜·伊万诺夫娜是为了对死者的最后的敬念，理应"适当"地排场一下，好叫同住的那些房客，尤其是莉佩韦泽太太明白，"他在这里面并不比他们坏，也许比他们还要好得多呢！"而且可叫人不敢在她面前"翘尾巴"。主要的原因为也许是一种"穷阔"呢，这种"穷阔"使许多穷人绞尽脑汁，把他们最后的一点积蓄都花费在生活中人人必须遵守的某些社会礼仪上，只是为了表示一下他们"和别人一样"，不至于"被人轻藐"而已。也许是卡捷琳娜·伊万诺夫娜想要在自己似乎要被众人抛弃的关键时刻，趁着这个机会让那些"渺小而又可恶的房客"看看，她不但"会生活、会款待客人"，而且她所受的教养也根本不是为了承受这样的命运，她是在"一个高贵的，甚至可以说是贵族的上校家庭里"长大的，她从小所学的东西，也根本不是打扫地板和每夜洗涤小孩子的脏衣服。我想就是最贫穷、最颓丧的人，有时也难免有这种高傲的虚荣心，而这种心理往往会造成一种焦躁的、不可遏制的需求。何况卡捷琳娜·伊万诺夫娜并不是一个逆来顺受的人呢！环境可以把她逼死，但是要在精神上使她逆来顺受，换言之，就是把她吓倒、迫使她的意志服从环境，那是办不到的。而且，索尼娅刚说她的理智丧失了。她虽不算发疯，但在过去的一年中，她确实被折磨得够苦了，因此多多少少有点儿不正常。据医生说,肺病严重恶化之后,也会使智力造成紊乱。

　　酒是有的,但品种并不多,也没有马德拉酒;只有啤酒、伏特加酒、罗木酒和里斯本酒,质量都比较差,但是数量倒是足够的。在吃的东西中,除了当然的饭和蜜糖外,还有三四样菜以及肉饺,都是在借阿玛莉娅·伊万诺夫娜的厨房里弄的。同时,还一下子烧开了两个茶壶,以备饭后喝茶和喝潘趣酒①时用。卡捷琳娜·伊万诺夫娜在一个房客和一个贫穷波兰人的帮助下,亲自安排采购——这个可怜的、矮矮的波兰人,不知为何住在莉佩韦泽的家里。他自告奋勇地愿受卡捷琳娜·伊万诺夫娜的差遣;那一天早晨,一整天,他的两只脚奔走得很勤,好像故意让所有的人都看见似的。就是一点儿小事,他也跑到卡捷琳娜·伊万诺夫娜那边去,在市上把她找到了,常常喊她太太的。终于,她觉得烦透了,虽然她在开始的时候说过,要是没有这位"热心肠而能干的人",她可能什么事也办不好。卡捷琳娜·伊万诺夫娜的特点之一,就是她所遇见的每个人,最初都是尽快用最好、最鲜艳的色彩把他打扮一番,把人家夸得甚至使有的人感到难为情,她甚至还编造出各种根本不曾有过的事情去夸奖他,而她自己又完全真心实意地相信确有其事。后来,她的这些妄想在忽然间破灭了,于是哪怕在几个小时之前还敬佩有加的人,她也会毫不犹豫地跟人家翻脸,并轻蔑而粗鲁地把人家赶走。她的天性是喜欢说笑、活泼、温和,但由于不断遭到不幸和挫折,她开始热切地希望每个人都能够过着愉快、和睦的日子,而不敢去破坏这种和平,所以哪怕是一点儿小小的挫折,都会使她发疯,她会将刚才还怀着的种种最光辉的希望和幻想,转眼间就变成无情的诅咒;破坏她手上所能碰到的东西,并把自己的头往墙上撞。

----

　　① 潘趣酒:一种果汁饮料。

今天，阿玛莉娅·费奥多罗夫娜·莉佩韦泽忽然受到卡捷琳娜·伊万诺夫娜特别尊重的招待，而且觉得十分重要，这也许因为莉佩韦泽那样热心替她帮忙的原因吧。莉佩韦泽忙着布置酒席，弄麻布、盆罐，等等，并在厨房里煮菜，卡捷琳娜·伊万诺夫娜把这些事全托付给了她，自己到墓地去。等她回来时，家里的事情都弄得很周全，连桌布也很洁净；各种盆罐、刀叉、碗碟，都是从那些房客家里借来的，筵席在规定的时间内都已经弄得很好了。莉佩韦泽也觉得自己把事情做得还好，便穿着黑绸衣，戴了顶新扎的素缎片的帽子，露出高兴的表情，迎接墓地归来的众人。这种高兴虽很正当，但卡捷琳娜·伊万诺夫娜却有一点儿不满意："这次筵席好像除了莉佩韦泽一人之外，别人就不能弄了似的！"她对那顶带新素缎的帽子也看不顺眼，"她来摆阔吗？这愚蠢的德国人，可是因为她是这套房的女房东，是由于慈悲才同意帮助穷房客的吧？出于慈悲？真是莫名其妙！试想卡捷琳娜·伊万诺夫娜的父亲曾当过上校，而且差点儿就当上省长了呢，他有时请客，一桌酒席就是四十人，而像莉佩韦泽这样的人，连厨房都进不去呢！"

但是，卡捷琳娜·伊万诺夫娜的这个不满，暂时没有发作出来，只是以一种冷淡的态度来对待她。她已经打定主意，当天非得治治她，好让她明白自己的身份，要不她就会把自己想象成多么了不起的人物了。此外，还有一件不愉快的事，使卡捷琳娜·伊万诺夫娜很生气：在受邀的房客中，只有那个波兰人去了一下墓地，其他人基本上都不参加丧礼；而现在来吃丧餐的，也就是说，来她家吃饭的，都是一些最穷、最无关紧要的人，其中还有很多人甚至喝得醉醺醺的，全是一些下三烂。而那些德高望重的人，好像约好了似的，都没有来参加宴席。比如彼特·彼特罗维奇吧，他算是所有房客中最可尊重的人了，他就没有去，虽然昨晚卡捷琳娜·伊万诺夫娜就已经告诉了世界上所有的人，也就是说，已经告诉了莉佩韦泽、波琳卡、索尼娅和那个波兰人，说他是一个最慷慨、最豁达、最高贵的人，他社交广泛、财产丰厚，是她前夫过去的朋友，是她父亲的座上宾。并说他曾允诺尽他的能力替她申请到一笔抚恤金。卡捷琳娜·伊万诺夫娜所以要颂扬人家的亲朋和家产，并没有其他的目的，只是为着增高她所颂扬的人的地位而已。而"那个不要脸的贱货安德列·谢苗诺维奇"，也许是"仿效彼特·彼特罗维奇的榜样"，也没有来。"这家伙自以为了不起，我请他，是看得起他，因为他跟彼特·彼特罗维奇同住在一间屋子，是他的朋友，而既然请了彼特·彼特罗维奇，就把他也一块儿请了，否则又要得罪他了。"

在那些没有来参加丧礼的房客中，还有一位有大家风度的夫人和她的女儿——一位"花样年华的姑娘"，她们在阿玛莉娅·费奥多罗夫娜这边才住了两个礼拜，但有几次对卡捷琳娜·伊万诺夫娜房内的喧闹声，尤其当马美拉多夫醉醺醺地回家时，不免有点儿讨厌。阿玛莉娅·费奥多罗夫娜早就把这些话传达给卡捷琳娜·伊万诺夫娜，并跟她大吵一场，威胁说要把他们给赶出去，并且扯开喉咙嚷嚷，说他们打扰了她家"高贵的客人，而他们还抵不上她们的一只脚"。现在，卡捷琳娜·伊万诺夫娜故意邀请自己一家人"连她们的脚都抵不上"的这位夫人和她的女儿，特别是在此之前偶然遇到她的时候，她总是傲慢地转过脸去——卡捷琳娜·伊万诺夫娜想让她们知道，住在这里的人，"在思想和情感上是高贵的，是不会记仇的"！也让她们看看，自己并不是惯于过这种生活的。她打算在进餐的时候，跟她们说清楚这件事，同时告诉她们自己去世的父亲的身份相当于省长，然后委婉地指出，她们大可不必一见到她就掉过头去，这样做是非常愚蠢的。那矮胖的中校（实际上他是一个退职的上尉）也没有赴宴，原来他从昨天早上起就"烂醉如泥"了。总之，在光临的客人中，只有贫穷的波兰人：一个不得志的书记，脸上都是麻子，穿着污秽的上衣，发出难闻的气味儿，坐在那里一句话也不说；还有一个耳聋、双眼又几乎已经瞎了的小老头儿，他以前在邮局里当过差；以及一个不知为什么从很早以前就供养在阿玛莉娅·费奥多罗夫娜家的人。

一个军需部退职的书记也来了，他喝得醉醺醺的，怪声笑着，他没穿一件外短袄！此外还有一个来客，好像没有向卡捷琳娜·伊万诺夫娜打招呼，便径自在桌旁坐着了。最后，还有一个人因为没有衣服，披着一件睡衣就来了，这简直太不成体统，阿玛莉娅·费奥多罗夫娜和那个波兰人费了许多力气才把他推出了门。但是，那个波兰人又带来了另外的两个波兰人，他们并不是住在这里，以前也没有人见他们来过这里。卡捷琳娜·伊万诺夫娜有点儿不耐烦了："我们到底为谁弄这些东西的呢？"为了给来客腾出座位，她甚至没有让孩子们坐到几乎占满了整修屋子的桌子跟前，而是让他们在后面墙角的箱子上吃饭，而且让两个小的坐在长凳上，而波琳卡因为是大孩子，必须照顾他们、喂他们，还要经常替他们擦鼻子，好像一个有抚养经验的保姆似的。

总而言之，卡捷琳娜·伊万诺夫娜不得不煞有介事地，甚至做出一副尊严的神气，去迎接她的客人。她特别严厉地打量着其中几个人，用一种高高在上的姿态请他们入席。不知为什么，她认定，那些没有来的客人，与阿玛莉娅·费奥多罗夫娜有着直接的关系，所以她忽然开始对她十分的淡漠，而且很不客气。阿玛莉娅·费奥多罗夫娜也马上注意到了这点，心里感到很郁闷。而这样的开场，显然不是什么好兆头。最后，大家终于入席了！

拉斯柯尼科夫是在她们从墓地回来后才进来的。卡捷琳娜·伊万诺夫娜一看到他进来高兴极了。这是因为：第一，他是一个"受过教育的人"，而且，大家都知道的，他在一两年内就要在大学里当教了"；

第二，他对于自己不能参加葬礼表示十分歉意。她几乎扑到他的面前，请他坐在自己身边的左手位置（阿玛莉娅·费奥多罗夫在她的右手位置）。尽管她十分操心，既要张罗着上菜，又要关照每个人；尽管使她痛苦的咳嗽一直折磨着她，使她感到难受并不时打断她的话（这咳嗽好像最近几天更厉害了），但她还是不断地跟拉斯柯尼科夫说话，她尽量压低着声音，向他倾吐自己那郁积在内心的感情，以及因为这顿丧餐办得不成功而感到的愤懑；当然，在愤懑的话语里，还夹杂着无法抑制的欢快的笑声，并嘲笑在座的客人们，尤其是她的房东太太。

　　"这都是那乌鸦给搞砸的！你们明白我说的是谁吗？就是她呀！"卡捷琳娜·伊万诺夫娜颔首指着房东太太，"你看她在眨眼呢，她以为我们在说她，又不明白。呸，这猫头鹰！哈哈！（连连咳嗽着）她为什么要戴上这种帽子呢？（又连着咳嗽）你们看出来了吗，她以为是垂爱于我，她到这边来是替我增荣光？我把她当成一个正派的女人，请她去邀请一些体面点的客人，也就是我先夫的朋友，但你看她请来的都是这些蠢物！瞧，那个麻子的脸多脏呀，你看吧。还有那许多不中用的波兰人，哈哈哈！（又连咳着。）他们一个也没有来过这边，我也从未看见过他们。今天他们到这边来有什么事？他们还大模大样地并排坐在那边。喂！先生！"她突然向一人喊着："肉饺子你吃过没有？再请吃一点儿！啤酒吗？你看，他急着了，弯腰了，他们饿得很呢，可怜的家伙。随他们狼吞吧！不论怎样，他们不会吵闹，但我真替我们房东太太的银羹匙担心……阿玛莉娅·费奥多罗夫娜！"她突然大声地对她说着："如果你的羹匙不见了，我可不管的，我先告诉你！哈哈哈！"她笑着又转过脸来，对着拉斯柯尼科夫，又向房东太太点头，肆无忌惮地戏侮着，"她不懂，她真的不懂，你看她张着嘴坐在那儿！猫头鹰，真真是猫头鹰！拖着素缎条的猫头鹰，哈哈哈！"

说到这里，她的大笑又变成一阵难以忍受的咳嗽，大约咳了五分钟，额角上渗出了汗水，手巾上染上了鲜血了。她把血悄悄地拿给拉斯柯尼科夫看，但是她刚喘过气来，又开始兴致勃勃地低声对他说起话来，脸上泛起了气血衰败的潮红。

"你明白吧，我教她用最高尚的辞令去请那位太太和她的女儿，你知道我说的是谁了。这需要态度十分有礼、行动十分周到，可是她却把事情全给办糟了：这个外地来的蠢货，这个自负的畜生，这个渺小的女人，就是因为她是一个什么少校的寡妇，到这里来弄一笔抚恤金，连裙子边儿都在各个机关的地板里磨破了。她已经是五十岁上下的人了，还满脸涂着粉（大家全知道）……这样的人，不但不肯来，甚至也没有派个人来表示一下歉意。即使来不了，在这种情况下，最起码的礼节总还是要的吧！不知道为什么，彼特·彼特罗维奇也没有来。但索尼娅在那边，她到那边去了呢！唉，她是来了，什么事呢，索尼娅，你到哪儿去了？这真怪了，连自己父亲的丧事你也这样地不准时到来。罗佳，你让点儿位置，让她坐在你身旁好了。你坐那边吧，索尼娅……你喜欢吃什么？随你的便吧。冻菜蘸果酱，是很好的。他们就要把肉饺子送来了。他们有没有给孩子们呢？波琳卡，你都有了吗？（又咳嗽了）是啦。要做个好女孩儿，莉达，乖；柯利亚，两只脚不要摆来摆去的，要安安静静地坐着，像个小绅士那样坐着。你说什么，索尼娅？"

索尼娅立刻向她转告了彼特·彼特罗维奇的歉意，而且尽量把嗓门儿放大，好让每个人都能听见，她使用的都是一些精心选择的最有礼貌的词句，这些词句都是她模仿彼特·彼特罗维奇的口气特意编造出来的。她还补充说，彼特·彼特罗维奇特别叫她告诉卡捷琳娜·伊万诺夫娜，他一旦有空，就立刻过来跟她单独谈几件事情，商量一下目前能帮她做什么，以及将来怎么办，等等。

索尼娅很明白,这样说,可以使卡捷琳娜·伊万诺夫娜称心,更重要的是,可以使她的自尊心得到满足。说完这些后,她便匆匆地向拉斯柯尼科夫鞠了一躬,然后在他旁边坐下,眼睛斜着看他。但在接下来的时间里,不知为什么,她都尽量不去看他,也不跟他说话。虽然她为了讨卡捷琳娜·伊万诺夫娜的欢心,一直看着她的脸,却又好像心不在焉似的。她和卡捷琳娜·伊万诺夫娜都没有披麻戴孝,因为根本没有孝服可穿;索尼娅穿的是深褐色的衣服,而卡捷琳娜·伊万诺夫娜则穿着她仅有的一件深色的带条纹的印花布衣。

卡捷琳娜·伊万诺夫娜很庄严地听完了索尼娅的话之后,又同样庄严地问了彼特·彼特罗维奇近来的健康状况,然后又立刻高声地向拉斯柯尼科夫耳语说,像彼特·彼特罗维奇那样体面的、可尊敬的人,如果来到这样"一群异乎寻常的人"中间,一定会感到很奇怪的,尽管他对她的一家人满腔热情,跟她的父亲又是老朋友。

"所以我非常感激你呀!罗佳,因为在我们这样糟糕的境遇中,你也没有嫌弃我的招待,"她高声地继续说着,"但我相信,这是你对我那可怜而又不幸的男人的特殊友谊,才使你如约光临这里的。"

然后,她又自豪而庄严地环视了一下她的客人们,忽然大声地对那个耳聋的人发问:"他不再吃些肉吗?有没有给他酒喝呢?"那老头子并没有回答她,因为他听不见人家问他的话,虽然他旁边的人为了逗乐使劲儿地推他,但他只是张着口向四下望着,这就更加惹得大家忍俊不禁了。

"这样一个懦翁!你看,怎么把他弄进来的?至于彼特·彼特罗维奇,我对他一直都是很相信的。"卡捷琳娜·伊万诺夫娜继续说着,"当然,他不像……"她露出异常而威严的神气,提高嗓门儿,对阿玛莉娅·费奥多罗夫娜厉声说道,这使得阿玛莉娅甚至胆怯起来,"像你这种打扮得花里胡哨的下贱女人,即使想到我父亲家的厨房里去当女厨子,都没有资格;至于我的亡夫,之所以不嫌弃你们,那也只是赏你们的脸,而且仅仅是出于慈悲为怀罢了!"

"是的,他好喝酒,他好喝,他是真喝的!"那个军需部书记喝下第二杯伏特加时喊着。

"我的亡夫的确有这种毛病,大家都知道的。"卡捷琳娜·伊万诺夫娜当即面对着他,"但他是一个和善而可尊敬的人,他爱惜自己的家庭。他的天性是好相信各种卑陋的人,这是他的缺点,而且他和那些不三不四的家伙在一起喝酒。你信吗,罗佳,他们在他的衣袋内寻到一块蜜糖饼——他虽然喝得烂醉如泥,可是还记得孩子们!"

"饼?你是说饼吗?"那位军需部书记嚷着。

卡捷琳娜·伊万诺夫娜不屑于回答他。这时,她好像又想起了什么,不由得叹了一口气。

"你肯定也和别人一样,以为我对他太厉害了!"她对拉斯柯尼科夫继续说着,"不是的,他尊重我,他十分尊重我!他是个心肠很柔软的人!我有时是很替他担心的啊!他坐在房子的角落里看着我,我常是心疼他,我常想要好好地待他,但我又想着:'好好待他,他不是又要喝酒了?唯有厉害的方法才能把他约制住呢!'"

"是的,他时常弄得披头散发!"那位军需部书记又喝下一杯伏特加,然后嚷道。

"有些混蛋还用棍子给他一顿打,拖他的头发呢。我现在也不必去说我的亡夫了!"卡捷琳娜·伊万诺夫娜骂着他。

她脸上的潮红越来越明显,越来越厉害了,胸部一起一伏的,再过一分钟,她好像就要大吵一顿了。客人吃吃地笑着,异常高兴了。他们指戳着那个军需部书记,并对他咕噜些什么话。显然,是想挑逗他们两个人吵起来。

"请……请问,你这是什么意思?"那书记说,"这是说,你方才……

说的是……谁的……谁……但我不去管！那是胡说！寡妇！我宽恕你……过去了吧！"

他又喝了一杯酒。

拉斯柯尼科夫一直沉默地坐着，厌恶地听着，他只是把卡捷琳娜·伊万诺夫娜给他夹在碟里的食物略吃了一点儿，这也是出于礼貌，免得伤她的面子。他目不转睛地看着索尼娅，但索尼娅却越来越惊慌和不安起来。她早就知道这次筵席是不会好好结束的，她惊恐地看着卡捷琳娜·伊万诺夫娜越来越增大的怒火。她知道，她——索尼娅——是那"高尚的"妇人和小姐们拒绝卡捷琳娜·伊万诺夫娜邀请的主要因素。因为她听阿玛莉娅·费奥多罗夫娜对她说，说那妇人对于这次的邀请十分烦恼，并问着这样话："我怎可以让我的女儿在那个年轻女人的身旁坐着呢？"索尼娅以为卡捷琳娜·伊万诺夫娜已经听见这话了，而人们对于索尼娅的侮辱，在卡捷琳娜·伊万诺夫娜看来，比对她自己、她自己的孩子，或者对她的父亲的侮辱还难过。索尼娅知道，卡捷琳娜·伊万诺夫娜此刻是不会甘心的，"直到她向那两个下贱的女人证明她们俩都是……"。这时，有一个人好像故意似的，在桌子那边递给索尼娅一个盘子，盘子里放着用黑面包捏成的两颗心，用一支箭穿着。这下糟了，卡捷琳娜·伊万诺夫娜一看，顿时勃然大怒，马上隔着桌子大骂递盘子的那个人是一头"喝醉了的笨驴"！

阿玛莉娅·费奥多罗夫娜早就预感到情势有些不妙，同时又被卡捷琳娜·伊万诺夫娜的傲态所伤，为了使客人高兴，引起他们对自己的重视，于是她便无缘无故地讲起了她的一个熟人的故事——"药店中的卡尔"的故事：一天晚上，他搭了一辆马车，"马车夫要杀他，卡尔哀求他不要杀，他哭哭啼啼，拱手作揖，胆战心惊，因为太害怕了，把他的心都吓碎了。"卡捷琳娜·伊万诺夫娜虽然也微笑着，但她又立刻提出,阿玛莉娅·费奥多罗夫娜不应该用俄国语来讲笑话;阿玛莉娅·费奥多罗夫娜一听更生气了,她反驳说,她那"柏林的父亲是一个十分重要的人物,老是把手塞进衣袋里走路"。卡捷琳娜·伊万诺夫娜听了,不禁哈哈大笑起来,使得阿玛莉娅·费奥多罗夫娜忍无可忍,好容易才克制住自己。

"看那个夜猫子!"卡捷琳娜低声说着,又恢复了高兴,"她是想说他常把手放在衣袋里,但她却说他常把手放在人家的衣袋中。(又咳着)你注意到这个了吗,罗佳? 彼得堡的这些外国人,尤其是德国人,都比我们蠢得多了! 你想一下,我们任何人怎么可以讲:'药店中的卡尔,怎么会因为太害怕,把心都吓碎了呢?'而且那痴汉不但没有把马车夫捆起来,反而'哭哭啼啼,拱手作揖,胆战心惊'。唉,蠢货! 她自己还以为十分好听呢,居然没有想到自己有多蠢! 依我看呀,那个喝醉了的军需部书记比她高明多了,不论何人,都可以看出他因为喝酒而把脑子弄昏乱了;再看这些人,都那样规规矩矩,一本正经……你看她坐在那里,瞪着眼睛! 她发脾气了,她发脾气了,哈——哈——哈!"(又咳着)

卡捷琳娜·伊万诺夫娜高兴起来之后,又马上对拉斯柯尼科夫说话,说她弄到抚恤金时,她预备在她的故乡 T 城替绅士们的女儿建设一所学校。这是她第一次对他提起这个想法,并开始谈起那些最引人入胜的具体细节。不知什么时候,已故的马美拉多夫过去在酒店里对拉斯柯尼科夫提起过的那张"奖状",这时出现在卡捷琳娜·伊万诺夫娜的手中。当时,马美拉多夫在酒店里对他说,说他的妻子卡捷琳娜·伊万诺夫娜在大学毕业、离开学校时,曾经在"省长和其他名人"面前跳过披巾舞。现在,这张奖状很明显是用来证明卡捷琳娜·伊万诺夫娜有创办一个寄宿学校的能力,但她把这件东西带在身边的主要目的,还是为了等"那两个穿得花里胡哨的下贱女人"万一来吃丧餐时,把她们压倒,并且向她们证明,自己出身于一个"甚至可以说是高贵的家庭,是一个将军的女儿,比最近有些爱出风头的冒险家们要高尚得多了"。这奖状立刻在那些醉醺醺的客人中间传阅起来,卡捷琳娜·伊万诺夫娜也乐于给大家看看,因为那下边很明晰地写着,她的父亲是上校的头衔,而且是一个有爵位的人,所以她真正可以说是上校的小姐了。

卡捷琳娜·伊万诺夫娜兴奋极了,此刻就详说她们将在 T 城过太平快乐的生活,说她正要开始请替她的寄宿学校里教书的先生们,有一个最可敬重的法国老人,名叫曼戈,他以前曾教过卡捷琳娜·伊万诺夫娜,现在仍在 T 城住,当然要给予他合适的待遇,请他在她的学校里教书了,还说到时候,索尼娅也要和她一起到 T 城去,替她制订一切计划。在桌子那边的客人听了这些话,不禁失声狂笑起来。

卡捷琳娜·伊万诺夫娜极力显出不屑理会这些人的样子,她提高嗓门儿,说索尼娅当然有能力帮她的忙,说她"温厚、诚恳、大方、高尚、有耐心,并受过良好的教育"。她轻轻地拍着索尼娅的脸蛋,亲热地吻了她两遍。索尼娅不禁满脸通红!这时,卡捷琳娜·伊万诺夫娜突然流下眼泪,立刻说她自己"害着神经病,而且呆痴,神魂昏乱了,丧餐该结束了,既然已经用过餐,就应该把茶端上来,让大家开始用茶了"。

这时,阿玛莉娅·费奥多罗夫娜因为自己在整个的谈话过程中没有机会插嘴,甚至没有人听她的,因此大为不满,于是她想冒一下险,想最后再尝试一下。只见她忧心忡忡地对卡捷琳娜·伊万诺夫娜提出一个极有道理、而且又深谋远虑的建议。她说:"在未来的寄宿学校里,必须十分注意女孩们的内衣整洁,而且任何年轻的女孩儿晚上不许偷看任何小说。"

卡捷琳娜·伊万诺夫娜的情绪确实很不好,而且头脑昏乱,显得十分疲乏，对这筵席也异常的厌烦了，于是她当即打断阿玛莉娅·费奥多罗夫娜的话，不客气地说她"全是胡说"，什么也不懂；又说关心女孩儿的内衣，那是妈妈的问题，跟贵族寄宿学校的女校长没有任何关系；至于不让年轻的女孩儿看小说，那简直就是无理取闹，请她趁早闭嘴。阿玛莉娅·费奥多罗夫娜听了，不禁恼羞成怒了，涨红了脸，说她完全"是希望她好"，"真心诚意地希望她好"，还说她"很久没有付房租了"。

卡捷琳娜·伊万诺夫娜马上驳斥了她，说她口口声声说是好意，希望她好，那不过是信口开河，纯粹是撒谎。因为在昨天，她死了的丈夫在床上躺着时，她还以房子的事情折磨她呢。对于这些话，阿玛莉娅·费奥多罗夫娜振振有词地说："她邀请了那两位女士，可是那两位女士没有来，因为那两位女士是有身份的人，不能到身份低贱的女人家里来。"卡捷琳娜·伊万诺夫娜立刻反驳她，并指出：因为她是下三烂的女人，所以她根本没有资格谈论真正有身份的人是什么样子。阿玛莉娅·费奥多罗夫娜这下可受不了啦，于是立刻声明，她的"柏林父亲是一个极其重要的人，两只手放在衣袋里走路，而且总是发出'啐……啐……'的声音"。说到这里，为了更逼真地扮演她的父亲，她从椅子上站起来，两手插到衣袋里，鼓起腮帮，在那些房客的大笑声中，发出模糊的像"啐……啐……"的声音，那些房客连声叫好，以此来怂恿阿玛莉娅·费奥多罗夫娜，希望引起一场争吵。

这时，卡捷琳娜·伊万诺夫娜再也受不了了，于是她马上提高了嗓门，大声地说着，好叫所有的房客都能听见，她说阿玛莉娅·费奥多罗夫娜也许就不曾有过爸爸，她说阿玛莉娅·费奥多罗夫娜不过彼得堡的一个酗酒的芬兰女人，她以前大概在什么地方当过厨娘，也许比这个还要低贱。阿玛莉娅·费奥多罗夫娜一听，顿时满面通红得像一只龙虾，大叫说卡捷琳娜·伊万诺夫娜也许一生就没有一个父亲，可是她却有一个"柏林父亲，穿着长长的礼服，总是发出'咔……咔……'的声音"。

　　卡捷琳娜·伊万诺夫娜轻蔑地指出，大家都知道她的出身是怎样的，在那张奖状上，就用铅字印得清清楚楚，她的父亲是一位上校，可是阿玛莉娅·费奥多罗夫娜的父亲呢——如果她真的有父亲——也许就是什么芬兰送牛奶的，或者她从不曾有过父亲，因为她的名字是阿玛莉娅·费奥多罗夫娜，那她的父名叫费奥多罗夫娜，还是叫柳德维戈夫娜？至今仍未弄清楚呢！

　　阿玛莉娅·费奥多罗夫娜一听，顿时气得全身发抖，用拳头捶着桌子，咆哮着，说她是阿玛莉娅·费奥多罗夫娜，并不是柳德维戈夫娜，她的"父亲名叫约翰，是一个市长"，而卡捷琳娜·伊万诺夫娜的父亲，"就从来没有当过市长"。卡捷琳娜·伊万诺夫娜从椅子上跳起来，以一种严厉而冷静的声音（虽然她面色灰白，胸膛在剧烈地起伏），向她指出：如果她再敢把她卑陋的、低贱的父亲和她的父亲并列地喊出来，她——卡捷琳娜·伊万诺夫娜，一定要把她那顶帽子抓下来，踩在足底下呢！阿玛莉娅·费奥多罗夫娜也尽力跳起来，叫嚷着，说她是这房子的女房东，叫卡捷琳娜·伊万诺夫娜马上离开这里；她又不觉跑去把桌上的金羹匙收了。咆哮吵骂地闹了一圈儿，小孩子们都吓哭了。索尼娅跑去拦着卡捷琳娜·伊万诺夫娜，但当阿玛莉娅·费奥多罗夫娜说出什么"黄色执照"的话时，卡捷琳娜·伊万诺夫娜便一手把索尼娅推开，冲到阿玛莉娅·费奥多罗夫娜面前，要把她头顶上的帽子抓下来，踩到自己的脚底下！

　　这时，门突然开了，彼特·彼特罗维奇出现在了门口。他站在那里，用严厉、凝视的目光扫视着在场的所有人。卡捷琳娜·伊万诺夫娜一看到他马上就跑到他的跟前去。

第三章

"彼特·彼特罗维奇啊!"她喊着,"你可得保护我呀……无论如何要保护我呀! 好叫这个贱妇看清,她不能这样放肆地对待一个不幸的贵妇呢……有法律在的呀……我会到总督那边去的……她要承担责任……请您看在我父亲平日对您的厚待上,保护我们这对孤儿寡母吧!"

"请原谅,太太……请原谅。"彼特·彼特罗维奇挥了挥手,让她离自己远点儿,"您知道,我根本不知道令尊这个荣誉呀!"(这时人群中有人大笑起来)"我也没有心思来管你和阿玛莉娅·费奥多罗夫娜没完没了的争吵……我到这边是为自己的事……我要和你的继女——索尼娅……我想是吧? ——说句话。请你让我过去!"

卡捷琳娜·伊万诺夫娜仍是在原地呆呆地站着, 好像受了雷击似的。她不知彼特·彼特罗维奇怎么会不承认她父亲的厚待。虽然这是她自己编造的话,但她自己已经信以为真了。她被彼特·彼特罗维奇正经的、冷漠的、厉害的,甚至是轻蔑的话给惊呆了。他一进门,不知怎的,所有的人都安静了下来。这不但是因为他这个"严肃的正经人"和大家十分协调,而且是因为他为着重要的事情前来的,他来这边必有什么其他的原因,看来马上要发生什么事了。站在索尼娅旁边的托斯科纳夫,侧着身让他走过去;彼特·彼特罗维奇也没有看他。过一分钟左右,安德列·谢苗诺维奇也在门外了,但他只是站在外面,没有进去。他似乎露着惊讶而又困惑的神情,注意地听着。

"也许因为我的到来打断了你们的谈话。对不起,因为我有一桩要紧的事情呢！"彼特·彼特罗维奇对那些客人大声说着，"我很愿意看见有客人们在这里。阿玛莉娅·费奥多罗夫娜，我要求你以房东太太的资格，留心我对索尼娅所说的话。索尼娅！"他对那惊吓极了的索尼娅说着，"在你走了之后，我发现我放在安德列·谢苗诺维奇先生房内桌子上的一张一百卢布的钱票不见了。你如果知道，而且对我们说现在钱在什么地方，我敢说，且请这些客人见证，这事会和平地解决。否则，我将以极严厉的方法进行制裁了，所以……你不要怪我吧。"

彼特·彼特罗维奇此话一出，屋子里顿时一片肃然，变得鸦雀无声，就是在哭喊着的孩子也静默无声了。索尼娅面色惨白地站着，看着彼特·彼特罗维奇，一句话也说不出来。她好像还没有明白到底发生了什么事。

"那么，究竟怎么办呢？"卢仁凝视着她问道。

"我怎么知道……我一点儿也不知道呀！"过了几秒钟，索尼娅终于慢慢地发出声音来。

"不知道？你真的不知道吗？"卢仁反复地问着，又过了几秒钟。"你再想想吧，姑娘！"他严厉地说着，但又像是在劝告她，"仔细想一想，我给你思索的时间。请你注意：凭我的经验，如果我不是深信不疑，不用说，我是决不会冒险这样直截了当地指控你的，因为像这样直接公开地指控一个人，如果我是诬告或者哪怕是弄错了，就某种意义上来说，我自己是要负责任的，这一点我很清楚。今天早上我有事，换了几张五厘的票券，换的近三千个卢布的款。这账记在我的皮夹内呀。我回家时，就开始数这些钱——安德列·谢苗诺维奇可以作证——我数完两千三百个卢布后，就把这些钱放在上衣口袋的皮夹中。还有五百卢布的钞票仍摆在桌上，有三张是一百个卢布一张的。当时你就进来了（当然是我邀请你的）——你在我那边的时候，显得十分慌张,当我们正在谈话的时候,你有好几次忽然急着要走。安德列·谢苗诺维奇也可以作证的。你,你自己,姑娘,也许会相信我说的话的:我是因为安德列·谢苗诺维奇先生而邀请你来的,目的是为了要和你商量帮助解决令堂卡捷琳娜·伊万诺夫娜目前贫困的情形(因为我没有能够亲自到这儿来参加丧餐),和怎样替她弄到捐款一类的东西,如抽彩这类事情。你很感激我,甚至还流泪了。我依照事实叙述,无非是要叫你回想起这事,然后对你说,任何一个细节都会在我的大脑中留着的。当时我在桌上取了一张十块卢布的钞票给你,算是我援助你亲属的第一笔钱。这一点安德列·谢苗诺维奇也看见的。然后我就送你到门口——你仍是很慌张——最后,只剩下我和安德列·谢苗诺维奇两个人了,我们又谈了十分多钟安德列·谢苗诺维奇就出去了,我回到桌前,钱仍在那里,我本来想数一数,再把它放还——我早就想这样做的。但让我奇怪的是,有一张一百卢布的票子忽然不见了。你想想看吧:对于安德列·谢苗诺维奇我是绝不敢怀疑的,即使只有这种想法,也是可耻的。但我数过的钱也不会有错,而且在你进门之前的一分钟,我就已经把钱数好了,总数是对的。你要承认,当我想起你当时的仓皇和急于要走,以及你有时把手搁在桌上这些事实,再考虑到你的社会地位和跟你的社会地位有关的习惯,可以说我在既害怕又违反我意志的情况下,不得不产生一种怀疑——一种当然是残忍的,但却是公正的怀疑。我还要加上一句,而且重复一遍,尽管我已经有十足的把握,但我明白,我现在提出这样的指控,是冒着某种危险的。但你也应该清楚,我是不会把这种事情轻易放过的,我已经出来揭发你并且告诉你,我为什么要这样做。我这样做的原因只有一个:姑娘,那是因为你恩将仇报!怎么说呢?我请你到我那边去,是为了要资助你的贫困的亲属,我还当即送了你十个卢布。而我所做的这些,却换来你这样的报答。这真是太不像话了，所以我应该给你一个教训。你自己再想想看吧！再说，作为你最忠实的朋友（因为目前你不会有比我更好的朋友了），请求你回头吧！不然，我是铁面无私！好了，你说怎么办吧？"

"我什么也没有拿呀！"索尼娅惧怕似的低声说着，"你给我的十个卢布，还在这里，你拿回去吧。"

索尼娅从衣袋里把手巾抽出，解开了，取出那十个卢布的票，交还给彼特·彼特罗维奇。

"那一百个卢布呢？你不承认是你拿的吗？"他厉声地斥责着，也不拿那票子。

索尼娅向四周看了看。只见大家都向她投来惊恐、严厉、讥讽和仇视的眼光，她看了看拉斯柯尼科夫……他靠墙站着，交叉着手臂，也在用灼灼的眼睛看着她。

"哦，上帝呀！"索尼娅大叫起来。

"阿玛莉娅·费奥多罗夫娜，我们还是报警吧！现在我极其诚恳地请求你，请你派个人去把看门人叫来吧！"彼特·彼特罗维奇低声而温和地说着。

"慈悲的上帝啊！我早就知道她是贱骨头呢！"阿玛莉娅·费奥多罗夫娜高举着手臂喊道。

"你早知道吗？"彼特·彼特罗维奇急忙根据她的话说，"那么我想你以前就已经根据某些情况而得出这样的结论了。我请你，高贵的阿玛莉娅·费奥多罗夫娜，请你记住你在许多证人面前说过的这句话。"

四周的人于是开始议论纷纷，大家都骚动起来。

"什么！"卡捷琳娜·伊万诺夫娜突然清醒过来，发觉事情不妙，她大声喊着，冲向彼特·彼特罗维奇，"你说什么？你诬赖她偷你的钱？你说的是索尼娅吗？啊，卑鄙，你真卑鄙！"她又跑到索尼娅面前，用一双瘦削的手臂抱着她，紧紧地抱住她。

"索尼娅！你怎么能拿下他的十个卢布呢？傻瓜，拿给我！把那十个卢布给我——快给我呀！"

卡捷琳娜·伊万诺夫娜从索尼娅手上一把把那票子拿了过去，揉成一团，然后对着卢仁的脸扔过去。那纸团团中了卢仁的眼睛，又掉在地上。阿玛莉娅·费奥多罗夫娜立刻把票子捡起来。彼特·彼特罗维奇勃然大怒。

"把这个疯婆子给我拿住！"他嚷着。

这时，站在门外面的安德列·谢苗诺维奇身边又出现了几个人，那两位外地来的女士也挤在他们中间，向里面张望着。

"什么？疯婆子？我是疯婆子吗？混蛋！"卡捷琳娜·伊万诺夫娜咆哮着，"你这个混账东西、讼棍、下流无耻之徒！索尼娅，索尼娅能偷你的钱吗？索尼娅是贼吗？她施舍给你还差不多，混蛋！"卡捷琳娜·伊万诺夫娜突然大笑起来。"你们看到过这样的混蛋吗？"她转向那边说，"你也是呀！"她看见女房东了，"你也是呀，你这个不要脸的德国佬，你也说她是个贼，你这穿硬布裙的普鲁士母鸡！她一直没有走出这屋一步：她从你这个无赖那边回来，就一直在我身旁坐着，大家都看见她了。她坐在这边，在罗佳的旁边。你可以搜她的身！她没有离开过这边，如果钱是她拿的，一定在她身上的！搜她呀，搜她呀！但是，如果你搜不到的话，那可对不起，老兄，你是要负责的！那我要到皇帝那边去见的，到我们仁爱的皇帝那边去，伏在他的足下的，就在今天，马上就去！我是个孤苦伶仃的女人！他们会让我进去的！你以为她老实，你就想欺辱她，是这样的吗？但你错了，因为我是不好欺负的，你打错算盘了！你现在就搜，赶紧搜呀！"

卡捷琳娜·伊万诺夫娜真是气疯了，她在狂怒中把索尼娅推到彼特·彼特罗维奇那边去。

"我是打算搜，我会负责的……但你且冷静一下吧，太太，你自己安静点儿吧。我已经看出来了,你是不好惹的……唔,唔,至于那事……"彼特·彼特罗维奇慢慢地说着,"应该当着警察面……但事实上证人已经很多了……我准备好了……不过,因为男女的关系……一个男人是很难办到的……但有阿玛莉娅·费奥多罗夫娜的协助……不过,话又说回来,这样做事也是不妥当的……该怎么办呢?"

"你爱找谁就找谁! 谁愿意搜就搜好了!"卡捷琳娜·伊万诺夫娜喊着,"索尼娅,你把一切的衣袋都解开来! 你看呀,看呀,你这混蛋,衣袋都是空的,这是她的手巾。这是另外一个口袋,你看呀! 你看清了吗? 看清了吗?"

卡捷琳娜·伊万诺夫娜把索尼娅的两个衣袋都解开来——甚至可以说是扯出来。但在她翻开右边的衣袋时,突然有一张纸掉出来了! 由空中抛落在彼特·彼特罗维奇的脚下。大家全看见了,有好几个人顿时惊叫起来。彼特·彼特罗维奇弯下腰去,把那纸捡了起来,举到大家都能看见的地方,打开一看,是一张叠成八折的一百卢布的钞票。彼特·彼特罗维奇于是举起那张钞票,绕了一圈儿,把那张钞票给大家看。

"贼! 快给我滚出去。警察,警察呢?"阿玛莉娅·费奥多罗夫娜高喊着,"一定要把她们送到西伯利亚去,滚!"

这时,周围的人一齐呼喊起来了。拉斯柯尼科夫却沉默不语,只是用眼睛瞪着索尼娅,偶尔也瞥视彼特·彼特罗维奇几眼。索尼娅呆呆地站着,没有什么动作,像是一个麻木的人,似乎一点儿也没有觉得惊讶。可是没过多久,她的脸突然涨得通红,"哇"的一声哭了,用手遮住了脸。

"不,这不是我! 我没有拿过! 这事我一点儿也不知道呀!"她悲伤地痛哭着,扑到卡捷琳娜·伊万诺夫娜的怀里,卡捷琳娜·伊万诺夫娜紧紧地抱着她,好像要用自己的胸膛来保护她,不让任何人来欺负她似的。

"索尼娅！索尼娅！我不相信这事的呀！你看，我不相信这事的呀！"卡捷琳娜·伊万诺夫娜叫道（尽管已经证据确凿），她抱着索尼娅，把她当成婴孩儿似的摇着，接连地吻着她的脸，又握住她的两只手，使劲儿地亲吻着，说："说是你偷的！他们是怎样的蠢啊！啊！上帝，你们都是蠢货、蠢货！"她对着满屋的人喊道："你们不明白，你们不明白，她是有怎样的一副心肠，她是怎样的一个姑娘！她会偷吗？她是宁愿把她的破败衣服卖了，赤着脚来帮助你的，如果你用到的话，她就是这样的一种人呀！她有'黄色执照'，那是为了我的孩子们的饥饿，才出卖了她自己的肉体呀！唉，我的上帝，我的上帝呀！你看见了吗？你看见了吗？这是如何的一顿丧餐呀！慈悲的上帝，救助她吧，你们为何都站着看呢？罗佳，你为什么不站出来，替她辩白呢？难道你也相信有这回事吗？你们连她的一根小指头也抵不上，你们这帮人……上帝呀！你该保护她呀！"

这个可怜的、患肺病的、毫无援助的妇人的哀号，似乎感动了一班听众。那困苦的、瘦削的、害肺病的脸，那燥涩的、带有血迹的嘴唇，那嘶哑的喊叫声，那小孩儿一样的泪珠，那自持的、呆气的，以及绝望的呼救，是那样的动人，大家都好像有点儿感动了。就是彼特·彼特罗维奇本人，也开始动了恻隐之心。

"太太，太太！"他用威严而诚恳的声音喊道，"这桩出乎意料的事，对你的名誉没有什么损失呢，又没有人说你是主使者和同谋者，尤其当你把她的衣袋翻解出来，证明她是犯法，而显出你事前毫无所知了的时候。如果贫困使得索尼娅做这勾当的话，我是最会，最会表示宽恕的，但你为何不承认呢，好姑娘！你怕差耻吗？那是第一次吗？也许你是糊涂了吧？这是可以理解的，非常可以理解的……但你为什么自甘堕落，做出这样的勾当呢？诸位！"他对在场的所有人说道，"诸位！因为我可怜她，可以说，是同情她吧，所以我准备原谅她，不再计较！只希望这种耻辱，能作为你未来的一个教训！"他又对索尼娅说着："我不愿深究此事了。算了吧！"

彼特·彼特罗维奇偷偷地看了拉斯柯尼科夫一眼，他俩的目光正好相对着。拉斯柯尼科夫眼中冒着火，好像要把他吞下去似的。这时候，卡捷琳娜·伊万诺夫娜一句话也没有听见。她像疯了似的，只是抱着吻着索尼娅，小孩子们也去抱着索尼娅，而且波琳卡——她虽不很明白发生了什么事——可她满脸都是泪痕，抽抽噎噎地拼命哭着，她把那张哭得红肿的美丽小脸贴在索尼娅的肩膀上。

"好卑鄙啊！"突然有人在门口大声喊着。

彼特·彼特罗维奇立刻转过来看。

"多么卑鄙呀！"安德列·谢苗诺维奇直瞪着他的脸，又说了一句。

彼特·彼特罗维奇不禁吓了一跳——在场的所有客人也都察觉到了。安德列·谢苗诺维奇走进了屋子。

"你要让我当证人吗？"他走到彼特·彼特罗维奇面前说着。

"什么意思？安德列·谢苗诺维奇，你说什么？"彼特·彼特罗维奇问着。

"我的意思是说，你……是一个破坏人家名誉的人，就是这样！"安德列·谢苗诺维奇愤慨地答着，用他那双高度近视的眼睛严厉地盯着他。彼特·彼特罗维奇气恼极了。拉斯柯尼科夫目不转睛地看着他，好像在抓每一个字，推敲每个字似的。接着又是一阵沉默。彼特·彼特罗维奇这下真的被弄得瞠目结舌了，而且开始变得张皇失措起来。

"如果是那个意思……"他讷讷地说着，"你究竟要干什么？你疯了吗？"

"我没有疯，但你倒是一个无赖……大骗子，太卑鄙了，我都听见了。我故意在外面等着弄清楚这件事，就是此刻我也还要说，这是完

416

全不符合逻辑的……但是,你到底为什么这样做呢? 到底是什么目的? ——我还是不明白!"

"我到底做了什么啦? 你别在这里胡说八道、胡乱猜疑了,是不是你又喝多酒了?"

"你才喝多了呢,你这个卑鄙的东西,而不是我! 我从来都是滴酒不沾的,因为这与我的信仰相违背。现在,我愿意到法庭去起誓,要我起什么誓,我就起什么誓,因为我亲眼看到你偷偷把钱塞到她的衣袋里的。我当时真傻,还以为你是出于仁慈才这样做的呢。当时,你在门口和她分手时,你趁着她已经转过身去,用右手握着她的手,然后用左手把那张叠好的钞票塞进她的衣袋里。我看见了,是亲眼看见的。"

安德列·谢苗诺维奇对在场的客人一再申说着,卢仁的脸顿时刷地一下子变白了。

"你胡说什么,你真是疯了!"彼特·彼特罗维奇咆哮着,"你当时站在窗口,怎么能看清钞票呢? 你是近视眼……这是你的错觉。而且她在你面前——她亲口说我只给她十个卢布。我怎会给她一百卢布呢? 你别胡说了!"

"不,这不是错觉,更不是胡说!"安德列·谢苗诺维奇又申说着,"虽然我站得很远,但我什么都看到了。没错,我当时是站在窗口,的确很难看清钞票(这话你倒是说对了),但由于一个特殊的情况,使我确切地知道那是一张一百卢布的钞票,因为当你要把十卢布的钞票给索尼娅时,你从桌子上同时拿起了一张一百卢布的钞票(这个我看得很清楚,因为当时我站得很近,而且由于当时我的大脑生出一个想法,所以我一直注意你手里拿的那张钞票)。你把钞票叠好后,就一直拿在手里,后来我差点儿把这事给忘了,可是当你站起身来时,因为我的脑子又生出同样的想法,就是你想接济她,可是又想瞒着我。

于是,我开始注意你的动作——而且最后看到你如愿以偿地把钞票偷偷地塞进她的衣袋里。这是我亲眼看到的,我可以发誓。"

列别加尼科夫差点儿喘不过气来。而周围的人们也发出各种各样的感叹声,大部分是表示吃惊的,但也可以听到一些气愤的叫喊声。大家都向彼特·彼特罗维奇挤过去,卡捷琳娜·伊万诺夫娜则冲到列别加尼科夫跟前。

"安德列·谢苗诺维奇,我看错你了,你是来保护她的!只有你是援助她的!她是一个孤儿,上帝叫你来救她了!"

卡捷琳娜·伊万诺夫娜简直不知自己是在做什么,竟然立刻跪在他的面前了。

"全是胡说!"彼特·彼特罗维奇气得暴跳如雷,咆哮起来,"你的话全是胡说!'我忘了,我想起来了,我忘了'——这是怎么回事?那么,我故意栽赃了?那么我为什么要这么做呢?我的目的又是什么呢?我和这个姑娘有什么利害关系呢?"

"做什么?那只有你自己明白,但我所说的全是事实,不用怀疑的,我之所以一点儿也没有弄错,你这个卑鄙无耻的小人,正是因为我记得很清楚,正当我要向你道谢,跟你握手的时候,我的脑海里突然产生一个问题,那就是你为什么把那钞票偷偷地塞给她呢?我的意思是说,为什么要偷偷地给?难道只是为了瞒着我吗?当时我还断定,你的确是不好意思把这么多的钱当着我的面给人家。当然,我还想,也许你是想给她一个意外的礼物,让她发现自己的口袋里多了一百卢布而感到惊喜(因为我明白,很多做好事的人极愿意遮饰他们的善举的)。接着,我又想,你是想考验她一下,当她发现那一百卢布之后,会不会前来向你道谢!后来我又想,你不愿让人家感谢你,正如俗话所说,不让右手知道……总而言之,我当时心里产生了各种各样的想法,最后我决定不再想这些了,留着以后再去仔细地想吧,我还是觉得,把我所知道的你的秘密暴露在你面前,是有失体统的。但我的脑子又立刻产生了另外一个问题:那就是索菲娅·谢苗诺夫娜在没有留意那张钞票之前,她会把那钱弄丢的,因此我才要到这边来,告诉她你将一百布卢塞在她的衣袋内。但在路上,我先到柯贝利亚特尼科夫太太家去,把《实证法概论》带给她们,并且向她们推荐了皮杰利德的文章(当然,也推荐了瓦格纳的文章)。然后,我才到这边来,却发现这里已经闹成这个样子了! 如果我没有看见你把那张一百卢布的钱票塞入她的衣袋内,我会有这种想法和考虑吗?"

安德列·谢苗诺维奇讲完他的这套长篇大论,末了又下了一个合乎逻辑的结论。这时,他已经很疲倦了,甚至满脸都是汗水。唉,他既不懂他国的语言,甚至连用俄语也不能确切地表达自己的意思,因此,在这番慷慨陈词之后,更显得疲倦了。但他的辩论竟有一种效力。他这样的热心,这样的坚决说话,大家都觉得有理,而且相信他的话了。而彼特·彼特罗维奇也意识到,当前情形对他显然是不利的。

"如果你怀着这些愚见,那关我什么事呢?"他嚷道,"那不是铁证呀!你可以胡思乱想的,我对你说吧,你是在撒谎,先生。你在撒谎、毁谤,因为我不赞同你那些自由思想、无神论的社会主张,所以你就怀着仇恨的态度,恶意诋毁我了!"

但是,这个奇怪的论调对于彼特·彼特罗维奇丝毫没有用处,相反,四周响起了一片不满的声音。

"啊,你扯到哪里去啦!"安德列·谢苗诺维奇喊着,"那是胡说,去喊警察来,我会发誓的! 我真的有些遗憾,怎么他胆敢做出这样可耻的行为呢? 可怜又可恨的人呀!"

"我可以解释他为什么敢做出这样的行为,如果需要的话,我也可以起誓。"拉斯柯尼科夫终于挺身而出,用斩钉截铁的声音作为他的开场白,并径直向前走去。

他看上去既坚决而又从容不迫，只要看一下他的神气，大家就可以看出来，他的确真的知道这件事情的原委，而且真相就要水落石出了。

"我现在已经把这一切都弄清楚了！"拉斯柯尼科夫对着安德列·谢苗诺维奇继续说着，"这事情一发生，我就开始怀疑这其中一定有什么卑鄙的阴谋。而我之所以怀疑，是因为只有我一个人知道的一些特殊情况，我马上就会把这些情况告诉大家：全部的关键都在这里！至于你，安德列·谢苗诺维奇，你宝贵的语词终于使我彻底弄清楚了一切。我请诸位听我说，这位先生（他指着彼特·彼特罗维奇），最近和一位年轻的姑娘——我的妹妹杜尼娅——订了婚。但他一到彼得堡来，便同我吵闹。就在前天吧，我们初次会面时，我把他从屋里赶了出去——有两个证人，可以证明这事。他是一个十分狠毒的人……前天我不知道他在这边，在你的屋里住，在我们吵闹的那天——前天——他见我给卡捷琳娜·伊万诺夫娜一点儿钱，那是给她料理我那去世的朋友马美拉多夫的丧事用的。他就写了一封信给我的母亲，说我把钱送给人家了，不是送给卡捷琳娜·伊万诺夫娜的，而是赠给了索尼娅，并且用各种难听的话说及……侮辱索尼娅的人格。换言之，就是暗示对我对索尼娅的态度的怀疑。这一切分明是离间我和我母亲及妹妹呀，对她们暗示我是将母亲所寄给我的仅有的钱完全花在卑鄙的事情上。昨晚，在我母亲和妹妹面前，而且当着他的面，我声明我是把钱给卡捷琳娜·伊万诺夫娜办丧事的，绝非给我不认识的索菲娅·谢苗诺夫娜的。然后我又加上一句，他——彼特·彼特罗维奇——虽然自命不凡，但他的一切行为德性，甚至连索菲娅·谢苗诺夫娜的一个小指头都比不上。他问我：我是不是愿意让索菲娅·谢苗诺夫娜坐在我妹妹的身旁？我回答说，那天我已经这样做了。我的母亲和妹妹没有听他的话，他就异常恼怒，便渐渐对她们加以无礼的言行。最后，他终于和我们闹翻了，我们把他赶了出去。这是昨天晚上的事情。现在，我要请大家特别留意：你们可以想一想，如果他现在如愿以偿地证明了索菲娅·谢苗诺夫娜是小偷，他就会向我的母亲和妹妹证实，说他的怀疑是完全正确的。而且，他对于我把我的妹妹放在跟索菲娅·谢苗诺夫娜同等的地位感到很恼火，而他攻击我是为了保护和保全我的妹妹——他的未婚妻的声誉。这样，他就可以离间我们一家人了，而他也能够重新博得我母亲和妹妹的好感，而且还可以对我个人进行了报复，因为他有理由认为索菲娅·谢苗诺夫娜的荣誉和幸福对我是十分珍贵的。这就是他的如意算盘！我所知道的就是这样。这也是这件事情的全部原因所在，不可能会是其他的原因！"

拉斯柯尼科夫就这样把他的解说讲完了。在场的人们都聚精会神地听着，虽然他的讲述常常被听众的感叹声所打扰，尽管他的话一再被打断，但他说得明白、果断、正确、沉稳，他的坚决的口气，他的确切的音调以及庄重的脸色，都给听众留下了深刻的印象。

"是的，是的，那是的！"安德列·谢苗诺维奇欣然赞叹地说，"那当然是的，因为索菲娅·谢苗诺夫娜一到这边时，他就问我，你是否也在这边，在卡捷琳娜·伊万诺夫娜的客人之中。这是他叫我到窗口去，私下里偷偷问我的。可见，他需要的是你一定要在这边，这对他是很重要的！正是这样，一点儿也没错！"

彼特·彼特罗维奇一言不发，只是鄙夷地笑了笑。但是，他的脸色已经十分苍白，而且露出仓皇的神色。他好像在想着怎样解围的方法。也许他很想不顾一切地一走了之，但事实上这是不可能的。因为这样等于直接承认他们对他提出的非难是符合事实的，他的确是诬陷了索尼娅。此外，那些已经喝得很兴奋的客人，此刻更是受到鼓动，也不会允许他就这样走掉。那个军需部书记虽还没有明白一切情形,但他的声音比谁都响亮,并且发出了对彼特·彼特罗维奇憎厌的评论。但也并不是所有的人都喝多了。这时,各屋里的房客也都进来了。那三个波兰人尤其兴奋,并对彼特·彼特罗维奇嚷骂着:"这位先生真是一个无赖!"而且还用很不清楚的波兰话讥笑着。索尼娅全神贯注地谛听着,虽然她也好像没有明白这所有一切情形,因为她的神志好像才恢复过来呢。她只是看着拉斯柯尼科夫,好像她的安全就在他手掌中一样。卡捷琳娜·伊万诺夫娜艰难地呼吸着,她已经异常地疲倦了。阿玛莉娅·费奥多罗夫娜呆若木鸡地站着,张着口,不知道接下来还会发生什么事了。她只见彼特·彼特罗维奇无缘无故地被人打倒了。

拉斯柯尼科夫又想开口,但他们没有让他再说。大家都围着彼特·彼特罗维奇,发出恫吓和诟骂的喊声。但彼特·彼特罗维奇一点儿也不怕。他看到自己对索尼娅的诬害已经失败,便索性采取蛮不讲理的态度。

"离开点,诸位先生,离开点!不要拥挤,让我过去吧!"他在人群中挤了过去,说道,"请您不必恐吓我,我对你们说,那是没有用的,你们会毫无所得的。恰恰相反,你们是用暴力硬把一件刑事案给遮盖过去了,你们必须对此承担责任。我现在已经把小偷给彻底揭发了,我会依法起诉的。我们的法官不会没有眼睛的,而且……也不像你们这样喝得醉醺醺的,他们不会相信这两个穷凶极恶的无神论者、煽惑家和自由思想者的证明。这两个人诬陷我,是出于个人的私仇,他们已经愚蠢地不打自招了……喂,你们让开路呀!让我过去!"

"请你马上从我的屋子里滚出去,请你马上给我搬走!我们之间已经完了!真是不可思议,我居然跟他说了整整两个星期,说得口干舌燥的!"

"要知道,安德列·谢苗诺维奇,前几天我曾经亲口告诉你,我要搬家了。是你勉强留下我。现在我可要再加上一句：你是一个混蛋。我劝告你为着自己的脑袋和近视眼，快去看看医生吧。你们让我走过去，诸位先生！"

他要勉强挤过去。但那军需部书记不让他就这么轻易地过去。他从桌上抓过一只杯子，向彼特·彼特罗维奇身上摔过去，但那杯子却落在阿玛莉娅·费奥多罗夫娜的身上。她呼号着，而那军需书记因为用力过猛，失去了平衡，扑通一声跌倒在桌子底下。彼特·彼特罗维奇回到他的屋子，小半钟头后，他就离开这住宅了。索尼娅的性格本来就怯懦，在这以前，总是以为自己该受人虐待、受人侵害的。直到这时，她还以为她只要在人家面前谨慎、和气、服从，就可以避免祸害。她灰心失望到了极点，但她还是逆来顺受，耐心地忍受着，也并没一点儿怨愤。可是这回，她是初次受人家的冤枉，她觉得太悲伤了。当她回过神来，弄清楚事情的真相后，尽管她知道自己已经取得了胜利，自己的冤屈得到昭雪，但那种无依无靠、受尽欺凌的感觉，使她突然感到揪心的疼痛。于是，她的歇斯底里地发作了，她再也无法忍受，从屋里冲出去，跑回家去。这是在卢仁走后几乎马上发生的。而当酒杯子在喧笑声中摔到阿玛莉娅·费奥多罗夫娜身上时，这房东太太也忍受不了平白无故的哑巴亏，她于是认定这都是卡捷琳娜·伊万诺夫娜惹的祸，便立刻咆哮着如同一个泼妇般向她身上扑了过去。

"立刻滚出我的屋子！赶快走！"她一边说着，一边抓起卡捷琳娜·伊万诺夫娜所有的东西，摔在地板上。卡捷琳娜·伊万诺夫娜大惊失色，喘着气，差点儿昏了过去，她竭力从床上跳了起来，向阿玛莉娅·费奥多罗夫娜冲过去。但她不是这位房东太太的对手，阿玛莉娅·费奥多罗夫娜像对付一根鸡毛一样，一下子就把她甩开了。

"怎么？你肆无忌惮地诬陷人还不够吗？——这个贱东西还欺

负我！怎么！在我丈夫下葬的日子，你在我家吃饱喝足了，就要把我们撵出去吗?要把我们孤儿寡母一起赶上街头吗?那要往哪儿去呢?"那可怜的妇人恸哭着、悲咽着，只是喘着气。"上帝呀!"她忽然眼睛闪着光哭道，"难道没有公理吗？你不援助我们这对孤儿寡母，谁来援助呢？我们就等着吧！世间总有法律和公理的，我会等到的！你等待着，泼辣的家伙！波琳卡，你和小弟弟们站在一起，我就回来的。如果你要在街头等，你也等着我。我们去看看，世间到底有没有公理呀!"

卡捷琳娜·伊万诺夫娜把马美拉多夫在世时说过的那绿色的包头布围在头上，从那些喝得醉醺醺的、仍在屋子里闹哄哄的房客中挤了过去，她恸哭流涕地跑到街上去——怀着茫然的希望，想立刻到什么地方去寻找公理，无论如何也要找到。波琳卡抱着弟弟、妹妹缩在墙角的一个箱子上，吓得浑身直打哆嗦，她搂着年幼的弟弟、妹妹，等着母亲回来。阿玛莉娅·费奥多罗夫娜在房里翻天覆地的号叫着、哭诉着，能抓到什么就撵什么，闹得没完没了。房客们则七嘴八舌地吵嚷着——有的人在尽情地畅谈着刚才发生的事，有的人则互相争吵，有的人则干脆唱起歌来……

"现在，我也该走了!"拉斯柯尼科夫想着，"唔，索尼娅，你现在还有什么话要说呢？"

于是，他直接向索尼娅的住处走去。

第四章

　　拉斯柯尼科夫自己虽然有那么多恐惧和痛苦,但这次他却承担起了索尼娅极有力的辩护人,使她没有受到卢仁的侮辱。他在那天上午受了那么多的折磨之后,能有机会改变一下他那变得不能忍受的心情,倒似乎是一件值得高兴的事。至于促使他挺身而出保护索尼娅的那种强烈的私人感情,那就更不待言了。此外,还有一件事情在他的心目中占有重要的地位,使他感到惶恐不安,那就是即将与索尼娅的会面时,他必须告诉她:到底是谁杀死了丽莎维塔,他预感到自己会经受到可怕的痛苦,所以她使劲儿地挥手,好像要把那个痛苦赶走似的。所以,当他离开卡捷琳娜·伊万诺夫娜家时,不禁大喊道:“唔,索尼娅,你现在还有什么话要说呢!”他表面上还是很高兴,还处在刚才挺身而出、因战胜彼特·彼特罗维奇而振奋的状态中。但是,当他走到索尼娅屋子的时候,他忽然觉得有一阵胆怯和恐惧。他又在门口呆站着,奇怪地问着自己:“他一定要跟她说到底是谁杀了丽莎维塔吗?”这是一句奇怪的问话,因为他同时又觉得,这事不仅不能告诉她,甚至推迟一下这个时刻,哪怕是暂时推迟,也是不可能的。他也不明白为什么不可能,只是感觉到一点,他痛苦地意识到自己在必然面前的无能为力,这种心情压得他几乎透不过气来。为要减少自己的不安和苦痛,他于是立刻把门推开,并在门口看到了索尼娅。她正把胳膊支在桌子上,双手捂着脸坐着。她一见拉斯柯尼科夫进来,便立刻站起身来迎接他,好像她正在等待着他似的。

　　“如果没有你,我不知道自己会变成什么样了!”她在随着他走到屋子中间时这样迅速地说着。很显然，她急于要对他说这句话。她等他就是为了要跟他说这话。

拉斯柯尼科夫走向桌子旁边，坐在她刚才坐过的椅上。她站在离他两步远的地方，和昨天的情形完全一样。

"唔——索尼娅，"他说着，觉得他的声音在颤抖，"这全是因为'你的社会地位和那些有关的习惯'，你现在明白这句话吗？"

索尼娅的脸上露出痛苦的表情。

"只是希望不要如你昨天那样对我说话吧！"她解说着，"请你再不要提起那些话了，我的痛苦已经够了……"

她随即又微笑着，因为担心他听了自己的这句话而不高兴。

"我真不该离开那边，这个时候那边会有什么事情呢？我得回去看看，但是我总想……你会去的。"

他对她说，阿玛莉娅·费奥多罗夫娜把她们撵出住屋，还说卡捷琳娜·伊万诺夫娜已经不知到什么地方去"找公理"了。

"我的上帝呀！"索尼娅喊着，"我们快去看看吧……"

她连忙拿起披肩。

"你总是这样！"拉斯柯尼科夫生气地喊着，"除开她们，你就没有别的想法了！跟我在一起待会儿吧。"

"但……卡捷琳娜·伊万诺夫娜上哪儿去了呢？"

"你可以不必担忧，卡捷琳娜·伊万诺夫娜不会失踪的，她既然已经跑出去了，自然会到你这儿来的！"他急躁地继续说着，"如果她到这边来找不到你，那就是你的不是了……"

索尼娅顿时感到左右为难，痛苦地坐下了。拉斯柯尼科夫默默地看着地板，好像在沉思着什么。

"这回彼特·彼特罗维奇不会再控诉你了！"他说着，没有看索尼娅，"但他也许在想，如果没有安德列·谢苗诺维奇和我，他就会把你送到法院去呢！你说是不是？"

"是的！"她低声应着，"是的！"她心不在焉地重复说着。

"我本该早在法院了。安德列·谢苗诺维奇替我打抱不平，真是出乎意料呢！"

索尼娅沉默着。

"你如果坐牢了，那又如何呢？还记得昨天我说过的话吗？"

她没有答复，他在等着她的回答。

"我想你又要喊'不要提起那事吧，别说了！'"拉斯柯尼科夫勉强地大笑着，"怎么，你又不说话了？"过一分钟，他又问，"我们一定要谈点儿事情，我要知道你怎样解决某个'问题'，正如同安德列·谢苗诺维奇所说，你打算怎样去解决呢（他说话好像开始颠三倒四了）。不，真的，我是认真的呀。索尼娅，如果你事先就知道了卢仁的一切打算，也知道（就是说确切的知道）他的那些打算会使卡捷琳娜·伊万诺夫娜和孩子们彻底毁掉，而且把你也一块儿赔上（因为你认为自己算不了什么，所以不过是赔上罢了）。还有……波琳卡也这样……因为她将要走和你一样的路呢。唔，如果这一切都要你来解决：你是让他活在世上，还是让他们活着呢？也就是说，是让卢仁活下去继续为非作歹呢，还是让卡捷琳娜·伊万诺夫娜死呢？你将如何解决呢，他们当中谁应该死掉？"

索尼娅不安地看着他，觉得他的这几句颠三倒四的问话有些莫名其妙，好像他想绕着弯子跟他说明一个问题似的。

"我已经预料到你会问我这类问题了！"她说着反复地看着他。

"我知道你已经预料到了，但你又该如何去解决呢？"

"你为什么要去问那些不可能发生的事呢？"索尼娅有点儿不开心地说道。

"那么让彼特·彼特罗维奇活下去，继续为非作歹吧！就连这样一个问题你也不敢决定吗？"

"但我知道上帝的意思……为什么要问不能问的事情呢？净问这种无聊的问题有什么意思？这些是我能够决定的吗？我又不是法官,怎么可能决定谁死谁活呢？"

"哦,如果这里面包含着天意,那就毫无办法了!"拉斯柯尼科夫恼怒地说着。

"你到底要说什么,还是明白地告诉我吧!"索尼娅生气地喊着,"你又把我引到别的事情去了……你是为了给我增加痛苦才来找我的吗？"

她忍不住悲伤地哭了。他带着一种阴郁、愁苦地表情看着她。这样过了大约五分钟。

"当然,你说得对,索尼娅,"他终于轻轻地、温柔地说着。他突然改变了态度,原本故意无礼和无可奈何地刁难的腔调消失了。他的声音也忽然变得微弱了,"我昨天对你说的那些,我不是来求恕的,可是我刚一开口, 就几乎是向你求恕……我所说的关于彼特·彼特罗维奇和天意的那些话, 都是为我自己说的……我这是在向你求恕呀! 索尼娅……"

他勉强地露出一丝微笑,但他那苍白的笑容中,却有着一种无可奈何的表情。他低下头去,两手捂着脸。

突然,有一种奇怪的、对索尼娅恼恨的辛酸感觉,从他的心里掠过。这种感觉使他感到惊讶和害怕,他忽然抬起头来,凝神地注视着她。但迎接他的,却是一种不安的、痛苦的表情和目光。这表情和目光中,隐藏着爱情。于是,他的恼恨如梦幻般地消失了。但是,那不是真实的爱情,而他却把它当作真实的爱情了。那意念就是这时候来的。

他又用手捧着脸,低垂着头。面色忽然变得灰白,从椅子上跳起,看着索尼娅,一声不响,又机械地坐在她的床上。

此时此刻,他的心情,像极了当初他站在那老太婆的身后,已经把斧子从绳套中拿下来，觉得已经到了"再也不能错过"的时刻了。

"你怎么了？"索尼娅惊吓地问道。

他什么也没说，也根本说不出来什么，这完全不是他原来打算的那种宣布的方法，他也不明白现在到底发生了什么事。她轻轻地走到他跟前，在床边，在他身边坐下，等着他，眼睛只是注视着他，心在嗵嗵地跳动着。他那灰白色的面孔正对着她，嘴唇抽动着，显得十分无力，好像要说什么。这时，索尼娅的心中感到一阵剧烈的痛楚。

"你怎么了？"她重复问着，并稍微离开他一些。

"没什么，索尼娅，不要害怕……荒唐！真是荒唐！如果你仔细想一想，就会发现那的确是太荒唐了。"他如同不省人事般地咕哝着。"我为什么要来折磨你呢？"他看着她，突然又补充了一句，"真的，为什么呢？我总是不断地问自己这个问题呢，索尼娅……"

在一刻钟前，他也许问过自己同样的问题，但现在他完全无奈地说出来了，他简直不知道自己在说什么，只是觉得全身在颤抖着。

"唉，你是多么痛苦啊！"她可怜地低语着，并注意地看着他。

"那真是太荒唐了……听我说呀，索尼娅。"他忽又笑了，这是一种勉强的、无可奈何的微笑，这种微笑持续了数秒钟，"你还记得昨天我想对你说的话吗？"

索尼娅不安地等着。

"我走的时候，曾经对你说，也许我们是永久辞别了，但我今天如果来的话，我将对你说是谁……是谁把丽莎维塔给杀了。"

她全身不禁颤抖起来了。

"唔，现在我来告诉你吧！"

"你昨天说的话当真吗？"她吃力地低语着，"你是怎么知道的？"她立刻问着，好像已经恢复了神志似的。

索尼娅的脸色愈加苍白了，她开始感到呼吸困难。

“我知道的。”

她沉默了一会儿。

“那么，他们已经找到那个人了吗？”她怯生生地问着。

“还没有。”

“那你是怎么知道的呢？”她沉默了片刻之后，又用极低的声音问道。

他转脸对她，全神贯注地看着她。

“你猜吧！”他又露出了之前那种勉强而无力的苦笑。

她的全身又颤抖起来。

“但……你为什么这样的恐吓我呢？”她微笑地说着，好像一个小孩儿。

“既然我知道……那么很显然，他肯定是我的一个好朋友……”拉斯柯尼科夫继续说着，仍然注视着她的脸，好像无法将自己的视线移开，“他……本来不是要杀那丽莎维塔……他……他无意中把她给害了……他要在那个老太婆独自一个人在家时，把那老太婆给杀了，他就到那边去……可是那时丽莎维塔恰恰进来了……他就随手把她给杀了。”

一刹那可怕的时间过去了。他俩仍是互相对视着。

“现在，你能猜出来吗？”他突然问着，好像自己正在从楼顶上跳下去似的。

“不……不……”索尼娅低语着。

“仔细地看吧。”

他一说出这话，原来那种熟悉的感觉又突然袭击了他的内心。他看着她，忽然好像在她脸上见到丽莎维塔。他很清晰地记得丽莎维塔脸部的神情，当他提着斧子走近她的时候，她向后退到墙壁，伸出了手，露出孩子气的恐怖的脸，呆呆地、惊恐地看着使她们害怕的那个东西，一面往后退，一面想把手伸出来，好像要大哭了似的。现在，索尼娅也几乎是那样的情景。她露出同样的无力和恐怖的目光看着他，忽然伸出了左臂，无力地用手指头抵住自己的胸脯，然后慢慢地从床上站起来，一步一步地离开他，继续往后退着，眼睛则仍然呆呆地看着他的脸。她那恐怖的神色，渐渐地也转到他的脸上了。他也死瞪着她，并露出同样的、孩子似的笑容。

"你猜到了吗？"他末了低声问。

"上帝呀！"她发出一种恐怖而痛苦的哀号。她再也支撑不住了，无力地倒在床上，脸埋在枕头里。但不到一分钟的时候，她又起来了，走到他面前，握着他的双手，用她那瘦弱的手掌紧紧地攥着，仍是那样的凝视着他的脸部。在这最后的绝望一瞥中，她竭力想从他的身上看出或捕捉到哪怕是最后的一线希望。可是，一点儿希望也没有，一点儿疑问也没有，一切都再明白不过了。后来，每当她回想起这一刻的时候，她也觉得很奇怪，为什么当时她马上就明白了一切呢？要知道，她当时还不能说，比如，她已经有了预感了。可是现在，他刚这样对她说，她就忽然觉得自己已经有这个预感了。

"好了，索尼娅，已经够了！不要再折磨我了！"他痛苦地哀求着。

他丝毫没有，一点儿也没有想过要这样对她说，可是结果却是这样的！

她跳了起来，却不知道自己要做什么，只是交叉着手臂，走到房中去，但很快又回来，依旧坐在他的身旁，她的肩部差不多挨着他了。突然，她吃了一惊，好像是被捅了一刀似的，全身颤抖着，大叫一声，然后跪在他的面前，连她自己也不知道为什么要这样。

"你，你到底做了什么呀……你到底对自己做了什么呀？"她绝望地说着，然后跳起来，用双手搂着他的脖子，紧紧地搂着他。

拉斯柯尼科夫向后退去，露出一种凄惨的微笑看着她。

"你真是一个古怪的姑娘，索尼娅——我对你说那件事的时候，你反倒抱着我，吻着我……你自己也不知道自己在做什么吧？"

"现在全世界没有一个人——没有一个人比你更不幸的了！"她发狂似的喊着，没有听清他说什么。然后，便歇斯底里地痛哭起来了。

一种久违的感情像潮水般涌上他的心头，使他的心立刻软化了。他没有去抗拒这种感情，两滴眼泪蕴藏在他的眼眶中，就要掉下来了。

"那么，你不会离我而去吗，索尼娅？"他说着，几乎抱着希望似的看着她。

"不，不，不会，永远也不会，无论在什么地方！"索尼娅喊着，"我要跟着你，我要跟着你到天涯海角。唔，上帝啊！唔，我是多么不幸呀！……为什么，为什么我不早遇见你呢！为什么你不早些来呢？哦，亲爱的。"

"现在我不是来了吗？"

"是的，现在！现在怎样办呢！……一起，一起！"她一遍又一遍地反复说着，然后又紧紧地拥抱他，"我和你一起到西伯利亚去吧！"

她的这句话使他猛地打了一个寒战，他的嘴角又浮现出原来那反感的、含有敌意的、像傲慢似的笑容。

"也许我尚不至于到西伯利亚去呀，索尼娅！"他说着。

索尼娅飞快地向他瞟了一眼。

在对这个不幸者最初的那种剧烈和痛苦的同情过去之后，关于凶杀的恐惧又使她感到异常的可怕。而此时，当他说话的腔调一变，她又忽然觉得自己是在听一个杀人犯在说话了。她惊愕地看着他。现在她还什么都不知道，既不知道他为什么杀人，也不知道他怎样杀人，以及究竟是为了什么。现在，这些问题和困惑都一齐涌进了她的脑海，于是她又不能相信了："他，他是凶手！这怎么可能呢？"

"这是怎么回事呀？我在什么地方呢？"她十分困惑地说着，好像还没有恢复神志似的，"你，你怎么的，像你这样一个人……怎么会做那样的事？……这是为什么呢？"

"哦，唔——谋财害命罢了，索尼娅！"他显得很疲倦，好像很烦恼似的。

索尼娅惊呆了，但她忽然又喊着：

"你在饿肚子！你……为了养活你的母亲，是吗？"

"不，索尼娅，不！"他喃喃地答着，把脸转过去，"我不是很饿……我确是想养活我的母亲，但……也不完全是那样……不要再烦我了，索尼娅。"

索尼娅紧紧握住自己的手臂。

"这，这是真的吗？上帝呀，这怎么可能是真的呢？谁会相信呢？……你把自己最后的一点儿钱给了别人，又去谋财害命，这怎么可能，怎么可能呢？唉！"她忽然喊着，"你给卡捷琳娜·伊万诺夫娜的那些钱……那……那钱是……"

"不，索尼娅！"他打断了她的话，"那钱不是的。你放心吧！那钱是我有病时，母亲寄我的，我给你们钱的那天……钱是我的——是我自己的。"

索尼娅疑惑地听着，竭力地想弄明白这究竟是怎么回事。

"至于那些钱……我真的不知道那里是不是真的有钱，"他轻声地继续说着，好像在思索似的，"当然，我从她的脖子上解下一个钱包，用羊皮缝制的……里面放满了物件……但我没有仔细看，因为我没有时间呀……至于那些东西，净是一些链子、袖扣、领扣等那些东西。第二天早上，我就把这些东西和钱袋一同藏在 V 大街上一个庭院中的大石块下面。那些东西现在还在那边呢……"

索尼娅神情紧张地听着。

"那么为什么……为什么，你说这是谋财害命呢？你不是什么也没拿吗？"她连忙乘隙问着。

"我不知道……拿不拿那钱我现在也还没决定呢！"他说着，又沉吟起来，但他又觉醒了，露出一点儿讥讽的微笑了，"啊，我说了什么蠢话了，唉！"

索尼娅想，他是疯了吗？但不久又把这个想法排除了。"不，这也许别有原因吧！"她不了解地自语着。

"你知道吗，索尼娅！"他忽然露出信任的表情，向她问道，"我对你说：如果我只是因为饥饿而把她杀了！"他加重了语气，既神秘但又真诚地看着她，"那我现在就高兴了。这一点你应该了解的！如果我认为我做错了，于你有什么关系呢？而对于我的胜利，你又会得到什么益处呢？唉，索尼娅，我今天来到你这边就为了这些吗？"

索尼娅欲说又止。

"昨天我叫你和我一同离去，那是因为我觉得我只剩下你了。"

"到哪里去呢？"索尼娅怯懦地问着。

"不偷盗，不杀人，你不用担心了，不是去做这个！"他悲伤地微笑着，"我们是道不同的呀……你明白，索尼娅，只是现在，只是此时此刻，我才明白昨天叫你和我一起到什么地方去！昨天我对你说的时候，尚不明白是什么地方。我为一点儿事求你，我为一点儿事到你这边来——不要离开我，你和我一起走吧，索尼娅！"

她紧紧握着他的手臂。

"我为什么，为什么要对她说了呢？我为什么要让她知道呢？"过了一会儿，他又绝望地叫着，同时又以无限的痛苦的神情看着她，"现在你在等着我给你解释，索尼娅，你坐在这儿等待着，这我很明白。但我能对你说些什么呢？你会不懂，只是受苦……因为我的关系！唔，你又恸哭了，又拥抱我。你为什么这样做？我负不起这个担子，因此就叫别人也来分担一点：'你也受点苦吧，那样我会好过些！'你会爱这样卑贱的人吗？"

"你不也在受罪吗？"索尼娅喊着。

刚才的那种感情又像潮水般涌上他的心头，片刻间他的心又软化了。

"索尼娅，你要注意呀，我的心眼儿不是很好。这可以说明很多问题，我到这里来，就是因为我不好。别人是不会来的。但我是一个胆小鬼，又是……一个卑贱的人。但……无关紧要！问题并不在这里……我现在将告诉你，但又不知该从何说起呢！"

他停下来，陷入了沉思。

"唉，我们是道不同的！"他又喊着，"我们一点儿也不一样。可是，我为什么要来呢？我将不会宽恕自己。"

"不，不，你来倒是好呢！"索尼娅喊着，"我知道了要好些，要好多了！"

他痛苦地看着她。

"如果真是那样，又如何呢？"他说着，好像得到了一个结论似的，"是的，就是那回事！我要做一个拿破仑，因此就把她给杀了……你现在懂了吗？"

"不——不！"索尼娅诚恳地怯怯地低声答道，"你说吧，说吧，我会懂的，我自己心内会懂的！"她央求他说。

"你会懂吗？那好吧！"他稍微停了一下，思索了一会儿。

"事情是这样的：有一次，我向自己提出这个问题——如果，也就是比方，拿破仑处在我的位置上，他没有土伦，没有埃及，也没有穿过勃朗峰口让他去开创自己的事业，而代替这些功绩的，不过是一个可笑的老太婆、一个典当主，这时为了拿走她箱子里的钱，还得把她杀死——为了自己的事业，你明白吗？在这种情况下，如果没有别的出路，他会下决心干这种事吗？他会因为这件事太不光彩……唔，而且是有罪的，而不愿这样做吗？唔，不瞒你说，我对这个'问题'苦恼了很久，直到后来，当我不知怎的忽然领悟到，他不但愿意这样做，甚至想也不会想到这是一件不光彩的事情……而且他完全不能理解：为什么不愿意那样做？当时我真是惭愧极了。只要他没有其他的出路，他就会毫不犹豫地把她掐死，甚至不让她喊叫一声！……于是，我也……不再犹豫，学习这种伟人的榜样……把她杀了。就是这样呀！你觉得可笑吗？真的，索尼娅，最可笑的事情也不过这样吧。"

索尼娅毫不以为这是可笑呢！

"你还是坦白对我说吧……不必绕弯子了！"她十分胆怯地、用几乎听不见的声音央求着。

他向她转过脸来，悲伤地看着她，握住她的手。

"你说得对，索尼娅，当然，那全是胡说八道，都是废话！当然，我的母亲几乎一无所有，这是你所知道的。我妹妹只受了一点儿教育，却注定只能当一个家庭女教师，生活很不安定，他们的希望完全在我的身上了。我是个大学生，但我不能继续完成功课，被迫离开学校了。如果这样下去，再过十年或者十二年之后（如果情况好转的话），我可能会当上一个薪水一千卢布的教师或者官吏（他申说着，好像在背书似的），可是那时，我的母亲却由于操劳和愁苦，已经憔悴不堪了，而我仍旧无法使她过上舒适的生活；我妹妹……唔，我妹妹当然更过得不好！而一个人，哪能一辈子对这一切漠然置之，忘记自己的母亲，又任凭自己的妹妹受人侮辱呢？这样的话，活着又有什么意思呢？又是为了什么呢？为了她们去世之后，自己再娶妻生子，然后又身无分文地继续活着，最后在穷困潦倒中撇下他们不管吗？所以，我就要去弄那老太婆的钱财，把这些钱作为我头几年的用度，这样我就可以不打扰母亲了，保证自己可以继续念完大学，以及大学毕业后短期的生活费——所有的这一切，都必须要大刀阔斧地去干，以便为自己开创一个崭新的事业，过上完全独立的新生活……唔……就是这样……唔,不用说,杀死那个老太婆——这事我是做错了……唔,罢了,不说了吧。"

他勉强地把话说完后,精疲力竭地把头低了下去。

"啊,不是这样的,不是这样的!"索尼娅苦恼地喊着。"一个人怎么会……不,这不对,这不对!"

"你也看出这不对了。但我所说的都是实情,都是实话!"

"那怎么会是实情呢?上帝呀!"

"我只不过杀了一只虱子,索尼娅,一只没用的、可恶的、有害的虱子罢了。"

"难道人是虱子吗?"

"我明知道那并非一只虱子!"他回答着,古怪地看着她。"我只是在胡说,索尼娅!"他继续说着,"我早就胡说了……事情不是这样的,你说得很对!这里面还有其他更重要的原因呢……我很久没有对谁说话了,索尼娅……现在我的头好痛呀!"

他的眼睛里燃烧着热病的火焰。他的神志几乎是错乱的,一丝勉强的笑容浮现在他的脸上。从他的兴奋中可以看出他已经极端的疲乏。索尼娅也看出他已精疲力竭了。她知道,他很痛苦。她的头也开始发晕了。他的话说得这样奇怪:她好像多少能听得懂一些,不过……"这究竟怎么了?怎么了?上帝呀!"她失望地捏着自己的手。

"不,索尼娅,不是这样的!"他忽然抬起头,又开口说道,好像一些新的思想突然使他激动了似的——"不是这样的!不过你最后……比如,比如我是一个自命不凡、疑心很重、居心叵测、卑鄙无耻、睚眦必报的人,而且……也许还有些疯疯癫癫。我方才跟你说我不能继续在大学里求学。但你知道我也许可以继续吗?我母亲她能把学费等寄给我,我当然可以买点儿衣服、鞋子和食物了。我还可以教书,每个小时能挣到半个卢布。拉祖米欣还在教呢!但我一狠心,我不愿再教下去了(是的,一狠心这个词很好)。我困守在屋子里如同一只蜘蛛。我的小屋你去过的,你看见了吧……索尼娅,低矮的天花板和狭小房间,会压迫你的心灵和智慧的!唉,我如何讨厌那间屋子啊!但我不愿搬家!我有意不搬的!我会好久不出门,我也不愿去做事,吃得也很随便,我只是困在那里,什么也没心情做。娜斯塔霞拿什么给我,我就吃什么;她不拿给我,就是一天不吃也可以;我因为跟自己过不去,也不主动去要!夜里这边没有光,我就在黑暗中躺着的,我不愿花钱去买灯烛。我本来还可以读书的,但我把书卖掉了;我桌子上的抄写簿的灰尘已经有手指那么厚了。我喜欢躺着思索。我常在思考……我是在做梦,种种的怪梦,也不用多说了!不过那时我才想……不,那不是的!我又说错了,你想,当时我常常问着自己:我怎么这么蠢呢?别人蠢——我知道他们蠢——我为什么不聪明点儿呢?我觉得,索尼娅,如果要等人家都变得聪明点儿,那太耗时间……我后来发现那是很难实现的,人自己不变,谁能使他改变呢?而且何必多费力气在那上边。是的,就是这样。这是天经地义的,索尼娅……就是这样……现在我知道,索尼娅,谁有健康的心智,谁就可以使唤他们;谁有非常的胆力,谁在他们的心目中就是对的;谁藐视的东西越多,谁就是他们的立法者。从来都是这样,将来也永远是这样。一个人如果看不到这一点,那他不是蠢货就是瞎子了!"

拉斯柯尼科夫说这些话时,虽是看着索尼娅,但他已经不管她是否能明白了,狂热已经完全支配他了,他处于一种阴郁的兴奋状态之中(他确实很久没有跟任何人这样谈过话了)!索尼娅明白,这些阴惨的信条已经成为他的信仰和法律了。

"那时候我才看穿了,索尼娅!"他兴奋地继续说着,"权力只给那些敢于弯下腰去把它捡拾起来的人。这里只需要一点,唯一的一点:人,一定要有胆量,敢于冒险!于是,我有生以来头一次在大脑里形成了一种看法,这种看法在这之前还从来没有一个人想到过!没有一个人看得如白昼般的明晰!很奇怪,怎么在此之前,没有一个人敢这样想,没有人敢把这一切都甩得一干二净!我……我有种胆力呢……所以我把她给杀了,我有这种胆力,索尼娅!这就是全部的原因了!"

"哦,别说了,别说了!"索尼娅抓住自己的手臂喊着,"你离开了上帝,上帝会加害你的,把你抛给恶魔呢!"

"那么,索尼娅,当我在阴暗中躺着,想象着这一切的时候,难道是恶魔在诱惑我吗?是不是?"

"别说了,不要笑,亵渎神灵的人!你不懂,你不懂,哦,上帝!他不会懂的!"

"别说了,索尼娅!我没有笑呀。我明白的,这是恶魔在诱惑我。别说了,索尼娅,别说了!"他一再说着,而且十分固执,"我在阴暗中躺着的时候,我全明白,这一切我都想过了,而且也小声地对自己说过……在每一个细节上,我都跟自己切实地辩论着,所有的这些,我全明白!当时,我是多么讨厌,多么讨厌这些无聊的废话啊!我想忘掉一切,然后重新再来,索尼娅,不再去想了。你会不会觉得我像个傻瓜一样,冒冒失失地就这么做了呢?不,我是像聪明人那样去做的,正是这样,才把我给毁了。难道你以为我不知道,比如说,如果我质问自己:我有没有权利去掌握权力?——我实在没有这种权利。或者,如果我提出一个问题:人是不是一只虱子?——其实,在我看来,人当然不是虱子,但对于一个从来没有想过这个问题、而且干脆什么问题也不想的人,人就是虱子……如果我在那些时日自寻烦恼:拿破仑会不会去做这件事?那是因为我清楚地感觉到,我不是拿破仑。我该容忍那些思想交战的痛苦,索尼娅,我渴望把那些苦痛甩掉:我想只为着自己,不管好歹地把她杀了,我对自己也都不想撒谎呢。这种暗杀,也并非为了要关注我的母亲——那是胡说——也并非为了要得到金钱和势力,成为人类的一个恩主才去谋杀。这些全是胡扯！我是为了自己去干的，也许我成为他人的恩人，也许我像一只蜘蛛，人们都给我收在网里，吸取人们的心血，以过我的生活，这些我就不去想了……当我做那事时，索尼娅，我不是为了钱，是为了别的呀……现在我全明白了……你要了解我！如果让我重来一次，也许我不会再犯这种罪了。我想弄清楚另一件事，因为是另一件事诱惑我向前去。当时，我想立刻弄清楚，我跟大家一样，是一只虱子呢，还是人？我能够跨过障碍？我敢不敢弯下腰去拾起权力？我是一个颤抖的畜生呢，还是我有无权……"

"去杀人吗？你有权杀人吗？"索尼娅紧扣着自己的双手。

"唉，索尼娅！"他烦躁地喊着，好像要辩驳似的，但他又显出不屑一顾的样子，沉默起来，"不要打断我的话，索尼娅，我只想证明一件事，那时是恶魔诱我向前去，是它带着我，过后它就向我说明，我没有权利走那条路，因为我跟大家一样，不过是一只虱子！它把我尽情地嘲弄一番，所以我就到你这边来了，欢迎你的嘉宾吧！如果我不是一只虱子，我能到这来吗？听我说呀：当时我到那老太婆家去的时候，我不过想尝试一下……你应该知道的！"

"你把她杀了！杀死了！"

"但我怎样把她杀了呢？他们杀人就是那个样的吗？难道别人都像我这样去杀人的吗？以后我再告诉你，我是怎样去的……难道我杀死了那老太婆吗？我只是杀了自己，而不是她呀！我一下子就把自己给毁了，永远地毁了……但杀那老太婆的是恶魔，而不是我。罢了，罢了，索尼娅，罢了！让我安静一下吧！"他在痛苦的抽搐中大喊，"让我安静一下吧！"

他把胳膊支在膝盖上，两手紧紧地抱着头。

"我是多么的痛苦呀！"索尼娅放声哭起来了。

"唔，你说，我现在该怎么办呢？"他问着，忽然仰起头看着她，露出绝望而尴尬的表情。

"你怎样做吗？"她跳起来喊着,她的满含泪水的眼睛突然睁大了,"你站起来!"她握住他的臂部,他站起昏迷地看着她,"现在就去,站在大街上吻着你所踩踏的泥地,再对着世人大声宣布:'我是凶手。'那么上帝将会给你新生的。你去不去呢？你去不去呢？"她全身颤抖地问他,紧握住他的两只手,充满热情地注视着他。

她那突如其来的神采飞扬使他很诧异,甚至是大吃一惊。

"你是否说到西伯利亚,索尼娅？我得到警察局去自首吗？"他惨然地问着。

"以受苦去赎你的罪吧,这是你该做的。"

"不,我不到他们那边去,索尼娅!"

"但你怎么活下去呢？你靠什么活下去呢？"索尼娅喊着,"现在怎么可能呢？怎么可以呢？你怎样对你母亲说(啊,她们,她们现在怎么办呢)？但我在说什么呀？你已经抛弃了你的母亲和妹妹,你已经把她们抛弃了!上帝啊!"她喊着,"怎么,他自己全明白这些的。离开了人,怎么能活下去,怎么能活下去呢!你现在怎么办呀？"

"不要像小孩似的,索尼娅!"他轻轻地说着,"我在他们面前有什么罪？我为什么要到他们那边去？我对他们说什么呢？那不过是一个幻想……他们自己杀死了成千上万的人,还认为那样做是善行。他们是地痞无赖呀,索尼娅!我不去他们那边!我对他们怎么说呢——说我杀了她,没有拿钱,把它放在石块儿底下,是不是？"他露出悲伤的微笑,继续说着,"是的,我没有拿钱,他们会笑我,说我是蠢货呢。他们不会懂,他们也不可能懂呀。我为什么要到他们那边去呢？我不。不要像一个小孩儿似的,索尼娅……"

"那样你会非常痛苦的,你会非常痛苦的!"她一再说着,向他伸出双手,绝望地哀求他。

"也许我对自己太苛刻了！"他悲伤地说着，想着，"到底我是一个人，不是一只虱子呀，我自卑得太过分了，我还要较量一番呢。"

一阵得意的微笑浮现在他的嘴唇上。

"你的整个生活中，将负着怎样的重担啊！"

"我会习惯的。"他忧郁地沉思着说，"听我说！"他停了一会儿又说，"不要哭了，谈点儿正事吧：我是来告诉你，他们已经在监视我，并追寻我的踪迹呢……"

"啊！"索尼娅恐惧地喊着。

"唔，你嚷什么？你不是希望我到西伯利亚去吗？怎么现在又害怕起来了呢？但我对你说，我不甘到警察局去自首呢，我还要跟他们较量一番呀。他们没有确实的凭据，奈何我不得的。昨天我是在极危险中，我以为要坏事了，但今天事情又变好了。他们所知道的事情都是模棱两可的。换言之，可以因为他们的控告而对我有利呢，你懂吗？我学过这门功课。我会这样做的，但他们必然会抓捕我的。如果没有一件偶然的事，也许他们今天就已经把我关进去了，这是一定的，也许他们今天还会把我关进去……但那没关系，索尼娅，他们会让我出来的……因为他们没有掌握确凿的证据呀，而且永远不会有的，我可以这样说。他们决不能这样妄自加罪的，罢了……我只是对你说，你明白就好……我也要设法对我的母亲和妹妹说，叫她们不要听信谣言，免得让她们受到惊吓……但，现在，我相信，我妹妹已经有保障了……我母亲也会安稳的……唔，就是这样。不过谨慎点呀。我到牢狱时，你会来探视我吗？"

"哦，我会的，我会的。"

他们俩绝望而哀愁地并排坐着，好像暴风雨后，被抛到荒凉的海岸上的孤零零的两个人。他看着索尼娅，感受到她对自己的爱是多么深。但是，他又觉得这样的爱是多么的沉重，又是多么的痛苦。

是的,这是一种奇异的感觉!他在去看望索尼娅的时候,就觉得自己的一切希望和出路都寄托在她身上。他希望她多少能够分担他的一点儿痛苦,可是现在,当她把整个心都掏出来给她时,他忽然觉得自己比以前更加的不幸了。

"索尼娅,"他说,"如果我坐牢了,你最好不要去看我。"

索尼娅没有回答,她在哭。就这样过了几分钟。

"你身上戴着十字架吗?"她突然出乎意料地问,好像突然想起来似的。

刚开始,他没有听懂她这话的意思。

"没有,没有戴,是吗?给,把这个拿去吧,是柏木的。我还有一个,铜的,是丽莎维塔的。我跟丽莎维塔交换了十字架,她把自己的十字架给了我,我把自己的小圣像给了她。现在我佩戴丽莎维塔的,这一个给你。你拿着啊……因为这是我的!这是我的!"她一再恳求说,"因为咱们要一同去受苦,一同背十字架……"

"给我吧!"拉斯科尼科夫说。他不想让她伤心。但是他立刻又把伸出来接十字架的手缩了回去。

"不是现在,索尼娅,最好是以后再给我。"为了安慰她,他补上一句。

"对,对,还是以后,还是以后再给你吧,"她热情地附和着说,"等到你去受苦的时候再戴上它。你到我这儿来,我给你戴上,咱们一同祈祷完就走。"

就在这时,有人在门外敲了三下。

"索菲娅·谢苗诺芙娜,可以进来吗?"门外传来了不知是谁的,却很熟悉,而且很客气的声音。

索尼娅吃惊地向房门跑去。列别加尼科夫那张生着一头淡黄色头发的脸朝屋里探了进来,眼光向里面张望了一下。

第五章

列别加尼科夫的神色显得惊慌不安。

"我是来找你的，索菲娅·谢苗诺夫娜。请原谅……我就料到，我会在这里找到你，"他突然对拉斯柯尼科夫说，"也就是说，我根本没往……这方面想过……不过我倒是想……卡捷琳娜·伊万诺夫娜发疯了。"他突然撇开拉斯柯尼科夫，贸然地对索尼娅说。

索尼娅惊得大叫一声。

"也就是说，至少是看上去好像疯了。不过……我们都不知道该怎么办，事情就是这样！她回来了——好像从什么地方被人赶了出来，也许还被打了……至少看上去好像是这样……她跑去找谢苗·扎哈雷奇的上司，但没找到他，他在一位也是将军的人家里吃饭……请你想想看，她就到他们吃饭的那个地方去……也就是到另一位将军家里了，而且，请你想一想，她坚持要把谢苗·扎哈雷奇的上司叫出来，好像是要把人家从饭桌旁叫出来。可想而知，那里发生了什么事。当然，人家赶走了她；她却说，她把他骂了一顿，还往他身上扔了什么东西。这甚至是可以想象得到的……怎么会没把她抓起来——这就不知道了！现在她正对大家讲述这件事，也对阿玛莉娅·伊万诺夫娜说，只是很难听懂她说什么。她在大喊大叫，浑身发抖……哦，对了，她还嚷着说，因为现在大家都抛弃了她，所以她要带着孩子们上街去，背着手风琴，让孩子们唱歌跳舞，她也跟着唱歌跳舞，沿街卖艺，而且每天都到那位将军的窗子底下去……她说：'要让他们都看到，父亲做过官、出身高贵的孩子们是怎样在街上乞讨的！'她打孩子们，孩子们在哭。她教廖尼娅唱《农家曲》，教男孩子跳舞，也教波琳娜·米海洛夫娜跳舞。她把所有的衣服都撕掉，给他们做了些像演员戴的那种小帽子；她带着一个面盆，敲敲打打，当作音乐……她什么话也不听……请你想想看，怎么会这样呢？这样下去绝对是不行的！"

列别加尼科夫还要继续说下去的，但是，听得几乎喘不过气来的索尼娅这时突然抓起披巾、帽子，跑了出去，一面跑，一面戴上帽子、披上披巾。拉斯柯尼科夫也跟着她出去了，列别加尼科夫只得也跟在他后面。

"一定是疯了！"他对拉斯柯尼科夫说着，跟他到了街上，"我只是不想吓坏索菲娅·谢苗诺夫娜，所以才说了'好像'，不过，这是毫无疑问的。据说，害肺病的人，结核也会突然跑到脑子里去。可惜我不懂医学，不过我曾试图说服她，可她什么话也听不进去。"

"你跟她谈起结核了？"

"不完全是谈结核，反正她什么也不懂。但我要说的是：如果合乎逻辑地劝说一个人，告诉他，其实没有什么好哭的，那么他就不会再哭了。这是很明白的。你是不是也认为，他会不哭吗？"

"要是那样的话，生活也未免太容易了。"拉斯柯尼科夫回答。

"对不起，对不起。当然，要让卡捷琳娜·伊万诺夫娜理解，那是相当困难的——不过你应该知道，巴黎已经在进行认真的试验了，单纯用合乎逻辑的劝说办法来治疗疯子。那里有一位教授，不久前才去世，是一位严肃的学者，他认为，可以这样治疗。他的基本观念是：疯子的机体并没有受到特殊损害，而发疯这种症状，可以说是一种逻辑性的错误、判断的错误、对事物的不正确的看法。他逐渐驳倒病人的错误看法，你瞧，听说他居然取得了成果！不过，因为他同时还使用了淋浴疗法，所以这种治疗的效果当然也就受到了怀疑……至少看上去好像是这样的……"

445

拉斯柯尼科夫早就不听他说了。当他来到自己住的那幢房子跟前时,他向列别加尼科夫点了点头,转身进了大门。列别加尼科夫这才明白过来,朝四下里望了望,继续向前跑去。

拉斯柯尼科夫回到自己的那间小屋里,站到房屋的中央。

"他回到这里来干什么呢?"他扫视了一下那微微发黄的破旧墙纸、满屋子的灰尘,以及他的那张沙发床……从院子里传来不知是敲打什么的、连续不断的、刺耳的响声,好像是有人在敲什么,在钉钉子……他走到窗前,踮起脚尖,朝院子里望了好久,好像异常关心的样子。但院子里空荡荡的,什么也看不见。左边的厢房里,可以看到有些窗子敞着,窗台上摆着几盆长得很不茂盛的天竺葵,窗外晾着衣服……这一切他都太熟悉了。他转过身去,坐到沙发上。

他从来,还从来没感到过这样可怕的孤独!

是的,他又一次感觉到,也许他真的会痛恨索尼娅,而且是现在,在他使她更加不幸以后,他却要恨她。他为什么去她那里,乞求她的眼泪?他为什么一定要坑害她一辈子?哦,多么卑鄙呀!

"我还是孤单单一个人吧!"他突然坚决地说,"她也不会到监狱去看我的!"

过了大约五分钟,他抬起头来,奇怪地微微一笑。"也许去西伯利亚服苦役当真会好一些。"他突然这样想。

他脑子里塞满了各种模糊的想法,他记不清这样坐了多久。突然,房门开了,杜尼娅走了进来。刚开始时,她先在门口站住,像不久之前索尼娅进来时那样,看了看他,然后才进来,在他对面的椅子上坐下,坐在昨天她坐过的地方。他默默地、有点儿茫然地看着她。

"你别生气,哥哥,我只待一会儿。"杜尼娅说。她脸上的表情好像若有所思,但并不严峻,目光明亮而且平静。他看得出来,她是满怀着爱心来找他的。

"哥哥,我现在什么都知道了,一切都知道了。德米特里·普罗柯费奇把一切都告诉我、讲给我听了。由于愚蠢和卑鄙的怀疑,你受尽了折磨……德米特里·普罗柯费奇对我说,没有任何危险,你用不着对这件事感到那么害怕。我倒不这样,而且完全理解你心里感到多么愤慨,这样的愤慨会在你心里留下永不磨灭的痕迹。我担心的就是这一点。你抛弃了我们,我并不责备你,也不敢责备你。我以前责备过你,请你原谅我。我自己也觉得,如果我心里有这么大的痛苦,我也会离开所有的人。关于这件事,我什么也不会告诉妈妈,也不会经常谈起你,还要用你的名义告诉她,说你很快就会去看她。你不要为她难过,我会安慰她的;不过请你也不要折磨她——哪怕去看她一次也好,你要记住,她是我们的妈妈!这次我来,只是要告诉你(杜尼娅说着,从椅子上站起来),如果你需要我做什么事情,或者你需要……我的整个生命或者……那么只要你说一声,我就会来的。再见!"

她猛地转身,便往门口走去。

"杜尼娅!"拉斯柯尼科夫叫住了她,站起来,走到她面前,"这个拉祖米欣——德米特里·普罗柯费奇,是个很好的人。"

杜尼娅的脸微微地红了一下。

"是吗?"她等了一会儿,问道。

"他是一个能干、勤劳、正直,而且能够热烈地爱……再见,杜尼娅!"

杜尼娅满脸绯红,然后突然惊慌起来。

"这是什么意思?哥哥,难道我们真的要永别了吗?所以你要给我……留下这几句遗言?"

"反正一样……别了……"

他转身离开她,朝窗前走去。她站了一会儿,不安地看了看他,然后忧心忡忡地走了。

不,他对她并不是冷酷无情。有一瞬间(最后一刹那),他很想紧紧地拥抱她、和她告别,甚至还想告诉她,甚至就连跟她握手,他也下不了决心。

"以后,当她想起我今天曾经拥抱她,也许会发抖的,还会说,是我偷去了她的吻!"

"她能忍受得了吗?"几分钟后,他暗自补充说,"不,她忍受不了,她这样的人是忍受不了的!这样的人是永远也忍受不了的……"

于是,他想起了索尼娅。

窗外吹进一阵凉爽的微风。外面的光线已经不是那么亮了。他突然拿起帽子,走了出去。

他当然不能、而且也不想注意自己的病情。但是,所有这些不断的担忧和内心的恐惧,对他的病情却不能不产生影响。如果说他虽然在发高烧,却没有完全病倒,那也许正是因为这内心里不断的忧虑还在支撑着他,不让他倒下,让他的头脑保持清醒,不过这种状况是人为的,而且是暂时的。

他毫无目的地徘徊着。太阳正在慢慢地落下去。最近,他开始感到一种特殊的凄凉之感。这种感觉并没有使他感到特别难受,但却让他觉得痛苦将会永远继续下去,预感到这令人沮丧的、无情的烦闷将终生伴随着他,无穷无尽;预感到他将永远站在那"一俄尺见方的空间"。每到黄昏时分,这种感觉会使他更加痛苦。

"太阳落山,会让人身体特别虚弱,在这种十分愚蠢、纯粹是体力虚弱的情况下,可要当心,别干出什么蠢事来!这个时候,你不但会去找索尼娅,而且还会去找杜尼娅呢!"他憎恨地、喃喃地说着。

有人喊了他一声。他回头一看,列别加尼科夫正向他跑来。

"你知道吗?我去过你那里,去找你了。你信不信,她怎么想,真的就那么干了,领着孩子们出去了!我和索菲娅·谢苗诺夫娜好容易才找到他们。她自己敲着煎锅，硬要让孩子们跳舞。孩子们在哭。他们停在十字路口几家小铺子前面。一群笨蛋跟着他们跑。咱们快去吧。"

"索尼娅呢？……"拉斯柯尼科夫担心地问，赶紧跟着列别加尼科夫走了。

"简直是发疯了。我是说，发疯的不是索菲娅·谢苗诺夫娜，而是卡捷琳娜·伊万诺夫娜，不过索菲娅·谢苗诺夫娜也快疯了。我告诉你，她完全疯了，会把他们弄到警察局去的。你要知道，这会产生什么影响啊……他们这会儿在运河岸上，在 B 桥的附近，离索菲娅·谢苗诺夫娜住的地方不远，很近的。"

在离桥不太远的运河上，离索尼娅住的房子隔着不到两幢房子的地方，聚集着一小群人。尤其是小男孩儿和小姑娘们特别多。从桥上就听到了卡捷琳娜·伊万诺夫娜异常激动的、嘶哑的声音。这当真是一个很能吸引街头观众的、奇怪的场面。卡捷琳娜·伊万诺夫娜穿着她那件旧连衣裙，披着细呢披巾，戴着一顶歪在一边、已经压得不像帽子的破草帽，的确真的像疯了一样。她累坏了，气喘吁吁。她那害肺病的、疲惫不堪的脸，看上去比以往任何时候都更痛苦（何况在街上，在阳光下，害肺病的人看上去总好像比在屋里的时候病得更厉害，显得更难看）。但是，她那激动的心情并没有平静下来，她的怒气反而每时每刻都在增长。她冲到孩子们面前，对他们高声叫喊，就在这个地方，当着观众，哄他们，教他们跳舞、唱歌，还向他们解释，为什么要这样做，因为他们不理解她的意思；当她感到绝望了，便动手打他们……然后，还没有把话说完，又突然向观众跑去；如果发现一个穿得稍微像样一点儿的人站下来观看，她就立刻对他说明，这些"出身高贵、甚至可以说出身贵族人家的孩子"，现在沦落到了什么样的地步；如果听到人群中有笑声或者是有人讥笑他们，她立刻就冲到那些无礼的人面前，和他们对骂起来。有些人真的在笑，另一些人却在摇头。总之，大家都很好奇，都想看看这个疯婆娘和那些吓坏了的孩子到底是怎么回事。列别加尼科夫的那个煎锅不见了，至少拉斯柯尼科夫没有看到；不过，卡捷琳娜·伊万诺夫娜虽然没有敲煎锅，在她逼着波列奇卡唱歌、廖尼娅和柯尔卡跳舞的时候，却用她那干瘦的手掌打起拍子来，而且她自己也跟着合唱，可是由于痛苦的咳嗽，每次唱到第二个音的时候，就猝然中断了。这样一来，她又感到悲观绝望了，于是咒骂自己的咳嗽，甚至会哭起来。最惹她生气的是柯尔卡和廖尼娅的哭泣和恐惧。真的，她曾试图让孩子们装扮起来，给他们穿上街头卖唱的、艺人们穿的那种服装：男孩子头上裹着不知用什么做的红白相间的缠头巾，让他扮成土耳其人；廖尼娅没有可化装的衣服，于是只给她头上戴了一顶已故的谢苗·扎哈雷奇的红绒线帽（或者不如说是一顶尖顶帽），帽子上又插了一段白鸵鸟毛（这鸵鸟毛还是卡捷琳娜·伊万诺夫娜祖母的遗物，一直作为传家宝藏在箱子里）；波列奇卡还是穿着平常穿的衣服。她胆怯而且惊慌失措地看着母亲，一步也不离开她，不让人看见她在掉泪。她猜到母亲疯了，不时焦急不安地朝四下里看看。街道和人群都让她觉得非常害怕。索尼娅寸步不离地紧跟着卡捷琳娜·伊万诺夫娜，痛哭着不断地哀求她回家去。但是，卡捷琳娜·伊万诺夫娜却没有听她的话。

"别说啦，索尼娅，别说啦！"她大声叫嚷着，说得很快，气喘吁吁，不停地咳嗽着。"你自己也不知道你是在要求什么，就像个小孩子似的！我已经跟你说过了，我决不回到那个酒鬼德国女人那里去。让大家都看看，让全圣彼得堡都看看，高贵的父亲的孩子们在乞讨，他们的父亲一辈子忠于职守，而且可以说是以身殉职（卡捷琳娜·伊万诺夫娜已经臆造出这样一个故事，而且盲目地对此深信不疑）。让这个，让这个卑鄙的将军看看。唉，索尼娅，你真傻：你说，我们现在吃什么呢？我们拖累了你，让你受够了苦，我不想再拖累你了！哎哟，罗吉昂·

罗曼内奇,这是你吗?"她看到了拉斯柯尼科夫,向他跑了过去,同时大声喊道,"请你跟这个傻丫头劝说一下,再没有比这样做更聪明的办法了!就连背手摇风琴的流浪乐师也能挣钱,可是人们一眼就能看出,就能分辨出来,我们是高贵的贫困家庭里的人,无依无靠,沦落到如此地步,这个卑鄙的将军准会丢掉官职的,你瞧着吧!我们每天都到他的窗子底下去,要是皇上从这儿路过,我就跪下来,让这些孩子们跪在前面,让他看看他们,然后对他说:'父亲,你要保护他们呀!'他是孤儿们的父亲,他是仁慈的,他一定会保护我们,你会看到的,而这个卑鄙的将军……廖尼娅!站直了!你,柯尔卡,马上又要跳舞了,你抽抽搭搭地哭什么?为什么又哭?唉,你怕什么,怕什么呢?小傻瓜!上帝啊!我可拿他们怎么办呢?罗吉昂·罗曼内奇,你哪里知道,他们是多么不懂事啊!唉,我该拿这样的孩子们可怎么办呢?……"

她向他指着那些哭哭啼啼的孩子,自己也几乎要哭出来了,但这并不妨碍她连珠炮似的继续滔滔不绝地说话。拉斯柯尼科夫本想试图劝她回去,甚至想激起她的自尊心,说她像流浪乐师那样到街头来卖唱是不成体统的,因为她打算当贵族女子寄宿学校的校长……

"寄宿学校,哈哈哈!那是无法实现的梦想!"卡捷琳娜·伊万诺夫娜大声叫喊起来,笑过一阵之后,又立刻不停地咳嗽起来,"不,罗吉昂·罗曼内奇,梦想已经破灭了!所有的人都抛弃了我们……而这个卑鄙的将军……你要知道,罗吉昂·罗曼内奇,我拿一个墨水瓶朝他扔了过去——碰巧在下房的桌子上有一瓶墨水,就在签名簿旁边,我签了名①,然后把墨水瓶朝他扔过去,就跑掉了。啊,那些卑鄙的坏蛋,那些卑鄙的坏蛋,我才瞧不起他们呢;现在我要自己来养活这些

①每到节日,俄国的达官显贵之家会在前厅或下房放一张纸,给那些与主人有某种关系没有资格入内的来访者签名,以表示来过。

孩子,决不向任何人低头弯腰!我们已经把她折磨得够了(她指了指索尼娅)!波列奇卡,让我看看,收了多少钱了?怎么?总共才两个戈比?哦,这些卑鄙的家伙!什么也不给,只是伸着舌头跟着我们跑!喂,这个蠢货笑什么(她指指人群中的一个人)?这都是因为柯尔卡太笨,尽给我添麻烦!你是怎么了,波列奇卡?用法语跟我说,我不是教过你,你不是会说几句吗?……要不然,怎么能看得出来,你们是在高贵的家庭里受过教育的孩子,根本不像那些流浪的乐师呢?我们可不是在街头演什么木偶戏,而是唱高雅的抒情歌曲……啊,对了!我们唱什么呢?你们老是打断我,可我们……你要知道,罗吉昂·罗曼内奇,我们在这里停留下来,是想挑一首歌来演唱的——挑一首柯尔卡能够伴舞的歌……因为这一切,你要知道,我们都没有准备。应该商量一下,先排练好,然后我们到涅瓦大街去,那儿上等社会的人比较多,我们很快会引起他们的注意:廖尼娅会唱《农家曲》……不过老是唱什么《农家曲》的,这首歌大家都会唱!我们应当唱一首优美得多的歌……喂,波莉娅,你想出什么来了吗?哪怕你能帮帮母亲也好啊!我记性太差,记性太差了,要不,我会想得起来的!真的,不该唱《手持马刀的骠骑兵》!哦,咱们用法语来唱《五分钱》吧!我不是教过你们吗,是教过啊。主要是因为,这是用法语来唱的,那么人家立刻就会看出,你们是贵族家庭的孩子,这会更让人感动……甚至也可以唱《马尔布鲁出发去远征》,因为这完全是一首儿歌,所有的贵族家庭在摇着孩子、哄他们睡觉的时候,都唱这首歌:

> 马尔布鲁出发去远征,
> 不知何时才能踏上归程……

她开始唱起来了……"不过,不,最好还是唱《五分钱》好!喂,柯尔卡,双手叉腰,快点儿;廖尼娅,你也要往相反的方向转圈子;我跟波列奇卡合唱,用手打拍子!"

> 五分钱,五分钱,
> 我们经营全靠五分钱……

咳——咳——咳(她又不停地咳嗽起来)。"把衣服拉好,波列奇卡,背带都滑下来了,"她气喘吁吁地一边咳一边说道,"现在你们特别注意,举止要得体,要文雅,好让大家都看到,你们是贵族子弟。当时我就说过,胸衣要裁得长一些,而且要用两块布料。索尼娅,当时你出主意说要'短一些,短一些',你看,结果让孩子穿着,显得多难看……唉,你们又哭了!你们是怎么搞的,傻孩子们!好,柯尔卡,快点儿,开始吧,快点儿,快点儿——哎呀,这孩子多讨厌啊……

> 五分钱,五分钱……

又来了一个当兵的!"喂,你要干什么?"

果然有一个警察从人群中挤了过来。但是,就在这时候,有一个穿文官大衣的先生—— 一个五十来岁、神态庄严、脖子上挂着勋章(对这一点,卡捷琳娜·伊万诺夫娜非常高兴,而且这也影响了那个警察),他走过来,一句话也没说,默默地递给卡捷琳娜·伊万诺夫娜一张绿色的三卢布的钞票。他脸上流露出真挚的同情。卡捷琳娜·伊万诺夫娜接过钱来,并且彬彬有礼,甚至是恭恭敬敬地向他鞠了一躬。

"谢谢您,先生,"她高傲地说,"使我们流落街头的原因……波列奇卡,把钱拿去。你看,是有一些高尚和慷慨的人,立刻准备向落难的贵族妇人伸出援助之手。先生,你看到这些出身高贵的孤儿了,甚至可以说他们有贵族亲友……可是这个将军却坐着吃松鸡……因为我打扰了他，他就向我直跺脚……'大人，'我说，'请您保护这些孤儿，因为你很熟悉已故的谢苗·扎哈雷奇，而且因为，就在他去世的那天，有一个最卑鄙的家伙诬陷他的亲生女儿……'这个当兵的又来了！请您保护我们！"她对那个官员高声呼喊，"这个当兵的干吗老来找我的麻烦？我们已经躲开了一个，从小市民街逃到这里来了……喂，关你什么事，你管得着吗？混蛋！"

"因为沿街卖唱是禁止的。请不要在这儿胡闹。"

"你自己才是胡闹！我不过是像背着手摇风琴那样，这关你什么事？"

"背手摇风琴要得到执照，可是你未经许可，而且惊动了这么多人。你住在哪里？"

"什么，执照？"卡捷琳娜·伊万诺夫娜喊叫起来，"我今天才埋葬了丈夫，哪儿来的什么执照？"

"太太，太太，请你安静下来，"那个官员说，"我们一块儿走，我送你回去……这儿，在人群当中，这可不好……你还有病……"

"先生，先生，你什么也不知道！"卡捷琳娜·伊万诺夫娜大声喊道，"我们去涅瓦大街，——索尼娅，索尼娅！她在哪儿？她也在哭！你们大家到底是怎么了？……柯尔卡、廖尼娅，你们上哪儿？"她突然惊恐地大喊，"哦，傻孩子们！柯尔卡、廖尼娅，他们这是上哪儿去？……"

原来，事情是这样的，柯尔卡和廖尼娅被街上的人群和发疯的母亲的反常行为吓坏了，而且看到那个警察要把他们抓起来，送到什么地方去，突然不约而同地手拉着手逃跑了。可怜的卡捷琳娜·伊万诺夫娜大声哭喊着跑去追赶他们。她边哭边跑，气喘吁吁，那样子真是既难看又可怜。

索尼娅和波列奇卡都急忙跑去追她。

"叫他们回来,叫他们回来,索尼娅! 哦,这些不知好歹的傻孩子! ……波莉娅! 抓住他们……我都是为了你们呀……"

她拼命地跑着,突然被什么东西绊了一下,跌倒了。

"她摔伤了,流血了! 哦,上帝啊!"索尼娅弯下腰去看着她,喊了一声。

大家都跑过来,拥挤着围成一圈儿。最先跑过来的人当中,有拉斯柯尼科夫和列别加尼科夫,那个官员也急忙走了过来,那个跟在他后面的警察抱怨地咕哝着:"唉——"然后挥了挥手,预感到这下事情麻烦了。

"走开! 走开!"他赶开挤在周围的人们。

"她要死了!"有人喊道。

"她疯了!"另一个说。

"上帝啊,保佑她吧!"一个女人画着十字说,"小姑娘和小男孩给抓住了吗? 那不是,把他们领来了,大女儿抓住的……唉,这些任性的孩子!"

大家把卡捷琳娜·伊万诺夫娜仔细地检查了一遍,这才看清,她并不是像索尼娅所想的那样碰到石头上摔伤的,而那些染红了路面的血是从她胸膛里、由喉咙里涌出来的。

"这我是知道的,我以前看到过,"那个官员对拉斯柯尼科夫和列别加尼科夫低声说,"这是肺痨,血这样涌出来,是会把人憋死的。还在不久前我就曾亲眼看到,我的一个女亲戚也是这样,吐出的血有一杯半……突然……不过,怎么办呢? 她马上就会死的。"

"抬到这边来,抬到这边来,到我家去!"索尼娅恳求说,"瞧,我就住在这里……就是这幢房子,从这儿数起,第二幢……到我家去,快,快……"她一会儿跑到这个人那里,一会儿跑到另一个人跟前,"叫人去请医生……哦,上帝啊!"

多亏那个官员的努力张罗,事情总算顺利解决了,就连那个警察也帮着抬卡捷琳娜·伊万诺夫娜。当人们把她抬到索尼娅家去的时候,她几乎已经失去了知觉。大家把她放到床上时,她还在继续吐血,不过她开始慢慢苏醒过来了。几个人一起走进屋里,除了索尼娅,还有拉斯柯尼科夫、列别加尼科夫、那个官员和警察,警察先驱散了看热闹的人群,其中有几个一直护送着他们,直到门口。波列奇卡也拉着浑身发抖、正在哭泣的柯尔卡和廖尼娅的手,把他们领进屋里。卡佩瑙莫夫家的人也都跑来了——卡佩瑙莫夫是一个跛子,又是独眼,样子很古怪,又粗又硬的头发直竖着,还留着连鬓胡子;他妻子的表情好像总是有点儿害怕的样子;他们的几个孩子脸上经常露出惊讶的神情,因此反而显得很呆板,而且他们一直都张着嘴。这时,斯维里加洛夫突然也出现在人群中。拉斯柯尼科夫惊讶地望了望他,不明白他是从哪里来的,也不记得曾在人群中看到过他。

大家都在纷纷谈论请医生和神父的事。那个官员悄悄对拉斯柯尼科夫说,看来,现在请医生已经是多余了,不过还是叫人去请了。卡佩瑙莫夫亲自跑去请医生。

这时,卡捷琳娜·伊万诺夫娜已经苏醒过来,也暂时停止了吐血。她用痛苦的、同时也是专注和感人的目光看着面色苍白、浑身发抖的索尼娅,索尼娅正在用手帕擦去她额上的汗珠;最后,她请求把她扶起来。于是,大家把她扶起来,让她坐在床上,两边都有人扶着她。

"孩子们呢?"她有气无力地问,"波莉娅,你把他们领来了吗?哦,傻孩子们!……唉,你们跑什么……哎呀!"

她那发干的嘴唇上又溢出了鲜血。她转着眼珠朝四下里望了望,说:

"原来你是住在这样的地方,索尼娅!我连一次也没来过你这儿……现在却有机会……"

她痛苦地看了看索尼娅：

"我们把你的血都吸干了，索尼娅……波莉娅、廖尼娅、柯尔卡，到这儿来……瞧，他们都在这儿了，索尼娅，你就收留下他们吧……我把他们交给你了……就我来说，已经够了！……一切都完了！啊！……让我睡下来，至少让我安安静静地死吧……"

于是，大家又让她躺到枕头上。

"什么？请神父？……用不着……你们哪儿来的闲钱？……我没有罪……不用忏悔，上帝也会宽恕我……他知道我受了多少苦……即使他不宽恕我，那也就算了……"

她越来越陷入不安宁的昏迷状态。有时，她打个哆嗦，用眼睛往四下里看看，而且认出了每个人，但短时间的清醒后，她立刻又变得不省人事了。她声音嘶哑、困难地喘着气，好像喉咙里有什么东西在咯咯地响着。

"我对他说：'大人！……'"她拼命地喊出来，每说出一个字都要喘息一下，"这个阿玛莉娅·柳德维戈夫娜……唉！廖尼娅、柯尔卡！双手叉腰，快，快，滑步……滑步，巴斯克人的舞步！跺脚……要做一个动作优美的好孩子。

　　你有钻石和珍珠……①

下面怎么唱？啊？应该唱……

　　你有一双最美的眼睛，
　　姑娘，你还需要什么？

_____

① 原文是德文（这是舒伯特以海涅的诗句作歌词谱写的一首抒情歌曲）。

嗯,对呀,怎么不对? 你还需要什么——这是他编造出来的,傻瓜! ……哦,对了,还有:

在炎热的正午,在达吉斯坦的山谷……①

啊,我多喜欢啊……这首抒情歌曲我真是喜欢极了,波列奇卡……你要知道,你父亲……在他还是我未婚夫的时候,他就唱过……哦,那些日子啊……要是我们,要是我们也来唱这首歌,那该多好! 啊! 怎么唱,怎么唱呢……我忘了……你们提示一下啊,是怎么唱的呢?"她异常激动,努力欠起身来,终于用可怕的嘶哑的声音拼命叫喊着唱了起来,每唱一个字都累得喘不过气来,神色也越来越可怕了:

在炎热的正午! ……在达吉斯坦……在山谷里!
胸膛里有一颗子弹! ……

"大人!"她突然发出一声令人心碎的哀号,放声痛哭起来,泪水止不住地从她眼里流淌着,"请你保护这些孤儿啊! 已经故去谢苗·扎哈雷奇十分好客……甚至可以说是贵族家庭的……啊!"她战栗了一下,突然清醒过来,恐惧地看着所有在场的人,立刻就认出了索尼娅。"索尼娅,索尼娅!"她柔和而又亲切地说,看到她站在自己面前,似乎感到很惊讶,"索尼娅,亲爱的,你也在这里吗?"

---

① 俄罗斯著名作曲家巴拉基烈夫(1836—1910)用莱蒙托夫的诗作《梦》谱成的一首著名的抒情歌曲。

他们又把她扶了起来。

"够了！……是时候了！……永别了，苦命的人！……一匹瘦马已经被赶得精疲力尽……再也没有力气了！"她绝望而痛恨地大喊一声，头沉重地倒在枕头上。

她又昏迷过去了，但这最后一次昏迷的时间并不长。她把那白中透黄、憔悴不堪的脸往后一仰，张开了嘴，两条腿抽搐了一下，然后伸直。她深深地长叹了一口气，死去了。

索尼娅扑到她的尸体上，抱住她，头紧贴在她那干瘦的胸膛上，就这样一动也不动。波列奇卡伏在母亲脚边，吻着她的脚，放声大哭。柯尔卡和廖尼娅还不明白发生了什么事，不过已经预感到这非常可怕，彼此用双手搭在对方的肩上，目不转睛地互相对视着，突然一下子一起张开小嘴，高声叫喊起来。两个人还都穿着演出的服装：一个头上裹着缠头巾，另一个戴一顶插着鸵鸟毛的小圆帽。

那张"奖状"怎么会突然出现在床上，放在卡捷琳娜·伊万诺夫娜身旁呢？它就放在枕头旁边，拉斯柯尼科夫看见了它。

他走到窗前。列别加尼科夫也急忙到他跟前去。

"她死了！"列别加尼科夫说。

"罗吉昂·罗曼内奇，我要对你说两句必须要说的话，"斯维里加洛夫走过来说。列别加尼科夫立刻让开，很客气地悄悄走到一边儿去了。斯维里加洛夫把感到惊讶的拉斯柯尼科夫拉到更远一些的一个角落里。

"这一切的后事，也就是安葬费等都由我负责。你听我说，这需要钱，我不是对你说过吗，我有一笔用不到的钱。这两个孩子和这个波列奇卡，我把他们安置到一个比较好的孤儿院里。在他们成年之前，我给他们每人一千五百卢布，作为他们的生活费，好让索菲娅·谢苗诺夫娜完全放心。而且也要把她从火坑里拉出来，因为她是个好姑娘，不是吗？嗯，那么请你转告阿芙朵佳·罗曼诺芙娜，她的那一万卢布，我就是这样用掉了。"

"你这样的行善有什么目的呢？"拉斯柯尼科夫问。

"哎呀！你真是个多疑的人！"斯维里加洛夫笑了，"我不是说过吗，我这笔钱是用不到的。嗯，没有什么目的，只不过是出于人道主义精神，你不准许，还是怎么呢?因为她不是'虱子'（他用手指了指停放着死者的那个角落），可不像那个放高利贷的老太婆。这一点你得承认，'到底是让卢仁活着继续干坏事，还是该让她死呢？'如果我不帮助他们，那么'波列奇卡，比方说，就也得走那条路了……'"

他说这话的时候，目不转睛地看着拉斯柯尼科夫，神情十分快活，好像在向他使眼色，心里不知有什么狡猾的想法。拉斯柯尼科夫从他的嘴里听到自己曾经对索尼娅说过的话，不由得脸色发白、浑身发冷。他迅速地退后一步，惊愕地看着斯维里加洛夫。

"你怎么……知道的？"他悄悄地说，简直喘不过气来。

"因为我就住在这儿，住在隔壁列斯莉赫太太的家。这儿是卡佩瑙莫夫的家，那边是列斯莉赫太太的家，她是我最忠实的朋友、我是她的邻居。"

"你？"

"我，"斯维里加洛夫接着说下去，笑得前仰后合，"而且我以我的人格担保，最亲爱的罗吉昂·罗曼内奇，请你相信，你让我很感兴趣。我不是告诉过你吗？我们会成为朋友的，我曾经向你做过这样的预言——瞧，现在我们已经成朋友了。你会看到，我是一个多么随和的人。你还会看到，跟我还可以很好地相处……"

460

第六卷

第一章

　　对拉斯柯尼科夫来说，一个奇特的时期开始了：好像一团迷雾突然降落到他的面前，把他禁锢在无法逃避的、痛苦的孤独之中。很久之后，当他回想起这个时期，才恍然大悟，有时他的思想好像变得糊里糊涂，就这样一直持续着，直到最后发生了灾难，不过这中间他也有偶尔明白的时候。他深信，当时在许多事情上他都犯了错误，比如，对某些事件的日期和发生时间的记忆，就是如此。至少当他后来回想起那些事情的时候，根据从旁人那里得到的材料，他知道了许多关于自己的情况。比如，他曾经把一件事情和另一件事情混淆起来，把另一件事情看作仅仅存在于他想象中的某一事件的后果。有时，他被一种病态的担心痛苦折磨着，这种担心甚至把他吓得胆战心惊。不过他也记得，有些时候，几个小时，甚至也许是几天，他对这些竟是完全无动于衷，与以前的恐惧恰恰相反——这很像一些垂死的人面对生命的终结时，所特有的那种病态的冷漠。总之，在这最后几天，他似乎有意竭力避免完全弄清自己的处境；对于那些必须立刻弄清楚的某些重大事实，尤其使他感到苦恼不堪。如果能摆脱那些忧虑，能够回避它们，他将会感到多么愉快啊！然而，在他的这种处境下，如果真要把这些烦恼的事抛置脑后，就会使他面临彻底的、不可避免的毁灭。

　　特别让他担心的是斯维里加洛夫，甚至可以说，他似乎把注意力完全集中在斯维里加洛夫身上了。自从卡捷琳娜·伊万诺夫娜死去的那一刻，斯维里加洛夫在索尼娅家过于明显地说出了那些对他来说具有严重的威胁性的话之后,他平常的思路好像一下子被打乱了。然而,尽管这个新的因素使他感到异常不安,但不知为什么,他却不急于弄清楚这到底是怎么回事。有时候,他突然发觉自己到了城市里某个远离市区的僻静地方,独自坐在一家小饭馆的一张桌子旁边,陷入沉思,几乎记不起他是怎么来到这里的,却突然会想起斯维里加洛夫来。他突然十分清楚而又担心地意识到,一定要尽快和这个人达成协议,如果可以的话,要彻底结束这件事。有一次,他来到城外的某个地方,甚至想象,他是在这儿等着斯维里加洛夫的,他们已经约好,要在这里会面。还有一次,他睡在某处灌木丛里的地上,在黎明到来之前醒了过来,几乎记不得自己是怎么来到这里的。不过,在卡捷琳娜·伊万诺夫娜死后的这两三天里,他已经有两次碰到过斯维里加洛夫,每次几乎都是在索尼娅的屋子里,他去那里并没有什么目的,而且几乎总是只待了一会儿。他们每次都只简短地寒暄几句,一次也没谈到过那个重要的问题,似乎他们之间自然而然地达成了协议,暂时不谈这个问题。卡捷琳娜·伊万诺夫娜的尸体还停放在棺材里。斯维里加洛夫在料理丧事,忙忙碌碌。索尼娅也很忙。最近一次见面时,斯维里加洛夫对拉斯柯尼科夫说,他已经把卡捷琳娜·伊万诺夫娜孩子们的事情都办妥了,而且办得很顺利;说是他通过某些关系找到了几个人,在他们的帮助下,可以把三个孤儿立刻安置到对他们非常合适的孤儿院里;还说,他为他们存的那笔钱对安置他们起了很大的作用,因为安置有钱的孤儿,比安置贫苦的孤儿要容易得多;他还谈到了索尼娅,同时答应在这几天内,说不定什么时候就会亲自到拉斯柯尼科夫那里去,还提到"他很想向他请教,有些事情很需要和他谈谈……"这些话都是在楼梯口的过道里说的。斯维里加洛夫注视着拉斯柯尼科夫的眼睛,沉默了一会儿以后,突然压低了声音问道:

"你这是怎么了,罗吉昂·罗曼内奇,你好像心神不宁,精神恍惚? 真的! 你在听,也在看,可是好像什么也不理解。你要振作起来。我们谈谈吧,只是我的事情太多了,有别人的事,也有我自己的……唉,罗吉昂·罗曼内奇,"他突然补上一句,"每个人都需要空气,空气、空气……首先需要空气! "

他突然闪到一边,让正在上楼来的一个神父和助手走过去。他们是来安魂祈祷的。按照斯维里加洛夫的吩咐,每天要按时来做安魂祈祷两次。斯维里加洛夫径自走了。拉斯柯尼科夫稍站了一会儿,思索了片刻,然后跟着神父走进了索尼娅的房间。

他站在门口。安魂祈祷已经在肃静、庄严而又悲哀的气氛中开始了。从他的童年时代起,一想到死和感觉到死亡的确实存在,他就很难过、神秘和可怕;而且已经有很久没听到过安魂亡灵了。同时,这儿还有一种非常可怕的、令人惊惶不安的气氛。他望着孩子们:他们都跪在棺材前,波列奇卡在哭。索尼娅跪在他们后面,轻轻地祈祷,好像是胆怯地低声啜泣。"最近这几天,她没朝我看过一眼,也没跟我说过一句话。"拉斯柯尼科夫突然想。阳光明亮地照耀着这间屋子;香炉里的烟袅袅升起;神父在念:"上帝啊,让她安息吧。"拉斯柯尼科夫一直站到安魂仪式结束。神父在祝福和告辞的时候,表情有点儿奇怪地朝四下里望了望。安魂仪式结束后,拉斯柯尼科夫走到索尼娅跟前。她突然握住他的双手,把头靠到他的肩上。这亲昵的姿态甚至使拉斯柯尼科夫吃了一惊,感到迷惑不解,甚至觉得奇怪:这是怎么了? 她对他居然没有一点反感,也没有一点儿厌恶,她的手一点儿也不发抖! 这是一种自惭形秽的表现。至少他是这样理解的。索尼娅什么也没说。拉斯柯尼科夫握了握她的手就走了出去。他感到非常痛苦。如果这个时候,能够随意地躲起来,只有他独自一人,哪怕终生如此,他也认为自己是幸福的。然而,问题在于,最近一个时期,尽管他几乎总是一个人,却怎么也感觉不到他确实是形单影只,孑然一身。有时他到城外去,走到一条大路上,甚至有一次走进一片小树林里;但地方越僻静,他就越发强烈地意识到似乎有什么人站在他身后,让他感到惶恐不安,倒不是觉得可怕,只是不知怎么回事,让他感到十分苦恼,于是他又立刻回到城里,混杂在人群中间,走进小饭馆、小酒店,到旧货市场或干草广场去。在这些地方,他似乎反而会觉得轻松一些,甚至也更孤独一些。一天傍晚,在一家小酒馆里,有人在唱歌,他在那里坐了整整一个钟头,听人唱歌。他记得,他当时甚至觉得十分愉快,可是最后他又突然感到不安了,好像良心的谴责突然又让他痛苦起来:"瞧,我坐在这儿听人家唱歌呢,但这难道是我应该做的吗?"他似乎这样想。不过他马上意识到,这并不是使他感到不安的唯一因素,有一件需要立刻解决的事情,然而这件事既无法理解,也不能用语言表达出来。一切都纠缠在一起,简直是一团乱麻。

"不,最好还是继续斗下去!最好是波尔费利再来……或者斯维里加洛夫……但愿赶快再来一次挑战,或者再来一次进攻……对!是的!"他这样想着,走出小酒馆,几乎奔跑起来。一想到杜尼娅和母亲,不知为什么,他突然又像感到胆战心惊,说不出的恐惧。这天夜里,天亮之前,他在克列斯托夫岛上的灌木丛里醒来了,就开始发烧,浑身发抖。他走回家去,到家里已经是清晨了。他睡了几个钟头以后,烧就退了,但是醒来的时候已经很晚——已经是下午两点了。

他想起这天是卡捷琳娜·伊万诺夫娜下葬的日子,他没去参加,为此感到很高兴。娜斯塔霞给他送来了吃的,他吃得津津有味,几乎是狼吞虎咽,胃口好极了,最后几乎是把这些东西一扫而光。他的头脑清醒些了,心情也比最近几天来安宁些了。霎时间,他甚至感到奇怪,为之前那种莫名其妙的恐惧感到惊讶。房门开了,拉祖米欣走了进来。

"啊！他在吃饭，看来病已经好了！"拉祖米欣说着，端过一把椅子，挨着桌子坐在拉斯柯尼科夫的对面。他心情焦急不安，也不设法掩饰这种心情。他说话时，脸上仍然流露出明显的烦恼神情，不过还是说得很从容，也没有特别提高嗓音。看上去他心里有一个特别的、甚至是十分独特的打算。"听我说，"他坚决地说，"对你的事，我一点儿也不感兴趣，不过就我目前所看到的情况来说，我清清楚楚地看出，我什么也不明白——请你别以为我是来盘问你。我才不呢！我不想问！就是你现在向我公开你的全部秘密，把什么都告诉我，也许我连听都懒得听，我会啐一口唾沫，转身就走。我来找你，只不过是想亲自弄个明白：第一，你是不是真的疯了？你要知道，关于你，有一种坚定的看法（嗯，不管是什么地方吧），认为你大概是个疯子，或者很容易变成疯子——我老实告诉你，我自己也非常同意这种看法；第二，根据你那些愚蠢的、在某种程度上也是卑鄙的行为（简直是莫名其妙）看来，是如此；第三，从不久前你对令堂和你的妹妹的行为来看，也是如此，如果不是疯子，只有恶棍和坏蛋才会像你那样对待她们。可见你准是疯子……"

"你见到她们已经很久了吗？"

"就在刚才。你从那时候就没见过她们吗？你去哪里闲逛了，请你告诉我，我已经来找过你三次了。从昨天起，令堂就病得很严重。她打算来看你，但阿芙朵佳·罗曼诺芙娜不让她来，而她什么话也不想听，她说：'如果说他有病，如果说他精神不正常，那么母亲不去照顾他，谁去照顾他呢？'我们和她一起来过这里，因为我们不能丢下她一个人不管。一路上，直到你的房门口，我们一直劝她安静下来。进到屋里时，你不在家。瞧，她就坐在这儿，坐了十分钟。我们站在她身边，一句话也不说。她站起来，说：'既然他出去了，那看来他的身体是健康的,既然他把母亲忘了,那么做母亲的站在门口,像乞求施舍一样恳求他的爱,是不成体统的,也是可耻的。'回家以后,她就病倒了;现在在发烧。她说:'现在我明白了,为了自己的女朋友,他倒是有时间的。'她认为,这个"自己的女朋友"就是索菲娅·谢苗诺夫娜,她是你的未婚妻,还是情妇,这我就不知道了。我刚才去找过索菲娅·谢苗诺夫娜,因为,老兄,我想把事情弄清楚。但我到了那里一看,停着一口棺材,孩子们在哭。索菲娅·谢苗诺夫娜在给他们试穿孝服。你却不在那里。我看了看,向他们道了歉,就走了,我把这情况告诉了阿芙朵佳·罗曼诺芙娜。这么说,这一切全都是胡思乱想,你并没有什么自己的女朋友,可见你十有八九是真的疯了。可是,瞧,你现在却坐在这儿狼吞虎咽地吃炖牛肉,就像三天没有吃过饭似的。如果说,疯子也吃东西,尽管你一句话也没跟我说,可是你……不是疯子!对这一点,我可以起誓。首先,你不是疯子。那么你们怎么着都行,我懒得去管,也管不着,因为这里面肯定有什么秘密,或者什么隐私,我可不想绞尽脑汁去猜测你们的秘密。所以,我这次来只是为了骂你一顿。"他说完就站了起来,"发泄一下,我现在知道该怎么办了!"

"现在你打算怎么办?"

"现在我打算怎么办,关你什么事!"

"当心,你会去拼命喝酒的!"

"为什么……你怎么知道?"

"哈,我当然知道了!"

拉祖米欣沉默了一会儿。

"你一向是个很理智的人,你从来都没有,从来都没有疯过!"他突然激动地说,"这你说对了,我是要去喝酒了!再见!"他说罢就要走。

"大概是前天,我跟妹妹说起过你,拉祖米欣。"

"说我?对了……前天你能在哪儿见到过她?"拉祖米欣突然站住

了,脸甚至有点儿发白。可以想到,他的心在胸膛里缓慢而紧张地跳动着。

"她到这儿来了,一个人来的,坐在这儿,和我说过话。"

"她?"

"是的,是她。"

"你说什么了……我的意思是说,你说我什么了?"

"我对她说,你是个好人,正直而且勤劳。但我没有跟她说,你爱她,因为这个她自己也知道。"

"她自己知道?"

"嗯,当然知道!以后不管我去了哪里,不管我出了什么事,你都要像神明一样,和她们待在一起。我,可以这么说吧,把她们托付给你了,拉祖米欣。我之所以这么说,是因为我完全明白,你多么爱她,而且对于你纯洁的内心深信不疑。我也知道,她会爱你,甚至也许已经在爱着你了。现在你自己决定好了,这些你心里是最明白的——你要不要去喝酒。"

"罗吉昂……你要知道……嗯……唉,见鬼!可是你要到哪里去?你瞧,如果这全都是秘密,那就算了!不过我……我一定会把这个秘密打听出来……而且相信,这一定是什么既荒唐又可怕的事,而且都是你自己想出来的。不过话又说回来,你是个非常好的好人!非常好的好人……"

"我正要对你说,可是你打断了我的话,我要说的就是,刚才你说不打听这些秘密,这些不能让人知道的事情,你的这个决定是很对的。你暂时先别去管,也别劳神。到时候你会全部知道的,确切地说,就是到必要的时候。昨天有个人对我说,人需要空气,空气,空气!现在我到他那里去,弄清楚这话是什么意思。"

拉祖米欣若有所思地站在那里,心里忐忑不安,在考虑着什么。

"他是个阴谋家！一定是的！他正要实施一个有决定意义的步骤——一定是这样！不可能是别的事情，而且……而且杜尼娅知道……"他突然暗自想。

"这么说，阿芙朵佳·罗曼诺芙娜常来看你，"他一字一顿地说，"你呢，要去会见一个人，这个人说，需要更多的空气、空气，而且……而且，这样看来，这封信……也是从那儿来的了。"他好像自言自语地说着。

"什么信？"

"她收到了一封信，就是今天，这使她感到很惊慌，十分不安，甚至非常担心。我跟她谈你的事——她求我不要说。后来……后来她说，也许我们很快就会分手，随后她又不知为了什么事情拼命地向我道谢，然后她就回到自己的房间里把门锁上了。"

"她收到了一封信？"拉斯柯尼科夫若有所思地又问了一声。

"是啊，一封信，你不知道吗？嗯……"

他们俩沉默了一会儿。

"再见，罗吉昂。我，老兄……有一个时期……不过，再见吧，你要知道，有一个时期……嗯，再见！我也该走了。我不会去喝酒。现在没必要了……你别瞎说！"

他匆匆地走了。但是，当他已经出去，而且几乎随手把房门带上的时候，却又突然把门推开，望着一旁说道：

"顺便问一下！你还记得这件凶杀案吗？嗯，就是这个波尔费利经办的，谋杀那个老太婆的案子。嗯，要知道，凶手已经查明，他自己招认了，还提供了一切证据。就是那两个工人，那两个油漆匠当中的一个，你想想看，还记得吗？我曾在这儿为他们辩护过呢？你相信吗？那几个人——看门人和那两个见证人上楼去的时候，他和他的同伴在楼梯上打闹、嘻笑，这都是他为了转移他人的视线故意做出来的。

这个狗崽子多么狡猾，多么镇定！真让人难以相信！可是他现在自己招认了，并做出了解释！我上当了！但这有什么呢，依我看，这只不过是一个善于伪装、善于随机应变的天才，一个从法律观点来看，善于转移视线的天才。所以，没什么好奇怪的！难道不可能有这样的人吗？至于他没能坚持到底，终于招认了，这就让我更加相信他的话了，这更合乎情理嘛……可是我，那时候我却上当了！为他们气得发疯！"

"那请你告诉我，这些你是怎么知道的，你为什么对这件事如此感兴趣？"拉斯柯尼科夫带着明显的激动问道。

"这又来了！我为什么感兴趣？是你问我！……我是从波尔费利那里知道的，也从别人那里听说过。不过从他那里几乎了解了一切情况。"

"从波尔费利那里吗？"

"是的，从波尔费利那里。"

"他……他的意思呢？"拉斯柯尼科夫惊慌地问道。

"关于这件事，他对我做了极好的解释。按照他的方式，从心理学上进行了解释。"

"他做了解释？他亲自给你解释吗？"

"是的，亲自，是他亲自。再见！以后我再把详细的情形告诉你，不过现在我还有事。以后再说……有一段时间，我以为……没什么，以后再说！……现在我干吗还要喝酒呢？不用酒，你已经把我灌醉了！我真的醉了，罗吉昂！现在不用喝酒我就醉了。好，再见，我还会来的，很快就来的。"

他出去了。

"这，这是一个阴谋家，一定是的，一定是！"拉祖米欣慢慢下楼去的时候，完全肯定地暗自断定，"而且把妹妹也给卷进去了——像阿芙朵佳·罗曼诺芙娜这样的性格，这非常，非常可能。他们见过好几

471

次面……要知道,她也暗示过我。根据她的许多话……她的只言片语……和暗示来看,这一切都只能是这个意思!不然,对这些错综复杂、一团乱麻似的情况应该做何解释呢?嗯,我本来以为……哦,上帝啊,我怎么会这样想呢!是的,这是我一时糊涂,我对不起他!这是他当时在走廊上、在灯光下把我搞糊涂了。呸!我的想法多么可恶、多么不可宽恕,而且多么卑鄙啊!尼古拉是好样的,他招认了……以前的所有情况,现在全都清楚了!当时他的病,他的那些奇怪的行为,甚至以前,以前,还在大学里的时候,他一向都是那么阴郁,那么愁闷……不过现在这封信又是什么意思?大概这里面也有什么名堂吧!这封信是谁来的?我怀疑……唔。不,我一定要把这一切都弄清楚。"

他回想着,并仔细考虑着有关杜尼娅的一切,他的心揪紧了。他拔起脚快步走了。

拉祖米欣刚走,拉斯柯尼科夫就站起来,转身走向窗前,一会儿走到这个角落,一会儿又走到另一个角落,似乎忘记了他这间小屋是那么狭小,后来……他又坐到了沙发上。他好像变了个人:再跟他们斗下去——那么,出路就找到了!"是的,那么,出路就找到了!不然,这一切堆积在一起,毫无出路,压得人喘不过气来,痛苦不堪,使人昏昏沉沉,闷得发慌。自从在波尔费利那里看到米科尔卡之后,他就开始感到窒息,觉得没有出路,陷入了绝境。在看到米科尔卡之后的当天,又在索尼娅家里演出了那一幕。那幕戏是由他导演的,可是演出的情况和结局,却完全不像他以前想象的那样……于是他顷刻之间就变得虚弱无力了,也就是说,他一下子就垮了。当时,他曾经同意索尼娅的意见,是他自己同意的,而且是由衷的同意:他不能把这件事闷在心里,然后孤独地活下去。可是斯维里加洛夫呢?斯维里加洛夫是个谜……斯维里加洛夫把他搅得心神不宁,这是确实的。但是,不知道怎么回事,并不是在那一方面使他产生了不安。也许他还要跟斯维里加洛夫斗一斗。而跟斯维里加洛夫斗，也许是一条发泄内心苦闷的出路；至于波尔费利，那就是另一回事了。

"这么说，波尔费利还亲自向拉祖米欣进行过解释，从心理学上给他做了解释！又把他那可恶的心理学搬出来了！波尔费利吗？难道波尔费利真的相信米科尔卡有罪？哪怕是有一分钟相信？既然在米科尔卡出现之前，他就和波尔费利之间曾经有过那样的事，出现过那样的情景，他们曾面对面地交谈，而除了一种解释，对这找不出任何合理的解释（这几天拉斯柯尼科夫头脑里有好多次闪现出、并且回想起会见波尔费利时的几个片断——要回忆起当时的全部情景是他受不了的）。当时，他们之间曾有过那样的一些动作和姿态，互递过那样的一些眼神，说话时使用过那样的语调，而且达到了那样的地步，因此，在发生了那样的事情之后，要想从根本上动摇他的看法，绝对不是米科尔卡所能做到的（从他的第一句话和第一个动作，波尔费利就已经把他看透了）。

"怎么回事！连拉祖米欣也产生怀疑了！当时在走廊上、在灯光下发生的那一幕，在那时候不是没有影响的。于是，他赶紧跑到波尔费利那里去……不过这家伙何必要这样欺骗他呢？他让拉祖米欣把视线转移到米科尔卡身上去，究竟有什么目的？因为他一定有什么想法，肯定有什么目的，但这是什么目的呢？的确，从那天早上以来，已经过了很长时间了——太长了，太长了，但关于波尔费利，却毫无音讯。这当然更加不妙……"拉斯柯尼科夫拿起帽子，沉思了一会儿，从屋里走了出去。在这段时间里，他还是头一次感觉到，至少他的头脑是清醒的。"一定要把斯维里加洛夫这个问题解决了，"他想，"而且无论如何也要解决，越快越好：看来他大概也是在等我亲自到他那边去吧！"在这一瞬间，从他疲惫不堪的心灵里突然升起一股如此强烈的憎恨情绪，说不定他真会杀死这两个人当中的一个——斯维里加洛夫或者是波尔费利。至少他觉得，即使不是现在，那么以后他也会这么做。"咱们等着瞧，咱们等着瞧吧。"他一遍又一遍地暗自想着。

然而，他刚打开通往过道的门，就突然遇到了前来找他的波尔费利。他进到屋里来了。拉斯柯尼科夫呆呆地愣了一会儿。说也奇怪，波尔费利来找他，他并不觉得十分惊讶，几乎不怕他，他只是战栗了一下，但很快，也可以说是转瞬间就做好了思想准备。"也许，这就是结局！不过他怎么会像一只猫似的悄悄地走进来呢？我竟什么也没听到！难道他在偷听吗？"

"没想到有客人来吧，罗吉昂·罗曼内奇？"波尔费利·彼特罗维奇笑着高声说道，"早就想顺便来看看你了，我从这里路过，心想——为什么不进去看看，坐上五分钟呢？你要上哪儿？我不耽误你的时间，只稍坐一会儿，抽支烟，如果你允许的话。"

"请坐，波尔费利·彼特罗维奇，请坐。"拉斯柯尼科夫请客人坐下，看样子他很满意，而且相当友好，如果这时候他能看到自己的表情，准会连自己都感到惊讶。反正已经到了这一步，那就豁出去了！有时候，一个人遇到暴徒，往往会忍受半个小时垂死挣扎的恐惧，可是当刀子已经架到他脖子上的时候，他也就不觉得害怕了。拉斯柯尼科夫正对着波尔费利坐下来，眼睛一眨也不眨地直看着他。波尔费利眯缝起两眼，点了一支烟。

"好，说吧，说吧，"这句话好像就要从拉斯柯尼科夫的心里跳出来了，"唔，怎么，为什么，为什么你不说啊？"

第二章

　　"唉,这些香烟!"波尔费利·彼特罗维奇把烟点着了,抽上几口以后,终于说话了,"都是有害的,只有害处,可我就是戒不掉!我经常咳嗽,喉咙里发痒,呼吸困难。你要知道,我胆子很小,前两天去 B 医生那里看病,每个病人他至少要给检查半个小时;他看着我,甚至大笑起来。他给我敲了敲,听了听,对我说:'你不能抽烟,肺都扩大了。'唉,但我怎么能不抽呢?拿什么来代替它?我不喝酒,这可真是毫无办法,嘿嘿嘿,我不喝酒,真是糟糕透了!要知道,什么都是相对的,罗吉昂·罗曼内奇,什么都是相对的!"

　　"他这是在干什么,又在耍以前玩弄过的那套把戏吗? 还是怎么了?"拉斯柯尼科夫心里厌恶地想。他不由得想起不久前他们最后一次见面的全部情景,当时的那种感觉又像潮水一般突然涌上他的心头。

　　"前天晚上我已经来找过你了,你不知道吗? "波尔费利接着说,同时一边打量着这间屋子,"我走进屋里,就是这间屋里。也是像今天一样,从附近的路经过,我想,去拜访拜访他吧。我来了,可是房门大开着,我朝屋里看了看,等了一会儿,连你的女仆也没告诉一声就出去了。你怎么不锁门? "

　　拉斯柯尼科夫的脸色越来越阴沉了。波尔费利似乎猜到了他的心思。

　　"我是来向你解释的,亲爱的罗吉昂·罗曼内奇,我是来向你解释的! 我应该,而且有责任向你解释一下,"他微笑着继续说,甚至用手掌轻轻拍了拍拉斯柯尼科夫的膝盖,但是几乎就在同时,他脸上突然露

475

出严肃、忧虑的神情,甚至好像蒙上了一层愁云,这使拉斯柯尼科夫感到十分惊讶。他还从没见过,也从未想到,波尔费利的脸上会有这样的表情。"最后一次会面的时候,我们之间发生过一种奇怪的情景,罗吉昂·罗曼内奇。大概,我们第一次会见的时候,也发生过这种奇怪的情景,不过当时……唉,现在都凑到一块儿来了!事情是这样的:我也许很对不起你,这一点我感觉到了。我们当时是怎么分手的呢,你还记得吗?当时你神经紧张,双膝战抖;我也神经紧张,双膝战抖。你要知道,当时我们之间甚至是剑拔弩张,缺乏君子风度。可我们毕竟都是君子——也就是说,无论如何,我们首先都是君子——这一点必须明白。你该记得,事情闹到了什么地步……甚至非常有失体统了。"

"他这是在干什么,他把我当成了什么人?"拉斯柯尼科夫惊讶地问自己,微微抬起头,睁大了眼睛,直看着波尔费利。

"我想过了,觉得咱俩现在还是开诚布公的好。"波尔费利接着说下去,微微仰起头,低下眼睛,好像不愿再以自己的目光让自己以前的受害者感到困惑不解,似乎也不屑再使用以前使用过的那些手法、不屑于再玩弄以前玩弄过的那些诡计了,"是的,这样的猜疑和这样的争吵是不能长久继续下去的。当时,米科尔卡使我们摆脱了困境,不然我真不知道我们之间会闹到什么地步。当时这个该死的小市民就坐在隔板后面——这个你能想象得到吗?当然,这事现在你已经弄清楚了;而且我也知道,后来他上你这里来过。但是当时你猜测的事情却是没有的:当时我并没有派人去叫任何人,也没有布置过什么。也许你会问,为什么不布置?怎么跟你说呢,当时这一切似乎使我自己也大吃一惊。就连那两个看门人,我也是勉强派人去把他们叫来的——你出去的时候,大概看到那两个看门人了吧?当时,我有个想法,真的,有一个想法,像闪电一样在我的脑子里飞快地一闪而过。你要知道,罗吉昂·罗曼内奇,当时我坚信不疑。好吧,我想,暂时先把这件事放过去吧，但是另一件事我一定要紧紧地抓住——至少我不能让我所要的那个人从我身边逃走。罗吉昂·罗曼内奇，你很容易激动，天生就容易激动，甚至是太容易激动了，这跟你的性格和心理上的其他素质是很不相称的，而你的那些素质，我多多少少有些了解，这是让我感到比较欣慰的。当然啦，即使那样，甚至在当时，我也能想到，希望有一个人突然挺身而出，把一切真相都说出来，但这样的事是不会经常发生的。虽说也会有过这样的事，特别是当一个人被弄得失去最后的忍耐时，不过无论如何这是很少见的。这一点我也还能想到。不，我想，我要是掌握了一点儿事实，那就好了！哪怕是微不足道的一点儿事实，只要有一点儿就够了，不过是可以用手抓得到的，是个实实在在的东西，而不是这种心理上的玩意儿。因为，我想，如果一个人有罪，那么当然无论如何也可以从他那里得到点儿什么非常重要的东西，甚至可以指望得到最出乎意料的结果。当时，我把希望寄托在你的性格上，罗吉昂·罗曼内奇，我把最大的希望寄托在性格上！当时我对你确实抱有很大的希望。"

"可是你……可现在你为什么还是这么说呢？"拉斯柯尼科夫终于含糊不清地问了一句，他甚至还没有好好理解这句问话的意思。"他说这话是什么意思，"他心慌意乱地暗自想到，"难道他真的认为我是无辜的吗？"

"我为什么净说这些呢？我是来向你解释的，可以这么说吧，我认为这是我神圣的责任。我想把一切统统都对你说出来，事情的全部经过，当时发生那些可以说是误会的事情，统统都对你讲清楚。我让你忍受了许多痛苦，罗吉昂·罗曼内奇。可我不是恶魔。因为我也理解，一个精神负担很重、然而骄傲、庄严和缺乏耐性的人，尤其是一个缺乏耐性的人，怎么能忍受得了这一切呢！不管怎样，我还是把你看作一个最高尚的人，甚至有舍己为人的精神，尽管我不同意你的那些信念，依然认为有责任把话说在前头，坦率地、十分真诚地说出自己的意见。因为，首先，我不想欺骗你。自从认识了你，我就对你有一种依依不舍的感情。对我的这些话，你也许会觉得好笑吧？你当然有笑的权利。我知道，你从一见到我，就不喜欢我，因为实际上也没有什么好喜欢的。不过，不管你认为怎样，请你相信，现在我想从我这方面用一切办法来改变我给你留下的印象，而且向你证明，我也是个有人性、有良心的人。我所说的都是真心话。"

波尔费利·彼特罗维奇沉默了一下。拉斯柯尼科夫感觉到又一阵恐惧的情绪涌上心头。波尔费利居然会认为他是无辜的，这种想法突然使他感到害怕起来。

"如果按照事情发生的顺序，把一切从头讲一遍，我想大概没有必要，"波尔费利·彼特罗维奇接着说，"我认为，这样做甚至是多余的。而且我也未必能都说清楚。因为，怎么能详细说明这一切呢？刚开始是有一些传闻，至于这是一些什么传闻，是谁说的，是什么时候……又是因为什么牵连到你——我想，这些也都不必说了。就我个人来看，这是从一件偶然的事情开始的，是一件纯属偶然的事情，这件事情极有可能发生，也很可能不发生——那么是一件什么事情呢？嗯，我想，这也没有什么好说的。所有的这一切，那些传闻，还有那些偶然的事情，当时凑在一起，就使我产生了一个想法。我坦白地承认，因为既然承认，那就得毫无保留地承认一切——当时是我首先对你产生了怀疑。至于那个老太婆在抵押品上所做的记号，等等——这一切都是无稽之谈。这种玩意儿算起来有上百个。当时我碰巧听到关于警察分局办公室里发生的那件事的详情，也是纯属偶然，倒不是道听途说，而是从一个特殊的、很重要的人那里听说的，他自己也没意识到，他把当时的情景叙述得多么生动。要知道，这些事情都凑到一块儿了，都凑到一块儿了，罗吉昂·罗曼内奇，亲爱的朋友！嗯，这怎么能使我不想到某一方面去呢？正如英国的一句谚语所说的那样：一百只兔子永远也凑不成一匹马，一百个疑点也永远不能构成一个证据。然而，要知道，这只是一种理智的说法，可是一旦头脑发热，一旦头脑发热起来，你就无法控制了，因为审讯官也是人啊！这时，我也想起了你在杂志上发表的那篇文章，你还记得吧，还有你第一次去找我的时候，咱们就详细谈过那篇文章。当时我嘲讽了一番，但这是为了让你做进一步的发挥。我再说一遍，你没有耐性，而且病得很厉害，罗吉昂·罗曼内奇。至于你大胆、骄傲、严肃，而且……你有所感受，你有很多感受，这一切我早就知道了。所有的这些感受，我都并不陌生，就连你的那篇文章，我看着也觉得是熟悉的。那篇文章是在不眠之夜和近乎发狂的态度之下酝酿和构思而成的，当时你的心情一定很振奋，心在怦怦地狂跳，而且满怀着受压抑的情绪。然而，年轻人的这种受压抑是危险的！当时我曾对那篇文章冷嘲热讽，可现在却要对你说，也就是说，作为一个欣赏者，我非常喜欢那篇充满着青春热情的处女作。那里面有缭绕的烟雾，以及回荡着的琴声。你的文章虽然是荒谬的、脱离实际的，但也闪烁着如此真挚的感情，它包含有年轻人的骄傲和坚定不移的信念，包含有无所顾忌的大胆；那是一篇心情阴郁的文章，不过这很好。我看了你的文章，就把它放到了一边，而且……在把它放到一边去的时候，我心里就想：'唉，这个人是不会就此罢休的！'好，现在请你说说看，既然有了那个开端，以后发生的事怎么会不让我发生兴趣呢！唉，上帝啊，难道我现在说什么了吗？难道我是在证明什么吗？当时我只不过是注意到了。我想，这有什么了不起呢？这没什么了不起的，完全没有什么了不起，也许根本就不足为奇。我，一个审讯官，被这种想法给迷住了，这简直是不成体统的：米科尔卡已经在我的掌握之中，而且有事实为证——不管你怎么想，反正证据确凿！他也提供了自己的心理依据，在他身上还得下点儿功夫,因为这是件生死攸关的事。现在我为什么要向你解释这一切呢?是为了让你知道,而且以你的智慧和你的心灵做出判断,不致为我当时那些恶意的行为而责备我。不是恶意的,我这样说是真诚的,嘿嘿!你认为当时我没上你这儿来搜查过吗?我来过的,来过的,嘿嘿!当你在这儿卧病在床的时候,我来搜查过了。但不是正式搜查,也不是以侦查员的身份,可是来搜查过了。甚至是根据最初留下的痕迹,在你屋里仔细察看过了,没有漏掉任何最小的细节。然而—— 一切都是徒劳的。我想:现在那个人要到我这儿来的,他会自己来的,而且不久就会来了——如果他有罪,他就一定会来。别人不会来,但这个人一定会来。你记得拉祖米欣先生曾向你泄露消息吗?这是我们安排的,目的是让你心里发慌,因此我们故意放出谣言,让他把消息透露给你,而拉祖米欣先生是一个沉不住气的人。

你的愤怒和你的大胆行为首先引起了扎梅托夫先生的注意:唔,怎么能在小饭馆里贸然说'我杀的'呢?太大胆了,太鲁莽了。我想,如果他有罪,那么这必定是一个可怕的对手!当时我这么想的。我在等着,竭力耐心地等待着。而扎梅托夫当时简直让你给搞得十分沮丧……问题在于,这该死的心理是可以做不同解释的!嗯,于是我就等着你,一看,你真的来了!我的心怦怦直跳。唉!当时你为什么要来呢?你的笑,你记得吗?那时候你一进来就哈哈大笑,当时我就像透过玻璃一样识破了一切,如果我不是怀着特殊的心情等着你,那么在你的大笑中是不会发现什么的。瞧,精神准备是多么重要。拉祖米欣先生当时也——啊!石头,石头,你记得吗,还有把东西藏在一块什么石头底下的?唔,我好像看到了那块石头,在什么地方菜园里的那块石头——你不是对扎梅托夫说过,是在菜园里吗?后来你在我那里又说过一次,是不是?当时我们开始分析你的那篇文章,你给我做了说明——你说的每一句话都可以被人看作是一语双关,好像每句话的背后都隐藏着另一种意思！瞧，罗吉昂·罗曼内奇，我就这样走到了极限，直到碰了壁，这才清醒。不，我说，我这是干什么呢！我说，如果愿意，那么这一切，直到最后一个细节，都可以做另一种解释，那样甚至更自然些。真伤脑筋啊！'不，'我想，'我不如抓住一个小小的事实！……'当时我一听到这拉门铃的事，我就呆住了，甚至浑身战栗起来。'嘿，'我想，'这就是事实！这就是的！'当时我没有好好考虑一下，简直就不想多加考虑。那时候我情愿自己掏出一千卢布，只要能亲眼看一看，在那个工匠当着你的面喊了一声'杀人犯'之后，你们又并肩走了整整一百步，你却什么也不敢问他！……嗯，还有你那透入脊髓的冷气，又该做何解释呢？而这拉门铃的事是你在病中，在神志不清的时候干出来的吗？所以，罗吉昂·罗曼内奇，在这以后，我跟你开了那样一些玩笑，难道你还会感到惊讶吗？你为什么正好在这个时候到来呢？真的好像是有人推着你来似的。真的，要不是米科尔卡给我们解围的话，那可就……你记得米科尔卡当时的样子吗？记得很清楚吗？这可真是一声霹雳！从乌云里打下来的一声霹雳，一道闪电！嗯，我是怎样接待他的呢？对这道闪电，我根本就不相信，这你自己也看得出来！我怎么能相信呢！后来，你走了以后，他开始很有条理地回答了某几个问题，这使我感到惊讶，可是之后我对他的话一点儿也不相信了！这就叫作顽固不化吧。不，我想，去他的吧！米柯尔卡跟这事有什么相干！"

"拉祖米欣刚才对我说，现在你也认为米柯尔卡有罪了，而且还要让拉祖米欣也相信这一点……"

他感到喘不过气来，没有把话说完。他异常焦急不安地听着，这个对他了解得十分透彻的人竟放弃了自己的看法。他不敢相信，也无法相信。他贪婪地在这些仍然是语意双关的话里寻找并抓住更为确切、更为肯定的东西。

"拉祖米欣先生！"波尔费利·彼特罗维奇高声说道，好像对一直沉默的拉斯柯尼科夫提出的问题感到很高兴似的，"嘿嘿嘿！不过我不得不把拉祖米欣先生撇开：两个人正好相知，三人就不欢了。拉祖米欣先生跟这件事没有什么关系，而且他是局外人，他跑到我那里去，脸色那么苍白……嗯，上帝保佑他吧，何必把他也牵连进来呢！再回到米柯尔卡身上去吧，你想知道他是怎样的一种人吗？也就是说，在我看来，他是个什么样的人？首先，这还是个未成年的孩子，倒不是说，他是个胆小鬼，而是说，他好像是一个艺术家。真的，我这样来形容他，你可别笑。他天真，很容易受到影响。富有感情，是一个爱幻想的人。他会唱歌，也会跳舞，据说，他讲起故事来讲得特别生动，很多人都从别的地方跑来听他讲故事。他也上过学，别人伸手对他指指点点，他也会哈哈大笑，一直笑得浑身瘫软无力，他也会喝得烂醉如泥，倒不是因为喝酒毫无节制，而是有时会被人灌醉，他还像个小孩子。比如，那次他偷了东西，可是自己并不知道这是偷窃，他说：'既然我是在地上捡的，怎么能算偷呢？'你知道吗？他还是个分离派教徒呢，还不仅是分离派教徒，而且简直就是其中某个教派的信徒——他的家族中有几个'游方'教派，两年来，他曾受到村里一个长老的精神熏陶。这一切都是我从米柯尔卡和他的一些同乡那里了解到的。他怎么会杀人呢！他简直想跑到荒凉无人的地方去！他很虔诚，每天夜里向上帝祈祷，他看'真正'古老的经书，看得入了迷。彼得堡对他产生了强烈的影响，特别是女人，嗯，还有酒。他很容易受环境影响，把长老什么之类的全都忘了。我还知道，这里有个画家很喜欢他，经常去找他，可是发生了那件事情之后，嗯，他吓坏了，想要上吊、逃跑！老百姓对于我国的法律就是这样理解的，有什么办法呢！对'审判'这个词儿，有人觉得可怕。唉，但愿上帝保佑！唔，看来，现在他在监狱里想起这位正直的长老来了：《圣经》也又出现了。罗吉昂·罗曼内奇，你可知道,在他们当中的某些人看来,'受难'意味着什么吗？这倒不是说为了什么人去受难,而只不过是'一个人必须受难',也就是说,一个人应该心甘情愿地受难,如果是在当局者手里受难,那就更好了。我在任职期间,有个非常老实的犯人,坐了整整一年牢,每天夜里都在火炕上看《圣经》,看得入了迷,你要知道。他简直已经走火入魔了,竟无缘无故抓起一块砖头,朝典狱长扔了过去,可他并没有伤害他的意思。他是怎么个扔法呢？他故意将砖头朝典狱长身旁一俄尺远的地方扔过去,免得打伤了他！唔,我们知道,一个用武器袭击长官的犯人会遭到什么样的处罚:于是,他就'受难'了。所以,我现在也怀疑,米柯尔卡也是想要'受难',或者是有类似的想法。我确实知道,甚至根据事实来看,也是如此。不过他自己不知道,我知道他心里的想法。怎么,难道你否认,在这一类人里面会有这种异想天开的人吗？有的是呢,而且很多。现在长老又开始起作用了,特别是在上吊以后,他又想起长老来了。不过,他自己会来告诉我的。你认为他会坚持到底吗？你先别忙,他还会翻案的！我随时都在等着他来推翻自己的供词。我很喜欢这个米柯尔卡,正在细细研究他。你是怎么想的呢？嘿嘿！有些问题,他对我回答得很有条理,显然,他得到了必要的材料,做过精心的准备;可是对于另一些问题,却完全茫然了,什么也不知道,而且自己并没有意识到他不知道！不,罗吉昂·罗曼内奇,老兄,这不是米柯尔卡干的！这是一件离奇的、荒诞的案件,现代的案件,发生在我们时代的事,在这个时代,人心都变糊涂了。人们总是喜欢引用鲜血能'振奋人心'这句话,宣传人生的全部意义就在于过舒适的生活。这是书本上的幻想,这是一颗被理论弄得失去了平静的心;在这里,可以看到迈出第一步的决心,然而这是一种特殊类型的决心——当他决心迈出第一步的时候,就好像是从山顶上跌下去,或者从钟楼上掉下去似的,而且好像是不由自主地去犯了罪。他忘了随手关门,可是他按照他的理论杀了人，杀死了两个人。他杀了人，却不去拿钱，却来得及拿东西，又把那些东西都藏到石头底下去了。当别人想破门而入，门铃在响的时候，他躲在门后受的那份罪，还嫌不够——不，后来他在神志不清的情况下，又走进那套空房子，去回味门铃的响声，想再体验一下背脊上发冷的滋味……嗯，就假定他是有病吧，可是还有这种事呢：他杀了人，却自以为他是正人君子，还蔑视别人，他面色苍白，还装得像个天使一样，这哪里会是米柯尔卡呢，亲爱的罗吉昂·罗曼内奇，这跟米柯尔卡有什么关系呢？这不是米柯尔卡干的！"

他在以前讲的那些话，本来像是已经抛弃了他过去的想法，所以这最后几句话，对于拉斯柯尼科夫来说，实在是太出乎意料了。拉斯柯尼科夫像被扎了一刀似的，浑身哆嗦起来。

"那么……到底是谁……杀的呢？"他实在忍不住了，终于气喘吁吁地问道。波尔费利·彼特罗维奇猛然往椅背上一靠，好像这个出乎意料的问题使他十分诧异似的。

"是谁杀的？……"他反问，似乎不相信自己的耳朵，"是你杀的，罗吉昂·罗曼内奇！就是你杀的……"他用深信不疑的语气几乎是低声地补上一句。

拉斯柯尼科夫猛地从沙发上站起来，站了几秒钟，什么话也没说，又坐了下去。他脸上掠过一阵轻微的痉挛。

"嘴唇又像那时候一样发抖了，"波尔费利·彼特罗维奇甚至好像同情似的喃喃地说，"罗吉昂·罗曼内奇，看来，你没有正确理解我的意思。"沉默了一会儿，他又补充道，"所以你才这么吃惊。我来这里正是为了把一切都说出来，把事情公开。"

"这不是我杀的。"拉斯柯尼科夫喃喃地说，真的好像被当场捉住、吓得要命的小孩子。

"不，就是你，罗吉昂·罗曼内奇，就是你，不可能是别的人。"波尔费利严峻而且深信不疑地低声说。

他们俩都不说话了，沉默持续得太久了，甚至让人感到奇怪，约莫有十来分钟。拉斯柯尼科夫把胳膊肘撑在桌子上，默默地用手指乱抓自己的头发。波尔费利·彼特罗维奇安静地坐在那儿等着。突然，拉斯柯尼科夫轻蔑地朝波尔费利看了一眼。

"你又把那一套搬出来了，波尔费利·彼特罗维奇，还是你那套手法！你对这一套真的不觉得厌烦吗？"

"唉，够了，我现在干吗还要玩弄手段呢？如果这儿有证人，那就是另一回事了，可我们是两个人私下里悄悄地谈谈。你自己也知道，我并不是像追兔子那样来追捕你。你承认也好，不承认也好——这个时候对我来说反正一样。你不承认，我心里也已经深信不疑了。"

"既然如此，那你来干什么呢？"拉斯柯尼科夫气愤地问，我向你提出一个从前已经问过的问题：既然你认为我有罪，为什么不把我抓起来，关进监狱？"

"唉，这可真是个问题！我可以逐条地回答你：第一，这样直接把你抓起来，对我很不利。"

"怎么会不利呢！既然你深信不疑，那么你就应该……"

"唉，我深信不疑又怎么样呢？因为这一切，暂时还只是我的幻想。我为什么要把你关到那里去，让你安心呢？这一点你自己也是知道的，既然你自己要求到那里去。譬如说吧，我把那个工匠带来，让他揭发你，你会对他说：'你是不是喝醉了？谁看见我跟你在一起了？我只不过是把你当成了醉鬼，你的确是喝醉了。'到那时我跟你说什么呢？尤其是因为，你的话比他的话更合乎情理，因为他的供词里只有心理分析——这种话甚至不该由像他这样的人来说——你却正好击中了他的要害，因为这个坏蛋是个出了名的酒鬼，而且我自己也已经有好几次坦白地向你承认，这种心理上的玩意儿可以做两种

485

解释，而第二种解释更为合情合理，而且合理得多，此外，我手里暂时还没有掌握任何能证明你有罪的东西。尽管我还是要把你关起来，甚至现在亲自前来——这完全违反了常规——把一切预先向你宣布，可我还是要坦白地对你说——这也是违反了常规，这会对我不利。第二，我之所以要到你这儿来，是因为……"

"嗯，好吧，那第三呢？"拉斯柯尼科夫仍然喘不过气来。

"因为，正像我刚才已经告诉过你的，我认为有责任来向你解释一下。我不想让你把我当作恶棍，何况我对你抱有真诚的好感，不管你是不是相信。因此，第三，我来找你是为了向你提出一个诚恳、坦率的建议——投案自首。这对你来说，是有很多好处的，对我也比较有利——因为一副重担可以卸下了。怎么样，从我这方面来说，是不是够坦白了呢？"

拉斯柯尼科夫想了大约一分钟。

"请你听我说，波尔费利·彼特罗维奇，你自己不是说，只有心理分析吗，然而你却扯到数学上去了。如果现在你弄错了，那会怎样呢？"

"不，罗吉昂·罗曼内奇，我没有弄错。这样的证据我还是有的。要知道，这个证据我当时就掌握了——这是上帝赐给我的！"

"什么证据？"

"是什么证据，我可不告诉你，罗吉昂·罗曼内奇。而且无论如何，现在我无权再拖延了，我会把你关起来的。那么请你考虑考虑：对我来说，现在反正都一样了，所以，我只是为你着想。真的，这样会好一些，罗吉昂·罗曼内奇！"

拉斯柯尼科夫恶狠狠地冷笑了一声。

"要知道，这不但可笑，这甚至是无耻。哼，即使我有罪（我根本没说我真的有罪），可我为什么要向你自首呢，既然你自己也说，坐进你们的监狱，我就会安心了！"

"唉，罗吉昂·罗曼内奇，对我的话你可别完全信以为真，也许，你并不会完全安心！因为这只是理论，而且还只是我自己的理论，可对你来说，我算什么权威呢？也许，就连现在我还对你瞒着点儿什么呢。我可不会不管三七二十一，把什么都向你全部说出来啊，嘿嘿！其次，你怎么会不知道有什么好处呢？你知不知道，这样做你会获得减刑，大大缩短刑期？要知道，如果你前去自首，那是在什么节点呢？你不妨想一想，那是在另一个人已经认罪、把案情搞得复杂化了的时候，不是吗？我可以向上帝起誓，我会在'那里'造成假象，安排得似乎你的自首完全是出乎意料的。所有这些心理分析，我们要完全排除掉，对你的一切怀疑，我也要让它完全化为乌有，这样一来，你的犯罪就好像是一时糊涂的，因为凭良心说，也的确是一时糊涂。我是个正直的人，罗吉昂·罗曼内奇，我说话是算数的。"

拉斯柯尼科夫忧郁的一言不发，低下了头。他想了好久，最后又冷笑一声，不过他的笑已经是温和而且悲哀的了。

"唉，用不着！"他说，好像对波尔费利已经完全不再隐瞒了。"不值得！我根本不需要你们的减刑！"

"唔，我担心的也就是这一点！"波尔费利激动地，好像不由自主地高声说，"我担心的也就正是这一点：你不需要我们的减刑。"

拉斯柯尼科夫忧郁而又威严地看了他一眼。

"唉，你可不要自暴自弃啊！"波尔费利接下去说，"来日方长嘛。怎么不需要减刑呢，怎么会不需要呢？你真是一个缺乏耐心的人！"

"你说什么方长？"

"来日方长！你算是什么先知，你不是知道得很多吗？寻找，就寻见①。也许这就是上帝对你的期待。而且它也不是永久的，我是说镣铐

---

① 见《圣经·新约·马太音福》第七章第七节。

不会永久存在的……"

"会减刑……"拉斯柯尼科夫笑了起来。

"怎么，你害怕的是不是资产阶级的耻辱？这也许是害怕的，可是你自己并不知道这一点——因为你还年轻！不过你还是不应该害怕，或者耻于自首。"

"哼，我才不在乎呢！"拉斯柯尼科夫轻蔑而厌恶地低声说，好像不愿说话。他又欠起身来，似乎想上哪里去，但马上又坐下了，显然感到了绝望。

"对，对，你的确是不在乎！你已经失去了信心，而且认为我是在粗俗地奉承你。可是，你才多大岁数？你又懂得多少？你发明了一个理论，可是你又感到害臊，因为你的理论破产了，根本不像你原来所想象的那样，结果证明这是卑鄙的。但是，你毕竟不是一个无可救药的无赖。完全不是一个这样卑鄙的人！你至少没有长期欺骗自己，一下子就走到了尽头。你知道我把你看作什么样的人吗？我把你看作这样的一个人：即使割掉他的肠子，他也会屹立不动，微笑地看着折磨他的人——只要他能找到信仰或上帝。嗯，你去找吧，找到了，那么你就会活下去了。首先，你早就需要换换空气了。有什么呢，受难也是件好事。你就去受难吧，米柯尔卡想去受难，也许是对的。我知道，你不信上帝——不过请你也别卖弄聪明；干脆顺应生活的安排，别再考虑了。你别担心——生活会把你送上岸去，让你站稳脚跟的。至于送到什么岸上，我也不知道呢。只是我相信，你还有很长的路要走。我知道，你现在把我的话当作老生常谈，不过以后你想起来这些话时，也许会有用的，我说这些话的目的就是为了这个。还好，你只杀了一个老太婆。如果你发明了另一个理论，那么说不定你会干出比这还要糟糕上万倍的事来！也许你应该感谢上帝——你怎么知道也许他正是为了那个缘故而挽救你的呢？你应该有一颗高尚的心，不必太害怕。你害怕即将到来的重大判决吗？不，害怕是可耻的。既然你迈出了这一步，那就要坚强起来。这是伸张正义的问题。请你按照正义所要求的去做吧。我知道你不相信这些，但是，生活真的会把你带到彼岸的，以后你一定会恢复自尊心。现在你需要的只是空气、空气、空气！"

拉斯柯尼科夫甚至战栗了一下。

"你是谁？"他大喊一声，"你算是什么先知？你是站在什么样的庄严肃穆的高处，郑重其事地向我宣布使人醒悟的预言？"

"我是谁？我是一个没有前途的人，仅此而已。我也许还是一个有感情、也有同情心的人，大概也多少有点儿知识，不过已经没有什么前途了。而你，却是另一回事：上帝把你的生活给安排好了——不过，谁又知道呢，也许你的一生也会像过眼云烟，一无所得。你要成为另一类人，那又怎样呢？像你这种性格的人，大概不会因为失去舒适的生活而感到惋惜吧？也许将会有很长的一段时间，谁也不会看到你，但这又有什么关系呢？问题不在于时间的长短，而在于你自己。你要是成为太阳，那么大家就都会看见你了。太阳首先应该是太阳。你为什么又笑了，笑我模仿席勒吗？我敢打赌，你认为，现在我是在讨好你！也许我真的是在讨好你，但这又有什么呢？嘿嘿嘿！罗吉昂·罗曼内奇，好吧，你还是别相信我的话，甚至永远也不要完全相信——我就是这样的性格，这我承认，只不过我还要补充一句：我这个人卑鄙到什么程度，或者正直到什么程度，你自己大概会做出判断的！"

"你打算什么时候逮捕我？"

"我还能让你闲逛这么一天半，或者两天。请你自己想想看吧，亲爱的朋友，向上帝祈祷吧。这样对你更有好处。真的，更有好处。"

"嗯，如果我逃跑呢？"拉斯柯尼科夫不知为什么奇怪地笑了笑，问道。

"不，你是不会逃跑的。一个乡下人会逃跑，一个时髦的异端分子也会逃跑（这种人都是别人思想的奴仆），所以只要让他看看指尖，就像对海军准尉德尔卡①那样，那么不管要他怎样，他都会一辈子相信。但你不是已经不再相信你那个理论了吗？那你凭什么逃跑呢？而且你逃跑干什么？逃亡生活可以说既可恶又艰苦，而你首先需要生活和明确的地位，还有适当的气氛。但是，那种气氛对你合适吗？如果你逃跑了，还会自己回来的。因为离开了我们，你是活不下去的。如果我把你关进监狱——让你在狱中待上一个月，或者两个月，或者三个月，你会突然想起我的话来，自己招认，而且大概你自己也会感到意外。一个小时前你自己还不知道你会来自首。我甚至相信，你'会下决心受难'。现在你不相信我的话，可是你自己却会下决心这么做，因为，罗吉昂·罗曼内奇，受难是一件伟大的事。你别看我发胖了，那算不了什么，反正我知道——你别笑我说的话，在苦难中也会有理想。米柯尔卡是对的。不，你是不会逃跑的，罗吉昂·罗曼内奇。"

拉斯柯尼科夫站起来，拿起帽子。波尔费利·彼特罗维奇也站了起来。

"你想出去散步吗？这倒是一个美好的夜晚，只是可别下大雷雨。不过下了雨，天气会更好，会凉爽些……"

他也拿起了帽子。

"波尔费利·彼特罗维奇，请你别以为我今天已经向你招认了。"拉斯柯尼科夫严肃而坚决地说，"你是一个奇怪的人，我听着你说话，只是出于好奇。可我什么也没向你承认……请你记住这一点。"

---

① 海军准尉德尔卡：这是果戈理的喜剧《结婚》中可笑的海军准尉彼图霍夫。陀思妥耶夫斯基把这两个人弄混淆了。

"唔，我知道，我会记住的——瞧，他甚至在发抖呢。你放心好了，亲爱的朋友，你想怎么样，那就怎么样吧。出去散散步也好，不过不能走得太多。以防万一，我对你还有个小小的请求，"他压低声音补充道，"这个请求很容易引起误会，不过是重要的：如果，也就是说，万一——当然对这一点我并不相信，而且你也根本不会这么做，如果说，也就是万一，如果在这四十到五十个小时之内，你想以另一种方式，以一种惊人的方式了结这个案子——以自杀的方式结束自己的生命——这个假定是很荒谬的，请你原谅我做出这样的推测，请你留下一张简短，却很详尽的字条。这样吧，写上两行，就写两行，请务必提到那块石头：这样会显得光明磊落一些。好吧，再见……希望你好好想一想，会有一个好的开始的！"

波尔费利走出去时，不知为什么弯了一下腰，似乎是避免去看拉斯柯尼科夫。拉斯柯尼科夫走到窗前，急不可耐地等着，直到估计波尔费利已经走到街上，而且又走出一段路之后，才匆匆地从屋里走了出去。

第三章

　　他急于去找斯维里加洛夫。至于究竟想从这个人的身上得到什么,这一点连他自己也不知道。但是,这个人的身上却有一种看不见的力量在支配着他。一旦意识到这一点,他就无法安心,何况已经到这个时候了呢。

　　一路上,有一个问题使他感到特别苦恼:斯维里加洛夫到波尔费利那里去过吗?

　　就他所了解的情况来看,他可以发誓——没有,他没有去过! 他想了又想,回想波尔费利来访的全部过程,终于想明白了:没有,他没有去过,当然没有去过!

　　不过,如果他还没去过,那么他会不会去找波尔费利呢?

　　他觉得到目前为止,他暂时不会去。为什么? 对于这些他也无法解释,不过如果他能解释的话,现在也就不会为此绞尽脑汁了。这一切使他非常苦恼,但同时不知为什么他又顾不得这个了。然而真是怪事,也许谁也不会相信,对于自己目前的命运,对于必须立刻做出决定的命运,不知为什么他却并不怎么关心,甚至是心不在焉。使他感到痛苦的是另一件重要得多、甚至是异常重要的事情——这也是一件只关系到他本人、与别人都不相干的事,不过是另一件事,也是一件最主要的事情。此外,他感到自己的精神已经疲惫到了极点,尽管这天早上他的脑子比最近这几天都要好一些。

　　但是,已经发生了这么多事情,现在还值不值得努力去克服这些新的、微不足道的困难呢? 譬如说,还值不值得千方百计阻挡斯维里加洛夫去找波尔费利呢？还值不值得去研究、去了解、去把时间浪费在斯维里加洛夫的身上呢？

啊，这一切使他觉得多么厌烦啊！

然而，他还是急于去找斯维里加洛夫。他是不是指望从他那里了解到什么新情况，从他那里得到什么指示、找到什么出路呢？人家不是连一根稻草也会抓住不放吗？是不是命运或者一种什么本能促使他们遇到了一起？也许，这只不过是疲倦和绝望的表现；也许他需要找的不是斯维里加洛夫，而是另一个人，而斯维里加洛夫只不过是偶然碰上了而已。那么，是索尼娅吗？他现在去找索尼娅吗？去找她干什么？又去乞求她的眼泪吗？而且索尼娅让他感到可怕。索尼娅就是无情的判决，索尼娅就是不可改变的决定。现在——不是走她的路，就是走他的路。特别是在这个时候，他不能去见她。不，还不如去试探一下斯维里加洛夫的口风，弄清楚这到底是怎么回事。他心里不得不承认，不知为什么，他好像是早就已经需要这个人了。

但是，他们之间能有什么共同之处呢？就连他们干的坏事也不可能是相同的。而且这个人还很讨厌，他显然非常腐化堕落，一定十分狡猾，喜欢骗人，说不定还很恶毒。人们已经谈论过他的很多这类事情。不错，他为卡捷琳娜·伊万诺夫娜的孩子们出过力，但是谁知道他这样做的目的是什么呢，又有什么用意呢？他这样做，肯定是有什么企图，或者是有什么计划的。

这些天来，拉斯柯尼科夫的头脑里还经常出现一个模模糊糊的想法，这想法使他感到非常不安，尽管他曾经想办法努力除掉它，它让他感到太苦恼了！有时他想：斯维里加洛夫一直在他的周围转来转去，现在仍然在他周围转悠，斯维里加洛夫已经知道了他的秘密，斯维里加洛夫以前曾经有一些算计杜尼娅的阴谋诡计。如果他现在还有这样的阴谋呢？几乎可以肯定地说：是的。如果现在他知道了他的秘密,因而获得了控制他的权利,那么他是否会把这个权利当作武器,来算计杜尼娅呢?

这个想法有时甚至会在梦中折磨他,但是现在,当他去找斯维里加洛夫的时候,这种想法如此清晰地出现在他的脑海里,却还是第一次。仅仅是这么想一想就已经使他心情抑郁、忧郁不安了。第一,这会使一切都发生变化,就连他自己的处境也会改变,所以应该立刻向杜尼娅坦白地说出这个秘密。或许应该牺牲自己,以免杜尼娅行动不够谨慎。但是,那封信呢? 今天早晨杜尼娅接到了一封信! 在彼得堡,她能接到谁的信呢? 难道是卢仁吗? 不错,有拉祖米欣在那儿保护着她,不过拉祖米欣什么也不知道。或许也应该向拉祖米欣坦白地说出来? 拉斯柯尼科夫一想到这些,就觉得十分的厌恶。

无论如何,必须尽快见到斯维里加洛夫,他暗自拿定了主意。谢天谢地,他需要知道的与其说是细节,不如说是事情的实质。但是,只要他办得到,如果斯维里加洛夫有算计杜尼娅的阴谋,那就……

此时,拉斯柯尼科夫已经被整整一个月来的遭遇弄得心力交瘁了,因此目前对于类似的问题,他现在只能做出一个决定,那就是"把他给杀了"。他怀着冷酷绝望的心情想着。他心情沉重,感到压抑。他在街道的中间站住了,朝四下里望了望:他走的是哪条路,这是上哪儿去啊? 他正站在 X 街上, 离他刚刚穿过的干草广场有三十或四十步远。左边一幢房子的二楼上是一家小饭馆。所有窗子全都大开着,根据窗内来回走动的人影来看,这家小饭馆里已经座无虚席了。大厅里歌声婉转,黑管和小提琴奏出悠扬的曲调,土耳其鼓敲得热情奔放,还可以听到女人的尖叫声。他感到困惑不解,不知自己为什么竟会转到 X 街上来了。就在他想转身回去时,突然在那家小饭馆最边上那扇开着的窗户里看到了斯维里加洛夫,斯维里加洛夫嘴里叼着烟斗,靠窗坐在一张茶桌的旁边。这使他十分惊讶,甚至是大吃一惊。斯维里加洛夫正在默默地观察他,仔细打量他,这使拉斯柯尼科夫吃一惊。斯维里加洛夫似乎要站起来,趁着人家没有发觉之前悄悄地溜走。拉斯柯尼科夫于是立刻装出好像没有看到他的样子,若有所思地向一旁望,可是还是用余光盯着他。拉斯柯尼科夫的心忐忑不安地怦怦地狂跳。果然是这样:斯维里加洛夫显然不愿意让人看到自己。他从嘴里拿出烟斗,已经想要躲起来了,可是,当他站起来,推开椅子之后,大概突然发觉,拉斯柯尼科夫已经看见他了,而且正在观察他。这时,他们之间发生了与他们在拉斯柯尼科夫家里初次见面时十分相似的情景:当时拉斯柯尼科夫正在睡觉。斯维里加洛夫的脸上露出了狡猾的微笑,笑容越来越舒展了。两个人都知道,他们彼此都看到了对方,而且在互相观察对方。最后斯维里加洛夫大声地哈哈笑起来。

"喂,喂,要是你愿意的话,那就请进来吧,我在这里!"他从窗子里喊道。

拉斯柯尼科夫于是上楼走到小饭馆里去了。

他在后面一间很小的包间里找到了他,这间小包间只有一扇窗子,与大厅毗邻,大厅里摆着二十张小桌,歌手们正在合唱,扯着嗓子拼命地叫喊;一些商人、官吏和各色人等一边听着歌,一边喝茶。不知从哪里传来了打台球的响声。斯维里加洛夫面前的小桌上放着一瓶已经打开的香槟,还有一只玻璃杯,里面有半杯酒。这间小包间里还有一个背着一架小手摇风琴的少年流浪乐师和一个身体健康、面色红润的姑娘,姑娘那条花条裙子的下摆掖在腰里,戴一顶系带子的蒂罗尔①式的帽子,她是一个卖唱的姑娘,大约十七八岁;尽管隔壁屋里正在高声合唱,她却在手摇风琴的伴奏下,用相当嘶哑的女低音在唱一首流行歌曲……

"喂,够了,别唱了!"拉斯柯尼科夫一进来,斯维里加洛夫就让她

---

① 蒂罗尔:奥地利的一个城市。

别唱了。

那个姑娘立刻停下来，恭恭敬敬地等着。当她唱着那首押韵、庸俗的流行歌曲时，脸上却露出严肃而又恭敬的神情。

"喂，菲利普，再拿个杯子来！"斯维里加洛夫喊了一声。

"我不想喝酒。"拉斯柯尼科夫说。

"请便，我不是给你要的。卡佳，喝吧！今天不要你再唱了，你走吧！"他给她斟了满满一杯酒，拿出一张淡黄色的钞票①来。卡佳跟一般女人喝酒时一样，接二连三地喝了二十来口，一口气把一杯酒全喝光了，拿了那张钞票，吻了吻斯维里加洛夫一本正经伸出来让她吻的手，从屋里走了出去；那个背手摇风琴的男孩子也跟着她慢慢地出去了。他们俩都是从街上叫来的。斯维里加洛夫在彼得堡住了还不到一个星期，可是他身边的一切已经带有古代宗法制社会的遗风了。小饭馆里的伙计菲利普已经成了他的"熟人"，使劲儿地巴结他。通往大厅的门是关上的，斯维里加洛夫在这间屋里，就像在自己家里一样，也许他整天都待在这里。这家小饭馆很脏，可以说很糟糕，甚至连中等水平都够不上。

"我本来是要到你那儿去找你，"拉斯柯尼科夫开始说，"可是不知为什么从干草广场拐了个弯儿就来到 X 街上了！我从来不拐到这里来，也不从这里经过。我从干草广场往右转弯儿，而且去你那儿的路也不是往这边来。我刚一拐弯儿就看到了你！这可真怪了！"

"你为什么不直截了当地说这是奇迹呢！"

"因为这也许只不过是偶然的。"

"要知道，所有你们这些人都是这样的性格！"斯维里加洛夫哈哈大笑起来，"即使心里相信奇迹，可就是不肯承认，不是吗？'也许'

---

① 淡黄色的钞票：即一卢布的钞票。

只不过是偶然的。谈到发表自己的意见嘛,这里的人都是些胆小鬼,这你想不到吧,罗吉昂·罗曼内奇!我说的不是你。你有自己的见解,也不怕有自己的见解。正是因为这一点,你才引起了我的好奇心。"

"再没有其他的了吗?"

"就这一点已经足够了。"

显然,斯维里加洛夫的心情很兴奋,不过只是稍有点儿兴奋,他只喝了半杯酒。

"我觉得,在你知道我抱有你所说的自己的见解之前,你就来找我了。"拉斯柯尼科夫说。

"嗯,那是另一回事。无论什么事情,都有几个发展阶段。至于说到奇迹嘛,我应该告诉你,最近这两三天,你好像都白白错过了。是我约你到这家小饭馆来的,你径直到这儿来了,根本就不是什么奇迹;我亲自详细告诉过你到这里来的路怎么走,还告诉过你,这家小饭馆在哪儿,几点钟的时候可以在这里来找我。你还记得吗?"

"我忘了。"拉斯柯尼科夫惊讶地回答着。

"我相信你的话。我跟你说了两遍。这个地址已经在不知不觉中深深印在了你的脑子里子,于是你也就不知不觉地拐到这儿来了,而且毫无差错地按照地址走来了,虽说你自己并没有意识到这一点。当时我跟你说的时候,并没有指望你会理解我的意思。罗吉昂·罗曼内奇,你太暴露自己了。还有,我深信,在彼得堡有许多人走路的时候都在自言自语。这是个半疯狂的人的城市。如果我们有科学的话,那么医生、法学家和哲学家都可以根据自己的专业做一次极有价值的调查研究。难得找到这么一个地方,像在彼得堡这样,对人有这么多忧郁、强烈和奇怪的影响。仅仅是气候的影响,就已经令人吃惊!然而,这是全俄罗斯的中心,它的特征应该在一切事物上都反映出来。不过现在问题不在这里,而在于,我已经有好几次在暗中观察你了。你从家里出来的时候还在昂着头,但走了二十来步,你就已经低下头来,把双手背在后面了。你睁着双眼,却对眼前的一切视而不见,不论是前面、还是两旁的东西,你都看不见。最后,你的嘴唇微微翕动,开始自言自语起来,有时你还伸出一只手,朗诵起来,然后在街心站住,而且还站很久。这是很不好的。也许除了我之外,还有别人在注意你,这可就对你很不利了。其实,这跟我没有任何的关系,因为我也治不好你的病,不过你当然明白我的意思。"

"你知道有人在监视我吗?"拉斯柯尼科夫问道,同时试探地打量着他。

"不,我什么也不知道。"斯维里加洛夫似乎惊讶地回答。

"嗯,那就请你不要管我。"拉斯柯尼科夫皱起眉头,含糊不清地说。

"好吧,我不管你。"

"你最好还是告诉我,既然你常来这儿喝酒,而且曾两次约我到这儿来见面,那么现在,我从街上朝窗子里望的时候,你为什么却躲起来,想要溜走呢?这点我看得很清楚的。"

"嘿嘿!那天我站在你房门口的时候,你为什么闭着眼睛躺在沙发上,假装睡觉呢?其实你根本就没睡。这点我也看得很清楚。"

"我可能有⋯⋯原因⋯⋯这你是知道的。"

"我也可能有我的原因,虽然你不知道是什么原因。"

拉斯柯尼科夫把右胳膊肘撑在桌子上,用右手的手指从下面托着下巴,凝神注视着斯维里加洛夫。他对着他的面孔仔细看了一会儿,以前这张脸也总是让他感到惊讶。这是一张奇怪的脸,好像是一个假面具:面色白中透红,鲜红的嘴唇,留着一排色泽光亮淡黄色的大胡子,一头淡黄色的头发还相当浓密。他的眼睛不知怎么回事,好像太蓝了;目光也不知怎么回事,似乎过于阴沉,而且呆滞。在这张就年龄来说显得异常年轻的、漂亮的脸上,好像有点儿什么让人感到极不愉快的东西。斯维里加洛夫的衣服十分考究,是一套轻而薄的夏装,而他特别向人炫耀的,还是他的内衣。一只手指上戴着一枚镶着贵重宝石的粗大的戒指。

"难道我也要和你较量一番吗?"拉斯柯尼科夫突然焦躁不安的样子,急不可耐、直截了当地说,"如果你想伤害我,虽然你也许是一个最危险的人,可是我却不想突然改变自己的习惯。我这就让你看看,我并不是像你所想象得那样爱惜自己,你大概认为我非常爱惜自己吧。你要知道,我来找你,是要直截了当地告诉你,如果你对我妹妹还有从前的那种打算,而且为了达到这个目的,你想利用最近发现的秘密,那么在你把我关进监狱之前,我就先把你干掉。我说话是算数的。你要知道,我说得出,就做得到。其次,如果你想对我说什么,那就赶紧说吧——因为这段时间我一直觉得,你好像有话要对我说,因为时间是很宝贵的,也许过不了多久,就已经太晚了。"

"你这么急,是急着上哪里去吗?"斯维里加洛夫一边问,一边好奇地细细打量着他。

"每个人都有自己的事。"拉斯柯尼科夫阴郁地、不耐烦地说。

"刚才你自己要我开门见山地说话,可是我刚问你第一个问题,你就拒绝回答了。"斯维里加洛夫微笑着说,"你总是觉得我有什么目的,所以一直用怀疑的目光来看我。当然,处在你的位置上,这是可以理解的。不过,尽管我多么想跟你交朋友,可我还是不敢让你相信,事情恰恰相反。真的,这样得不偿失,而且我也没有打算跟你谈任何特殊的事情。"

"那么,你找我又是为了什么呢?你为什么对我感兴趣呢?"

"只不过是作为一个有趣的观察对象罢了。你的处境很不平常,我喜欢这种很不平常的性质——这就是我对你感兴趣的原因!此外,你是我十分关心的一个女人的哥哥;还有,当时我经常从这个女人那里听到许多关于你的事情,因此我得出结论,你对她有很大的影响,难道这还不够吗?嘿嘿嘿!不过,我得承认,对于我来说,你的问题非常复杂,我很难回答你。譬如说,你现在来找我,不仅是有事,而且还想来了解点儿什么新情况吧?是这样吗?是这样的,不是吗?"斯维里加洛夫脸上带着狡猾的微笑,肯定地说,"既然如此,那么你要知道,还在我到这儿来的路上,在火车上的时候,我就对你抱有希望了,希望你也能告诉我点儿什么新情况,我希望能从你这里得到点儿什么对我有用的东西!瞧,我们都是多么富有啊!"

"你希望得到什么有用的东西呢?"

"怎么跟你说呢?难道我知道是什么吗?你瞧,我一直待在一家小饭馆里,就已经感到心满意足了,也就是说,倒不是心满意足,而是说,总得有个地方坐坐吧。嗯,就拿这个可怜的卡佳来说吧——你看到了吧?……嗯,譬如说,虽然我是个贪吃的人,或是一个经常光顾俱乐部①的美食家,可是你瞧,像这样的东西我也能吃(他伸出一个手指,向一个角落指了指,那里的一张小桌子上摆着一个洋铁盘子,盘子里装着吃剩的、让人难以下咽的土豆烧牛排)!顺便问一下,你吃午饭了吗?我只吃了一点儿,不想再吃了。譬如说吧,我根本不喝酒。除了香槟,什么也不喝,就连香槟,整整一晚上也只喝一杯,就这样还觉得头痛。现在我叫了这杯酒,是为了提神,因为我打算到另一个地方去,所以你已经看得出来了,我的心情有点儿特别。刚才我之所以像一个小学生似的躲起来,是因为我想,你会打扰我;但现在看来(他掏出后表),还可以和你一起坐上一个钟头:现在是四点半。你相信

---

① 俱乐部:指在莫斯科、彼得堡的英国俱乐部,那里有最好的厨师,很多人喜欢到那里去享用他们烹调的菜肴。

吗,我真希望自己能有点儿作为:譬如说,当一个地主,或者做一个神父,或者是一名枪骑兵、摄影师、新闻记者……那就好了,可是我什么都不是,因为我没有任何特长! 有时候甚至觉得无聊。真的,我还以为你会告诉我点儿什么新情况呢。"

"你究竟是什么人,你为什么要到这里来?"

"我是什么人? 你是知道的:我是个贵族,曾在骑兵队里服役两年,后来在这儿,在彼得堡闲荡,后和玛尔法·彼特罗夫娜结婚,然后住到乡下。这就是我的经历!"

"你好像是个赌徒!"

"不,我算不上什么赌徒,只是个赌棍,不是赌徒。"

"赌棍?"

"是啊,就是赌棍。"

"那么你经常挨揍吗?"

"有过,那又怎样呢?"

"唔,那么,你可以要求决斗……一般说,决斗会使人获得新生……"

"我不想反驳你,而且我也不善于谈论哲学问题。我坦白地对你说,我匆匆赶到这里来,主要是为了女人。"

"刚刚埋葬了玛尔法·彼特罗夫娜,你就赶来了吗?"

"嗯,是的,"斯维里加洛夫微微一笑,感到在开诚布公这一点上,他获得了胜利,"那又怎样呢? 我这样谈女人,有什么不好吗?"

"你是不是问我,我是否认为荒淫无度是坏事?"

"荒淫无度? 唉,你说到哪里去了! 不过我要逐一来回答你,首先是一般关于女人的问题。你知道,我喜欢闲扯。你倒说说看,我为什么要克制自己? 既然我爱女人,那我为什么要放弃女人呢? 至少可以打发时间嘛。"

"那么你在这儿仅仅是希望过荒淫无度的生活了!"

"就算是想过荒淫无度的生活吧，那又怎样呢？你老是想着荒淫的生活。至少我喜欢直截了当的问题。在这种荒淫的生活里至少有一种固定不变的东西，它甚至是以天性为基础，而不是被幻想所左右的，它存在于人的血液中，像一块永不熄灭的炭火，永远地燃烧着，还要燃烧很久很久，即使随着年龄的增长，或许也不能让它很快熄灭。你应该承认，这难道不也是一种打发时间的方式吗？"

"这有什么值得高兴的？这是一种病，而且是一种危险的病。"

"唉，你又说到哪里去了。我同意，这是一种病，正如一切过度的事情一样——而这种事情是一定会过度的——不过要知道，这种事情，首先，各人的情况不同；其次，当然啦，一切都要有分寸，要有节制，虽然是下流的，可是有什么办法呢？要不是有这种事可干，说不定就只好自杀了。我承认，一个正派人应该不怕寂寞，可是……"

"你会自杀吗？"

"唉，"斯维里加洛夫厌恶地阻止他说，"请你别谈这个。"他又赶紧补充说，甚至不像以前那样，已经不再吹牛了，就连他的脸色也好像变了："我承认有这个不可原谅的弱点，可是有什么办法呢？我怕死，也不喜欢别人谈死。你知道吗，在某种程度上，我是个神秘主义者。"

"啊！玛尔法·彼特罗夫娜的鬼魂！怎么，她还来找你吗？"

"去它的吧，别提了，在彼得堡还没出现过，去它的！"他大声说，脸上露出恼怒的神情，"不，最好还是谈谈这个吧……对了，不过……嗯！哎呀，时间不多了，我不能跟你长久待在这里，很可惜！我本来有很多话要说的。"

"你有什么事，是女人吗？"

"是的，是女人，一个意外的机会……不，我说的不是这个。"

"嗯，这里卑鄙污浊的环境已经不能影响你了？你已经无力自拔了吗？"

"那么你也希望获得这种力量吗？嘿嘿嘿！刚才你让我吃了一惊，罗吉昂·罗曼内奇，虽说我早就知道，事情是会这样的。你在跟我大谈荒淫的生活，大谈美学！你是席勒，你是理想主义者！当然，这一切应该如此，如果不是这样，倒要让人觉得奇怪了，但实际上还是奇怪的……唉，可惜，时间不多了，因为你是个非常有趣的人！顺便问一下，你喜欢席勒吗？我倒是非常喜欢。"

"你可真是个爱吹牛的人！"拉斯柯尼科夫有些反感地说。

"唉，说实话，我不是！"斯维里加洛夫哈哈大笑着回答，"不，我不争辩，就算是爱吹牛吧，可是为什么不吹呢，吹牛并不会伤害别人。在玛尔法·彼特罗夫娜的庄园里住了七年，所以现在急于想跟像你这样的聪明人——聪明而又十分有趣的人谈谈，真高兴能跟你随便聊聊，何况我已经喝了半杯酒，酒劲已经有点儿冲上来了。主要是，有一个情况让我感到十分兴奋，不过这件事……我不想谈。你要去哪里？"斯维里加洛夫突然吃惊地问。

拉斯柯尼科夫站了起来。他觉得沉闷和窒息，而且不知怎么回事，感觉很不舒服。他确信，斯维里加洛夫是世界上最浅薄、也是无聊的一个恶棍。

"哎呀！先别走，再坐一会儿嘛，"斯维里加洛夫请求说，"至少也得喝杯茶。好，请坐一会儿，好，我不再胡扯了，也就是说，不再谈我自己的事了。我要告诉你一件事。嗯，如果你想听，我跟你谈谈，一个女人是怎样，用你的话说，是怎样'挽救'了我。这甚至就是对你第一个问题的回答，因为这个女人就是你的妹妹。可以谈吗？而且咱们还可以消磨时间。"

"你说吧，不过我希望，你……"

"哦，请你放心！即使是我这样一个品质恶劣、精神空虚的人，阿芙朵佳·罗曼诺芙娜在我的心中，也只会激起我深深的敬意。"

第四章

　　"你大概已经知道——其实,我已经跟你说过了,"斯维里加洛夫开始说,"当时我在这里被关进了债务拘留所,因为我欠了一大笔钱,而且又没有任何财产做抵押。现在就不必说当时玛尔法·彼特罗夫娜是怎么把我赎出来的了——你知道吗,有时一个女人爱上一个人,会糊涂到什么程度? 这是一个很正直、而且相当聪明的女人,虽然她根本没受过教育。你想想看,这个正直而嫉妒心很重的女人,经过许多次的狂怒和责骂之后,竟然迁就我,跟我定了一个在我们俩的婚姻生活中她必须遵守的某个合约。但问题在于,她的年龄比我大得多,而且她嘴里还经常含着丁香。因为我的灵魂是如此的卑鄙,不过也似乎相当的诚实,竟直截了当地对她说,我不能对她完全忠实。我这样坦白地说出心里的话,把她气得发疯,不过在某种程度上,她也喜欢我这种粗鲁的坦率,她说:'既然他事先向我声明,也就是说,他不想欺骗我。'嗯,对于一个嫉妒心很重的女人来说,这一点是最要紧的。她哭了很久,流了很多眼泪。在这以后,我们之间定了一个口头协议:第一,我绝不遗弃她,永远是她的丈夫;第二,未经她允许,我哪里也不能去;第三,我永远不许有长期的情妇;第四,作为交换条件,玛乐法·彼特罗夫娜允许我有时跟女仆勾搭勾搭,可是一定得让她私下里知道;第五,绝对不许我爱上和我们同一个阶层的女人;第六,万一我陷入情网,而且不能自拔——这是绝对不允许的——那么我必须坦白地告诉她。不过,对于最后一点,玛尔法·彼特罗夫娜一直相当放心:这是一个聪明女人,所以她一定把我看成了是一个荒淫无度的淫棍，而这样的人是不会真的爱上什么人的。然而，聪明的女人和嫉妒的女人是两种不同的人，糟就糟在这里。不过，要对某些人做出公正的判断，就得事先摒弃某些先入为主的偏见，对通常在我们周围的那些人和事物，要改变那些通常的习惯看法。我有理由希望，你会做出比任何人都公正的判断。也许你已经听到过许多关于玛尔法·彼特罗夫娜所做出的那些可笑和荒唐的事情了。她的确有一些非常可笑的习惯，不过我要坦率地对你说，对于我给她造成的很多的伤心事，我真诚地感到悔恨。我觉得，一个最温柔的妻子死后，她最温柔的丈夫能在安葬她时，说这样几句很不错的安葬悼词也就够了。在我们争吵的时候，我多半一声不响，也不发脾气，这种绅士风度几乎总是会达到预期的目的；这种态度影响了她，她甚至觉得喜欢，有时候她甚至为我感到自豪。可是对你的妹妹，她却无法容忍了。她竟然冒险请这样一位美人儿到家里来做家庭教师，我真不知道怎么会发生这样的事！我的看法是这样的：玛尔法·彼特罗夫娜是一个非常热情和敏感的女人，她简直是自己爱上了——的确是爱上了你的妹妹。而且阿芙朵佳·罗曼诺芙娜也真的让人爱！我第一眼看到她，我里就十分清楚，事情很不妙——你猜怎么着？我决定不抬起眼来看她。可是，阿芙朵佳·罗曼诺芙娜自己迈出了第一步——你信不信？刚开始我总是绝口不提你的妹妹，因为我对玛尔法·彼特罗夫娜不断地夸奖阿芙朵佳·罗曼诺芙娜很冷淡，我对她的这些赞辞根本不感兴趣，玛尔法·彼特罗夫娜甚至为此而对我生了很大的气，这你会相信吗？我自己也不明白她需要什么！嗯，当然啦，玛尔法·彼特罗夫娜把我的全部底细都讲给阿芙朵佳·罗曼诺芙娜听了。她有个很严重的毛病，总是把我们家的一切秘密毫无保留地讲给所有的人听，而且逢人就抱怨，不断地对人诉说我的不好。她怎么会放过这么一个极好的新朋友呢？我认为，她们谈话，不外乎是谈论我,再没有别的,而且毫无疑问,阿芙朵佳·罗曼诺芙娜已经相信了那些硬编造到我头上来的、那些极不愉快的神秘谣言……我敢打赌,你也已经听到过这一类的事情了吧?"

"听到过了。卢仁指控过你,说你甚至害死了一个小孩儿。这是真的吗?"

"唉,请别提这些卑鄙的谣言了,"斯维里加洛夫厌恶而且抱怨地推托说,"如果你一定想知道这件无聊的事情,改天我再详细地讲给你听,可是现在……"

"我还听说,你在乡下有一个仆人,好像有一件事也是你一手造成的。"

"够了,请别说了!"斯维里加洛夫又打断了他的话,显然是很不耐烦。

"是不是那个死后还来给你装过烟斗的仆人……这还是你自己讲给我听的呢?"拉斯柯尼科夫越来越激动了。

斯维里加洛夫仔细看了看拉斯柯尼科夫,拉斯柯尼科夫觉得这个人的目光里好似电光一闪,霎时间露出了恶毒的微笑,然而斯维里加洛夫控制住了自己,非常有礼貌地回答:

"就是那个仆人。我看得出来,你对这一切也非常感兴趣,因为我觉得我有这个义务,一有适当的机会,就来逐一地讲给你听,以满足你的好奇心。真是活见鬼!我看得出来,我的确会被人看作小说中的人物。从那件事上就可以看出,我应该很感谢玛尔法·彼特罗夫娜,因为她把那么多关于我的神秘而有趣的事情对你的妹妹都说了,你想想看,为此,我该多么感谢我的亡妻啊。我不敢推测她会产生什么印象,不过无论如何,这对我是有利的。尽管阿芙朵佳·罗曼诺芙娜会很厌恶我,尽管我总是神情阴郁,那副样子就让人觉得讨厌,她却终于可怜起我来,可怜起我这个不可救药的人来了。而当一位姑娘心里产生了怜悯,那么,当然,这对她是最危险的了。这时,她一定会想要'救'他,想要开导他,使他获得新生,要求他有较为崇高的理想、开始过新的生活、从事新的活动,嗯,大家都知道,会有多少这一类的幻想。我立刻明白,小鸟儿自己飞进网里来了,于是我也做好了准备。你好像皱起了眉头,罗吉昂·罗曼内奇?没关系,你要知道,事情并没有什么结果——见鬼,我喝了多少酒啊!——你要知道,从一开始,我就总是感到惋惜,命运怎么不让你的妹妹生在公元二世纪或三世纪,做某位王公、或者执政官、或者小亚细亚某一位总督的千金。毫无疑问,她一定会是那些忍受殉难之苦的人们当中的一个,而且,当人们用烧红的火钳烫着她胸脯的时候,她也会面带笑容。她会自己故意去受那样的痛苦;而在四世纪或五世纪的时候,她就会到埃及的沙漠里去,在那里住上三十年,靠草根、狂热和幻想生活;她自己只渴望并要求尽快去为什么人受难,如果不让她受难,大概她就会从窗口跳下自杀。我听到过有关拉祖米欣①先生的一些事情。据说他是一个年轻的小伙子,通情达理——他的姓就含有这个意思,他大概个是学生,那么就让他来保护你的妹妹吧。总之,我觉得我了解她,并为此感到荣幸。不过当时,也就是说在刚认识的时候,你也知道,不知为什么,人总是比较轻率,也更愚蠢,看问题不客观,往往看不到实质。真是见鬼,她为什么长得那么美呢? 这不是我的过错!总之,在我这方面是从无法抑制的性欲冲动开始的。阿芙朵佳·罗曼诺芙娜非常贞洁,可以说是闻所未闻、见所未见——请你注意,我对你说的关于你妹妹的这些话,都是事实。尽管她才智过人,但她的贞洁也许达到了病态的程度,这对她是有害的。这时,我们家来了一个姑娘,叫帕拉莎,黑眼睛的帕拉莎,是刚从另一个村里搭车来的,她是个丫头,我还从来没见过她——人长得很漂亮,可是蠢得让人难

---

① 拉祖米欣:有"明智""通情达理"等意思。

以置信:她整天哭哭啼啼,大喊大叫,惊动了整个院子,演出了一场闹剧。有一次,吃完午饭后,阿芙朵佳·罗曼诺芙娜故意趁着只有我一个人的时候,在花园里的林荫道上找到了我,她两眼闪闪发光,要求我别再缠着可怜的帕拉莎。这大概是我们两个人第一次谈话。我当然认为,满足她的愿望是我的荣幸,于是我竭力装出一副惊讶和困窘的样子,总之,这个角色我演得还挺不错。后来,我们开始往来,秘密交谈、劝谕、开导、请求、央告,甚至泪流满面——你相信吗,甚至还流泪呢!你瞧,宣传的热情,在某些姑娘的身上激起多大的力量啊!我当然把一切都归咎于自己的命运,装作一个如饥似渴追求光明的人,最后还采用了征服女人们心的最伟大和最可靠的办法。这个办法永远不会让任何人失望,无一例外,对所有人都绝对有效。这个办法是尽人皆知的,就是阿谀奉承。在这个世界上,没有比说老实话更困难的事了,也没有比说奉承话更容易的事了。说实话的时候,只要有百分之一的音符走调,那么立刻就会产生不和谐,随之而来的就是争吵。而阿谀奉承,即使从头到尾全都是鬼话,也会让人高兴,听起来就觉得愉快——哪怕这愉快有点儿肉麻,可还是感到愉快。而且不管阿谀奉承多么肉麻,其中却至少有一半让人觉得好像是真实的。对于各种不同文化程度的人,对于社会上的各个阶层来说,都是如此。就连贞洁的少女,也可以用阿谀奉承去勾引她。至于普通人,那就更不用说了。有一次,我勾搭上一个忠于自己的丈夫、孩子,而且严守闺训的太太,一回想起这件事来,我就不禁觉得好笑。这件事是让人多么的开心,而且多么不费力啊!这位太太的品德当然是高尚的,至少自以为是这样。我的全部策略只不过是每一分钟都表示,我已经完全屈服,对她的贞洁佩服得五体投地。我厚颜无耻地奉承她,有时,只要能让她和我握一握手,甚至看我一眼,我就责备自己,说这是我强迫她这样做的,说她曾抗拒过、竭力抗拒过,如果不是我那么恶劣,大概永远什么也得不到;说由于她天真,无法看透我勾引她的阴谋诡计,无意中失身,自己还不知道,等等。总之,我得到了一切,而这位太太却仍然完全相信,她是纯洁无瑕和贞洁的,始终信守她的责任和义务,而她的堕落完全是无意的。当我最后向她宣布,我真诚地相信,她也像我一样,是在寻欢作乐时,她是多么愤怒啊。可怜的玛尔法·彼特罗夫娜也非常爱听恭维话,如果我想这么做的话,那么,毫无疑问,在她还活着的时候,就会把她的全部财产统统留给我了——不过我酒喝得太多, 话也太多了——如果现在我谈到,对阿芙朵佳·罗曼诺芙娜也开始产生了同样的效果,希望你不要生气。可是我很傻,而且缺乏耐心,于是整个事情都给搞砸了。这在以前就有过几次(特别是一次),阿芙朵佳·罗曼诺芙娜就表示,非常不喜欢我的眼神,这你相信吗? 总之,我的眼里越来越强烈、越来越不谨慎地燃烧起某种火焰,这使她感到害怕,终于使她感到憎恨了。详细情况就不用多说了,不过,我们不再往来了。这时我又做了一件蠢事。我以极其粗暴的方式嘲笑所有这些说教和请求;帕拉莎又上场了,而且还不止她一个,总之,闹得很不像话。哦,罗吉昂·罗曼内奇,如果你一生中,哪怕只有一次看到你妹妹的眼睛,看到她的眼睛有时会闪闪发光,那就好了!现在我喝醉了,整整一杯酒都喝光了,不过这没关系,我说的全是真话,请你相信,我梦见过这样的目光。她的衣服发出的那窸窸窣窣的响声,也让我受不了了。真的,我想,我是发疯了,我从来也没有想到,我会这样发狂。总之,必须和解,然而这是不可能的。你想想看,当时我做了些什么?疯狂能使人糊涂到什么程度啊!所以,请千万别在疯狂的时候采取任何行动,罗吉昂·罗曼内奇。我考虑到,阿芙朵佳·罗曼诺芙娜实际上一贫如洗——唉,请原谅,我并不想这么说……不过如果说的是同一个概念,不管用什么词汇,不是都一样的吗? 总之,是靠自己双手劳动生活,而且你母亲和你也都靠她(唉,见鬼,你又皱眉了……),于是我决定把我的钱——当时我可以拿得出三万卢布来,都送给她,让她跟我一起私奔,哪怕逃到这里,逃到彼得堡来也行。当然啦,当时我还发誓永远爱她,让她终生幸福,等等。你相信吗?当时我爱她爱到了这种程度,如果她对我说:'你把玛尔法·彼特罗夫娜杀死或者毒死,然后跟我结婚。'那么我立刻就会去做的!可结果是一场灾难,这你已经知道了,你自己可以想象得出,当我得知玛尔法·彼特罗夫娜找到了这个最卑鄙的刀笔吏卢仁,而且差点儿没撮成这门亲事的时候——实际上这跟我的建议是一样的。不是这样的吗?不是这样的吗?是这样的,不是吗?我简直气疯了。我发觉,你好像很注意地听了……真是一个很有意思的年轻人……"

斯维里加洛夫焦躁地用拳头捶了一下桌子。他的脸涨得通红。拉斯柯尼科夫清楚地看到,斯维里加洛夫不知不觉喝下去的那一杯,或者一杯半的香槟酒,已经使他产生了病态的变化,因此他决定利用一下这个机会。他觉得斯维里加洛夫很可疑。

"嗯,知道了这些情况以后,我完全相信,你到这里来,一定是对我妹妹有什么打算。"他直截了当、毫不隐讳地对斯维里加洛夫说,想惹他发更大的火。

"唉,别再提这个了,"斯维里加洛夫好像突然想起了什么,"我不是跟你说过了……再说,你的妹妹也非常讨厌我。"

"她非常讨厌你,对这一点我也深信不疑,不过现在问题不在这里。"

"你相信她非常讨厌我吗?(斯维里加洛夫眯缝起眼来,嘲讽地微微一笑。)你是对的,她不喜欢我,可是对夫妻间或者情人之间的事,你永远也无法保证。这里总是有这么一个角落,对全世界始终是个秘密,只有他们两个才知道。你能保证阿芙朵佳·罗曼诺芙娜一定会厌恶我吗?"

"根据你谈话时使用的某些词句,我发觉,现在你对杜尼娅仍然还有什么企图,还有一些刻不容缓、十分迫切的打算,当然,是卑鄙的打算。"

"怎么!我向你透露过这样的信息吗?"斯维里加洛夫突然非常天真地惊慌起来,丝毫没有注意那个显示出他意图的形容词。

"就是现在,你也透露出这个信息。比如说,你为什么这样害怕?现在你为什么突然害怕起来了呢?"

"我害怕?我怕你?倒不如说你该怕我,亲爱的朋友。真是荒唐之极……不过,我喝醉了,这我明白,差点儿又说漏了嘴。酒,去它的!喂,拿点儿水来!"

他抓起酒瓶,没有礼貌地把它扔出窗外。菲利普拿来了水。

"这全都是胡说八道,"斯维里加洛夫说,把毛巾浸湿,按在头上,"我只要说一句话就可以把你顶回去,把你的一切怀疑扫干净。譬如说,我要结婚了,你知道吗?"

"这你以前就跟我说过了。"

"说过了吗?我忘了。不过那时候我还不能肯定地说,因为那时候连我的未婚妻是谁我都还没见过呢,只是有这个想法。可现在未婚妻已经有了,事情已经办妥了,要不是有刻不容缓的事情,我一定现在就带你去见见她,因为我想听听你的建议。唉,见鬼!只剩下十分钟了。你看看表,看到了吧?不过我要讲给你听听,因为这是一件很有趣的事,我指的是我的婚事,也就是说,从某一点来看——你要去哪里?又要走吗?"

"不,我现在不走。"

"绝对不走了吗?咱们等着瞧吧!我要带你到那里去,这是真的,让你看看我的未婚妻,不过不是现在,现在你马上就要走了。你往右边去,我往左边走。你知道这个列斯莉赫吗?就是我现在住在她那家里的那个列斯莉赫,啊!你听说过吗?不,你是在想,就是人们议论的那个女人,说是她家有个小姑娘冬天投水自尽了——嗯,你听说过吗?听说过吗?嗯,所有的事情都是她一手替我安排的。她说,你这样怪寂寞的,应该找点儿事解解闷儿。我这个人抑郁寡欢、枯燥无味,不是吗?你以为我很快活吗? 不,我很忧郁:我不做坏事,常常独自坐在一个角落里,有时三天也不跟人说话。而这个列斯莉赫是一个坏女人,我要告诉你,她心里打的是什么主意:她以为我玩儿腻了,就会抛弃妻子跑掉,这样我的妻子就会落到她的手里,她就可以把她转手嫁给别人——就是说,在我们这个阶层里找一位更高一些的。她告诉我,那个姑娘的父亲身体十分衰弱,是一个退休的官吏,整天坐在安乐椅里,两年多没走动过一步。她说,她还有一个母亲,是一位通情达理的太太——就是说她妈。他们有个儿子在外省什么地方任职,但不帮助他们。女儿出嫁了,也不来看他们,他们这里还有两个年幼的侄子(好像自己的儿女还嫌少似的),自己最小的女儿还没念完中学,他们就让她退学了,还有一个月她才满十六岁,也就是说,再过一个月就可以让她出嫁了——也就是说,嫁给我。我们上他们家去了,这是多么可笑呀。我做了自我介绍:地主、中年丧偶、出身贵族、交往广泛,还有财产。虽然我已经五十岁了,而她还不满十六岁,可这又有什么关系呢? 谁会注意这些事呢? 嗯,很诱人,不是吗? 哈哈!你要是能看到我和她的爸爸妈妈谈话的情形就好了!花钱买票看都值得,看看我那时候像什么样子。她出来了,行了个屈膝礼,嗯,你要知道,她还穿着一件很短的连衣裙,是一朵含苞未放的花蕾,她脸红了,红得像一片朝霞(当然我已经把这事告诉过她了)。我不知道你对女人的脸蛋儿有什么高见,不过依我看,这种十六岁的年龄,这一双还是孩子气的眼睛,这羞答答的胆怯和泪眼汪汪的神态——在我看来已经胜过了美貌,何况她还像画上的美人儿一样,那么漂亮呢。浅色的头发,卷曲蓬松,梳成一小绺一小绺的;嘴唇丰满、鲜红;一双小脚——真是美极了!嗯,我们认识了,我告诉他们,家里有事急需处理,因此第二天,也就是前天，我们两个人就得到了祝福——我们订婚了。从那以后，我一去她家，立刻就让她坐在我的膝上，不让她下来……嗯，她不时脸红，红得像朝霞，我不停地吻她。她妈妈当然提醒她说，这是你的丈夫，应该这样，总而言之，这实在是太好了！而现在这种情况——做未婚夫的状况，真的，也许比做丈夫的时候更好。这就是所谓的自然和诚挚了！我跟她谈过两次——这姑娘可一点儿也不傻，有时她那样偷偷地看我一眼——甚至让我神魂颠倒。你要知道，她的小脸很像拉斐尔笔下的圣母像。要知道，《西斯庭圣母》①有一张神奇的脸—— 一张忧伤、虔诚的宗教徒的脸，这一点你注意到了吗？嗯，这姑娘的脸就像那个样子。我们刚订了婚，第二天我就送去价值一千五百卢布的礼物：一件钻石首饰，另一件是珍珠的，还有一个妇女用的银梳妆盒——有这么大，里面装着各式各样的东西，就连她那圣母似的小脸也变得绯红了。昨天我让她坐在我的膝上，也许是我太放肆了，她满脸通红，突然流出泪来，可是不愿让人看出她心情的激动，羞得无地自容。于是，大家都出去了，这间屋里只剩下了我和她两个人，她突然搂住我的脖子—— 她这样主动还是第一次，用两只小手搂着我，吻我，然后发誓说，她要做我百依百顺、忠诚、贤惠的妻子，一定会让我幸福，说她要献出自己的一生，献出自己一生中的每一分钟，牺牲自己的一切、一切，而作为回报，她只希望得到我的尊重，她对我说，此外她'什么，什么也不需要，也不需要任何礼物！'你得同意，一个十六岁的小天使，由于少女的羞怯，脸上飞起两片红霞，眼里含着热情的泪花，当你和她单独坐在一起，听着她那样坦白地说出自己心里的话，你得同意，那是相当诱人的。诱人，不是吗？不是值得吗，啊？

嗯，值得，不是吗？喂……喂，请你听我说……嗯，咱们一起去我的

---

① 《西斯庭圣母》：文艺复兴时期意大利著名画家拉斐尔的代表画作，现存于德国德累斯顿美术馆。

未婚妻那里……不过不是现在……"

"总之,这种年龄和文化修养上的极大差异激起了你的情欲! 难道你真的要这样结婚吗?"

"那又有什么呢? 一定的。每个人都关心自己,谁最善于欺骗自己,谁就能过得最快活。哈哈! 你干吗要装作一个道德高尚的人,请宽恕我吧,老弟,我是个有罪的人。嘿嘿嘿!"

"但是你安置了卡捷琳娜·伊万诺夫娜的孩子们……不过,你这样做是有原因的……现在我什么都明白了。"

"我一向喜欢孩子,很喜欢孩子。"斯维里加洛夫哈哈大笑起来,"我甚至可以给你讲一讲关于这方面的一件非常有趣的事, 直到现在,这件事还没有结束呢。我来到这里的第一天,就到各种藏污纳垢的场所去了,嗯,阔别七年之后,我简直是急急忙忙地跑去的。你大概注意到了,我并不急于跟自己的那些伙伴见面,并不急于去找从前的那些朋友和熟人。我尽可能拖延着不去找他们。你要知道,我在乡下,住在玛尔法·彼特罗夫娜那儿的时候,对这些神秘的地方和场所真是魂牵梦萦,思念得痛苦到了极点,而谁要是了解那些地方,就可以在那儿发现很多东西。真见鬼! 人们在酗酒,受过教育的年轻人由于无所事事,沉湎于无法实现的幻想之中,而变得对一切都十分冷漠,曲解各种理论,自己也变得思维混乱,极不正常。不知从什么地方来了一批犹太人,他们都把钱积蓄起来,其余的人都在过着荒淫无耻的生活。刚到这里的最初几个钟头,这座城市就让我闻到了熟悉的气息。我来到一个所谓跳舞晚会—— 一个可怕的藏污纳垢的地方——而我喜欢的正是这种肮脏的地方,嗯,那自然是我当年见所未见、闻所未闻的康康舞①,在我年轻的时候还没有这种玩意儿。

---

① 康康舞:法国游艺场中一种下流的舞蹈。

是啊,这就叫作进步嘛。突然,我看到一个十二三岁的小姑娘,穿得很漂亮,正在和一个舞艺超群的人跳舞,那个人站在她对面。在墙边一把椅子上,坐着她的母亲。嗯,你要知道,康康舞是一种什么舞! 小姑娘害羞极了,脸涨得通红,终于感到自己受了侮辱,放声大哭起来。那个舞艺超群的人搂住她,旋转起来,在她面前表演各种舞姿,周围的人全都哈哈大笑起来。在这种时候,我很喜欢这些观众,即使是康康舞的观众,大家都在哈哈大笑,高声叫喊:'好哇,就应该这样!不应该把孩子带来嘛!'哼,用那种办法来消遣是不是合理,我才不管呢,关我什么事! 我立刻选中了一个座位,坐到那位母亲身旁,和她攀谈起来。我对她说,我也是从外地来的,说这里的人都太粗野,说他们都分不清什么是真正的尊严,对别人也缺乏应有的尊重;我让她知道,我有很多钱;我请她们坐我的马车回家;送她们回家以后,我就和她们认识了。她们住在向二房东租来的一间小屋里,刚来这里不久。她们对我说,能跟我认识,让她们感到非常荣幸。我还知道,她们一无所有,她们到这里来,是要在某机关里办一件什么事情,我表示愿意效劳,表示愿意给她们一些钱;我还得知,她们去参加那个晚会,是弄错了,还以为那里真的是教人跳舞呢;我表示愿意给她们提供帮助,让这位年轻的姑娘学习法文和跳舞。她们十分高兴地接受了,认为这是很荣幸的,直到现在我还在跟她们来往……你要愿意的话,咱们一起去看看她们——不过不是现在。"

"得了吧,别讲你那些卑鄙、下流的故事了,你这个道德败坏的、下流的色鬼!"

"简直是个席勒,我们的席勒,简直就是席勒! 何处没有美德呢? 你知道吗? 我要故意给你讲一些这样的事情,好听听你大声地叫喊。真让人高兴!"

"当然啦,难道这时候我自己不觉得自己好笑吗?"拉斯柯尼科夫气愤地低声说。

斯维里加洛夫放声哈哈大笑起来，最后叫来了菲利普，结了账，站起身来。

"唔，是的，我喝醉了，扯得太多了！"他说，"真是一种享受啊！"

"那还用说，你还能不高兴吗？"拉斯柯尼科夫大声说，也站了起来，"对于一个老色鬼来说，讲这样的奇遇——而且怀有这种荒谬绝伦的意图——怎么会不高兴呢？而且还是在这样的情况下，讲给一个像我这样的人听……欲火就更旺了。"

"得啦，如果是这样，"斯维里加洛夫甚至有几分惊讶地回答，同时仔细打量着拉斯柯尼科夫，"如果是这样的话，那么你就是一个地道的、愤世嫉俗的人了。至少你具备了成为这种人的好材料。你懂得很多，很多……嗯，很多事情你也能做得出呢。唉，不过，够了。我真的感到遗憾，没能跟你多聊聊，不过你是逃不出我的手掌心的……你就等着瞧吧……"

斯维里加洛夫走出了小饭馆，拉斯柯尼科夫跟在他的后面。但是，斯维里加洛夫并没有醉得十分厉害，酒劲儿只不过是暂时发挥作用，随着时间慢慢逝去，他的醉意也渐渐消失了。他分明由于预料到一件什么事而感到激动不已。在最后几分钟，他对拉斯柯尼科夫的态度突然变了，而且越来越粗暴，越来越冷嘲热讽。这些变化，拉斯柯尼科夫也看出来了，所以他的心神也开始不安起来。他开始感到斯维里加洛夫十分可疑，于是决定跟在他的后面。

他们走到了人行道上。

"你往右边走，我往左边走，或者，也可以相反，只不过——再见吧，我亲爱的，愿我们愉快地再见！"

于是，他朝右边干草市场的方向走去了。

第五章

拉斯柯尼科夫跟在他的后面。

"这是怎么回事！"斯维里加洛夫回过头来，大声叫喊，"我不是说过……"

"这就是说，我现在不会离开你。"

"什——什么？"

两个人都站住了，互相对视了一会儿，好像在彼此较量似的。

"从你那些半醉的鬼话里，"拉斯柯尼科夫用生硬的口气，毫无顾忌地说，"我完全得出结论，你不仅没有放弃对我妹妹那些最卑鄙的打算，而且甚至比任何时候都更积极地策划着什么阴谋。我知道，今天早晨我妹妹收到了一封信，你一直坐立不安……即使你半路上找到一个妻子，但是这并不能说明你改变了主意，我要亲自证实……"

拉斯柯尼科夫自己也未必能够确定，现在他到底要干什么，他想亲自证实的到底是什么事情。

"原来如此！你想叫我立刻喊吗？"

"喊吧！"

他们又面对面地站了约莫一分钟。最后，斯维里加洛夫脸上的神情改变了。当他确信拉斯柯尼科夫根本不怕威胁之后，突然又装出一副十分高兴和友好的模样。

"真有你的！虽然我被好奇心驱使得心神不宁，但我还是故意不跟你谈你的那件事情。这件事是很离奇的。本想留到下次再说，可是，说真的，即使是一个死人，你也能把他给惹恼了……好，咱们一块儿走吧,不过我要事先声明:现在我要回一趟家,先拿点儿钱,然后锁上房门,叫辆出租马车,到岛上去消遣一晚上。唔,你还是要跟着我走吗?"

"我要到你住的那幢房子去,但不是到你家里,而是到索菲娅·谢苗诺夫娜那里,为我没去参加她父亲的葬礼向她道歉。"

"那就随你的便吧,不过索菲娅·谢苗诺夫娜不在家。她领着孩子们到一位太太那儿去了,那是一位显赫的老太太,我很久以前的熟人,也是几家孤儿院的主管。我把抚养卡捷琳娜·伊万诺夫娜三个孩子的那笔钱都交给了她,此外还给孤儿院捐了些钱,这样一来,就使那位太太中了我的魔法,对我自然就会有求必应;我还对她讲了索菲娅·谢苗诺夫娜的故事,把所有详情细节都毫不隐瞒地告诉了她,给她留下了无法形容的深刻印象。所以索菲娅·谢苗诺夫娜接到邀请,请她今天直接去×旅馆,那是那位太太从别墅回来,暂时居住的地方。"

"没关系,我还是要去一趟的。"

"随你吧,不过我可不跟你一块儿去,因为这和我没什么关系!你瞧,我们已经到家了。我相信,你之所以用怀疑的眼光来看我,是因为我竟这么有礼貌,直到现在也没向你打听过什么……你说,是不是呢?你明白我的意思吗?你大概觉得有些不同寻常——我敢打赌,准是这样!既然如此,所以请你对我也要客气一些。"

"可是你躲在门后偷听!"

"啊,你指的是这个!"斯维里加洛夫笑了起来,"是啊,谈了半天,如果你不提这件事,那我倒要觉得奇怪了。哈哈!虽然我多少知道一点儿,你当时……在那里……干的那件事,还有你亲自对索菲娅·谢苗诺夫娜说了。不过,这到底是怎么回事?我大概是落伍了,什么也弄不懂。看在上帝的份上,请你给解释一下,亲爱的!请你用最新的理论开导我一下吧。"

"你什么也不会听见,你一直是在说谎!"

"我指的不是那事,不是那事——不过,我至少也听到了一点儿,不,我指的是你总是在唉声叹气!席勒在你心中一刻不停地骚动着。瞧,现在又不许我躲在门后偷听了。既然如此,那就请你去报告警察吧,就说如此这般,你碰到了一件意外的事,在理论上出了一个小小的差错。但是,如果你确信,不能躲在门后偷听,却可以随便用什么家伙随心所欲地杀死一个老太婆,那么你就赶快逃到美国去吧!逃跑吧,年轻人!也许还来得及。我是真心诚意地对你说这些话的。没有钱,是吗?那我给你路费。"

"我根本就没想到那回事。"拉斯柯尼科夫厌恶地打断了他的话。

"我明白,不过,你也不必费心,如果你愿意的话,那就用不着多说了;我明白,你心里在考虑什么问题,道德上的问题,是吗?是作为一个公民和一个人的道德问题,是不是?你把这些问题都抛开吧,现在你还考虑这些干什么呢?嘿嘿!因为你毕竟还是一个公民和人吗?既然如此,那就不该乱来,别去干那些不该干的事。唔,你还不如自杀呢,怎么,你还是不想自杀吗?"

"你好像是故意想惹我发火,好让我马上离开你……"

"瞧,真是个怪人,不过我们已经到了,请上楼吧。你看到了吧,这就是索菲娅·谢苗诺夫娜的房门,你看,一个人也没有!不相信吗?你去问问卡佩瑙莫夫——她常把钥匙交给他们。唔,这就是她本人,卡佩瑙莫夫太太,啊?什么?(她有点儿耳聋)出去了?去哪儿了?瞧,现在你听到了吧?她不在家,也许到深夜的时候才回来。好吧,现在去我家吧。你不是也想去我家吗?好,已经到我家了,这是我的房间。列斯莉赫不在家。这个女人总是到处奔忙,不过是个好人,请你相信……说不定你也会用得到她,如果你稍微懂点儿事的话。瞧,我从写字台里拿了这张五厘的债券,瞧,我还有多少!这张今天就可以拿去兑现。

嗯,看到了吧? 现在我不能再浪费时间了,把写字台锁了,把房门也锁上了,现在我们又来到了楼梯上。你要是乐意的话,咱们就雇一辆马车,好不好? 要知道,我要到岛上去。你愿意坐上车去兜兜风吗? 我要雇辆马车,到叶拉金岛去,怎么样? 你不想去吗? 你受不了了吗? 去兜一兜嘛,没关系。好像要下雨了,没关系,我们可以把车篷放下来……"

斯维里加洛夫已经坐到了马车上。拉斯柯尼科夫想,他的怀疑至少在目前是没有根据的。于是,他一句话也不说,转身就走,又往干草广场那边去了。如果他在路上哪怕只回头看一次,那么他就会看到:斯维里加洛夫坐着马车还没走出一百步, 就付了车钱,把马车打发掉,自己沿着人行道走。但是,现在他已经什么也看不到了,他已经拐了个弯儿深深的厌恶使他离开了斯维里加洛夫后,就再也不管他了。

"我怎么能把希望寄托在这个卑鄙的恶棍、荒淫无耻的色鬼和下流东西身上呢,至少目前是,我想他什么也做不了!"他不由自主地在大声说着。真的,拉斯柯尼科夫的决定过于匆忙、也过于轻率了。在斯维里加洛夫的身上,好像有某种东西使他显得即使不是神秘,至少也有些不同寻常。至于说这一切和他妹妹有什么关系,拉斯柯尼科夫仍然坚信,斯维里加洛夫是决不会让她安宁的。但是反复考虑所有这些事情,他觉得实在是太痛苦、也太难于忍受了。

当只剩下他一个人以后,他就和往常一样,只走了二十来步,便又陷入了沉思。他上了桥,在栏杆旁站住,开始眺望河水。而此时,阿芙朵佳·罗曼诺芙娜就站在他的身旁,注视着他。

其实,在他刚走到桥头的时候就遇到了她,只是他没有看见她,从她身边走过去了。在这之前,杜尼娅还从来没有在街上看到他像这个样子,因此不由得吃了一惊。她站住了,不知道该不该叫他。突然,她看到斯维里加洛夫从干草广场那边匆匆地走来。

但是,斯维里加洛夫好像是神秘地、而且小心翼翼地走近前来。

他没有上桥，在旁边的人行道上站住了，并且竭力不让拉斯柯尼科夫看到他。他早就看到了杜尼娅，开始向她做手势。而她好像觉得，他做手势，是叫她不要喊哥哥，不要惊动他，叫她到他那边去。

杜尼娅于是照办了。她悄悄地从哥哥身边绕过去，来到斯维里加洛夫跟前。

"咱们快走，"斯维里加洛夫悄悄地对她说，"我不想让罗吉昂·罗曼内奇知道我们会面。我先告诉你，刚才我和他坐在离这儿不远的一家小饭馆里，他在那里找到了我，我好容易才摆脱了他。不知道怎么回事，他知道了我给你的那封信，起了疑心。当然，你是不会告诉他的吧？不过，如果不是你，那会是谁呢？"

"我们已经转了弯儿，"杜尼娅打断了他的话，"现在哥哥看不到我们了。我要对你说，我不会再跟你往前走了，请你在这里把一切都告诉我，什么话都可以在大街上说。"

"第一，这些话无论如何也不能在大街上说；第二，你应该听听索菲娅·谢苗诺夫娜会说些什么；第三，我要让你看一些证据……嗯，最后，如果你不同意去我那里，我就拒绝对你做任何解释，立刻就走。同时请你不要忘记，你那位亲爱的哥哥有一个非同寻常的秘密完全掌握在我的手里。"

杜尼娅犹豫着站住了，用锐利的目光盯着斯维里加洛夫。

"你怕什么！"他平静地说，"城市不比农村。就是在农村里，也是你对我造成的伤害比我对你造成的伤害更大，而这里……"

"你已经通知过索菲娅·谢苗诺夫娜了吗？"

"没有，我一个字也没向她透露过，而且现在她是不是在家，我也没有多大的把握。不过，也可能在家。她今天才安葬了她的继母，在这样的日子里，她是不会出去串门的。我暂时不想把这件事告诉任何人，就连告诉你，都还有点儿后悔呢。这件事，只要稍有不慎，就等于告密。我就住在这儿，就住在这幢房子里，我们这就到了。这是我们这里的看门人，他跟我很熟，瞧，他在跟我打招呼了。他看到我跟一位女士在一起走，当然已经看到你的脸了，要是你很害怕，对我产生怀疑的话，这对你是有利的。对不起，我说得太粗野了。我住的房子是从二房东那儿租来的。索菲娅·谢苗诺夫娜就住在我隔壁，也是跟二房东租的房子。这一层楼都住满了房客。你干吗像个小孩子似的那么害怕呢？难道我真的那么可怕吗？"

斯维里加洛夫把脸一歪，露出一副体谅的笑容来，脸上的表情显得很不自然，但是他已经没有笑的心情了。他的心在怦怦地狂跳，喘不过气来。他故意把声音说得响一些，以掩饰他那越来越激动的心情，然而，杜尼娅没有发觉他这种特殊的激动，他说，她像小孩子那样怕他，对她来说，他是那么可怕——这些话激怒了她，简直把她气坏了。

"虽然我知道你是个……没有人格的人，可是我一点儿也不怕你。你在前面走吧。"她说，看上去神情镇静，可是脸色白得厉害。

斯维里加洛夫在索尼娅房门前站住了。

"让我问一下，她在不在家。不在家。多不凑巧！不过我知道，她很快就会回来了。如果她出去，准是为了那些孤儿到一位太太那里去了。他们的母亲死了，我也帮着料理过丧事。如果再过十分钟，索菲娅·谢苗诺夫娜还不回来，那么我就叫她去找你；如果你愿意，今天就去。瞧，这就是我的房子，这是我住的两间房间。我的房东列斯莉赫太太住在隔壁。现在请看这里，我让你看看我的主要证物：我卧室的这扇门通往正在招租的两间空房子。就是这两间……这你可要看得稍微仔细些……"

斯维里加洛夫住着两间带家具的、相当宽敞的房间。杜尼娅怀疑地朝四下里仔细看了看，可是，无论是屋里的陈设，还是房屋的布局，都没发现有什么特殊的地方，虽然也可以看出，譬如说，斯维里加洛夫的房子不知怎么正好夹在两套没有住人的房子中间,而且不是从走廊直接进入他的房间,而是要穿过房东那两间几乎空荡荡的房子。斯维里加洛夫打开卧室里一扇锁着的门,让杜尼娅看一套也是空着的、正在招租的房子。杜尼娅在门口站住了,弄不懂为什么请她看这套房子,斯维里加洛夫赶紧解释说:

"请你往这里看,看看这第二间大房子。请看看这扇门,门是锁着的。门边有一把椅子,两间屋里只有这么一把椅子。这是我从自己屋里搬来的,为的是坐着听比较舒服些。索菲娅·谢苗诺夫娜的桌子就摆在门后,紧挨着这扇门,她就是坐在那儿和罗吉昂·罗曼内奇说话的。而我,就坐在这椅子上,在这儿偷听,一连听了两个晚上,每次都有两个钟头——当然啦,我是能够听到点儿什么的,你认为呢?"

"你偷听?"

"是的,我偷听过。现在到我屋子里去吧,这儿连个坐的地方都没有。"

他领着阿芙朵佳·罗曼诺芙娜回到他的房间里,请她坐到椅子上。他自己坐在桌子的另一头,离她至少有一俄丈远,但是他的眼里已经闪射出当时曾使杜尼娅感到那么害怕的欲火了。她战栗了一下,又怀疑地朝四下里看了看。她表面上镇定的样子是装出来的,看来她不想让他看出她怀疑他。然而,斯维里加洛夫的房子夹在两套空房之间,显得十分僻静,终于使她感到害怕了。她想问一下,至少他的房东是不是在家,可是出于自尊,她没有问……此外,她心里还有一种比担心自己更要大得多的另一种痛苦,而这种痛苦更让她难以忍受。

"这就是你写给我的信,"她把那封信放到桌子上,说,"你信上写的事情难道是可能的吗?你在信里暗示说,好像我哥哥犯了罪。你的暗示也太露骨了吧,现在你总不敢否认吧。你要知道,在你给我写信以前,我就听到过这种愚蠢的谎言,可我连一个字都不相信。这种怀疑真是既卑鄙又可笑。我知道这件事,而且知道它是怎样捏造出来的,以及为什么要捏造的。你不可能有任何证据。你答应要让我看,那么你说吧!不过你事先就要明白,我不相信你的话!我根本不相信!……"

杜尼娅说得很快、很急,她的脸霎时间变得绯红起来。

"如果你不相信,那你怎么会冒险只身到我这里来呢?你为什么来?只是由于好奇吗?"

"请别折磨我了,说吧,你说吧!"

"不用说,你是一位勇敢的姑娘。真的,我还以为你会请拉祖米欣先生陪你来呢。可是他既没跟你一起来,也没在你的周围,我确认:这是勇敢的,这么说,你是想保护罗吉昂·罗曼内奇了。不过,你的一切都是神圣的……至于说到你哥哥,我能对你说什么呢?你刚刚亲眼看到他了。他怎么样?"

"你的根据难道就这一点吗?"

"不,我不是根据这一点,而是根据他自己亲口说的话。他曾一连两个晚上来到索菲娅·谢苗诺夫娜这里。我已经让你看过他们是坐在什么地方了。他向她完全坦白了,他是凶手。他杀了那个放高利贷的老太婆,杀了那个官太太,他自己也曾经在她那儿抵押过东西;他还杀了她的妹妹,一个叫丽莎维塔的小贩,她在姐姐被杀害的时候,意外地闯了进去。他是用随身带去的斧头把她们两个人杀死的。他杀死她们,是为了抢劫,而且也抢了一些钱财;他拿走了一些钱和一些东西……他把这一切全都告诉索菲娅·谢苗诺夫娜了,只有她一个人知道这个秘密,不过她没参与谋杀,也没给他出过主意,恰恰相反,她也像你现在一样十分害怕。请你放心,她是不会出卖他的。"

"这不可能!"杜尼娅喃喃地说着,嘴唇苍白得跟死人一样,毫无血色,感到喘不过气来,"不可能,没有任何原因,没有丝毫原因,没有任何理由……这是谎话!谎话!"

"他抢劫了，这就是全部原因，他拿了钱和东西。当然，据他自己说，他既没用过那些钱，也没用过那些东西，而是把它们拿到一个什么地方，藏到石头底下了，现在还放在那儿。但这是因为他不敢用。"

"他怎么会去偷、去抢，这难道可能吗？他怎么会想到做那种事呢？"杜尼娅惊呼着，从椅子上站了起来，"你不是认识他，也见过他吗？难道他会是强盗吗？"

她好像在央求斯维里加洛夫，而且把自己的恐惧完全忘掉了。

"阿芙朵佳·罗曼诺芙娜，这种事极其错综复杂，千差万别，情况各异。一个强盗偷东西，但他心里很明白，他是个坏蛋；可是我听说有一个高尚的人抢劫了邮车。不过谁知道他呢，也许他当真认为，他干的是一件正当的事！如果是旁人告诉我的，当然，我也会像你一样，根本不相信。可是我相信自己的耳朵。就连原因，他都向索菲娅·谢苗诺夫娜说了，刚开始她也不相信自己的耳朵，但她终于相信了自己的眼睛，因为这是他亲自告诉她的。"

"那么是什么……原因呢？"

"说来话长，阿芙朵佳·罗曼诺芙娜。怎么跟你说呢，这也好像是一种理论，它跟我的看法一样。譬如说，如果主要目的是好的，那么做一两件坏事也是可以容许的。一件坏事可以换来一百件好事！对一个有自尊心和自命不凡的青年来说，要是他知道只要有，比如说吧，只要他能有三千卢布，那么在他的生活目标中的整个事业和未来就都会完全不同，然而他却没有这三千卢布，这对他来说，当然是十分恼火的。再加上挨饿、住房窄小、衣服破烂，明确意识到自己的社会地位以及妹妹和母亲的处境不太好，因此愤愤不平。尤其是虚荣心——自尊心和虚荣心，不过，谁知道他呢，也许他有崇高的志向……我并不是责备他，请你别那么想，而且这也不关我的事。他有一个自己的理论（一种平平常常的理论），根据这个理论，你要知道，人被分作普通材料和特殊材料的人物,也就是说,有这样一些人,由于他们地位高,法律不是为他们所制定的,恰恰相反,他们自己可以为其余的人,也就是那些普通的材料、"垃圾"制定法律。这个理论倒没有什么,极为普通,和其他普通的事物一样。拿破仑对他的吸引力太大了,也就是说,使他心驰神往的实事是:许多天才对那唯一的一两件坏事根本不屑一顾,而是毫不犹豫地跨越过去。他大概也自认为是一个天才——也就是说,在某一段时间里他是深信不疑的。然而,虽然他能够发明一种理论,却没有办法毫不犹豫地跨过去,可见他还不能算是一个天才人物。每当想到这一点,他还是感到痛苦。唔,对于一个自命不凡的年轻人来说,这可是有损尊严的,尤其是在我们这个时代……"

"可是良心的谴责呢?这么说,你否认他有任何道德观念?难道他是这样一个人吗?"

"唉,阿芙朵佳·罗曼诺芙娜,现在一切都给搞混了,当然以前也没有条理分明过。总的来说,阿芙朵佳·罗曼诺芙娜,俄罗斯人眼界都很开阔,他们的眼界就像他们的国土一样开阔,非常喜欢幻想,喜欢杂乱无章;然而只是眼界开阔,如果没有特殊的才能,却是一种灾难。你还记得吗?以前每天晚上吃过晚饭之后,我们两个人坐在花园里的露台上,曾多次交流过意见,谈论这一类问题和这个话题。正是为了这种开阔的眼界,你还责备过我呢。谁知道呢,也许就在我们谈论这一切的时候,他也正躺在这里考虑自己的计划吧。阿芙朵佳·罗曼诺芙娜,要知道,在我们的知识界里,没有什么特别神圣不可侵犯的传统观念,充其量是有人设法根据书本编造出来……或者从编年史里引申出来的。不过干这种事的多半是那些学者,你要知道,就某一点来说,他们也都是些头脑简单的人,所以上流社会的人做这种事情甚至是有伤大雅的。不过,一般说来,我的看法你是知道的,我绝不责备任何人。我是个游手好闲的人,而且会坚持这样下去,决不改变。关于这一点，我们已经谈过不止一次了。我甚至有幸以自己的见解引起你的兴趣……你的脸色很苍白，阿芙朵佳·罗曼诺芙娜！"

"他这个理论我是知道的。我看过他在杂志上发表的一篇文章，谈到有一些人可以为所欲为……是拉祖米欣拿给我看的……"

"拉祖米欣先生吗？你哥哥的一篇文章？登在杂志上？有这样一篇文章吗？我可不知道。我想一定很有意思！不过，你要上哪儿去，阿芙朵佳·罗曼诺芙娜？"

"我要去找索菲娅·谢苗诺夫娜。"杜尼娅用有气无力的声音说。"到她家去该怎么走？她也许已经回来了，我一定要立刻见到她。让她……"

阿芙朵佳·罗曼诺芙娜没能说完，她简直喘不过气来了。

"索菲娅·谢苗诺夫娜要到夜里才会回来。我觉得会这样——她应该很快就回来，如果还没回来，那就要很晚才……"

"啊，你在说谎！我看得出来……你撒谎……你一直在撒谎……我不相信你的话！我不信！我不信！"杜尼娅气得发狂地大声叫喊，完全是气得糊涂了。

她几乎是晕过去了，倒在斯维里加洛夫急忙放到她身后的椅子上。

"阿芙朵佳·罗曼诺芙娜，你怎么了？你醒醒啊！喏，这是水，请你喝口水……"

他往她的脸上洒了些水。杜尼娅战栗了一下，醒过来了。

"反应太强烈！"斯维里加洛夫皱起眉头，含糊不清地喃喃自语。"阿芙朵佳·罗曼诺芙娜，请你放心！你要知道，他有几个朋友。我们会救他，会把他救出来。你希望我把他送到国外去吗？我有钱，三天之内我就能弄到船票。至于说他杀了人，可是他还会做许多好事呢，这就可以赎罪了。请你放心好了。他还可以成为一个伟大的人呢。唔，你怎么了？你觉得身体怎么样？"他说。

"坏蛋！他还在嘲笑呢。让我走……"

"你要去哪里？你要往哪里去啊？"

"到他那里去。他在哪里？你知道吗？这扇门为什么锁起来了？我们是从这扇门进来的，现在却锁上了。你是什么时候把它锁上的？"

"可不能嚷嚷，让所有房间里的人都听到我们在这里说话。我绝对没有嘲笑，只不过是用这种语气说话而已。你现在这副样子要上哪儿去，还是你想害他呢？你会逼得他发疯的，那么他就会去自首了。你要知道，已经有人在监视他了，他们已经发现了线索。你只会害了他。你先等一等！我刚才见到过他，跟他谈过，还可以救他。你等一等，再坐一会儿，我们一起想想办法。我请你来，就是为了跟你单独谈谈这件事，好好考虑。你请坐啊！"

"你能用什么办法救他？难道能救得了吗？"

杜尼娅坐下了。斯维里加洛夫坐到她的身边。

"这一切都取决于你，取决于你，取决于你一个人！"他两眼闪闪放光，几乎是悄悄地低声说着，前言不搭后语，由于激动，有些话甚至说不出来。

杜尼娅吓得躲开他，往一旁退去。他也在浑身发抖。

"你……只要你一句话，他就得救了！我……我来救他。我有钱，也有朋友。我立刻送他走，我去弄护照，两张护照。一张是他的，另一张是我的。我有朋友，我有一些很能干的人……你愿意吗？我还要给你也弄一张护照……还有你母亲的……你要拉祖米欣干什么，他对你有什么用？我也同样爱你呀……我无限地爱你。让我吻一吻你衣服边吧，让我吻一下吧，让我吻一下吧！我不能听到你的衣服窸窸窣窣的响声。你只要对我说：去做那件事，我就会去做！我什么都会去做，就连不可能的事我也能办得到。你信仰什么，我也会信仰什么。不管什么，不管什么事情，我都会去做！请别这样看我，请别这样看着我！你要知道，你这是在折磨我……"

他甚至胡言乱语起来……好像突然间发生了什么事,使他一下子糊涂起来。杜尼娅跳起来,冲向门口。

"开门!开门!"她隔着门向外面大声叫喊,双手摇着房门,想向门外的人求救,"把门打开呀! 难道外面一个人也没有吗? "

斯维里加洛夫站了起来,他清醒过来了。在他那还在抖动着的嘴唇上,慢慢地露出了一丝讥讽的狞笑。

"外面没有一个人在家,"他轻轻地、一字一顿地说,"女房东出去了,这样叫喊是白费力气的,发再大的脾气也没有用。"

"钥匙呢? 马上把门打开,马上,下流的东西! "

"我把钥匙弄丢了,找不到了。"

"啊?你想强奸!"杜尼娅大喊一声,脸色白得像死人一样,冲到一个角落里,随手拉过一张小桌子,用它来掩护自己。她不再大声叫喊了,只是用眼睛紧紧地盯着那个折磨她的人,警惕地注意他的每一个动作。斯维里加洛夫也没动地方,站在房屋的另一头。他甚至很镇静,至少从表面上看是这样。但他的脸色仍然白得吓人,嘲讽的狞笑并没有从他脸上消失。

"阿芙朵佳·罗曼诺芙娜,你刚才说'强奸'。如果真是强奸的话,那么你自己也可以想到,我早就采取措施了。索菲娅·谢苗诺夫娜不在家,离卡佩瑙莫夫的屋子离这里很远,中间隔着五间上了锁的房间。还有,我的力气至少比你大一倍,此外,我也没什么可害怕的,因为以后你不能去控告我,你不会真的想害了你的哥哥吧? 而且没有人会相信你的话———一个年轻的姑娘,怎么会独自跑到一个单身男人的住屋里去呢? 所以,即使牺牲了你的哥哥,也证明不了什么。强奸是很难证明的,阿芙朵佳·罗曼诺芙娜。"

"卑鄙!"杜尼娅愤怒地低声说道。

"随你怎么说吧,不过请你注意,我的话还只是作为一个建议。

依我个人的看法,你是完全对的:强奸是卑鄙的事。我只不过想说,你决不会受到良心的谴责,即使……即使你愿意按照我的建议来搭救你的哥哥。也只能说,你不过是为环境所迫,嗯,还有,是屈服于暴力。如果可以用这个词的话。这些都请你考虑一下吧,你哥哥和母亲的命运都掌握在你的手里。我愿做你的奴仆……做一辈子……我就在这儿等着……"

斯维里加洛夫坐到了沙发上,离杜尼娅大约有八步远。她知道,他的决心是不可动摇的,这一点已经是毫无疑问了,何况她很了解他……突然,她从口袋里掏出一支手枪,扳起扳机,把拿着手枪的那只手放在小桌子上。斯维里加洛夫一下子跳了起来。

"啊!真没想到会是这样!"他惊讶地喊了一声,但脸上又露出狰狞的冷笑,"这样就会使事情发生了根本性变化!阿芙朵佳·罗曼诺芙娜,你自己使事情变得非常容易解决了,这手枪你是从哪里弄来的?不会是拉祖米欣先生给你的吧?哎呀!这手枪是我的嘛!我的老朋友!我还一直在找呢……我很荣幸曾在乡下教过你射击,现在看来,并没有白教啊!"

"这不是你的手枪,而是你杀害玛尔法·彼特罗夫娜的手枪,你是凶手!她家里什么东西也不是你的。我开始怀疑到你这个人什么事都能干出来的时候,就把它拿过来了。只要你敢迈出一步,我发誓,我就要打死你!"

杜尼娅发狂了。她拿着手枪,做好了准备。

"嗯,那么你哥哥呢?我这样问是出于好奇。"斯维里加洛夫说,仍然站在原地。

"你去告密吧,如果你想告密的话!不许动!别过来!我要开枪了!你毒死了妻子,这我知道,你就是凶手!……"

"你真的相信,是我毒死了玛尔法·彼特罗夫娜吗?"

"是你！你自己向我暗示过：你跟我说起毒药……我知道，你坐车去买来的……你早就准备好了……一定是你……坏蛋！"

"即使这是真的，那也是为了你……归根到底你是祸根。"

"你胡说！我一直，一直……恨你。"

"哎呀，阿芙朵佳·罗曼诺芙娜！看来你忘了，在你狂热地对我说教的时候，你已经对我有了好感，流露出了自己的感情……我从你的眼睛里看出来了。你记得吗？那天晚上，在月光下，还有一只夜莺在啼啭？"

"胡说！"杜尼娅的眼里闪烁着愤怒的光芒，"你胡说，这是诽谤！"

"我胡说？好吧，就算我胡说吧。我胡说八道。对女人提起这些事情是不应该的。（他冷笑了一声）我知道你会开枪，你这头漂亮的小野兽。那你就开枪吧！"

杜尼娅举起了手枪，脸色白得像死人一样，下嘴唇颤抖着，也苍白得毫无血色，两只乌黑的大眼睛射出火一般的光芒，紧紧地盯着他，她下定了决心，估量着距离，只等他做出第一个动作。他还从来没看到过她像现在这样美丽。她举起手枪的时候，从她眼里射出的怒火似乎使他燃烧起来，他的心里产生了一阵痛苦。他向前移动一步，于是枪声响了。子弹从他的头发上擦过，打到后面的墙上。他站住了，轻轻地笑了起来：

"让马蜂给螫了一下！她是瞄准我脑袋的……这是什么？血！"他右边的太阳穴上流下一缕很细的鲜血，他掏出手帕来，把血擦掉——大概子弹稍稍擦伤了头皮。杜尼娅放下手枪，望着斯维里加洛夫，与其说是感到恐惧，不如说是感到惊讶，感到大惑不解。她似乎自己也不明白，她到底做了什么，发生了什么事情！

"唔，打偏了！再来一枪嘛，我等着。"斯维里加洛夫轻轻地说，依旧在冷笑，不过神情有点儿忧郁，"像这样，在你扳枪机以前，我就会抓住你了！"

杜尼娅打了一个寒噤，迅速地扳起枪机，又举起手枪。

"走开，别再来纠缠我！"她绝望地说，"我发誓，我又要开枪了……我……要打死你！……"

"好呀……只有三步远，不会打不死的。哼，要是你打不死我……那么……"他的眼睛闪闪发光，他又向前走了两步。

杜尼娅开了枪，但没有响！

"子弹没装好。没关系，你的枪里还有一根雷管。快把它弄好，我等着。"

他站在离她只有两步远的地方等着，两眼发红，用充满情欲而又忧郁的目光直视着她。杜尼娅终于明白了，他宁愿死，也不愿放走她。而且……而且，现在只有两步远，她当然会把他打死的……

突然，她把手枪扔掉了。

"干吗扔掉了！"斯维里加洛夫惊讶地说，深深地舒了口气，好像有个什么东西一下子从他心上掉了下来，也许这不仅仅是对死亡的恐惧，而且这时候，他也未必怕死。他只是摆脱了另一种更悲哀、更忧郁的感觉，而他自己也不能完全确定，这究竟是一种什么感觉。

他走到杜尼娅跟前，用一只手轻轻地搂住她的腰。她没有反抗，但全身像一片树叶似的颤抖着，用哀求的目光看着他。他本想说什么，但只是撇了撇嘴，什么也说不出来。

"你让我走吧！"杜尼娅哀求说。

斯维里加洛夫哆嗦了一下：她的这个"你"字已经说得跟刚才有点儿不一样了。

"那么你不爱我吗？"他轻轻地问。

杜尼娅摇摇头，表示否定。

"也……不会爱我？……永远不会？"他绝望地低声问。

"永远不会!"杜尼娅低声回答。

斯维里加洛夫的心里在霎那间发生了一场无声的、可怕的斗争。他用一种无法形容的目光看着她。突然他放开手,快步走到窗边,在窗前站住了。

又过了一会儿。

"这是钥匙!(他从大衣左面的口袋里掏出钥匙,放到身后的桌子上,没有回过头来,也没看着杜尼娅。)你拿去,赶快走吧……"

他直愣愣地望着窗外。

杜尼娅走到桌子前拿起了钥匙。

"快点儿!快点儿!"斯维里加洛夫反复地说,仍旧一动不动,也没回过头来。但是,可以从他的这个"快点儿"的语气中听出一种带着某种可怕的声调。

杜尼娅明白这语调意味着什么,于是赶紧拿起钥匙,跑到门边,迅速打开房门,从屋里冲了出去。不一会儿,她像发了疯似的跑到运河岸上,朝 X 桥那个方向飞奔而去。

斯维里加洛夫在窗前又继续站了大约三分钟,最后才慢慢转过身来,朝四下里看了看,用手掌在前额上轻轻地摸了一下。一丝古怪的、极不自然的微笑浮现在他的脸上——这是一种可怜、悲哀、而又无可奈何的微笑,这是绝望的微笑。血,这血染红了他的手掌。他恶狠狠地看了看这血,然后把一条毛巾浸湿,擦净自己的鬓角。这时,被杜尼娅扔掉、落到门边的那支手枪突然闯入他的眼帘。他把它拾起来,仔细地看了看。这是一支可以装在衣袋里的旧式三发袖珍小手枪,里面还有两发子弹和一根雷管,还可以发射一次。他想了想,把手枪塞进衣袋,拿起帽子,走了出去。

第六章

那天,整整一个晚上,斯维里加洛夫是在各个小饭馆和那些藏污纳垢的地方度过的,从这个地方出来,又到另一个地方,一直逛到十点。后来,他不知道在什么地方找到了卡佳,她又在唱另一首低俗的流行歌曲,歌中唱的是某个"恶棍和暴君"怎样。

开始吻卡佳。

斯维里加洛夫请卡佳喝酒,还请了一个背手摇风琴的流浪乐师、歌手们、跑堂的,以及两个不知名的小职员一直喝。他之所以要和这两个小职员打交道,说实在的,是因为他们两个鼻子都是歪的:一个歪到右边,另一个歪到左边,这使斯维里加洛夫觉得十分惊奇。他们还带着他到一个游乐园去,他给他们买了门票。这个游乐园里有一棵树龄已有三年、却很细小的枞树,还有三丛小灌木。此外,还建造了一家"游乐厅",其实是一座兼卖茶的小酒吧,而且还摆着几张绿色的小桌和几把椅子。有一些蹩脚的歌手在合唱,还有一个喝得醉醺醺的、从慕尼黑来的德国人,好像是一个小丑,虽然他的鼻子是红的,但不知为什么神情却异常沮丧,他和那些歌手的表演都是为客人们助兴的。那两个小职员和另一些小职员发生争吵,就要打起来了。他们推选斯维里加洛夫做裁判,给他们评评理。斯维里加洛夫已经给他们评了差不多一刻钟了,可是他们大嚷大叫,简直无法弄清是怎么回事。最确切无疑的是,他们当中有一个偷了东西,甚至就在这儿卖给了一个偶然碰到的犹太人,可是卖掉以后,却不愿把赃款分给自己的同伴。而那件被卖掉的东西,是这家"游乐厅"的一把茶匙。"游乐厅"里发现茶匙不见了，便开始寻找，于是事情变得麻烦了。斯维里加洛夫赔了茶匙，站起来，走出了游乐园。这时，已经晚上十点左右了。在这段时间里，他自己连一滴酒也没有喝过，只是在"游乐厅"里要了一杯茶，而且就连这个，也多半是为了遵守人家的规矩。然而，这天晚上又闷又热，天阴沉沉的。快到晚上十点的时候，可怕的乌云从四面八方涌来，一声雷鸣，大雨倾盆，犹如瀑布。那些雨水不是一滴一滴落下来的，而是像一条条激流倾注到地上。此时，闪电交加，而且每一个闪电持续的时间都可以从一数到五。斯维里加洛夫被淋得浑身湿透，回到家里，锁上房门，打开自己写字台上的抽屉，把所有的钱都取出来，还撕掉了两三张字据。然后把钱装进衣袋，他本想换件大衣，但是朝窗外望了望，留心听了听外面的雷声和雨声，心想还是算了，于是拿起帽子，连门都没锁，就走了出去。他径直来到索尼娅的房间。而她正好在屋里。

她不是一个人在家，卡佩瑙莫夫的四个小孩子把她给团团围住。索菲娅·谢苗诺夫娜正在喂他们喝茶。她默默地、恭敬地迎接斯维里加洛夫，惊讶地看了看他那件湿透了的大衣，但一句话也没说。孩子们一看，立刻惊恐地跑掉了。

斯维里加洛夫在桌子旁边坐下，让索尼娅也坐到他身旁。她羞怯地准备好听他说什么。

"索菲娅·谢苗诺夫娜，我可能要去美国了，"斯维里加洛夫说，"这也许是我最后一次跟你见面了，所以我来做个安排。嗯，今天你见到那位太太了吗？我知道她对你说了些什么，不用再跟我说了。（索尼娅身子动弹了一下，脸红了。）那种人的性格大家都知道的。至于你的弟弟和妹妹，他们的确都给安置好了，我送给他们每个人的钱，也都交到可靠的人手里，拿到了收据。不过，这些收据还是你拿去保存吧，以防万一。给，请你收下！嗯，现在这件事算办完了。这是三张五厘的债券,一共是三千卢布。这笔钱请你收下,是给你的,这是我们两个人之间的事情,不要让任何人知道,也不管以后你会听到些什么。这些钱你是需要的,索菲娅·谢苗诺夫娜,因为照这样生活下去是很不好的,而且你今后也完全没有这个必要了。"

"我深受您的大恩大德,还有孤儿们和已经去世的继母,也都受到了您的恩惠,"索尼娅急忙说,"如果说,到现在为止,我很少对您表示感谢,那么……请您不要以为……"

"唔,够了,够了。"

"至于这笔钱,阿尔卡季·伊万诺维奇,我非常感谢您,可是现在我不需要这些钱。我一个人,不管什么时候都可以养活自己,请不要以为我不识抬举:既然您的心这么好,那么这笔钱……"

"这是给你的,给你的,索菲娅·谢苗诺夫娜,请你收下,不要再多说了,因为我甚至没有多少时间了。你会需要这笔钱的。罗吉昂·罗曼内奇有两条路:要么对准额头开枪自杀,要么去西伯利亚。(索尼娅吃惊地看了看他,浑身哆嗦起来。)你别担心,我什么都知道,听他自己说的,我可不是个说话不谨慎的人;我绝不会告诉任何人的。当时你劝他去自首,这是对的。这对他也是有利的。嗯,如果要去西伯利亚——他去,你也会跟他去,不是吗?是这样吧?是这样吗?如果真是这样,那就是说,钱是需要的。为了他,需要钱,你明白吗?我把钱送给你,也就等于送给他。何况你还答应过阿玛莉娅·伊万诺夫娜,要还清欠她的钱,这些我都听说了。索菲娅·谢苗诺夫娜,你怎么这样轻率地承担起这样一笔债务?是卡捷琳娜·伊万诺夫娜欠的,而不是你欠的这个德国女人的债,那么你就不该理睬她。在这个世界上,这样是没法活下去的。嗯,如果什么时候有人问你——明天或者后天——向你问起我或者有关我的事情(会有人来问你的),那么千万不要提起我这次到你这里来的事,决不要把钱拿给任何人,也决不要对任何人说,我曾经把钱送给你。好了,再见吧。(他从椅子上站了起来。)请问候罗吉昂·罗曼内奇。顺便说一声:这些钱你可以暂时托拉祖米欣先生代为保管。你认识拉祖米欣先生吗?当然认识了。这是一个还不错的小伙子。明天就把钱送到他那里去,或者……到时候再说。但在这之前一定要保管好。"

索尼娅也从椅子上很快站起,惊恐地看着他。她很想说点儿什么,问问他,可是她不敢说,也不知道该怎么说。

"您怎么……怎么,现在下着那么大的雨,您就要走吗?"

"嗯,要去美国,还怕下雨?嘿嘿!再见了,亲爱的索菲娅·谢苗诺夫娜!你要活下去,长久地活下去,你会对别人有用的。顺便说一声……请你对拉祖米欣先生说,我请你代我向他致意。你就这样对他说:阿尔卡季·伊万诺维奇·斯维里加洛夫向他致意。一定要对他说。"

他出去了,屋里只剩下了索尼娅一个人,她顿时陷入一种既惊讶又恐惧的状态中,心情沉重极了,而且充满了一种茫然而痛苦的疑惑。

后来发现,那天晚上十一点多钟的时候,他又一次离奇和出人意料地访问了一户人家。那时,雨一直不停地下。十一点二十分,他浑身湿透,走进了瓦西利耶夫岛马雷路三号街他未婚妻父母家那所狭小住宅的门前。他好容易才敲开了门,刚开始时,他的到来引起了极大的惊慌和不安,但是阿尔卡季·伊万诺维奇就是这样一个人,只要他愿意,他就可以做一个举止、态度很有魅力的人。他未婚妻的父母都很精明,他们刚开始的猜测(虽说他们的猜测是很敏锐的)立刻就自然而然地消失了——他们本以为阿尔卡季·伊万诺维奇准是在这之前已经喝得酩酊大醉,因而失去了自制。未婚妻的那位富有同情心而且深明事理的母亲把那位虚弱无力、坐在安乐椅上的父亲推到阿尔卡季·伊万诺维奇跟前,像往常一样,立刻提出一些她其实并不关心的问题——这个女人从来不直截了当地提问题,总是先面带微笑,搓着手,随后,如果一定需要知道什么,譬如说,阿尔卡季·伊万诺维奇想在哪天举行婚礼,那么她就会提出一些最有趣、而且几乎是渴望得到回答的问题,询问有关巴黎的种种事情和那里的宫廷生活,只是在这以后才照例谈到瓦西利耶夫岛的三号街上来。在别的时候,这一切自然是令人十分尊敬的,然而,这一次阿尔卡季·伊万诺维奇不知为什么,却显得特别没有耐心,并坚决要求会见未婚妻,尽管他们一开始就已经告诉过他,他的未婚妻已经睡了。当然,他的未婚妻还是出来了,阿尔卡季·伊万诺维奇直截了当地对她说,由于一个很重要的情况,他必须暂时离开彼得堡,所以给她送来了一万五千银卢布票据,请她收下这笔钱,作为他送给她的礼物,因为他早就打算在结婚之前,将这一点儿钱送给她。当然,这样的解释丝毫也没能说明,这礼物与立刻动身远行、与一定要冒雨在深更半夜来送礼物有什么特殊的逻辑联系,然而事情却十分顺利地应付过去了,甚至就连必不可免的"哎哟"和"啊呀",刨根究底的询问和惊讶,也不知为什么突然变得异乎寻常地既有节制,又有分寸。然而,对他的感谢却是最热烈的,那位最有理智的母亲甚至感激涕零,令人留下深刻的印象。阿尔卡季·伊万诺维奇站起来,笑了笑,吻了吻未婚妻,拍了拍她的小脸蛋儿,肯定地说,他不久就会回来。他注意到,她的眼睛里虽然流露出孩子的好奇神情,但同时也好像向他提出一个十分严肃的、无声的问题,他沉吟了片刻,又吻了吻她,心里立刻感到由衷的懊恼:因为他的礼物立刻就会被锁起来,由这位最懂事的母亲来保管了。他向大家告辞后便走了出去,让那一家人继续处在那种异常兴奋的状态中。然而,那位富有同情心的母亲立刻用压低的声音迅速地说了几句话,解答了他们几个最重要的疑问,确切地说,就是认为阿尔卡季·伊万诺维奇是一个大人物,是一个大有作为的人,有很多关系,是一个大富翁——天晓得他的心里想着什么,他突然心血来潮,想走就走了;想送人钱,立刻就送,所以,用不着大惊小怪。当然,他浑身湿透,这很奇怪,不过,譬如吧,英国人比这更怪,而且这些上流社会的人都不在乎人家怎么议论他们,也不拘礼节。也许他是故意这样做,好让人看看,他谁也不怕。而主要的是,这件事无论对什么人,一个字也不能说,因为天晓得会产生什么后果。至于这些钱嘛,得赶紧锁起来,而且,幸亏费多霞一直待在厨房里,最主要的是,绝对,绝对不能把这件事告诉那个诡计多端的列斯莉赫,以及诸如此类,等等。他们坐在那里悄悄地议论着,一直谈到大约两点钟。但是,那位未婚妻早就去睡觉了,她既感到惊讶,又有点儿悲伤。

这时正是半夜时分,斯维里加洛夫走过了 X 桥,往彼得堡岛的方向走去。雨虽停了,风却仍在呼啸。他冷得发抖了,片刻间,他怀着一种特殊的好奇心,甚至是带着疑问望了望小涅瓦河里黑魆魆的河水。但他很快就觉得,站在河边冷得很,于是便转身朝 X 街走去。他已经在那条长得好像没有尽头的 X 街上走了很久,几乎走了半个钟头。黑暗中,不止一次在那条用木块铺成的路面上绊倒过,可他还是怀着好奇心不停地在大街右侧寻找着什么。不久前,有一次他从附近路过,在这儿的某个地方,已经是大街的尽头,看到过一家木结构的旅馆,不过相当宽敞,他所记得旅馆的名字好像是叫"阿德连诺波尔"之类。他并没有记错,在这样荒凉的地方,这家旅馆是一个相当显眼的目标,就是在黑夜里,也不可能找不到它。这是一座已经发黑的、很长的木头房子,尽管已经很晚了,房子里仍然灯火通明,看得出里面还相当热闹。他走了进去,在走廊上碰到一个穿得破破烂烂的伙计,他问那个人有没有房间。那人打量了一下斯维里加洛夫,定了定神,立刻把他领到很远的一间房间里,这间房子又闷又狭小,缩在走廊尽头的一个角落里,就在楼梯底下。但是已经没有别的房间,全都客满了。那个穿得破破烂烂的伙计用询问的表情望着他。

"有茶吗？"斯维里加洛夫问。

"有的,先生。"

"还有什么吗？"

"小牛肉、伏特加、冷盘。"

"拿小牛肉和茶来。"

"还需要其他的吗？"那个穿得破破烂烂的伙计甚至有点儿疑惑不解地问。

"什么也不要了,什么也不要了！"

那个穿得破破烂烂的伙计大失所望地走了。

"想必是一个好地方,"斯维里加洛夫想,"我怎么不知道呢。大概,我这副样子也像是从哪儿的夜酒店里出来的,在半路上出了什么事的人吧。不过我真想知道,经常住在这里,在这里过夜的都是些什么人？"

他点起了蜡烛,更仔细地打量了一下这间屋子。这间小屋竟是那么矮小,斯维里加洛夫站在里面几乎直不起腰来。屋里只有一扇小窗子,床铺很脏,一张油漆刷过的普通桌子和一把椅子就差不多占据了全部空间。看起来,墙壁好像是用几块木板钉成的,墙纸又旧又脏,上面已经积满灰尘,许多地方都被撕破了,虽然原来的黄颜色还可以分辨出来,可是花纹已经完全无法辨认了。和通常顶楼里的情况一样,墙和天花板有一部分是倾斜的,不过这儿的斜面上边就是楼梯。斯维里加洛夫放下蜡烛,坐在床上,陷入了沉思。此时,隔壁的一间小屋里却传来奇怪的喃喃低语,说个不停,有时竟会提高声调,几乎像是在叫喊,这终于引起了他的注意。从他一进来,这低语声就没有停止过。他侧耳倾听:有人在骂另一个人,几乎是哭着责备对方,不过听到的只是一个人的声音。斯维里加洛夫站起来,用一只

540

手遮住蜡烛，墙上一条裂缝里立刻透出灯光；他走近前去，开始张望。在比他这一间稍大一点儿的那个房间里住着两个人。其中一个有一头异常卷曲的鬈发，脸涨得通红，神情十分激动，站在屋里，姿势活像个演说家。他没穿礼服，为了保持身体的平衡，他叉开两腿，用一只手捶着自己的胸膛，激昂慷慨地责备另一个人，说他是个叫花子，说他连一官半职也没捞到，说是自己把他从泥坑里拉出来的，什么时候想赶他走，就可以赶他走；还说，这一切只有上帝知道。那个受责备的人坐在椅子上，他看起来好像很想打喷嚏，却又怎么也打不出来。他偶尔用绵羊般的迷惘眼神看看那个演说家，但显然一点儿也不明白他在说些什么，甚至也未必听到了什么。桌子上的蜡烛快要燃尽了，桌上还摆着一个几乎空了的伏特加酒瓶，还有酒杯、面包、玻璃杯、黄瓜和茶杯。斯维里加洛夫留心看了看这个场景，就漠不关心地离开那条缝隙，又坐到了床上。

那个穿得破破烂烂的伙计拿着茶和小牛肉进来了，他忍不住又问了一次："还需要什么吗？"听到的又是否定的回答，于是就走了。斯维里加洛夫急忙喝了一玻璃杯的茶，想暖一暖身子，肉却一口也没吃，因为完全没有胃口。他开始觉得好像发起烧来了。他脱下大衣和短外套，裹着被子，躺到了床上。他感到很烦恼："这一次最好还是别生病啦！"他这样想着，苦笑了一声。屋里很闷，烛光暗淡，外面风声呼啸，老鼠不知在哪个角落里啃着什么，而且整个房间里好像有一股老鼠味儿和什么皮革的气味儿。他躺着，好像在做梦——思绪万千，此起彼伏。他似乎很想让思想停留在某一件事情上。"窗外大概是个什么花园吧，"他想，"树在簌簌地响。我多么不喜欢夜里的风狂雨暴，黑暗中传来树木簌簌的响声，这是一种让人很不舒服的感觉！"他想起不久前经过彼特罗夫公园的时候，甚至一想到这种声音，就觉得厌恶。这时他也想起了 X 桥和小涅瓦河，于是又像不久前站在河边时那样，觉得好像浑身发冷。

"我这辈子从来就不喜欢水，即使是在风景如画的地方。"他想，突然又为一个奇怪的想法冷笑了一声，"可不是嘛？这些美学的问题和舒适的问题，现在应该都无所谓了！"可正是在这时候，他却变得特别爱挑剔了，就像一头在类似的情况下……一定要给自己挑个地方的野兽。"我刚才真该回到彼特罗夫公园去！大概是觉得那里太暗，也觉得冷吧，嘿嘿！好像我需要一种舒适感似的……对了，我为什么不把蜡烛熄掉？（他熄掉了蜡烛。）隔壁已经睡了。"他想，因为刚才看到的那条缝隙里已经看不到灯光了，"唉，玛尔法·彼特罗夫娜，要是现在你来该多好，天又黑，地方也挺合适，而且正是时候。可现在你偏偏不来……"

不知为什么，他突然想起不久前，也就是在他要实行诱骗杜尼娅的计划前的一小时，他曾向拉斯柯尼科夫建议，把她托付给拉祖米欣，请他来保护她。"真的，当时我说这话，正像拉斯柯尼科夫所猜想的那样，多半是满足我自己的愿望——故意挑衅。不过这个拉斯柯尼科夫真是个机灵鬼！他饱经忧患。随着时间的推移，等到他不再胡思乱想，变聪明了之后，准会成为一个很机灵的人，可是现在他却太想活下去了！就这一点来说，这种人是卑鄙的。哼，去他的吧，随他的便，跟我有什么关系！"

他一直睡不着。渐渐地，杜尼娅不久前的形象出现在他面前，突然，他打了一个寒战。"不，现在应该丢掉这个想法了，"他清醒过来，这样想，"我应该想点儿别的事情。真是奇怪，而且可笑：我从来没有对什么人有深仇大恨，甚至从来也没特别想要进行报复，不是吗？这可不是个好兆头，不是好兆头！我也不喜欢与人争论，不发脾气——这也不是一个好兆头！刚才我向她许下了多少诺言啊，呸，见鬼！大概，她会想办法让我明白过来的……"他又不出声了，而且咬紧牙关。

杜尼娅的模样又在他面前出现了，和她第一次开枪的时候一模一样，那时她吓得要命，放下了手枪，面无人色，望着他，他两次都可以抓住她，她却不会举起手自卫，如果不是他提醒她的话。他想起，在那一瞬间，他似乎可怜起她来，他的心似乎揪紧了……"唉，见鬼！又是这些念头，这一切都应该统统抛开！一定要抛开……"

他已经昏昏欲睡，发寒热病时的哆嗦也渐渐停止了，突然间，好像有个什么东西在被子下面，从他手臂上和腿上跑了过去。他打了个哆嗦。"呸，见鬼，这好像是一只老鼠！"他想，"那盘小牛肉我还摆在桌子上……"他真不想掀开被子起来，让自己冻僵，可是突然又有个什么让人很讨厌的东西从他腿上很快跑了过去。他撩开被子，点着了蜡烛。他打着寒战，俯身仔细看了看床上，什么也没有；他抖了抖被子，突然有一只老鼠跳到了床单上。他急忙去抓它，可是老鼠并没有跳下床去逃走，却在床上东窜西窜，从他指缝间溜着，然后从他手上跑过去，一下子钻到了枕头底下；他扔掉了枕头，但是转瞬间感觉到有个什么东西跳进他的怀里，从他身上很快跑过去，并跑到背上，钻到他的衬衫底下去。他神经质地打了个寒战，就醒了。屋子里黑乎乎的，他像刚才一样，裹在被子里，躺在床上，窗外风声呼啸。"真可恶！"他懊恼地想着。

他从床上爬了起来，背对着窗户坐在床沿儿上。"干脆别睡了。"他拿定了主意。可是窗边又冷又潮，他没有站起来，而是拉过被子，裹到身上。他没有点上蜡烛。他什么也不想，而且也不愿意去想；然而幻想却一个接着一个出现，一个个思想的片断，没头没尾，互不连贯，稍纵即逝，一闪而过。他似睡非睡。也许是寒冷，也许是黑暗，也许是潮湿，也许是窗外呼啸和摇撼着树木的风，这一切都在他心中激起对幻想强烈的癖好和渴望——但是浮现在眼前的却总是鲜花。他想象出一片迷人的景色，一个阳光明媚、温暖，甚至几乎是炎热的日子，一个节日——圣灵降临节①。一座英国式的豪华精致的乡村别墅，四周花坛里，鲜花盛开，花香袭人；蔓生植物爬满门框，台阶上摆满一排排玫瑰；一道明亮、凉爽的楼梯；上面铺着豪华的地毯，两边摆满栽种着奇花异草的中国花盆。他特别注意摆在窗口的那些盛着水的花瓶，一束束洁白、娇嫩的水仙插在花瓶里，碧绿、肥壮的长茎上垂下一朵朵白花，花香浓郁。他甚至不想离开它们，但是他上楼去了，走进一个宽敞高大的大厅，这儿也到处都是鲜花：窗旁，通往露台的门敞开着，门边也到处是花。地板上撒满刚刚割下来的芳草，窗子都敞开着，凉爽的微风送进清新的空气窗外鸟鸣嘤嘤，在屋子的中央，几张铺着洁白缎子台布的桌子上停放着一口棺材。这口棺材包着白绸子，边上镶着厚厚的白色皱边。用鲜花编成的花带，从四面环绕着棺材。一个小姑娘躺在棺材里的鲜花中间，她穿一件绣花白纱连衣裙，一双好像用大理石雕成的手叠放在胸前。但她那披散开着的、淡黄色的头发，却是湿的；头上戴着一顶玫瑰花冠。她那神情严峻、已经僵化的脸，也好像是用大理石雕成的，但是她那惨白的嘴唇上的微笑，却充满了不是儿童所拥有的无限的悲伤和巨大哀怨。斯维里加洛夫认识这个小姑娘。这口棺材旁既没有圣像，也没点蜡烛，也听不到祈祷的声音。这个小姑娘是自杀——投水自尽的。她只有十四岁，但这已经是一颗破碎了的心，这颗被侮辱的心毁灭了自己，这样的侮辱吓坏了这颗幼小、稚嫩的童心，使它感到震惊，不应遭受的耻辱玷污了她那天使般纯洁的心灵，迫使她从胸中发出最后一声绝望的呼喊。但长夜漫漫，黑暗无边，她的呼叫根本没有人听见，这是一声被无耻凌辱的绝望的呼叫，在潮湿寒冷的黑夜里、当冰雪已经融化而外面的风还在号叫的时候……

---

① 圣灵降临节：即复活节后的第五十天。

斯维里加洛夫醒过来了，他从床上起来，大步走到窗前。他摸索着找到了插销，打开窗户。风猛地吹进他这间狭小的屋子，好像用寒冷刺骨的霜花沾满他的脸和他那只穿着一件衬衫的胸脯。窗外大概真的像个类似的花园，看来也是个游乐园，大概白天这里也有歌手在唱歌，也给人往小桌子上送茶。但现在，从树上和灌木丛上吹落的水珠，却不断飞进窗里来。天黑得就像在地窖里似的，因此只能勉强分辨出某些标志着什么物体的黑点。斯维里加洛夫弯下腰，用胳膊肘撑在窗台上，目不转睛地对着这片黑暗望了足有五分钟。忽然，从黑暗的夜色中传来一声炮响，接着又是一声。

"啊，这是号炮，河水又暴涨了，"他想，"到早上时，水就会涌进低洼的地方，涌到街上，淹没地下室和地窖，地下室里的老鼠都会浮出水面，人们也将在风雨中咒骂着，浑身湿透，把自己的一些破烂儿拖到楼上的高层去……现在几点了？"他刚这样想时，附近什么地方的挂钟正急匆匆地嘀嗒嘀嗒响着，响了三响。"哎哟，还有一个钟头天就亮了！还等什么呢？立刻就走，直接到彼特罗夫公园去：在那儿挑选一棵被雨淋透的高大灌木丛，只要用肩膀稍微一碰，就会有千百颗水珠滴落到我的头上……"他离开窗口，关上窗户，点着了蜡烛，穿上短上衣、大衣，戴上帽子，手持蜡烛，来到走廊上，想去找那个穿得破破烂烂的伙计（那人睡在一间小破屋里的一堆蜡烛头和各种垃圾之间），把房钱交给他，然后从旅馆里出去，"这是最好的时候，再也找不到比这更好的了！"

他在狭长的走廊上走了很久，一个人也找不到，已经想要大声呼喊了，突然在一个黑暗的角落里，在一个旧橱和门之间看到一个奇怪的东西，好像还是活的。他手持蜡烛，弯下腰去，看到一个孩子——一个顶多只有五岁的小姑娘，她身上的那件小连衣裙已经湿透了，像一块擦地板的抹布；她浑身发抖，还在哭泣。她看到斯维里加洛夫时，似乎并不害怕，却用她那双乌黑的大眼睛看着他，目光中流露出迟钝的惊讶神情，间或抽泣几声，这就像所有孩子一样，他们哭了很久，这时已经住了声，甚至已经不再伤心了，却还会偶尔突然呜咽一声。小姑娘的脸苍白而憔悴，已经冻僵了，不过她是怎么来到这里的？这么说，她是躲在这里，一宿没睡了？他开始询问她。小姑娘突然变得活跃起来，用孩子的语言很快地含糊不清地说了起来。她说到"妈妈"，说是"妈妈打她"，还说有只什么碗被她给"打碎了"。小姑娘说个不停，从她说的这些话里，勉强可以猜出，这是一个没人疼爱的孩子，她的母亲大概就是这家旅馆里的厨娘，经常喝得烂醉，把她毒打了一顿，还吓唬她；小姑娘打碎了妈妈的一只碗，吓坏了，还在晚上就跑了出来；她大概在院子里什么地方躲了好久，一直淋着雨，最后偷偷地溜到这里，藏在大橱后面，在这个角落里坐了整整一夜，一直在哭，由于潮湿、黑暗，又害怕因为这一切遭到妈妈一顿毒打，所以浑身哆嗦。他把她抱起来，回到自己的房间里，让她坐在床上，帮她脱去衣服。她赤脚穿着的那双破鞋子全都湿透了，像在水里泡了一夜似的。给她脱完衣服以后，他就把她放到床上，给她盖上被子，连头都裹到被子里。她立刻睡着了。做完这一切以后，他又开始忧郁地沉思起来。

"瞧，我又多管闲事了！"他突然痛苦地想道，心里有一种气愤的感觉。"真是荒唐！"他懊恼地拿起蜡烛，无论如何也要找到那个穿得破破烂烂的伙计，赶快离开这儿，"哎呀，小姑娘！"他心中暗暗地想，咒骂了一声，已经把门打开了，但又回来再看看那个小姑娘，看她是不是还在睡、睡得怎么样？他小心翼翼地把被子稍微掀开一点儿，小姑娘睡得很熟、很香。她盖着被子，暖和过来了，苍白的面颊上已经泛起红晕。可是奇怪：这红晕看上去好像比平常孩子脸上的红晕更加鲜艳、浓郁。"这是发烧的红晕，"斯维里加洛夫想，这好像是酒后的红晕，就好像给她喝了满满的一杯酒。鲜红的嘴唇好像在燃烧，在冒热气，不过这是怎么回事？他突然觉得，她那长长的黑睫毛好像在抖动，在眨巴着，好像抬起来了——一只狡猾、锐利、不像小孩子的眼睛从睫毛底下向外偷偷张望，在递着眼色，小姑娘似乎并没有睡着，而是假装睡着了。是的，果真是这样：她的嘴唇张开，微微一笑；嘴角微微抖动，好像还在忍着。不过，瞧，她已经再也忍不住了。她在笑，分明在笑。在这张完全不像小孩子的脸上，露出了某种无耻的、挑逗的神情；这是淫荡，这是风流女人的脸，是法国妓女的无耻的脸。瞧，那双眼睛已经毫不掩饰地睁开了，用火热的、无耻的目光打量着他，呼唤他，而且在笑……在这笑容里，在这双眼睛里，在这孩子的脸上，在这些下流无耻的表情里，含有某种丑恶和带有侮辱性的东西。"怎么！一个五岁的孩子就这样了！"斯维里加洛夫喃喃地说，他真的吓坏了，"这……这是怎么回事？"可是她已经把妖冶的小脸蛋完全转过来，面对着他，伸出双手……"啊，该死的！"斯维里加洛夫惊恐地大喊一声，对着她举起手来……可是就在这时候他醒了。

他仍然睡在原来的那张床上，还是那样裹在被子里；蜡烛没有点着，窗外已经发白，天完全亮了。

"做了一夜的噩梦！"。他恼怒地从床上抬起身来，觉得浑身无力，骨头酸痛。外面大雾弥漫，什么也无法看清。已经快六点了：他睡过了头！他起来，穿上还很湿的短外套和大衣。他在衣袋里摸到了那支手枪，掏出来，摆正了底火；然后坐下，从口袋里掏出一个笔记本，在最惹人注意的卷头页上写了几行大字。写完之后，又看了一遍，把胳膊肘支在桌子上，陷入沉思。手枪和笔记本就放在那儿——就在胳膊肘旁。几只醒来的苍蝇在桌子上那盘没有吃过的小牛肉上慢慢地爬。他盯着它们看了好久，最后用那只空着的手去捉一只苍蝇。他捉了很久，弄得疲惫不堪，却怎么也捉不到，最后才发觉自己在干一件可笑的事,清醒了过来,打了个寒噤,于是站起身来,毅然走出了房门。

过了一会儿,他已经来到了街上。

乳白色的浓雾笼罩着全城。斯维里加洛夫沿着木块儿铺成的、又滑又脏的马路往小涅瓦河方向走去。他好像看到了一夜之间涨高了的小涅瓦河里的河水,好像看到了彼特罗夫岛,湿漉漉的小路,湿淋淋的草、树和灌木丛,最后好像看到了那丛灌木……他懊恼地打量着一幢幢房子,打算想一些别的事情。大街上没有一辆马车,也遇不到一个行人。那些关着百叶窗、颜色鲜黄的小木屋看上去凄凉而且肮脏。寒气和潮气透入他的全身,他觉得身上发冷了。有时,他碰到一些小铺和饭馆的招牌,每块招牌他都仔细看了一遍。木块儿铺的路面已经到了尽头,他已经来到一幢很大的石头房子旁边。一条浑身肮脏、冷得发抖的小狗,夹着尾巴从他面前跑着横穿过马路。一个穿着军大衣、烂醉如泥的醉鬼,脸朝下横卧在人行道上。他朝这个醉鬼看了一眼,又往前走去。在他左边隐约露出一座很高的瞭望台。"哦!"他想,"就是这个地方嘛,干吗要到彼特罗夫公园去?至少有个官方的证人……"这个新想法几乎使他冷笑一声,于是他折到了 X 街上。那幢有瞭望台的大房子就在这里。房子的大门关着,门边站着一个个子不高的人,肩膀靠在门上,身上裹着一件士兵穿的灰大衣,头戴一顶阿喀琉斯①式的铜盔。他用睡眼惺忪的目光朝正在走近的斯维里加洛夫冷冷地瞟了一眼,脸上露出那种永远感到不满的悲哀神情——犹太民族所有人的脸上,都无一例外地带着这副阴郁的神情。有那么一会儿工夫,他们俩——斯维里加洛夫和"阿喀琉斯",都在默默地打量着对方。最后,"阿喀琉斯"觉得,一个人并没有喝醉,

---

① 阿喀琉斯:荷马的史诗《伊里亚特》中的英雄。

却站在离他三步远的地方，一言不发地凝神注视着他，这是很不正常的。

"你要干什么，你要在这儿干什么？"他说，仍然一动不动，没有改变自己的姿势。

"啊，不干什么，老弟，你好！"斯维里加洛夫回答。

"这儿不许停留。"

"老弟，我要到外国去了。"

"到外国去？"

"去美国。"

"美国？"

斯维里加洛夫掏出手枪，扳起扳机。"阿喀琉斯"扬起了眉毛。

"啊，你要干什么，这玩意儿，这里不许开这种玩笑！"

"为什么不许呢？"

"不许就是不许。"

"唉，老弟，反正都一样。这地方挺好的。要是有人问起，你就回答：'他说的，他要到美国去。'"

他把手枪对准自己右边的太阳穴。

"你要干什么，这里不行，不许在这里……""阿喀琉斯"突然慌了神，瞳孔变得越来越大。

斯维里加洛夫扳动了枪机。

第七章

　　就在当天,但已经是晚上六点多钟的时候,拉斯柯尼科夫来到了他母亲和妹妹的住处——就是拉祖米欣给她们在巴卡列夫公寓里找的那套房间。楼梯的入口就冲着大街。拉斯柯尼科夫来到门口后,一直徘徊不前,好像犹豫不决:是进去呢,还是不进去? 但他已经下了决心,不管怎样也不能回去了。"何况也没什么关系,反正她们还什么都不知道,"他想,"已经习惯把我视为一个怪人了……"他的衣服十分可怕:淋了一夜雨,衣服全都弄得又脏又破,很不像样。由于风吹雨打、疲惫不堪、体力消耗殆尽,再加上差不多一昼夜的内心斗争,他的脸几乎变得十分难看。谁也不知道这整整的一夜,他是在哪里度过的。但他至少已经拿定了主意。

　　他敲了敲门,给他开门的是母亲。杜尼娅不在家,甚至就连女仆也不在家里。普莉赫丽娅·亚历山大罗夫娜先是又惊又喜,一句话也说不出来,随后抓住他的一只手,把他拉进屋里来。

　　"啊,你终于来了!"她高兴得讷讷地说,"你别生我的气,罗佳,你看我竟这么傻,流着泪来迎接你:我这是笑,不是哭。你以为我哭了吗? 我这是高兴,可我就是有这么个傻习惯:动不动就流泪。从你父亲死后,不管遇到什么事,我就总是哭。你坐啊,亲爱的,你准是累了,我看得出来。哎哟,你怎么弄得这么脏啊。"

　　"昨天我淋了雨,妈妈……"拉斯柯尼科夫开始说。

　　"啊,不,不!"普莉赫丽娅·亚历山大罗夫娜打断了他的话,高声惊呼,"你以为,我还是像以前那样婆婆妈妈、对你问长问短吗? 你放心好了。我现在明白了,什么都明白了。我现在已经学会照这边的人那样行事了,真的,我自己也看出来了,这儿的人聪明些。我已经一下子彻底得出结论:我怎么能了解你的想法,并要求你向我报告呢?也许,只有上帝才知道你心里有什么事情以及哪些计划,或者又产生了什么想法;我却总是催促你,问你在想什么! 我真是……唉,上帝啊! 我干吗总是毫无意义地问这问那呢……你瞧,罗佳,你在杂志上发表的那篇文章,我已经看过三遍了,德米特里·普罗柯费奇给我拿来的。我一看到,就啊呀地叫了一声;我心想,我真是一个傻瓜,瞧他在干什么啊,这就是谜底! 说不定那时候他脑子里有了新的想法,他正在思考这些想法,我却折磨他、打搅他。我读了那篇文章,我的孩子,当然,有很多地方我读不懂,不过这也是理所当然的:我怎么能懂呢?”

“给我看看,妈妈。”

拉斯柯尼科夫拿起杂志,匆匆地浏览了一下自己的那篇文章。不管这和他的处境与心情是多么不协调,但他还是和所有第一次看到自己的作品发表时的作者一样,心里有一种奇怪的、苦中有甜的感觉,更何况他才只有二十三岁呢。这种感觉只持续了极短暂的一会儿工夫。他才看了几行,就皱起眉头,一种可怕的忧愁揪紧了他的心。最近几个月来的内心冲突,一下子全都涌上了心头。他于是厌恶而懊恼地把那篇文章扔到了桌子上。

“不过,罗佳,不管我多么傻,可我还是能够做出判断,你很快就会成为第一流的人物,即使还不是我国学术界首屈一指的人物。他们竟敢以为你疯了! 哈哈哈! 你不知道——他们都这么认为! 唉,这些卑微的、微不足道的人啊,他们哪会懂得,聪明人像什么样子! 就连杜尼娅也几乎相信了——你看! 你那已经故去的父亲给杂志投过两次稿——刚开始时寄去一首诗(笔记本我还保存着呢,什么时候拿给你看看），后来又寄去一部中篇小说（我自己要求让我来抄写），我们俩都祈祷上帝，希望能够被采用——可是都没有被采用！罗佳，在六七天前，我看到你的衣服，看到你是怎么生活的，吃的是什么，穿的是什么，我心里难过极了。但现在我明白了，我这人还是太笨，因为凭你的聪明才智，你想要什么就可以得到什么。看来目前你并不在乎这些，因为你现在所从事的，是一些重要得多的工作……"

"杜尼娅不在家吗，妈妈？"

"她不在，罗佳。家里经常见不到她，总是把我一个人丢在家里。多亏了德米特里·普罗柯费奇，真的要谢谢他，他经常来看我，陪我坐一会儿，总是谈你的情况。他爱你，尊敬你，我的孩子。至于你的妹妹，我倒不是说她很不尊敬我。我可没有抱怨。她有她的性格，我有我的性格；她已经有了她自己的秘密，唉，可对于你们，我什么秘密也没有。当然啦，我坚决相信，杜尼娅聪明过人，此外，她爱我，也爱你……不过我不知道，这一切会带来什么结果。罗佳，现在你来了，让我感到非常幸福，她却出去散步了。等她回来后，我就对她说：'你不在家的时候，你哥哥来过了，你刚才去哪里了？'罗佳，你可不要太顺着我：你能来就来，不能来，也没办法，我可以等着。因为我还是会知道，你是爱我的，对我来说，这也就够了。我会读你的文章，从大家那里听到你的消息，你偶尔也会来看看我，还有比这更让我感到幸福的吗？瞧，你现在不是来安慰你母亲了吗？这我明白……"

说到这里，普莉赫丽娅·亚历山大罗夫娜突然哭了起来。

"我又哭了！你别管我，我真是太傻了啊，我的上帝，我怎么光坐着啊？"她喊了一声，马上站起来，"家里有咖啡，可我怎么没有给你喝呢！瞧，这就是老太婆的自私自利。我这就去拿，这就去拿来！"

"妈妈，您别去弄了，我这就要走了。我不是为喝咖啡来的。请您听我说。"

普莉赫丽娅·亚历山大罗夫娜走到他跟前。

"妈妈，不管会出什么事，不管您听到关于我的什么消息，也不管别人对您怎样谈论我，您会不会还像现在这样爱我？"他突然十分激动地问，好像并没有仔细考虑自己的话，也没有斟酌过所用的词句。

"罗佳、罗佳，你怎么了？你怎么能问这样的话！谁会对我谈论你呢？而且我也不会相信任何人的话，不管谁来，我都要把他赶出去。"

"我来是要请你相信，我一直都爱你，现在我很高兴，因为只有我们两个人，杜尼娅不在家，我甚至也为此感到高兴。"他还是很激动，于是接着说下去，"我这次来，是要坦率地告诉您，尽管您将面临不幸，不过您还是应该知道，现在您的儿子爱您胜过爱他自己，您以前认为我冷酷无情，觉得我不爱你，但这都不是事实。我永远也不会不爱您……好了，就说到这里吧。我觉得我应该这样做，应该这样开始……"

普莉赫丽娅·亚历山大罗夫娜默默地拥抱着他，把他紧紧搂在胸前，轻轻地哭着。

"罗佳，我不知道你是怎么了，"她终于说道，"这段时间我一直以为，你只不过是对我们感到厌烦了，现在，根据一切情况来看，我明白，你是在准备面临一场大难，所以你才这样愁苦。这一点我早就预料到了，罗佳。原谅我提起这件事来，我一直在想着这件事，每天夜里都睡不着。昨天夜里你妹妹躺在床上，也说了一夜的胡话，老是提到你。我认真地听着，听明白了一些话，可是什么也听不懂。整个早上，我都觉得像是要赴刑场一样，坐立不安，等待着什么，预感到会出事，瞧，这不是等到了！罗佳、罗佳，你要离开这里上什么地方去吗？"

"是的。"

"我早就料到了！如果你需要的话，我可以跟你一块儿去。还有杜尼娅，她爱你，她非常爱你。还有索菲娅·谢苗诺夫娜，如果需要的话，让她也跟我们一起去吧——你要知道，我甚至乐意收她做我的女儿。德米特里·普罗柯费奇会帮助我们做好准备……不过……你到底……要上哪里去呢？"

"别了，妈妈。"

"怎么！今天就走吗？"她大声惊呼，好像将永远失去他似的。

"我不能再耽搁了，我该走了，一定要走……"

"连我也不能跟你一起去吗？"

"不行，请您跪下来替我向上帝祈祷吧。也许上帝会听得到您的祈祷的。"

"让我给你画个十字，为你祝福！对，对，就这样，就是这样。哦，上帝，我们这是在做什么啊！"

是的，他觉得很高兴，非常的高兴，因为家里没有别人，只有他和母亲两个人。在这些可怕的日子里，他好像头一次变得心软了。他俯身跪倒在她面前，吻她的脚，然后两个人抱头痛哭。这一次她并不觉得惊讶，也不详细询问他了。她早已明白，她的儿子正面临着一件非常可怕的事，现在，对他来说，那个非常可怕的时刻终于来临了。

"罗佳，我亲爱的，你是我的长子，"她痛哭着说，"现在你又跟小时候一样了，你又来到我的跟前，像当时那样拥抱我、吻我。你父亲还活着的时候，我们过得很艰难，但只要有你和我们在一起，就使我们感到宽慰了。当我把你的父亲安葬后，有多少次，我们曾像现在这样，互相拥抱着，坐在他的坟前痛哭啊。我早就在哭了，这是因为为娘的心早就预感到了这场灾难。那天晚上我第一次看到你，你记得吗？我们刚到这里的那天，我一看到你的目光，就猜到了，当时我的心猛然颤抖了一下；今天给你开门时，看到你的瞬间，我就想，那个不幸的时刻真的要来临了。罗佳,罗佳,你不会马上就走,是吗?"

"不会的。"

"你还回来吗?"

"是的……我一定回来。"

"罗佳,你别生气,我也不会多问你。我知道,我不敢问,不过你只要对我说一声,你要去的地方远吗?"

"很远。"

"你去那里做什么,有什么公事,还是什么工作?"

"听凭上帝的安排吧……只不过请您为我祈祷……"

拉斯柯尼科夫向门口走去,但是她一把拉住了他,用绝望的目光盯着他的眼睛。她的脸吓得变了样。

"可以了,妈妈。"拉斯柯尼科夫说着,他忽然感到后悔——自己不该来到这里。

"不是永别吧?还不是永别,不是吗?你还会来的,明天你还要来,不是吗?"

"我会来的,我会来的,再见。"

他终于挣脱了。

傍晚的空气是温暖、清新、明朗的,从早晨起,天就已经晴了。拉斯柯尼科夫往自己的住处走去,他走得很快。他希望在日落前把一切事情都办完。在办完这些事之前,他不希望遇到任何人。在上楼去自己房间的时候,他发现娜斯塔霞丢下了茶壶,凝神注视着他,一直目送着他上楼去。"难道我的屋里有人吗?"他这样想着,怀着一种厌恶的心情,好像看到了波尔费利。但是走到自己的房间,推开房门时,他却看到了杜尼娅。她独自坐在屋里,陷入沉思,早已在等着他了。他在门口站住了。她惊恐地从沙发上站起来,笔直地站在他面前。她的目光一动不动地凝望着他,露出恐惧和无限悲伤的神情。单从她的神态中，他就马上明白，她已经什么都知道了。

"我是该进去呢，还是走开呢？"他疑虑地问。

"我在索菲娅·谢苗诺夫娜家坐了整整一天，我们俩都在等着你。我们以为，你一定会到那里去。"

拉斯柯尼科夫走进屋里，疲惫不堪地坐到椅子上。

"不知怎么了，我觉得虚弱极了，杜尼娅，我太累了，可我希望在这个时候，至少还能够完全控制住自己。"

他怀疑地向她看了一眼。

"这一夜你都到哪里去了？"

"我记不清了，你知道吗？妹妹，我想把问题彻底解决，我在涅瓦河边来回地走了好多次，这我记得。我想在那儿结束我的生命，可是……我下不了决心……"他喃喃地说，又怀疑地看看杜尼娅。

"谢天谢地！我们两个人——我和索菲娅·谢苗诺夫娜所担心的，就是这点！这么说，你对生活还是有信心的。谢天谢地，谢天谢地！"

拉斯柯尼科夫苦笑了一下。

"我并没有什么信心，但是我刚才和母亲抱头痛哭了一场。我不相信上帝，可是我刚才请她为我祈祷。天晓得这是怎么回事，杜尼娅，我一点儿也不明白。"

"你去找过母亲了？你也告诉她了？"杜尼娅大惊失色地叫道，"难道你真的下决心要告诉她了？"

"不，我没有说……没有用语言说，不过有很多事情她都明白了。昨天夜里她听到你在说梦话。我相信，她已经知道得差不多了。我去那里，也许做得不对。甚至为什么要去，我也不知道。我是个卑鄙的人，杜尼娅。"

"卑鄙的人，可是你情愿去受难！你会去的，不是吗？"

"我去，这就去。是的，为了逃避这种耻辱，我也曾想投河自尽，杜尼娅,可是当我站在河边的时候,我想,既然在此之前,我自认为是坚强的,那么现在也就不要害怕耻辱。"他抢先说,"这是自尊吗,杜尼娅?"

"是的,是自尊,罗佳。"

他那双黯然无神的眼睛好像突然一亮,他还有自尊,他似乎为此感到高兴了。

"妹妹,你不认为,我只不过是看到了水才觉得害怕的吗?"他一边问,一边看着她的脸,奇怪地笑了笑。

"啊,罗佳,够了,别说了!"杜尼娅痛苦地大叫。

沉默了大约有两分钟,两个人谁都没有说话。他坐着,垂下头,眼睛看着地下;杜尼娅站在桌子的另一头,痛苦地看着他。突然,他站了起来:

"很晚了,我该走了。我这就去自首。不过我不知道,我为什么要去自首。"

大滴大滴的泪珠顺着她的两颊流了下来。

"你哭了,妹妹,你能把手伸给我吗?"

"你连这个也怀疑吗?"

她紧紧拥抱着他。

"你去受难,难道不是已经把你的罪行洗刷掉一半儿了吗?"她大声呼喊,紧紧拥抱着他,吻他。

"罪行?什么罪行?"他突然出乎意料地发疯似的怒吼道,"我杀了一个可恶的、极端有害的、对谁也没有用的虱子,一个放高利贷的老太婆。她吸穷人的血,杀了她,就是有四十桩罪行都可以得到宽恕,这也叫犯罪?我不认为这是犯罪,也不想洗刷它。为什么大家都从四面八方指着我的脊梁骨,说什么'罪行,罪行'?现在,在我已经决心要去承受这种不必要的耻辱的时候,我才清楚地看出我的胆怯是多么的荒唐！我之所以做出这个决定，只不过是由于卑鄙和无能，也许还因为这样做对我还有好处，就像那个……波尔费利……所提的建议那样！……"

"哥哥，哥哥，你这是说的什么话！要知道，你已经杀了人呀！"杜尼娅绝望地喊道。

"大家都杀人，"他几乎发狂似的接着话茬儿说，"在这个世界上，以前杀人，现在也杀人，血像瀑布一样地流，像香槟酒一样地流。为了这个，有人在神殿里被戴上桂冠，后来又被称为人类的恩主！你只要仔细留心看一看，就会看得清清楚楚！我想为人们造福，我要做千万件好事来弥补这一件蠢事，这甚至不是蠢事，只不过是不恰当罢了，因为我的整个想法完全不像现在失败之后看到的那么愚蠢……（所有的事情，一旦失败了，看起来就显得很愚蠢！）我做这件蠢事，只不过是想让自己获得独立自主的地位，迈出第一步，弄到钱，然后就可以用无限的好处弥补一切……可是我，我连第一步都不能坚持，因为我是一个卑鄙的人！这就是问题的关键所在！可我还是不会用你们的观点来看问题：如果我成功的话，人们就会给我戴上桂冠，现在我却只能束手就擒了！"

"但这是不对的，完全不是那么回事，你这是说的什么呀！"

"啊！这个方式不对，从美学的观点来看，不是一种很好的方式！哼，我就不明白：为什么用炸弹炸死人、用正面围攻杀死大批的人，就是值得尊敬的方式？对美学的畏惧就是软弱无能的最初征兆！……对于这一点，我还从来没有比现在认识得更清楚；而现在，我比以往任何时候都更不明白，为什么我做的这些就是罪行！我也从来没有像现在这样坚强，这样深信不疑！……"

他那苍白的、疲惫不堪的脸甚至涨得通红。但是当他说完最后这几句情绪激昂的话时，他的目光无意中与杜尼娅的目光相遇，从她的目光中，他看出她为了他感受到多么大的痛苦，于是不由得冷静下来。他觉得，不管怎样，他毕竟已经使这两位可怜的女人变得那样不幸。她们的痛苦毕竟是他造成的……

"杜尼娅，亲爱的！如果我有罪的话，请你宽恕我吧（虽说我是不能宽恕的，如果我真有罪的话）。再见吧！我们不要再争论了！现在我该走了，已经是时候了。你别跟着我，我求求你，我还得去……现在你去吧，立刻去坐到母亲的身边。我恳求你这样做！这是我对你最后的、也是最大的请求。永远也别离开她，我使她为我担忧，她未必能经受得住这样的忧愁：她会愁死的，或者会发疯的。你要和她在一起！拉祖米欣会陪伴着你们，我跟他说过……不要为我哭泣：我要努力做一个既勇敢又正直的人，终生如此，尽管我是个杀人凶手。说不定有朝一日你会听到我的名字。我决不会给你们丢脸，你等着瞧吧；我还要让人们看到……现在暂时再见了。"他赶紧结束了自己的话，在他说到最后几句话并许下诺言的时候，又看到杜尼娅眼里有一种奇怪的神情，"你为什么这样痛哭呢？别哭，别哭了，我们并不是永别，不是吗？……啊，对了！等一等，我忘了……"

他走到桌边，拿起一本厚厚的、落满灰尘的书，把它打开，取出夹在书中的一幅小小的肖像，肖像是用水彩颜料画在象牙上的。这是房东女儿的肖像——他以前的未婚妻，也就是那个想进修道院的古怪的姑娘，她是死于热病的。他朝这张富于表情的病态的脸细细端详了一会儿，吻了吻画像，然后把它交给了杜尼娅。

"关于这个想法，我曾跟她商量过很多次，当然只是跟她一个人商量过。"他若有所思地说。"后来如此荒谬地成为现实的这一切，有很多我都告诉过她。你别担心，"他对杜尼娅说，"她也和你一样，不同意我的看法，我很高兴她已经不在人世了。主要的，主要的是，现在一切都将走上新的轨道，一切都将突然改变，好像被劈成两半儿，"

他突然大声说着，重新又陷入烦恼之中，"一切的一切都会发生变化，可我对此是不是已经做好了准备？我自己是不是希望这样？据说，我需要经受这样的锻炼！为什么，为什么需要这些毫无意义的锻炼？这些锻炼有什么用处，服完二十年苦役之后，苦难和愚蠢的劳役会把我压垮，身体会衰弱得像一位老人，到那时我会比现在更有觉悟吗，到那时候我还活着干什么？现在我为什么愿意这样活着？哦，今天早晨，黎明时分，我站在涅瓦河边的时候，就已经知道，我是个卑鄙的人了！"

他们两个人终于从房间里走出来了。杜尼娅心情沉重，可是她爱他！她走了，但只走了五十来步，就回过头来，再一次望了望他，还可以看得到他。而他走到拐角的时候，也回过头来——他们的目光最后一次相遇了，可是当他发觉她在望着他时，却不耐烦地、甚至是恼怒地挥了挥手，叫她走开，而他自己则飞快地拐了个弯儿走了。

"我太狠心了，这我知道。"他暗自想着，过了一会儿，他为自己恼怒地向杜尼娅挥手感到羞愧了，"不过她们为什么这样爱我呢？既然我不配让她们爱！啊，如果我孑然一身，谁也不爱我，我也永远不爱任何人，那该多好！那就不会有这一切了！我真的很想知道，难道在这未来的十五年到二十年里，我的心会变得那么温顺，我会恭恭敬敬地向人们诉苦，开口闭口自称强盗吗？是的，正是这样，正是这样！也正是为此，他们现在才要流放我，他们需要的就是这个……瞧，他们一个个在街上行色匆匆、来来往往，而就其天性来说，他们也都是卑鄙的家伙，都是强盗，甚至更糟——都是白痴！如果不流放我，他们准会义愤填膺、气得发狂！哦，我是多么恨他们啊，恨他们所有的人！"

他开始深思起来："到底要通过一个什么样的过程，才能终于使他在他们大家面前俯首帖耳、心悦诚服呢？为什么不会这样？当然，本来就应该这样。难道二十年不断的压迫，还不能把他给彻底压垮吗？水滴石穿呀！而在这之后，为什么还要活着？还活着干什么？既然我知道，这一切将会完全像书本上写的那样，再也不会有其他的样子，那我现在为什么要去自首呢！"

　　从昨天晚上起，他也许已经不止一百遍地向自己提出这个问题，但他还是去了。

第八章

　　他走进索尼娅家里的时候，天已经快黑了。索尼娅在异常焦急不安中等了他整整一天，她和杜尼娅一起在等着他。杜尼娅想起斯维里加洛夫昨天说过的话：索尼娅"知道这件事"，所以一清早就到她这儿来了。两个女人谈了些什么，以及她们怎样流泪，怎样成了朋友，我们就不再详述了。杜尼娅从这次会面中至少得到了一点儿安慰：哥哥不会是孤单单的独自一人，因为他来找她，找过索尼娅，首先向她坦白了自己的事情；当他需要有一个人支持他的时候，他找到了她；不管命运让他去到哪里，她都一定会跟着他。杜尼娅并没有多问，但她知道，一定会是这样。她甚至怀着敬仰的态度看着索尼娅。刚开始时，杜尼娅对她的这种敬仰态度几乎使索尼娅发窘了。索尼娅甚至感动得差点儿哭出来——相反，她觉得自己连看杜尼娅一眼都不配。自从和杜尼娅在拉斯柯尼科夫那里第一次见面、杜尼娅那样恳切和尊敬地向她行礼告辞时，杜尼娅那优美的仪态，就已经成为她一生中所见到的最完美、可望而不可即的幻影，永远深深留在了她的心里了。

　　最后杜尼娅终于等得不耐烦，于是离开了索尼娅，到她哥哥的住处去等他了，她总觉得，他会先回住处去。只剩下索尼娅独自一人之后，她一想到他也许真的会自杀，立刻感到害怕了，为此更是痛苦不堪。杜尼娅担心的也是这一点。但是，在这一天中，她们俩总是争先恐后地提出各种理由，互相说服对方，让对方相信，他绝不可能这样做，而且当她们在一起的时候，两个人都觉得比较放心一些。但是，现在一分开,她们两个心里便都想着这一点。索尼娅想起,昨天斯维里加洛夫对她说,拉斯柯尼科夫只有两条路:要么去西伯利亚,要么……更何况她了解他的虚荣心、他的高傲、他的自命不凡,以及不相信上帝。"难道仅仅由于怯懦和怕死,就能使他活下去吗?"最后她绝望地想。这时,太阳已经西沉。她愁眉苦脸地站在窗前,凝望着窗外,但是从这面窗子望出去,只能看到邻家一堵没有粉刷过的墙壁。最后,当她完全相信,这个不幸的人已经死去的时候——他走进了她的房间。

一声欢呼从她胸中冲了出来。但是,当她凝神注视了一下他的脸之后,她的脸色突然变得惨白了。

"嗯,是的!"拉斯柯尼科夫冷笑着说,"我是来拿你的十字架的,索尼娅。是你让我到十字路口去的,现在到了真要这么做的时候,你怎么却害怕了呢?"

索尼娅惊愕地瞅着他。她觉得这种语气很奇怪,不由得打了个寒战,可是稍过了一会儿,她就猜到,这种语气和这些话都是假的。他和她说话的时候,不知为什么眼睛却望着某个角落,好像避免和她的目光相遇。

"你要知道,索尼娅,我考虑过了,这样大概会好些。这儿有一个情况……唉,说来话长,而且也没什么好说的。你知道吗,是什么惹得我发火?尤其使我感到恼怒的是,所有这些愚蠢、凶恶的嘴脸立刻就会围住我,瞪着眼睛直视着我,向我提出他们那些愚蠢的、必须回答的问题——他们还会伸出手来对我指指点点……呸!你要知道,我不想到波尔费利那里去,他让我烦透了。我宁可去找我的朋友"炸药",让他大吃一惊,就某一点来说,我也会给他留下深刻的印象。应该冷静一点儿,最近这段时间我太暴躁了。你相信吗?刚才我几乎用拳头来威胁我妹妹,就只因为她回过头来看了我最后一眼。这种行为是可恶的！唉，我怎么会变成这个样子呢？唔，十字架在哪里？"

他好像激动得不能自我控制了。他坐立不安，甚至不能在一个地方站上一会儿，也不能把注意力集中到某个东西上；他思绪紊乱，百感交集，语无伦次，双手也在微微发抖。

索尼娅默默地从抽屉里拿出两个十字架：一个是柏木的，一个是铜的，自己画了个十字，也给他画了个十字，然后把那个柏木的十字架挂在他的胸前。

"这是一个象征，意味着我要背起十字架。嘿嘿！好像到目前为止我受的罪还不够似的！这是柏木的，也就是普通老百姓戴的；这个铜的是丽莎维塔的，你自己佩戴着——让我看看好吗？在那时候……这个十字架戴在她身上吗？我知道两个也像这样的十字架，一个银的和一个小圣像的。那时候我把它们扔到老太婆的胸前了。那两个十字架现在刚好可以用得上，真的，我该戴那两个……我净胡说八道，把正事给忘了，我有点儿心不在焉……你要知道，索尼娅，我这次来，其实是为了预先通知你，让你知道……好，就是这些……我只不过是为这件事才来的。嗯，话又说回来，我想再多说几句话。你不是自己希望我去吗？瞧，现在我就要去坐牢，你的愿望就要实现了——你哭什么呢？你也哭吗？别哭了，好了。唉，这一切让我多么难过啊！"

然而，他的心里还是唤起一种感情：他看着她，觉得自己的心揪紧了。"她为什么这样伤心呢？"他暗自想，"我是她的什么人？她为什么哭，为什么也像母亲和杜尼娅那样照料我？她要做我的保姆啊！"

"画一个十字吧，哪怕就祈祷一次也好。"索尼娅用发抖的、怯生生的声音请求他。

"哦，好吧，你要我画多少次都行！而且是真心诚意的，索尼娅，是真心诚意的……"

其实他想说的,完全是其他的话。

他在身上画了好几次十字。索尼娅拿起自己的头巾,披在头上——这是一块绿色的细呢头巾,大概就是马美拉多夫当时提起过的那块"祖传的"头巾。这个想法在拉斯柯尼科夫的头脑里忽然一闪,但他没有问。的确,他自己已经开始感觉到,他非常心不在焉,而且不知为什么,心烦意乱得很厉害。他最害怕的就是这个。他突然看到索尼娅想和他一块儿去,这使他大吃一惊。

"你怎么啦!你要去哪里?你留下来吧,留下来吧!我一个人去!"他胆怯而懊恼地喊道,几乎是气愤地往门口走去。

"干吗要一大批随从!"他临出去的时候又含糊不清地说。

索尼娅站在房屋中间。他甚至没有和她告别,他已经把她给忘了,只有一阵令人心碎的、反抗的疑问在他的心头翻腾着。

"是这样吗,这一切都做得对吗?"下楼的时候,他又想,"难道不能再等一等,设法挽救一切……干脆不要去了吗?"

但他还是去了。他突然完全意识到,用不着再向自己提出问题了。来到大街上之后,他才想起,还没跟索尼娅告别,她站在房屋中间,披着那块绿色的头巾,由于他那一声叫喊,吓得她连动都不敢动了。想到这里,他又停了下来,稍站了一会儿。可是就在这一瞬间,突然有一个想法使他豁然开朗——这个想法好像一直在等待时机,要让他大吃一惊似的。

"刚才我是为什么,为了什么来找她的?我对她说,有事,到底有什么事?根本没有什么事!我向她宣布,我要去了,那又怎样呢?没有那个必要!那么,我爱她吗?难道我不爱她吗?刚才我不是像赶走一条狗似的把她赶开了吗?我真的是需要她的十字架吗?哦,我堕落到了多么卑鄙的程度!不,我需要的是她的眼泪,我需要看到她那惊恐的神情,需要看看她是多么伤心、多么痛苦!我想抓住一件什么事,拖延一下时间,看看她! 而我竟然这样自负,对自己这样异想天开,我是多么浅薄和微不足道呀,我是一个多么卑鄙、多么卑鄙的人啊!"

他顺着运河的堤岸街走着,这时离他要去的地方已经不远了。但是刚走到桥边,他又站住了,突然转弯上了桥,往干草市场那边走去。

他贪婪地东张西望,神情紧张地细细端详着每样东西,可是又不能把注意力集中在任何一件上:一切都从他的眼前悄悄地溜走了。"再过一个星期,再过一个月,我就要被关在囚车里,从这座桥上经过,押解到什么地方去,到那时候我会怎样看这条运河呢——记住这里,好吗?"这个想法在他头脑里忽然一闪而过。"瞧这块招牌,到那时候我会怎样读这些字母呢? 这上面写的是'贸易公司',唔,我要记住这个 a,这个字母 a,过一个月以后再来看它,看这个 a,到那个时候我会怎样来看它呢? 会有什么感觉,会想什么呢? ……天啊,我现在的这些……忧虑……是多么的平凡,多么的微不足道啊! 当然啦,从某一点来看……这一切想法肯定是很有趣的……(哈哈哈! 我在想什么啊!)我像个小孩似的,自吹自擂。我为什么要让自己感到难为情呢? 呸,多么拥挤啊! 瞧这个胖子,大概是个德国人——刚才他推了我一下。哼,他知道他推的是什么人吗? 抱着小孩的那个乡下女人在乞讨,她以为我比她幸福,这可真有意思。给她点儿什么东西,解解闷儿,怎么样呢? 哈,口袋儿里还有五个戈比,这钱是从哪儿来的? 给,给……拿着吧,老大娘!"

"上帝保佑您!"那个女乞丐用凄惨的声音说。

他走进干草市场。他非常不喜欢在人群里挤来挤去, 可是却往人最多的地方走去。他情愿付出一切代价,只要能够让他一个人单独待一会儿。但他又觉得,如果只有他一个人,那他连一分钟也待不下去。人群中有个醉鬼在胡闹——他一直想要跳舞,可总是摔倒。人们于是围住了他。拉斯柯尼科夫挤进人群里,对着那个醉鬼看了好几分钟,突然短促地、断断续续地哈哈大笑起来。稍过了一会儿,他已经把那个醉鬼给忘了,甚至看不见他了,尽管还在看着他。他终于走开了,甚至记不清自己是在什么地方,可是等他走到广场中心的时候,他的内心突然产生一种冲动,这种冲动一下子控制了他,控制了他的整个身心。

他突然想起了索尼娅的话:"你去到十字路口,向人们跪下,吻一吻大地,因为你对大地也犯了罪,然后对着全世界大声说:'我是杀人犯!'"他想起这些话,不由得浑身颤抖。在这一段时间里,特别是最后几个钟头里,他心中感觉到的那种走投无路的苦恼和担心已经压垮了他,使他的精神崩溃了,所以他情不自禁,急欲抓住这个机会,来体验一下这种纯洁、充实、前所未有的感觉。这感情像疾病发作一样,突然爆发,涌上他的心头。他的心中好似迸发出一颗火星,突然熊熊燃烧起来,烧遍了他的全身。他的心立刻软了,泪如雨下。他站在那里,突然就这么伏倒在地上……

他跪倒在广场中心,趴在地上,怀着喜悦和幸福的心情,吻了吻这肮脏的土地。他站起来,然后又跪下去,磕起了头。

"瞧,他喝醉了!"他身旁有个小伙子说道。

周围突然发出一阵笑声。

"他这是要去耶路撒冷啊,现在他在向他的朋友们、孩子们,以及他的祖国告别,向全世界磕头,吻着京城圣彼得堡和它的土地呢。"一个喝醉的小市民补充说。

"这小伙子还挺年轻嘛!"第三个人插了一句。

"还是个高贵的人呢!"有人用庄重的声音说。

"现在可分不清谁高贵、谁不高贵。"

所有这些反应和讽刺制止了拉斯柯尼科夫的行动,他正要脱口而出的那句"我杀了人",这时却突然咽了回去。然而,他心平气和地忍受了这些叫喊声，然后头也不回地径直穿过一条胡同，向警察局那个方向走去。在半道上，好像有个人影在他眼前忽然一闪，但是他并不觉得惊奇，他已经预感到，必然会是这样。他在干草市场上第二次跪下来的时候，扭过头往左边一看，在离他五十步远的地方看到了索尼娅。她躲在广场上一座板棚后面，不让他看见。看来，在他踏上这悲壮的行程时，一路上她一直陪伴着他！这时，拉斯柯尼科夫感觉到，而且彻底明白了，不管命运会让他到什么地方去，索尼娅将永远跟着他，哪怕去海角天涯，她也会跟他一起去。他的心碎了……然而——他已经来到了决定他今后命运的地方……

他相当精神地走进院子。需要到三楼上去。"还得上楼，暂时还有时间。"他想。总之，他觉得，到决定命运的那个时刻还远着呢，还有很多时间，很多事情还可以重新考虑一下。

那道螺旋形的楼梯上，还是那样丢满了垃圾和蛋壳；那些住房的门还是那样大敞着；还是那些厨房，厨房里还是那样冒出一股股油烟和臭气。从那天以后，拉斯柯尼科夫没再来过这里。他的腿麻木了，发软了，可是还在往上走。他站下来，停了一会儿，好歇口气，整理一下衣服，这样，进去的时候才会像个人样儿。"可这是为什么？为了什么？"他意识到自己是在做什么以后，突然想，"既然得喝完这杯苦酒，那反正不都一样吗？越是令人厌恶越好。"就在这一瞬间，"炸药"伊利亚·彼特罗维奇的身影在他的脑海中突然一闪。"难道真的要去找他吗？不能去找别人？不能去找尼柯吉姆·弗米契吗？马上回去，到警察分局长的家里去？至少，这样可以随便一些……不，不！还是去找"炸药"，还是去找"炸药"！既然我非得喝下这杯苦酒不可，那就一口全都喝下去吧……"

他觉得浑身发冷，几乎控制不住自己，迷迷糊糊地打开了警察局的门。这一次警察局里的人很少，里面站着一个看门的人，还有一个老百姓。警卫甚至都没从隔板后面往外看一眼。拉斯柯尼科夫走进后面一间屋里去了。"也许还可以不说。"这个想法在他头脑里闪了一下。这里有一个穿着便衣的小职员,正坐在一张写字台前,不知在抄写着什么。角落里还坐着一个小职员。扎梅托夫不在,当然,尼柯吉姆·弗米契也没在。

"都不在吗?"拉斯柯尼科夫问那个坐在写字台前的小职员。

"你找谁?"

"啊——啊——啊!真是闻所未闻,见所未见,可是俄罗斯精灵……童话里是怎么说来的……我忘了!您——好!"突然有个熟悉的声音喊道。

拉斯柯尼科夫打了个哆嗦。站在他面前的,正是"炸药"——他突然从第三个房间里走了出来。"这真是命中注定啊!"拉斯柯尼科夫想,"他为什么在这儿呢?"

"您找我们吗?有什么事?"伊利亚·彼特罗维奇大声说(看来他心情好极了,甚至有点儿兴奋),"要是来办事,那你未免来得早些。我是偶然在这儿的……不过,我可以帮你的忙。我跟你说实在的……您贵姓?贵姓?对不起……"

"拉斯柯尼科夫。"

"啊,对,拉斯柯尼科夫!难道你认为我会忘了!请你不要把我看作这样的人……罗吉昂·罗……罗……罗吉昂内奇,好像是这样吧?"

"罗吉昂·罗曼内奇。"

"对,对——对,罗吉昂·罗曼内奇,罗吉昂·罗曼内奇!我正要找你谈谈呢。我甚至打听过多次了。我,跟你说实在的,当时我们那样对待你,从那以后我真心实意地感到难过……后来有人告诉我,我才知道,您是一位年轻的作家,甚至是一位学者……而且,可以这么说吧,已经初露锋芒……哦,上帝啊!有哪个作家和学者,在刚开始的时候,不做出一些异想天开的事情来呢! 我和我的妻子——我们俩都尊重文学,我的妻子更是热爱文学……热爱文学和艺术! 一个人只要是高尚的,那么其余的一切都可以靠才能、知识、理智和天才来获得! 帽子——譬如说吧,帽子是什么呢? 帽子就像薄饼,我可以在齐默曼帽店里买到它,可是帽子底下保藏着的东西和用帽子掩盖着的东西,我就买不到了! ……我,说实在的,我甚至想去拜访你,向你解释解释,可是想,你也许……不过,我还没问:你是不是真的有什么事? 据说,你家里的人来了?”

“是的,我母亲和妹妹来了。”

“我甚至有幸遇到过你的妹妹,是一位很有教养、十分漂亮的姑娘。说实在的,当时我对你过于急躁,我很懊恼。意想不到的事嘛! 因为你晕倒了,当时我就用某种眼光看你——可是后来这件事彻底弄清楚了! 多么野蛮和狂热! 你的愤慨,我是理解的。也许,是因为家里的人来了,你要搬家吧?”

“不,我只不过是……我是顺便来问问……我以为,我可以在这儿找到扎梅托夫。”

“啊,对了! 你们已经成为朋友,我听说了。嗯,扎梅托夫不在我们这儿——你找不到他了。是啊,亚历山大·格里戈列维奇离开我们这儿了! 从昨天起就不在了,调走了……临调走的时候,甚至跟所有的人都吵了一架……简直没有礼貌……他是个轻浮的小伙子。本来他很有前途的,可是,你瞧,去他们的吧,这些年轻气盛的年轻人可真怪! 他本想参加什么考试,可是只会在我们这儿说说空话、吹吹牛皮罢了。当然,这和譬如您和您的朋友拉祖米欣先生的情况截然不同! 你们是搞学术的,即使失败了也不会使你们迷失方向! 在您看来,人生所有这些诱人的玩意儿,可以说都是微不足道的,您是一个苦行僧、修道士、隐士!……对您来说,一书本、夹在耳朵后边的一支笔、学术研究——这才是你心灵翱翔的地方！我自己也多少……请问您读过利文斯顿的札记①吗？"

"没有。"

"我可读过了。不过现在到处都有很多虚无主义者，嗯，这是可以理解的，现在什么样的时代啊，我请问您？不过，我和您……我们，不是吗，当然，我们可不是虚无主义者！请您坦率地回答，开诚布公地！"

"不……不是……"

"不，你听我说，你跟我可是开诚布公，你别不好意思，就像自己跟自己说话一样嘛！公务是一回事……是另一回事……你以为，我是想说友谊吗，不，你没猜对！不是友谊，而是公民和人的感情、人道的感情、对上帝的爱的那种感情。在履行公务的时候，我可以是个官方人员，可是我应该永远感到自己是一个公民，是一个人，而且意识到……您刚刚谈到了扎梅托夫。扎梅托夫会在一个下流的场所里喝了一杯香槟或者是顿河酒，于是就照法国人的方式，大闹了一场，出尽了丑——瞧，这就是你的扎梅托夫！而我，也许可以说，我极端忠诚，有崇高的感情，此外，我还有地位，我有官衔，担任一定的职务！我有妻室儿女。我在履行公民和人的义务，可是，请问，他是一个什么人？我是把您看作一位受过教育、品格高尚的人……再说，目前还突然冒出这么多的接生婆。"

拉斯柯尼科夫疑惑地扬起了眉毛。显然，伊利亚·彼特罗维奇刚刚离开桌边，他的话滔滔不绝，可是很空洞，听起来大半都是一些没有任何意义的废话。不过其中有一部分，拉斯柯尼科夫还是勉强懂

---

① 大卫·利文斯顿(1813—1873)，十九世纪英国著名的旅行家和非洲考察家。这里是指他的《赞比西河游记》一书。

了，他疑惑地望着他，不知道这一切将怎样收场。

"我说的是那些剪短头发的小女孩①，"爱说话的伊利亚·彼特罗维奇接着说，"我给她们取了个绰号，管她们叫接生婆，而且认为，这个绰号十分贴切。嘿嘿！她们拼命钻进医学院，学习解剖学。嗯，请问，要是我病了，我会去请一个小女孩来治病吗？嘿嘿！"

伊利亚·彼特罗维奇哈哈大笑起来，对自己的这些俏皮话感到非常满意。

"可以说，这是过分渴望受教育。可是只要受了教育，也就够了，为什么要滥用它呢？为什么要像那个坏蛋扎梅托夫那样，侮辱高贵的人们呢？请问，他为什么要侮辱我？您再看看那些自杀的人有多少吧——你简直无法想象。都是这样，花完了最后一点儿钱，于是就自杀了。小姑娘、男孩子，还有老年人……今天早上，我们还接到报告，说有一位不久前才来到这儿的先生自杀了。尼尔·帕夫雷奇，尼尔·帕夫雷奇！那位先生姓什么来着？就是刚才得到报告，在彼得堡区开枪自杀的那位绅士，他叫什么？"

"斯维里加洛夫。"有一人从隔壁房间里嘶哑而冷淡地回答。

拉斯柯尼科夫不由得大吃一惊。

"斯维里加洛夫！斯维里加洛夫自杀了！"他大声惊呼。

"怎么！你认识斯维里加洛夫？"

"是的……我认识……他是不久前才来的……"

"是啊，是不久前来的，妻子死了，是个放荡不羁的人，突然开枪自杀了，而且那么丢脸，简直无法想象……在他自己的笔记本里留下了几句话，说他是在神志清醒的情况下自杀的，请不要把他的死

---

① 指医学院的女学生们，她们都剪着短发。她们毕业后只能当助产士，也就是伊利亚·彼特罗维奇所说的"接生婆"。

归罪于任何人。据说，这个人很有钱。请问你是怎么认识他的？"

"我……认识他……我妹妹在他家里做过家庭教师……"

"哦，哦，哦……这么说，你可以跟我们谈谈他的情况了。你没有怀疑过他会自杀吗？"

"我昨天见过他……他……喝了酒……我什么也不知道。"

拉斯柯尼科夫觉得，好像有什么东西压到他的身上，把他给压住了。

"你脸色好像又发白了。我们这儿空气太闷了……"

"是的，我该走了。"拉斯柯尼科夫含糊不清地说，"请原谅，我打扰您了……"

"哦，你说的是哪里话！请常来，非常欢迎你来，我很高兴这样……"

伊利亚·彼特罗维奇甚至伸过手来。

"我只不过想……我要去找扎梅托夫……"

"我知道，我知道，看到您，我非常高兴。"

"我……很高兴……再见……"拉斯柯尼科夫微笑着说。

他走出门去了，摇摇晃晃，觉得头晕眼花，两条腿也麻木了。他感觉不出，自己是不是还在站着。他用右手扶着墙，开始下楼。他恍惚觉得，迎面来了个看门人的人，手里拿着户口簿，撞了他一下，便上楼往警察局去了；还又恍惚觉得，下面的一楼上有条小狗在狂吠，有个女人喊着，把一根擀面杖朝它扔了过去。他下了楼，来到了院子里。索尼娅就站在院子里离门口不远的地方，面无人色，脸色白得可怕，惊惶失措地望着他。他在她面前站住了。她的脸上露出痛苦、悲伤和绝望的表情。她举起双手拍了一下。他的嘴角上勉强露出一丝很难看的、茫然不知所措的微笑。他站了一会儿，苦笑一下，然后转身上楼，又来到了警察局。

这时，伊利亚·彼特罗维奇已经坐下来，正在一堆公文里翻寻着什么。刚才上楼来撞了拉斯柯尼科夫一下的那个看门人，就站在他的面前。

"啊——啊——啊？你又来了！忘了什么东西吗？……不过你怎么了？"

拉斯柯尼科夫嘴唇煞白，目光呆滞，轻轻地向他走去，走到桌子前，用一只手撑在桌子上，想要说什么，可是说不出来，只能听到一些毫不连贯的声音。

"你不舒服，拿椅子来！这里，请坐到椅子上，请坐！拿水来！"

拉斯柯尼科夫坐到了椅子上，但是目不转睛地盯着利亚·彼特罗维奇那张惊讶而又令人非常不愉快的脸。他们两个人就这样互相对视了大约一分钟，两个人都在等着。水端来了。

"是我……"拉斯柯尼科夫开始说。

"您喝点儿水。"

拉斯柯尼科夫用一只手把水推开，轻轻地，一字一顿，但又非常清楚地说：

"是我在那时用斧头杀了那个老太婆和她的妹妹丽莎维塔，并抢走了她们的东西。"

伊利亚·彼特罗维奇惊讶得张大了嘴。人们从四面八方跑了过来。

拉斯柯尼科夫把自己的口供又重复了一遍……

尾　声

一

西伯利亚。在一条荒凉大河的河岸上，屹立着一座城市，这是俄国的行政中心之一。城市里有一座要塞，要塞里面有一座监狱。二等犯人①罗吉昂·拉斯科尼科夫已经在这座监狱里度过了九个月。从他犯罪的那天起，到现在已经差不多有一年半了。

对他这件案子的审讯并没有遇到多大的困难。犯人的口供始终如一、坚定、准确而且清楚，他没有把案情搞乱，没有避重就轻，没有歪曲事实，也没有忘记任何一个细节。他毫无遗漏地供述了谋杀的整个过程：他解释了在被害的老太婆手里发现的那件抵押品的秘密（一块绑着薄金属的小木板）；详细供述了他是怎样从死者身上拿到了钥匙，钥匙的形状，小箱子的形状，以及箱子里装着些什么；甚至还列举了箱子里的几件东西；并解开了杀害丽莎维塔之谜；供述了柯赫怎样前来敲门，后来又来了一个大学生，并转述了他们两个人全部的谈话内容；他还讲了后来他这个犯人是怎么跑下楼去，以及听到米柯尔卡和米季卡打闹的尖叫声；他又是怎样躲进那套空房子里，怎样回家的，最后，他指出了沃兹涅先斯克大街上一个院子里的那块石头，就在大门口的附近，而且果然在那块石头底下找到了东西和钱袋。总之，案情已经十分清楚了。然而，审讯员和法官们都对这一点感到惊

---

① 1845 年颁布的法律规定，被流放到西伯利亚服苦役的犯人分为三等：第一等犯人在矿场服役；第二等犯人修建要塞、堡垒；第三等犯人在工厂服役，主要是在军工厂和熬盐的工厂里。

讶:他把钱袋和东西都藏到了石头底下,却没有动用;使他们更为惊讶的是:他不仅记不清他亲手抢来的东西究竟是些什么,甚至也搞不清楚究竟有几件。他说自己一次也没打开过钱袋,甚至不知道里面到底有多少钱,这简直是令人难以置信的(后来发现,钱袋里有三百一十七个银卢布和三个二十戈比的钱币,因为长期藏在石头底下,最上面的几张票额最大的钞票已经发霉,而且烂得非常厉害了)。法官们花了好长时间想弄清楚:既然被告对其他所有的情况都供认不讳了,为什么独独在这一点上说谎呢? 最后,有些法官(特别是擅长心理学的法官)甚至认为这是可能的:他确实没有看过钱袋,所以不知道里面有多少钱,因为他还没弄清里面都有什么,就把它拿去藏到石头底下了,但他们由此又马上得出结论,他之所以会犯下这个罪行,一定是由于一时精神错乱造成的,也就是患了杀人狂和抢劫狂,既没有进一步的目的,也不是为了谋财。而这个结论正好符合近来最时髦的那种关于一时精神错乱的理论。在我们这个时代,人们往往设法用这个理论来解释某些罪犯的心理。再加上许多证人也都证明,拉斯科尼科夫长期以来就患有忧郁症,并且做了详细说明(这些证人中有佐西莫夫医生、拉斯科尼科夫以前的同学、他的女房东和一个女仆)。这一切都有力地促使人们得出这样的结论:拉斯科尼科夫不完全像一般的杀人犯、强盗和抢劫犯,这其中一定有什么特别的原因。然而,使坚持这种意见的人感到极为遗憾的是,犯人本人几乎并不试图为自己辩护。对于最后的几个问题:究竟是什么促使他杀人,是什么促使他抢劫,他回答得十分明确,而且是直言不讳。他说,这一切的原因是他恶劣的处境,因为贫困和无依无靠,所以他想从被害者那里至少能弄到三千卢布,希望靠这笔钱来维持自己的生活,使自己在初入社会的时候能够站稳脚跟。他之所以决定杀人,是由于他轻率和懦弱的性格,而贫困和失意使这种性格更加突出。

对于究竟是什么原因促使他前来自首这个问题,他的回答也很干脆,就是出于真诚的悔罪。这些话几乎都说得很直率……

然而,就他所犯的罪行来说,对他的判决却是出乎意料的宽大,而且也许这正是因为犯人不仅不想为自己辩护,反而甚至企图夸大自己罪行的缘故。这一案件的所有奇怪和特殊的情况都被考虑到了。犯人在犯罪之前,一直处于一种病态和困苦的状态,这都是丝毫不容置疑的。至于他为什么没有动用抢劫来的那些财物,人们认为,其中有一部分的原因是由于他事后萌发了悔悟之念,一部分是由于犯罪的时候他的精神不完全正常。他在无意中杀死丽莎维塔,这一情况甚至成为一个例证,更加证实了后一种假设:一个人犯下了两件凶杀案,居然忘记了房门还开着!最后,当他终于前来自首时,这个案子已经被一个精神沮丧的狂热信徒(尼古拉)的虚假供词给搅成一团乱麻了,而且,当时对真正的罪犯不仅没有掌握确凿的罪证,甚至几乎没有产生过怀疑(波尔费利·彼特罗维奇完全没有食言)——这一切最终促使对被告从轻量刑。

此外,还完全出人意外地发现了另外一些对被告十分有利的情况。以前曾是大学生的拉祖米欣不知从哪里找到了这样一些材料,而且提出证据:犯人拉斯科尼科夫在大学里读书的时候,曾经用自己仅有的一点钱帮助一个害肺病的穷苦同学,维持他的生活几乎长达半年之久;那个同学死后,拉斯科尼科夫又去照顾亡友(他几乎从十三岁起就靠自己的劳动赡养自己的父亲)仍然活着的、年迈体弱的父亲,最后还让这位老人住进了医院;老人死后,又将他安葬。所有这些材料,对决定拉斯科尼科夫的命运起了某些有利的作用。拉斯科尼科夫以前的女房东、他已经病故的未婚妻的母亲、寡妇扎尔尼岑娜也出庭作证,说他们还住在五角地一带的另一幢房子里时,有一天夜里突然失火,拉斯科尼科夫从一套已经着火的房子里救出了两个小孩子，因为救人，他自己被火烧伤了。法官们在对这件事进行调查时，许多证人都完全证实了这一情况。总之，结果是，考虑到犯人是投案自首以及某些可以减刑的情况，最后犯人被判了刑期只有八年的第二等苦役。

拉斯科尼科夫的母亲在审讯一开始的时候就病倒了。杜尼娅和拉祖米欣认为，可以在开庭期间让她离开彼得堡。拉祖米欣选定了一座离彼得堡很近的、位于铁路线上的城市，以便可以密切关注审讯过程中的一切情况，同时又可以经常与阿芙朵佳·罗曼诺夫娜见面。普莉赫丽娅·亚历山大罗夫娜患的是一种奇怪的精神病，同时还有类似精神错乱的某种迹象，即使不是完全精神错乱，至少是有一部分。杜尼娅在最后一次看望哥哥回来的时候，就发觉母亲已经完全病倒了，她开始发烧，并说胡话。就在那天晚上，她就和拉祖米欣商定，如果母亲问起哥哥来，他们该怎样回答，甚至和他一起为母亲编造了一套谎话，说拉斯科尼科夫是受私人委托，到一个很远的地方，到边疆去办一件事情去了，这项任务最终将会使他获得金钱和声誉。但是使他们深感惊讶的是：无论是当时，还是以后，普莉赫丽娅·亚历山大罗夫娜都从未问起过这方面的事。恰恰相反，她自己倒把儿子突然远行的情况原原本本地讲了一遍。她泪流满面地告诉他们，他是怎样和她告别的，同时她还暗示，只有她一个人知道许多非常重要的秘密，暗示罗佳有许多很有势力的敌人，因此他甚至必须躲藏起来。至于他的前途，她也认为，只要敌视他的某些情况消失了，那么他的前途无疑将是光明的。她让拉祖米欣相信，随着时间的推移，她的儿子甚至会成为国家的栋梁，他的那篇文章和他杰出的文学天才就是明显的证据。她还不断地看那篇文章，有时甚至念出声来，几乎连睡觉的时候也拿着那篇文章，可是罗佳现在到底在什么地方，她却几乎从来都不问起，尽管看得出来，当着她的面，大家对这个问题都避而不谈——然而，仅仅凭着这一点，就足以引起她的怀疑了。普莉赫丽娅·亚历山大罗夫娜对某些问题始终保持缄默，这一奇怪的现象终于使他们感到担心了。譬如说吧，她甚至从不抱怨他不写一封信来，而从前，住在家乡县城里的时候，她唯一的精神寄托，就是希望和盼望着快点儿接到心爱的罗佳的信。现在她已经不再等他的信，这实在是太无法解释了，杜尼娅正是为此而十分的担忧，她心里产生了这样的想法：母亲大概已经预感到儿子发生了什么可怕的事，所以她不敢问，以免知道更可怕的事情。无论如何，杜尼娅已经清清楚楚地看出，普莉赫丽娅·亚历山大罗夫娜的精神不太正常了。

但也有过一两次，普莉赫丽娅·亚历山大罗夫娜会在谈话时，把话题一转，使得对方在回答她的时候，不可能不提到罗佳现在究竟在什么地方；而当他们迫不得已的回答无法使她感到满意，而且让她产生怀疑的时候，她就突然变得非常伤心、忧愁，沉默寡言，这样一直持续了很长时间。杜尼娅终于明白了，说谎和编造谎言是很难的，于是她得出最后结论：对有些事情最好绝口不谈，但可怜的妈妈显然已经猜到，准是发生了什么可怕的事情，这一点已经是越来越明显了。同时，杜尼娅也想起了哥哥的话，在决定命运的头一天夜里，也就是在她和斯维里加洛夫发生了那一幕之后的那天夜里，母亲曾经听到过她在梦中的呓语，那时母亲是不是听清了什么呢？有时候，一连几天，甚至连着几个星期，母亲一直闷闷不乐，心情忧郁，一句话也不说，只是默默地流泪，可是在这之后，不知怎的，她又歇斯底里地活跃起来，突然大声说话，几乎不住口地谈她的儿子，谈自己的希望和未来……她的幻想有时十分奇怪。他们安慰她、附和她（也许她自己看得很清楚，他们是在随声附和她，只不过是在安慰她），可她还是仍旧说个不停……

罪犯自首后过了五个月，才宣布对他的判决。拉祖米欣只要一有机会，就到狱中去探望他。索尼娅也是一样。离别的时刻终于到了,杜尼娅对哥哥发誓说,他们的离别不是长久的;拉祖米欣也这样说。在拉祖米欣那年轻、狂热的头脑里,坚定不移地确定了这样一个计划:在三四年内,尽可能至少为未来打下基础,至少攒一些钱,然后迁居到西伯利亚去,那里土地肥沃、资源丰富,只是缺少工人、创业者和资本;他要到那个罗佳将要去的城市定居……大家在一起开始新的生活。分别的时候,大家都哭了。最后几天,拉斯科尼科夫陷入沉思,详细询问母亲的情况,经常为她感到担心,甚至为她感到十分痛苦,这使杜尼娅很不放心。得知母亲的病情和详细情况以后,他的神情变得十分忧郁。不知为什么,这段时间里,他特别不喜欢和索尼娅说话。索尼娅用斯维里加洛夫留给她的那笔钱早已准备好了行装,打算跟随拉斯科尼科夫也在其内的那批犯人一同上路。关于这一点,她从来没有向拉斯科尼科夫提起过哪怕是一个字,然而他们俩都知道,事情一定会是这样。临别时,杜尼娅和拉祖米欣都满腔热情地向他保证,等他服刑期满回来以后,他们的未来一定会十分幸福。对他们这些热情的话,他只是奇怪地笑了笑,而且预感到母亲的病情不久之后就会恶化。最后,他和索尼娅终于出发了。

两个月以后,杜涅奇卡和拉祖米欣结婚了。婚礼没有欢乐的气氛,而且冷冷清清。不过在应邀前来的客人中有波尔费利·彼特罗维奇和佐西莫夫。最近一个时期,拉祖米欣的神情像一个下定了决心的人。杜尼娅盲目地相信,他一定会实现自己的打算,而且也不能不相信:看得出来,这个人有钢铁般的意志。顺便说一下,他又到大学上课了,以便能够完成大学的学业。他们俩不断地制订未来的计划,都对五年后迁居到西伯利亚抱有坚定的希望。但在那以前,他们把一切希望都寄托在索尼娅身上……

普莉赫丽娅·亚历山大罗夫娜很高兴地为女儿和拉祖米欣的结婚祝福;可是在他们举行过婚礼之后,她却似乎变得更加愁闷,更加忧虑了。为了使她高兴起来，拉祖米欣顺便把那个大学生和他衰老父亲的事告诉了她，还告诉她罗佳去年为了救两个小孩子的性命，自己被烧伤了，甚至还害了一场病。这两个消息使普莉赫丽娅·亚历山大罗夫娜本来就已经不正常的精神几乎达到了异常兴奋的状态。她不断地谈起这两件事，在街上也逢人就说（尽管杜尼娅经常陪伴着她）。在公共马车上，在商店里，只要能找到一个肯听她说话的人，她立刻就跟大家谈自己的儿子，谈他的那篇文章，谈他怎样帮助那个大学生，怎样在失火的时候为了救人被火给烧伤，等等。杜涅奇卡甚至都不知道该怎样才能阻止她。除了这种异常兴奋的病态心情所包含的危险之外，还有一件事也让人提心吊胆：如果有人提起不久前审理的那件案子，因而想起拉斯科尼科夫这个姓，并谈论起来的话那可就更糟了。普莉赫丽娅·亚历山大罗夫娜甚至打听到了那两个在火灾中被拉斯科尼科夫救出来的小孩子的母亲的地址，一定要去拜访她。最后，她的不安达到了极点。有时她会突然放声大哭起来，经常生病、发高烧、说胡话。有一天清早，她直截了当地说，按她的计算，罗佳不久就该回来了，她说记得，他和她分手的时候曾经说过，他九个月以后一定会回来，现在就该等着他回来。她把家里的一切都收拾了一下，准备迎接他，动手装饰打算给他住的那间房子（她自己住的那一间），把家具擦得干干净净，拆掉旧窗帘，换上新窗帘，等等。杜尼娅非常担心，可是什么也不说，甚至还帮着她布置房子，来迎接哥哥。在不断的幻想、欢乐的睡境和眼泪中度过了忐忑不安的一天以后，当天夜里，她就病倒了，第二天早晨又发起高烧来，神志不清了。热病发作了。过了两个星期之后，她就死了。从她在神志不清的状态中说出的几句疯话来看，就可以断定，她对儿子可怕命运的担忧，甚至比他们所认为的还要严重得多。

拉斯科尼科夫很长时间都不知道母亲去世的消息，尽管他刚在西伯利亚安顿下来就开始与彼得堡有书信来往。通信关系是通过索尼娅建立起来的,索尼娅每月按时往彼得堡寄信,信写给拉祖米欣,也每月按时收到从彼得堡来的回信。起初杜尼娅和拉祖米欣觉得,索尼娅写的信有点儿枯燥,不能令人满意,但最后两个人都认为,她不可能写得更好了,毕竟从这些信里,他们得到了拉斯柯尼科夫一个全面、精确的讯息。索尼娅在信上写的都是日常生活最平常的琐事,写出了拉斯科尼科夫苦役生活的全部情况。信上既没有谈她自己的希望,也没有对未来的推测,更没有叙述她自己的感情。她从来没有试图说明他的心理状态和内心生活,只谈事实,也就是他自己说过的话以及他的健康状况,还谈到了他们会面的时候他有什么愿望、要求她做什么、托她办什么事情,等等。所有这一切都写得非常详细。他们那不幸的哥哥的形象终于清楚而又精确地跃然纸上——这不会有什么差错,因为信里所写的都是可靠的事实。

但是杜尼娅和她丈夫并没有从这些消息中看出有多少可以高兴的事情,尤其是在一开始的时候。索尼娅不断地告诉他们,他经常神情阴郁、不爱说话,每次她把接到的信中的消息告诉他的时候,他甚至几乎一点儿也不感兴趣;说是他有时问起母亲,当索尼娅看出他已经猜到事情的真相而终于把母亲已经去世的消息告诉他的时候,使她感到惊讶的是,这个噩耗似乎并没有对他产生强烈的影响,至少从表面来看是这样的。她顺便告诉他们,尽管看上去他总是陷入沉思,独自想得出神,好像与世隔绝、不和别人来往,可是他对自己新生活的态度却很坦率,也很简单。她说,他很清楚自己的处境,并不期待最近会有什么改善,也没有任何不切实际的妄想(处在他的这种情况之下,自然只能是这样了),虽然他所处的新环境与以前的环境很少有相似之处,但他对周围的一切几乎从来不感到惊讶。她说,他的健康状况是可以令人满意的。他去干活,既不逃避,也不硬要多做;对于伙食的好坏,他几乎不感兴趣,但是,除了星期天和节日,平时的伙食都很糟糕,简直令人难以下咽,所以他终于乐意接受她给他的钱,以便每天能自己弄点儿茶喝;至于其他的一切,他请她不要操心,还对她说,她对他的一切关心,只会使他感到苦恼。随后,索尼娅写道,在监狱中,他和大家住在一间牢房里,他们的牢房她没看到,不过她断定,里面很挤,很不像样,也不卫生。她说,他睡在铺板上,只铺一条毛毡,其他的东西他都不想要。他的生活过得那么简陋,那么恶劣,并不是按照什么偏执的计划或者是有什么意图,而只不过是由于对自己的命运漠不关心以及表面上的冷漠了。索尼娅还坦率地告诉他们,特别是在最初的时候,他对她去探望不仅不感兴趣,甚至几乎是怨恨她,不愿跟她说话,甚至对她的态度也很粗暴,但是,后来这种探望已经成了他的习惯,甚至几乎变成了必不可少的事情。有一次,她病了好几天,没能去探望他,他甚至非常想念她。每逢节日,她都会去看他,见面的地方是监狱的大门口或是警卫室里,有时警卫会把他叫出来跟她见几分钟的面。平日的时候,他要去干活,她就到他干活的地方去看他:或者在工场,或者在砖窑里,或者在额尔齐斯河畔的板棚里。关于她自己,索尼娅告诉他们,在城里她甚至已经有了几个熟人和保护人。她说,她在当裁缝,因为城里几乎没有一个做女式时装的裁缝,所以在许多家庭里,她甚至成为一个必不可少的人了——但她没有提到,由于她的关系,拉斯科尼科夫也得到了长官的照顾,让他去干比较轻的活,等等。最后,传来这样一个消息(杜尼娅从她最近的几封信里,甚至发觉了一种特别焦虑和担心的情绪),说拉斯柯尼科夫躲避与所有人的来往,因此监狱里的苦役犯人都不喜欢他;还说他一连几天都不说一句话,脸色变得十分苍白。突然,索尼娅在最近的一封来信里写道,他病了,而且病得十分严重,已经住进医院的犯人病房里……

二

　　他已经病了很久了，但是，把他拖垮下来的，并不是可怕的苦役生活，不是做苦工，不是这里的伙食，不是剃光头，也不是用碎布缝制的囚衣——哦！所有这些困苦和折磨对他来说又算得了什么呢！恰恰相反，他甚至还喜欢做苦工：干重活可以使他在筋疲力尽之后，至少可以安安静静地睡上几个钟头。而对于没有一点儿肉末、却漂浮着蟑螂的菜汤，对他来说更算不了什么，他以前在大学里读书的时候，经常连这样的汤都喝不上。他的囚衣是暖和的，这也很符合他现在的生活方式。他甚至没有感觉到身上戴着镣铐。剃光头和穿着两色的囚衣①，能使他感到羞耻吗？可是在谁的面前觉得羞耻呢？在索尼娅面前吗？索尼娅怕他，在她面前他会感到羞耻吗？

　　那是怎么回事呢？他甚至在索尼娅面前也感到羞愧，因此他用轻蔑和粗暴的态度来对待她，使她感到痛苦不堪。真正让他感到羞耻的，并不是因为剃了光头和戴着镣铐，而是他的自尊心受到了严重的伤害，正是那受到伤害的自尊心，使他病倒了。噢，如果他能自认为有罪，他会感到多么幸福啊！那时他将会忍受一切，就连羞耻和屈辱也能忍受。但是，虽然他对自己的行为进行了严格的审判，但他那变得冷酷的良心，却并没有从他以往的所作所为中找到特别可怕的罪恶，除了那个任何人都可能会遇到的简单的失策外。他之所以

感到可耻,是因为他拉斯科尼科夫,由于偶然的命运的判决,竟这样偶然、这样毫无希望、这样冷漠、这样糊里糊涂地被毁了,如果他想使自己的良心多少得到一点儿安慰,那就只有俯首帖耳、逆来顺受地对某种判决的"荒谬"表示屈服。

目前,他只感到一种空洞和毫无意义的忧虑,将来只有一无所获地、不断地牺牲——这就是他在这个世界上面临的命运。八年后,他只不过三十二岁,还可以重新开始生活,但这又有什么意义呢!他为什么要活着?有什么打算?竭力追求的是什么?为了生存而活着吗?但是他以前曾有无数次准备为一个理想、一个希望、甚至为一个幻想而付出自己的生命。他一向认为,仅仅生存是不够的,他总是希望生命有更大的意义。也许只是由于他抱有希望,当时他才自认为是一个比别人享有更多权利的人吧。

如果命运能让他忏悔那多好啊——那种使他肝肠寸断、彻夜不眠的炽热的忏悔,那种使人想要自缢或者跳进深渊的痛不欲生的忏悔。啊,如果能够这样,他将会感到多么愉快啊!痛苦和眼泪毕竟也是生活啊。然而对自己的罪行,他却毫无悔过之意。

要是他能至少对自己的愚蠢感到愤慨也好,就像以前他曾对自己那些很不像话、愚蠢透顶的行为感到愤恨一样,正是那些愚蠢的行为使他成为囚犯的。可是现在,他已经在监狱中,空闲的时候,他重新反复思考、衡量自己以前的所作所为,却完全不认为那些行为像他以前在决定命运的时刻所认为的那样愚蠢和荒唐了。

"自从开天辟地以来,"他想道,"这个世界上就涌现出各种各样相互矛盾的思想和理论,而我的思想有哪一点比别的思想和理论更愚蠢呢?只要以完全独立、全面、摆脱世俗观念的观点来看问题,那么我的思想当然就根本不是那么……奇怪了。唉,对一切持否定态度的人和那些一文不值的哲人,你们为什么半途而废啊!"

"从哪一点来看，他们觉得我是胡作非为呢？"他自言自语，"是因为我的行为残暴吗？残暴这个词是什么意思？我问心无愧。当然，犯了刑事罪；当然，犯了法，杀了人，那你们就依据法律条文砍掉我的脑袋吧……那也就够了！当然啦，如果这样的话，那么就连许多人类的恩主——不是那些继承权力的人，而是自己攫取权力的人，在他们刚刚迈出最初几步的时候，也都应该被处以极刑了。但是那些人经受住了最初的考验，所以他们获得了成功，因此他们是对的；而我呢，却失败了，所以我没有权利迈出这一步。"

只有在这一点上，他才承认自己是有罪的：他失败了，而且去自首了。

这个想法也让他感到痛苦：当时他为什么没有自杀？为什么他当时曾站在河边，却宁愿去自首？难道活命的愿望是一种如此强大的力量，以致难以克服吗？怕死的斯维里加洛夫不是克服了吗？

他经常向自己提出这个问题，而且不能理解。当时，他站在河边的时候，也许已经预感到自己的信念是十分虚伪的了。他不理解，这种预感可能就是他未来的转折、未来的复活，以及他将来对人生新的看法的征兆。

他宁愿认为，这仅仅是本能的一种沉重的负担，由于意志薄弱和渺小，他无法摆脱这副重担，而且仍然不能跨越过去。他看着和他一同服苦役的那些同伴，不由得感到惊讶：他们也是那么爱生活，那么珍惜生活啊！他好像觉得，他们在监狱里，比他们在监狱外面的时候更热爱、更珍惜、也更重视生活。他们当中有一些人，譬如说，那些流浪汉，什么样的痛苦和残酷的折磨没有经受过啊！一道阳光，一座茂密的森林，无人知道的密林深处一股冰凉的泉水，对于他们来说，难道会有那么重大的意义？那股泉水还是两三年前发现的，难道一个流浪汉会像梦想见到情人那样重新见到它，并在梦中再次看到那股泉水？他会梦见它，梦见它周围如茵的绿草，还有一只小鸟儿在灌木丛中鸣啭吗？他对监狱的生活继续细心观察，就看到了一些更加难以解释的事情。

当然，在监狱里，在他周围的环境中，还有很多事情是他没注意到的，而且他也根本不想注意。不知为什么，他好像总是低垂着眼睛在过日子：周围的一切使他感到极端厌恶、难以忍受。但是，后来有很多事情开始使他感到惊奇了，于是他有点儿不由自主地注意到了以前想都没想过的事情。一般说，使他最为惊讶的，是在他和所有那些人之间隔着一条无法逾越的可怕的深渊。似乎他和他们是不同民族的人。他和他们互不信任，互相怀有敌意。他知道而且了解这种隔阂的主要原因，但以前他从不认为这些原因真的是如此的深刻、如此的严重。监狱里也有一些流放的波兰人，他们都是政治犯。那些波兰人简直把这里所有的人都当成愚昧无知的粗人和农民，高傲地瞧不起他们，但拉斯科尼科夫却不这样看待他们。他清清楚楚地看出，那些没有知识的粗人在许多方面都比这些波兰人聪明得多。这里也有几个俄罗斯人：一个军官和两个学生——他们也很瞧不起那些人。拉斯科尼科夫也明显地看出了他们的谬误。

他自己呢，也是大家都不喜欢的，大家都躲着他。最后，甚至开始憎恨他了——为什么呢？他不知道原因在哪里。大家都瞧不起他，嘲笑他，就连那些罪行比他严重得多的人也嘲笑他所犯的罪。

"你是老爷！"他们对他说，"怎么能用斧子杀人呢？这根本不是老爷该干的事。"

在大斋期①的第二个礼拜，轮到他和同一牢房的犯人去斋戒祈祷。

他和其他人一起去教堂祈祷。有一天，他自己也不知是为了什么

———————————
① 大斋期：也称大斋节期，一共持续六个星期。

发生了争吵,结果大家一下子全都起来疯狂地攻击他。

"你是一个不信神的人! 你不信上帝! "他们对他吼叫,"真该揍死你。"

他从来没有跟他们谈过上帝和宗教,他们却要把他当作一个不信神的人,杀死他。他不作声,也不反驳他们。这时,有一个苦役犯人狂怒地朝他扑了过来,拉斯科尼科夫沉着地、默默地等着他:他的眉毛动都不动,脸上的肌肉也没抖动过一下。幸好一个押送他的卫兵及时把他们隔开了——不然准会发生流血事件。

对他来说,还有一个他不能解答的问题:为什么他们大家都那么喜欢索尼娅? 她并不巴结他们,他们难得碰到她,有时只是在大家干活的时候,她到那里去,只待了一会儿,是为了去看他。然而大家都已经认识她了,知道她是跟着他来的,知道她怎样生活,住在哪里。她没给过他们钱,也没为他们特别效力过。只有一次,在圣诞节,她给监狱里的犯人们送来了馅饼和白面包。但是渐渐地,他们和索尼娅之间建立起了某种较为密切的关系:她替他们给他们的亲属写信,替他们把信送到邮局去。犯人的亲属到城里来的时候,他们就叫他们的亲属把带给自己的东西——甚至金钱交给索尼娅。他们的妻子或情人都认识她,常到她那里去。每当她到他们干活的地方去看拉斯科尼科夫,或者在路上遇到一批去干活的犯人时,犯人们都摘下帽子,向她问好:"妈妈,索菲娅·谢苗诺芙娜,你是我们的母亲,温柔的、最可爱的母亲! "这些粗野的、脸上刺着字的苦役犯人对这个瘦小的女人说。她总是微笑着鞠躬还礼,大家都喜欢她对着他们微笑。他们甚至喜欢她走路的姿态,总是回过头来目送着她,看她走路的样子,并且赞美她;他们甚至喜欢她的瘦小,甚至都不知道该怎么赞美她才好。他们生了病,甚至也要到她那里去就医。

斋期的最后几天和复活节的那个星期,他都躺在医院里。在逐渐康复的时候,他才想起自己在发烧和昏迷不醒时做的那些梦。他在病中梦见,全世界注定要在一场闻所未闻、见所未见的、可怕的瘟疫中毁灭,那场瘟疫是从亚洲腹地蔓延到欧洲来的。所有人都必死无疑,只有很少几个才智超群的人能得以幸免。出现了一种能侵入人体的新的旋毛虫:一种微生物。不过那些微生物都是有智慧、有意志的精灵,被它们侵入体内的人,立刻会像鬼魂附体一样,变成疯子。可是人们还从来,从来没有像那些病人那样自以为聪明过人,而且坚信真理。对于自己所做的决定,得出的科学结论,以及自己的道德观念和信仰,还从来没像现在这样坚信不疑。一批批村庄、一座座城市,全体人民都传染上了这种瘟疫,都发疯了。大家都惶惶不安,互不了解,每个人都认为,只有自己一个人掌握了真理,看着别人都感到痛苦不堪,捶胸顿足,放声大哭,深感痛心。大家都不知道该审判谁,该如何审判;对于什么是恶、什么是善,都无法取得一致意见;都不知道该认为什么人有罪,该为什么人辩护。他们怀着失去理性的仇恨,互相残杀。他们各自调集了大批军队,向对方发动进攻,但是在行军途中,这些军队却自相残杀起来,队伍混乱极了,战士们互相攻击、互相砍杀、人咬人、人吃人。所有的城市上空,整天鸣钟报警:召集所有的人,可是谁也不知道,是谁,又是为什么召集他们,然而大家都感到惊慌不安。大家都丢下了日常工作。因为每个人都提出自己的观点,提出自己的改良计划,却不能取得一致的看法,农业也荒废了。有些地方,人们聚集到一起,商量采取共同的行动,发誓决不分离,但是,话音刚落,他们马上就做出完全相反的事情来——大家互相指责、互相斗殴、互相残杀。接着开始发生火灾,发生饥荒。所有的人和一切事物都毁了。瘟疫在传染,到处蔓延。全世界只有几个人能够得救——那是一些心灵纯洁、才智超群的人,他们负有繁衍新人种和创造新生活的使命,他们将使大地焕然一新,彻底净化,然而谁也没有在任何地方看到过那些人，谁也没听到过他们的声音和他们说的话。

使拉斯科尼科夫感到苦恼的是，这种毫无意义的梦魇竟在他的记忆里唤起如此悲哀和痛苦的感情，热病发作时梦中所留下的印象，竟这样长久地萦回不去。已经是复活节后的第二个星期了，天气暖和，天空晴朗，春天到了；在囚犯病房里，装有铁栏的窗户也打开了，巡逻的哨兵在窗外踱来踱去。在他生病期间，索尼娅只能在病房里探望了他两次，每次都得请求批准，这是很困难的。但是，她经常到医院的院子里来，站到窗前，特别是在傍晚的时候，有时只是为了在院子里稍站一会儿，从远处望望病房里的窗户。有一天傍晚，已经差不多完全恢复健康的拉斯科尼科夫睡着了，醒来后，他无意中走到窗前，突然在远处、在医院大门附近看到了索尼娅。她站在那儿，好像在等待着什么。这时好像有个什么东西猛的一下子刺进他的心，他战栗了一下，赶快离开了窗边。第二天索尼娅没有来，第三天也没来。他发觉，自己在焦急不安地等着她。他终于出院了。回到监狱，他从囚犯们那里得知，索尼娅病了，在家里躺着，哪里也去不了。

他非常担心，托人去探望她。不久之后，他就得知，她的病并不危险。索尼娅也得知他十分想念她，十分关心她，于是托人给他带去一张用铅笔写的纸条，告诉他，她的病好多了，只不过是着凉了，有点儿感冒，她很快——用不了多久就会到他干活的地方去和他见面。他看到这张纸条时，心在剧烈而痛苦地狂跳着。

又是晴朗而暖和的一天。大清早六点钟的时候，他到河岸上干活去了，在那儿的一座棚子里，有一座烧石膏的窑，他们在那儿砸石膏。去那儿干活的只有三个人。一个犯人跟着警卫一起到要塞去领工具了；另一个犯人动手准备劈柴，把柴堆到窑里。拉斯科尼科夫从棚子里出来，来到河边，坐到堆放在棚子旁的一堆木头上，开始眺望那条宽阔、荒凉的河流。从高高的河岸上望去,四周一览无遗。从遥远的对岸隐隐约约地传来了歌声。一望无际的草原上洒满了阳光,牧民的帐篷看上去宛如一个个黑点,依稀可辨。那里是自由的天地,那里住着与这里的人全然不同的另一些人,那里的时间似乎停止了,好像亚伯拉罕①的时代和他的部族还没有成为过去。拉斯科尼科夫坐在河边,目不转睛地凝神眺望着,他渐渐陷入幻想中。他什么也没想,但是内心的抑郁却使他激动不安,使他感到莫名的烦恼。

突然,索尼娅出现在他的身边。她悄无声息地来到了他这里,坐到他的旁边。时间还很早,清晨的寒气还没有减弱。她穿着一件破旧的大衣,头上包着绿色的头巾,脸上还带着病容,十分消瘦,面色苍白。她亲切而高兴地对他微微一笑,却像往常一样,怯生生地向他伸出手来。

她把自己的手伸给他的时候总是怯生生的,有时甚至根本不把手伸给他,似乎害怕他会把她的手推开。他好像总是怀着厌恶的心情和她握手,见到她时总是觉得很懊恼,有时,在她来看他的这段时间里,他执拗地沉默不语。有时她很怕他,经常是怀着十分悲痛的心情回去。可是这一次,他们的手紧紧地握在一起;他向她迅速地看了一眼,什么也没说,垂下眼睛看着地面。只有他们两个人,谁也没在看他们。这时,押送犯人的卫兵也把脸转过去了。

这是怎么发生的,他自己也不知道,但是蓦地,好像不知有什么东西把他举起来,然后抛到她的脚下。他抱着她的双膝哭了起来。刚开始一瞬间,她大吃一惊,吓得面无人色。她跳了起来,浑身发抖,望着他。但立刻,就在这一刹那,她什么都明白了。她的眼睛闪闪发光,

---

① 亚伯拉罕:是指犹太教、基督教圣经故事中犹太人的始祖。据《圣经》记载,亚伯拉罕大约生于公元前 2000 年。

露出无限幸福的神情。她明白了，她已经毫不怀疑：他爱她，深深地爱着她，这个时刻终于来临了……

他们想要说话，可是谁也说不出来。他们都热泪盈眶，脸色苍白，而且都显得很瘦，但是在这两张仍然带有病容的、苍白的脸上，已经闪现出焕然一新的未来的曙光。爱情，使他们获得了新生，两个人的心，都为对方蕴藏了滋润心田且取之不尽的生命源泉。

他们决定等待和忍耐。他们还得等待七年，而在那个时候到来之前，还有多少难以忍受的痛苦和无穷无尽的幸福啊！然而，他已经获得了新生，他也知道这一点，已经获得新生的他，全身心充分感觉到了这一点，而她——她只是为了使他活下去而活着的啊！

那天晚上，牢房的门已经锁上，拉斯科尼科夫躺在床板上，想念着她。这天，他甚至好像觉得，以前敌视他的所有苦役犯人，已经对他另眼相看了。他甚至主动开口跟他们攀谈起来，他们也亲切地回答他。他现在回想起来，认为那是理所当然的——难道现在的这一切不都应该改变吗？

他在想念着她。他想起以前自己经常折磨她，让她伤心；回想起她那苍白、消瘦的脸，但是这些回忆，现在几乎不再使他苦恼：他知道，今后他将以何等深挚的爱来补偿她所受的一切痛苦。

过去的那一切、那一切苦难又算得了什么呢？他觉得，所有的那一切，就连他的罪行，甚至判决和流放，如果在他第一次感情冲动的时候，似乎都是一种身外的、奇怪的、甚至好像不是他亲身经历的事情。但是这天晚上，他不能长时间地思索任何一件事情，也无法把他的注意力集中在任何一个思想上。现在他似乎也不能自觉地解决任何问题，他只是有这样的一些感觉。生活取代了推理，他的头脑里应该产生一种截然不同的东西。

他的枕头底下有一本福音书。他无意识地把它拿了出来。这本书是她的，就是她给他读拉撒路复活的那一本。刚开始服苦役的时候，他以为她会用宗教来折磨他，会和他谈福音书上的故事，把书硬塞给他。然而，使他感到惊讶的是，她连一次也没跟他谈起那件事，连一次也没提出要给他福音书。在他生病前不久，他自己向她要这本书，她默默地把书给他带来了。直到现在，他还没有翻开过这本书。

其至现在他也没有把书翻开，不过有个想法在他脑子里突然一闪："难道现在她的信仰不能成为我的信仰吗？至少她的感情，她的愿望……"

那天一整天，她的心里也很激动，到夜里时甚至又生病了。但是她觉得那么幸福，几乎对自己的幸福感到害怕。七年，只不过七年罢了！在他们的幸福刚开始的时候，在某些时刻，他们俩都愿意把这七年的光阴看成只有七天。他甚至不知道，新的生活并不是轻易能够获得的，还必须为此付出高昂的代价，将来也要付出巨大的努力来换取这一切……

但这已经是一个新故事的开始，这个故事讲述的是一个人如何逐渐获得了新生，他逐渐蜕变，逐渐从一个世界进入另一个世界，逐渐认识到迄今为止他完全不了解的、新的现实。这可以构成一部新小说的主题——不过，我们现在的这部小说就到此为止了！